朱鴒書

李永平

目次

自序／向高畑勳與宮崎駿致敬

從小喜愛卡通。好萊塢的經典名作《白雪公主》、《仙履奇緣》、《小鹿斑比》和《美女與野獸》等等，當年在小城古晉的戲院公映，我一定搶先購票進場，而且每部必看三遍。小小一個人，仰起臉龐，正襟危坐在前排椅子上，兩只眼睛睜得老大。整整九十分鐘，我的心靈被銀幕上那個奇幻靈異、熱鬧繽紛的世界，和那群多姿多彩的人物，給徹底占據了。這是我孤寂的童年中，極少數幾樁美好的、長大後我樂於回憶的經驗之一。

但是，看卡通片看成了癮的我，有一種卡通絕對不看。有時癮發作，好想找部片來看，可城裡一時又沒有美國卡通上映，即使在這種情況下，我也不去看當時在南洋也很風行，擁有更多觀眾、口碑更好的日本動畫電影。據同學們說，比起好萊塢卡通，東映公司的動畫製作更細緻嚴謹，場景更靈活多變。至今我還記得有位同學的妙喻：「美國卡通好比西遊記中的沙和尚，只懂得三十二變，日本卡通可是孫大聖，會七十二種變法喔！」

這麼好的東西，我為何不屑一顧呢？原因說出來有點不可思議：我從小就是一個無可藥救的

「小反日份子」——這是同學們給我的封號，我倒是覺得挺光榮和驕傲。

不喜歡日本以及與日本有關的一切東西，是我們李家的傳統。我父親李若愚先生是「老反日份子」。（直到往生，他老人家念念不忘的一件奇恥大辱是：二戰期間，在淪陷的僑居地，英屬婆羅洲沙勞越邦古晉市，他，一個堂堂中國讀書人、一位備受尊敬的南洋教書先生，每次行走過城心十字路口，都必須向站崗的十八歲日本兵，立正，行九十度鞠躬大禮。）我們這群戰後出生的子女，打懂事，便被他訓練成堅貞的民族主義者。五兄弟中最喜舞文弄墨的我，學生時期的習作，便洋溢著濃濃的反日情緒。這樣的少年決不看日本動漫。高中畢業後赴台灣升學，後來定居寶島，對因歷史關係瀰漫島上的扶桑風情，一直覺得格格不入，對那充斥街頭巷尾、叫人想躲都躲不開的日本動漫，自然不加理睬——直到後來在二十世紀九〇年代，已邁入中年的我，在非常非常偶然的一個機會裡，不小心看到了一部日本動畫電影：《螢火蟲之墓》。

銀幕才亮，我就被震懾住了。

對我來說那是一種嶄新的、前所未有的觀影經驗。從開頭的畫面（螢火蟲滿天閃爍飛舞，引領觀眾進入故事主人公——兩個戰爭孤兒的世界，隨即化為一簇簇血紅的火光，映照著美國軍機轟炸下的神戶港），到結尾的畫面（螢火蟲依舊滿天飛舞，如今卻化成了這一雙小兄妹的靈魂，飄蕩在被戰火焚毀的黑暗城市中），整部九十分鐘的動畫電影，一路放映下來，我的雙眼緊緊盯住銀幕，一瞬不瞬。群螢繚繞下，當那斗大的猩紅的「完」字出現在片尾時，我才猛然察覺，我早已經熱淚盈眶！生平頭一次，我看電影看得哭了，而那時我已是個歷經滄桑的中年人。

故事其實滿簡單：一對孤兒在戰爭中的遭遇。一九四四年六月，盟軍反攻日本，神戶連番遭受B52機群空襲。出身軍人家庭的清太和節子，父親再度被徵召入伍，後來殉國，患心臟病的母親也死於防空洞。小兄妹倆到鄉下避難。往後的流浪求生過程中，耐不住飢餓的妹妹猛吞石頭和彈珠，活活撐死了，哥哥也在戰爭結束時，抱著妹妹的骨灰罐，孤伶伶死在神戶火車站。

色彩繽紛，節奏活潑，本質在於呈現歡樂童年，歌頌美麗田園的動畫形式，在這部日本電影裡，卻被用來記錄和控訴人類歷史上最殘酷、最荒謬、平民死亡人數最多的一場戰爭的真相。透過童稚的眼光，拆穿成人的謊言。難怪《螢火蟲之墓》會成為右翼份子最討厭的電影。也難怪影片中那幅反覆出現、如同母題般貫穿全作的群螢飛舞畫面，會成為世界影史的經典。（後來我才知道在日本文化中，螢火蟲象徵人的靈魂。）

這是我這個仇日的南洋華裔子弟，生平看的第一部純粹、道地、迥異於好萊塢卡通風格的日本動畫，也是我頭一回聽說日本有位動漫大師叫「高畑勳」。接著在好奇心驅使下，我看了他監督的另一部名作《平成狸合戰》。這是另一種形式的、但可也同樣新奇的、深深震動我心靈的觀影經驗。

故事講述一群自古居住在東京近郊多摩森林的狸，由於人類的造鎮計畫，生存遭遇危機，為求自保，決定重新練習荒廢已久的變身術，俾與人類一決勝負。這是一部純粹透過「狸」（據說那是日本特有的生物）的眼光，攝製的動畫電影。高畑監督發揮他獨特的想像力，運用大和繪的古典筆法，創造一個歡樂熱鬧，充滿日本鄉野風情，而今卻籠罩在人類現代科技文明的陰影下，朝不保夕，岌岌可危的「狸」的世界。狸們的變身術，將動畫這種藝術形式打破現實的局限、建構一個奇幻世界的特長，施展得淋漓盡致，好看得不得了。在片中的「妖怪大進攻」橋段，日本傳說中的各路妖魔鬼怪和諸天神佛，全員集合在東京大街上，浩浩蕩蕩展開盛大的示威遊行。在市民夾道歡呼觀賞下，大夥爭奇鬥技，各顯神通，上演一場空前絕後、精采絕倫的東洋變身術大會串。在監督高畑勳手中一枝畫筆指揮下，宛如耍魔術般，這段長達十分鐘的插曲，場面的調度和鏡頭的變換，真真正正地，讓觀眾看得眼花撩亂目不暇給。在一部卡通片中，將動畫技術發揮到如此程度（最令人佩服的是，高畑先生堅持傳統的手繪，拒絕使用電腦製作動畫），一下子，把奇幻文學的境界提升到這樣高的水平，唉，說實話，就連我這個寫了幾十年小說、自認想像力和創造力都不差的人，也只能盯著銀幕，瞠目結舌豔羨不已呢。

說來慚愧，直到看過高畑先生這兩部名作，我才知道日本有一間「吉卜力工作室」，地位之崇高和名氣之響亮，堪稱動畫界的「夢工廠」。

在台灣朋友們熱情推介下，我一口氣看了吉卜力大將、曾受前輩高畑勳提攜的宮崎駿所督導的五部作品：《天空之城》、《龍貓》、《魔女宅急便》、《魔法公主》和《神隱少女》。一個綺麗無比變化萬端的卡通世界，豁地在我眼前打開了。我看到兩個孤兒，為了尋找漂浮在天空中的島嶼，結伴展開一場壯闊的飛行冒險；我看到一雙小姐妹，跟隨父親遷居到神田江畔，在村外的樹林，遇到一只巨大的龍貓，開啟一段既溫馨又驚悚的互動和情誼；我看到一個名叫「琪琪」的小女巫，在十三歲生日那天（真巧！《朱鴒書》的主角台北女生朱鴒，前往婆羅洲展開冒險旅行時，也差不多是這個年齡呢）遵照家族傳統，騎著掃帚，飛行到一座陌生的大城市，從事鍛鍊修行，以便成為正式的女巫；

我看到室町時代的蝦夷族少年阿席達卡，為了保衛部落，尋找解除魔咒的方法，獨自前往西方，在旅途中來到山獸神森林，邂逅由犬神撫養大的少女，「魔法公主」小桑，結下一樁淒美的情緣；最後，也是最駭人的，我看到一個名叫「千尋」的可愛小女生，和父母搭車前往郊外的新居時，穿過一條神祕的隧道，進入一個陌生的、居住著各種精靈的城鎮，被迫留下來，在澡堂工作，因為她的父母遭受魔咒，雙雙變成了豬！

看哪，這就是宮崎駿透過孩子清澈、純真、好奇的眼光看到的世界。

日本女孩荻野千尋，在旅途中誤闖的美麗新世界，比英國少女愛麗絲掉入的仙境，還要奇詭怪誕，比美國小姑娘，金髮桃樂絲，被草原上一陣怪風送進的翡翠王國，更加熱鬧好玩，比小紅帽前往奶奶家途中經過的森林，卻也恐怖多了。在宮崎駿手中那枝靈活的、蘸著各色新奇鮮豔的顏料、魔杖似的畫筆揮灑下，動畫電影《神隱少女》中的妖怪城堡，將日本古典奇幻世界，一次地、完整而絢爛地，呈現在全球觀眾一雙雙驚愕的眼睛前。

* * *

二〇一〇年十月，我開始撰寫《朱鴒書》。這部小說採第一人稱，讓故事主人公使用自己的觀點和語言，以面對面的方式，向讀者報告她經歷的事情和內心的感觸。主角兼敘事者，是名叫「朱鴒」的十二歲台北女學生。在一樁奇妙的因緣安排下，她被送進世界上最原始的婆羅洲內陸，沿著原住民伊班人的母親河，卡布雅斯河——朱鴒口中的「月河」——溯流而上，獨自展開一趟破天荒的、歷史上從不曾有女孩經歷過的奇異旅行。

在我四十年文學生涯中，這是一次極大膽、新奇，至少是以前沒有過的書寫歷程和體驗。我一生八部小說，《朱鴒書》是唯一的一部在動筆之前，作者腦子裡只有簡單朦朧的構想：將一個在都市長大、平生不曾獨自離家出遠門的台灣小姑娘，丟進蠻荒叢林，讓她從事一趟為期一年、修行式的奇幻冒險旅程。除此之外，書中的其他所有元素，諸如情節、事件和人物等等都不預先設計。一切讓朱鴒自己去「發現」。作者完全退居幕後，任由他的女主角用她自己的感官和心靈，去經驗和認知她進入的那個嶄新、陌生、美麗而極恐怖的世界。朱鴒在婆羅洲，從事的是一次獨立的、真正的「發現之旅」，而不是別人替她預先安排好的觀光行程。

不意，這一寫就是三十多萬字。

在整個書寫過程中，身為《朱鴒書》作者的我，如同一個隱身的記錄員，沒聲沒息一路亦步亦趨，緊緊跟隨在女主角裙後，走進婆羅洲雨林，泛舟大河上，透過她的眼睛觀看所有事物，藉由她的心靈感受一切，不知不覺間就進入一個壯美、怪誕、充滿各種婆羅洲本土妖怪的世界：白魔法師澳西先生、黑魔法師伊姆伊旦、彈簧腿阿里、英國痞子冒險家吉姆王爺、無頭皇軍大佐松正信國、叢林神魔峇里沙冷、伊班大神辛格朗．布龍和祂的使者——那從早到晚盤旋大河上空，炯炯俯視，守護長屋子民的神鳥婆羅門鳶……還有還有呢，那七個代表婆羅洲七大族，身穿一襲花紗籠，肩披一把黑長髮，額頭中央眉心間綴著一顆血滴似的朱砂痣，一縱隊，搖曳著細條腰肢，打赤腳行走在卡布雅斯河畔的美麗少女。

寫著寫著，不經意地，我就闖進了一個高畑勳／宮崎駿式的動畫世界。

小說才寫到四分之一吧，我就訝然（不！應該說驚喜地）發現：朱鴒在婆羅洲叢林中看到的世界，不就是清太和節子小兄妹倆，在飽受美國戰機轟炸的神戶港，目睹的人間煉獄嗎？不就是狸群在東京近郊多摩森林，使用古老變身術，對抗過的人類現代科技嗎？不就是宮崎駿畫筆下的龍貓姐妹、神隱少女荻野千尋、魔法公主小桑、宅急便小女巫琪琪，她們共同經歷過的瑰麗奇幻世界嗎？而這群日本女孩看到的和感知的，不正是，英國少女愛麗絲、美國小姑娘桃樂絲和法國女娃兒小紅帽，在一百年前，曾經看到過的和感知過的嗎？

香火傳承，奇妙如此。

因此，完成後的《朱鴒書》就像一軸長長的畫卷，由四十二幅大圖和無數小圖組成，每幅大圖代表小說的一章，譬如〈第一話：有個少女蹲在河畔哭泣〉、〈第二話：陽光、河流、鐵殼船〉和〈第三話：月亮像一把梳子〉……讀者們注意到了沒？「話」和「畫」是諧音，所以第一話其實就是第一幅圖畫。餘類推。

在我的觀念中，奇幻小說是結合「文字」和「動畫」的一種新穎、有趣的說故事方式。《朱鴒書》是一冊沒有繪圖的繪本、一部用筆拍攝的動畫電影、一本用圖騰似的方塊字書寫成的東方奇幻小說。在世界華語文學的悠久傳統裡，《朱鴒書》或許另闢新的蹊徑，打開了另一扇窗，為大家展現一個簇新、美麗而恐怖，卻也十分真實的世界吧！

現在就請朱鴒帶領我們，進入世界第三大雨林，那南北長一千三百公里、東西寬一千公里，橫亙在赤道線上的蓊鬱婆羅洲島，從事一趟新奇的、前所未有的發現之旅。動身之前，我們先把舞台交給這個勇敢、早慧、心思敏捷、口齒伶俐的十二歲台灣女生，讓她現身說法，站在台北市中華路中山堂講壇上，向一群讀者——盛裝的高雅的台北仕女們——報告這趟旅程最初的發想和這本書的緣起。順便請她說明：她和小說家、出身婆羅洲沙勞越的「南洋浪子」李永平之間，如何結下一份獨特的情誼，使她心中憧憬已久的叢林探險之旅，終於得以成真。

——二〇一五年春節序於台灣淡水鎮

楔子：朱鴒站上舞台開講

（幕啟。朱鴒一個孤伶伶細條條身子，佇立在一座空蕩蕩燈光大亮的舞台上。深深一鞠躬。）

各位在座的尊貴的女士們，午安。

我今天的講題是「朱鴒與李永平的一段因緣」。希望大家對這個題目感興趣。

我，朱鴒，一個普通的女學生，很榮幸能夠站在台北市崇高的中山堂講台上，從我渺小的角度，跟大家談一談我和小說家——南洋浪子李永平之間，結下的一段漫長而獨特的情誼。這件事說來話長，過程也有點複雜，可不是三言兩語就可以交代清楚，所以我要懇請大家耐心聽，切莫在中途打手機或拿出鏡子補妝，否則我會生氣的。

各位之中肯定有人已經認識我，在李老師寫的好幾本書中看過我：那個永遠八歲（其實我現在十二歲了），天生大膽，愛流浪，總是甩著一頭刀削般齊耳的短髮，穿著一身土裡土氣的小學女生秋季制服，黃卡其長袖上衣配一條黑布裙，背個大紅書包，每天傍晚放學後，獨自上街遊蕩的台北小姑娘，朱鴒——李永平筆下那個永遠的、不老的「ㄚ頭」。瞧！她行走在熱鬧的西門町人潮中，一逕睜著兩只烏亮的眼瞳，東張西望，腳上拖著一雙破球鞋，蹓躂，蹓蹓躂躂，不停在搜尋各種新鮮事物，顯得多麼好奇呀。

不好意思！這個朱ㄚ頭，便是現在硬生生地被推出來，現身講壇上，傻傻地杵在一張墊腳用的小板凳上，面對台下排排端坐的尊貴、美麗女士們，漲紅臉皮，有點手足無措的女生。

（靦腆一笑。朱鴒踮起雙腳伸出脖子，面對聚光燈睜大眼睛，打量那滿堂搽脂抹粉，穿戴著一身名牌，午後在家反正閒著也是閒著，便相約去聽演講的台北仕女們。她倒抽兩口涼氣，抿嘴悄悄咳嗽兩下，清清喉嚨，隨即伸出嘴唇湊到麥克風上，以她那莊重、高亢、略帶稚嫩的語言和聲調，正式開講了。）

我穿著這一身黃衣黑裙，頂著這一頭西瓜皮似的短髮，這些年來在李老師寫的小說中，先後出現過好幾次。說來慚愧，最初只是跑跑龍套串串場罷了。在《海東青》裡（聽說這本五十萬字的天書，全台灣只有七個人看懂），我還是個六歲女孩，紮著兩根小花辮，和男主角靳五做鄰居。這個小朱鴒，是那條巷子一間雜貨店老闆的女兒，平日幫忙顧店。一看見客人上門，她就睜著兩只又圓又亮的黑眼珠，骨碌碌轉兩轉，問道：「喂，要買什麼？」她和靳五便是這樣認識的。這也是我頭一回出現在李永平小說中。雖然只是一本大書中的小角色，但是——這可是李老師自己說的——這ㄚ頭兒卻趁此機會施展渾身解數，賣力演出，最後竟然成為整部小說中最搶眼、最讓讀者感興趣的人物。所以，後來我才被提拔，在李老師書中擔任比較吃重的角色。像在《雨雪霏霏》裡，我這個台北女生，以嚮導的身分陪伴男主角「南洋浪子」——其實就是李老師自己的化身——夜遊台北市。兩人肩並肩一路逛，一路聊起他在婆羅洲的成長過程，直到黎明時分，夜遊結束，總共講了九個南洋童年故事。那真是個精采奇妙的夜晚！

但有時在李永平小說中，我朱鴒卻只能當個聽眾，簡直如同隱形人一般。從頭到尾，我只可以默默坐在一旁，乖乖聽他講一則超長的、一波未平一波又起、永遠沒完沒了的叢林冒險故事。過程中我不得隨便開口發言，以免破壞書中的氣氛，攪亂故事的節奏。我指的是《大河盡頭》這部厚厚兩大本的小說。那是（偷偷告訴妳們喔）我擔任李永平小說人物以來，感到最悶、最憋的一次！如今這部書出版了，我也終於可以透一口氣囉。

和李老師合作，最露臉的一次是在《朱鴒漫遊仙境》（我的名字被當成書名！）。我是唯一的真正的女主角（有位教授說，這是台灣文學史上最年輕的女主角，才八歲呢）。小說中我扮演「大姐頭」，率領六個小姐妹淘——柯麗雙、水薇、林香津、連明心、張澴和葉桑子，加上我一共七個人，可不就是偷偷下凡遊玩的七仙女嗎——那年暑假在熱鬧繁華、好似一座巨大的戲台、日夜都有新奇事上演的台北市，四處漫遊，經歷了一個令人難忘、又好玩又恐怖的夏季。真正的恐怖！相比之下，愛麗絲夢遊的那個英國奇境，簡直就是一座兒童遊樂場哩。但不知為何，在我的家鄉台灣，這部小說銷路奇差無比。李老師告訴我，第一版印兩千本，賣了十年都賣不完。這讓我心中產生一股罪惡感。身為女一號，我朱鴒沒有盡到責任，發揮女主角的魅力，如同包法利夫人、安娜・卡列妮娜、愛瑪姑娘和黛絲姑娘，這些個歐洲大姑娘們，甚至像小妞兒愛麗絲那樣，為她的故事增色，誘引全世界的男士們掏皮夾，抽出幾張鈔票買書。但李老師說這是他身為作者應負的責任，與我無關。他發誓總有一天他會補償我，還我一個公道。他準備設計一本奇特的、不遵守西方規則的、全世界古往今來從沒有作家寫過的小說，讓我風風光光地，當一次女主角，給愛麗絲和愛瑪姑娘們好看。可我自己心裡知道，我，朱鴒，一個黃皮膚黑頭髮丹鳳眼的東方小丫頭，沒這個命啦。

不管怎樣，身為李永平小說中一個小精靈似的人物（有位教授說了，朱鴒好像一個逃出希臘神話，遊蕩在台北街頭的奧林帕斯山林女孩，寧芙），我時不時身影一閃，髮絲一飄，幽魂般在讀者面前顯現一下。迄今為止，我已經跟大家見過四、五次面了。但這是破天荒頭一遭，李老師准許我從他的小說中走出來，站到舞台前，直接對大家說話。

大家最好奇、最想問我的一件事，肯定是我和李永平結識的過程。我們倆一大一小，一個南洋浪子和一個台灣女生，原本天南地北，八竿子都打不到一塊，究竟是在怎樣一種機緣下，相會於人口六百萬的大台北，建立起一段奇特的交情呢？

好，我就利用這次機會，從我朱鴒的立場和觀點，面對面，跟大家說一說李老師平日津津樂道的這樁「奇緣」吧。

那是一個天高氣爽的秋日。傍晚放學後，老師和同學全都走光了，整座校園空蕩蕩。不知怎的，我也覺得內心空空洞洞，一時不想回家，陪伴我那個木乃伊般杵在客廳沙發上，邊喝高粱泡虎骨酒，邊看少棒轉播的老父親。（那年，我們台灣打敗日本和美國，贏得世界少年棒球錦標賽冠軍！那捲錄影帶，老爸已經看過十七八遍啦。）所以我就背著書包，攏起裙子獨自蹲在校門口，掏出一枝粉筆，在水泥地上練習寫大楷。我寫的字是——慢！妳們先別念出來。大家都知道答案嗎？那八個字現在可有名。聽李老師的學生說，前陣子在台大舉行的一場文學會議上，這兩句古詩，還被一群教授提出來熱烈地討論一番哩。報紙的文化版，都有刊登這則新聞。所以這八個字，如今連妳們這群尊貴美麗、從不讀詩的台北仕女們，也都耳熟能詳了！好，那就請大家跟著我，一字一字大聲地念出來：

雨——雪——霏——霏——

四——牡——騑——騑——

念得挺響亮，整齊劃一！謝謝各位女士。

其實，這兩句詩是我有個週末在家閒著沒事，翻看我爸的書，不小心在一本破爛的線裝書上看到的。（後來才知道那是詩經，中國最古老的詩集。）當時眼睛一亮，只覺得這八個用刀子一筆一畫刻在木板上、然後用油墨印在土黃紙上的方塊字，形狀特美麗，挺古典，所以就把它抄在周記本裡。邊抄邊念：雨雪霏霏四牡騑騑……抄著念著就感到一種淒淒涼涼迷迷濛濛的美，好像一幅水墨畫般，在我眼前浮現出來。我在畫中看見一個風雪天，四頭老牛（初時我以為「牡」是土牛呢，後來才知道是公馬）拉著一輛破車，行行復行行，奔走在白茫茫大地上，好像趕路回家的樣子。

所以，那天傍晚放學後，翹起屁股蹲在校門口，用粉筆在地上練習寫大楷時，心中一動，我就寫下這兩句古詩。

正寫得入神哩，猛一抬頭，夕陽下人影幢幢熙來攘往的一條人行道上，只見兩顆幽黑的眼瞳，炯炯發亮，一瞬不瞬，正朝向我們這間小學望過來。這個人停下腳步了。他走過來在校門口立定。足足有五分鐘之久，他凝睇著地上新寫的八個大楷字，嘴裡喃喃念誦。念了八、九遍他才轉過脖子，把目光鎖定那個蹲在校門口，頂著一頭西瓜皮短髮，手拈一枝粉筆，仰臉打量他的小女生。

一大一小兩個人，就這樣對望在大馬路邊，眼瞪眼。

傍晚六點鐘，落日直直照射他的臉龐。他那兩道孤單、冷漠的眼神，閃爍著一種奇異的光彩。臉上的表情顯得又是驚訝又是欣喜，就像一個趕路人，整夜獨自行走在荒涼漆黑的山路上，不知走了多久，猛抬頭一看，望見前面出現一盞燈光，有個親人走過來迎接他……

他揚起下巴咧開嘴唇對我笑了。一頭濃黑頭髮底下，白燦燦，露出兩排整齊好看的牙齒。眼神交會的剎那，我就知道我們兩人之間已經建立起一種祕密的、特別的交情。冥冥中有一根繩子，把我們牢牢地繫在一起了。而那時我卻只曉得他是個僑生（從衣著和神態就看得出來），在我們學校附近的台大讀書，或是當助教，因為他的年紀看起來已經有二十五歲了。這時他孤單一個人，站在台北市羅斯福路古亭小學門口，人行道上，黃昏人潮中，把一雙手插入他身上那條李維牌牛仔褲兩個口袋裡（在那個年代的台灣，美國牛仔褲可是稀罕，只有僑生才穿得起的）。左邊腋窩下，挺神氣的，夾著兩本金亮亮沉甸甸的英文書。這人，就是我第一次看見的李永平，李老師。

這便是我和小說家李永平結緣的經過。聽起來像不像小說家在編故事呢？妳們不必點頭，假裝相信。各位女士臉上雖然抹著厚厚一層脂粉，像戴面具似的，可我看得出妳們的表情，知道妳們心中對我的說法，半信半疑。但李老師說了，聽故事的人相信你的故事最好，若是不信也無須強求，只要講故事的人誠心誠意，那便足夠了。

就這樣，那個秋日傍晚，從古亭小學校門口蔣公銅像下，寫著八個粉筆字——雨雪霏霏四牡騑騑——的水泥地上，啟程出發，我們這雙來自天南地北相會於台北市的陌生人，一大一小，開始了一段奇妙的旅程。

兩個天生愛流浪的人結起了伴，像一對哥們（有人說更像一雙父女，或兩個年齡相差很大的兄妹），肩並肩走上街頭，逛遍台北市十五個行政區中的每一條繁華的街道、每一個旮旯的角落。在這個百戲紛陳、日夜接力演出、好似蓬來仙島上一座巨大露天舞台的城市，我們倆，四處逭逭遊玩，度過了那年秋季一個又一個美好的、值得一生回味的白天和夜晚。

後來我們家搬家了，從台北市古亭區，搬到那時還很偏僻的內湖區，我也隨著轉學到內湖小學。不久他就離開台灣，去美國留學。

從此，斷了來往。

但我心裡一直知道（不要問我怎麼知道，我心裡就是知道）我，朱鴒丫頭，繼續活在他心中，彷彿我還在古亭小學讀二年級。每天傍晚放學後，校園空蕩蕩，一輪紅日掛在城頭，我照樣攏起裙子蹲在校門口，背著書包，拿著一枝粉筆在水泥地上專心地練習寫大楷：昔我往矣，楊柳依依。今我來思，雨雪霏霏。行道遲遲，載渴載飢……他照樣在人行道上站住了，左腋下夾著兩本書，照樣不聲不響地蹭過來，悄悄停駐在我面前，彎下腰，凝起他那兩只幽黑、孤獨的眼睛，照樣專注地看我寫字。我寫完了整首詩，丟下粉筆伸伸懶腰甩甩手臂，抬起頭。兩下裡相視一笑。然後照往常那樣結伴，兩人肩並肩，朝向長長的羅斯福路盡頭，城心上，那顆即將沉落的太陽，走進台北市四下眨亮起的萬千盞燈火中，繼續我們的廻迌。一路遊逛，一路聽他講故事，就像我還沒搬家，而他也還沒去美國留學時的那段日子。

古亭小學的那個秋季，在南洋浪子孤獨的心靈中，已經凍結住了，就像電影放映到一半，嘎的一聲突然斷帶，那個畫面便永遠停格在時間裡。我成為永遠的朱鴒、不變的小ㄚ頭——那個天生愛漂流，老是踢躂著一雙破球鞋，甩著一頭蓬草樣的短髮絲，東張西望尋尋覓覓，穿梭在迷宮似的台北街頭，兩只黑瞳子睜得又圓又亮，一逕探索新鮮事的八歲小姑娘。

在他豐富的奇特的想像力中，朱鴒是一隻小紅雀，永遠孤單地，卻又十分快樂地，飄飛在一座紅塵大都市燦爛輝煌的燈火裡。

不知不覺間，我便走進了他的書中。

（演講進行到這兒，朱鴒停下來歇口氣。她小小的身子，穿著卡其長袖上衣和黑布裙，背著紅書包，頂著一頭齊耳的短髮，俏生生佇立在舞台上一支麥克風前，聚光燈投射出的一簇白光裡。好一會她只管凝著兩眼，望著台下影影幢幢，排排端坐，亮晶晶睜著一雙雙燐火般閃爍不停的眼瞳子，靜靜瞅著她的觀眾。忽然眼一亮，朱鴒踮起腳，伸出手臂來指住前排中間一個座位。）

我看到有一個來賓舉手了。這位穿鵝黃色套裝、梳赫本頭、戴一副金絲邊眼鏡，容貌很是斯文秀氣的女士，您有問題想提出來嗎？

「朱鴒為什麼總也不老？」

謝謝！這是大家心中最大的好奇和疑問。其實這些年來，這個問題也深深困擾著我。有一次，我當面質問李永平老師：在你寫的書中，我怎麼都不會長大？永遠是那個小不點、講話娃聲娃氣，連我自己聽在耳中都感到尷尬的「丫頭兒」呢？讀者都期待我長大呀。

他聽了，狠狠回瞪我一眼。

「妳當膩了朱鴒？妳想當一個台灣歐巴桑？妳希望變成一個四十歲，一臉風霜、兩屁股贅肉，典型的台北中產階級家庭主婦囉？每天一早爬起床張羅早餐，打發丈夫和孩子們吃飽出門，然後脫下睡衣，換上一條縮水的、緊繃繃包住兩只大屁股的無牌休閒褲，搭配一件看不出啥顏色、鬆塌塌、勉強托住兩只布袋乳的V領毛線衣，手挽一個菜籃，打著哈欠出門買菜。中午小寐兩個鐘頭，做了一場無厘頭的春夢。這回終於一償夙願，夢見了港星周潤發。醒來後打開電視機，坐在客廳呆呆面對螢光幕上的戲夢人生，殺掉兩個小時。晌午出屋來放風。拖沓拖沓，腳上趿著一雙藍白塑膠拖鞋，頭上顫巍巍，鳥窩樣，頂著一顆漂染成紅栗色的超大髮髻。青天白日底下，整個人好似一條邋遢的遊魂，無聲無息，獨自在社區公園徘徊。傍晚最精采！日落時分每當〈少女的祈禱〉樂曲幽幽地、遠遠地綻響起，只聽得哄然一聲，彷彿受到海上女妖賽蓮的召喚，全社區的公寓一齊打開了前門。門中，走出一個個家庭主婦來，手提各色塑膠袋，身穿各種家居休閒服，頭頂各款新潮髮型，準備參加今天最盛大的儀式——倒垃圾。眾家黃臉婆，光天化日下一起現身！看哪，一百幾十位婦女同胞，蹭蹭蹌蹌，搖晃著胸前吊掛的一雙雙各型布袋乳，挺著各式水桶腰，浩浩蕩蕩會聚在社區大門口，翹首等待垃圾車光臨。這個熱烈的場面，簡直可以用『壯觀』二字來形容，令人敬畏。而妳，朱鴒，街坊鄰居口中的『溫太太』，提著妳家那兩袋脹鼓鼓的垃圾，聳著妳那顆雞窩頭，就站在姐妹淘堆中，面無表情。直到倒完垃圾，在〈少女的祈禱〉逐漸遠去的樂聲中，妳才跟隨大夥，回身鑽入自家公寓的門洞，開始張羅晚餐，準備迎接丈夫溫先生和孩子們歸來……」

「這就是我——那個真實的、活在小說外面的、如今已經長大嫁人，婚後五年內一口氣給她的老公生了四個孩子的朱鴒，『溫太太』？」

「這個天大的祕密，永遠存在於妳和我之間，絕對不能讓讀者知道。」李永平警告我。

「李老師，你見過這個朱鴒？」

「唔，偷偷見過。」

「為什麼要偷偷的見呢？」

「人生有的時候相見不如不見，免得大家傷心。ㄚ頭妳明白嗎？」

「所以，你才偷偷地、鬼鬼祟祟地跑到她家附近觀察她，躡手躡腳跟蹤她囉？」

「別忘了，她是我當年從婆羅洲來台灣讀大學時，在台北一間小學門口，夕陽下，遇見的那個背著書包，蹲在地上，用粉筆練習寫大楷，發現有人走過來看她寫的字，便猛然抬頭，睜起兩只烏亮眼瞳，狠狠睨住這個陌生人的小女生。後來我們倆雖然分離了，但我一顆心總是牽牽掛掛。往後那些年不管我人在哪裡，心中都一直惦念著這個靈慧的女孩。我好想知道，她長大後變成什麼樣子。這些年日子過得如何，經歷過哪些事。所以我就做了一些功課啦。」

「她這些年的經歷，你都摸得清清楚楚囉？」

「瞧，我把這個朱鴒（按照台灣的習俗，我們應該給她冠上夫姓，稱她為『溫朱鴒』）的履歷表，費了一番工夫整理出來了。丫頭妳要不要聽聽呀？」說著，他拿出左腋下夾著的兩本英文書，打開其中一本，取出一張紙，就著陽光在街頭上朗朗宣讀起來：

溫朱鴒。

民國五十六年出生於台北市古亭區。

七歲，進入古亭小學。

九歲，轉入內湖小學。畢。

十三歲，升上內湖初中。畢。

十六歲，升上中山女高。畢。

十九歲，考入輔仁大學食品營養學系。畢。

二十三歲，進入味全食品公司品管課工作。

二十六歲，嫁給上司，味全公司品管課課長溫有序。辭職，擔任專職家庭主婦。育有三女一男，現分別就讀初中和小學。目前住在台北木柵萬芳社區。

李老師一口氣念完「溫朱鴒」的履歷。眼眶一紅，他悄悄伸手擦了擦眼角的淚痕，又低頭看看手裡那張紙，長嘆三聲，小心翼翼將它摺起來夾進書本裡。「她的人生就這麼簡單！如果要她寫一份履歷表，給她一張十行信箋紙也就足夠了。」他霍地板起臉孔，回過頭來狠狠地瞅住我，兩只幽黑眼瞳子炯炯發亮：「妳已經當膩了朱鴒？妳不想再當我書中那個永遠的、不老的、每天逍遙自在，四處浪遊冒險的丫頭？妳想當溫太太？這個住在台北市郊萬芳社區的一棟半舊公寓大樓，今年已經四十歲，履歷只有一張十行紙，每天傍晚，頂著一顆雞窩頭，穿著一條邋遢休閒褲，跟隨一群歐巴桑出屋來倒垃圾的『溫朱鴒』？妳真的想當這個中年台北家庭主婦？妳已經拿定主意了？決不後悔？我李某人身為小說家，有權力也有本事幫助妳達成這個願望。小事一樁喔！」

霹靂啪啦一番話，不由分說，就劈頭把我給數落一頓，把我那兩個可憐的耳鼓，震得好半天只管嗡嗡價響。

我只好閉上眼睛縮起脖子來，齜著牙，任由李老師譏笑責罵，不敢吭聲。直等到他罵得口乾舌燥，心腸軟了，我才敢睜開眼睛偷偷瞄他一眼，怯怯問道：「這麼說來，這個世界有兩個朱鴒囉——小說裡頭的朱鴒、小說外面的朱鴒。請問到底哪一個朱鴒是真的呢？」

聽我突如其來這麼一問，李老師當場愣住了。好半天，他凝住眼睛，只顧望著西門町滿街町熙來攘往，夕陽下一群幽魂般，拖著一條條黑影子的行人，蹙起眉頭好像在思索什麼難題。過了三分鐘，他才幽幽地嘆出一口氣來：「大哉問。」

接下來，我們兩人——朱鴒丫頭和小說家李永平——之間，就展開一段我永遠銘刻在心版上，直到今天，字字句句，依舊能夠完整地背誦出來的對話：

——丫頭，妳可知道愛麗絲？

——誰不知道！那個不小心鑽進兔子洞，結果掉入一個奇異世界，在那兒展開一段精采、神奇漫遊的英國小女生。

——她今年一百五十歲了。

——嘻嘻。你在講笑，李老師。

——不誑妳。這個西方文學史上最討人喜愛的小姑娘，是個真實人物，本名叫愛麗絲・普里頌思・黎德爾，出生於一八五五年。如果她是個長壽的人，一直活到今天，可不是一百五十歲了？

——天！一個乾癟英國老太婆。我真不敢想像，愛麗絲滿頭白髮彎腰駝背，胸前掛著一對鐘擺似的，垂吊著兩只皺巴巴布滿雀斑的布袋乳，走一步，晃蕩兩下，慢吞吞行走在倫敦城的街道上。

——想著令人惆悵不已。

——想著，令人毛骨悚然。

——對！丫頭妳比我會使用成語。愛麗絲變成那副模樣，真會嚇壞全世界的粉絲。所幸，小說家路易・卡洛用他那枝神奇的筆，在紙上建築一座絢麗、奇幻的迷宮，把他心愛的女主角鎖在鏡中的世界。有如一位大魔法師，他舉起手中的筆，朝紙上一揮：「看哪！」愛麗絲就成為永遠甩著一頭金黃髮絲，睜著兩只湛藍、好奇的眼瞳，踽踽行走在仙境中，探索各種新奇事，跟各式各樣怪誕人物打交道的少女。丫頭知道嗎？愛麗絲在仙境中漫遊，已經一百多年囉。

——而且還會繼續漫遊下去，直到一千年或一萬年後地球毀滅為止。可憐永遠不老的愛麗絲。

——世界上有些小女生，就是不可以老。

——難怪呢，紅樓夢裡的那些小姑娘和小丫鬟們，一走出大觀園，個個馬上就長大，就變老，然後就死掉了。

——所以曹雪芹應該狠起心腸來，把她們囚禁在「大觀園」這座迷宮中，永不釋放。

——他可以這麼做嗎？

——當然可以！這是小說家的特權，文字賦予的力量呀。

——否則，你就不會寫小說了！你就是因為喜歡享受這種特權，才當小說家的。我的觀察正確不正確？李老師。

——唉，小丫頭看透我。

——我明白啦。這個世界有些女孩子就是不可以變老，也可以不老，因為她背後有一位小說家支持她。就像我，朱鴒。

——丫頭聰明。丫頭了解。

——可是，有時在內心深處，我還是會忍不住偷偷地想像：英國老太婆愛麗絲和台灣歐巴桑朱鴒，有一天碰到一塊了。兩人結起伴來，手牽手肩並肩，像一對要好的姐妹淘，齊齊弓著腰，聳著滿頭雪花似的白髮，漫步徜徉，在台北市的西門町鬧區逛街，或在倫敦的皮卡迪里廣場購物。走一步，搖一搖胸前吊掛的兩只（不！一共是四只呢）乾癟癟皺巴巴、兩對鐘擺般不停晃蕩的布袋乳。動作整齊劃一，好像閱兵。這個場面如果拍成電影，會是怎樣的一幅畫面呢？李老師。

——那會非常震撼！肯定引起全世界的愛麗絲迷和朱鴒迷的公憤。妳這鬼靈精的丫頭，想像力超豐富，真會製造恐怖場面，連一流編劇也自嘆弗如。連我都被嚇到。

接下來，我們就陷入長長的沉默中。大小兩個男女，小的背著書包，大的捧著兩本英文書，面向西天一顆紅冬冬的落日，肩並肩，手肘碰手肘，坐在台北市鬧區西門町正中央獅子林廣場上，仰著臉，瞭望町上一大窩花蛇似的，不住兜啊兜，眨啊眨，傍晚六點鐘開始閃亮起的一盞一盞霓虹燈火。好久誰也沒吭聲，各自想起心事來。直到天色變黑，太陽撲通掉落進淡水河口，沉沒入觀音山下的大海中，他才從沉思中醒來，幽幽地嘆出一口氣。

——你還在想那個英國小女生？李老師。

——丫頭，妳可知道愛麗絲掉進兔子洞那年，她幾歲嗎？

——沒注意。不知道。

——那年她七歲。和妳掉進盤絲洞——對不起！這個比喻不太恰當——和妳掉進我的小說世界時的年紀，差不多。

——是嗎？我看愛麗絲在奇境中漫遊，跟怪咖們打交道，她的一舉一動，連講話的方式和口氣都像是個十二、三歲的女生。

——愛麗絲是個早慧的姑娘呀。世界上就是有些女生，心智比一般女孩成熟得早。她們聰明絕頂，而且心思敏銳、口齒便給，否則就沒有資格成為一部小說的女主角囉。譬如妳，朱鴒。

——我怎麼敢當呢！李老師你別害我。

——不必謙虛。妳知道不知道，是誰把愛麗絲漫遊的經驗記錄下來，寫成一本西方文學史中，真正老幼咸宜雅俗共賞，連一代霸主——大英帝國維多利亞女皇——都成為忠實粉絲的小說嗎？

——路易．卡洛。

——這個人是幹什麼的？

——寫小說的呀。就像李永平老師您。

——但妳知道他是大學老師嗎？這位查理士．魯特維治．道齊遜先生（筆名路易．卡洛）是牛津大學基督書院講師，在一個偶然的機會裡遇見同事的小女兒愛麗絲．黎德爾，觸動了他的靈感，就以她為主角寫出一部偉大的小說。那時他才三十歲，還是個王老五呢。

——咦？聽起來這位道齊遜老師，和幾年前那位剛與我認識時的李永平老師，還挺相像的嘛。連年紀都差不多。

——ㄚ頭，人生中的巧合真有意思。

——這就是你平日最愛講的「緣」字，對嗎？

以上一段對話，是多年前一個炎熱的七月黃昏，在台北市西門町鬧區進行。那一句一句的對談，從滿町嘩喇、嘩喇喇不停流動的汽車和人群中發出來，盪響在我耳朵旁，有點模糊空洞，可一鑽入我的耳鼓，卻登時又變得十分清亮，好像夢中聽到的一串風鈴聲，玎玲玎玲，在我心頭不住迴響。直到今天，多年後每次獨個兒到西門町逛街，一回想起那個黃昏，霎時，我和李老師之間的這段對白，便又會響起，從人潮車潮中傳出，再一次繚繞我耳畔。這時我就會停下腳步，呆呆杵在西門町獅子林廣場上，扠著腰，昂起脖子，望著滿町四下閃亮起的霓虹燈，癡癡迷迷，一邊回憶那個奇妙的傍晚，一邊在心中，好像小學生默誦課文似的，一字不漏，從頭到尾把整段對話重新溫習一遍。

我成為台北的愛麗絲，沒頭沒腦地掉進了李永平所設的「盤絲洞」，擔當起《朱鴒漫遊仙境》女主角的任務。

如同《大河盡頭》中那個白魔法師，澳西叔叔，在一群目瞪口呆的伊班孩子面前，抖動他那條香噴噴、勾魂攝魄的紅絲手帕，李永平舉起他手中的筆，在台灣小姑娘朱鴒面前，朝空倏地一揮，變了個戲法。

就這樣，在那枝挺普通、台幣二十元錢一枝的原子筆（聽李老師說，道齊遜先生使用的是古典、鍍金的自來水筆，而那可是一枝真正的魔筆！）指揮之下，我，可憐的朱鴒，在台北市一間小學門口和他相遇相交的小女生，硬生生地，被鎖進他的小說中。從此我就被永遠囚禁在他用一個一個、總共上百萬個方塊字，所建造的一座巨大迷宮裡——他稱它為「嫏嬛宮」（他說那是傳說中的神仙洞府，天帝藏書的地方）。從此，朱鴒成為他的永遠不老的丫頭。

就像他說的，文字的力量很巨大。那一個個方方正正的字，就像監獄高聳的圍牆上砌起的一塊一塊血紅色的、用水泥緊緊黏合的磚，可又比磚頭美麗優雅、牢固耐久，更加的冷酷無情。

幽居在娜嬛宮中一眨眼就是幾十年。想逃，就必須付出慘重的代價：踏出迷宮大門，頭髮一夜變白。

被囚禁得心煩了，我就會思念、甚至羨慕那個居住在台北木柵萬芳社區，每天傍晚，接受賽蓮的召喚，頂著一顆雞窩頭，撅著兩臀子抖顫顫的肥肉，拎著兩個鼓脹的大紅塑膠袋，鑽出自家公寓的門洞，出屋來倒垃圾，順便透口氣活動一下筋骨的「溫朱鴒」。

可我每一想到李老師描述的那個壯觀、詭異的場景——溫太太居住的中產階級社區中，長長一條巷子，兩旁羅列著幾十幢公寓大廈，每天黃昏，當〈少女的祈禱〉哀怨的樂聲綻響起時，只見一群又一群婦女，手提垃圾袋，輪番奔向垃圾車，彷彿在舉行某種神祕、僵化、每日一次的宗教儀式——我心裡就會嚴厲地質問自己：朱鴒丫頭，妳真的想脫逃嗎？妳捨得離開李老師苦心為妳打造的迷宮，無怨無悔，回到小說外面那個真實的、屬於「溫朱鴒」們的世界嗎？

唉，說真的，這點連我自己都弄不清楚。

（演講會進行到一半了，朱鴒停下來歇口氣。她舉起左手臂，就著舞台上的聚光燈，瞇起眼睛，看看腕上戴著的那只挺名貴的、瑞士製造的白金伯爵小女錶。那可是「日本國遊戲銃協同組合」理事長，花井芳雄，朱鴒的大姐朱鸝的乾爹，送給她的七歲生日禮物呢。她又嘆口氣。）

唉。這會兒站在中山堂的舞台上，面對一支麥克風和滿堂來賓，一口氣講了一個小時的話，只因為心裡憋太久，耐住性子，總算聽完李老師那則長長的叢林冒險故事《大河盡頭》，好不容易，終於輪到我朱鴒說話了。我必須抓住這個難得的機會——李老師很專制，不隨便讓人講話——解開讀者們心中最大的疑團，回答大家最好奇、一直想當面問我的兩個問題：我如何與小說家李永平結緣、我又怎麼（借用剛才那位女士的話）總也不老？

對我方才的回答，各位滿意嗎？

謝謝大家耐心聽我這個小ㄚ頭講話，中途沒打手機也沒偷補妝，給足我面子。

（朱鴒深深一鞠躬。滿堂鼓掌。）

現在，我要向各位來賓鄭重地宣布一個消息：朱鴒又要出門浪遊了。這次不在台北城中或台灣島上。這回可是獨自一人，渡過南方一個大海，去一個遙遠的、我們台灣很少人進入過的超神祕國度——婆羅洲。

這是李老師許諾我的一個旅程。

這次旅行我期待已久，心中非常嚮往。（畢竟，從南洋浪子李永平口中，我聽過太多他的婆羅洲童年和少年故事，包括《雨雪霏霏》和最近這部《大河盡頭》，對他的故鄉的熱帶雨林，難免充滿美麗的憧憬和浪漫的想像。）這趟破天荒的婆羅洲之旅，原本四年前就應該進行的，卻一直推遲到今天才敲定。

在寫作《大河盡頭》時，李老師便和我約定，這本書一出版就馬上送我去婆羅洲。如同等待退伍、天天數著饅頭的阿兵哥，我緊緊地盯著《大河盡頭》的進度。那份快樂啊，就像一個等待出遊的幼兒園學生。

（朱鴒站在講壇上，無奈地長長嘆了一口氣。）

可是到了約定的日子，他卻反悔。他說他實在不放心、不忍心、不安心把一個八歲的小女孩，那小小的嬌嫩的身子，丟進一座巨大、原始、火燒島般炎熱的赤道叢林中，讓她無依無靠，獨自出生入死，從事一趟恐怖的冒險旅程。這太殘酷了。換成別的作家，也許會毫不猶豫地使出這種手段，以求達成驚悚效果，但他李永平實在做不出來。「抱歉，朱鴒，我只好對妳失信嘍。」初時他的態度十分堅決，毫無商量餘地。後來，禁不起我使出女生的水磨工夫，一再苦苦相求，他只好跟我達成一個協議：等我長大到十二歲，小學畢業了，身心比較成熟了，他才能把他心目中那個永遠長不大、也不可以長大的丫頭朱鴒，送去婆羅洲。現在我終於等到十二歲的生日了。各位此刻看到站在舞台上、向大家告別辭行的朱鴒，如今，可是個豆蔻年華亭亭玉立的少女囉，雖然個頭依舊那麼嬌小，像個小學三年級女生。

這回，李老師沒有食言。

在寫完《大河盡頭》上、下卷這部九百頁大書之後整整四年，他就把我召喚到面前，一臉嚴肅地對我說：丫頭，時候到了，我要實現當初我對著觀音山頭的月亮許下的諾言，把妳送進婆羅洲嘍！我說：好呀，但怎麼個送進法？他說：這個我還在考慮……我說：要不要在古亭小學校門口，籬笆下，挖一個幾十公里深的兔子洞，直通婆羅洲，讓我像愛麗絲那樣沒頭沒腦的一路掉下去呢？或者更新奇更好玩，在我家客廳的壁爐上——不！我們家在亞熱帶台灣，沒裝設壁爐——在我們家供奉觀音菩薩和媽祖娘娘的神龕上，安裝一面魔鏡，讓我模仿愛麗絲，穿過玻璃鏡片，進入一幢詭異的、所有事物都和我們的世界相反的「鏡中屋」……

李老師皺著他那兩道又濃又黑又直、他自己感到相當得意的劍眉，默默思索半天，才嘆口氣說：唉，幹麼要那樣大費周章，裝神弄鬼呢？我李某人，身為小說家，只需面對一疊空白的四百格原稿紙，揮一揮手裡那枝——不好意思——台幣二十元一枝的原子筆，一眨眼間就可以把妳，朱鴒，這輩子還不曾離開台灣、單獨出遠門的台北小姑娘，送去世界上任何地方，包括交通工具非常落後的婆羅洲。瞧我的吧，丫頭！

我回過頭來，看見李老師揚起兩道眉毛，睜大眼睛瞪著我，一臉驕傲的神色，就忍不住搖頭甩腦咯咯笑起來：小說家好像摩西，舉起手杖扯起嗓門大呼一聲：「嚇！」就能命令紅海分開讓以色列人通過，進入上帝應許的迦南美地。李老師靦腆地笑了：呵呵！寫小說沒那麼神聖偉大啦。不過，丫頭啊，小說家的確擁有這種權力和本事，否則還不如寫寫小品文，作作詩，又何必那麼辛苦爬幾十萬個格子呢。

我的歷史性婆羅洲之旅，就這樣，在我和李永平老師之間的一段輕鬆的對話中，三言兩言便決定了。

那時，太陽快下山了，我們坐在陽明山頭一座懸崖上，肩並肩，伸出脖子睜著眼睛，眺望腳下那嘩喇嘩喇車水馬龍、我居住了一輩子，如今即將離別，不知何日能夠再見的台北市。汽車喇叭聲一波波，叭，叭叭，好像清明節滿山遍野孝子哭墓，隨著黃昏的車潮，不住傳送到山頂上來。

——丫頭。

——嗯。李老師。

——我把妳丟進婆羅洲，就撒手不管嘍。

——你就將我孤單單一個人，留在那個鳥不生蛋的地方嗎？

——是的。妳只有自己可以依靠了。

兩個人坐在山上，放眼瞭望傍晚煙塵濛濛的台北市。山腰的竹林人家，煙囪中飄送出飯菜香來，熱騰騰撩呀撩，不停逗弄我的鼻子。我抿住嘴唇，狠狠吞下兩泡口水。回頭一眺望。夕陽下的淡水河出海口一片火燒。水岸觀音山，著火般滿山紅通通。太陽已經沉落到山後的台灣海峽中。天黑了，台北市四處點亮起燈火。開始時只是東一盞西一簇，零零星星眨著眨著。突然間，彷彿滿城人家大鬧元宵，爭相放起煙火，千盞萬盞各色各樣的霓虹，一下子全部綻亮。月亮一彎，悄悄浮現，斜斜掛在市中心閱兵廣場那座紅磚堡壘的塔尖上，嬌滴滴笑盈盈，俯瞰滿城花燈。

我拔起雙腿，直奔上崖頂，把一雙手舉起來遮到眉眼上，弓下腰身，俯視腳底下山谷中突然冒出的一座嶄新、美麗的城市！

——魔術師變戲法！天一黑，燈一亮，我們的台北市就完全變個樣！白天，在太陽下看，只見滿坑滿谷的水泥公寓房子和壓克力招牌，橫七豎八，堆在一起，整個城市就像一座超大型的亂葬崗似的。可怎麼一眨眼，就脫胎換骨，變成傳說中的海中神山蓬萊仙島呢？

我滿臉詫異，回頭望著他。

他，李永平老師，左腋下夾著兩本大書，身上依舊穿著招牌紅襯衫，和他那條從南洋帶來，不知洗過幾百回，早已變成灰白色的美國李維牌牛仔褲（如同當初，在古亭小學門口，我第一次遇見他時的裝扮），坐在山頂崖邊一張長滿青苔的石凳上，凝著兩只幽黑眼瞳，只管瞅著我。

——黑夜是一位魔術師，丫頭。

心中驀然一亮，我好像領悟到了什麼，抬頭望望漆黑的天空，又伸出脖子看看山下那一城繁星似的蕊蕊燈火。

——哦，如果黑夜是一位魔術師，燈光就是魔術師的道具囉。

——就像小說家手中的筆……

——我明白！小說家也是一位魔術師，文字就是小說家的道具。

——丫頭聰明，一點就透。

——嘻嘻，我畢竟是李永平一手調教出來的學生呀。

——說不定將來在中國文壇上，會崛起一位傑出的女小說家，朱鴒女士。

——老師又說笑了。

天全黑了。兩個人依舊坐在陽明山巔石崖上，一邊凝住眼睛，靜靜地觀賞那隨著夜深，燈火越發繁盛、夜色更加美麗的台北市，一邊陷入沉思中，各想各的心事。

我想到我們兩人——來自天南地北、相逢於台北街頭的一對陌生人——曾經結成夥伴，在腳下這座城市中四處遊逛迌迌，探索各個旮旯角落，搜尋各種新奇事，共同度過無數個奇特、好玩，有點恐怖，卻又讓人回味無窮的白天和夜晚。這會兒，肩並肩坐在山上看這座城市，想到我馬上（或許就在這一兩天吧）就要向它告別，我不由得感到離情依依，一時間怔怔地發起癡來。

李老師忽然沉沉嘆出一口氣來。他說話了。

——丫頭，我還是不放心哪！

——你不放心什麼呀？

——不放心把妳送去婆羅洲，不放心把妳孤零零丟在叢林中。丫頭，那個地方可不是讓小姑娘漫遊、玩耍的鏡中世界，童話國度。我心裡會極度的惦念妳，日日夜夜牽腸掛肚。

他舉起一只拳頭，砰、砰兩下使勁捶打他自己的心口。

我伸出手，用力抓住他的手。

——你不必替我擔心。我能夠保護自己。莫小看我這個「小丫頭」！別以為我是個嬌聲嗲氣、永遠長不大的女生。這些年一直伴隨在你身邊，充當你的繆思，擔任你的嚮導，扮演你小說中的角色，在你寫的那些書裡進進出出那麼多次，經歷那麼多人生的悲慘事情，我，八歲（不！我已經十二歲了）的台北小姑娘朱鴒，早已經是個——歷盡滄桑的女人了。

李老師轉過頭來，瞧我一眼。就著山頂的一盞路燈，我發現他眼眶中晶瑩瑩，閃亮著兩團淚光。跟他打交道那麼多年，第一次，我察覺他在看我時，眼睛發出一種溫柔的、簡直就像（直到現在他都還不願承認呢）父愛一般的光彩。想想也真好笑，以前他一直把我當成「哥兒們」看待。如今即將離別，兩人並肩坐在山頂一張石凳上，眺望我們同遊過、歷險過的台北市。他第一次用那種語調和那樣的眼神，和我說話。我轉頭看他的眼睛，一時間手足無措，不知如何是好，好半天只顧張開嘴巴，白癡樣呆呆地杵在那兒發愣。他不再吭聲了，只管凝著兩只幽黑的眼瞳，瞅著我的臉。眼神裡可都是話，只是沒說出口。忽然眼睛一亮，他伸出左手來輕輕放在我的後腦勺上，慢慢的、柔柔的搓兩下。他摸了我的頭！這是他第一次對我做出親暱的動作。我當場嚇一大跳。我那張臉皮颼地漲紅了，眼眶卻濕濕的，險些兒迸出了兩顆熱烘烘的淚珠。

（講到這裡，朱鴒停頓下來。細條條一個身子，佇立在空曠的舞台上。兩眼淚汪汪，凝視著那一盞直直照射到她臉上的聚光燈，不住眨啊眨。好一會她抽噎著說不出話來。小小的肩膀一聳一聳。舞台下只見黑鴉鴉一片，滿堂仕女盛裝端坐，霎時間鴉雀無聲。過了約莫三分鐘，朱鴒伸手使勁揉搓眼睛，挺起胸膛，揚起她那張淚痕滿布的臉龐，猛一甩耳脖子上濕答答的髮梢，重新面對麥克風，破涕為笑。）

各位來賓，這便是我和李老師之間，最後一次見面的情景和最後一場對話。那時，我們倆坐在陽明山上，望著山下黃昏的台北市。明天，我就要出門上路了，踏上一段新的旅程。想著就讓我興奮不已，因為這是我出生以來頭一回，獨自出遠門，無依無靠，前往一個對台灣女孩來說可是全新的、絕對陌生的、據說非常原始野蠻的地方。那兒卻又是南洋浪子李永平的家鄉，對我個人來說，具有一種奇特的親切感，就好像回到自己闊別多年的家園似的。但，最讓我振奮的是（我偷偷跟妳們講）我終於擺脫他——霸道、脾氣大、又愛囉嗦嘮叨碎碎念，叫人耳根不得清淨的李老師。這下我終於可以逍遙自在，無拘無束地，漫遊在那個海闊天空的新世界了，如同我生平最羨慕的愛麗絲。

假若能夠平安回到台灣（願媽祖娘娘、觀音菩薩，和婆羅洲伊班人的大神辛格朗·布龍，三位神祇合力庇佑我！）也許一年之後，我將會重新站在這座舞台上，向關心我的各位讀者們，報告這趟旅行的經歷、見聞和感想。

謝謝大家！再會。

（深深一鞠躬。朱鴒背起書包，伸手拂了拂身上的卡其上衣和黑布裙，挺起腰桿子，聳著一頭新剪的、刀削般整齊俏麗的短髮絲，轉身步入後台。幕急落。）

第一卷　初抵婆羅洲

第一話　有個少女蹲在河畔哭泣

太陽白花花。我用力揉兩下眼皮，定睛一瞧，看見前面約莫一百米處有一條河。大河。

河裡只見水氣濛濛，大白天中午好像正在起一場大霧。四下裡悄沒聲。整條河、河上一弧碧藍的天空、天空下一座無邊無際的森林——偌大的天地，瀰漫著濃濃的陽光和水光，伸手不見五指，而我，朱鴒，孤單一個人就佇立在這一團鋪天蓋地的白光中。

趑趄了兩分鐘，我鼓起勇氣，小心翼翼往前走出五十米，依稀聽到唏哩唏哩流水聲。我停下步伐，踮著腳豎起一只耳朵，朝向那渾白渾白大日頭直直照射下，河面沸沸揚揚升起的一蓬水蒸氣，細細傾聽。水聲漸漸清晰起來。忽然潑剌一聲響，河上一簇水星迸起。我搓了搓眼皮，凝眼一看，水光閃亮中望見一對豔麗的花斑水蛇，戲水似地，只顧互相追逐嘶咬。那兩、三米長的兩條巨大身子，交纏著沐浴在陽光中，蹦蹦濺濺地穿渡過遼闊的河面。我站在河畔坡地，直看得發起呆來。等到牠們兩個玩夠了，肩並肩消失在河下游一團水霧中，我才回過神，吁出兩口氣，伸手猛一拍自己的心口，舉起腳上那雙髒兮兮皺巴巴，在台北穿了好多年，陪伴我，走遍城中大街小巷的白色小球鞋，躡手躡腳，朝向河邊又走出三、四十米的路程。流水聲更加嘹喨。空窿空窿，烈日下曠野上好像起了一場大潮水。我停下腳步，舉起左手遮到眉眼上，擋住刺眼的陽光，跂著腳凝起兩只眼睛，一眺望。我的視線終於穿透河上的重重霧氣，投射到了對面河岸上來。

瞧，那兒就是我聽說已久，心中一直嚮往的婆羅洲森林！如今它就聳立在我面前，好像一個龐大、神祕的巨人家族。霧中只見影影簇簇一家子，全都穿著墨綠色衣裳，不聲不響排列在河邊，那副陣仗彷彿正在舉行一場盛大、奇詭的儀式，迎接一位來自遠方的貴客。

我終於抵達婆羅洲。

原來這就是李永平老師的家鄉！他出生、長大、直到十九歲才離開，幾十年來在外鄉日思夜想的南洋島嶼。這個島也是今後一年，我，朱鴒，來自台北的女生，必須依靠自己的勇氣和機智，獨自冒險闖蕩、設法保住一條小命，希望在旅程結束時能夠平安回到台灣的地方。

我仰起臉龐，朝向婆羅洲的天空深深吸入三口氣，拍拍胸膛，挺起腰桿子在河畔立定，甩了甩我那一頭齊耳的西瓜皮似的短髮，然後開始整理身上衣裳（大家記得嗎？那套土裡土氣、穿起來讓人汗流浹背的台北小學女生秋季制服：土黃卡其長袖上衣，搭配一條及膝黑布裙）。將自己打理停當了，我就跑上河岸草坡，雙手扠腰放眼眺望。正在思量該朝哪一個方向走，霧中忽然聽見有人哭。我趕忙豎起耳朵聆聽。那一聲一聲啜泣，細細尖尖，乍聽好像一根繡花針穿透河上濃霧，不斷從上游飄送出來，鑽入我的耳鼓，一針一針只顧刺戳我的兩片耳膜。

曠野空寂寂，連半條人影都看不見。

我只覺得頭皮猛一陣發麻，忍不住咬起牙根，渾身一哆嗦，接連打出兩個寒噤來。

白花花，日頭當空照。

我悄悄轉過身子，背向聲音的來源，跂著兩只腳尖，沿著河岸一條小徑朝向河下游邁步走。可那個聲音哭得越發淒涼、急切起來，好像一個受冤屈的小女子，躲開她的家人，將自己窩藏在一個隱密的角落，獨個兒越想越傷心，越哭心裡越是不甘。我舉起雙手摀住耳朵，加速步伐只顧垂著頭走自己的路。陰魂不散。嗚嗚嗚。哭聲一聲接一聲兀自從我身後傳來，綿綿不絕，如同繡花針頭繫著的一根長長的絲線，飄蕩在河邊，只管一路追纏我。我索性停下腳步不走了，低頭看看自己的影子：黑魆魆一團，緊貼著我的腳後跟。我舉起左手，瞄瞄腕子上戴著的白金伯爵小女錶：

——哦！正午十二點鐘。

抬頭一望。

太陽已經爬上天頂。赤裸裸光溜溜、車輪般大的一顆大日頭，朝著我的臉龐，潑水似的當頭直直地照射下來。我慌忙闔上眼皮，把左手掌舉到眉心上，擋開扎眼的陽光。過了一分鐘，再睜開眼睛看時，發現那一整個上午籠罩河上的濛濛水氣，在太陽驅趕下，已經消散大半了。整條河豁然顯露在我眼前。好一條南洋大河！如同在台北時，李老師常常向我描述的，它果然像一只熱帶叢林大蟒蛇，這會兒中午時分，蟠蜷著牠那條渾黃的、日頭下鱗光閃閃的身子，懶洋洋地，躺在婆羅洲內陸那火綠火綠無邊無際的曠野上，邊曬太陽，邊睏午覺哩。

聽！那哭聲。

抽抽噎噎悽悽慘慘，大白天，好似一條徘徊不去的幽魂，不斷地從上游飄出來，穿透滿天的陽光和水光，一聲聲直鑽入我的兩個耳鼓。我聳起肩膀齜著牙，又打出好幾個寒噤來，拔起腳，鬼趕似地埋頭又往下游疾走。哭聲一路追隨我。我停住腳步鼓足勇氣轉過身子，豎起耳朵，追蹤聲音的來源，一步一步朝向河上游尋覓過去。

我看到了她！細伶伶的一個身子裸露出棕色的肩膀，只在下身繫一條粉紅小紗籠，彎著腰，將雙手蒙住臉孔，獨自蹲在大河邊。一把直直的及腰的長髮絲，黑漆漆披散在背梁上。脖子下的兩片單薄的肩胛骨，隨著她那哭墓般的陣陣啜泣聲，抽抽搭搭一聳一聳。整個人看起來十分孤獨，好像遭逢人間最不幸的事。

我跂著腳尖悄悄走上前。

猛抬頭，她仰起小瓜子臉龐，伸出五根手爪子撥開腮幫上濕答答的一綹髮絲，淚汪汪，睜著兩只眼睛瞅住我。

正午太陽下，驟然出現在荒涼河畔的這雙大眼睛，一下子把我震懾住了。在台北，我從不曾看見這樣幽黑，這樣清澈，好像夏夜天空中最孤獨、最明亮的兩顆星星的眼睛。可是怎麼回事呢？那兩只美麗的眼瞳子卻布滿血絲，太陽照射下，斑斑爛爛，閃爍著一種很深很深，和她的年齡不搭配（這女孩看來頂多十歲吧），讓我覺得好心痛好不捨的哀傷。

我扭頭避開她的眼神，走上前，攏起裙襬抱住膝頭，悄悄在她身旁蹲下來。一時間兩人就這樣肩並肩，翹起臀子蹲在大河畔，靜靜地望著日頭下黃浪滾滾波光閃閃的河水，各想各的心事。過了整整三分鐘，性急的我捺按不住了，率先開腔打破沉默：「我是朱鴒，請問妳叫什麼名字？」

「伊曼。」聲音細細的，帶著濃濃的鼻音。

「我沒聽得很清楚，對不起。」

她伸手捏住鼻尖，用力擤出一把鼻涕來，稍稍抬高嗓門：「伊——曼——」

「伊曼，妳好，幸會。」

兩人又陷入長長的一陣靜默中。伊曼依舊弓著腰，雙手蒙住臉孔，披著一肩烏黑髮絲，緊緊攏住身上那條小紅紗籠，跂著兩只光腳丫子，一動不動蹲著。她那兩只瘦骨嶙嶙、一聳一聳抽搐不停的肩膀子，漸漸平息。不知什麼時候，她那掏心肝般一陣比一陣悠長淒涼的哭泣聲，也停歇了。河畔一下子沉寂下來。

她仰起臉龐來了，扭頭狐疑地看了看我。眼瞳一燦亮，好像發現了什麼似的。她伸出兩根手指頭，搓了搓她那兩片紅紅的、哭腫了的眼皮，迎著陽光凝住眸子，眼上眼下只管打量我。淚光中，她那張棕色小臉蛋閃亮著一種孩童般的天真和好奇。

「妳叫朱鴒？」

「是的。朱——鴒——紅色的小鳥。」

「那是支那人的名字嗎？」

「那是中國名字。古老美麗的中國名字。」

她，伊班姑娘伊曼，又睜起她那點漆般一雙幽黑眼瞳，瞅著我的臉龐，思索了半晌忽然伸出一條手臂，挺起腰桿聳起上身，遙遙指住大河上游，碧藍天空下，那一條白色魅影似的漂浮在叢林頂端、時現時隱的山脈。

「那是婆羅洲中央分水嶺。」伊曼說。她的眼光中閃漾著一種特別的、非常溫柔的神彩。我猜她是想起了一個以前認識，可後來不知怎麼就離別了，從此讓她深深思念的外鄉人。「朱鴒，看！分水嶺的另一邊就是沙勞越。沙勞越是個很大的國家，有全婆羅洲最大的森林和四條大河，有各種礦山，有幾百萬畝橡膠園和胡椒園，還有個美麗的城市叫『古晉』。古晉的意思是貓。朱鴒，請問妳是從貓城古晉來的嗎？」

「哦，不是。」

「那妳是從哪裡來？朱鴒。」

「我從台北來，伊曼。」

眉心一蹙，伊曼的小瓜子臉上顯露出迷惘的神色。

我伸出一只手掌，擋住刺眼的陽光，舉起另一條手臂，指著大河盡頭的山嶺：「那座大山的背後，就是李老師的家鄉沙勞越嗎？沙勞越北邊有個大海，叫南中國海，海的北邊有個島叫台灣，台灣北部有個城市叫台北。伊曼，我是從台北來的。」

「台北，台北……」伊曼嘴裡喃喃念著。「那是一個什麼樣的城市？」

「很熱鬧，摩托車很多的城市。人口有兩百五十萬，比古晉多得多。台北也是個美麗的城市，四周有青翠的山，中間有一條風景優美的河流，叫淡水河——」說著，我忍不住開始思念我出生、長大、直到今天以前從不曾離開過一天的城市，台灣台北。我也開始惦記李老師，那個流落在台灣，跟我相識、結交於台北街頭的南洋浪子。說也離奇，如今我人就在他的家鄉，婆羅洲叢林中，他日思夜念的那條大河邊，而他，年紀也有一把了，卻為了某種緣故，依舊逗留在和婆羅洲相隔一個大海的台灣，獨自繼續在一個異鄉的城市，台北，過著漂泊的日子。這次他狠起心腸，把我送去婆羅洲後，在台灣他真的就是孤零零一個人了……想到這點，心中陡地一酸，我禁不住哽咽起來了。兩只肩膀子好似羊癲瘋發作，抽搐個不停。

「喂，妳怎麼啦？」伊曼扭過頭來睜大眼睛看我，眼光中充滿關切。我沒回答她，只管哀哀地抽噎。伊曼伸出一只手來，邊拉扯我身上那件土黃卡其襯衫的袖子，邊叫喚我的名字：「朱鴒朱鴒，紅色的小鳥，妳到底怎麼了啦？好端端的為什麼突然難過起來呢？」

我搖搖頭。「沒什麼。只是忽然想起在台北的親人。」

「妳第一次逃家？」伊曼伸出另一只手，把我的臉扳了過來，輕輕拍兩下我的腮幫，嘆口氣，勾起一根手指，撥開我那一頭西瓜皮似的短髮，隨即，把我那張風塵僕僕的臉龐捧在一雙手掌中，端詳好半天，才問道：「妳是怎麼來到婆羅洲的？為什麼獨自一個人出門旅行？」

我當場愣住了。如何回答這麼簡單的一個問題呢？一時間，我只管睜著眼睛，伸手搔著後腦勺，望著眼前這條我生平初次看見的、一條大黃蟒蛇般，頂著赤道大日頭，穿梭遊走在叢林中的婆羅洲大河，苦苦地思索怎樣回答伊曼。過了整整一分鐘，我才囁囁嚅嚅地說：「我有個老師姓李，是一位小說家（小說家就是寫故事的人）。他是你們婆羅洲人，在台灣流浪。我們在台北街上認識後，就結交成為朋友。他出版過六、七本書。我在他的小說裡擔任一些角色。為了獎賞我，李老師許下諾言，在他最近這本名叫《大河盡頭》的書寫完之後，便把我送去婆羅洲度假。怎麼送去呢？台灣和婆羅洲，這兩座島隔著一個大海呀。伊曼，妳知道愛麗絲的故事嗎？」

「當然知道！」伊曼整個臉蛋登時亮起來。「我五歲時，鎮上的馬利亞．聖淘沙修女，就給我講過這個全世界的女孩子都喜歡的故事。我好崇拜愛麗絲！她可是我從小的偶像。」

頭一次我看見伊曼笑，但她那兩只咖啡色的腮幫子依舊濕答答，淚痕斑斑。我悄悄伸出手，撈起她肩後拖著的一把黑髮絲，放在我的膝頭上，替她拂掉上面沾著的塵土。

「那麼，伊曼，妳就知道李老師怎樣把我送進婆羅洲了。」我也跟著她吃吃笑起來。「不，不，他倒沒有挖個兔子洞，讓我像愛麗絲那樣一路掉下去。他就像摩西——聖經裡那個舉起拐杖大喝一聲：『嚇！』命令紅海分開，讓以色列人通過的大鬍子摩西。妳說長屋的小孩都認識摩西？他是你們的英雄？不管怎樣，反正就像摩西，李老師舉起他手中那枝原子筆，在面前一疊白紙上，揮幾下，畫符般寫幾行神祕的中國方塊字。只一眨眼工夫，看哪！我，朱鴒，一輩子從不曾離開家鄉的台灣女生，便發現自己，做夢似地來到了陌生的婆羅洲叢林，現身在一條黃色大河邊。一睜眼就看見妳，伊班姑娘伊曼，獨個兒蹲在大河畔哭泣，樣子好傷心喔。」

伊曼聽得發起怔來。她歪著頭，只顧察看我那一身（天哪，多土氣的）台北小學女生秋季制服：黃卡其長袖上衣搭配一條及膝黑布裙，外加一雙白帆布鞋。我被伊曼那雙漆黑的、夏夜星星般清澈的眼睛，直打量得耳根發燙，渾身忸怩不安，正想站起身來，舒伸一下在河畔蹲了半個小時、早已麻掉的雙腿，這時伊曼忽然舉起雙手，猛一拍，恍然大悟似地驚嘆起來：「哦，妳的這位李老師，原來是一個有法力的魔術師！就像先知摩西。」

我聽了，怔了怔，靈機一動也跟著伊曼舉起手來，使勁拍兩下自己的膝頭：「是的！李老師曾對我說，小說家就是魔術師，他的筆就是魔術師手中那根小棒子。」

伊曼呆呆瞅著我。小瓜子臉上那兩只黑眼瞳子，映著河上的陽光眨著眨著，忽然清靈靈一轉：「我也曾經認識一位魔術師！他是真正的魔術師，不是寫故事的，是變戲法的。他是這條大河上，自從伊班布龍神開天闢地以來最有名、最厲害的魔術師。長屋的巫師和長老都尊敬他，稱他為『來自西土的偉大白魔法師』。長屋的孩子喜歡他，追著他老人家叫『峇爸』，意思是白人爺爺，來自南極洲澳大利亞國的聖誕公公。整條大河成千座長屋的孩子，天天守在村口碼頭，伸長脖子眺望大河下游，癡癡等待峇爸搭船前來長屋，表演魔術、分發糖果……」

講到這裡，眼神忽地沉暗下來，伊曼的嗓門一下子變沙啞了。一時間她只管睜著眼睛，望著大日頭下黃滾滾的大河，不吭聲。潑剌一聲響，只見兩條水蛇竄出來，在浪濤中發狂似地追逐玩耍。看伊曼臉上的神色，這會兒，她整個人好像陷入一段傷心的、刻骨難忘的回憶中。

過了五分鐘，直到那一對豔麗的婆羅洲水蛇，交纏著牠們那六米長、花斑蕊蕊的身子，劈劈啵啵消失在對岸一窩水草中，伊曼才再開腔。她垂下頭來，望著紗籠襬子下，自己那雙沾滿黃泥巴的光腳丫，猛一哽噎，嘶啞著嗓子，說出了一個深藏在她心底，頭一回向別人訴說的祕密：

「直到我死了我都會記得那天是八月四日，我九歲生日。一早起來，伊布——我媽媽——就帶我到河裡洗澡。她叫我脫掉身上那件舊紗籠，光著身子站在水中，然後，她從河底撈起一杓細砂，把我全身上下，包括女孩子最私密的那些個角落，仔細擦洗兩遍。接著伊布拿出一瓶她心愛的、平日藏在衣箱底，只在大節日才取出來，在脖子上搽兩滴的爪哇蘭花油，小心翼翼把我那一頭兩呎長、打兩歲就留起，從不曾碰過剪刀的髮絲，用蘭花油染得烏溜溜亮閃閃，好像一匹中國黑緞子披在肩膀下，腰肢上。最後伊布給我穿上阿峇——我父親，他可是我們魯馬加央長屋最有名、最勇敢的獵頭戰士喔——親自搭乘鐵殼船，到桑高鎮的支那店鋪選購的一條粉紅色、峇里島手織印染紗籠。（瞧，就是我身上現在穿的紗籠！從台北來的女孩，朱鴒，妳說這條紗籠美麗不美麗呀？）伊布幫我洗過了澡，梳好了頭髮，就流著兩行淚，把新買的紗籠親手穿到我身上，在腰間打個蝴蝶結，露出一顆光溜溜紅噗噗、好像一粒玫瑰花蕾的肚臍眼，表示她心愛的女兒伊曼，是個已經長大成人、可以出嫁的姑娘了。」一臉皮颼的一紅，伊曼羞答答地湊過她的嘴唇來，緊貼在我耳朵旁悄聲說：「偷偷告訴妳，就在生日的前三天，我第一次來潮，把身上那條小紗籠，在屁股的地方染紅一大塊。」

「那時妳才九歲呢！伊曼！」我驚嘆起來。

「我們婆羅洲女孩八歲就來潮了。我還算是晚的呢。」伊曼打眼角裡睨睇我一眼，抿住嘴唇吃吃笑起來：「妳們台灣女孩，幾歲來潮呀？」

「十三四歲吧。」我想到留在台北的兩個姐姐。不知何時、不知能夠不能夠再見到她們。想著，我的一顆心忍不住絞痛起來。「我的大姐朱鸝十三歲來潮。我的二姐朱鸞，一直等到十四歲生日那天才有第一次。」

「朱鴒，妳還沒來潮吧？」

「我，還早哩。」

這回輪到我颼的漲紅了臉皮。

「我羨慕妳，朱鴒，還是個沒流過血的小女孩子。妳要珍惜妳的第一滴血哦！可不要像我——」伊曼的眼神又沉暗下來，嗓門一下子變沙啞。肩膀子猛一抽搐，彷彿又要哭泣了。咬著牙強忍著，接連吞嚥好幾泡口水，她才繼續講那個刻骨難忘的故事：「那天早晨，伊布——我媽媽——在河裡幫我洗了澡，梳了頭，穿上我阿峇給我買的紛紅花紗籠，把我全身上下打扮一番，像個新娘子似的。然後她就打發我跟隨長屋的一群孩子，到村口碼頭等候一位貴客光臨。直等到傍晚，太陽快要沉落入大河口，他，白魔法師峇爸澳西，才拎著一口沉甸甸的行李箱，帶著一個黑臉爪哇隨從，穿著一身白西裝，圓鼓鼓地挺著他那在大河兩岸鼎鼎有名、活像中國彌勒佛的大肚子，搭乘官船（他是一位英女皇大律師，印尼政府的法律顧問），笑眯眯，來到我們長屋。這身裝扮和這副行頭，在長屋孩子們眼中，活生生就是一位來自南極澳洲的聖誕公公！才登岸呢，在大夥央求下，他就在碼頭上來一場即興表演，耍一套獨門戲法。紅冬冬大河口一輪落日照射下，峇爸澳西頂著一頭銀髮，在場子中央站定，開始施展法術。只見他老人家，身子陡的一旋轉，整個人登時化身為一只胖大的白蝴蝶，出現在孩子群中，張開雙翼，滴溜溜滴溜溜不住穿梭遊走，時不時伸出一根肥短的、戴著一顆紅寶石戒指的手指頭，往孩子們身上啄去。大夥看得眼都花了，頭也暈啦。一晃眼間，也不知使用什麼手法，峇爸就從孩子們的胳肢窩、褲襠、耳洞和屁眼中，挖出各式各樣五顏六色的糖果，一顆一顆放在孩子們手心上。人人有獎品。不分男生和女生，半個也沒遺漏！把整座長屋上百個娃兒逗得大樂，蹦的一聲跳起腳來，蜂擁上前，團團包圍住他老人家，舉起握著糖果的小小拳頭，齊聲歡呼：『希督普峇爸！』白爺爺萬歲。峇爸澳西先生白髮白頭一身雪白西裝，腆著個大肚腩，笑呵呵站在娃兒堆中，真的像一個慈祥的白人老祖父。」

「這套戲法可真有點邪門！一根手指頭，專門摳人家身上的旮旯角落，連女孩子的身子也不放過喔。」我張開嘴巴長長吐出兩口氣來，伸手拍拍自己的心窩。「伊曼，妳也拿到一顆糖果？」

臉皮又是一紅，伊曼垂下了頭，怔怔望著自己那兩只從紗籠襬子底下伸出來，踩在河邊沙地上，髒兮兮瘦巴巴的光腳丫。

「我，伊曼──那天度過九歲生日、初潮剛來的伊班姑娘──穿著新買的粉紅小紗籠，披著一肩新洗的烏黑髮絲，一整個黃昏，獨自挺著腰肢站在碼頭邊緣，靜靜觀看這場魔術表演。」肩膀子猛一顫，渾身倏地哆嗦，伊曼咬著牙又悄悄打出兩個寒噤來。「峇爸澳西好似一只大白蝴蝶，滿場子穿梭，邊遊走邊豎起他那根粗大食指頭，往孩子們身上各個窟窿，戳啊戳，把大夥逗弄得東躲西閃，咯咯笑個不住。就在這當兒，我發現峇爸那兩道碧藍的目光，如同眼鏡蛇舌尖上的丫子，簌簌簌，不斷吐出來，射向我肚腩上那一顆光溜溜紅噗噗、花蕾似的裸露在紗籠外的肚臍眼。那時我心裡就知道，他老人家看上我了。」

嗓子沙啞了，她再次停頓下來，整個人一時間又陷入深沉的回憶中。

正午，光禿禿空蕩蕩的河岸上，只見伊曼細條條一個身子，包裹在一襲沾滿黃泥巴、在赤道日頭長年曝曬下，早已褪色的粉紅紗籠中，一動不動，蹲在一棵枯萎的栗樹下。十二歲少女一臉憔悴，兩腮幫淚痕，看起來好像一個成親沒幾天，就在惡婆婆逼迫下離家出走的小媳婦兒。

河上一弧碧藍天空中，孤單單一頭黑鳶逡巡，一大圈又一大圈。牠鼓著兩只烏晶晶的尖翅膀，環繞著天頂那顆大太陽，扯起嗓門只顧啼叫不停：咿啊咿。

過了好久好久——久到我幾乎忍不住要打盹了，伊曼才從沉思中醒來。她甩甩肩上的髮絲，伸手摀住心口，使勁咳嗽兩下，清了清乾澀的喉嚨，繼續講那天傍晚發生在長屋碼頭的事。

「峇爸從孩子堆中鑽出來了。一步一步，躂躂躂，峇爸邁著他腳上那雙白色尖頭大皮鞋，直直朝向我走來，在我面前站住，睜起他那兩只冰藍眼瞳，把我整個身子從頭到腳打量三遍。眼一瞇，他那張肥嘟嘟雪白白的臉膛，映著黃昏滿天的彩霞，紅噗噗地，綻放出兩朵圓圓的大酒渦。長屋碼頭上，幾百雙目光注視下，峇爸挺著大肚子矗立在我細小的身子前，好像一座白肉山。忽然眼皮一挑，他悄悄向我遞了個眼色。他臉上那副詭異的笑容，我永遠不會忘記。他好像告訴我：我們這對男女之間存在著一個祕密——神聖、上帝見證、只屬於伊曼和峇爸兩個人的祕密，決不可以讓任何第三者分享。他弓下腰來，把他的臉湊到我的臉上，凝視我的眼睛，伸手撥開我肩上的一把黑髮絲，剝露我的頸子，湊上自己的嘴巴，在我耳洞中呵兩口氣，喃喃地講幾句話。但我沒聽清楚他講什麼，只聞到一股嗆人的大蒜和起司味。接著，就好像一個老祖父幫小孫女整理衣裳似的，峇爸在我腳跟前蹲下來，伸手一扯，鬆開我腰間繫著的新紗籠，撣幾下，拂掉襬子上沾著的塵土，然後從他自己身上的白西裝口袋中，抽出一條紅絲帕，在我那光滑的肚皮上，溫柔地擦拭起來。弄了半天，峇爸才幫我重新把紗籠穿好，繫緊，在肚臍下方牢牢打個結。他終於滿意地嘆出一口氣來，站起身，彎下腰，噘起嘴唇在我額頭上啄兩下。這當口，打扮得體體面面，列隊碼頭迎接賓客的一整座長屋的大人，包括我們的屋長天猛公．彭布海，和部族中的九位長老，都看呆啦，個個挺著腰桿睜著眼睛，一眨不眨。大家都知道，來自西土的偉大白魔法師，澳西先生，接下來就要表演今天的壓軸戲。我站在伊布——我媽媽——身旁，緊張地等待這一刻來臨。碼頭上靜悄悄。我聽見自己的一顆心撲撲跳個不住。峇爸澳西站在場子中央，自顧自整理起身上的白西裝，把紅絲手帕插回口袋，呵呵一笑，挺起大肚腩，背著雙手繞著碼頭開始踱起方步來。躂，躂，躂。他老人家又朝向我走過來了。」伊曼停頓下來，縮起肩膀又打了個哆嗦。我聽癡了，只顧豎起耳朵睜著眼睛，好久沒開腔。伊曼伸出一只手掐住自己的喉嚨，乾咳好一陣，清了清嗓子才繼續說：「躂，躂。他邁著腳上那雙大皮鞋，穿梭過一群群娃兒走到我面前，倏地停下腳步。夕陽下一團紅光在我眼前閃了閃。峇爸伸出一只手臂，挽起衣袖，豎起他那根粗短的、亮晶晶戴著一枚大紅寶石戒指的手指頭，在我臉上晃兩下，隨即噗的一聲，把手指頭刺入我的肚臍眼中。我痛死了，差點扯起嗓門叫救命。伊布伸出手來，一巴掌摀住我的嘴巴。我只好閉上眼睛，咬著牙挺著腰肢，任由峇爸操弄他那只大白蛆似的手指，在我那細小的肚臍眼中，挖寶般又是掏又是摳又是戳，把我逗得險些噗哧一聲笑出來。整座碼頭黑鴉鴉一片，靜得像一座墳場。鬼火似的，幾百只眼睛閃爍在河上紅通通一顆太陽下。人人愣愣瞪著場子中央。峇爸撅著兩只大屁股，蹲在我紗籠下，忙得滿頭大汗氣喘吁吁，邊挖寶，邊用紅絲帕不停擦臉。掏弄了半天，他老人家才停下手來，嘟起兩片肥嘴唇，長長吁出一口氣，倏地從我肚腩上那個小孔穴中，抽出他那根手指頭，高高舉到空中。看哪！魯馬加央長屋的鄉親父老們，偉大的西土魔法師，澳西先生，從伊曼小姑娘的肚臍中挖出了一顆新鮮、熟透、紅豔豔濕答答的草莓！有一枚桃子那麼大呢。大家都看得癡呆了，好久好久才從迷夢中醒來，揉揉眼睛猛一拍額頭，在屋長天猛公率領下，齊聲喝出一聲采：『峇固斯，達勇普帕！希督普，峇爸澳西！』」

這段長長的非常精采的敘述，讓我聽得如醉如癡。聽完了，兩只肩膀陡地一顫，我也跟著伊曼蜷縮起身子，把一雙手摀住自己的肚臍眼，嚇得渾身機伶伶打出五六個哆嗦來。

伊曼，黑髮披肩，身穿粉紅色花紗籠，皮膚好似奶油巧克力般光滑的伊班美少女，大熱天中午，頂著毒日頭，蹲在婆羅洲大河畔，邊哀哀啜泣，邊向一個初次相遇、來自大海對面的女孩，講述一樁發生在她九歲那年的事。

我蹲在伊曼身旁，一逕歪著頭，端詳她那如同台灣阿美族的木雕人偶般，端莊、高貴的側臉，一邊豎起耳朵聽她訴說。聽著聽著，隨著伊曼那哭墓般如泣如訴的聲調，我腦子裡上映一部黑白默片似的，陰森森亮閃閃，浮現出了那天黃昏，在她家村子碼頭上，峇爸領銜演出的一段怪異、滑稽、可不知怎的卻又恐怖嚇人的戲碼：

大河口一輪落日直直照射下，碼頭上，密密麻麻，圍聚起一群打赤膊、光著屁股的伊班兒童。個個睜著一雙烏黑大眼睛，緊緊盯著場子中央正在表演獨門魔術的白人老頭子。這個澳洲律師兼魔術師，澳西先生，孩子們口中的「峇爸」，身穿一套白西裝，頭戴一頂黑德比帽，彌勒佛樣笑眯眯挺著大肚膛，衣襬飄飄，活像一只巨大的、穿梭在花間的白蝴蝶，不斷遊走在孩子堆中。兜著轉著，他不時伸出一只手爪子，簌，簌簌，如同一條吐舌的白蛇，只管往孩子們身上探過去，從他們的腋窩、胯襠、耳洞、屁眼……各個旮旯角落裡，挖出各式各樣五彩繽紛令人垂涎欲滴的糖果來：森永牛奶糖、瑞士巧克力蛋、英國薄荷糖，還有那包裝得十分小巧可愛、最受女生歡迎的和菓子……一顆一顆，放在孩子們爭相伸出的手心上。偌大的場子靜悄悄，百來個伊班兒童，好像全都被下了降頭，個個腆著光溜溜的小肚腩，睜著一雙雙烏亮滾圓的眼珠，伸著手，張著嘴，一動不動杵在夕陽下。瞧，每只小手上，都握著一顆漂亮可口的糖果。人人有份，個個有獎品！碼頭上舉行的一場即興魔術表演，圓滿結束。偉大的白魔法師澳西先生，呵呵一笑，脫下德比帽，拂拂一頭銀絲髮，整整身上白西裝，朝向那身穿雲豹皮戰袍，頭戴一頂犀鳥翎羽盔，殺氣騰騰，率領一眾長老們列陣棧橋上，迎接貴賓的魯馬加央長屋大屋長，彎腰一鞠躬，行了個隆重的印度額手禮：「莎蘭姆！天猛公彭布海。」

就憑這一招三腳貓功夫、老掉牙的法國魔術——坦白說，我們台北小孩看都懶得看一眼的小把戲——這個澳洲白頭浪人，什麼峇爸澳西，提著一口巨大的沉甸甸的鋁皮行李箱，帶著一個爪哇跟班，扛著「英女皇御用大律師」和「印尼政府特聘司法顧問」兩塊招牌，搭乘官家快艇，遊走婆羅洲大河，把兩岸每一座伊班長屋的孩子們，不分男女生，都逗弄得癡癡呆呆，好像吃了迷魂藥似的，天天守在村口碼頭上，跂著腳尖伸出脖子等待白爺爺的光臨。

「伊曼呀——」我轉過頭來，面對這個伊班少女，細細觀察她那銅棕色、雕像般高貴秀麗的側臉，心中一痛，忍不住沉沉嘆出一口氣：「你們伊班人真是天真可愛，連西方老浪人這種不入流的小魔術，都能把一整座長屋的男女老幼，包括大屋長天猛公，唬弄得神魂顛倒一愣一愣。」

「請妳別譏笑我們！」伊曼也轉過頭來，瞪著我，淚光瑩瑩的兩只眼瞳映著滿河陽光，閃爍著一蓬冰冷深澄、讓人不敢直視的光彩。「我們伊班小孩，住在婆羅洲深山，可沒有你們大城市小孩的福氣，天天有糖果吃。峇爸變出糖果分給大家，孩子們自然把他看成聖誕公公。」

「對不起，伊曼，我說錯話了。」

「我知道妳不是有心的。」伊曼伸出一只冰冷的手掌，拍拍我的雙手：「從台北來的客人，紅色小鳥朱鴒，我交妳這個朋友。」

赤道正午，天空海樣碧藍，頭頂上看不見一朵雲。赤裸裸白燦燦一顆大日頭下，我們兩個女孩肩並肩，抱著各自的膝頭，跂著雙腳翹起臀子，瞇著眼睛蹲在河畔，望著腳跟前這條黃滾滾、嘩啦嘩啦水氣迷濛的大河，一時間又陷入沉默中，只顧怔怔想起各自的心事來。

「後來——」我遲疑了好久，終於鼓起勇氣問道：「那個澳洲胖老頭有沒有，唔，對妳怎麼樣呢？伊曼。」

「嗯？哦！峇爸澳西。」臉皮颼地飛紅，伊曼羞答答地垂下頭來，望著紗籠裲子底下自己那雙打赤的、殘留著猩紅指甲油的腳。「那天晚上，天猛公歡迎澳西先生的宴會結束時，已經十二點。我上床才睡一會，就被伊布叫醒。她幫我穿上我阿峇給我買的粉紅紗籠——朱鴒妳看，就是我身上現在穿的這條紗籠！唉，早就被我弄髒了，看不出是什麼顏色了——然後，伊布拿出她心愛的那瓶爪哇蘭花油，把我那頭長髮絲，一梳子一梳子刷得烏油油亮晶晶，一條黑色小瀑布似的披在肩膀，接著就在我十枚腳趾甲上，塗抹濃濃的鮮紅的資生堂指甲油，將我全身上下都打扮一番，變成一個美麗的伊班小新娘子。三更半夜，我們母女兩個瞞著我阿峇，溜出長屋，在天上一鉤新月指引下，來到一座木瓜園。園中有一棟小小的高腳屋。峇爸澳西，脫掉了白西裝，肥墩墩赤條條的一只雪白身子，披著一件紅綢支那睡袍，腆著個光溜溜大肚腩，盤腿坐在一條草蓆上。兩只藍眼睛笑瞇瞇，他老人家早就等候在屋子裡了。」

我背脊一涼，冒出一片冷汗來。「這個老傢伙！他想幹什麼呀？」

「峇爸說，他好喜歡我，想給我單獨表演一段魔術。這可是他專門為我設計的全世界最精采、最好看、最羅曼蒂克的魔術喔。只允許我一個人觀賞，連伊布——我媽媽都不准偷看呢。他叫伊布坐在屋外的階梯上，等他變完戲法，就接我回長屋。」

「這回，這老傢伙要表演什麼魔術呀？不會又是仙人摘豆、神猴偷桃之類，哄騙孩子的玩意兒吧？」我顫抖著嗓門問道。

「不！不！澳西先生是一位偉大的魔術師。這回，他要把我從一個小女孩——這個神祕的、獨門的西土戲法，我只能偷偷告訴朱鴒妳一個人哦——變成一個真正的女人。」

「怎麼個變法呢？」我的好奇心被勾起了。

臉皮又一紅，伊曼抿住嘴唇不吭聲了。一雙眼睛淚汪汪，只顧望著紗籠襬子下，自己那十根趾頭上，紅漬漬，瘀血般殘留著的一蕊蕊指甲油。好久，她才仰起臉龐轉過頭來，伸出嘴唇湊到我耳朵上，壓低嗓門顫抖著嗓子悄聲說道：「達拉，薩卿。」

「嗯？伊曼妳說什麼？我沒聽清楚。」

「達拉，血。薩唧，痛。」伊曼舉起雙手蒙住臉孔，那副嬌羞的模樣，就像一個端坐在洞房中等待新郎進來的新娘子。「峇爸把伊布打發開了，呵呵一笑，脫掉他身上那件紅綢繡金龍支那睡袍，接著，從腰下掏出一根白棒子，進入我的小洞，自顧自開始玩起魔術來。他老人家施展法力，讓我流一滴血。那滴血好美麗，就像一朵峇爸最喜愛的薔薇花，紅豔豔嬌滴滴綻放在草蓆上。弄了整整兩個鐘頭，直到天破曉，峇爸才結束這場魔術表演。我，伊曼，九歲的伊班小姑娘，一夜之間就長大了，變成一個伊班女人……」

眼圈一紅，伊曼抽搐著她那瘦伶伶、日頭下清清楚楚看得見兩片肩胛骨的肩膀，哀哀地，又再啜泣起來。

好像在聽《天方夜譚》（順便一提，這是我最愛的一本書）中，辛巴達水手（他是我從小崇拜的英雄）七航妖島的故事，我抱著膝頭，蹲在婆羅洲大河邊，張著嘴巴直豎起兩只耳朵，出神地聽伊曼講述那晚，白皎皎一彎月牙下，峇爸澳西在長屋果園中對她做的事。聽著聽著，一顆心撲撲亂跳。一時間，我整個人彷彿沉陷入卓別林電影式的滑稽、怪誕、恐怖的夢境中。我那張臉皮，隨著伊曼的故事也漸漸漲紅起來啦，像一副新鮮的、熱呼呼的豬肝。

「伊曼呀，妳太老實了！那麼容易就被一個白人糟老頭弄上手。唉——」我忍不住攥起一雙拳頭，往自己膝蓋上捶打兩下，恨恨地嘆息出三聲來。「我們台北女生才不那麼輕易上當呢。」

伊曼悄悄垂下眼皮，避開我的眼睛。「那晚在木瓜園中高腳屋裡，峇爸一邊在我身上表演魔術，一邊氣喘吁吁地向我許諾：『等伊曼流一滴血，變成女人後，峇爸就把伊曼從長屋帶走，前往南極澳大利亞洲的人間天堂。從此，伊曼就跟芭比公主一樣，過著幸福快樂的日子，直到世界末日，天上的父派遣祂的獨子耶穌重返人間，阿門。』朱鴒妳看，那晚表演完魔術，峇爸送給我一個芭比娃娃新娘，當作信物呢。」

說著，好像變戲法似的，伊曼悄悄伸出一只手，往腳跟旁紗籠襬中倏地一抓，拿出了一個洋娃娃來。我把身子挨靠過去，瞇起眼睛，就著中午強烈的陽光細細一看：

頂普通的美國芭比新娘，在台北，我不知看見過多少個！金黃頭髮、碧綠眼眸、紅嘟嘟一張櫻桃嘴唇。一身乳白肌膚，配上一襲雪白縐紗蕾絲新娘禮服。小蠻腰大奶子，娃娃臉婦人身。典型的盎格魯·撒克遜西洋小美人。可奇怪的是，她身上四處斑斑點點的沾著黃泥漿，看起來好像在一條叢林小路上，拖著裙襬子跋涉過一番。她那株細長的頸子上，頂著一蓬子燙捲的髮絲，亂麻似的黏答答糾結成一窩，肯定已經很久沒梳洗過了。她那腮幫上搽著兩團臙脂、天使般純真、卻又帶著幾分妖豔的鵝蛋臉，太陽下乍一看，突然變得有點憔悴、老氣。

一個墜落風塵、流落婆羅洲的芭比公主。

她，安娜絲塔西亞公主（後來我才知道，這是澳西先生給她取的淒美浪漫的名字），這些日子來，忠心耿耿陪伴著伊曼。今天一整個中午，她頂著一顆火毒的赤道日頭，杵立在伊曼身畔，睜著她那雙滾圓明亮、玻璃彈珠似的綠眼瞳，一眨也不眨，凝視前方這條叢林大河，一逕笑盈盈地展露她臉上甜美的笑靨。說也離奇，我卻一直沒有察覺到她的存在。如今看見這個芭比新娘，森林妖精似的驟然間現身，被伊曼一爪子從身旁地上揪出來，我還真嚇一大跳哩！

眼瞪眼，我和公主兩下裡互瞄。她忽然眨一下眼睛，骨睩。我趕忙伸手揉揉眼皮細看。她依舊睜著兩粒大眼珠，滿臉笑，綻開腮幫上兩朵桃紅酒渦，不聲不響睨睇著我。

「這個芭比娃娃可真有點邪門！」我縮回脖子，齜著牙猛地打個寒噤。一甩頭，我避開她那兩道詭異、陰森的碧綠目光，將話題轉回到那晚發生在小屋中的事。「伊曼，唉，妳就相信白人老頭的許諾，在妳忍著疼痛流下一滴鮮血、變成女人後，就帶妳去人間天堂澳洲享福囉？」

「他有發誓呀。」

「哦？他發什麼誓啊？」

「他若騙我，他的兩只眼睛就會被神鳥啄瞎。」伊曼板起臉孔，嚴肅地說。她抱起安娜絲塔西亞公主，將她安頓在自己的膝頭上，噘起嘴唇，啄啄，在她兩只腮幫上各親吻一下，順手整整她的衣裳，拂拂她的頭髮，然後將她放回身旁地面上。我蹲在旁邊，呆呆看著她們。伊班少女伊曼和美國芭比娃娃。兩人相依為命，結伴流浪在大河畔荒野中，像一雙苦命的姐妹或是一對被趕出家門的母女。小母親伊曼，幽幽嘆息一聲：「那晚峇爸指著天上一枚新月，對我發下的可是一個重誓啊。被神鳥婆羅門鳶啄瞎雙眼，是伊班大神辛格朗．布龍，對外邦人施予的最嚴厲懲罰。」

「好極了！」我舉起一只手掌，叭叭兩聲，用力拍兩下我的膝蓋：「如此一來，峇爸澳西非得實現他的諾言不可！想賴都賴不掉。伊曼，妳就準備去澳洲當妳的公主呀。」

臉色一沉黯，伊曼的嗓音又變得沙啞起來：「那晚在木瓜園高腳屋，峇爸用他的白棒子，為我表演一段獨門魔術，把我從女孩變成了女人。隔天早晨，我就幫芭比公主洗澡、梳頭，打扮得漂漂亮亮體體面面，抱著她，站在長屋大門口，等候峇爸來接我們倆。然後三個人一起出發——就像他老人家許諾的——搭乘官船去大河口的坤甸城，在那兒換搭大海船，前往人間天堂澳洲。一早，太陽才出來，全長屋的女人帶著自家的女孩子，個個穿著花紗籠，臉上搽著臙脂，在盛妝的屋長天猛公夫人親自率領下，一縱隊，排列在碼頭棧橋上，齊聲高唱伊班戰士出征歌，為尊貴的客人送行。」

滿肩烏黑長髮絲，猛一甩，小瓜子臉兒一揚，伊曼挺起腰桿翹起臀子蹲在河邊，瞇起眼睛望著烈日下的大河，扯起嗓門曼聲唱了起來：

姑娘拿起雲豹皮戰袍
走到碼頭上送行
戰袍披在郎身上
叮嚀又叮嚀……

一條嬌嫩的嗓子，中午時分，孤單地嘹喨地，飄蕩在黃滾滾白花花婆羅洲大河上，嫋嫋不絕。

歌聲十分溫柔動人，但是不知怎麼，我卻聽得頭皮直發麻，背脊上涼颼颼冒出一波波冷汗來。伊曼唱完一首歌，伸手拍拍心口，握緊拳頭使勁乾咳兩下，清掉堵在喉嚨裡的一小團紅痰，才繼續說：「歌聲中，全長屋的女孩子相送下，峇爸一身光鮮，穿著他那套雪白西裝，挺著他那個彌勒佛肚膛，笑瞇瞇，獨自上路，隨身只帶一個爪哇隨從和一口鋁皮行李箱。登船前，他在棧橋頭停步，為那上百個依依不捨一路尾隨的孩子們，即興表演一段精采的魔術，又分發一輪糖果，作為南極聖誕公公的臨別禮物。人人都有獎品，半個也沒遺漏。碼頭上爆出如雷掌聲。峇爸澳西朝向長屋大門口，張開嘴巴呵呵大笑三聲，一揮手，帶著爪哇隨從登船。頭也不回。從此，我再也沒看見峇爸。」

這下我啞口無言了。

心頭一絞痛，我轉過身子伸出雙手，嘆口氣，撈起伊曼肩膀下那一匹黑緞子般烏晶晶，可是，長年在大河畔的毒日頭曝曬下，變得有點焦黃枯萎的髮絲。小心翼翼，我把伊曼的頭髮捧在手心，湊上我的嘴巴，呵出好幾口氣，吹掉髮上沾著的點點塵土，然後從裙袋裡掏出小梳子，一梳一梳默默地幫伊曼梳理起頭髮來。

「我變成女人後，長屋的人就把我趕出來了。」伊曼幽幽地說。

心一抖，我停下手中的梳子：「為什麼？因為他們發現妳和峇爸的祕密？妳，一個小閨女，做出這種骯髒的事情來，讓鄉親們覺得丟臉，所以就把妳趕出長屋？」

「不！不！」伊曼一個勁搖頭。她轉過頭來看我，晨星般幽亮的兩只黑眼瞳中，閃爍著一種奇異的、像哭又像笑的光彩：「因為我是個小妖精，引誘尊貴的仁慈的『峇爸』，敗壞他老人家的名譽。我有罪。部族九位長老在公堂開會決議，判處我流刑，永遠不准返回魯馬加央長屋。」

我又啞口無言了。磔磔一咬牙，我伸出嘴唇朝向河中啐吐出兩泡口水，又舉起梳子來，一梳一梳，默默梳著伊曼那一肩柔嫩的黑髮絲。

「被趕出長屋後，沒地方可以去，我就抱著我的芭比娃娃，在大河畔上上下下流浪。」蹲在河邊的伊班少女，轉頭望著蹲在她身旁、來自大海對岸的女孩朱鴒，我，咧開一口皎潔小白牙，淒涼地笑了笑：「幸好我還有一個伴！」她伸出兩條手臂來，攬抱住佇立在她身畔的安娜絲塔西亞公主。母女倆一齊仰起沾滿風塵、飽經日曬雨淋的臉龐，睜著兩雙枯乾的眼眸子，眺望日頭下那條燦亮、荒涼的大河。過了三分鐘，伊曼兩眼淚盈盈回過頭來，凝視我的臉龐，破涕為笑：「今天中午，我的兩只光腳丫子起了十多顆水泡，再也走不動了，就一個人蹲在河邊，垂著頭蒙著臉想心事，越想越傷心，忍不住就哭出來啦。正哭得眼睛都快流出血來，心裡只想跳河自殺，一抬頭，卻看見妳站在我身旁，好像一個突然顯現的天使，低頭看著我。滿眼睛都是關心。臉上的神情，如同一個在小時候失散的親妹妹。那一瞬間，朱鴒，我就打消自殺的念頭啦。」

我默默把伊曼的頭髮梳好了，收回梳子，放進裙袋裡，伸出左手來緊緊握住伊曼的右腕，用另一只手掌，輕輕在她手背上拍打五、六下。

晌午日頭炎炎，婆羅洲叢林彷彿也在睡午覺了，四下裡靜蕩蕩，連鳥兒都消失無蹤。頂頭，只見孤單單一只大鳶，呱呱，扯開嗓門，鼓著黑魆魆翹尖尖的雙翼，玩水般濺潑著河上的陽光，一大圈又一大圈，不住盤旋在叢林梢頭那片海樣碧藍、望不見一朵雲的天空中。

兩個素不相識、來自天南地北的女生，這會兒肩並肩，蹲在婆羅洲河畔曠野上，豎起耳朵，傾聽那催眠曲似的唏哩哩、唏哩哩流水聲，一時間又陷入沉默中，各自想心事。

「伊曼。」

「噯，朱鴒。」

「妳心裡有什麼計畫嗎？」

「我沒有計畫。」眼圈一紅，伊曼的嘴角陡地牽動兩下，好像又要哭出來。「我沒地方可以去。我會帶著我的芭比娃娃，繼續在大河邊上上下下流浪，直到我死。」

「伊曼，妳好命苦哦！今年才幾歲呢就被趕出家門，一個女孩子在這種鳥不生蛋的鬼地方，獨自漂泊。」我嘆息起來，一時間不知如何是好，只好一個勁搔著後腦勺子，苦苦思索。伊曼抱起芭比公主放在自己的膝頭，摟住她，怔怔地眺望大河對岸，滿天陽光照耀下，那綠亮綠亮，波波浪濤般，一路洶湧到天邊地平線上的叢林。她那張咖啡色、腮幫鑲著兩朵小酒渦的瓜子臉，布滿塵沙和汗斑，顯得十分憔悴疲倦。兩片嘴唇緊緊抿著，不作聲。一雙眼瞳子彷彿凍結住了，一眨不眨，靜靜地閃亮著幽冷的光彩。好半天，我只管呆呆端詳伊曼的側影。一個念頭驀地在我腦子裡閃過：「伊曼，妳可以去一個地方！我們兩人結伴一起去。那個地方叫『登由．拉鹿』，婆羅洲肯雅族人傳說中的小兒國。在台北時，我曾聽李老師講過。它就坐落在卡布雅斯河源頭，肯雅聖山山腳下。伊曼，妳瞧，我們面前的這條大河，莫不就是卡布雅斯？」

我霍然站起身來，先伸個大大的懶腰，踢踢腿，活動一下那陪伴伊曼在河畔蹲了個把鐘頭、早已麻痺的兩條腿，然後一溜風跑到水邊，踮著腳，舉起雙手，把左手遮到眼睛前，擋住那過了正午、依舊十分火毒的赤道陽光，右手直直伸出來，指住卡布雅斯河上游，天盡頭，水源頭，那一座白雪雪光禿禿，半現半隱，海中仙島似的漂浮在藍天底下、叢林頂端的石頭山。

「伊曼，看！峇都帝坂山。」

「還沒被趕出來時，我在魯馬加央長屋，也曾聽長老們講過這座聖山。好！台北來的女孩，朱鴒，咱們兩個結伴一起去。」

一整個中午蹲在河畔啜泣的伊曼，這時終於綻開了笑靨，挺起腰桿伸出脖子，朝向河上游眺望。眼瞳子一燦亮。她舉起手擦乾臉頰上兩行淚水，抱著芭比娃娃新娘站起身來，甩甩她肩後那把長髮絲，撣撣她身上那條褪了色、髒兮兮皺巴巴、下襬沾滿黃泥漿的紅紗籠。遲疑了一會，她咬咬牙，邁出她那雙長滿水泡的光腳丫，蹭蹭蹬蹬走到我面前。

我們兩個女生，就這樣面對面，佇立在婆羅洲心臟叢林中，一條大河邊，迎著赤道晌午那亮得扎人眼睛的一簇陽光，互相凝視了好久好久。忽然，臉飛紅，我和伊曼不約而同地咧開嘴巴，望著對方羞澀地笑起來。

腦子裡一道電光倏地閃過。我心頭又是一亮：我和這個伊班姑娘，肯定是前世的一對好姐妹，今生又在婆羅洲相逢！否則，我們怎會一見如故，才剛認識就互相訴說起心事來呢？更奇妙的是，我們這兩個來自大海兩岸的女孩，原本天各一方，在不同的國度生長，操不同的語言，連膚色都不一樣（伊曼的皮膚是漂亮的銅棕色，奶油巧克力般烏金金，令人好生羨慕，而我的皮膚是——唉，蹲在伊曼身旁讓人自慚形穢哪——暗沉沉的土黃色），但今天中午在大河畔見了面，交談起來卻毫無阻礙，比一對真正的姐妹還親、還要貼心，也更了解彼此的心事和祕密。

莫不是，就像出發之前，李老師在台北為我送行時所預言的：這次婆羅洲之旅，我將進入一個奇幻世界，從事一趟神祕、危險，但也令人驚喜連連、保證結束時會讓我依依不捨的大旅程。（這回希望李永平沒誑我！）而我和伊曼兩個異國姐妹，夢幻般，在大河畔一個少女的啜泣聲中相逢，莫不就是，冥冥之中注定的，這趟旅程的開端和這段不歸路的起點？

一想到不歸路，我就忍不住縮起肩膀，吐吐舌頭，齜著牙悄悄打出兩個寒噤來。可是同時，心裡卻又充滿期待和嚮往，恨不得，一把抓住伊曼的手腕子，拖著她立刻上路，姐妹倆肩並肩，結伴展開這趟——我該怎麼形容呢？——古往今來，沒有一個姑娘家曾經從事過的奇異旅行。

第二話　陽光、河流、鐵殼船

行走在路上，一回頭。我猛然看見婆羅洲晌午的太陽，好像伊班人的大神辛格朗．布龍的一只巨大的獨眼，雪白白，炯炯地，吊掛在大河下游天空四十五度斜角處，渾圓渾圓的一顆，赤裸裸直視我的眼睛。頭一暈，我趕緊闔上眼皮，猛一甩我的腦袋瓜，好半晌才重新睜開眼睛來，看看腕上戴的手錶——記得嗎？那是我大姐朱鸝的乾爹花井芳雄伯伯，在我七歲生日時，送我的成年禮物，挺貴重的瑞士伯爵白金小女錶。如今，它陪伴我漂洋過海，一路從台北來到婆羅洲，依舊滴答滴答走不停，分秒不差呢。

現在的時間：午後四點零七分四十五秒。

我和伊曼兩個小女生結伴，中午啟程上路，馱著一顆大日頭，沿著大河畔荒涼的小徑，朝向上游的一個神祕地點，一口氣已經行走三個小時了。伊曼一逕垂著頭抿住嘴唇，拖著腳跟旁細細長長一條身影，悶聲不響只顧趕路。紗籠裲子底下兩只長滿水泡的光腳丫，蹭蹭蹬蹬踩著路上的砂子，嘎扎嘎扎一路響。晌午的曠野，四下靜蕩蕩。大河兩岸的叢林中，鳥獸們彷彿還在躲避毒日頭，這會兒躲藏在各自的巢穴裡，沉沉睡午覺哩。好久好久，河上那一弧藍得刺眼的天空中，孤單單黑黝黝，只有一只婆羅門鳶繞著大圈子不停盤旋逡巡。時不時，牠把頭一昂，兩只火眼瞳子一睜，爆射出兩道紅光來。看來好像發現底下的果園裡村莊中，有形跡可疑的外人出現。牠扯起嗓門發出一聲嗥叫：「咵——」曠野隨即又恢復寧靜。行行復行行。我追隨伊曼的腳步，只覺得自己一雙眼皮越睜就越睏，後來索性閉上眼睛，邊行走，邊在路上打起盹來。腳上那雙從台北穿來的小球鞋，沉甸甸地，好像給綁上了鉛塊。我越走越是慢吞吞。中午出發時，兩個人原本手牽手，有說有笑並肩而行，現在，我已經落後伊曼有五十步的光景了。

伊曼望著自己的兩只腳尖，自顧自帶頭趕路。半天，她那張臉都沒抬一下。

飄，飄，腰肢上一蓬子黑髮梢，不住飛盪在向晚吹起的陣陣河風中。

行走了一下午，大河畔不見一戶人家。三不五時，你聽見喔喔喔一聲公雞啼叫，隨即你就聽到那悠悠長長淒淒涼涼，大白天鬼吹螺似地，嗚呦——嗚呦呦嗚——的一陣狗叫聲，從樹蔭下一個旮旯角落傳出來。你感到背脊發涼。行路中猛抬頭，你望見細細一條青煙，帶著濃濃的、讓人聞了禁不住飢腸轆轆的柴火香，從樹梢冒出，筆直地升入頂頭那片大海樣深藍、整日不見一朵雲飄過的天空。你停下腳步，豎起兩只耳朵，仔細捉摸林中傳出的神祕聲音。這時你才驚訝地發覺，在這個傳說中地球上最蠻荒的地方，婆羅洲的心臟，原來有一座人丁旺盛、生氣勃勃的好村莊，隱藏在一個肥沃幽祕的所在，就像中國古書中描寫的武陵洞天，只有那春日迢迢的漁人，不小心闖入過——

咦？我怎麼又想起台北的李老師，和他平日愛講的桃花源故事來了？我清清楚楚記得，每當夕陽西下，他和我並肩坐在台北街頭，邊眺望滿城亮起的燈火，邊像講夢話般，幽幽地，說起這個晉朝漁人和他的奇遇時，李老師那雙眼瞳中，彷彿著電似的，就會放射出一種特別的光芒來，洞亮洞亮，叫人不敢直視。現在我明白了。李老師的桃花源就坐落在婆羅洲叢林深處——他少年時代，有一年夏天，他跟他姑媽結伴搭船一路溯河而上，曾經進入過的地方……

我和伊曼兩個人，一個在前一個在後，沿著河，又悶頭行走了長長一段路程。

日頭西斜，河風吹拂。伊曼那細條條的一個身子，只管隨風擺動，不停地甩晃著肩後一把長髮絲，搖曳起腰間繫著的一件粉紅小紗籠。她打赤腳，行走在水邊砂子路上，一步蹭著一步，走進傍晚河上瀰漫起的茫茫霧氣中，好像一條俏生生、獨自遊蕩在野外的幽魂。紗籠內，一顆柚子樣圓圓的小臀子，隨著她的步伐搖啊搖。河口一輪火紅太陽掉落入大海，漸漸下沉。暮色越來越濃。沒多久，伊曼整個人就融入了大河兩岸那隨著黃昏的降臨，四下從樹梢頭升起，一縷追逐一縷，如同千百位伊班舞娘，出現在叢林上空，一齊扭擺小蠻腰競相舞蹈的炊煙裡……

我一直尾隨在伊曼身後，間隔五、六十步的距離，望著夕陽下大河畔她抱著芭比娃娃獨行的背影，不知不覺間就看得癡啦。

「伊曼，唉，婆羅洲的小女兒——多美麗動人的一幅圖畫呀！」我打心底讚嘆起來。

彷彿聽到我的呼喚，行走中，伊曼的兩只肩膀子倏地一顫。她停下腳步，扭轉脖子回過頭來了。日頭直直照射到她的臉龐上。汗湫湫，她使勁甩兩下腰肢上的一蓬髮梢，凝起眼睛望著我，揚起嘴角笑一笑。她那張銅棕色小瓜子臉，綴著五、六顆珍珠般晶瑩的汗珠，映著傍晚時分天頂開始冒出的瓣瓣彩雲，紅冬冬地綻開出一朵嬌美的笑靨來。

這下我可又看呆啦，一時只管睜著眼睛張著嘴巴，伸直脖子，聳著我那一頭齊耳、土裡土氣、台北女生獨有的西瓜皮短髮，白癡樣杵在河邊，望著伊曼的身影發起愣來。

噗哧！伊曼抿住嘴唇笑出聲。她伸出手臂向我招了招。我勾起食指頭，猛一敲自己的腦袋瓜，如夢初醒般，霍地，拔起雙腿來朝向伊曼奔跑過去。伊曼抱著芭比娃娃迎上前。兩個人面對面，在河畔小徑上那滿天彩霞下站住了。兩對眼睛互相凝望著。臉飛紅，伊曼率先咧開嘴巴笑了笑，露出一口皎潔的小白牙。我眯起眼睛，也跟著她咯咯傻笑起來。

骨睩。骨睩。

夕陽下兩只碧綠眼瞳子，滴溜溜忽然轉動兩下。猛一怔，我用力揉揉眼皮，把我的頭伸到伊曼胸前，湊上我的眼睛仔細瞧瞧。伊曼懷中，那個披著雪白蕾絲婚紗，鼓鼓地，噘著血紅紅一張櫻桃小嘴的新娘子——安娜絲塔西亞公主——兀自睜著她那雙綠色玻璃眼珠，半天一眨不眨，瞪住我。滿頭金黃髮鬈子環繞下，一張妖美的鵝蛋臉，笑吟吟，朝向大河口吊掛的一顆猩紅太陽，綻現出兩粒蘋果樣的小酒渦。

嗚——嗚——

大河上蒼茫暮色中，好像有人拉長嗓門哭泣似的，忽然幽幽響起一陣汽笛聲。

眼一睜，伊曼回頭眺望。我也跟著踮起雙腳，伸長脖子朝上游望去。在河邊行走一下午，我們終於看到了船！那是一艘輪船，滿載乘客和貨物，噗，噗，喘氣似地噴吐出一蓬一蓬黑煙，朝向我們慢吞吞行駛過來。

喔！這便是在台北時，每回，李老師向我講述婆羅洲童年故事，時不時，眼睛驀地一亮，就會用一種渴慕的聲調，滿臉思念地談起的「叢林蛟龍」：那一艘艘摩多字號（摩多安、摩多順、摩多吉祥……）的八百噸級鐵殼船，專為赤道航運設計打造，裝備一具底特律強力柴油引擎和一支高分貝汽笛，日夜穿梭叢林中，川行在大河流域幾百個鎮甸、甘榜、長屋、客家莊之間，擔負起婆羅洲內陸交通的主要任務。

牠來了。

我伸手揉揉眼睛，背向河口一輪落日細細察看。這艘「摩多安」號（瞧！船艄漆著三個斗大的、龍騰虎躍的朱紅中國字）風塵僕僕鐵銹斑斑，渾身沾著黃泥巴，哪裡像一條飛揚跋扈、稱霸叢林水域的蛟龍呢？乍看倒像一匹剛在爛泥坑中打過滾、洗過澡的大河馬，邊昂起頭顱仰天嘶吼，嗚——嗚——邊邁出笨重的步伐，闖開河上重重暮色，朝向下游一路跋涉過來。

我的眼睛被船頭正前方，河道中，蹦蹬蹦蹬飛奔的一個小不點兒，吸引住了。

跑哇跑哇跑哇，逃命似的，牠只管蹬著牠那雙細細長長、好似兩根火柴棒的腳兒，疾走在河心的沙洲上，時不時一扭頭，豎起脖子，昂起牠那顆棕紅色小頭顱，焦急地瞅住身後追隨的輪船，骨睩骨睩，轉動牠那兩粒蛋黃眼珠，嘴裡不住啁啁啾啾啼叫，彷彿在招引船長：「來吧來吧。」

看著看著，我心頭驀地一亮：領路天使！那一群孤伶伶蹲在河畔樹枝上，沿著大河一站又一站輪流放哨，日夜風雨無阻，守望來往船舶的小小水鳥——李老師口中讓人又是憐愛、又是疼惜、又是十分敬重的叢林水仙子，婆羅洲河流上，水手們最信賴的領航員（這可是一樁自我委派的、不計酬勞的苦差使喔）。

我一個箭步竄到水邊，扠著腰，跂著一雙腳尖，把脖子朝向河心伸出去，端詳這只個頭瘦小、貌不驚人的小磯鷸（她可是李老師最心疼、最惦念，講婆羅洲故事時最常提起的叢林水鳥呢）。只見她一蹦一蹦，邁著她那蚱蜢樣靈巧、彈簧般強韌的步伐，躍過河中一叢叢蘆葦，奔過河道上浮出的一座又一座沙洲，三不五時，鼓起灰撲撲的一雙細小翅膀，颼的，飛越河心一個險惡的漩渦或一堆擱淺的漂流木，引領「摩多安號」穩穩前進。

領路鳥。

我的視線只管追隨她那嬌小的身影，蹦蹬，蹦蹬，賽跑似地，跟著她奔逐在大河中央一條滾滾洪流中。在岸邊癡癡眺望半天，心中一酸，我的眼眶變紅了，禁不住流下兩滴眼淚。在李老師心目中，我也是一只領路鳥呀。朱鴒——紅色的領路鳥。剛在台北街頭認識這個南洋僑生時，他一問我的名字，就對我說了：「妳看妳這個『鴒』字，裡頭不就躲藏著一只領路鳥麼？」在他看來，我這個每天傍晚放學後不回家，喜歡獨自上街遊逛、四處迌迌的小女生，就像一只漂飛在紅塵都會中，孤獨且逍遙的小紅雀。在「雨雪霏霏，四牡騑騑」八個字的因緣促使下，我擔任他的嚮導，把他帶進台北這座矗立在東海中、好似蓬萊仙山的城市。那年初秋，一個天高氣爽的黃昏，來自天南地北的兩個陌生人，一大一小結伴，浪遊在台北淡水河畔那迷宮樣的老艋舺城，度過一個奇特的夜晚。如今我走了，又把他孤單單丟棄在台北，讓他一個人喃喃自語，踢躂踢躂，拖著一雙從婆羅洲穿到台灣、從台灣穿到美國、從美國又穿回台灣，打上密密麻麻補釘、換過五次鞋底，都還捨不得丟棄的巴達牌老皮鞋

（悄悄告訴大家，那是他十九歲離家時，他母親含著淚，到古晉市最大的百貨公司，替他挑選的鞋子），夢遊似地獨行在台北城心，一窟霓虹的最深處，西門町那九彎十八拐的條條巷弄中，尋尋覓覓。永遠的浪子、漂泊迢迢人……

嗚——嗚——噗噗噗。

八百噸的婆羅洲大河馬，摩多安號鐵殼船，乖乖地追隨一只小小水鳥，邊嘶吼，邊吐黑氣，朝向河口海平線上吊掛著的一顆越落越紅、越沉越圓的大日頭，怦碰怦碰，鼓起五千匹馬力底特律引擎，一路迎風破浪前進。

小磯鷸，邁著兩根細長腳兒，跨著大步奔走在船頭正前方，一步一扭轉脖子，回頭查看。

我舉手擦掉臉頰上的淚珠，猛一摔頭，兩眼淚光中，看見伊曼抱著娃娃站在我身後。俏生生，她佇立在河岸坡地上，拖著她脖子下那一把飄蕩在晚風中的長髮絲，絞起眉心，凝起她那雙漆黑眼瞳，靜靜地望著那滿載人貨順流而下、漸漸駛近我們的摩多安號。母女倆四只眼睛，朝向落日照射下那炊煙四起的大河，好久一眨不眨。

我縮起肩膀，望著她那張映著夕陽，好似染血般的臉龐，悄悄打了個寒噤。

河道中央一蓬黑煙滾滾上升。嗚呦——嗚呦呦嗚——笛聲淒厲嘹喨。整艘鐵殼船滿面風霜紅銹斑斑，堂堂映入我們的眼簾。

夕陽下，影影綽綽。甲板上只見黑鴉鴉一堆人頭晃動。從船頭到船尾，整條船身四下裡坐著、站立著、蹲著男女老幼各色人種，約莫三、四百名乘客。從河岸望過去，好像一群黑色大水蛭，密密麻麻地，黏附在一匹渾身沾滿黃泥巴，昂起頭顱不住喘著大氣，邁著沉重的步伐，在河中慢吞吞跋涉而行的河馬身上。

「有人向我們招手了！」伊曼說。

我站在水邊，跂起雙腳來，把兩只手舉到額頭，遮擋住河上那滿天潑血般炫眼的霞光，背對太陽，朝向河中探出脖子，凝眼望去。果然有一名白髮花紗籠男子，匆匆跑上船頭甲板，趴到欄干上，伸出一條刺青胳臂，朝向我們一個勁不停地招揚著。

「他張開嘴巴向我們呼喊了！」伊曼說。

「他喊什麼？」我抬高嗓門問道。

河風呼飀呼飀颳起，汽笛嗚嗚嗚尖叫聲中，伊曼豎起耳朵傾聽。她搖搖頭：「只聽到幾個字。他好像想告訴我們一件重要的事。」

船上那男子，張開他那光禿禿乾癟癟的嘴巴，拚命揮舞雙手，喊叫得越發急切了。

伊曼趁著輪船汽笛聲停歇的空隙，伸長脖子，朝向河中又聽了聽：「他好像叫我們回頭，不要再往河上游行走了。」

又有八、九個乘客，男男女女蹬蹬蹬奔跑上船頭甲板，一堆兒，挨擠在先前那人身旁，齊齊趴著欄干，將上身探出船舷外，伸出手臂來，迎風對著我們邊揮舞邊呼喊。

「伊曼，他們到底要我們幹什麼呀？」

「不知道哇。」伊曼一臉迷惘，抱著娃娃直挺挺站在河畔茅草坡上。「好像告訴我們，上游的長屋發生了不好的事情，要我們停止前進。」

嗚嗚——輪船行駛到我們眼前來了。船上更多人跑到舷邊。轉眼間，整條船的欄干背後，挨挨擠擠站滿了乘客，男女老幼兩三百人，個個滿臉焦急，迎向河口一輪圓滾滾紅通通的太陽，張開嘴巴睜大眼睛，上演一齣神祕啞劇似地，紛紛朝向我們比手畫腳，吶喊呼喚。

「伊曼，我們該怎麼辦呀？」

「也向他們招手呀。」

河岸上的我們——我朱鴒、伊曼和那骨睩骨睩轉動著兩粒碧綠眼珠，笑盈盈，躺在伊曼懷中的小公主——和輪船上這群陌生的、好心的乘客，隔著一條黃浪滔滔的河道，熱烈地互相招起手來。輪船在我們面前駛過去。眼睜睜我們看著摩多安號，噗，噗，噴吐出一朵朵黑煙，在沙洲一只小水鳥蹦蹬蹦蹬，邁著兩根細長腳兒，逃命也似奔跑帶領下，朝向大河下游的城鎮嗚嗚揚長而去了。

伊曼抱著芭比娃娃，趿著腳，挺著她那裸著上身、只在腰間繫一件小紗籠的身子，還只管杵立在河岸，怔怔地望著摩多安號漸漸遠去的身影。她那張皎潔的小臉龐，映照河上的晚霞，閃亮著一種奇異的光彩。霎時間，她整個人彷彿沉浸在一個遙遠、美好，但不知為了什麼緣故，卻讓她感到無比悲痛和辛酸的回憶中。

我悄悄走到她身後，伸手捉住她肩下那飄飄蕩蕩、一朵飛蓬般不住旋舞在晚風中的髮梢，使勁捏緊了，輕輕地扯兩下。

肩膀子一顫。伊曼回頭看見我，咧開嘴唇靦腆地笑了。「妳嚇到我了啦。」她舉起一只手臂，隔著一片河面，指著摩多安號船尾甲板上的瞭望台：「朱鴒，妳看那兒站著的一個人！他名字叫『永』，從分水嶺另一邊的古晉城來的男孩。以前我見過他。那年暑假，他跟隨他的荷蘭姑媽和一群歐洲男女嬉皮，搭乘鐵殼船（我頂記得就是這艘摩多安），前來我們魯馬加央長屋作客，度過一個奇特的熱鬧的夜晚。」

暮色茫茫，只見一個十五、六歲的少年，穿著一件寬大得出奇的漂白夏季西裝，戴著一頂寬邊米黃草帽，腳跟旁，擱著一口老式黑漆皮箱，獨自站在船尾瞭望台，把兩只手肘支撐在船舷欄干上，雙掌托住下巴，垂著頭瞅著河水，好像在想心事。我舉手向他招了十幾下。少年抬起頭了，朝岸上的我們望過來。滿天彩霞颼地灑照到他臉龐上。他的一雙眼瞳炯炯發亮，放射出一股孤傲冷漠的光芒，不知怎的，讓人看了心中一疼。我踮起腳，高高舉起雙臂使勁揮著。他傾身向前，從船舷上探出脖子來，凝起眼睛狐疑地瞪著我，忽然眼光一柔，咧開嘴唇笑了。一頭濃黑的頭髮底下，映著水光，白燦燦露出兩排整齊好看的牙齒。

「喂，李老師！」我蹦地拔起雙腳，沿著河岸一路追著摩多安號奔跑，邊舉手死命揮舞，邊扯起嗓門厲聲呼喊：「你等等我呀！我是朱鴒，你在台北結交的女生。別裝著不認識我呀！是李老師你，在今天中午，把我送到你日夜思念的家鄉婆羅洲來的……」

嗚嗚，輪船拉著汽笛，使足馬力自顧自開走了。傍晚，大河兩岸叢林梢頭四下冒升起的一條條柴煙中，水濛濛、挺遼闊荒涼的河面上，霎時間只剩下一蓬飄嬝的黑煙，和一團瘦小的白色西裝身影——還有那一雙深邃、孤獨，我在台北一間小學門口，夕陽下熙來攘往的人行道上，初次看見時，就深深扣動我心弦的幽黑眼瞳子。

我一口氣追出七、八十公尺，眼睜睜望著輪船的身影消失在下游，這才煞住腳步，一回頭，看見伊曼抱著娃娃兀自站在河畔，瞅著我，滿眼睛的疑惑。我跑回到她身邊，拍著心口不住喘氣。伊曼把娃娃擱在地面，伸出一只胳臂攬住我的腰，另一只手放在我背梁上，輕輕揉搓起來。直等到我的呼吸平復了，她才柔聲問道：「妳也認識他？那個從沙勞越古晉來的支那少年『永』？」

「咦？他就是今天中午，我剛來到婆羅洲時，遇見妳，跟妳一起蹲在河畔，互相訴說心事，向妳提起的那個流落在台灣的南洋浪子呀。」我伸出兩根手指頭，捏住伊曼柔嫩的耳垂子，輕輕揪兩下：「記得李老師嗎？」

「哦！那個小說家魔法師。」伊曼那雙烏黑瞳子，清靈靈轉了兩轉：「我記得了！他舉起他手中的筆，在白格紙上揮一揮，畫符似的寫幾行神祕的中國字，就把妳，朱鴒，生平從不曾離開家鄉的台北小女生，一眨眼間，送到幾千哩外，和台灣隔著一個大海的婆羅洲島來了。就像——」伊曼板起臉孔端整儀容，嚴肅地說：「就像先知摩西舉起神賜的杖，大呼一聲，命令紅海分開，讓以色列十二個部落全數通過那樣。可是——」眼瞳又是一轉，臉上露出半懷疑半好奇的神色：「妳怎麼知道，剛才船上的少年，就是後來流浪到台灣、和妳結識的那位小說家呢？」

「他那雙眼睛呀。」

「是的！我也記得這兩只挺獨特、讓人看了不會忘記的眼睛。那晚，我們長屋舉行的宴會上，一整夜，『永』坐在他姑媽身旁，靜靜觀看他那群旅伴鬧酒出醜，半聲也沒吭過。可他那雙眼睛，黑森森亮晶晶，只顧盯著人看，好像兩把鋒利的伊班阿納克小刀，直要刺穿人家的心臟——以後有機會，朱鴒，從台北來婆羅洲做客的女生，我再給妳講魯馬加央長屋夜宴上，發生的那些又精采、又好玩、又恐怖的事。」伊曼豎起脖子跂起腳，四下眺望一周。她伸出胳臂，指著大河兩岸那隨著黃昏的來臨，紛紛飄升起，一條條鬼影似的，靜悄悄盤繞在叢林梢頭的柴煙：「瞧，傍晚六點鐘了！我們三人必須趕在太陽沉入海中之前，找個安全的地方過夜。」

說完，伊曼彎下腰身，從地上撿起芭比娃娃安娜絲塔西亞，雙手握住她的腰，將她舉到眼睛前，凝視好一會。骨睩！小公主那雙玻璃大眼珠映著夕陽，鬼氣森森轉動了兩下。伊曼幽幽嘆出一口氣來，噘起嘴唇，吹掉小公主臉頰上沾著的泥沙，隨即伸出一只手，拂拂小公主那身雪白縐紗新娘服，整整她那一頭蓬捲的金髮，又將她高舉起來左看右看一番，這才滿意地點點頭，剁啄！在她額頭上重重親吻一下。小公主又眨兩下眼睛。風塵斑斑的一張鵝蛋臉，笑盈盈，綻開兩粒蘋果樣紅冬冬的酒渦。「唉。」伊曼又嘆口氣，一揚臉，甩了甩自己肩上一蓬子風亂的長髮絲，將它一把撩到肩膀後，順手撣了撣身上那條小紅紗籠，腰桿子一挺，抬起腿來，邁出她那兩只生滿水泡的光腳丫子。母女倆臉貼臉，互相依偎著，準備重新上路，繼續她們孤獨的大河流浪旅程。

我卻只管呆呆杵在原地，心中兀自思念著船上的少年。

自顧自，頭也不回，伊曼沿著河岸朝向上游走了五、六十公尺，才忽然想起了我似的，停下腳步，扭轉過脖子來向我喊道：「台北來的女孩，走呀！天一黑就危險嘍。妳打算留在黑暗的叢林裡，浪遊一夜嗎？就像妳和妳的李老師在台北市夜遊……」

嘩啦啦一陣河風驀地颳起，霎時把伊曼的話全都淹沒了。風中，只見她腰肢上一把髮絲紛紛飛飛。我跑上河畔坡地，舉頭望望天色。天頂彷彿著了火般，四下裡一古腦兒湧出了滾滾紅雲。一副山雨欲來的不祥兆頭。

河口，海平線上懸吊著一顆滾圓、巨大的太陽，直直照射到大河上來，颼的潑灑在伊曼那張汗溱溱、咖啡色小瓜子臉龐上。晚霞好像一汪血水，淹沒婆羅洲的叢林，浸泡著那笑吟吟躺在伊曼懷裡的芭比公主。

第三話 月亮像一把梳子

一枚月亮白皎皎，斜掛在木瓜樹梢頭。

我們仨——我（朱鴒）、伊班少女伊曼、妖豔的芭比新娘安娜絲塔西亞公主——肩並肩，直挺著身子，躺在果園中一間高腳屋內一張破蘆蓆上，對著滿窗的月光，好久睜著眼睛默不作聲，怔怔地各自想心事。

我在婆羅洲度過了難忘的第一天。多奇妙的一場相遇！正午時分，遼闊的曠野寂悄悄，赤道的火毒日頭當空照。一睜眼，我在叢林中央一條大河畔，看見一個身穿紗籠、肩披長髮的少小姑娘，獨自蹲在水邊，將雙手蒙住臉龐不住哀哀哭泣。我走上前柔聲呼喚她。她抬起頭來舉手撥開頭髮看我。那一霎，眼神交會，我心裡就知道這個美麗的婆羅洲少女，和我之間，肯定存在著一種非常特別的緣分，說不定是我前世的親姐妹，否則怎麼會一見如故，並肩蹲在河畔，互相訴說起心事來呢？我們倆當下決定結伴，前往一個名叫登由·拉鹿的地方，尋訪隱藏在婆羅洲心臟叢林的「小兒國」。兩個人加上那位跟伊曼相依為命、情同母女的芭比公主，沿著黃浪滾滾的河流，一路朝向上游行走。半路上，遇到一艘生銹的鐵殼船、一群神色慌張比手畫腳吶喊呼叫的乘客、一個身穿白西裝，獨自站在船尾，䠋起兩只丹鳳眼，迎風憑欄眺望河上風光的華人少年。傍晚，烏鴉滿山呱叫，赤道的晚霞湧現在叢林上空，好似火燒天。太陽沉落河口時，我們走到了大河中游的最大聚落，魯馬加央，投宿在附近果園中的工寮，打算歇一晚，明天一早繼續趕路前往小兒國。

好一段夢境般奇詭、壯麗的路程！

頂著大日頭，一口氣沿河步行四個鐘頭，又累又飢（路上只吃過幾枚現摘的水果，晚餐空肚子），這會兒和伊曼母女兩個，並排躺在荒廢的高腳屋中，只想沉沉睡個覺，可腦子一片清明，敢情是誤吃了一種含有提神劑的野果，整個人現在亢奮得，啊，像一匹發情的小公馬。

窗外，月娘從果園背後那片漆黑的天空中，悄悄探出頭來。陰曆初九、初十了吧？她那一張乳白色半圓臉龐，笑吟吟緊貼在樹梢。我朝天躺在蘆蓆上，睜著眼睛癡癡望著天上月娘，不知怎的忽然鼻子一酸。我的眼眶紅了。我想起我媽媽在家時，平日洗完頭、梳完髮後，總喜歡幽幽地嘆口氣，將梳子反手插在她腦後那顆烏亮圓髻上。那是一把老式、半月形楠木梳，從我媽九歲剪掉辮子、梳起頭髮開始，就一直伴在她身邊，後來以陪嫁身分跟隨她進入我朱家，看著她生下三個女兒，看見她，鬢上冒出一縷縷白絲……

「妳在想什麼？朱鴒。」

「噯，伊曼，我在想一個人。」

「妳那個李老師？下午船上那個少年？」

「不是。我在想我的媽媽。」

「妳的母親——她是怎樣的一個女人？像我伊布嗎？」

「我媽有個美麗的名字，朱陳月鸞。她的皮膚很白很細。她有一張圓圓的臉，就像窗外那枚月亮。她的名字中間恰巧嵌著一個『月』字。」我伸出左手，越過夾在我們兩人中間的安娜絲塔西亞公主的身子，握住伊曼的右手，撬開她那顆緊握著放在胸口上的拳頭，豎起我右手食指，在她的掌心上寫下一個方塊字「月」。隨即我暗啞著嗓子，沉沉嘆出一口氣來，繼續說道：「我媽媽不但人美，而且挺有氣質。她是我們台灣古城台南府的囡仔，嫁給我父親時才十五歲。我爸名叫朱方，大陸江蘇省邳縣人，二十歲時跟隨我們的蔣公渡過海峽，來到台灣島上，打了半輩子光棍，四十歲時用三根金條下聘，把我的母親陳氏月鸞，討來當二姨，因為他在大陸老家早就訂了親，有個結髮的妻子。唉，中國的這段歷史非常複雜，一本爛帳亂七八糟，連我自己也常被搞糊塗呢。伊曼，妳這個婆羅洲姑娘聽了，肯定一頭霧水。反正後來我父親離開軍隊了，在台灣大學附近一條巷子裡，開一間小雜貨鋪。頭幾年，我媽乖乖待在家裡，看店，接連給一脈單傳的朱家生下三個女兒，後來在社區混熟了，認識巷裡那些嫁給老兵的年輕太太，便結成姐妹淘，一年三頭兩回，揪團進出日本國。我們台北家裡，常常只剩下我和老爸爸兩個人，面對面眼瞪眼，坐在廚房吃我煮的晚餐。如今我也走了，不知哪月哪日回去。我爸他老人家一個人守著空空的家，更加寂寞孤獨……」

我的喉嚨突然給鯁住了，一時間再也說不出話來。我的心，猛一絞痛。伊曼伸過左手來暖暖握住我的右手腕。

「妳們朱家有三姐妹？妳排行第三，上面有兩個姐姐是嗎？」

「嗯，我們三姐妹是巷裡有名的朱家三朵花：大姐朱鸝、二姐朱鳶、么妹朱鴒。」

「朱鸝、朱鳶、朱鴒。」伊曼嘴裡喃喃念了好幾遍。「我不識中國文字，但我感覺得出來那是很美麗、很好聽的三個名字。妳父親肯定是有學問的人，給他的三個女兒各取一個挺特別的名字。」

「我們朱家可是大陸上有歷史、有名望的家族，世代讀書做官。」我伸出食指頭，一筆一畫工工整整在伊曼手掌心上寫下三個正楷中國字：「鸝、鳶、鴒。這是三種鳥的名字。」

「唉，三種美麗高貴的中國鳥。」伊曼悠悠嘆息一聲。「台北朱家三姐妹。」

「我大姐朱鸝，長得最美。我爸說她的鵝蛋臉、柳葉眉、唇上一點丹硃，看上去活脫脫就是一位戰國時代的齊姜美女。難怪，我媽的日本朋友，花井芳雄和木持秀雄兩個老桑，一看見朱鸝，就當場傻住啦，只顧一個勁哈腰鞠躬。可朱鸝也最會讀書，是台灣師範大學國文系高材生。我二姐朱鳶——她的名字最特別，就連學校老師都不會念呢。其實它就念成燕子的燕。我爸最喜歡這個古老、很有氣派的方塊字。他說中國南北朝時代有一匹駿馬，戰功彪炳聲名赫赫，牠的名字就叫飛鳶。我家三姐妹中，朱鳶最聰明，但初中畢業後就在加油站打工廝混。有時我四五天沒見到她。我，朱鴒，身為家中的么女，每天傍晚放學回到家裡，面對一間冷清清的屋子，和一位——伊曼，妳閉上眼睛想像一下這個陰森怪誕的場景吧——大熱天汗流浹背，一個老男子卻披著綠呢軍大衣，腆著個肥白肚膛，聳起一顆斗大的花斑頭顱，獨自坐在黯沉沉密不通風的客廳，邊喝高粱虎骨酒，邊瞪著一台黑白電視機，看少棒球賽轉播。他就是朱方，我的爸爸。老實跟妳講，每次回家前腳才跨進門檻，眼中看到這幅景象，我心裡就有點發毛呢，所以一個轉身，我就偷偷溜出家門，背著書包上街去迌迌遊逛。順便告訴妳：『迌迌』是兩個很特別的、我最喜歡的台灣字，意思是漂泊遊蕩，逍遙自在。」

轂轆一聲響，我的喉嚨又被一顆痰給堵住了。伊曼又伸過手來，輕拍我的心口。兩個小女生並肩仰躺在黑夜的叢林果園中，空洞洞、只見樹影搖曳的一間破屋裡，髒兮兮一張蓆子上，好半天沒再講話，只是怔怔睜著眼睛，望著面前那扇五英尺見方、飄飄蕩蕩掛著兩張蜘蛛網、灑滿皎白月光的窗子。

月娘，她悄悄從滿園子一瓢一瓢金黃木瓜中，探出半邊臉龐來，面對果園中央的高腳屋，一逕低垂著眼皮瞅著我和伊曼兩人。心頭一酸，我想起我媽媽在台北時，每回心裡有事情，半夜她就會躡手躡腳爬下床來，摸黑坐到客廳窗前，披著一肩膀頭髮，舉頭眺望台北城外觀音山巔的月亮，蹙著眉頭，絞著眉心，舉起右手來一拳一拳地不住擂打自己的心口，邊想心事，邊自言自語般低聲唱歌：「月色照在三線路，風吹微微……」那當口，我躺在我和兩個姐姐共用的房間內，一張小床上，雙手緊緊抓住被頭，睜著兩只眼睛瞪住天花板，傾聽媽媽唱歌，每次每次，都聽得整個人呆呆發起了癡來。這會兒，月亮半圓的晚上，媽媽她人在哪兒？是在台北市羅斯福路巷弄中的朱家鋪子裡？或是在日本國東京都那霓虹閃閃、盤絲洞似的歌舞伎町中，一家小小的台灣酒店內？

想到這兒，我的喉嚨猛地又一哽噎。我背向伊曼使勁咳嗽兩下，清理掉鯁在咽喉的那顆痰。眼眶一紅，我翻轉過身子，悄悄伸手握住伊曼的手，抬頭對著斜掛在窗口的月亮，陡地扯起嗓門，放悲聲，唱起那首我媽媽從十五歲嫁到我家開始，三不五時，就會坐在窗前唱一遍，直唱到她兩鬢變白、直聽得我耳朵生出繭來的台灣老歌《月夜愁》：

月色照在三線路
風吹微微
等待的人怎不來
心內真可疑
想不出彼的人啊
怨嘆月夜
更深無伴獨相思
秋蟬哀啼
月光所照的樹影
加添咱傷悲
心頭酸目屎流啊
無聊月夜——

伊曼聽得呆啦。這個從不曾離開叢林的伊班少女，生平第一次聽台灣歌呢。看她臉上的表情，我猜得出她心中的想法：台灣歌聽起來怎麼恁地淒涼呢？一聲聲揪人心肝。

我對著那停駐高腳屋窗口，滿臉笑，彷彿要探進頭來的月娘，幽幽怨怨悲悲切切地，唱完了整首《月夜愁》。聽完歌，伊曼一時啞口無言。過了三分鐘她才舉起手來，擦擦眼睛，抹掉她腮幫上兩串珍珠般晶亮的眼淚，沉沉嘆口氣，說道：「朱鴒，從台北來的女生，妳講的很多事情我聽不懂。我們伊班人的家庭沒那樣複雜。但是從妳講話和唱歌的聲調，我深切地感覺到，妳媽媽很愛妳，而妳心裡也很敬愛妳媽媽。她有個美麗的名字是嗎？」

「朱陳月鸞。」

「是的。妳說過她的名字裡嵌著一個月亮。人和月亮一樣美麗、一樣溫柔優雅。」伊曼又沉默下來。她伸出一條瘦伶伶的胳臂，將那躺在她身旁的芭比新娘，一把攬過來，摟進她懷裡。這位安娜絲塔西亞公主，一逕笑盈盈，綻著兩朵酒渦，睜著兩顆碧綠玻璃眼珠，骨睩骨睩瞪著天花板，只管豎起她那兩只塑膠耳朵，整個晚上，興致勃勃地傾聽我們兩個女生談心呢。母女倆緊緊相擁一會，伊曼才放開公主，又幽幽嘆口氣繼續說：「我的伊布——我媽媽名字叫安孃．海倫娜，很普通的伊班女人名字。她長得又黑又胖。我的阿峇——我爸爸名叫大流士．彭布海。那是挺威嚴挺響亮的戰士姓名。我阿峇，他可是魯馬加央長屋赫赫有名、才三十歲，就獨自出門遠遊三次，總共帶回九顆人頭，包括三顆上等白人頭顱的伊班勇士。好朋友朱鴒，伊曼偷偷告訴妳：我阿峇不喜歡我伊布，因為她那副身材好像一匹雄壯的婆羅洲母犀牛。」

「她愛妳嗎？」

「誰？我的阿峇？他向大神辛格朗．布龍發過誓：若是有人傷害我——他心愛的唯一的女兒伊曼——他必定親手用阿納克獵頭刀，砍下他的頭顱，剝下他的頭皮，高高掛在我們家門梁上。」

「我知道妳爸爸愛妳。」我咬著牙悄悄打個寒噤，心中為澳西先生擔心呢。「我問的是妳的伊布——妳媽媽。她愛不愛妳呢？」

「愛呀。」

「怎麼個愛法？」

「想盡法子，把我嫁到澳洲。」

「為什麼？澳洲這個地方有什麼好呢？」

「我告訴妳一個重大的祕密，朱鴒，台北來的好朋友好姐妹。」伊曼躺在蓆上，伸手扯了扯她腰間繫著的花紗籠，併攏起雙腿，拉直身子，把睡姿調整好了，這才板起面孔一臉嚴肅地說：「朱鴒聽著！不知打什麼時候開始，長屋的婦女之間就流傳一個新福音：印度尼西亞國之南，南極洲之北，有一塊簇新的廣闊的陸地叫做『澳大利亞』。它乃是上帝應許給伊班人的『新迦南』。聖經上預言，耶和華我們的神將會引領苦難的伊班民族，進入這塊流奶和蜜的美地。神說『那地有小麥、大麥、葡萄樹、無花果樹、石榴樹、橄欖樹和蜜。你們在那地不缺食物，一無所缺。那地的石頭是鐵，山內可以挖銅。你們吃得飽足，就要稱頌耶和華你們的神，因為他將那塊美地賜給你們了。』舊約申命記第八章第七至第十節。」伊曼朗朗背誦完一段經文，伸手在自己額頭和胸口上，誠誠敬敬畫個十字：「阿門。」

我躺在伊曼身旁，轉過脖子歪過頭來，睨著她那張端莊肅穆的側臉，高高豎起兩只耳朵，一時聽得呆了。「這個新福音，就只流傳在伊班女人之間嗎？長屋的男人都不知道嗎？」

「男人都不知道。我的阿峇也不知道。」

「所以，妳的伊布——妳媽媽就瞞著妳爸爸，赫赫有名的伊班獵頭勇士大流士．彭布海，偷偷地把妳送給那個澳洲胖老頭，那位什麼『峇爸澳西』，去當他的小情婦囉。」

「朱鴒請妳別責怪我的伊布，好嗎？」伊曼沉聲嘆口氣。「她這樣做也是為了我將來的幸福。成為峇爸的女人後，我就可以堂堂正正、體體面面地進入澳大利亞國。」

我忍不住嗤的一聲，打鼻子裡冷笑出來：「身為女婿，峇爸澳西也會把妳媽媽——他老人家的丈母娘喔——接到澳洲去，在那塊上帝應許的流奶與蜜的美地，伊班人的『新迦南』，快快樂樂度過『不缺食物、一無所缺』的晚年。」

伊曼抿住嘴唇不吭聲了。過了挺漫長的三分鐘，她才伸出一根手指頭，悄悄抹掉眼角上，不知什麼時候迸出的一顆亮晶晶、豆大的淚珠，隨即使勁咳嗽兩下清了清喉嚨說：「告訴妳，我新認識的好朋友朱鴒，我就是在月亮彎彎高掛在木瓜樹梢的一個夜晚，這座果園中，這間屋子裡，我們兩人現在並排躺著的這張蓆子上，成為峇爸澳西的女人。」

「那時妳幾歲？伊曼。」

「九歲。」

「哦，今天中午妳在河邊告訴過我，那天是八月四日，妳九歲的生日。」我腦子裡又浮現出曠野中，大河畔一輪火毒的太陽下，兩個剛認識的小女生並肩蹲在水邊，互訴心事的情景。心頭一熱，我忍不住伸出手來，隔著芭比娃娃公主的身子，捉住伊曼的手，緊緊地悄悄地握兩下。「那時妳還告訴我，妳生日前一天，妳阿沓親自進城為妳選購一件粉紅色、峇里島手織的印染花布紗籠。生日這天的大早，妳的伊布便帶妳去河裡洗身子，用她心愛的蘭花油精，細心地把妳那一頭從兩歲就留起、如今足有兩呎長的頭髮，染得烏油油水亮亮，然後把新紗籠穿在妳身上，在腰間打個漂亮蝴蝶結，露出——看哪！花蕾樣一粒桃紅色肚臍眼兒。伊布領著妳，沿著長長一條廊子，從長屋頭一路走到長屋尾，向全部落宣布：大流士．彭布海的獨生女兒伊曼已經長大成人，可以為人妻嘍！」

「朱鴒，妳知道嗎？」

「知道什麼？」

「《可蘭經》規定，女子九歲就算成年。」伊曼的嗓子猛一哽噎，好像又要哭出來。她伸手死命掐住咽喉，停歇了好一會才平靜地說道：「所以我在九歲生日那天晚上，遵照阿拉的旨意，依夏阿拉——就在一位成熟的公義的受人敬重的白人男子，莊嚴的教導之下，變成一個成年的女人。感謝真主的恩惠，安努葛拉阿拉——」

「喔！」我聽得頭皮直發麻，呆了好半晌才問道：「伊曼，妳有讀過《可蘭經》嗎？」

「沒讀過。我出生時就受洗成為基督徒，就像長屋的每一個孩子，一生專心事奉上帝和耶穌，只讀聖經。」

「那妳怎麼知道《可蘭經》有這個奇怪、荒唐的規定呢？妳被騙了！」我禁不住從鼻子裡嗤笑出一聲來：「嘖！女子九歲，連月經都還沒來過就算成年了？這是哪門子的教規呀？」

「那晚在這間屋子裡，這張蓆子上，我流血的時候，峇爸澳西親口告訴我的。」伊曼板起臉孔嚴肅地說：「他老人家可是英女皇御用大律師，兼印尼政府司法事務顧問，不能騙人的。」

「咦？這個澳洲老頭子不是基督徒嗎？怎麼，在妳的面前，卻又信奉起伊斯蘭教的經書，並且身體力行呢？」

「也許因為，嗳，他在印尼居住很多年，受穆斯林影響。也許因為其他什麼機緣。」伊曼索性闔起眼皮閉上嘴巴，不再吭聲了。

兩人陷入了沉默。整座果園一下子變得好安靜、好荒涼。一片死寂中只聽見一種奇異的啼叫聲，嗚噗——嗚噗——嗚噗，從月光下的深山中綻響起來，穿透過層層叢林，直傳到大河畔，隨著夜風一陣陣不斷飄送進我們窗口。隨著夜深（我舉起腕上的手錶，就著月光瞄一眼：九點四十五分），那聲聲呼喚變得更加悲傷、急切，彷彿隨時都會放聲哭出來似的。豎起耳朵細聽，就好像有個母親四處尋找她那失散的孩子，從天黑找到深夜。這會兒大夥都安歇了，她兀自逡巡在外，一路張望尋覓，一路扯起嗓門厲聲呼喊孩兒的名字：嗚噗！嗚嗚嗚噗！聽著聽著鼻頭一酸，我眼眶就紅了，心裡又思念起這會兒人在台北（或是在東京）的媽媽。

「那是婆羅洲母人猿的啼叫聲。」伊曼幽幽地說：「一整夜，她從日落啼叫到日出，呼喚她那走失在大河畔，被一群身穿迷彩裝、白臉紅鬍藍眼的外來獵人，設下陷阱或發射麻醉針，活活捕捉的孩子。朱鴒，從台灣來的女孩啊，將來妳在婆羅洲，夜夜都會聽到這種召喚。有時是一兩匹，有時是幾十匹或幾百匹母猿一齊放聲吶喊：嗚噗嗚噗嗚噗。那股聲勢，浩浩蕩蕩淒淒涼涼驚天動地，潮水般一波波不停向妳湧來，整夜，從天黑直到天明，聽得妳一顆心都會碎掉哦。」

這會兒二更天時，我們兩個女生仰躺在荒山果園破工寮中，挺直著身子，豎起四只耳朵，傾聽屋外那匹落單的母猿孤零零的啼叫。

「朱鴒。」

「嗯？伊曼。」

「我好想死掉哦。」

「咦？妳怎麼突然有這個可怕的念頭？」

「我想死，已經想了很久了！朱鴒妳知道嗎？自從我九歲生日那個夜晚，在這間屋子裡、這張蓆子上，在這個芭比娃娃注視之下，我喊了一聲痛，流了一灘血之後——」轂轆一聲響，伊曼的喉嚨好像被什麼東西堵住了，只管哽噎著，再也說不出話來。

月光下，那穿著雪白新娘服，披著蕾絲婚紗，朝天躺在我和伊曼中間，一整夜，靜靜聆聽我們談話的安娜絲塔西亞公主，這時忽然挑起兩蓬睫毛，猛一睜眼，滴溜溜，轉動了兩下她那雙碧綠玻璃眼珠：骨睩，骨睩。

「若是我現在就死掉了，我心中也沒有遺憾，因為在我主耶穌的安排下，我認識了妳，從台北來的好朋友和好姐妹朱鴒——」

聽了伊曼這番話，我呆了呆，感覺好像突然間給人掐住脖子，撬開嘴巴，硬生生灌進一口五十八度特級金門高粱酒似的，整個人登時傻住啦，好久只管嗆在那裡，漲紅著臉皮說不出話來。過了長長五分鐘，我才回過了神，悄悄伸過一只手掌，放在伊曼那瘦巴巴骨嶙嶙的胸脯上，一下又一下輕輕地、柔柔地拍打起來，好像在安撫半夜做惡夢的小女娃兒。

肩挨著肩，腳踝碰著腳踝，兩個人並排躺在小小一張蘆蓆上，眺望窗外那枚半圓月，想起各自的心事，一時間又陷入深深的沉默中。

月娘，她早已經離開了木瓜樹梢頭，這會兒俏生生現身在果園上空。

赤道上的婆羅洲天空！我朱鴒這輩子頭一次看見這麼清澈、乾淨、透明的天空呢。從我們的窗口瞭望出去，它就像一塊巨大無比的黑色水晶玻璃，彎彎地，覆蓋在果園頂端，好似一座穹廬。而月亮露出半邊臉兒，就高掛在穹廬正中央。圓白白笑盈盈的一張臉膛，驀一看，還真像我媽媽在台北家的佛龕中，每天早晚（她不進出日本時）必定上一炷香，誠誠敬敬膜拜的一尊白瓷觀音菩薩。

和一個陌生的、初識的伊班姑娘，手牽手並肩躺在一間草屋裡，沐浴在滿屋子溶溶月光中，一齊舉頭，眺望窗外夜空中的月娘觀音，霎時間，我內心感到好一片平靜祥和。

「伊曼，謝謝妳把我當成一位知心朋友，告訴我妳心裡的祕密。」

「謝謝妳願意聽，台北來的女生。」

「現在輪到我告訴妳，伊曼，我心裡的祕密了——這個不可告人的祕密，這輩子，我只告訴過李老師一個人。」

「朱鴒，我在留心聽著呢。」

「七歲生日那天，我也差點變成一個成年的女人。」

石破天驚。

伊曼握住我的手腕的那只手，觸電似地猛一顫抖，手心濕答答冒出了一片涼汗。噗哧一聲，我禁不住笑了出來：「妳別緊張呀！我不是說我『差點』變成一個成年女人嗎？我朱鴒鬼靈精，從小就在台北這座城市廝混，每次遇到怪伯伯和壞叔叔，千鈞一髮之間，我總有辦法從魔爪底下脫逃，全身而退。所以，直到今天我還是一個冰清玉潔的處女哩。」我掙脫伊曼的手，反過來握住她的手腕，豎起小指頭摳了摳她的手掌心：「好朋友好姐妹好伊曼，妳莫替我擔心！」

「妳七歲生日那天，到底發生了什麼事？」

「說來話長。」

「沒關係，我想聽。」

「我的家比妳的家可複雜多啦。我家發生的事情，讓妳，伊曼，一個在婆羅洲出生長大的女孩聽來，肯定會感到霧煞煞——滿頭霧水啦。但是妳既然想聽，而我們倆現在又一時睡不著覺，反正閒著沒事，那就請妳放鬆身心，靜靜躺著，耐住性子聽我慢慢的細細的給妳講，就當是聽一則《天方夜譚》的故事吧。」

我舒展四肢，調整好姿勢，仰天躺在蓆子上，面對窗上那枚斜倚著屋簷口、滿臉笑眯眯、好像要探進頭來傾聽的月亮，伸出雙手，一只手握住伊曼的腕子，一只手放在自己的胸口，然後使勁咳嗽兩下清了清喉嚨，開始訴說起來：

「我媽媽，朱陳月鸞，和她在街坊結交的那群姐妹淘，不是一年三頭兩回，進出日本嗎？她不知怎麼認識了一個日本人，名字叫花井芳雄。他是我媽入境日本國的保人（我媽跟人家說她是去留學喔）。後來，老花井不知使出什麼手段，搭上我大姐朱鸝（記得嗎？我們朱家三姐妹中長得最美、最會讀書、考上師大國文系的那個），成為她的乾爹。伊曼，妳看我左手上戴著什麼東西？一只亮晶晶、星光閃閃的瑞士伯爵白金小女錶！價值五萬元台幣呢。偷偷告訴妳，伊曼——我只告訴妳和李老師這兩個我最相信、最放心的人——這只手錶，就是花井伯伯瞞著我媽和我爸，鬼鬼祟祟地送給我的七歲生日禮物，說是日本成年禮哩。伊曼妳說這種並不光明正大、偷偷送人家的禮物，我怎麼可以收下呢？唉呀，伊曼妳這個人太耿直了，不通人情。這麼漂亮貴重、千里迢迢從東京帶到台北的禮物，不收，就是不給人面子。這個花井芳雄到底是個什麼人呢？他來頭可不小喔！二戰時在中國打仗，官拜少佐，天皇宣布投降後，他保住一條命回到老家，四國島，愛媛縣川之江市猪苗代町，開設一間工廠，專門製造玩具槍，經營得有聲有色，後來當上日本國遊戲銃協同組合理事長。我七歲生日那天晚上，花井伯伯特地從東京直飛來台北，給我慶生。我記得剛吃完蛋糕，他和我媽就溜進廚房，兩個人壓低嗓門，嘰哩咕嚕小聲吵架。我在外面飯廳陪木持伯伯吃飯。（哦對了，我忘記向妳介紹這個日本人。他叫木持秀雄，廣島人，日本國原爆被害者協會副會長，久松衛材株式會社取締役社長。）花井和木持是拜把子結義兄弟。背地裡我們三姐妹管他倆叫『日本雙雄』。年輕時哥倆都在中國打仗，花井是磯谷師團，木持是谷壽夫師團——這麼機密的信息，我又是如何得知的呢？花井芳雄親口講給我爸爸聽，我媽翻譯，我在旁邊聽到的呀。木持秀雄第一次來我們家喝茶時，還特地把『谷壽夫』三個漢字，用萬寶龍金筆，工工整整寫在他的名片上，然後起立，一身西裝筆挺，深深一鞠躬，雙手捧著名片奉上給我爸看。這兩個日本老兵，戰後都變成企業家，開辦起工廠來，一個生產玩具手槍，一個製造馬桶。每年三頭兩回，老哥倆結伴進出台灣視察業務……咦？我一下子扯到哪裡去了呢？唉，正如李老師批評我的，我這個人腦筋轉得特快，講話跳來跳去缺少重點。伊曼，害妳聽得一愣一愣的摸不著頭腦。不好意思！現在回到我七歲生日那天晚上吧。花井伯伯特地帶著禮物，從東京飛來為我慶生，晚上在我家吃飯。吃到一半，我媽向花井遞個眼色，兩人就悄悄走進廚房講話。我在飯廳陪另一位客人，花井的拜把子戰友。這個老木持，涎皮賴臉，強逼我同他交臂喝花雕酒，我被他逼急了，只好跑進廚房躲他。花井伯伯看見我一頭鑽進來，嚇一跳，臉煞白，整整身上那套雙排釦米黃色法國式西裝，一個勁向我鞠躬哈腰，嘴裡嘰哩咕嚕嘟囔，將我推出廚房去，關上門，回頭又去跟我媽咬耳朵。伊曼妳問：我媽媽一個台灣女人，跟一個日本老頭子有什麼悄悄話好講的呢？我偷偷告訴妳喔，這件事說來有點見笑：我媽上次去東京，日本法務省入國管理局不知為了什麼理由，禁止她入境，她就夥同三十多個姐妹，一起打地鋪，睡在人家羽田機場入境大廳，舉牌抗議。『羽田騷亂』——日本報紙下的大標題——我爸爸看了台灣報紙才知道，氣得他老人家，整整兩個禮拜不喝虎骨酒。虎骨酒是什麼東西？就是從老虎身上取出一根骨頭，泡在高粱酒裡做的藥酒，我朱家祖傳祕方，可以治『肝腸葬元』的病——肝腸葬元是什麼病呢？老實說我也不是很清楚。講了，妳這個婆羅洲姑娘也聽嘸。且不管它！反正我爸從大陸蘇北老家，來到亞熱帶的台灣，水土不服飲食不調，得了一身奇奇怪怪的病。伊曼妳問：我爸有沒有為了羽田機場騷亂事件，跟我媽吵架呢？唉呀我爸年紀大了，肝火大不如以前旺盛囉。老來常常想家。有時他一個人枯坐在後院，低頭想著想著，就突然昂起他那顆南瓜般大的花白頭顱，雙眼一睜，暴射出兩道精光來。跟著他老人家就扯起嗓門，放悲聲，唱起那段他平日最愛唱、每逢心情鬱卒就會哼上兩句的戲文：

想當年
沙灘會一場血戰
只殺得血成河屍骨堆山
只殺得楊家將東逃西散
只殺得眾兒郎滾下馬鞍
我被擒改名姓
——唉唉唉唉——
困番邦招駙馬一十五年！

伊曼，我唱得好不好聽呀？不好聽？好像半夜鬼哭，叫人聽了渾身冒起雞皮疙瘩？唉，我爸唱得可悲壯喔。要不我唱《四郎探母》裡的〈母子相認〉那折戲給妳聽，那才叫淒涼呢。這也是我老爸挺愛唱的一段戲文。伊曼聽：

唉，娘——啊

老娘親請上受兒拜

唉，娘——啊

千拜萬拜

也是折不過兒的罪過來

兒被困在番邦……啊啊啊……

咦？伊曼妳叫我趕快閉嘴，別再唱下去？太悽慘，叫妳聽了忍不住思念起妳的伊布？妳一個人流浪在荒野，已經有兩三年沒有看見妳娘了。明天早晨離開這座果園，繼續趕路，朝向大河上游進發之前，妳打算先溜回魯馬加央長屋，偷偷看妳娘一眼？好！我陪妳走一趟。我也想認識妳母親呢。剛才我們講到哪裡？羽田機場騷亂？妳問，我爸有沒有為這件事跟我媽吵？我爸老啦，當年的火爆脾氣早就消磨掉大半囉。但到底是老夫妻倆，三不五時難免會拌嘴。兩個冤家一吵起來，口沒遮攔，講的那些難聽話，叫我們做女兒的不小心在旁聽見了，心裡發寒哪！每次都是我爸打著蘇北腔先開罵：『翹雜母，動不動就發飆！』我媽一聽就用台灣國語回敬：『才安靜三個月，老雜碎，你身上到底哪兩根筋又不對勁啦？』眼一瞪，我爸拔出他那只酒罈子大小的拳頭，虎虎地在我媽面前比劃比劃：『賤，什麼樣的女人玩什麼樣的鳥！』我媽笑笑：『打某大丈夫，每天一早爬下床來，就窩在客廳裡瞪著電視機，邊喝老酒邊看棒球賽，中華隊打贏了便快樂得笑一天，打輸了便跑回房間，趴在你那張老骨董紅眼床上，睏悶覺——』我爸一聽我媽提到『紅眼床』了，霍地站起身，撣撣他那件一整個冬天披在身上的綠呢軍大衣，倏地整肅儀容，挺起大肚膛，立正，朝向客廳中央牆上掛著的那幅當年蔣公誓師北伐、騎馬閱兵威風凜凜的肖像，颼地舉手敬個軍禮：『總司令好。』回頭睜大兩只青光眼，瞅住那一動不動，兀自端坐客廳沙發上的我媽：『雞母妳好生聽著！當年我朱方還是個二十郎當的小夥子，就拜別雙親，追隨他老人家和百萬軍民，渡海來台灣，在這鳥不生蛋的小島上，飄蕩二十年，才拿出當年辭鄉前夕，我娘含著淚，給我縫在褲襠裡的三根金條，當作聘金，把妳這個十五歲的台南鄉下姑娘陳氏月鸞，討來做老婆，只期盼妳生個白胖小子，給我們一脈單傳的朱家留個香火種。洞房花燭夜，咱老朱就是在這張紅眠床上，梳攏妳這個閨女！小鸝也是在這張床上有的喔。』小鸝就是我大姐朱鸝，爸爸最疼惜她，因為她是頭胎，生得最美也最會讀書。唉，可三姐妹中她的命最苦喲……我爸朱方六十歲囉，在台灣一住四十年，當年從大陸帶來的那些金條和首飾什麼的，早就坐吃山空了囉，如今從早到晚，乖乖坐在家中客廳，陪伴那騎馬牆上閱兵的蔣公，兩個一起看電視。老人家晚飯後喜歡喝兩杯，兩小盅虎骨酒。邊喝小酒，邊看電視上我們『中華少棒隊』比賽。看得開心就咯咯笑，舉起酒杯敬一敬蔣公。伊曼妳問『少棒』是什麼東西？少棒就是少年棒球。妳莫以為這只是小孩子的玩意。每年在棒球強國美國和日本，都會舉行幾場國際少棒錦標賽。這可是世界體壇一樁大事！你們婆羅洲人不玩棒球嗎？我們台灣可是全民瘋棒球。記得我讀小學二年級那年，八月十五日大日子，遠東少年棒球錦標賽，在東京甲子園舉行。『中華』對『日本』。我們一路落後一路苦追，打到最後一局還落後兩分，眼看就要輸了。這時綽號番仔潘的三壘手潘正雄（才十二歲呢）上場打擊了。只見這小男孩握著球棒站上打擊區，擺出金雞獨立的架式，不慌不忙，看見日方王牌救援投手，尾形三郎，颼地投出一記時速達一百二十六公里的直球，就舉棒猛一揮，擊出一支三分全壘打。我爸一看，從客廳沙發上直跳起來大叫：『原子彈！』我媽在旁聽了就笑笑說：『一支全壘打跟一顆原子彈相比，誇張哦。』我爸愣了愣，滿嘴虎骨酒差點就一口噴到我媽臉上。怔了好半晌，他老人家兩顆眼珠朝上一翻：『怎麼不能相比？不都叫日本投降了嗎？』我媽只是冷笑，不理他，任由我爸台北八月大熱天披著軍大衣，面對牆上的蔣公，威風凜凜在客廳中踱起方步。他老人家一面舒伸四肢，抖擻筋骨，一面勾起兩只眼睛斜斜打量我媽：『雜母啊，日本人打輸了，妳冷言冷語不高興個毬？告訴妳咱小時候家住蘇北的邳縣，附近就是台兒莊。台兒莊是啥地方？抗日戰爭史上驚天地泣鬼神的戰場！我頂記得那天四月七日，台兒莊大捷。大地回春百花盛開。我跑到台兒莊城中一瞧，看見成千成萬日本兵的死屍，滿坑滿谷，給咱國軍的火炮轟得焦黑，變成一根根木炭條。幾萬條粗大的木炭，黑魆魆的堆集在山東南部這個小鎮甸。這種壯烈的場面，你們台灣郎有莫有看過呢？雜母妳聽著：赫赫有名的日本帝國陸軍磯谷師團，台兒莊一戰，全死光啦。美國人丟在廣島的那顆原子彈，媽的毬，威力也不過如此！咱國軍出生入死打了八年抗日戰爭，而你們這幫台灣郎，華夏後裔炎黃子孫喔，躲在這座島上做日本帝國的順民，嘖嘖，做了五十年，直到蔣公領導抗日勝利，中國老百姓用身家性命換回你們的自由，你們才——喂喂雜母，妳講不過我就要躲到小鴿子的房間去啊？妳給我站住！向蔣總司令行個禮陪個不是。回來呀。這個死台灣婆娘——』我媽早已邁出腳步，跟牆上的蔣公擦身而過，頭也不回走進我的房間，摟住我，母女兩個睡覺去了。那年的遠東少棒錦標賽，我們中華隊靠著潘正雄的一顆原子彈，大逆轉勝，歷史上第一次擊敗日本後，一整晚，我爸都捨不得關掉電視機，整個人好像吃了迷幻藥，恍恍惚惚，披著軍大衣腆著大肚膛，橐躂橐躂在客廳中走來走去，不時抬頭望著牆上那三更半夜、兀自騎馬校閱部隊的蔣公，倏地舉手敬個軍禮……咦？伊曼？怎麼妳聽著聽著就闔上兩只眼皮，忍不住打起瞌睡來了？唉，台灣和大陸的事情很複雜、很煩人，難怪妳這個婆羅洲女生聽得一愣一愣，滿頭霧水，連我自己都聽膩了呢。（所以我從小就不喜歡待在家裡。我感覺到我的血管裡有兩股血流，一股是我爸的、大陸的，另一股是我媽的、台灣的，整天在我那小小的身體內亂竄，鬥嘴打架互不相讓。我實在吃不消，每天放學後就獨自上街遊蕩，夜深了才溜回家。）唉，我們不提台灣和大陸之間那本陳年老帳了。來，伊曼妳睡過來一點，把妳的耳朵湊過來吧，我偷偷給妳講一件比較有趣、好笑的事：八月十五日在東京甲子園，我們中華少棒隊用一支全壘打轟垮了日本，那晚睡到半夜，我老爸朱方突然興奮起來，摸進我的房間，低聲下氣向我媽陪禮，央求她回主臥房，跟他一塊睡他的紅眠床。我媽摟著我呼嚕呼嚕裝睡覺。我爸使盡水磨工夫，又是哄又是學貓叫春，我媽蒙著頭就是不答理他。沒奈何，他獨自回臥房，唉聲嘆氣輾轉反側躺在他的紅眠床上，把床板弄得嘎嘰、嘎嘰響。偏偏我爸老來發福——我爸是蘇北人，身材本就高大。花井伯伯和木持伯伯一左一右，我爸站在中間，三個人一起讓我媽拍照。兩個日本阿桑一身西裝筆挺，腳上蹬著一雙兩吋高跟義大利皮鞋，踮著腳尖，卻還只夠到身穿軍大衣的我爸的肩膀，活像兩個小朋友。這副趖相！以我家門口做背景拍成的這張照片，我每次看到都忍不住噗哧一聲，咯咯咯笑出來——咦？剛才講到哪裡了？哦，偏偏我爸老來發福，身體噸位變得更大，足足有九十公斤，特別怕熱。那晚看一年一度的少棒遠東大賽，多喝兩盅虎骨酒，滿頭滿身流汗。八月三伏天，半夜凌晨三點鐘，他老人家熱得熬不住，便爬下紅眠床來了，打赤膊，只穿條內褲趿雙拖鞋就跑出家門口，腆著他那光溜溜圓鼓鼓、彌勒佛似的一個大肚膛，站在巷心上，伸出一條胳臂，指著社區幾百戶人家裝在窗口的日立牌冷氣機，罵鄰居沒公德心，只圖自家涼快，一夥兒轟隆轟隆放出一堆堆熱氣來，存心燜死他。一整夜直到天亮，他老人家就光著上身，坐在家門口屋簷下一張小板凳上，手裡搖著扇子，嘴裡喃喃吶吶打著蘇北腔，咕噥不停：『吁，這鳥不生蛋的一座城市，兩百萬人唄，比咱們徐州人口還少咧，就裝上八十萬部冷氣機。一群暴發戶擺闊！哪來的錢啊？當年蔣公率領百萬軍民，舉起手杖，大喝一聲分開海水，渡過海峽登臨寶島時，帶來四萬萬大陸老百姓的血汗錢，給台灣同胞當個見面禮，總共九百萬兩黃金咧，四十年來利上滾利唄……』深更半夜，我爸坐在門口嘟囔，我和我媽兩個緊緊相擁著，躺在我房間那張小床上，聽得清清楚楚。現在我一字一字的學給伊曼妳聽，瞧妳聽得齜牙咧嘴，渾身冒起了雞皮疙瘩！妳知道嗎？台北是個亞熱帶的盆地，夏天整個城市好像一口大燜鍋。每回熱浪一來，大清早我爸就脫掉身上的汗衫，腆著肚腩站在家門口，伸出胳臂指指點點，跳腳瞪眼，咒罵巷裡人家那轟隆轟隆作響的幾百部冷氣機。天氣稍轉涼，心情大好，我爸便把我叫到客廳蔣公肖像下，命令我站在他面前，而我爸自己就端坐在沙發上，用他兩條大腿夾住我的身子，伸出右手，叉開他那五根湖南臘腸般粗的指頭，一爪一爪，不住扒梳我的頭髮，左手只管撫摸我的腮幫兒：『小鴿子，妳給我朱方牢牢記著！妳曾祖父朱德懋公——也就是我的爺爺——當年在家鄉過世時，那口壽材是用六塊板上等福州杉打造的喔，每年塗一遍紅漆，一層一層總共塗上十二重紅漆，出殯那天叫二十四個長工挑著，穿過五進院落，才抬出我們邳縣朱家的大門口呢——』伊曼瞧！日頭下一口陰森森高頭紅漆棺材，哼嗨哼嗨招搖過市！從小一年到頭，被逼聽我爸講他爺爺身穿長袍馬褂，頭戴瓜皮小帽（那時都已經是民國了呢），腮幫上搽著兩團鮮紅的臙脂，笑瞇瞇，躺在這只棺材裡的情景，我早已練就了一種本事：有聽沒有見。（這可是我們台語，意思是表面上專心聽人家講話，可心裡在想自己的事情。）但我那個挺有個性的二姐，朱鸞，連假裝都不屑。她一聽老爸又要開講朱家棺材了，掩耳掉頭就走。朱鸞不喜歡待在家裡。我爸我媽兩個都不喜歡朱鸞，任由她在外頭鬼混。伊曼，我告訴妳一件跟我二姐有關、挺滑稽、現在回想起來我都會禁不住噗哧笑出聲的事情：那年朱鸞考高中，坐在廚房裡複習歷史，從大清早一直複習到半夜十二點，終於複習完畢，她就伸個懶腰，高聲呼叫正在房間內用功的朱鸝：『姐，我把歷史念完了。』我爸坐在客廳，津津有味地觀看台元女籃對南韓比賽的第三度重播，聽見朱鸞這句話，就板起臉孔向她開訓：『把歷史念完了？中國五千年歷史，豈是妳們初中三年那五本歷史課本，記載得完的呢？一個晚上便把整部二十四史都念完了？小鸞，妳說這句話時，心裡頭感不感到慚愧啊？嗯？不慚愧呀？妳這個目無祖宗的死二丫頭！妳瞧蔣公坐鎮在咱們家客廳牆上，豎起兩只耳朵留心聽著哪！快過來向他老人家鞠躬，行個禮認錯唄——』咦？伊曼，妳沒聽我講完我們台北朱家的故事，神不知鬼不覺，兩只眼皮子一闔，就自顧自悄悄睡著了啦！唉。」

我嘆口氣，停嘴了。屋子裡一下子變成死寂，只聽見伊曼呼魯呼魯的打鼾聲，低沉地、均勻地不斷從我身旁的蓆子上綻響起來。她睡得可香甜哪。

我漫長的獨白，終於結束。

好像面對滿場子孤零零一個聽眾，獨個兒站在空洞洞的舞台上，表演單口相聲似的，今晚，我躺在婆羅洲荒村中，一間高腳屋裡，對著一個伊班女孩，講述我七歲生日那天晚上發生在台北家中的事。東拉西扯，講了一大篇，都還沒碰觸到真正的主題：那晚我如何運用機智，逃過一劫，從日本雙雄——花井芳雄和木持秀雄老哥兒倆——魔爪底下溜出來，全身而退，並沒有像苦命的伊曼那樣，在澳西先生調弄下流一滴血，喊一聲痛，一夜之間變成一個成年的女人。

唉，不好意思！如同李老師所批評的，這正是我朱鴒平日講話的一大毛病，絮絮叨叨，抓不到重點。兜了偌大一個圈子，好不容易回到正題上，我正要開始講述這段驚心動魄、千鈞一髮的脫逃過程，一回頭，往身旁蓆子看去，卻發現伊曼早已閉上眼睛，呼呼入睡啦。

月娘從高腳屋窗口探進頭來，將她滿臉子溫柔潔白的光輝，一古腦兒，灑到伊曼那張在大河畔漂泊了多天，風餐露宿，被毒日頭曝曬成深咖啡色，顯得十分憔悴消瘦的小瓜子臉龐上。月光下看起來，她正沉陷在甜美的夢鄉中。妳們看這個伊班小姑娘：黑髮披肩，身上裹著一條沾滿黃泥巴的粉紅小紗籠，打赤腳，直挺挺地仰天躺在一張蘆蓆上，伸出一只手，牢牢摟住她的芭比娃娃，另一只手彎起來，放在自己的心口上。瞧她臉上的神情，好像一個不知為了什麼緣故，獨自在外流浪的孩子，經過多日的跋涉，終於回到家裡，睡在自己的床上，心中感到好安全。我實在不忍心叫醒她聽我講故事。以後若有機會——機會多的是哩！我們倆不是說好了結伴溯大河而上，尋找登由・拉鹿小兒國嗎——我再向她講述我七歲生日那天，晚上十二點，台北家中，在牆上蔣公肖像注視之下，日本雙雄所幹的一樁可恥的勾當吧。

這會兒，伊曼和安娜絲塔西亞公主，母女倆，相擁著睡熟了。午夜三更時分，在那黑沉沉靜蕩蕩，只聽見深山母猿們嗚噗——嗚嗚嗚噗——聲聲啼喚不停的叢林中，一座荒涼的木瓜園裡，一間小小的高腳屋上，就只剩下我一個人和天上那枚半圓月，眼瞪眼，隔窗相對了。這可是我在婆羅洲度過的第一個夜晚呢。

初九、初十的月亮，形狀煞似一把老式的半月形台灣木梳子。

我思念起了媽媽。

我想起，我剛進小學時，每天早晨上學前，媽媽總會把一張小板凳搬出家門口，擺放在屋簷底下。腰肢一扭，她拉起她身上那條水紅睡袍的下襬，一屁股坐在板凳上，將我拖到她胸前，用她的兩根大腿夾住我小小的身子，不許我亂動，隨即，就從她腦勺後那顆圓髻上，拔下那一把從台南娘家帶出來、陪她出嫁，二十年一直伴著她，看著她生下三個女兒的樟木梳子，然後，就著巷道上的陽光，一篦一篦耐心地幫我梳理起我那睡了一整夜，被我折騰得亂七八糟，好似一個鳥窩的頭髮。我站在媽媽懷中，偷偷聳出鼻尖，一口一口吸嗅她身上散發出的早晨氣味，心裡感到好幸福。巷裡人家的朱紅門子，東一聲咿呀，西一聲砰碰，紛紛打開來，走出一個個背著書包拎著便當上學的孩子。我媽媽一逕抿住嘴唇，不聲不響只顧絞起眉心，一只手攫住我那死不聽話、不停晃來晃去的髮梢，一只手握住梳子，狠狠地扒著、篦著，花了整整十分鐘工夫，才在我腦瓜子底下變出一根漂亮的麻花小辮子來。這時她就會鬆開緊鎖的眉頭，嘆口氣：「唉！」隨即拿下嘴唇上啥著的一根紅絲線，拴在新編的辮梢上，一咬牙，絞緊了，伸出小指頭搔了搔我的胳肢窩。我齜著牙瞇著眼睛，格格直笑。她把我的臉蛋扳過來，撥開我腦門上一蓬劉海，雙手托起我的下巴，將我那張臉端詳老半天，這才滿意地點了個頭，又嘆息一聲，唉，反手把梳子插回她的後腦勺上，拍拍腰背，撐起膝頭站起身來。就這樣，每天早晨坐在家門口小板凳上，摟住我，把我打扮好了，我媽媽才打發我出門上學，自己站在屋簷下，把雙手抱在胸前，目送我——她的么女兒朱鴒——身穿白衣藍裙小學女生春季制服，背個紅書囊，一路甩蕩著脖子後面辮梢上、飛啊飛的一只新紮的大紅蝴蝶結，迎著早晨七點鐘滿城灑起的暖白白陽光，蹦蹦跳跳一路走出了巷口……

哦，阿母。

如今妳人在哪裡？若是在台北家中，這會兒妳肯定又睡不著覺了，一個人偷偷溜下床來坐到客廳窗口，臉上帶著夢樣的笑容，手裡握著木梳子，一下又一下，不停梳著妳那一頭不再烏黑，鬢上開始冒出根根白絲，卻依舊豐盛美麗的頭髮，久久地面向窗外巷心，舉頭眺望觀音山頭高掛著的一枚月亮，想自己的心事。想著想著妳就會眉頭一皺，幽幽嘆口氣，張開嘴唇拉開嗓門，唱起妳最愛的那首台灣歌后江蕙唱的、帶著濃濃北投溫泉味，美麗而滄桑的《月亮半屏圓》來。媽媽，且慢！今晚妳就不要唱歌了。請妳靜靜坐在窗旁，一邊梳頭髮一邊豎起耳朵傾聽。讓妳的女兒，小鴒子，在相隔一個大海的婆羅洲島上，望著天上相同的一枚半圓月，好像唱搖籃曲般，壓低嗓門，柔聲地唱江蕙這首歌給妳聽——唉，也唱給這會兒躺在我身旁，睡得正沉熟，臉上的神情顯得十分安詳、滿足的伊班姑娘伊曼聽。阿母妳聽哪！小鴒子要唱歌囉。

望月表相思

奈何月屏圓
春去秋來又一年
給咱想著心傷悲

舉頭看見天頂星
月娘猶是半屏圓
忍耐一切酸苦味
等待他日再團圓

啊——啊啊——
天星閃爍
月半圓

第四話　兵

早晨還不到八點鐘呢，看哪！赤道的太陽白鏇鏇的一輪，就從天邊地平線上，那一望無際火亮火亮的樹海中蹦出，高掛叢林梢頭，連招呼也懶得打一聲，沒頭沒腦地，便往我們的臉龐上直直照射過來，叫我這個初來乍到的台灣女生，頭都暈了。

我們仨——我和伊曼，加上那個幽靈般如影隨形、一路跟著我們的洋娃娃，安娜絲塔西亞公主——今天起個大早，從借住一宿的果園出發，沿著河邊露水萋萋一條羊腸小徑，展開今日的行程，朝向我們的目標，那傳說中隱藏在婆羅洲心臟深山裡的小兒國登由·拉鹿，冒著酷暑繼續前進。

三人默默走著走著，各想各的心事。我忽地心中一動，悄悄轉過頭來，看了看我身旁這位相識才不過一天，共同度過一晚的旅伴。

眼睛一亮。

昨天日中時分，我在大河畔初次遇見這個伊班姑娘時，只見她，一身邋遢滿頭風塵，獨個兒蹲在大日頭下，雙手蒙住臉孔不住哀哀哭泣，而今只隔了個夜晚，妳們看她渾身煥然一新，神清氣爽，簡直就像變了個人似的。

昨晚，由我作伴，投宿在一間荒廢的高腳屋，苦命的伊曼，在她長年風餐露宿的放逐生涯中，終於能夠歇一歇腳。她好像回到了家，放鬆身心舒展四肢，躺在自己那張老舊的、滿是兒時味道和記憶的床上，安穩地、沉沉地睡了一個甜美的覺。今早，天一亮起床，她悄悄走到河邊洗澡，從河底撈起大把大把的細砂子，將自己全身上下擦洗個透。她腰間那條終年繫著的小紅紗籠，這些日子來伴隨她漂泊在大河畔，早已沾滿了泥巴和各種污垢。她把它脫下，洗乾淨，攤在河邊大石墩上晾曬，順便幫那個落難婆羅洲，蓬頭垢面，滿身塵土的安娜絲塔西亞公主，梳洗打扮一番。這會兒，母女倆迎著河上一輪初升的太陽，一臉子清爽，行走在叢林曠野，繼續她們那不知何日才能結束的流浪。

河風習習。伊曼的一頭髒亂髮絲，經過她細心的梳洗和調理，好像變魔術，變成一條黑色小瀑布，從她的後腦勺子，沿著她頸脖下那片瘦骨伶仃的背脊，直直流瀉下來，倏地停歇在她腰間。腰上一蓬子髮梢，隨著河心吹來的陣陣晨風，飄飄撩撩不住飛蕩在大河畔。

我行走在伊曼身旁，深深吸入兩口氣：「好香呀！」我忍不住伸出鼻子，迎著風，一小口一小口，吸嗅伊曼髮梢上飄出的一股濃濃橄欖油香。

今早，伊曼瞞著我，不知從哪裡弄來一瓶橄欖油，趁著在河邊洗澡，把它搽在洗過的髮絲上，又是揉又是搓，將她那一頭心愛的頭髮，調弄得烏晶晶香噴噴，煞似一匹浸泡過精油、鋪曬在早晨日頭下的黑緞子——這可是我，朱鴒，來自台北的女生，生平看見過的最烏黑、最水亮、最讓人心動和疼惜的一把頭髮呢。

我看呆啦。

兩人沿著河岸並肩走著，走著，我就放慢了步伐，悄悄踅轉到伊曼身後，看準了便一伸手，捉住她肩上一綹飛舞在風中的髮絲，拿到鼻端聞兩下，隨即幽幽嘆出一口氣來，讚道：「噯，伊班小美人！難怪那個澳洲胖子，英女皇大律師澳西先生，千方百計將妳弄到手。老傢伙就連伊班人的大神辛格朗．布龍，都敢欺騙呢，在祂面前發了個大大的虛假的毒誓……」伊曼不睬我，自管抱著芭比娃娃行走在河濱小路上，一逕款擺著小腰肢，搖曳著她那兩顆柚子般，圓滾滾濕答答，包裹在那條剛洗過、只晾得半乾的小紅紗籠內的屁股兒，仰起臉龐，朝向天際叢林盡頭，她的目的地，邊走邊沉迷在自己的心事中。

我邁步追上前，依舊和她並肩而行。默默行走了一程，我禁不住又轉過頭來看伊曼。瞧！晨光中，她那張終年曝曬在河畔大日頭下，飽經風吹雨打，變得黧黑憔悴的小瓜子臉，如今洗盡了塵土，霎時間，又變得十分清淨秀麗。可是呀她的一雙眼眸子，雖然依舊那樣漆黑、幽深，但她眼瞳中總是閃爍著的一星光芒，不知為什麼，卻顯得更加清冷孤單了。

我心中一陣絞痛，嘴裡沉沉地又嘆出一口氣來。

心事重重，只顧埋頭趕路的伊曼，聽到我的嘆息聲，終於轉過臉來了。如夢初醒，她伸手揉了揉眼睛，看了看那亦步亦趨、緊緊追隨在她身旁的我，朱鴒——那頂著一蓬齊耳的短髮絲，土裡土氣，穿著一套黃卡其上衣和黑布裙秋季制服，蹦地，冒出來，突然出現在赤道太陽下，婆羅洲原始森林中的台北女學生。她睜起兩只充滿疑惑和好奇的黑眼睛，瞅住我的臉龐，仔細端詳。她終於認出我來了。眼一燦，她綻開腮幫上一雙小梨渦，齜了齜嘴裡兩排小白牙，靦腆地笑起來，隨即豎起右手的小指頭，伸過來，勾住我左手的小指頭。於是，兩個人肩並肩手牽手，迎著旭日，好似一對淪落天涯的小姐妹般，相依為命，一起行走在大河畔小徑上，風塵僕僕繼續趕路。

* * *

車輪大的太陽，雪花花的一顆，打天邊叢林梢頭一轂轆翻滾出來，片刻也不逗留，便朝向大河上那一弧海樣碧藍的天空，一步一步攀升。河畔靜悄悄。我跂起雙腳朝前眺望，轉過脖子向後瞄瞄。上午八點多了，長長一條河濱小路，半個人影也沒見到呢。日頭下只有我和伊曼，姐兒倆汗湫湫，嘎扎嘎扎不停地踩著路面上的砂礫，結伴行走。

今天大早出發上路，前往登由．拉鹿小兒國時，伊曼突然眼眶一紅說：她想先回家一趟，溜進長屋，偷偷看她的阿峇（父親）和兩個弟弟一眼，算是告別，因為今天這一去，她可能永遠沒有機會回來了。她的家，魯馬加央長屋，就坐落在我們溯河而上的路途中，青山環抱之下，河谷開闊的一個所在，距離我們昨夜投宿的果園，只半個多鐘頭的腳程。伊曼，因犯了色罪被永遠放逐的魯馬加央女兒，以驕傲的口氣向我介紹：她的長屋是大河——印尼語稱它為「卡布雅斯」——中游最大和最長的長屋，家戶眾多，人丁旺盛，五六百口男女和上千頭牲畜，共同居住在一幢用棕櫚葉搭成、三百碼長連綿不斷的屋頂下。日出時分，河上一輪紅日當空照射下，整幢長屋好似一條火龍，從睡眠中乍醒過來，舒展腰身張牙舞爪，盤繞在河灣山頭。這時你若行走在河畔小路上，豎起耳朵，遠遠便可以聽到它的嗥叫，踮起雙腳，一抬頭，滿山枝葉掩映下，可以望見它那威猛的金光閃閃的身影。

「伊曼，我們在路上走了快一個小時啦。妳家長屋到了吧？怎麼聽不到半點聲音？」

伊曼豎起耳朵傾聽：「咦？好安靜。連一聲雞啼和狗吠都聽不見呢。」

我跂腳眺望：「奇怪！路上連個行人都沒有。」

「平日天才破曉，長屋大門口碼頭旁的這條路，就開始有人走動了，到了八點鐘，整座碼頭就熱鬧起來。今早怎麼恁地安靜呀？」

我們腳下的這條河濱路，名為路，其實是一行長長的、蜿蜒的腳印。伊班人用他們那一雙雙長年打赤、生出厚繭的腳板，花了不知幾世代的力氣，在婆羅洲河畔的岩石上，一腳一腳硬生生地踩出來的足跡，經過上千年的時間，漸漸變成一條路。我可以想見，平日這兒一大早人來人往的情景，摩肩擦踵好不熱活，但今天早晨，四下無聲無息，路上連一枚人影都看不見。白燦燦一顆大日頭直直照射下，整條路，從西到東沿著魯馬加央長屋河岸，綿延十公里，一眼望過去，空寂寂，氣氛詭異得有如在惡夢中出現的一個靈異、陰森的場景。

伊曼停下腳步了。太陽下瘦挑挑一只身影，濕漉漉披著一頭半乾的長髮。她抱著洋娃娃，挺著身上那條小紅紗籠，杵在路心上，跂著一雙光腳丫，昂起脖子瞇起眼睛四面瞭望，一臉子迷惑。寬闊的河面水光閃閃。河上偌大的天空，只有一只婆羅洲大鳶，伊班人的神鳥，展開雙翼繞著大圈子孤單地盤旋，好久好久才扯起嗓門啼叫一聲：「咔。」魯馬加央長屋河灣中，只見長長的一條用木頭搭建成的棧橋，從碼頭上筆直伸出來，插入河心。橋下冷清清不見一艘船影。

不吉祥的安靜。

骨睩。安娜絲塔西亞公主，笑吟吟，轉動一下她那雙綠眼瞳。

河心陣陣晨風吹起，岸上樹木嘩啦啦一路響起來，陡地，撩起伊曼的紗籠。伊曼豎起耳朵凝神傾聽，伸出鼻尖迎風嗅了嗅，臉色突然一變。她拔起腳跟，一手摟住那兀自滾動著眼珠、格格格浪笑不停的芭比公主，一手攏起紗籠襬子，邁出步伐，踩著河畔石頭路上那長長深深的一條古老足跡，頭也不回，朝向河灣碼頭，夢遊似地蹭蹬走過去。

我怔了怔，拔腿追上前。

一股焦味迎面撲來，帶著濃郁的肉香，乍一聞，好像有人家在戶外舉行烤肉會呢。我煞住腳步，伸出鼻子用力嗅兩下。沒錯，烤肉香！陪伴伊曼在荒野中流浪了一天一夜、早已飢腸轆轆的我，霎時間，只聽得自己肚皮裡的腸子咕嚕咕嚕，開始鼓譟起來。我趕緊抿住嘴唇狠狠吞下兩泡口水，聳出鼻尖，順著風向又細細地聞了聞：烤雞烤鴨烤鵝、烤五味、烤全豬。好一場規模盛大的野宴，在陽光明媚綠草如茵的婆羅洲大河畔舉行，但是，整個場子靜蕩蕩，聽不到話語聲和歡笑聲，四下裡，死寂一片，更看不見一個賓客的蹤影！

伊曼在碼頭上站住了。太陽下，一臉慘白。她抱著芭比娃娃跂著雙腳佇立棧橋頭，伸出一株細長頸脖，睜著一雙點漆眼瞳，一眨不眨，朝向河畔山坡上的魯馬加央大長屋，只顧呆呆凝視。風中一肩長髮飄飄，整個人卻直挺挺地一動也不動。這副姿勢，讓我想起武俠電影中的女俠遭到暗算，突然被人點了死穴。

我趕緊跑上前，攙扶她的身子。

「朱鴒，他們放火把我的家燒掉了。」伊曼站在長屋底下，仰頭癡癡眺望了十來分鐘，終於開口。聲調倒很平靜，可她這句話聽進我耳中，卻像是一個女孩半夜做惡夢，醒不過來，掙扎著，從心窩裡發出沉沉一聲哀傷、無奈的嘆息。在早晨明亮的陽光下，乍聽起來，讓人忍不住縮起肩膀偷偷打個寒噤。

我使勁揉揉眼皮子，定睛一看。

伊曼嘴裡，那整個卡布雅斯河流域中歷史最古老、規模最宏大、人丁最旺、飼養的牲畜總頭數最多的伊班長屋——雄偉的魯馬加央——如今只剩下一副燒焦的骨架，黑黝黝空洞洞，兀自矗立在河畔山腰，無聲無息，浸泡在滿山白花花陽光中。

「伊曼，是什麼人幹的勾當？」

「我不知道呀，朱鴒。」

伊曼跂著腳又呆呆眺望一會，終於回過神來。猛一甩頭髮，她把洋娃娃夾在胳肢窩下，雙手拎起紗籠襬子，邁出腳步，踏上了碼頭上那條通往長屋的青石板階梯。

我一咬牙，拔腿追跟上去。

烤肉香更加濃烈，隨著落山風，一波波直撲向我的鼻端。我肚子裡的腸子轂轆轂轆，譟鬧得越發的響亮急切起來，連伊曼肚皮內的咕嚕聲，我都聽到了。可憐被放逐的這些日子來，她漂泊在大河畔荒野中，長年餐風飲露，不曾好好吃過一頓飯，嘴巴肯定饞得要死。說也詭異，連伊曼懷抱裡的芭比公主，這時彷彿也聞到了烤肉香，兩粒眼珠子猛一燦亮，接連轉動了兩下呢。

我們踩著石階一步一步登上山坡。魯馬加央大長屋，幽幽然聳現在眼前。伊曼的家，果然被放一把火燒毀了。一副巨大的、蜿蜒長達三百米、太陽下黑魆魆骨嶙嶙空洞洞的軀殼，橫亙山腰，四下冒出一條條青煙，驀一看，好像日本科幻動畫中的一匹怪獸，盤踞在山坡樹林中，炯炯俯視大河灣，不聲不響守護著山頂這座神祕的城堡。我和伊曼，姐兒倆緊緊牽著手，並肩站在長屋大門前，一眼望過去：長屋外面遼闊的曬穀場上，橫七豎八千姿百態，躺臥著成堆渾身烤得熟透的豬，亮金金肥滋滋，滴答滴答，兀自流淌出一灘灘透人口水的油脂呢。我伸出食指頭，大約清點一下，那大大小小的烤全豬，包括剛離娘胎、還沒斷奶、身子圓鼓隆冬挺可愛的小乳豬，總數至少有兩百頭。此外還有一群群在長屋起火時，倉卒逃命東奔西竄，慘遭火舌吞噬，只剩得黑黑的一團骨骸和焦肉，四處散布在火窟中的雞、鴨、鵝各種家禽，和十幾只忠心耿耿死守家園的狗兒……整個火場占地好幾畝，香噴噴熱騰騰一片，真像一個規模超大、氣派驚人的婆羅洲式戶外烤肉宴會，食物全都準備好了，一切就緒。這會兒整個場子鴉雀無聲，一片肅靜，只等待號角響起，一群群盛裝的英國和荷蘭仕女嘉賓，翩然光臨，在那頭戴犀鳥羽戰盔、身披雲豹皮戰袍，一身戎裝威風凜凜的大屋長，圖埃．魯馬率領之下，依序入場。

婆羅洲八月，麗日下，只見滿山的朱槿花一叢叢一簇簇開得火亮，紅彤彤好一片喜氣，把這場宴會裝飾得更加華麗，炫眼。

河風呼颼呼颼吹過樹梢頭。整個大河畔瀰漫起濃濃、焦焦的烤肉味，令人垂涎欲滴哪！

但是，我的肚皮卻安靜下來了，腸子不再叫鬧。中了降頭般，我踮著腳杵在長屋大門口，望著眼前這一幅怪誕、壯觀、死寂，好像無聲彩色電影那樣陰森亮麗的景象，好久只顧張著嘴巴，發怔。忽然身子倏地一顫，我整個人打起哆嗦，在這婆羅洲大旱天，彷彿置身在隆冬臘月的台北，站在淡水河出海口，迎著北風，渾身簌簌地不停打起擺子來。

伊曼開口了，語調幽幽沉沉，聽起來像哭泣又像嘆息：「朱鴒，他們放一把火燒了我的家。」

我緊緊握住伊曼的手，沒說話。

「我阿峇、我的兩個弟弟——他們被活活燒死了。」伊曼哇的一聲終於哭出來。兩只膝頭陡地一軟，她當場就在日頭曝曬下火燙的曬穀場上，撲通跪下來，伸手扯了扯肩上那一把濕漉漉的髮絲，仰起小瓜子臉兒，淚痕滿面，望著曬穀場另一頭，那座兀自冒著白煙、燒得只剩下一副烏黑骨架的長屋，放悲聲哀哀哭泣。哭了十分鐘，嗓子都嘶啞了，她才伸手抹掉臉頰上兩行淚水，蹦的跳起身，把懷抱裡的芭比娃娃丟在地上，雙手提起紗籠襬子，打赤腳，就往火窟中直直衝進去。

「我去找我阿峇和弟弟。」

「慢！」

我拔腿追上前，伸出手臂，攫住她那一把飛甩在肩膀後的髮梢。伊曼煞住腳步。我伸出另一只手，指著曬穀場邊緣，那一排栽得十分茂密、日頭下開得火紅紅的朱槿花樹，悄聲說：「妳看那兒窩藏著什麼人？」伊曼睜起一雙淚盈盈的眼睛，順著我的手指頭望過去，只見一張黝黑臉膛，紅豔豔地塗著兩條血痕似的油彩，笑嘻嘻躲藏在花叢中。兩粒烏黑血絲眼珠，賊溜溜，迎著早晨的陽光不住眨啊眨，正打量著那一對手牽手、突然出現在長屋曬穀場上的小女生哩。

「乓！」伊曼說。肩膀子猛一顫，她咬著牙狠狠打個哆嗦。她那張咖啡色小臉蛋颼地煞白了。我凝起眼睛端詳這個乓。挺年輕的嘛，約莫二十出頭。那一張五顏六色塗上迷彩的臉孔，還透著幾分嫩氣呢。我和他，隔著偌大一座空寂寂、四下散布著焦屍的場子，眼瞪眼互相瞄望了一會。

伊曼悄悄伸手，扯了扯我的衣袖：「他們是爪哇兵。長屋是他們放火燒掉的！」

我們倆背靠背站在場子中央，挪動腳步慢慢扭轉身子，環視曬穀場一圈。

悄沒聲息，一群山妖樹怪似的，從長屋四周那片紅紅火火，迎著朝陽開放得十分熱鬧的朱槿花叢中，探出幾百張年輕、黧黑、白森森齜著兩排門牙的臉孔來。那每一張臉孔，淌血般，腮幫上都塗著兩片鮮紅的油彩。幾百只眼瞳子，烏晶晶閃爍著一蓬蓬血絲，齊齊望向曬穀場中央。幾百支卡賓槍管，反射著陽光，雪亮雪亮地從茂密的枝葉間伸出來，直直指住我們。

伊曼的臉色一下子變得死白。她那兩把鉗子似的手爪，緊緊掐住我的臂膀，不住顫抖著。她的手心上，涼颼颼濕答答地冒出了一灘汗來。

「慘！我們被爪哇兵包圍住了。」

「跑啊，伊曼。」

猛一摔胳臂，我掙脫了伊曼的手爪，反手握住伊曼一只腕子，拖著她，一轉身，拔起雙腳邁出腳步，穿梭過太陽下長屋廣場上，那熱騰騰瀰漫著燒肉香，一切準備就緒，靜悄悄只等待嘉賓光臨的盛大戶外烤肉宴會，頭也不回，朝向長屋大門前的碼頭，拚命地奔跑過去。長屋四周，成排盛開的朱槿花樹中，只聽得綷綷綷綷一陣亂響。匆匆一回頭。血雨般滿場子花瓣繚繞飛舞中，我們看見那些爪哇兵端著槍，齜著牙，紛紛鑽出花叢來。跑哇跑哇。我們兩個小女生手牽手，迎著河風朝向大河畔沒命價奔逃。跑到長屋大門口，石階頂端，正要拾級而下走向碼頭時，伊曼忽然想到了什麼事情似的，硬生生煞住腳，掙脫我的手，雙手提起紗籠襬子，使勁一甩肩後那把汗湫湫的長髮絲，轉身又朝向火窟中，沒頭沒腦直衝進去。「娘娜，達當達哩瑪哪？」兵們紛紛舉槍喝問。我張開嘴巴正要呼喚伊曼，叫她回來，卻看見她跑到曬穀場上，停步彎腰，撿起剛才被她丟棄在地上的洋娃娃，安娜絲塔西亞公主，將她抱進懷中，撣掉她身上的塵土，拂拂她那頭蓬亂的金髮，一轉身，朝向我奔跑回來。我一個箭步躥上前，向伊曼伸出一條胳臂。伊曼伸出她的手來握住我的手。兩眼淚花，滿臉子笑盈盈。伊曼牽著我，打赤腳踩著火燙的青石板，走下長屋門前那條陡峭的、長長的階梯，跑到烈日下那座空蕩蕩的碼頭上。

第五話　朱槿花叢中捉迷藏

「跑啊，伊曼！跑啊，朱鴒！」

奔逃中我依稀聽到李老師急切的呼喚。

慌不擇路，我們兩個逃亡的小女生，臉煞白，迎著大河風，一個甩著肩後的一把烏黑長髮絲，一個愣聳著脖子上一蓬焦黃短髮，姐兒倆手拉手，氣喘吁吁，沿著河濱一條杳無人蹤、樹影沙沙的小徑，大白日裡一輪白晃晃的太陽下，只顧不停奔跑。

伊曼跑在我前頭。紗籠褦子踢躂踢躂。可憐這個伊班少女，光著兩只腳丫，翹起她那十顆長滿水泡、紅豔豔好似熟透的櫻桃、快要流出膿汁來的腳趾頭，忍著痛蹦跳在火燙的石頭路上。我們身後，只聽得吆喝聲四起，命令我們站住：

——亨弟！

——恩高亨弟甘！

——米那漢——妮雅！

一聲聲粗厲的爪哇語口令，放鞭炮似地霹靂啪啦，綻響在河岸樹林裡。

跑呀跑呀，姐兒兩個結伴沒命奔逃。也不知跑了多久，跑到胸腔內一顆心臟撲突撲突亂跳，跑到呼吸都快要斷掉了，我們還是不敢停腳。豁地心中靈光一現，我想起「南洋浪子」李老師平日掛在嘴邊的一句話：最危險的地方最安全。我恍然大悟，舉起雙手猛一拍：對！想我朱鴒在台北街頭浪遊時，靠這九字訣，不是常常在千鈞一髮之間，逃離各種險境，擺脫各路妖魔鬼怪的糾纏，保住貞潔全身而退嗎？

「伊曼，咱們回頭走！」

奔跑中我硬生生地踩煞車，停下腳步，伸手一把攫住伊曼的腕子，也沒工夫解釋，拖著滿臉迷惑的她，轉身躥上河岸山坡，遁入樹林中，正面迎向那一隊端著卡賓槍蜂擁而來的追兵，回頭就走。魯馬加央長屋，黑魅魅聳立山腰上太陽下。我和伊曼好像兩個孿生小寧芙，手拉手，甩著頭髮奔跑追逐在山林中，穿梭過一簇簇我以前只在繪本和（我最喜歡的）宮崎駿動畫中看過、巨大無比、奇形怪狀的羊齒植物，躲過五、六個落單的兵，回到了那座兀自冒出條條藍煙的廢墟。探頭一看：空曠的曬穀場，中午時分陽光普照，四下不見一枚人影。我和伊曼並肩站在樹林邊緣，伸出脖子窺望一會，倏地拔腳，一溜風穿越過日頭直直照射下那片白花花、靜蕩蕩的場子，蹦蹬蹦蹬，踩著滿地火燙的灰燼，跑到長屋後面，一頭鑽入那滿山腰盛開的朱槿花叢中，蜷縮起身子，雙手抱住膝頭，蹲在地上，將自己整個人密密匝匝地窩藏起來。

皮靴聲橐、橐、橐爆響，在山坡下寂靜大河灣中，激盪起一波波空洞洞的回音。

爪哇兵兀自在碼頭上巡邏。

哈嗤！我打個噴嚏。

一朵飯碗大的朱槿花，大剌剌綻放在我面前。那五片鮮紅的花瓣中間，花心上，生出一支五公分長的鵝黃花蕊，直伸到我臉龐上來，晃啊晃地不住逗弄我的鼻尖。

我忍不住伸手把它摘下，拿到眼睛前細細觀賞，心中驀一動，轉身將它插在伊曼的耳鬢上，隨即捧起她的下巴，將她的臉龐扳過來朝向我。藉著枝葉間灑下的一灘陽光，我湊上眼睛，端詳她那張滿布風霜、秀麗而憔悴的瓜子臉兒，嘴裡嘖嘖稱讚：「好美！」

「是啊，這朵花開得很美麗。」伊曼的咖啡色臉子陡地漲紅起來，變成一塊豬肝。羞答答，她甩了甩肩上汗湫湫一把長髮絲，伸手從鬢上拔下花來，放在手心上只顧把玩。「她的名字叫班葛．拉雅，我們婆羅洲最有名的花。」

「班葛．拉雅，挺大氣的名號！這個名字是什麼意思呢？」

「意思就是大紅花。台灣有這種花嗎？」

「有。我們叫它朱槿。花瓣比較小，顏色比較淡，開起來沒你們的班葛．拉雅那樣燦爛、壯觀，放眼望去滿山遍野紅簇簇一大片，好像火燒山一般。大紅花叢可是捉迷藏的好地方呢。」

「小時候，我們長屋女孩子常跑到後山上，躲在班葛．拉雅花叢裡玩遊戲。」

「玩家家酒！我們小時候也常玩。」

「後來爪哇兵來了，我們女生就不敢上山了。」

「哦。為什麼呢？」

「怕被強姦。」

我和伊曼兩個小女生，這會兒，並肩蹲在魯馬加央長屋後山腰，手握住手，身子緊緊貼著身子，雙雙躲藏在太陽下，那紅紅火火滿山怒開的幾萬朵大紅花中，感到挺安全。

就這樣，兩人從日正當中，直蹲到日頭開始西斜。整整兩個鐘頭，我們蜷縮著身子，伸出脖子朝向那鬼屋般影幢幢、寂無人聲的長屋窺望，一動不敢一動。

咕嚕咕嚕，我和伊曼肚子裡的腸子又不乖啦，你一聲，我兩聲，比賽似地爭相扯起嗓門叫鬧起來。晌午河風颳起，一陣追趕一陣，沿著碼頭上那條百來級的石階梯一路捲上來，呼颼呼颼價響。大風橫掃過長屋曬穀場，挾著那誘人口水的烤肉香，一波波熱騰騰，直撲向我們鼻端。麗日下偌大的場子依舊冷清清，四下杳無人影。如同我們今天早上所見，這整座曬穀場，就像一個萬事俱備，只欠賓客光臨，空寂寂，氣氛超詭譎的大型戶外烤肉宴會。

一顆大日頭，雪白白赤裸裸，吊掛在大河上一穹廬深藍色的天空中，晃啊晃地，朝向西方天際的出海口，一點一點下沉。

卡布雅斯河中游規模最大、人丁最多、最富足強盛的伊班部落——據李老師所言，百年前，桑高鎮紅毛城下一戰，砍獲四十八顆頭顱，讓荷蘭人聞風喪膽的長屋，魯馬加央——如今在河上一只婆羅洲大鳶，孤單單伸展幽黑的雙翼，繞著圈子不停盤旋俯視下，顯得一片死寂！

好久，好久，我和伊曼蹲在花叢中豎起耳朵睜起眼睛，邊傾聽自己的腸子叫聲，邊瞭望曬穀場，觀察上面的動靜。我們已經商量好了，只等太陽墜落大河口，天一入黑，我們便拔腿開溜，躲過那群穿著迷彩服、三三兩兩在長屋周遭逡巡的爪哇兵，逃離這個陰森森，大白日豔陽下，透著一股子令人背脊發涼的死氣，連伊曼這個飽經風霜、閱歷豐富的女孩，都不想多逗留一分鐘的地方。（後來我才得知，爪哇兵半夜偷襲，放一把火，活活燒死了魯馬加央部落男女老幼五百多口人。隔天晌午時分，太陽白燦燦照射下，他們就陳屍在長屋那兀自冒煙的廢墟中。）今晚我們得摸黑，朝向河上游，我們的目的地登由．拉鹿小兒國，趕個十公里路，擺脫掉這群陰魂不散糾纏不休的追兵，才能找個地方，安心地歇息一宵。

等啊等，好不容易，終於等到太陽沉落到了西邊叢林梢頭，河上那片天空，冒出了一卷卷彩雲，天頂嬌豔地染上一層玫瑰色。黃昏來臨。呱——空中綻響起歸鴉的第一聲啼叫，打破了大河灣的靜寂。我們兩個小女生提心吊膽，一動不敢一動，雙手抱住膝頭蹲了整個下午，現如今總算可以稍稍放鬆身心，活動活動筋骨了。我正要抬起臀子，撐起腰身，甩一甩我那兩條快要麻痺的手臂，眼睛忽地一花。我舉手揉揉眼皮，從藏身的花樹蔭中探出頭來，定睛望去。日頭斜斜照射下，滿河灣反射出的彩霞中，我看見那座空曠的曬穀場上，突然出現十幾條人影！

我趕緊趴下身來，雙膝下跪雙手著地，悄悄爬行到花叢邊緣，伸出脖子仔細查看。原來是十個爪哇兵，高舉卡賓槍，押著三個身上只裹著一條皺巴巴髒兮兮的花紗籠，裸著兩只古銅色膀子，光著一雙腳丫的女子，排列成一縱隊，從碼頭上的石階梯走上來，回到了長屋。我扭頭看看伊曼，向她遞個眼色，叫她爬上前來跟我一起觀察。但伊曼一逕蹲在花叢中，睜著兩只大眼睛，好半天一眨也不眨。我發起急來，猛跺腳，咬著牙壓低嗓門只管催促她：「伊曼過來看呀！有一群爪哇兵，帶著三個伊班女人回到長屋來嘍。」

「朱鴒，我沒看見有人來呀。」伊曼抱住膝頭，仰起臉龐定定瞅著我，兀自蹲著不動，臉上的神情一片茫然。

「咦？這群人一共十三個，出現在長屋前面的曬穀場上，妳怎會看不見呢？」

「對不起，朱鴒，有件事我一直隱瞞妳——我新交的、把我當作姐妹看待的好朋友。」伊曼發出長長一聲嘆息，滿臉顯露出歉意。「我的眼睛不好，一百碼以外的東西全都看不清楚，一片模糊，好像置身在大霧裡似的。」

石破天驚，我當場愣住了，一時間不敢相信自己那雙耳朵。我用力搓搓眼皮，伸長脖子，把眼睛湊上前去，細細觀看伊曼的眼睛。花叢中，日影裡，只見兩團子幽黑的光芒眨啊眨閃啊閃。伊曼臉龐上的一雙眼瞳，水靈靈亮晶晶，就像昨晚在借宿的果園裡，我生平第一次看見的婆羅洲漆黑夜空中，伴著那枚半圓的月亮，一起出現，斜掛在木瓜樹梢頭，宛如一對孿生姐妹的兩顆星星。這樣清澈明亮的一雙眼眸子，怎麼可能看不見呢？我咬緊牙根機伶伶打個寒噤。整整三分鐘之久，我匍匐在地上，直直伸出脖子呆呆觀看伊曼的眼睛。伊曼兀自蹲在花蔭裡，靜靜瞅著我。我又揉揉眼睛，挪動起身子，穿過花叢，躡手躡腳爬回到伊曼身旁，抖簌簌地伸出兩根手指頭，輕輕掰開她的一只眼皮，把自己的眼睛湊到她的臉上，邊查看她的眼瞳子，邊讚嘆：「這是我朱鴒一輩子看見過的最美、最黑、最亮的眼睛！怎麼可能是瞎的呢？」

「我不是瞎子。」伊曼板起臉孔糾正我，一臉嚴肅的表情：「我是弱視者。這兩種人可是有差別的哦。」

我慌忙向她道歉：「我用錯名詞了！我的意思是指……」囁囁嚅嚅，一時間找不出恰當的字眼，急得我整張臉孔都漲紅啦。

伊曼看見我這副窘狀，忍不住微笑起來，臉色登時變得柔和。「我生下來眼睛就不太好，看遠處的東西有點模糊，但還分辨得出來。」她扭頭望向西天，瞇起兩只眼睛，凝視河口上空那低低吊掛著的一輪紅通通的落日，沉沉地嘆口氣，說道：「小時候還看見夕陽是血紅的，像一個巨大的紅色聖餅，貼在地平線上。如今的夕陽只剩下粉紅的一團，水濛濛的，漂浮在白茫茫的空氣中，顏色越來越暗淡，快要完全看不見了。」伊曼穿著一條小紗籠，披著一肩黑色小瀑布似的烏亮長髮絲，打赤腳蹲在地上，仰臉瞅著落日，眺望了好久才開腔：「在我九歲時，峇爸澳西先生出現了。」伊曼陡地停頓下來。肩膀子猛一顫，好像瘧疾又發作似的，她渾身打起了哆嗦。一張小臉子卻羞答答地漲紅了起來。歇息了一會她才繼續說：「那件事發生之後，我被長老們趕出長屋，放逐到荒野中。離開長屋和親人那頭幾天，我孤獨一人，穿著父親親自給我買的新紗籠，抱著峇爸送給我、作為信物的芭比娃娃公主（他許諾帶我去地球上的天堂，澳大利亞國，過著像公主一般幸福快樂的日子），站在曠野上，不知如何是好，就在大河畔蹲下來一直哭、一直哭，直哭到嗓子啞了，直哭到兩只眼睛都乾枯，用力擠都擠不出一滴眼淚來……」

「他不是人。他是一個鬼。」我恨恨地說。

「誰？澳西先生？不，他不是鬼。」

「那他是什麼東西？」我問。

「峇爸澳西是一位偉大的、慈愛的白魔法師，達勇・普帖。」伊曼義正詞嚴地回答。

「唉，他騙了妳的身，妳還替他講好話！」我嘆息道。

「朱鴒，妳不知道。」伊曼把嘴唇湊到我耳畔，四下望了望才壓低嗓門悄聲說：「那天晚上在木瓜園高腳屋裡，峇爸澳西真的對我好喔。」

「像鄰家的一位白人爺爺？」

「不！像一個情人。」

乍聽這話，我好像突然間給人掐住喉嚨，猛灌了一大口高粱酒似的，整個人就嗆在那裡，漲紅著一張臉皮，半天張著嘴巴說不出話來。我轉過頭，怔怔地，瞅著伊曼那張清麗的咖啡色小瓜子臉。血潑潑，大河口一輪落日照射下，只見她兩只眼瞳子黑漆漆亮晶晶，依舊閃爍著一種純真、無辜的光彩。我搖搖頭嘆了口氣。

「這個澳洲胖老頭！聽李老師說，他的眼睛瞎掉了，被送回老家墨爾本養老去了。」

「是的。但他的靈還逗留在婆羅洲——他浪遊天涯的長長一生中，最熱愛、留下最多美好的記憶、心裡最捨不得離開的地方。」說著，伊曼也嘆息了一聲。

「『靈』？那是什麼？」

「生靈。還活著的人的靈。」

「澳西先生如今身在幾千哩外的澳洲，墨爾本市的一家養老院裡，他的靈，卻出現在婆羅洲叢林中？」我差點噗哧一聲笑出來。

「是。居住在大河兩岸的人，時不時，看見他老人家出現在河上，搭乘一艘全新的、無人駕駛的、五百匹馬力的鋁殼快艇，太陽下，嘩啦嘩啦飛馳而過。峇爸澳西穿著一套光鮮筆挺的白色西裝，挺著一個大肚子，笑眯眯，坐在船頭一張籐椅裡，模樣就像一尊中國笑面菩薩。」

「彌勒佛。未來的世界最偉大、最慈悲的一位菩薩。」我向伊曼解釋。

「哦。」伊曼不吭聲了。她睜著眼睛一眨不眨地眺望大河，好像陷入深沉的久遠的回憶中。

我和伊曼就這樣並肩蹲在花叢裡，抱住膝頭，靜靜想著自己心裡的事情。

「伊曼。」

「嗯？」

「妳還想念妳的峇爸？」

「嗯。他許諾帶我去澳洲。」

「在前往登由．拉鹿小兒國的路途上，我們會不會遇見『它』——峇爸澳西的靈？」

「肯定會的，朱鴒，因為峇爸喜歡小孩子。」伊曼回過頭來端詳我的臉龐，柔聲說：「峇爸會喜歡妳的，從台北來的黃皮膚、杏仁眼小姑娘。」嘴角往上一挑，伊曼臉上掛起了一抹神祕的微笑。我忍不住縮起肩膀悄悄打個寒噤。伊曼伸出一只手臂，指著山腳下的卡布雅斯河：「說不定，就在這一刻，他老人家已經出現在河上呢。」

我抬起臀子撐起上身來，伸出頸脖，從山腰上瞭望，只見大河上下一片空寂，連最尋常的一艘伊班獨木舟也看不見，滿江晚霞中，只有陣陣歸鴉呱——呱——啼叫著飛掠而過。但不知怎的，我的背梁卻冷颼颼地冒出好一片涼汗。

「這個陰魂不散、到處施展魔法蠱惑小孩的胖老頭子，我們別談他了吧！伊曼，剛才的話妳還沒講完呢。」我接續先前的話題：「妳被趕出長屋後，無處可去，獨個兒抱著芭比娃娃，蹲在大河畔一連哭泣了好幾天，直到眼淚都哭乾了，再也擠不出一滴淚水來，妳就變成了——」我支吾著，拚命在腦子裡尋找恰當的措詞。

「哭乾了眼淚，我就變成半個瞎子啦。」伊曼替我說了。她伸出一只手來握住我的一只手。夕陽下，兩個黑眸子定定瞅住我，眼角亮閃閃的掛著兩顆豌豆般大的淚珠：「朱鴒，妳不必忌諱。我確實是半個瞎子。現在雖然還看得見近的東西，但跟一個盲人沒差多少，或許再過一兩年，就連現在剩下的這點視力，都會消失掉，到時，我就是一個真正的、連腳跟前的道路都看不清楚的瞎子嘍！」

我伸出另一只手來，回身攬住伊曼的肩膀。一雙眼睛濕漉漉，怔怔瞅著她的臉龐。驀地裡眼圈紅了，差點就迸出了兩顆眼淚：「天啊伊曼！妳這個眼睛半瞎，連血紅的一輪落日，都會看成朦朧的一團粉紅色水霧的女孩子，獨自個，孤單單地，抱著一個不懂事的洋娃娃，穿著一條破爛紗籠，打赤腳，在婆羅洲的曠野中，荒涼的大河畔漂泊流浪——」

「兩年了！我獨自流浪兩年啦。」伊曼凝起眼睛，回頭深深地看了我一眼。眼瞳子一燦亮。她咧開嘴唇，露出兩排皎潔的小白牙，破涕為笑：「昨天中午太陽特別毒熱，我走累了，實在不想再走下去啦，就蹲在河邊哭泣，越哭越傷心，直想跳河自殺一了百了。就在這個時候我遇見了妳。朱鴒，妳是從大河上白花花的陽光中，笑瞇瞇地，甩著一頭俏麗的短髮絲，蹦蹦跳跳走出來，出現在我眼前的一位由聖母馬利亞派來的天使。」

這番話，讓我聽得眼眶又泛紅起來啦。我哽噎著說：「伊曼，我的好姐妹好朋友，我保證不會讓妳獨自流浪了。」我伸手使勁一拍胸膛，大聲說：「妳現在有個伴了——全世界最忠誠、直到世界末日都不會背棄妳的伴，我，來自台北的朱鴒。」

撲簌簌地，伊曼終於流下了兩行眼淚來。

我們兩個相識才兩天的女生，面對面，手握手，蹲在魯馬加央長屋後方，那滿山火燒般，隨著太陽的西沉、天頂彩雲的湧起，越發開得燦爛熱鬧的班葛．拉雅朱槿花叢中，久久，只顧互相凝視，誰都沒再吭聲了。

呼颼呼颼，晚風從河上颳起，橫掃過長屋前面一片空曠的曬穀場，送來陣陣烤肉香，直撲向我們的鼻端。轂轆！我狠狠吞下一泡口水。我們的腸子被弄醒了，爭相蠕動噪鬧起來。場子上，那向晚時分出現的一群人，十個兵和三個婦女，兀自逗留不去，好像在上演一齣神祕怪誕的啞劇。紅冬冬，河口一輪落日斜照下，只見那十三條鬼魅似的人影，不住閃忽、流動，滿場子互相追逐嬉戲。

伊曼睜著兩只眼瞳，伸長脖子朝向場子上眺望老半天，猛一扭頭，帶著滿臉的疑惑和焦慮，詢問我：「那些爪哇兵和伊班女人正在做什麼？朱鴒，請妳告訴我吧。」

「伊曼，妳的眼睛看不清楚，我就充當妳的耳目吧。」兩粒眼珠滴溜溜一轉，我腦子裡想出了個好主意：「從現在開始，我擔任妳專用的記者，把我們前往登由．拉鹿小兒國旅途上發生的所有事情，一五一十，翔實地向妳報告，就像電視台記者做現場實況報導那樣。妳說好嗎？」

「好呀。」眼睛驀地一亮，伊曼使勁點個頭。她綻開她腮幫上一雙漂亮的小酒渦，笑了：「這肯定很有趣、很好玩。」

「那我要開始做報導囉。」

首先，我必須先調整一下蹲姿。我轉個身，面向花樹叢中一個比較開闊明亮的缺口，翹起臀子直直伸出脖子，凝起兩只眼瞳，鎖定我們前方山腳下約莫百米處、長屋前面的曬穀場，調準焦距，開始瞭望。我一邊觀察目標物的動靜，一邊扭動脖子回過頭來，以最忠實、最生動有趣的方式和口吻，向蹲在我屁股後面，高高豎起耳朵專心聆聽的伊曼，報告場子上發生的最新狀況：

——他們正在玩貓捉老鼠的遊戲。

——什麼呀？一群爪哇兵，在我家曬穀場上玩遊戲？妳有沒有看錯？

——伊曼，妳看過貓捉老鼠沒？

——住在長屋的小孩，誰沒看過啊？長屋的老鼠可多哪，家家都養貓。

——那我問妳，貓捉到一只老鼠，把牠吞食之前會做什麼動作？

——逗牠玩。慢慢戲弄牠，一點一點折磨牠，直到玩膩了才一口把牠吞進肚子裡。

——照啊！那十個兵，現在就是以這種方式，對付他們押來的三個女人，滿場子追著她們跑，正玩得挺開心哪。那幾個女人穿得一身破爛，打赤腳披頭散髮東奔西跑，模樣好不狼狽。

——喔！這個場景我的眼睛雖然看不見，但是我的腦子想像得出來。十只貓，玩弄三只老鼠。

朱鴒，這三只可憐的老鼠是我們長屋的女人啊，說不定還是我的阿姨、姑姑或表姐呢。爪哇兵半夜偷襲，放火燒魯馬加央長屋時，她們逃了出去，可不知怎麼，現在又被抓回來。落入爪哇兵手裡的年輕伊班女子，下場可慘嘍……

伊曼的嗓子突然變得沙啞。她閉上嘴巴，瑟縮著身子蹲在花叢中，彷彿大白日好端端地走在路上，驟然撞見惡鬼，必須趕緊把自己窩藏在一個隱密的地方，雙手抱住膝頭，一動不能一動。樹影裡只見她那雙眼瞳子烏溜溜轉動著，像一只受驚的小動物。夕陽照射下，她那張汗漬斑斑、滿布風霜的小瓜子臉兒，一下子變得紙樣蒼白。

我心中一痛，匍匐著身子爬行到她身旁蹲下來，伸出一條手臂攬住她的肩膀，轉身望向長屋咳嗽兩下清清喉嚨，繼續做現場實況報導：

——三個伊班女人，逃命似地滿場子奔跑。容貌最標致、身材特姣好的那一個，在四個爪哇兵前後左右，分頭包抄之下，被團團圍困住了。這一只老鼠落入四雙貓爪子中，肯定逃不掉啦。妳看她，孤伶伶地站在曬穀場中央，簌落簌落，渾身不住打著擺子，好像瘧疾發作似的——

——這個女人的外貌，請妳具體描述一下好嗎？

——挺年輕，頂多二十歲。細高挑的身子，穿著一件沾著泥巴、樹葉和大紅花瓣的翠藍色印花紗籠。打赤腳，光著兩條細嫩的膀子。一頭烏黑髮絲亂蓬蓬濕漉漉，披散在赤裸的古銅色的胸脯前。細長的一株頸脖，金光閃閃，戴著兩枚看起來像黃銅打造的項圈……

——停！這個女人肯定是我的小姑姑，瑪麗安娜．瑪雅娜．彭布海。今年十七歲，已經訂下一門好親事，明年過了復活節，就要嫁到卡布雅斯河上游的魯馬甘揚大長屋。她頸上戴的鍍金項圈，就是夫家下定的聘禮。

夕陽下，眼一燦，伊曼的一雙瞳子迸出兩朵晶瑩的淚花。

——伊曼，妳難過得哭了！我看我還是不要繼續報導下去了吧？

——朱鴒妳講！我聽著。

格格一咬牙，伊曼舉手狠狠擦掉了眼淚。我不忍心看伊曼的臉，便掉頭望向那座矗立山腰，遭逢大火之後，隔了十八個小時，兀自飄飄嫋嫋四下冒煙的長屋。落日照射下驀一看，好像長屋屋頂上的長長一排煙囪，向晚時分，升起了一條條熱騰騰香噴噴的炊煙。長屋聚居的六十戶人家，這當口，家家戶戶正忙著張羅晚餐呢。

咕嚕嚕，我的肚子又叫鬧起來了。我悄悄吞下一大泡口水，使勁咳嗽兩下，清清喉嚨，繼續給伊曼做現場實況報導：

——這會兒，妳的小姑姑安娜……

——她的名字叫瑪麗安娜．瑪雅娜．彭布海。瑪麗安娜是她的基督教教名，瑪雅娜是她的伊班閨名，彭布海是我們的部落姓氏。平日，我們習慣叫她瑪麗安娜。

——這當口，瑪麗安娜汗湫湫披著一頭長髮，直條條，一動不動地，挺著身上那件邋裡邋遢、被撕破了好幾處的花紗籠，獨個兒佇立在曬穀場正中央，滿臉慘白。那四個爪哇兵氣喘吁吁，滿身大汗，濕答答穿著一套沾滿泥巴、血跡和花瓣的迷彩服，手上端著卡賓槍，殺氣騰騰，分據東南西北四個方位，擺出了大包圍陣式，直直地，把槍口對準場中的女人。四張獰笑的黝黑臉孔，白燦燦齜著兩排大板牙。大河口一輪落日斜斜照射下，空曠的曬穀場上，印著五條長長的人影子，靜悄悄一動不動。五秒……十秒……三十秒過去了。死寂中乍然聽到長官號令似的，豁浪一聲，四個兵猛一甩手，把卡賓槍扔到地面上，齊齊叉開雙腿來，伸出雙手，一顆一顆地，解開他們身上那件迷彩軍服褲襠的鈕釦，掏出他們的……對不起，我這個記者必須切斷報導了。

——朱鴒別停！講，四個兵掏出什麼東西？

——掏出他們的雞雞來。

——接著講。

——四個兵各自把雞雞捏在手裡。

——唔。他們想幹什麼呀？

——讓我擦擦我的眼睛，仔細瞧瞧。哦。他們現在還沒幹什麼。只是捏著自己的雞雞，不停地抖著抖著，好像拿著一把扇子搧涼。抖啊抖，彷彿變魔術般，直抖到那只毛茸茸、小鳥兒似的皺縮成一團的雞雞，一寸一寸變長變大變硬……

——停！朱鴒。

肩膀子猛一戰慄，伊曼嘶啞著嗓子叱喝一聲，阻止我說下去。她雙手抱住膝頭蹲在花叢裡，兩只眸子直勾勾地睨著我，眼神中閃爍著一種奇異的光芒。好一會，她沒吭聲，整個人彷彿陷入一段詭祕的回憶中。她那張咖啡色小臉蛋，映著天上的彩霞，嬌羞地浮現出兩朵紅雲來。過了整整五分鐘，她顫抖著嗓門才又開腔：

——我的小姑姑，她現在怎樣呢？

——瑪麗安娜依舊杵在曬穀場中央，披著頭髮，垂著雙手，低頭望著自己的兩只腳尖，渾身簌落落簌落落，不停打著擺子。

——另外兩個女人，她們上哪兒去了？

——誰呀？哦，爪哇兵抓來的其他兩名女子。等等。讓我擦亮眼睛找找看。找到了！這當口，她們各被三個嘻皮笑臉、看來還是個毛頭小夥的兵，四下追趕著。這兩個三十五六歲，模樣像媽媽的伊班女人，披頭散髮，打著赤腳裸著上身，只在腰下繫著一條家常的、洗過不知幾遍，早已褪色的青布格子紗籠，胸前一雙葫蘆似的，吊掛著兩枚褐色布袋乳，邊奔逃邊晃蕩，樣子好狼狽喲。

——朱鴒，現在麻煩妳把視線轉向場子中央。仔細看那四個解開了褲襠、各自掏出雞雞、團團包圍住我姑姑的兵，這時有沒有新的動作呢？

——有！他們握著自己那只越搓越大、越抖越長的黑雞雞，抬起腿拱起屁股來，邁出腳上那雙軍靴，橐躂橐躂開步走，齊齊朝向場子中央前進。

——我小姑姑，她有什麼反應嗎？

——她慌忙弓下腰身，縮起肩膀蹲在地上，把她的兩只手掌伸進紗籠裡，將她的兩條大腿緊緊夾起來……

伊曼擺擺手，再次制止我講下去。她牢牢閉上雙眼，猛甩頭，彷彿要把眼前這一幕悲慘的情景，狠狠地，從她的腦子裡驅逐出去似的。過了好半天，約莫五分鐘吧，伊曼沉沉嘆出兩口氣，才又撐開眼皮來望向曬穀場。

——我小姑姑瑪麗安娜的未婚夫，約瑟夫．大祿士．甘揚，是大河上游赫赫有名的伊班勇士。他若是得知未婚妻落入印尼兵手中，受到莫大污辱，他必定會率領長屋的小夥子們，乘長舟，一路呼嘯著殺來，舉起阿納克山刀，親手砍下這四顆爪哇頭顱，以維護他的榮譽、保全未婚妻的名節。好朋友朱鴒，原諒我打斷妳。請妳繼續報導曬穀場上發生的事吧。

——好！四個面目黝黑的爪哇兵，各各齜著兩排大白牙，滿臉獰笑，一手握著那只毛茸茸、烏鰍鰍、在他們不住搓弄下已經變得又粗又長又堅硬的雞雞，另一只手伸到腰間，喀嗒一聲解開肚臍上的銅釦子，颼地抽出皮腰帶，拿在手上兜啊兜不停揮舞。小姑姑匍匐在地上，垂下了頭來，把她那張死人樣毫無血色的臉龐，一古腦兒，深深埋藏入她胸口那一把亂蓬蓬、沾滿塵土的長髮絲中。整個身子蜷縮成一團，乍看像一坨包裹在紗籠布裡的麋鹿肉。爪哇兵，分東西南北四路，演練國慶閱兵分列式般邁著整齊劃一的步伐，橐、橐、橐，朝向場子中央的目標前進。忽然，彷彿聽到長官號令，四個兵齊齊煞住腳步，噘起嘴唇呼嘯三聲，拔腿開始衝刺。小姑姑從她胸前髮窩中伸出臉龐來，扯起嗓門發出尖叫……

我的嗓子突然變得喑啞。喉嚨一逕咕嚕、咕嚕價響，好像被拇指般大的一顆濃痰，給牢牢堵住了。我不得不停頓下來。

——伊曼，我真的講不下去了。我實在不忍心再看小姑姑一眼。原諒我！現在我必須中止我的實況報導。

——我了解。朱鴒，從台北來的好朋友和好姐妹，辛苦妳了。

伊曼說著轉過了臉來。花蔭下，她凝起她那星星般一雙幽亮清澄的眼瞳子，深深地，看了我兩眼，隨即伸過一只手，輕輕柔柔拍兩下我的肩膀和背梁。

兩個小女生，肩並肩手握手，互相依偎著蹲在山腰上大紅花叢裡，一起豎起耳朵，伸直脖子，專注地傾聽從她們腳底下，長屋門前曬穀場上，一陣急似一陣，殺豬似的，隨著晚風不斷傳送上來的女人慘叫聲：「薩卿——痛！達拉——血！」

碩大的火紅的一顆太陽，砰地，墜入大河口。花雨般滿天霞彩，一蕊蕊一瓣瓣淅瀝淅瀝灑落下來，霎時間染紅了整條的大河。呱——呱——歸鴉不住聒噪，一群群飛掠過大河兩岸那浸血般、紅通通一片的叢林梢頭，鬼趕似地慌慌張張，直撲向大河上游的石頭山。河上，天空中，從中午就出現的那只孤單的大鳶，黑魅魅，伸張著長長一雙尖翼，兀自兜著大圈子，俯視魯馬加央長屋廢墟，時不時昂起脖子，睜起兩粒碧燐燐的火眼珠，嘶啞地發出一聲啼叫：咵。大河對岸，叢林深處湖畔椰林中，不知哪一座長屋或甘榜，幽靈般嫋嫋地升起了幾十股淡藍色的柴煙來。

大河人家，黃昏炊煙四起。

我和伊曼一齊伸出鼻尖，聞著晚風送來的陣陣飯菜香，咂巴咂巴，只管不停吞嚥著口水。

——對不起，朱鴒，害妳陪我挨餓。

——我們雖然只相識兩天，但感覺上，像一對好朋友和好姐妹。我有沒有說錯？

——沒錯。

——那就別說對不起。

——好！一等到天黑，我們兩人就躲開兵，偷偷溜下山去找東西吃。

——伊曼妳看！月亮出來啦。

一枚月亮白皎皎，悄悄，掛到了大河畔一株椰樹高高的梢頭。月光朦朧，花影搖搖。月下只見一張張黧黑臉孔，腮幫上塗著條紋迷彩，白森森，咧著兩排大門牙，宛如爪哇木偶戲的臉譜，出現在婆羅洲星空下，飄忽在那滿山通紅，如火如荼，開放得正熱鬧的朱槿花叢中。一雙雙櫻桃般大的眼珠，血絲斑斑，好像一群樹怪山妖，骨睩骨睩不住轉動，窺望。

我和伊曼窩蜷著身子，蹲在山腰隱密處，守望著大河，只等河上最後一片彩霞消失，天空變得漆黑，便起身鑽出花叢，躲開山上巡邏的爪哇兵，拔腿一溜風跑下山去。

可是，曬穀場上小姑姑的尖叫聲「薩唧——達拉——」一聲比一聲綿長淒涼，一陣比一陣恐怖，搭乘晚風不斷飄送到山腰上來，直鑽入我們的耳洞，好似一把尖刀，刀刀只管剮著我們的耳膜。伊曼咬著牙，緊緊握著她那兩只細小蒼白的拳頭，伸長脖子豎耳傾聽了半天，終於按捺不住，霍地站起身來，顫抖著嗓門說：「我必須立刻下山去救我的姑姑，否則，她準會被那四個爪哇兵的黑雞雞，活活的捅死掉！」

「怎麼個救法呢？我們兩個小女生——」

「朱鴒聽著！」伊曼佇立我面前，弓下腰身，把她臉頰貼到我的臉頰上，壓低嗓門附耳說道：

「妳蹲在這兒不要動喔！我一個人溜下山，故意從曬穀場邊緣奔跑過去，引出那群爪哇兵，讓他們追著我一路往河下游跑。朱鴒妳在這兒守望著，一直等到兵都跑光，場子上完全沒有動靜，妳才可以離開，朝相反的方向跑，沿著河邊的小徑一路往上走。河上游，距離魯馬加央長屋兩公里的地方，有一片茅草灘，河畔有個小小的、只有七間高腳屋的渡口。那兒住著一個馬來老船夫，名叫蘇來曼，是我伊曼的朋友。妳帶著我的芭比娃娃去找他，他必會收容妳。朱鴒，我的好姐妹，妳就乖乖躲藏在蘇來曼的高腳屋，等我擺脫掉爪哇兵，救了我的小姑姑，回來和妳會合，繼續妳和我姐妹倆結伴前往登由·拉鹿小兒國的行程。」

「可是，伊曼，我怎麼可以讓妳當餌，引誘爪哇兵？這是多麼危險的任務。」鼻子一酸，我的眼睛熱辣辣迸出了兩朵淚花。淚眼模糊中，我望著伊曼那張滿布風霜、眼神肅穆的小臉兒，哽咽著說：「伊曼，妳的眼睛不好哇，一百碼之外的東西就完全看不見，這叫我怎麼能夠安心呢？」說著，我舉起一只手掌來，叭叭，用力拍兩下自己的心口。

「妳不必擔心我！」伊曼抓住我的腕子，把我的手拿到她胸前，雙手握住，使勁地揉搓了兩下。她咬著牙，忍住那兩顆滾啊滾在她眼瞳中不住打轉、直要奪眶而出的淚珠，強擠出一臉笑靨，柔聲對我說：「朱鴒別忘了，我用我這雙半瞎的眼睛，獨自個，在大河畔荒野中流浪兩年啦。魯馬加央是我出生、長大的地方。從小我就在長屋周圍的樹林裡，和友伴們玩捉迷藏的遊戲。這裡的每根草、每株樹和每一朵大紅花，都跟我有感情。它們會充當我的眼睛，小心地，替我查看所有我看不見的事物，幫我抵擋外來的危險。反倒是妳，從台北來的女孩，讓我打心裡牽掛哪——」

伊曼終於忍不住，撲簌簌流下眼淚來。月光照耀下，腮幫上兩行淚亮晶晶。

「朱鴒，妳那個李老師好殘忍喲！」伊曼長長嘆息一聲。「他把妳這個十二歲、小學才畢業、從不曾獨自離家出遠門的小女生，沒頭沒腦地，一把丟進婆羅洲，就撒手不管了，讓妳自己在陌生的原始叢林裡闖蕩……」

「妳放心，伊曼！」我伸出一根手指頭，將一顆吊掛在她腮幫上、顫顫巍巍隨時都會滾落的豆大淚珠，輕輕地給撥掉了。「莫忘哦，我可是在台北街頭廝混的女孩，什麼樣的事情沒遇見過？哪一種妖魔鬼怪，我朱鴒沒跟它打過交道呢？」

「好！妳千萬要小心保護自己。我走啦。」

「我們在蘇來曼渡口見。」

「生死約——」

「不見不散。」

伊曼伸出右手小指，和我的左手小指勾了勾，用拇指頭鄭重地打個金印，立了盟誓，隨即就將懷裡一直抱著的洋娃娃——那不棄不離，忠心耿耿陪伴伊曼，風餐露宿，在大河畔流浪兩年的安娜絲塔西亞公主——小心翼翼地遞到我手心上來。她凝起空空茫茫的一雙眼睛，深深看了我兩眼，眼角又湧出兩顆淚珠。

咬咬牙，猛甩頭，她轉身就走了。

伊曼細條條一個身子，飄蕩著一肩烏黑的長髮，搖曳著腰間一襲小紅紗籠，打赤腳踩著一地月影，穿梭過一叢又一叢紅紅火火、黑夜裡綻放得分外燦爛的朱槿花樹，直走到山腳下，曬穀場上，滿河灣普照的銀色月光裡。我抱著伊曼的芭比娃娃，孤蹲在山腰，望著伊曼瘦骨伶仃的背影，倏地消失在月下那黑魆魆，鬼屋般，影幢幢的魯馬加央長屋廢墟中。好久好久啊，我只顧伸直頸脖，睜著眼睛一眨不眨，直到——直到伊曼孤單的身影，完全被無邊的漆黑的叢林夜色吞沒。一種不祥的預感，冷颼颼，如同天上劃過的一道電光，驀地閃過我心頭：「也許，從此，我再也看不見我的好朋友和好姐妹伊曼了。」

第六話 孤單

猛回頭一望，只見滿山白雪雪灑照的月光中，那盤踞山坡上，三百碼長的一座伊班長屋，好像一副被燒焦的、巨大無比的恐龍骸骨，無聲無息的佇立在燦爛星空下，敞開它身上那一排幾十個烏黑空洞、宛如妖怪眼睛的窗子，在這將近午夜的時辰，炯炯地，守望著婆羅洲心臟的大河灣。

印尼西加里曼丹省，卡布雅斯河流域中，號稱最強大、最慓悍、最不服從雅加達中央政府的婆羅洲原住民部落，魯馬加央——伊班族的勇士國，布龍神的自由邦——昨天午夜終於被一支來自爪哇的遠征軍，摸黑放一把火，徹底消滅掉了，雞犬不留，只剩下一座鬼氣森森，如今過了整整二十四個小時，兀自嫋嫋冒煙，四處飄散著烤肉香味的古怪廢墟。

我，朱鴒，經由婆羅洲的子弟、小說家李永平的安排，昨天從台灣出發，跨越南中國海，來到這座世界第三大島，興致勃勃，準備展開一趟奇幻冒險之旅的台北女生，有緣見證（唉，這是哪門子的悲慘、恐怖的緣法啊！）魯馬加央的滅亡。我躲藏在長屋的後山，一整個下午偷偷觀察劫後的魯馬加央。這時半夜三更，趁著夜深人靜，我抱著芭比娃娃公主，離開藏身的朱槿花叢，悄悄溜下山來。一抵達山腳，甩掉了幾個巡邏的爪哇兵，便依照伊曼臨走前的指示，轉身朝向東方開步走。陰曆初十或十一的月亮（我不確定，因為手邊沒有台灣日曆）引路之下，我沿著河邊的古老青石板路，踏著滿路窸窣搖曳的月光，往兩公里外的蘇來曼渡口，茅草灘上的七間高腳屋，急急地走去了。

一枚半圓月，赤裸裸白妖妖，高掛在漆黑叢林中心一條黃色大河的上空。

* * *

果然，石板路盡頭，大河畔星空下出現好一片茅草灘！我爬上路口一座小石墩，踮起雙腳，將一隻手舉到額頭上，放眼望去，只見遍地的茅草，一簇簇一濤濤從森林邊緣冒出，一路生長到河中，月光照射下，好似鑲上銀邊的翠綠海浪，浩浩蕩蕩嘩喇嘩喇隨風翻湧不停。我們台灣也有茅草，東一叢西一撮，零零散散生長在荒郊野墳，個頭矮小，看起來很沒氣魄。我沒想到茅草可以生長到一個大人高，密密匝匝無邊無際，構成一座壯闊的大茅草原。我抱著洋娃娃，逡巡在路口，伸出脖子望著眼前這條路，只感到背脊陣陣發涼。原來這就是國語課本上所說的「羊腸小徑」。一條不到半米寬的泥土路，驀一看還真像一根黃色的腸子，彎彎曲曲，深入那子宮般幽深的茅草窩中，通往一個隱密、不知名稱的所在。我一時踟躕起來。心中忽然一動，我低頭瞧瞧懷裡的安娜絲塔西亞公主。她那張小圓臉蛋映著月光，雪白白綻開一朵笑靨。一雙碧綠眼眸，似笑非笑只管斜斜睨住我，骨睩！她突然轉動一下瞳仁。我當場嚇一大跳，愣怔了好半晌才定下心神來，把洋娃娃抱緊了，雙手摀住她的頭顱，將她的臉孔隱藏在我心窩裡，然後一咬牙鼓起勇氣，邁出腳步走進茅草灘中，硬起頭皮，一頭鑽入這條神祕的綠色甬道。霎時間，天地沉靜下來。獨自個行走在羊腸小徑上，我豎起耳朵，只聽見蕭蕭簌簌的風聲，啾啾唧唧的蟲聲，還有蹬、蹬、蹬，我自己的腳步聲，除此之外什麼都聽不見，看不見。

也不知走了多久（也許半個小時或四十分鐘），眼前豁然一亮，月光溶溶，只見茅草灘中央出現一塊空地，空地中央有一座椰林，椰林中央有一個小小甘榜，甘榜中矗立著七間白漆的、高架的、看起來挺尋常親切的馬來房屋。家家窗戶洞開，悄沒聲。我在村中曬衣場上停住腳步，豎耳傾聽。怦——怦——我又聽到了那心跳般無休無止、日夜綻響不息、抵達婆羅洲這兩天來，我時時刻刻聽在耳中的大河浪濤聲。婆羅洲的最大河流，雄偉的卡布雅斯，就在甘榜附近。這兒便是伊曼和我約定相見的地點：蘇來曼渡口。

「史拉末．馬蘭姆！」我舉起一只手掌，捲成筒狀伸到嘴巴上，朝向曬衣場四周的屋子，打個招呼，道一聲晚安。

沒回應。

「喂，請問蘇來曼先生在家嗎？」我扯起嗓門，抬高聲量。

沉浸在月光中的村莊，四下依舊死寂一片。

我耐住性子，足足等了五分鐘，才邁步走到村中第一間高腳屋門下，小心翼翼，踩著門口那道兩米高的梯子登上門廊，伸手敲門。沒人出來應門。門虛掩著，露出約莫一個巴掌寬的縫隙。我試著推門。文風不動，門板好像被什麼東西卡死了。我踅轉到窗口下，雙手攀住半人高的窗台，用力一縱身，伸出脖子往屋內探望。眼睛驀地一眩，好像看到了死人。我的手登時軟了，接著我就聽到撲通一聲。剎那間感到天旋地轉。待我回過心神來時，我才發現我從窗口直直摔落下來，一屁股坐在地板上。過了五分鐘，我才抖抖簌簌撐起膝頭來，攀著窗台戰戰兢兢再次爬到窗口上，把一整株脖子伸入屋中，邊揉眼睛邊仔細查看。屋裡沒點燈。月亮從簷口照射進來。青色月光中只見白頭蒼蒼，一男一女兩具完好的屍體，赤裸裸的只在腰間繫一件家常短紗籠，面對面，四條手臂緊緊交鎖，互相摟抱著躺在籐蓆上那一灘半乾的血泊中。滿臉驚嚇，那老婆婆睜著兩只青光眼，朝向門口，望著老公公身後門廊上不知什麼東西。我閉上眼睛，躡手躡腳從窗口攀爬下來，整個人癱坐在地板上，一動不能一動。過了好久，我才拖著軟綿綿一個身軀，爬行到高腳屋梯口，盤足坐在門廊上，望著星空下大河畔茅草灘上的這座小甘榜，瘧疾發作似的，蜷縮著身子，一陣一陣只顧打起哆嗦來。

七間極普通、極樸素，用竹子、白漆木板和棕櫚葉片搭成，連我這個初來乍到的台灣女孩，踏進村子，第一眼看見，就感到無比親切和熟悉的馬來高腳屋，這會兒靜悄悄，佇立在溫柔月光中，就像風景明信片裡展示的熱帶村莊。這座小甘榜，這一幢幢玲瓏可愛、樂高積木似的屋子，顯出一派的寧靜和優雅。但是，今晚，婆羅洲叢林中一個小渡口上的村子，寧靜中卻透出一股詭異，甚至陰森可怖的氣息。屋裡的人彷彿都睡死了。村中家家門戶洞開，可說也奇怪，卻沒有一丁半點鼾聲從打開的窗口傳出來。屋外，四處更聽不見一聲狗吠。嗚——嗚——呦呦嗚，叢林深處不知哪一座長屋，叫魂似地悠悠響起群狗淒涼的吹螺聲。

甘榜外，曠野上，一灘茅草蕭蕭瑟瑟搖蕩著月光。茅草原的盡頭，一條黃色大河亮閃閃，在這深更時分自管奔流在中天一杓明月下，怦——怦——嘩啦啦——

蘇來曼渡口，便是坐落在村外河濱，月光粼粼一塘嗚咽搖曳的蘆葦叢中。小小碼頭上，空無人影，只看得見一座狹長的木造棧橋，直直伸入江心。橋墩旁繫著五六艘無篷小船，自顧自蕩漾在迷濛月色裡。一條青石板小路穿過茅草灘，從村口直通到渡頭。

這便是伊曼臨走前，和我勾手指約定相見、不見不散的地點。

我看看錶：午夜零時九分。

獨自個，我守候在村中一間高腳屋的門廊上，雙手抱住膝頭，蹲坐在樓梯口，居高臨下，放眼眺望腳下這座死寂一片、彷彿陷入長眠中的甘榜，和村莊外，月下那片白茫茫無邊無際的茅草原。我使勁咬著牙，撐開兩只越來越沉重的眼皮，連連打哈欠，按捺住性子，耐心等待伊曼前來踐約。

芭比娃娃安娜絲塔西亞公主，神祕地，消失了一陣子，這會兒神不知鬼不覺，又俏生生站立在我身旁。今早起床時，伊曼才在河邊幫她梳洗一番，而今跟隨我奔波了一整晚，她的衣著和容顏，又變得有點邋遢和憔悴。就著月光，我細細看她。只見她一頭金亮的髮絲根根倒豎，好似一匹發怒的金毛刺蝟。她身上那件蕾絲新娘裝，不知怎麼弄得皺巴巴，雪白裙襬沾滿黃泥漿，好像剛在沼澤中跋涉一番。月下，她那株細長頸脖上，一顆妖豔雪白的小圓臉蛋，血紅紅，依舊噘著兩片櫻桃嘴唇。兩粒玻璃綠眼瞳眨亮眨亮，只管瞅望著夜空中那不知什麼物事，一臉笑盈盈。

不知為了什麼緣故，我只覺得背脊發冷，猛一哆嗦，悄悄打出了個寒噤來。

我捽開臉，裝著若無其事，把視線投向甘榜中央的曬衣場。

三更半夜的曬衣竿子上，飄飄嫋嫋七彩繽紛，兀自晾掛著十幾條手染花紗籠。各色各樣女用衣衫隨風搖曳，散發出一陣陣橄欖油香，不斷傳送到高腳屋上來，直撲我的鼻子。我忍不住聳出鼻尖，一口一口地吸嗅著，忽然想起今天早晨，在借宿的果園，伊曼起床後悄悄走到河邊洗臉、洗頭髮、洗身子，順便洗身上那件不知穿了幾個月，從不曾脫下的小紅紗籠。梳洗停當，變魔術似的，她拿出一瓶不知打哪弄來的橄欖油，一屁股蹲在水邊，依照她族中婦女的習俗，把一小杓油倒在手掌心，用食指頭蘸著，細細塗抹在那洗淨了的頭髮、頸脖、四肢和身上各個旮旯角落。這才算是梳洗完畢。離開果園上路後，伊曼抱著洗過澡、打扮得煥然一新的芭比娃娃新娘，像一位驕傲的小母親，抬頭挺胸，甩著一肩黑色小瀑布似的長髮，領著我——傻憨憨，頂著一頭西瓜皮式的短髮，土裡土氣，穿著卡其上衣和黑布裙的台北女生——行走在旭日下，金光閃閃的婆羅洲大河畔。河風習習。伊曼那細條條瘦巴巴的身子，走一步，款擺一下腰肢，隨風不住散發出濃郁、有點刺鼻、卻又叫人忍不住伸出鼻尖，偷偷地多吸入幾口的橄欖香……

如今我坐在高腳屋上，望著甘榜曬衣場中一條條午夜晾曬的花紗籠，邊嗅著，邊喃喃自語，思念我剛結識的好姐妹和好朋友。

「伊曼，如今妳人在哪裡？怎的還不前來踐約呢？我們不是講好這是個生死約，不見不散嗎？莫不是，援救小姑姑的行動沒有成功。眼睛半瞎、深夜獨自在樹林中摸黑走動的妳，反而落入了爪哇兵的魔爪中？」

這麼一想，我的心頭寒寒的有點發冷了。

「不會！伊曼決不會失手被擒！」我慌忙提醒自己：「她是個機靈的女孩，又是從小在魯馬加央長大，這裡的每一根草和每一株樹、每一朵綻放中的班葛．拉雅大紅花，都是她的盟友。它們會充當伊曼的眼睛。它們會像保護自己的女兒，保衛伊曼的人身安全。而且，那化身為大鳶鳥，日夜盤旋天空中，無時無刻不在守望長屋人民的辛格朗·布龍大神，會特別疼惜和眷顧這個苦命、善良的伊班姑娘……」驀地裡，我心中靈光一閃：「伊曼肯定跑到蘇來曼渡口，尋找我去了。噯呀糟了！我現在必須立刻趕到村外河濱碼頭上，和她會合。」

我霍地跳起身來，十步併著五步，蹬蹬蹬，走下高腳屋門口那道二米高的木梯子。站在梯腳，回頭一望，看見伊曼臨走時留下來給我作伴的芭比娃娃，安娜絲塔西亞公主，穿著一襲雪白禮服，好像一個待嫁的新娘，俏生生站在門廊上，乜斜著她那雙碧綠眼眸，冷冷地，睨著我。她臉上一直掛著的嬌美笑容，倏地消失了，月光下整張臉孔罩上了一層白霜，彷彿責怪我不該拋下她，自己走人。我站在樓梯底部，趑趄好一會，咬咬牙硬起心腸邁出腳開溜，可才向前走出兩步，就聽見身後鬼哭般響起幽幽一聲嘆息：「唉——」我煞住腳步，扭轉脖子悄悄回頭望去，月色迷茫，只見那兀自守望在門廊上的小公主，兩眼淚盈盈，一眨不眨只顧瞅住我。我忍不住打個寒噤，猛轉身，咚咚咚走上樓梯，伸出雙手將這個冤家似的跟定了我的洋娃娃，一把抱進懷裡。娘兒倆一起離開高腳屋，鑽過那午夜時分飄晾著衣裳的曬衣場，走過一片死寂、聽不見半點鼾聲的村莊，沿著那條半米寬、貫穿茅草灘的小徑，頭也不回，鬼趕似地急急慌慌從村口直走到渡頭上，在棧橋頭蹲下來，等待伊曼。

*　　　*　　　*

月亮倒映在卡布雅斯河裡，搖啊搖蕩，像一把晃動不停的白色梳子。

恍惚間，我看見我的母親，朱陳月鸞，現身在婆羅洲大河黑滔滔的流水中。她手裡握著梳子，一邊梳頭一邊悄悄伸出脖子，凝起兩只溫柔的眼眸，打量那深更半夜，獨自蹲在渡口棧橋上，苦苦等候朋友前來踐約的我——她最疼愛、最放心不下的么女，鴒子。月光下只見她一臉的蒼白和焦慮。

潑刺刺一聲響。兩條一米來長的赤道水蛇，渾身花斑閃閃，從岸邊蘆葦叢中直竄出來，發狂似地互相交纏嘶咬，一路追逐戲耍，穿越河心滾滾洪流，蹦蹦濺濺激起朵朵雨傘大的水花，霎時間，把我母親顯現在河中的影像，攪碎了。

*　　*　　*

媽媽！這會兒妳身在台北，肯定又睡不著覺，半夜一個人偷偷地爬下床來，披上晨褸坐在客廳窗口，手握一把古舊的、當年出嫁時，妳從娘家私下帶出來的半月形木梳子，舉頭眺望城頭月，一梳又一梳，只顧篦著妳那滿肩蓬亂，一夜沒睡好，就冒出幾十根白絲的頭髮。邊梳頭，邊倚著窗怔怔想心事。梳著梳著不知怎的就悲從中來。眉心猛一絞，妳扯起嗓門，唱搖籃曲般又哼起那首妳唱了二十年、千百遍的台灣歌謠來：舉頭看見天頂星／月娘猶是半屏圓／忍耐一切酸苦味／等待他日再團圓／啊——啊啊——天星閃爍月半圓……

*　　*　　*

媽媽，小鴒子現在該怎麼辦呢？我肚子又餓，心裡又害怕，三更半夜獨自坐在荒涼的婆羅洲叢林渡口，癡癡地，等待一個不會露面的朋友。我怎麼會流落到這步田地呢？

唉，如今回想起來，當初我實在不該聽信李老師的花言巧語，到這個鬼地方旅行。媽媽，妳還記得他吧？那個曾經住在我們家附近的公寓，當時在台大當助教，每天早晨，睡眼朦朧頭髮蓬鬆，穿著一件發臭的紅格子襯衫和一條美國李維牛仔褲，腋下夾著兩本英文書，出門上學，在巷道上遇見妳時，總會深深鞠個躬的南洋浪子。

這位李老師，身為小說家，使出魔法師的手段，舉起他手中那枝筆，朝向書桌上攤開的幾百張空白稿紙，猛一揮，就把我這個台北小姑娘朱鴒——如同茱蒂．嘉蘭主演的電影《綠野仙蹤》裡，被一場龍捲風，咻地吹進神祕國度「奧茲」的堪薩斯州小女孩，桃樂絲——沒頭沒腦地丟到婆羅洲叢林中一條大河邊，就撒手不管了。

李老師說他這樣做的目的，是要把我訓練成一個小說家。

「丫頭聽著！」他一本正經地告訴我：「妳雖然只是個十二歲的小學畢業生，但天資過人感覺敏銳，語言能力特強，敘述起一件事情來，頭頭是道煞有介事，已經具備小說家的基本條件。」

我聽了，心中竊喜，表現上還得裝得有點不好意思：「李老師過獎了！您不是最賞識馬克吐溫筆下的頑童哈克嗎？他才十歲，比我還小呢，就在密西西比河上流浪。在《頑童流浪記》書中，這個小男生用自己的語言和口氣，描寫大河的風雲變化，細說人生的恩怨情仇，一講就是洋洋灑灑三十萬字，印成厚厚一本大書！聽小哈克親口講述他自己的冒險歷程，那才叫活靈活現精采萬分。跟這個講故事的天才少年相比，我朱鴒可遜多了。」

李老師把手一擺：「丫頭不必謙虛！妳的語言才華和文字素養，我們剛認識時（記得在台北古亭小學門口第一次見面吧？）牛刀小試一番，我就領教過了。」話鋒一轉，李老師端起臉容繼續說：「但是，在成為一位真正的、傑出的小說家之前，妳必須先獨自從事一趟冒險旅程，就像哈克——唔，就像希臘羅馬史詩中的英雄，在成就大事業之前，總要親身到陰間走一遭，入死出生，完成一番必要的熬練。」說到這兒，南洋浪子眼眶一紅：「朱鴒，妳終究還是個小姑娘家，生平頭一回離家出門，就獨自前往一個遙遠、神祕、充滿各種妖魔鬼怪和法師巫女，比起桃樂絲的『奧茲國』還要怪誕危險的地方。我實在不放心哪，丫頭！」

說著，這個自稱長大後就不曾流過一滴眼淚的硬漢（這點我心中存疑！偷偷告訴妳，媽媽，李老師可是個柔情似水、心腸比女生還軟的男人喔），眼眶就泛起淚光來啦。他舉起一只拳頭，砰砰，往自己心口上不停擂打，好像要懲罰自己似的。

媽媽呀，那時我看到李老師這副自責的模樣，心中一時激動，當下就伸手拍拍胸膛，向他誇下海口：「我朱鴒是個福星，打七歲起，就在怪叔叔和壞伯伯滿街走、牛鬼蛇神四處出沒的台北街頭闖蕩，遇到危險，每每都能夠逢凶化吉，全身而退！這次獨自前往婆羅洲，我必能克服各種困難，達成李老師交付的任務，完成這一趟——嗯，您所說的陰間之行，平平安安回到台灣。」

記得臨別前一天，我和李老師登上台北陽明山。肩並肩，兩人坐在山巔懸崖上，一齊伸出脖子眺望腳底下這座嘩啦嘩啦，車水馬龍，我居住了一輩子，如今即將離別，不知何日能再相見的城市。媽媽！那當口，我強忍住奪眶而出的淚水，回過頭來安慰那淚眼盈盈的李老師。我伸手拍拍他的背梁，柔聲說：「你不須替我擔心。我能夠保護我自己。別小看我這個『小丫頭』！這些年來我一直追隨你，充當你的繆思，擔任你漫遊台北的嚮導，扮演你小說中的各種角色。承蒙你教誨，我學習了很多。你知道嗎？在李老師你寫的那些書裡，進出了那麼多次，伴隨書中人物，經歷過那麼多椿人生最悲慘的事情，我，朱鴒，台北小女生，早已經是個歷盡滄桑的女人了。」

媽媽妳一定會罵我，小囡仔講大人話。一個十二歲的女孩子知道什麼「滄桑」？說實話，「歷盡滄桑」這句成語，我還是在瓊瑤小說《幾度夕陽紅》中看到的呢，到底是啥意思，我並不很懂，只覺得這四個方塊字挺淒美迷人。

媽，妳罵得對！我只不過是一個叛逆的、離家出走的未成年少女，被人哄騙，糊裡糊塗，流落在鳥不生蛋的婆羅洲，落得呼天天不應，叫地地不靈的下場。

現在的時間是午夜一點鐘。

飢腸轆轆，身心俱疲，我獨自帶著一個來歷可疑、表情詭異的綠眼洋娃娃，孤魂野鬼似的，蹲坐在黑影幢幢的婆羅洲叢林中，一個荒廢的渡口上，望著水中一枚月亮的倒影。怔怔眺望了好半天，心頭一酸，我就想起媽媽心愛的梳子，思念起媽媽妳獨自坐在客廳窗口，癡癡地，望著台北城西的月亮，邊哼著歌兒邊梳頭髮的身影來。

媽媽，我肚子餓了！小鴒子抵達婆羅洲後，兩天沒好好地吃過一頓飯，就只吃了幾枚現摘的、半生不熟的果子，肚子現在覺得怪怪的，嘰嘰咕咕不停叫著，好像要拉囉。

* * *

半夜三更，呼颸呼颸一塘搖曳嗚咽的蘆葦花中，孤單單，我坐在婆羅洲野渡口，望著河上漂啊漂不住搖蕩的一把白梳子，喃喃地，向隔著一個大海、遠在台灣島上獨自看月的母親，訴說心事。

骨睩！

我聽到身畔發出一個清脆的聲音，好像眼珠轉動。

回頭一瞧，我看見伊曼的娃娃，安娜絲塔西亞小公主，聳著一頭蓬捲的金髮絲，頂著滿天星光和月光，站在渡口棧橋上，兩只眼睁勾啊勾，朝我不停滾動瞳仁。看她臉上的表情，彷彿有重要的訊息要向我傳達呢。我帶著詢問的眼光，望著她。卡嗒一聲，她扭轉脖子掉頭望向河心。我順著她的視線望過去，看見棧橋尾端，流水中蕩啊蕩停泊著一艘白漆烏篷小船。我揉揉眼皮，伸長脖子細細一看，發現船艙中央坐板上放著一個黃籐籃子。

福至心靈，我站起身奔跑到棧橋尾，縱身一躍就跳入船中，伸手揭開籐籃蓋子一瞧。哇噻！裡頭擺著一顆饅頭般大的蕉葉包飯、一碗醃茄子、半碟蝦醬和兩條手掌長、香噴噴的炭烤鯽魚。探手摸了摸，蕉葉上熱呼呼還有餘溫。這挺豐足的一頓飯菜，想必是老船夫蘇來曼的妻子，昨天黃昏，在甘榜家中，給擺渡的丈夫準備的愛心晚餐。不知為了什麼緣故，他沒吃，人也神祕地消失無蹤。我可餓慌了，不管三七二十一，拉起裙襬子就往艙板上一蹲，伸手抓起飯糰大嚼起來。

這可是我朱鴒抵達婆羅洲以來，第一次，飽餐一頓哪！

飯罷，還來不及抹嘴，一股濃濃的睡意就驀地襲將上來。身子猛一歪，我整個人躺倒在艙板上，才闔起眼皮呢，便在這艘被遺棄的詭異渡船中，呼嚕呼嚕地入睡了。

一張眼。日頭圓滾滾當空照。眼一花，我趕忙舉手遮到額頭上，擋住刺眼的陽光。定睛看，只見安娜絲塔西亞公主，整夜沒睡，兀自佇立棧橋上，俏生生笑盈盈，睜著一雙碧綠大眼睛一眨不眨守望著我。

* * *

太陽已經升到河畔椰樹梢頭。看看錶：早晨九點鐘。我打個響哈欠，舉起雙手長長伸了個大懶腰，一轂轆翻身起床，鑽出船艙，蹲到船頭，放眼瞭望大白晝的婆羅洲河流。

旭日下的卡布雅斯河，澎湃澎湃，挾著一濤一濤黃浪朝向爪哇海滾滾西流。

河上，穹窿頂端，豁然出現一只大鳶鳥。從船上抬頭望，只見一個拳頭般大的黑點子，亮閃閃反射著陽光，獨個翱翔在海藍藍萬里無雲的赤道天空中，一大圈又一大圈，繞著叢林梢頭飄飄嫋嫋、四下飄升起的幾十條藍煙，不住盤旋兜轉。好久好久——也許每隔十分鐘吧——牠突然抖動兩下牠那雙尖翹的黑翼，彷彿發現什麼警訊似的，扯起嗓門，呱的啼叫出一聲。

婆羅門鳶！伊曼說：牠是卡布雅斯河天空的巡行者、諸神之王辛格朗．布龍的信使、伊班人心目中最神聖的天鳥。人類不可以獵殺牠，否則，必遭辛格朗最嚴厲的報復。但是只要機緣對了，牠就可以成為你的好朋友，甚至守護者，即使你是一個外邦人。李老師說：他十五歲初中畢業那年，和一個三十八歲荷蘭女子結伴，從事一趟婆羅洲大河之旅。行程的最後、最荒涼、最危險和艱苦的階段，少年永和房龍小姐兩人，就是在一只婆羅門鳶引導下搭乘伊班長舟，渡過一段段急流，直航行到卡布雅斯河盡頭，然後棄舟登岸，又在這只神鳥守望下，一步一步登上聖山峇都帝坂，結束他一生最重要的旅行，完成他身為男人這輩子最驕傲、最值得記錄的壯舉！

我用一只手掌托住腮幫，懶洋洋，歪著身子躺在船頭艙板上，仰起臉龐眺望河流上空，好久一動不動，只顧欣賞頭頂那只深褐色婆羅洲大鳥，伸張雙翼獨自遨遊天空、守望長屋人民的英姿。我的一雙眼睛，緊緊盯住牠那威猛的身形，亦步亦趨，追隨牠那優美無缺的飛翔路線，一圈一圈足足繞行魯馬加央部落十圈。直到兩眼都望得痠了，脖子也僵硬了，我才收回視線，心滿意足地張開嘴巴打個特大的哈欠，又伸個長長懶腰，準備起身盥洗。

渡口，青青蘆葦叢中一塘水，明亮如同鏡子。

我把雙手攀住船舷，屈身跪在船板上，伸出脖子往水塘上照一照自己。

滴溜溜滴溜溜，一朵朵漣漪不停旋轉閃亮中，水中央出現一個蓬頭垢面滿布風塵、乍看好像女叫花子的臉蛋。我當場愣住了。這個模樣邋遢落魄的女生就是我——朱鴒嗎？抵達婆羅洲不過兩天，我那一身白淨的、台北的皮膚，就已經被赤道的太陽曬焦了，整張臉枯黃黃，連我自己都不忍看第二眼。急急忙忙，我伸出雙手舀著河水，緊緊閉起眼睛，胡亂洗了一把臉，然後將一只手探進裙袋，掏出一支我在台北街頭遊逛時，隨身攜帶的小紅梳，握在手裡，狠狠地，刮起我耳脖子上那一叢五公分長，有如一支破舊的竹掃帚般，根根倒豎，四下怒張的頭髮絲。好不容易梳洗完畢，我又伸出脖子往水塘上偷瞄一眼。那顆臉蛋洗盡了塵埃，看起來清秀多啦。我嘆口氣，站起身來，順手整一整身上那套穿了兩天，在叢林中廝混，弄得皺巴巴，臭不可聞的台北小學女生秋季制服：黃卡其長袖上衣、黑布裙和一雙白帆布球鞋。裝束停當，我覺得整個人神清氣爽，意態洋洋，忍不住噘起嘴唇，朝向天空中那只兀自盤旋俯瞰的神鳥，長嘯一聲，隨即攏起裙襬子，往船中央橫板上一坐，將雙手交疊著安放在膝蓋上，挺起胸脯深深吸入兩口氣，開始思考今後的行止。

伊曼爽約了。

不管為了什麼緣故，無論出了什麼事情，我斷定，伊曼今天不會前來蘇來曼渡口，依照約定和我會合，繼續我們計畫好的行程。

一想到，這當口，伊曼可能已經落入爪哇兵手中，下場悽慘，我腦子裡就浮現出爪哇兵那幾百張黑黝黝，好像一群山妖鬼怪捉迷藏般，流竄出沒在大紅花叢中，塗著迷彩，白森森咧開兩排大門牙的臉孔。豔陽下我又聽到伊曼的小姑姑，瑪麗安娜・瑪雅娜，那一聲聲悽厲恐怖的尖叫「薩唧——達拉——」刀似的割破濃密的叢林，直鑽入我的耳朵。

我忍不住齜著牙，倒抽一口涼氣。

如今，我真的孤零零一個人了，無依無靠。如同李老師在陽明山送別時所預言的，到了婆羅洲，我，朱鴒，一個人生地不熟的台北小女生，就只有自己可以倚靠。

現在我必須想個法子，先到附近一個甘榜或鎮甸，在那兒，搭船或利用別的交通工具，混在旅客中，躲過爪哇兵的追捕，前往卡布雅斯河中游最大的城市新唐鎮，等待機緣。我心中有個強烈的預感，我會遇到一位貴人（就像當年的少年永遇到房龍小姐），在他帶領下，溯大河而上，前往我和伊曼擬定的目的地：登由・拉鹿小兒國。我相信在那兒，我會跟我的好朋友和好姐妹——好心的、苦命的伊班少女伊曼·彭布海——重新聚首。她肯定不會忘記，在魯馬加央長屋分手時，我們倆勾著手指對著月亮立下重誓：「這是一個生死約，不見不散。」從今天開始，在尋找伊曼的過程中，我會時時跪下來，祈求那慈父般的伊班大神辛格朗·布龍，保佑十二歲、來自大海對岸的我，就像當年，在那一趟轟轟烈烈的大河溯流朝山之旅中，祂孜孜不倦，一路守護十五歲、第一次勇闖叢林的古晉少年「永」——他就是後來流浪到大海對岸，成為小說家，和我相識於台北街頭，把我送來他故鄉婆羅洲旅行的李永平老師。

整整一個鐘頭，我坐在那個神祕失蹤的船夫蘇來曼遺留下的渡船上，低著頭，邊玩味這樁奇妙的因緣，邊絞著腦汁苦苦思索，如何離開這個大白天寂無人聲，只聽見窸窣窸窣，蘆葦抖動不停的渡口。猛抬頭，我看見伊曼的洋娃娃，金髮綠眼芭比公主，綻開腮幫上一雙謎樣笑吟吟的酒渦，聳起胸前兩只圓挺的奶子，獨個兒站在空蕩蕩的棧橋上，睜著眼，一眨不眨只顧睨著我。兩人眼瞪眼對望了五分鐘，忽然，嘴角向上一翹，她又向我轉動兩下眼珠，彷彿又有新的訊息向我傳達。我順著她的目光，向棧橋頭望過去，發現橋墩旁蘆葦叢中，拴著一艘好像獨木舟的小船。一根兩米長的竹竿，打橫放置在船舷上。

電光石火般，我心中閃過一個念頭：我何不自己擔任船夫，撐船上路呢？

小心翼翼，我從蘇來曼的渡船爬到獨木舟上，拿起那支竹篙，握在手中掂了掂，感覺雖然有點沉，但使出十足的力氣，我自信還操控得了它。我試著舉起篙子往河中使勁點一下，船身居然乖乖地移動。媽媽呀，妳的女兒小鴿子被困了一夜，現在終於可以離開這個鬼氣森森的地方了！我欣喜若狂，差點沒手舞足蹈，當場就在獨木舟上慶祝起來。解開了船纜，正要把船撐出渡口，一扭頭，卻瞥見落難婆羅洲的歐洲公主安娜絲塔西亞，頂著一輪毒日頭，獨自佇立棧橋上，兩眼淚盈盈，直瞅住我。滿臉的怨懟和哀傷。我心中一寒，趕忙把船撐回渡頭，伸出雙手迎接她下船，將高貴的公主安頓在船中央的坐板上。

別了，陽光下死寂一片的蘇來曼渡口。安睡吧，陳屍在椰林搖曳的甘榜中，七間高腳屋裡，與我有緣共度一晚、卻無緣相見的不知幾條亡魂。

離開渡口準備上路時，我叉開雙腿站在船上，把臉朝向婆羅洲的母親河——卡布雅斯河——舉起手中的篙子向她致敬。接著我仰起臉龐來，望著頭頂那只黑魆魆亮閃閃，兀自鼓動著尖翹漂亮的雙翼，潑潑著滿天燦爛的陽光，咵——咵——啼叫著，不停盤旋逡巡大河上空的婆羅門鳶，向牠彎腰深深一鞠躬，感謝牠兩日來的守護。最後，我把臉轉向大河上游天際的石頭山，放開嗓門，鼓起胸膛，大聲向神鳥的主人辛格朗．布龍大神起誓：「千山萬水出生入死，我，朱鴒，一定要把眼睛快瞎掉的伊曼找著，平平安安地將她帶到登由．拉鹿小兒國，否則我決不回台灣！」

發完誓，我就操篙撐船上路了。

第二卷　布龍神的女兒們

第七話 舢舨

在伊曼的芭比娃娃，安娜絲塔西亞公主，坐鎮指揮之下，我雙手握著篙，撐著船，沿著大河畔白蕭蕭一片大蘆葦灘，順著岸邊的回流，迎著河上那輪斗大的紅日，一篙接一篙，往河水中不停點撥著，在這風光明媚、江風習習的婆羅洲八月早晨，平平穩穩順順暢暢，朝向卡布雅斯河上游陌生的、不知名稱的城鎮航行。

我說：芭比娃娃在船上「坐鎮指揮」。這話聽起來有點詭異，但絲毫不誇張，更不是故作驚人之語。（我不敢忘記李老師的諄諄教誨：講故事最忌的是，語不驚人死不休。只有三腳貓小說家才會做這種事。）你們看，我和安娜絲塔西亞公主，夥伴兩個，一個叉開雙腿站在船尾，操篙撐船，一個挺著腰，端坐在船中央那條橫板上發號司令，負責領航，兩下分工合作，共同駕駛這艘小小的，只有三米長、半米寬，像玩具般玲瓏可愛，可鬧起脾氣來也會變成一匹小野馬的馬來獨木舟。（南洋唐人管它叫「舢舨」，挺別致浪漫的名字，我好喜歡！）這一整個早晨，我們倆共乘一只小船，面對面，隔著四呎的距離互相凝視，透過彼此的眼神來回傳遞心意。從頭到尾，連一句話都沒說過呢！這種獨特的——對我而言嶄新的——心靈溝通和信息傳送方式，一路上竟也暢通無阻，在我們倆之間，從不曾造成任何誤解或衝突。我必須說，在我這趟婆羅洲之旅中，這是最神奇、最美好、最最值得我懷念和珍惜的經驗之一。

在本地人眼中，我們肯定是一對奇異的、引人注目的旅伴：一個金髮綠眼洋娃娃和一個黑髮丹鳳眼的支那姑娘，結伴同行，搭乘一艘馬來舢舨，不知打哪冒出來，突然出現在婆羅洲最大、最荒涼的一條河流上。他們並不知道，船上兩個人素不相識，直到前天中午才碰在一塊的。

萍水相逢的一對旅伴，各有各的頂奇特的身世和歷史，足可寫成一部傳奇歷險小說，其精采程度保證不輸馬克．吐溫的《頑童流浪記》。

安娜絲塔西亞公主（多高貴、淒美的名字！）誕生於美國，萬里迢迢漂洋過海來到南洋，流落在婆羅洲，被人買下來當玩偶。幾度轉手流離，經歷幾番滄桑。兩年前一個美麗、羅曼蒂克的夜晚，當一鉤新月升起時，在魯馬加央長屋果園中，木瓜樹下的高腳樓裡，澳洲胖老頭子「峇爸澳西」將這個穿上雪白新娘禮服，從頭到腳打扮得煥然一新的芭比娃娃，鄭重地送給他的伊班小情婦伊曼．彭布海，作為定情的信物。如今神差鬼使，安娜絲塔西亞公主落入我的手中，陪伴我搭乘舢舨，航行在卡布雅斯河上。

舢舨上的另一個女子，我，朱鴒，來自海東一座大城的女生，則是個從小不喜歡待在家，不喜歡玩家家酒，不喜歡洋娃娃，寧可溜到街上遊逛探險的野丫頭。在那城開不夜、千樣繁華的台北市，她經歷了一連串令人拍案驚奇的事蹟。小說家李永平，還將她的故事寫成一部名為《朱鴒漫遊仙境》的小說。後來為了履行一樁愚蠢的諾言，在李老師操弄之下，她一頭栽進赤道叢林，如今舉目無親，獨自帶著一個被丟棄的洋娃娃，流浪在一條蠻荒大河上，心中正自懊惱哩。

朱鴒和安娜絲塔西亞公主，原本天各一方，八竿子打不到一起。但不知因著什麼緣分（順便告訴大家，「緣」是李老師最愛的一個方塊字），我們兩個硬是被湊合成一對旅伴，在一個夏日早晨，共乘一艘小船，航行在婆羅洲叢林一條波濤險惡，旭日下只見水蛇成雙成對，劈劈啵啵交媾出沒的河流中，同舟共濟，相依為命哪。

這樣的一樁（對不起，再借用一下李老師您的措詞）奇妙的因緣，說奇妙也真奇妙，說神祕也還真詭譎得叫人不寒而慄呢。這一切的背後，難道隱藏著一樁邪惡的陰謀？莫非這是一個精心布置，只等我睜著雙眼，一腳踩將進去的陷阱？莫非這當口，安娜絲塔西亞公主的真正主子——那個肥頭大耳、一臉慈祥的白魔法師，伊曼口中的「笑面菩薩」澳西先生——正藏身於叢林深處一個旮旯角落，腆著他那斗大肚腩，盤足端坐在一株菩提樹下，笑瞇瞇等待我自投羅網？一想到這點，我這個自認天不怕地不怕，在台北街頭遊蕩的日子裡，不知跟多少牛鬼蛇神打過交道的野丫頭，也禁不住倏地，從心底打個哆嗦，大熱天冒出好一身冷汗來哩。

不管怎麼說，我和安娜絲塔西亞公主之間確實存在著一種神祕、美妙的心靈交流。對於她的心意——她透過她那雙水樣靈動的綠眼瞳，不時傳達出的信息——我都能心領神會。就這樣，在芭比娃娃「坐鎮指揮」之下，我這個生平只搭過幾次船，從不曾親自操舟的台北女生，就叉開雙腿來，大剌剌站在船尾，手握一根兩米長的竹篙，有模有樣地，撐起這艘三米長半米寬的無篷船。接連好幾個鐘頭，我們合作無間，平安地、穩穩地航行在那眨亮眨亮，反射著滿天的陽光，在這八月早晨時分，好像有千萬個伊班兒童，裸著銅棕色的身子，聚集在河中潑水戲耍，讓人看了，忍不住也想剝光衣服，縱身跳下一游的卡布雅斯河，婆羅洲母親河。

旭日、滾滾黃浪、一條馬來舢舨——

我對婆羅洲河流的初體驗，感覺好極！

感謝我的旅伴，安娜絲塔西亞公主，教我駕船。往後的婆羅洲冒險之旅中，在這個位於熱帶、擁有六大河系、境內水道縱橫的世界第三大島上，航行技能，對我這只旱鴨子來說肯定非常重要。最讓我得意、最讓我快樂得做夢都想咯咯笑出來的是，學會了不怕風雨、毒日頭、水鬼和無所不在的暗礁險灘，在婆羅洲大河上操舟的技術，回到台灣後——布龍神慈悲！請保佑我平安回到我那夜夜睡不著覺，三更半夜起床坐在窗口，邊梳頭邊看月亮，邊哼小曲《月夜愁》的母親身邊——我就可以向李老師炫耀了。他這個南洋少年，十五歲時，跟隨他那位紅髮綠眼荷蘭姑媽，和一群洋人男女，從事大河朝山之旅，從頭到尾都不曾親手駕駛過船哩！而最讓我開心的是，擁有河流航行技術，我就可以仿效哈克芬，逃離大人的社會，進入大自然的懷抱中，獨自撐船（或木筏，如果有機會像哈克芬那樣弄到一艘的話），自由自在，海闊天空地遨遊在一條雄偉的、杳無人煙的河流上了。這是我，朱鴒，這次獨自到婆羅洲旅行，心中抱著的最大願想。聽我講述婆羅洲之旅的台北仕女們，妳們知道嗎？我在小學四年級第一次讀少年文學版《頑童流浪記》時，心裡多羨慕、多嫉妒、多佩服馬克．吐溫筆下這個才十歲大，可一身是膽，嘴上叨著根煙斗，浪跡密西西比河流域的美國男孩呀。

*　*　*

可惜，我這個宏大的浪漫的願想，當天沒能實現，因為我們在中途下船，棄舟登岸了。這段插曲，說來還真有點荒誕不經呢。那時我駕駛舢舨，挨著河岸，在淺水中戰戰兢兢航行了三個小時，好不容易，篙子剛操作得有點熟手，正要放舟中流，一路逆水而上的當兒，日中時分，來到一處水草特別茂密的港汊。一直挺著胸脯，端坐在船中央橫板上，笑吟吟，指揮若定的安娜絲塔西亞公主，無緣無故，神色突然變得焦躁不安起來。只見她兩粒眼珠亮晶晶，睜得葡萄般大，滴溜溜不住流轉，好像在搜尋什麼東西。驀地眼瞳一燦。好似兩朵春花般，公主腮幫上綻出一雙嬌豔的酒渦。她那張姣白小臉蛋，紅噗噗地現出無比愉悅的神情。顯然，公主找到了她一路東張西望，苦苦尋覓的地方。兩粒眼珠又是一轉，她直勾勾地睨住我。一剎那間，我接收到了她透過她那兩道碧綠的、凌厲的目光，傳遞出的信息：停船。

我遵命停住手中的篙子，趁機歇憩一會兒，喘口氣，搓搓兩只冒出水泡的手掌，抹掉額上迸出的幾顆汗珠。抬眼一望，看見日頭白晃晃，滿岸蘆花蕭蕭瑟瑟，港汊內有一座破敗的木造棧橋，踩高蹺般支著幾十根細瘦木柱子，直直伸入河心，活像一只生病的大蜈蚣，奄奄一息趴在河邊喝水。棧橋另一端，莽莽蒼蒼水草叢中，崖岸上，有個小小的長滿青苔的石砌碼頭，四下靜蕩蕩，空無一人，看來已經廢棄好多年了。

骨碌！安娜絲塔西亞公主揚起下巴，直直瞅著我，又轉動一下眼珠，示意我帶她下船登岸。

「這是個鳥不生蛋的地方！前不巴村，後不著店。我們停留在這兒幹什麼呀？」我心中嘀咕：「經歷過蘇來曼渡口七家村那個孤獨、恐怖的夜晚，我可不想在這個荒廢的碼頭，再度過一夜。」

我握著篙子，叉著雙腳，杵在船上不動。

公主殿下，不悅了。她嘟起她那櫻桃似的小紅唇，緊繃住她的小臉蛋，瞪著我，眼瞳彷彿罩上一層白霜，目光登時變得嚴峻起來。那副高傲、不屑的神氣，好像她真的是一位西洋公主，而我堂堂朱鴒，竟成了她手下一個低賤的支那宮娥。

「喂，妳這個落難的塑膠公主，擺什麼臭架子呀？我台北大妞朱鴒可不吃這一套！」我禁不住抬高嗓門大聲說出來。

我們這兩個奇特的旅伴，一個金髮綠眼，小不點兒，挺著圓鼓鼓兩顆大奶子，坐在船中央橫板上，另一個則昂著頭，高高聳起脖子上亂草般一蓬短髮，睜著兩只丹鳳眼，一手扠腰一手握篙，矗立在船尾。就這樣兩下面對面眼瞪眼，頂著中午大日頭，在婆羅洲叢林一個旮旯所在，黃浪滔滔大河中一艘小船上，對峙了整整三分鐘之久。

「唉。」我嘆口氣，放下了手中高舉的竹篙。

目光一柔，公主放聲笑了：「咯咯咯。」

心裡縱有一百個不願意，但不知什麼原因，說也詭譎，我竟不敢違抗這位芭比娃娃公主的意旨。我嘴裡一邊嘟囔，手裡不由自主地，一邊忙著幹活。首先，我把船撐到棧橋底下來，撿起船上的纜繩，將船身繫在一根橋柱上，綁緊了，接著我伸出雙手抱起公主，踏上搖搖欲墜的一座木梯，小心翼翼登上棧橋，邁出腳來，一步踮著一步，踩著嘎吱作響的橋板，大日頭下，滿岸蘆花嗚哇嗚哇迎風搖拂中，朝向碼頭慢吞吞走去。邊走邊回頭。依依不捨地，一而再、再而三地，我望著那條停泊在荒廢的河港，孤單單的顛簸在卡布雅斯河波濤中，不住蕩啊蕩的船。

他，這只小小的馬來舢舨，可是我朱鴒生平擁有的、親自駕駛過的、打心底喜歡的第一艘船！

第八話　綠色迷陣

這天早晨我撐著船，沿著河岸足足航行三個小時，少說也完成了五公里的旅程，心裡正沾沾自喜呢。（畢竟，對一個新手來說，這是一樁值得紀念的壯舉！莫忘了，我可是在婆羅洲第一大河——卡布雅斯河上進行處女航。）但萬萬想不到，頂著赤道上的烈日，走了那麼長一段水路，停船時，我卻驚訝地發現，我們依舊置身荒野中，根本沒擺脫大河畔這片密密匝匝，杳無人煙，從蘇來曼渡口開始，就像陰魂不散，一路伴隨我們的舢舨的浩瀚茅草灘。

在安娜絲塔西亞公主命令下，航程中途，在一個不知名稱的地方，我們下了船，踏上一條從碼頭出發，穿過茅草原，通往內陸叢林中某一座長屋的石板路。

才邁出腳呢，還沒走出碼頭，人都還在棧橋頭那一座雜草叢生，死氣沉沉，只剩下五、六間破敗高腳屋的甘榜裡，一抬頭，我們就發現，自己一頭栽進了一幢巨大的綠色迷宮中。這時想撤退也來不及了，因為，回頭一望，我看見我那艘繫在棧橋下的舢舨，不知怎麼掙脫了纜繩，漂盪到河中心，隨波逐流而去了。

一咬牙，我抱著芭比娃娃闖入迷宮。

起先，石板路雖殘破不堪，可總算是一條道路，還勉強可以供人行走。我搖晃著笑吟吟躺在我懷裡的小公主，邊走邊唱台灣兒歌：

妹妹背著洋娃娃
走進花園去看花
娃娃哭著叫媽媽
樹上鳥兒笑哈哈……

我在石板路上走著唱著，一首兒歌還沒唱完呢，路就突然不見了。猛抬頭，我看見一堵雄偉的、比大人還高出半米的茅草牆，無聲無息，鬼怪般倏地聳立在我眼前。我回頭看，尋找我剛留下的兩行腳印，卻發現道路兩旁那一根根直條條、站衛兵似的兩排茅草，彷彿接到神祕指令，靜悄悄神不知鬼不覺地，早已合攏在一塊了，沒留下一絲縫隙，就像當年出埃及時，摩西率領以色列人走過去之後，立時恢復原狀的紅海。我跂腳瞭望：大河畔棧橋頭，那個廢棄多年的馬來水上村莊，影影綽綽，好像一座海市蜃樓，這時也已經被河上那顆赤道大日頭，霍地蒸發掉了，無影無蹤。碼頭上只剩下白花花一團陽光，和空窿空窿一江浪濤聲。不一會，就連流水聲也漸漸遠去了，消失了。我看看四周。我身子前後左右盡是一株株筆直、燦亮、葉片看來比剃刀還鋒利的茅草。除了密不通風的茅草，啥都沒有，方圓幾里內，連一棵孤單的樹木也望不見。我心中陡然一驚，渾身禁不住冒出冷汗來，因為我突然發覺，自己莫名其妙失陷在一個詭祕、寂靜無聲、綠油油陰森森、裡頭不知隱藏什麼東西的迷陣中。前無路，後無門。我慌忙踮起兩只腳尖，高高昂起脖子，舉起一只手遮住眼睛，仰臉眺望頭頂上那一塊兩米見方的碧藍天空。

太陽，好像一桶倒翻的水銀，白燦燦沉甸甸，朝向我的臉龐當頭灑潑下來。

我瞇起眼睛看看錶：中午十二點整。日正當中。每天一到這個時辰，人們就無法分辨東南西北。這下我可完全喪失方向感了。

我望著天空怔怔發起呆來。靈機一動，我深深吸口氣，抬起我那雙穿著白球鞋的腳，花了十分鐘時間，一腳一腳用力踐踏，好不容易清理出一塊小小的空地，然後將芭比娃娃放在地上，自己翹起屁股往茅草窩中一蹲，舉起一只拳頭，猛敲自己的腦袋瓜，設法讓心神安定下來，以便好好思考一下，如何逃出這個鬼地方。我豎起兩只耳朵，努力傾聽，終於聽見一陣陣風聲，嗚呦——嗚呦——鬼哭般，吹拂過遠方天邊的叢林。我仰起臉龐四下轉動脖子極目眺望。但，除了周遭那一支支、幾千萬支箭鏃似的茅草尖，和茅草梢頭那天井般一小塊寶藍色、不足兩蓆大的天空，什麼都看不到。我被困在一個奇異的、死寂的、跟外面的世界完全隔絕的空間裡。連那黃浪滾滾、晝夜不息，在我抵達婆羅州後浪跡大河畔的兩天中，如同好朋友般——哦不，守護神似的——伴隨著我的婆羅洲母親河卡布雅斯河，這時也悄悄離我而去，不告而別了。

我抱著膝頭蹲在茅草窩裡，望著天空扯起嗓門，大聲唱起我在台北古亭小學，從一年級唱到小學畢業，百唱不厭的童謠：

妹妹背著洋娃娃
走進花園去看花——

幸好，這會兒我人並不孤單。

安娜絲塔西亞公主，不棄不離，始終陪伴在我，朱鴒，她在路上相識的異鄉女孩的身旁。

我扭頭打量她。這可是我頭一回，細細觀看她的臉龐和身子。

挺豔麗，可也挺普通的美國芭比娃娃新娘。金頭髮，綠眼瞳，配上一張櫻桃小紅唇。一身乳白肌膚，包裹在一襲雪白縐紗蕾絲邊長裙裡。最引人注目——噯，最讓我看得目不轉睛的是，她那一把小蠻腰，和她那兩顆又圓又翹的大屁股，還有一雙宛如兩枚玲瓏的小香瓜，驕傲地聳立在她胸前的奶子。娃娃臉，婦人身。標準的北歐種小美人。這兩天從早到晚，她跟隨我這個野丫頭，在叢林河流上廝混，弄得一身髒兮兮。她那株細白頸子上的一頭蓬捲髮絲，前天早晨才讓她母親伊曼（伊曼！我那苦命的好姐妹，這會兒她人在哪裡？）洗滌乾淨，好好梳理一番，如今又像亂麻似的糾結成一團了。她那紅冬冬圓鼓鼓，好似耶穌聖畫中的天使，又純真又妖豔的臉蛋，中午時分在天頂那輪太陽直直照射下，突然變得憔悴蒼老，帶著一股邪氣，乍看，十足像個邋遢淫蕩的中年洋婆子。

安娜絲塔西亞——身世飄零，不知何故墜入風塵，如今孤單單流落番邦，將來下場肯定很淒涼的歐洲公主。

「唉——」我在心中嘆息著，伸出雙手握住她那一把細長的腰肢，將她整個人舉起來，讓她站在我的膝蓋上。接著，我從裙袋中掏出梳子，一梳一梳，耐心地給她梳頭髮，然後幫她整整衣裳，撥掉她那一身沾著的塵埃和泥沙。將她整個人打理好了，我才又嘆出兩口氣，抱起她的身子放到地面上來，安頓在我的身畔。

我們倆就像一對母女，依偎著，並排坐在茅草窩中，一齊仰起臉，眺望茅草梢頭那一小塊蔚藍的天空，和我們頭頂上一顆車輪大的白日頭，好久各想各的事情。我好想跟她聊聊天，說說心事。可是不管我說什麼，無論我提出哪門子的問題，這小妮子總是不吭聲，只會骨睩、骨睩轉動玻璃眼珠，臉上露出謎樣的表情和曖昧的笑容。

——安娜絲塔西亞。

——骨睩。

——這個名字很美麗、很羅曼蒂克。

——骨睩，骨睩。

——妳的母親、我的好朋友伊曼告訴我，妳的名字是澳西先生取的。是嗎？

——骨睩睩。

——這個澳洲老頭子為了什麼原因，給妳這個美國芭比娃娃，取這樣一個淒美神祕的名字呢？「安娜絲塔西亞」，這是哪一國語言？有特別的意思嗎？

——骨睩骨睩。

——唉，為什麼妳不開開口，吭吭聲，只會一個勁轉動妳那兩粒碧綠的、玻璃做的眼珠呢？別讓我失去耐性哦。把我惹毛了，我就伸出兩根手指，只一戳便把妳的一雙假眼睛挖掉！瞧妳聽我這麼一說，臉色就颼地煞白了。莫怕，我是嚇唬妳的。我且問妳一個頂重要的問題：妳逼我中途停船，命令我上岸，把我引到這個鬼地方來，有何意圖？妳想帶我去見澳西先生是嗎？瞧，妳那雙玻璃眼珠滴溜溜一轉，亮起來了。我判斷得準確吧？妳要帶我去見那個澳洲胖老頭。好！我跟妳去。我，朱鴒，也想會一會這位來自墨爾本，一生奉獻婆羅洲，名震大河上下的女皇律師澳西先生——伊班孩子們最敬愛、最信賴的「峇爸」。我久聞其名了。在台北聽南洋浪子李老師講卡布雅斯河故事，三不五時，就聽他提到這號人物。他老人家的影子，籠罩整條千里大河。唔，在澳西先生那兒，也許我可以找到我的好朋友好姐妹，伊曼。至少，我可以向他打聽伊曼的下落。他和這個伊班小美人之間終究有過一段情緣呀。苦命的伊曼！這會兒她人在哪裡？莫不是已經落入爪哇兵手中？可憐這個十一歲女孩，眼睛半瞎，一百碼外的景物就看不清楚，獨自抱著洋娃娃，在大河畔曠野上漂泊了兩年，總算遇到了我。在她漫長的、無休無止的流浪旅途中，第一次，她有了個同伴和訴說心事的對象。我們兩人結拜為姐妹，一起旅行。我充當伊曼的眼睛，擔任她的導盲犬。在大河畔小路上，我們三人（加上妳，安娜絲塔西亞公主），共同度過兩天一夜，相處了一段短暫的、我永遠記得的美好時光。可是，陰魂不散喲，厄運一路跟隨著伊曼。就在我們經過長途跋涉，抵達伊曼的老家魯馬加央長屋，準備好好歇個腳喘一口氣時，早不早，晚不晚，偏偏就在這當兒，遇到一隊巡山的爪哇兵。這群惡煞，黝黑的臉膛上塗著迷彩，白森森地齜著兩排大門牙，手上端著卡賓槍，在滿山盛開的朱槿花叢中流竄，四處捕捉伊班姑娘，押解到長屋曬穀場上，剝掉她們的紗籠，強逼她們玩貓捉老鼠的遊戲。布龍神啊，您能安穩坐在天上，眼睜睜看著您的女兒們，在光天化日底下，遭受這門子的羞辱嗎？我，來自大海對岸的異教徒，朱鴒，跪下來祈求您了：您若真是長屋的守護神，您若疼惜您的小女兒，伊曼·彭布海，就給我指點一條路，引領我走出這片迷宮樣的大茅草原，讓我繼續沿著大河尋找伊曼。我們姐妹倆在魯馬加央分手時，曾經勾過手指，立下不見不散的生死約。所以，布龍大神啊，縱使千山萬水出生入死，我朱鴒都要把伊曼找著，否則即便死在婆羅洲叢林，我的靈魂也決不回故鄉台灣。它會逗留在卡布雅斯河上，飄飄嫋嫋四處尋覓，直到找到伊曼為止……

——骨睩，骨睩骨睩。

——唉，我蹲在茅草窩裡，嘴裡嘟嘟囔囔，半天只顧向伊班大神辛格朗·布龍訴說和祈禱，一時間，就把坐在身旁的安娜絲塔西亞公主，給忘了啦。咦？妳的兩只眼睛一直往上翻，朝向天空只管轉個不停。妳到底發現什麼東西？

——骨睩！

——莫非妳要我看看天空？

——骨睩睩。

——好，我看。天空沒變呀，還是先前那個藍得像大海的婆羅洲天空，連一朵雲都望不到。看哪，日頭開始西斜了！時間已經過了中午。我們在茅草窩中枯坐一個鐘頭，現在又能夠辨認方向啦。我記得我們上岸時走的石板路，是朝向北方。如今只要一直往北走，肯定能找回這條路，逃出這座詭祕的綠色迷宮。公主，我們上路囉。怎麼妳還昂起脖子仰起臉龐，盯住天空，一逕轉動眼珠呢？妳要我再瞧一眼天頂嗎？好吧。可那兒除了一輪白晃晃的太陽，啥也沒有嘛……慢！我看見一個拳頭大的黑點子，飄浮在天頂。讓我揉揉眼皮，仔細看看那到底是什麼東西？是一只婆羅門鳶！伊曼啊，布龍大神聽到我這個小女生的禱告了。

——骨碌骨碌骨碌！

眼瞳一燦亮，公主笑了。那天中午，頭一回，她那張雪白小臉蛋開心地綻開了兩朵酒渦，迎著麗日，春花般紅豔豔好不嬌美。

突然看見神鳥出現在荒原上空，那一剎那，就像在街上走失的小娃兒，心慌慌之際，驀然遇見娘親一般，我，不愛哭的女孩，從小在街頭廝混長大的野丫頭，霎時間激動得流下兩行熱淚來啦。

牠，我的新朋友婆羅門鳶，今天一大早就守望在卡布雅斯河上空，目光炯炯，看著我們出發。直直看到我們的舢舨離開蘇來曼渡口，安穩地航行在風和日麗的大河上，牠才掉頭飛走，倏然消失在萬里無雲的碧空中。這會兒，失蹤一陣子後，牠忽又現身我們的眼前。看哪！牠黑魆魆地鼓著尖翹、強勁的雙翼，飛翔在天頂那顆大日頭底下，環繞著浩瀚的茅草原，一邊兜轉盤旋一邊垂下頭來，睜起兩只火眼金睛，瞅著我們娘兒倆，不住啼喚：咵——咵——

在布龍神派來的這位使者指引下，我們認清了方向，找回了消失的石板路，循著路走，不消半個鐘頭，就走出圍困我們一整個中午的綠色迷陣。

逃出生天，佇立在石板路盡頭，我抱著洋娃娃，跂起雙腳伸長脖子，回頭望望來時路：隧道般陰暗幽深的小徑兩旁，只見一簇一簇連綿不斷、比大人還高大的婆羅洲茅草，在我們走過去之後，悄悄地又合攏起來了，密密匝匝不留下一絲縫隙。在這大白晝晌午時分，只聽到嗚呦嗚呦的風聲，從大河上響起，鬼哭般一陣陣，橫掃過豔陽下白蕭蕭滿灘盛開的茅花……

第九話　趕路的姑娘們

我這一輩子肯定不會忘記，這天晌午鑽出了大河畔茅草灘後，在田野間行走時，我在水田中一條大路上，有如突然間掉入一個夢境似的，看到了一幅怪異無比，可也十分綺麗動人的景象。（說是大路，其實只不過是一條兩米寬、鋪著鵝卵石、直直穿過平野的夯土路罷了，但比起這兩天我走過的那些叢林羊腸小徑，稱得上通衢大道了。）那時我急急忙忙，抱著安娜絲塔西亞公主，在神鳥引導下逃出了迷宮，豁然一亮，只見眼前出現一片水稻田。我放慢腳步悠閒地徜徉，邊觀賞路上那既陌生，卻又莫名地感到十分親切熟悉的熱帶田園風光——也許是因為從李老師口中，我聽過太多的南洋故事——邊扯起嗓門，有一句沒一句地，哼著李老師教我唱的荷蘭民謠。記得，在台北時，每次和我坐在西門町獅子林廣場上，昂起脖子眺望滿城霓虹燈火，做夢似的，回憶起婆羅洲的少年時代，他就會思念起他那位曾經照顧他、教導他、帶領他長大成人，而今卻不知流落何處、生死不知的荷蘭姑姑，克莉絲汀娜·房龍小姐。眼眶驀然一紅，這時李老師就會哽噎著嗓子，鬼哭般，幽幽唱起這首悲愴美麗的《荷蘭低低的地》：

新婚那天夜晚
我和我的愛相擁床上
海軍拉扶隊來到床前呼喝：
起床，起床，小夥子
跟隨我們搭乘戰艦前往
荷蘭那低低的地
面對你的敵人

可荷蘭是個寒冷的國度
雖然遍地是金錢
多得像春天開放的鬱金香
但我還沒來得及攢夠錢
我的愛就已從我身邊被偷走
留下我獨個兒流浪在
荷蘭那低、低的地……

邊走，邊唱，邊在心中思量「少年永」和房龍小姐這對異國姑姪之間，那一段奇特、淒美的情緣，我抱著洋娃娃，蹋躂蹋躂，邁著腳上那雙沾滿黃泥巴的白球鞋，在太陽下綠汪汪一畦稻田中，亮晶晶一條鵝卵石道路上，獨個兒行走了兩個多鐘頭。

悠悠晃晃如夢如幻的當兒，一抬頭，我看見一個少女，穿著花紗籠，撅著兩只玲瓏臀子，搖啊搖，款擺著伊班姑娘特有的細柳腰，打赤腳，獨自行走在前方的路上，距離我大約百來米。她一路走一路甩著她肩後那把兩呎長，直垂到腰間，太陽斜斜照射下，有如一匹黑色的緞子，烏亮烏亮不住閃爍著耀眼光彩的髮絲。

「伊曼！」我在心中吶喊一聲，欣喜若狂，倏地拔起雙腳，朝向她在路面上投下的一條細細長長身影，沒頭沒腦就一路追奔過去。跑到她身後三十米處，我再也按捺不住了，便張開喉嚨，使足力氣向她呼喚：「伊曼等等我呀！我在蘇來曼渡口等妳，等得好苦喔！昨晚妳上哪兒去了呢？我擔心死了，怕妳失手被爪哇兵抓住。妳的小姑姑瑪麗安娜．瑪雅娜，終於從長屋曬穀場上逃走了吧？感謝布龍大神保佑，妳們姑姪倆都平安。妳終於，唉——」我停下腳步，長長吁出一口氣來，伸手拍拍心窩：「履行我們之間的約定，趕到這裡和我會合。我們倆又相聚在一起。伊曼伊曼！」

她回過頭來了。

一霎間，我那顆卜卜跳動的心臟，從雲端直直摔落到谷底。

「妳不是我的朋友伊曼！我認錯人了，對不起。妳們兩人的背影看起來挺像。」

硬生生地，我煞住兩只腳，往後退出三步。

「我的名字叫蘭雅。」她開腔了。我只顧睜著眼呆呆看她，一時竟忘了回答。挺標致、十分好看的婆羅洲土著姑娘！一張奶油巧克力色鵝蛋臉，俏皮地，散布著十來顆褐色小雀斑，迎著向晚西斜的太陽，衝著我，汗溱溱紅噗噗綻開一朵好大的笑靨，露出兩排好皎潔的門牙。「喂，妳的名字叫什麼？哪座長屋的姑娘？妳也正在趕路前往『翡翠谷』嗎？」兩只水靈靈的黑眼睛，好奇地睨著我，驀地一睜，臉龐上現出了詫異的神色：「咦？妳不是婆羅洲人吧？妳打哪兒來呀？」

我抱著洋娃娃，杵在路心上，兀自呆呆望著她那張俏臉龐。

一笑，蘭雅提起紗籠襬子，邁出她那兩只髒兮兮，沾滿黃泥漿，好像在叢林中沼澤裡跋涉過一番的光腳丫子，蹭蹬走到我面前來，仰起臉，眼上眼下，開始打量我那身怪異的裝扮：細條條的頸脖上，頂著一頭焦黑的西瓜皮似的短髮，上身穿一件土黃色、皺巴巴的卡其長袖襯衫，下身鬆塌塌地繫一條及膝黑布裙，腳上臭烘烘，趿著兩只白帆布球鞋。

這個在婆羅洲夏季大熱天，驕陽下，穿著全套台北市小學秋季制服的女生，就是我，朱鴒。昨晚在蘇來曼渡口，睡在一艘被遺棄的船上，今晨一覺醒來準備梳洗，趴著船舷往河水中照照臉龐時，我就看到自己這副（唉，跟兩位婆羅洲姑娘伊曼和蘭雅相比）醜怪的打扮。這會兒，面對面站在路心上互相打量，從蘭雅眼中的神色，我看出來，她生平第一次遇到這種裝束的女孩。

「我的名字叫朱鴒。」我垂下眼皮望著自己腳上那雙破球鞋，低聲說。「我是從大海對面很遙遠的一座城市——台灣台北——來婆羅洲旅行的女學生。」我伸出手來，扯了扯身上的黃衣黑裙：「所以我才會穿上這套校服。啟程前，我本想穿一件好看的衣服，可李老師說，赤道太陽大，叢林蚊蟲多，還是穿卡其長袖上衣和黑布裙來得好，雖然看起來土裡土氣的，但可以防曬和防蚊。」我抬起眼皮，偷偷看一眼蘭雅。「現在我有點後悔聽信李老師的話了。」

蘭雅沒答腔，一逕笑吟吟打量我。

在蘭雅那雙山泉般清澈、小鹿般好奇的眼睛逼視之下，我羞愧得無地自容，只好低下頭來，避開她的目光，但還是忍不住挑起眼角，細看她那身裝扮：如同伊曼，她披著一把直直的黑色小瀑布似的長髮絲，裸著肩膀，光著腳丫，只在腋下繫著一件小小花紗籠，緊緊包裹住一個發育未全、細伶伶瘦瘠瘠，可已經透露出一股濃濃女人味的身子。她整個人，最吸引我目光的，卻是她兩瓣俏麗的、散布著十來顆雀斑的腮幫子上，那新鮮豬血般塗著的兩團臙脂，還有，她那巧克力色、比絲緞還光滑的額頭中央，血滴也似，點著的一粒紅豆般大的朱砂。這兩樣冶豔的裝飾，挺醒目地，給她那張充滿稚氣的鵝蛋臉，增添一種屬於印度風情的、帶點淫蕩味道的妖氣。

這個蘭雅和伊曼一樣，還是個豆蔻年華的少女呢！聽她那嬌聲細氣的嗓音，我判斷她只有十二歲，頂多十三歲，和朱鴒我差不多。

我睜大眼睛看她，直看得發起了呆來。

顯然蘭雅看到了我這副呆樣。她勾起她那雙烏亮的眼眸，瞅著我，眼波不住流轉，忽然抿住嘴唇噗哧一聲笑出來。

「對不起！」臉一紅，我也咧開嘴巴訕訕地笑起來。「蘭雅，妳是我這個台北女生，生平遇見的第二位婆羅洲姑娘。第一位是伊曼·彭布海，我前天在卡布雅斯河畔相遇、結交的好朋友。她是伊班女孩。妳們兩個都長得超美麗，害我看得目不轉睛。妳也是伊班人嗎？」

「伊曼．彭布海——」蘭雅嘴裡只管喃喃念著這個名字，眼瞳中閃爍著奇異的光彩。「伊曼也是『峇爸』的姑娘嗎？她今年幾歲了？」

「十一。」

「喔！比我還小兩歲。」蘭雅驚嘆了一聲。

「比我小一歲。」我說。心一痛，我腦子裡又浮現出昨晚在魯馬加央長屋後山，我們倆在爪哇兵追捕下，被逼分手時，伊曼那孤單單瘦骨伶仃，飄蕩著一肩烏黑長髮，搖曳著腰間一襲小紗籠，打赤腳踩著滿地月影子，漸行漸遠，終於消失在黑夜叢林中的身影。「我前世的姐妹，伊曼！」我忍不住呼喊一聲，握起一只拳頭朝空中使勁揮兩下，大聲向布龍神發誓：「今生今世，踏破鐵鞋，我朱鴒一定要把她找著！」

蘭雅一逕睨著我，滿眼好奇：「妳們兩個很要好吧？伊曼是哪座長屋的女孩呀？」

「魯馬加央。」

「哦，大河流域最大、最強盛的部落。」

「前天半夜被爪哇兵偷襲，放一把火整個燒掉了，雞犬不留。」

「是嗎？伊曼人呢？逃出來了沒？」

「逃出來後又失蹤了。我正在尋找她。」

「可憐的伊曼！『峇爸』今天在翡翠谷見不到她，必定會很失望。」蘭雅幽幽嘆息一聲，轉過脖子來，把目光移到我懷裡抱著的芭比新娘身上。眨啊眨，她那雙烏亮的眼眸中，又閃漾起那謎似的，不知怎麼，每次我的眼睛一碰觸到，就會讓我悄悄打個寒噤的光芒。她挑起睫毛直直瞅住我，柔聲問道：「這個娃娃是伊曼留給妳的嗎？」

「是的。她的名字叫安娜絲塔西亞，是個歐洲公主。她跟隨我在叢林中廝混了兩天，弄得一身邋遢，蓬頭垢面，活像個紐約市的女乞丐。」我伸手擰了擰公主的腮幫，忍不住咯咯笑起來，眼睛一轉看到蘭雅懷中的洋娃娃。「咦？妳也抱著一個芭比。也是個美麗的新娘子，披著一襲乾淨的雪白的婚紗呢。她叫什麼名字？」

「龐蒂亞娜克。」

「伊班名字？那是什麼意思？」

「不，是爪哇名字，意思是女吸血鬼。」

我打個哆嗦，噤聲了。

旅途中兩個萍水相逢的女孩，面對面，站在那向晚時分，甘榜嫋嫋升起的炊煙中，卡布雅斯河谷綠汪汪水田中間，一條紅土路中央。好一會，我們都不作聲，只管睜著眼睛，打量對方手裡抱著的芭比新娘。

這兩個洋娃娃，肯定是用同一個模子製造出來的：九頭身標準身材，大奶子小蠻腰圓屁股，金髮碧眼雪白皮膚（我那個芭比，眼珠顏色偏綠，乍看像兩蓬子鬼火），放在一塊，還真像一對美國雙胞胎姐妹，同日結伴出嫁呢！連她們身上那套蕾絲縐紗禮服，也是同樣的布料和款式，髮型也相同，只不過——只不過蘭雅那個娃娃，額頭上多了一道猩紅的、刀傷似的血痕，從左太陽穴的頂端斜斜劃下來，穿過眉心，倏地停在右眼角，一根筆挺的鼻梁旁。

骨睩！龐蒂亞娜克躺在她主人懷中，面向太陽，好奇地睨著我，忽然滾動她那兩粒金光四射的眼珠，淘氣地眨巴二下。

我嚇了一大跳，慌忙摔開臉去，縮起肩膀猛打個哆嗦。

蘭雅乜起她那兩枚吊梢眼睛，瞟我一眼，隨即伸出一只手掌摀住芭比娃娃的臉龐。「別怕！」她騰出另一只手拍拍我的肩，伸出兩片紅紅的唇，湊到我耳朵旁悄聲對我說：「龐蒂亞娜克臉上的刀疤，是我用口紅筆畫上去的。」嘴一咧，她齜著兩排皎潔的、染血般沾著斑斑口紅的小白牙，吃吃笑將起來：「畫得還挺像真的傷痕呢，瞧妳給嚇的！」她噘起嘴巴，調皮地往我耳洞中呵出一口熱氣，一摔頭，抬眼望天色。甘榜椰林梢頭，那車輪大的一顆太陽紅通通地吊掛在半空中，看樣子隨時都會砰然一聲，墜落到大河口。蘭雅舉手拍拍自己的心口，驚嘆一聲道：「時候不早了！我必須在日落前趕到翡翠谷，參加姐妹們的聚會。」她回過頭來看我，流露出滿眼睛的關切：「外鄉來的女生，天黑了，妳不可以獨自在叢林中走路哦！」眼瞳子一轉，她想到了個好主意：「朱鴒走吧！跟我一起去翡翠谷。在那兒，妳也許會找到妳的朋友，魯馬加央長屋的伊曼。」

蘭雅一轉身，驕傲地，昂起她胸前一雙圓鼓鼓、好像兩顆剛出蒸籠的褐色小饅頭的乳房，挺起水蛇腰，隨手拂拂身上那件鮮豔花紗籠，猛一甩長髮梢，邁出兩只光腳丫，抱著她的娃娃，那容貌美麗而恐怖的龐蒂亞娜克，帶頭行走在前方，繼續趕路去了。

我悄悄遲疑了約十秒鐘，一咬牙，抱起我的安娜絲塔西亞公主，拔起雙腿，追跟上去。

肩並肩，默不作聲，各想各的心事，我們兩個女生行走在林間道路上，一口氣趕了個把鐘頭的路，眼前豁然一亮，來到一個三岔路口。

左邊那條岔路上，太陽斜照下，只見細細長長一枚人影獨行。肩後一把漆黑髮絲、腰間一襲小花紗籠，甩啊甩搖啊搖，飄漾在傍晚時分，椰林中靜悄悄升起的幾十條柴煙中。頭頂上，呱呱，陣陣歸鴉啼叫著掠過，好像一把又一把朝向天空撒開的黑棋子。

太陽即將下山，天快黑了。那姑娘走到三岔路口，轉過頭來伸出脖子，望了望抱著娃娃、並肩行走在大道上的兩個女孩，呆了呆煞住腳步，眼瞳子驀一亮，臉龐上綻露出一朵嬌媚的笑靨。樹梢一輪落日，迎面灑照過來。我瞇起眼睛細看這個姑娘。和蘭雅同樣，她腮幫上搽著兩片臙脂，眉心間點著一粒朱砂，懷裡抱著個芭比新娘，打赤腳，獨自在樹林中趕路。一臉汗溱溱笑瞇瞇，好一副天真爛漫、優游自在的模樣。這個看來頂多十歲的小小姑娘，一張瓜子臉兒，生得眉目如畫，和肯雅族美女蘭雅相比，還要俏麗三分呢，只是她的膚色更黝黑，那張充滿稚氣的臉龐上沾著的點點風塵，也更加的濃重。看來這個小丫頭兒離家出門，徒步旅行，在婆羅洲夏季毒日頭曝曬下，在曠野上已經趕了好多天的路了。我看見她抱著娃娃，佇立路口，提起紗籠襬子跂起雙腳，伸長脖子眼睜睜望著我們，心中一疼，連忙伸出一只手臂，遠遠地朝向她招一招，隨即拔起雙腳，牽起蘭雅的手，拖著她一起往路口奔跑過去。

我們三個素不相識、萍水相逢的女生，在叢林裡一個荒涼的三岔路口上相會了。那一瞬間，挺奇妙，心中感覺好像在陌生的旅途中，忽然遇見親人。但我們三人佇立在路心上，只互相瞄了一眼，點個頭，咧開嘴巴靦腆地笑一笑，二話不說就齊齊邁出腳步，朝向林中道路的盡頭，彩霞滿天的地平線上，赤裸裸懸吊著的一顆大火球，各自抱著芭比新娘，結伴繼續趕路。

這個新來的女孩告訴我和蘭雅，她的名字叫莎萍，馬當族人（我曾聽李老師說，那是婆羅洲內陸最慓悍，以打獵為生，憑一桿百發百中的吹箭槍，威懾整條大河流域的民族）。莎萍的家，在婆羅洲中央分水嶺下，深山密林中一座名叫「浪．沙映」的村落。她抱著她的娃娃莎樂美，已經獨自走了七天的路，帶在身上的乾糧也早就吃光了。

蘭雅說，日落前，還有五公里路程要趕呢，大家得加快步伐。我們沒工夫閒聊，只管邁著腳默默走路。越走，路兩旁的森林越幽深。今天下午我們一路走來，向晚時分經過水田中央的村落，看到的那一條條香噴噴熱騰騰，挾帶濃濃米飯香，從椰林梢頭升起的柴煙，這時也漸漸變得稀疏了。好久好久，趕路中猛一抬頭，我們才看見藍藍的細細的一縷煙，悄沒聲，幽魂似的，從森林中一個隱密地點冒出來，眨眼間，就飄散在暮色越來越濃的天空，剎那消失得無蹤無影。呱——呱——我們頭頂上那成千上萬浩浩蕩蕩使勁鼓著翅膀，逃命似的飛掠而過的老鴉，一群追趕一群，越發密集了，啼叫聲也更加淒厲急切。

卡布雅斯河畔田野人家，幹完今天的活，都回到各自的甘榜或長屋，在村前小河裡，泡個澡，洗過頭，準備好好享用一天中最豐盛、最開心的一餐。

可是，在這夜幕即將降臨叢林、飛鳥紛紛回巢棲息的時刻，曠野中的道路依舊有姑娘埋頭趕路，行色匆匆。我們每走到一個三岔路口，準會看見一個（有時兩個，甚至三四個）豆蔻年華、花樣容貌、穿著紗籠抱著娃娃打著赤腳，獨自行走的少女。山林小妖精一般，她們搖甩著一肩長髮絲，從森林深處不知哪個旮旯角落裡，驀地冒出來，在路口停住腳步，向我們打個問訊（有些女孩則一逕低著頭，連招呼也沒打），轉身就加入我們的行列。日將落時，我們的三人隊伍已經膨脹到十九個人了。這群屬於婆羅洲不同民族，各有各的美，各有各的特色的姑娘，我只記得住其中幾位的名字和她們來自的部落：加央族的亞珊、馬蘭諾族的依思敏娜、陸達雅克族的蒲拉蓬（我對她印象特別深刻，因為她左臂上有一個奇異的刺青，那是一朵血紅的、只有兩片花瓣的朱槿花）。還有，我心中最疼惜和不捨的普南族姑娘——那個皮膚特白皙，個性極害羞，身上的紗籠最襤褸，活像個小女叫花子，卻有個詩樣美麗名字「阿美霞」的十二歲少女。她懷裡那個蓬頭垢面，一身沾著爛泥巴，好像從水溝中撿來的洋娃娃，有個奇特的名字叫「小紅帽」呢。

這群婆羅洲小美人，如同蘭雅，個個臉頰上搽著兩團臙脂，眉心一點紅，夕陽下燦亮著一粒豆大的朱砂痣。這副妝扮好像準備參加一場綺麗神祕的儀式似的。一行人浩浩蕩蕩，卻默不作聲，各自抱著一個打扮得花枝招展、笑靨盈盈的芭比新娘，邊走邊想自己的心事。來自四方、素不相識的十九個小姐妹（包括我，朱鴒，來自台北的女生），聚集在卡布雅斯河畔一條通往內陸的紅土路上，齊齊仰起臉龐，瞇起眼睛，迎著地平線上一顆冉冉下沉的紅日頭，朝向道路終點，森林中的一個隱密所在，加快步伐趕路。

第十話 翡翠谷

當太陽緊貼在地平線上，血紅的一丸子，渾圓渾圓，隨時都會滾落到地球的另一端，從我們眼前倏地消失時，夜幕終於降臨婆羅洲大地。

呱——最後一群歸鴉扯起喉嚨，厲聲吶喊，鬼趕似地在我們頭頂上飛過。噪鬧了一整個黃昏的天空，霎時變得空寂寂。

傍晚六點半鐘，我們這群抱著娃娃，代表各個部落和長屋，打赤腳，在曠野上趕了一整天的路（有幾位姑娘接連趕七、八天路呢），又餓又睏又累的女孩，終於抵達旅途的終點。

原來，我們此行的目的地，姐妹們聚會的地點，是卡布雅斯河流域中的一座山谷。那是一個橢圓形、半封閉、看起來並不特別的山坳子，三面青山環抱，中間一條小溪穿流，水聲淙淙，迴響在傍晚沁涼的空氣中。整座溪谷只不過兩個棒球場大，長滿野生的花草，顯得十分原始蔥蘢。四下不見一畦農田，連一棟南洋最常見、最普通的高腳屋都看不到呢。煞是清幽的所在！當太陽沉落，一輪明月從山頭皎皎升起，灑下滿谷清光時，這兒倒是舉行某種神祕儀式的好地點。

我們這隊人馬，在蘭雅率領下排列成一縱隊，穿過山坳口，進入山谷時，已經有一批早到的女孩，熱熱鬧鬧地在山谷中活動了。

這些來自附近部落，年齡從八、九歲到十三、四歲的長屋姑娘，個個長髮披肩紗籠纏腰，嘴裡吱吱喳喳聒噪不休，活像一窩子離巢出遊的麻雀，相約在一座深山幽谷，她們的祕密基地，舉行一場私密派對，好不興奮。那些年長些的女孩（最大的也不過十四歲吧），自成一組，圍坐成一圈，拿出各自精心打扮的洋娃娃，把她們排列在草坪上，形成一支美麗的妖魅的隊伍，興致勃勃地舉辦起芭比新娘選美會來。年紀比較小的女孩則湊成一夥，聚在山谷的另一頭，玩起自家的家家酒遊戲。幾個落單的、年齡特別小的姑娘（有一個小不點女娃子，雖然跟大姐姐們同樣披著一肩烏油油的長髮，兩腮搽著臙脂，眉心點著一顆朱砂，腰間繫著一條小花紗籠，但一臉稚氣看起來頂多不過六歲），緊緊摟住懷裡的芭比，淚眼盈盈，只管仰起她們那張濕答答被淚水弄糊了臙脂、愈加顯得俏麗動人的臉蛋，夢遊似地，打赤腳四處走動。一雙雙空洞的黑眼眸子，直直望著天空。月下看起來好像一群迷路的小殭屍。人堆中有兩三個特別愛靜的女孩，遠離喧囂，獨自佇立在山谷中央一株大菩提樹下，倚著樹身，舉起雙手，撫弄著垂落在胸前的一把頭髮，抬頭眺望山巔上，那笑吟吟剛探出圓臉龐來的月娘，怔怔想心事。臉上的神態，彷彿在思念留在長屋中的情郎。可這幾位姑娘看起來，也只有十二、三歲，懷裡也抱著個芭比。

滿山谷，月光下朵朵紗籠出沒，好似夜裡盛開的婆羅洲大紅花，四下搖曳閃亮。

我站在山坳口，掐起手指粗略一算，集合在翡翠谷的女孩，不包括我們剛抵達的這一隊在內，已有六十位之多。

最吸引我的目光，直讓我看得目不轉睛的，是聚集在小溪旁的一群少女。瞧！這些長屋姑娘中，有的把身上那件紗籠的襬子，從腳踝直拉到膝蓋上，夾在雙腿間，屈起雙膝，拱起光溜溜的背脊梁，俯身跪在岸邊，把脖子伸到溪上，呆呆觀看水中自己那張塗著胭紅，搽著唇膏，額頭中央妝點一顆紅痣，打扮得像個印度舞娘的臉龐。臉上流露出的神色，又是驚訝又是得意。有的姑娘裸著肩膀，歪著頭，跂起雙腳顫巍巍跪在水邊大石頭上，伸出一只手，將長長的頭髮一古腦挽起來，掛在肘彎上，隨即用手掌舀起溪水，一瓢接一瓢，不停往髮絲上澆潑。看她們那股專注勁兒，就知道她們正在洗滌、護理心愛的頭髮。伊曼曾告訴我那是伊班姑娘每天傍晚必做的功課。（唉！我又惦念起我這個眼睛半瞎、孤單單流落在荒野中的好朋友。她連唯一的伴，芭比娃娃安娜絲塔西亞公主，都送給了我呀。布龍神，朱鴒我懇求您了，今晚就讓我在翡翠谷和伊曼重逢吧！現在且讓我擦乾眼淚，繼續觀察溪上其他姑娘，沒準能撞見伊曼呢。）看！有幾個女孩脫掉身上的紗籠，涉水走到溪中央，赤條條地，將自己的身子浸泡在水裡，露出一株頸脖，昂起兩只巧克力色、小籠包般大、頂端尖翹地豎立著兩粒暗紅色乳頭的奶房，彎下腰，伸出手，從溪底撈起一團泥沙，窸窸窣窣地往身上各處擦洗起來。有些女孩扮起母親的角色，連騙帶嚇，把怕水的娃娃拖到水邊，柔聲哄她，脫下她身上的髒衣裳，煞有介事地一邊哼著兒歌一邊幫她洗起身子來。娃娃一臉笑靨，望著媽媽，只管轉動她那兩粒碧藍玻璃眼珠，骨睩骨睩。八九個已經洗好頭髮的姑娘，穿著濕漉漉的紗籠，站在岸上伸出脖子一圈又一圈甩著髮絲，把水滴全都甩掉了，隨手一抓，變魔術似地不知從哪裡拿出一瓶橄欖油，一把一把塗抹在頭髮上，細細揉搓起來。

五百碼長的一條溪流，水聲叮咚，穿梭過一垜垜大鵝卵石，流過一片青草地，貫穿這座隱藏在婆羅洲叢林，武陵洞天般幽祕的山谷。溪中石頭上，岸邊椰樹間，四處晾掛著剛洗淨的各色紗籠，還有那一襲襲細小、雪白、裙襬上斑斑點點沾著不知什麼污垢，總是洗不乾淨的蕾絲新娘禮服。

整條溪飄漫著濃濃的、撩人的橄欖油香。

入夜時分，初升的一枚月亮映照下，椰樹搖曳的溪畔和溪中那群洗澡戲水、閃亮著一身古銅色皮膚、披著一頭黑髮的半裸女郎，洋溢著一種——哦，想起來了，我曾經在一幅描寫南海風光的西洋油畫中（好像是那個什麼「高更」畫的）看到的那熱帶伊甸園般，天真無邪，卻又讓人覺得有點色情、淫蕩的氛圍。

谷中陣陣山風吹過，送來熱呼呼的米飯香。

轂轆！我猛吞下一大泡口水，邁出腳步來，不由自主地，從山谷口朝向翡翠谷中央一塊草坪，直直走過去。

草坪上盤盤碗碗，擺著五、六十種我在台灣從沒看過的食物，一眼望去，都是些山菜野味，生拌的醃漬的燒烤的煙燻的，密密麻麻鋪滿四張竹蓆。每張蓆子中央還放著一大木桶剛煮好、雪白白、香氣誘人的達雅克小米飯呢。

飢腸轆轆，我拉起裙襬子，一屁股就在草地上盤足坐下來。才落座，就把躺在我懷裡，在路上顛簸了整天，風塵僕僕，滿臉憔悴的安娜絲塔西亞公主，擱到一旁，隨即捲起衣袖，自己動手盛飯，仿照婆羅洲人進餐的方式，用手抓起食物送入嘴中，老實不客氣，先餵飽肚子再說。

這頓飯，吃得可香哪！

我的兩位新旅伴，肯雅女郎蘭雅和馬當族姑娘莎萍，一個在左一個在右，屈起雙膝，合攏起紗籠襬子，抱著各自的娃娃，俏生生在我身畔跪著坐下來，卻不急著用餐，只管歪著頭，乜著兩雙清靈靈的烏黑吊梢眼睛，笑瞇瞇，看我吃飯，想是欣賞我那副囫圇吞棗的饞相吧。萍水相逢，結伴在路上行走，相處了一下午，這兩個婆羅洲原住民少女，不知什麼時候就和我，朱鴒，前天中午才從大海對岸、另一個島嶼來的女生，結成好朋友——唉，我在此地相認的第一個姐妹，伊曼，若是曉得朱鴒今天的際遇，知道我有了伴兒，不再孤單旅行，心裡想必會感到寬慰些吧？可她自己如今人在哪裡？是不是獨自一人在大河畔，杳無人煙的荒野中流浪呢，就像我遇見她時那樣？走得累了，就在河邊蹲下來，揉著她那兩只快要哭瞎的眼睛，仰起飽受風吹日曬雨淋的臉兒，望著黑茫茫天空中，那水濛濛的一團月亮，一邊思念她阿爸、她弟弟和所有死在魯馬加央長屋大火中的親人，一邊哀哀哭泣……

想到這裡，刀割般心頭猛一痛，我倏地摔開了臉，背向我的兩個新朋友，偷偷地，舉手擦掉眼角一顆險些滾落下來的豆大淚珠。

蘭雅和莎萍坐在我身畔，全都瞧在眼裡，卻一直沒吭聲。兩個人四只眼睛，盯著我，眼神中流露出好奇和真誠的關切。直等我用完餐，她們倆才進食，胡亂扒幾口小米飯，就霍地站起身，熱情地邀我一塊到溪中洗澡。

說來令人臉紅，這可是我這個自認見過世面，從小學二年級起，就在大城市街頭廝混，什麼場面沒見識過的台北女生，朱鴒，生平第一次在光天化日眾目睽睽之下，光著身子洗澡哪！這也算是一椿初體驗吧，在我十二歲小學畢業這年，所從事的奇異婆羅洲之旅中，還真值得大書特書呢。

用過晚餐的三個女生，抱起各自的娃娃，悠閒地漫步走到翡翠谷中間一簇椰樹下，那條人聲鼎沸，早已擠滿沐浴少女，四處長髮飛蕩、橄欖油香瀰漫的小溪。

挺熟練自然，蘭雅和莎萍這兩個婆羅洲姑娘，並肩站立在水邊，挺起腰桿，一伸手，只三兩下便脫掉腰間那件穿了整天的紗籠，隨手扔到溪岸草地上。頭髮一甩，兩人齊齊抬起腳來，咬著牙，邁出她們那兩雙經過長途步行、早已長滿水泡的腳丫，正要涉水走入溪流中。一回頭，她們看見我一身衣裝整齊，抱著洋娃娃，兀自佇立岸上呢，忍不住就抿住嘴唇噗哧笑出聲來了。姐妹倆手牽手，並肩站在水中，唱雙簧似地一口一聲向我招呼：

「喂！從台北來的女生。」

「放下妳的芭比——」

「脫掉妳那身怪裡怪氣的衣服——」

「下來呀！」

「唉，妳們台灣的女孩——」

「沒在河裡洗過澡嗎？」

挑逗半天，看見我依舊呆呆杵著不動，蘭雅咧開嘴巴，格格一笑，搖晃起她那兩只銅棕色、小巧玲瓏的光屁股，踮起腳尖，款步走回到我身旁來，倏地伸出兩只手爪子，不由分說，就動手剝掉我身上那套（在她們眼中）稀奇古怪的行頭：土黃卡其長袖襯衫、黑布裙、白底小綠花三角內褲，外加一雙沾滿泥巴、臭不可聞的白帆布鞋。然後，二話不說，她就揝住我的一只手腕，拖著我這個一身赤條條、一張臉孔漲紅得像豬肝的台灣女孩，跑進那水花飛濺，水聲嘩啦價響，月光下只見幾十條纖細、赤裸的身子，挺著胸前兩顆花苞般的小乳房，放縱地潑水嬉戲的溪流中。

我被蘭雅和莎萍一左一右挾持著，加入沐浴少女的行列。

既來之則安之。我把心一橫，豁出去啦。

於是在她們倆指導下，我踮著一雙白皙嬌嫩、長年不見陽光的台北腳，涉水走進溪中，尋覓一個水深恰好及腰的地點，立定雙腳，弓下腰身，從溪床上撈起一把泥漿，往自己身上各處塗抹起來。那陳年老泥，黏答答冰涼涼，乍然搽到皮膚上，感覺直如觸電般，但接連搽了十幾把之後，就察覺到有一股熱氣從丹田升上來，沿著背脊流通全身，貫穿四肢，直擴散到妳身上每一根神經的末梢。相信我！那種感覺酥麻酥麻的美妙極了。現在我才明白，為什麼婆羅洲女人，包括我今天遇到的這群十二三歲的少女，喜歡裸身在河中洗澡，把自己弄得一身泥巴，臭烘烘。這可是每天傍晚，在田裡幹完了一天的活，或在曠野中趕完了一趟旅程，身為女人最大的享受哪。

笑瞇瞇，一臉興味盎然，蘭雅和莎萍披著一頭濕漉漉的長髮，光著肩膀，昂挺著一雙圓鼓鼓小奶子，站在水中央，不聲不響只顧看我洗澡。月光下四只烏溜眼瞳子轉啊轉，盡往我那乾癟癟瘦瘠瘠、一副發育不良模樣的身子上，不停地掃描，臉上流露出古怪的神色，那副表情啊好像在觀賞一件稀有物。

「討厭！妳們兩個看什麼看呀？沒看過台灣女生的身體嗎？」我撈起兩團爛泥巴，叭地，就往她們眼睛上塗抹過去。

格格一笑，兩個小妮子從我身旁逃開，背過身子，彎腰從河床撈起泥沙，往身上各個旮旯角落塗抹，各自洗起澡來，臉上兀自帶著詭異的表情呢。

我們三人的笑鬧聲，引來了今天下午旅途中相遇，氣味相投，結成一夥的其他四位姑娘：加央族的亞珊、普南族的阿美霞、陸達雅克族的蒲拉蓬（這下我可以好好觀賞她臂上那朵奇異的、未完成的朱槿花刺青了）、馬蘭諾族的穆斯林小美人，依思敏娜。我們這群原本天各一方，素不相識，在三岔路口上邂逅的女生，這會兒在風景清幽、人間仙境般的翡翠谷——不知怎麼，今天中午逃出迷宮似的茅草灘後，步行在椰林中，穿過一畦畦綠汪汪水田，一路走來，我心裡老想到陶淵明在他那篇我挺喜愛、一讀再讀、百讀不厭的文章〈桃花源記〉中描寫的武陵洞天——又相聚在一塊了。

七個萍水相逢的女生，結成七姐妹。

七個！多奇妙美麗的數目呀。我想起在台北市古亭小學讀二年級時，那年暑假前夕，我，八歲大的女娃，夥同班上六位要好的同學，從校門口偷搭巴士到市中心，在那花燈簇簇，百戲紛陳，好似水晶龍宮鬧元宵的西門町，度過了驚險刺激又恐怖又好玩的一夜。那年的一整個夏季，我們七個小女生瞞著家人，天天相約上街遊玩。我們手牽手載歌載舞，逛遍偌大的繁華的台北城。我們自封為七仙女，因為犯了錯，被西王母一怒之下貶到東海中的一座都市，接受熬煉和懲罰。柯麗雙、林香津、水薇、連明心、張澴、葉桑子和帶頭的、惡性最為重大的朱鴒，從此墜落紅塵。看哪！七蓬子黑嫩的髮絲，仲夏夜，飛揚在台北市滿城霓虹燈火叢中……

「喂，朱鴒！」

「從台北來的女生。」

「妳站在那兒，呆呆地張著嘴巴——」

「睜著眼，望著天上的月亮——」

「莫不是中了降頭！」

「過來！跟我們一起洗澡。」

六個婆羅洲姑娘披著漆黑的長髮絲，裸著古銅色的身子，挺起六雙奶子，一排站在水中央，舉起手臂一口一聲向我召喚。

如夢初醒，我甩甩我那一頭西瓜皮似的短髮，舉手拍拍腦袋，拔起腿來，潑刺潑刺涉著溪水，朝向我新結交的六位好朋友奔跑過去。

在蘭雅帶領下，大夥闖進一座用石頭堆疊成的小小圍堰，連哄帶騙，威迫利誘，把裡面幾個光著小屁股，抱著那脫掉蕾絲禮服、渾身光溜溜的芭比新娘，在玩家家酒遊戲的小毛丫頭，全都趕走。我們七個大女生（其實，年齡最大的蘭雅也不過十三歲罷了），就在這座天然的、好像日本露天風呂的浴池裡，挨擠成一團，開始沐浴。

最初我們分頭撈起泥沙，弓著腰夾住腿胯，只顧擦洗自家的身子，好一會默默地抹著擦著，過了十來分鐘，愛惡作劇的加央姑娘亞珊，率先發難。她將手裡的一團泥漿，叭的一聲，塗到那站在她身畔自顧自洗澡，並沒招惹她的莎萍的脖子上。莎萍，這位皮膚黝黑，性格慓悍，據說是獵頭家族後裔的馬當族女郎，當然不甘示弱，立刻攫起兩團超爛泥巴，加倍回敬。兩個妮子——她們所屬的部族，加央和馬當，乃是婆羅洲部落戰爭史上赫赫有名的專業戰士，殺人如割草——隨即叉開雙腿來，挺起奶子張牙舞爪，抓起大把大把泥巴，攻擊對方身上的要害。其他部族的姑娘在旁觀戰，樂不可支，有樣學樣，紛紛鎖定各自的目標，捉對兒互相塗抹泥巴。後來不知誰先動手，伸出手爪子抓了對方的胸部一把。臉一紅，眼一瞪，被偷襲的女生伸出爪子報復，猛搔對方的胳肢窩。其他女孩見狀紛紛加入戰局。霎時泥巴滿天飛。一場混戰在溪中展開了。咭咭咯咯的笑聲，劈劈啪啪的泥水聲，響徹整座翡翠谷，連那入夜時分，周遭黑漆漆叢林中四下響起的咕嘐——咕嘐——貓頭鷹啼叫聲，也被我們的嬉鬧聲遮蓋住。

我，朱鴒，來自文明的台北城、生平第一次在露天下光著身體洗澡的女生，如今露出了本性，豁出去啦，跟這群新近相認的姐妹們，無拘無束地玩在一起。放浪形骸的感覺真好！我在台灣的六位同學——尤其是愛玩的連明心，和出生在中部南投鄉下，小時候常在河裡洗澡，七歲遷居台北，在爸爸強逼下穿著校服挽著花籃，夜夜到中山北路九條通的酒店賣花，直賣到天濛濛亮才收工，打著呵欠到學校上課的柯麗雙——肯定會羨慕死了。

「喂，從台北來的女生！」

「妳又做白日夢了。」

「朱鴒，看鏢！」

黑糊糊超臭一團爛泥巴，迎面飛來，叭地落到我胸口上。我愣了愣，彎腰撈起一把泥漿，二話不說就往大夥身上砸去。

婆羅洲仲夏夜，七個披頭散髮赤身露體的少女，星空下，溪流中，咭咭呱呱蹦蹦濺濺，嬉戲成一團，好像一群快樂的山林小妖精。

靜悄悄，月亮浮上椰樹梢頭。

溪岸，滿灘月光，只見白胖胖一個人影，聳著光溜溜一顆斗大的頭顱，彌勒佛樣，腆著圓鼓隆咚一個大肚腩，鬼魅似地，躡手躡腳無聲無息出現在溪邊椰林中。但只亮相十秒鐘，就倏地一閃，整個身子隱藏到一塊大石頭後面，只剩下兩只眼睛，閃亮在黑影地裡。這顆深藍色眸子從樹蔭深處窺望出來，好像兩朵幽藍燐火，熒熒地，一眨不眨地，凝睇著翡翠谷中一條百碼長的小溪上，月光下，那搖蕩著烏油油髮絲，昂挺著濕答答乳房，三五成群聚在一塊，裸身沐浴嘻笑打鬧的少女們。

那當口，我手裡握著兩團爛泥巴，正要朝向和我捉對兒廝殺的普南姑娘阿美霞身上，一把砸過去，突然發現有男人偷窺，背脊一涼，立刻停下手來，丟掉泥巴，伸手攫住阿美霞的臂膀：「有人躲在椰林裡偷看女生洗澡。瞧！他那兩只眼睛正盯著我們呢。」

「這個地方很隱密，外人進不來的。朱鴒，妳看錯了吧？」阿美霞舉起手來抹掉她鼻尖上的一撮黃泥巴，使勁揉揉眼皮，扭頭朝岸上椰蔭中那四處晾掛的花紗籠望去，眼一亮，噗哧一聲笑出來，回頭向我張開嘴巴，淘氣地吐了吐舌頭：「是峇爸。」

「峇爸？他是誰？這個名稱好熟。」

「朱鴒妳不認識峇爸？」阿美霞滿臉詫異，那副表情，好像聽到一件不可思議的事情似的。

「整條大河，從源頭到出海口，幾千座長屋和甘榜的女孩子，嗳，哪一個不認識他老人家呀？」

「哦，我想起來了！」我伸手猛一拍大腿。我記起前天晚上，在魯馬加央長屋附近的果園中，伊曼和我這一對新結交的朋友，並肩躺在借宿一宵的高腳屋內，互訴心事。她偷偷告訴我，九歲生日那天夜晚，在她的伊布（母親）安排下，她和峇爸澳西之間發生一樁浪漫淒美（我一聽卻覺得挺齷齪噁心，差點當場嘔吐出來）的情緣。我沉沉地嘆出一口氣來：「阿美霞呀，原來妳講的峇爸，就是那個遊走大河流域四處招搖、專哄小孩的大騙子，澳西先生。」

「他不是騙子！」

「那他是什麼呢？來自南極澳洲、萬里迢迢不辭勞苦，給長屋孩子們送來禮物的聖誕公公？」

「峇爸是一位本事高強的魔法師。」

「哦？怎麼個高強法？」

「他把一個女孩，一眨眼變成女人。」

「厲害！怎麼個變法呢？」

「這是祕密。」臉皮驀地飛紅，阿美霞不吭聲了，過了好半天她才把臉兒湊過來，在我耳旁壓低嗓門說：「今晚宴會結束後，妳就明白嘍！從台北來的小處女。」

聽阿美霞這麼一說，我腦子轟的一聲響，心中又想起伊曼那晚在高腳屋跟我講的那些話。霎時間，我只覺得我那張臉皮倏地漲紅起來，熱呼呼好像火烤豬肝一般。我的背脊，冷颼颼地，卻冒出了好大一片涼汗。

阿美霞弓著腰，從溪底撈起一把泥沙往身上塗抹，自顧自繼續洗澡，過了老半天才又開腔。

「我們——妳今天在路上遇到的女孩們——都受峇爸召喚，獨自離家，帶著各自的芭比娃娃，走了好多天的路，從大河兩岸各個部落和長屋趕來，參加翡翠谷的聚會。七八十個從未曾見過面的姐妹，今晚終於相聚在一起了，峇爸可高興的呢！」阿美霞挺直腰桿，昂著胸前兩只飽滿的小乳房，驕傲地站在水中央，睜著她那雙烏黑大眼睛，頭上腳下打量我，臉上露出警戒的神色：「朱鴒，妳這個外地女孩，像《綠野仙蹤》裡的桃樂絲那般，突然從雲端上冒出來，嚇人一跳！妳可不是接受峇爸的召喚，像大夥一樣前來翡翠谷參加聚會的吧？」

我，但笑而不答，轉身從溪床上撈起一團又爛又臭的泥巴，叭地，一把抹到胸口上，自管繼續洗起澡來，不再理睬躲藏在椰林裡偷窺的「峇爸」，澳西先生。

五分鐘後，我再次扭頭望向溪岸。那雙冰藍眼眸，兩撮鬼火似的，兀自閃爍在夜風中那椰葉搖曳、朵朵花紗籠四下晾曬、翩翩躚躚隨風起舞的林子裡，一眨不眨，只顧凝睇溪中沐浴的姑娘們。我睜著眼睛，直直盯住它。雙方之間對峙了整整一分鐘之久。椰林裡，那斗大的一顆銀白頭顱，猛一晃。峇爸使勁眨了兩下眼睛，悄悄別過臉去。他那兩粒炯炯發亮的藍眼珠，宛如風中燭火，倏地熄滅在黑漆漆的樹蔭中，只剩下一墩白白胖胖的人影，沒聲沒息，忽現忽隱，依舊飄忽在那高掛樹梢頭的一枚明月下。

第十一話　陰魂

浴罷，我和阿美霞兩人就像一對戲完水的山林小妖精，光著身子，裸著一雙小乳房，頂著一頭濕漉漉兀自滴著水珠的髮絲，肩並肩，身子挨著身子，坐在溪畔一條青石上，望著女孩們散去後那空寂寂、只留下濃濃橄欖油味的小溪，和溪中一瓢搖啊搖，自管悠悠漂盪的月亮。好久兩人都沒吭聲，各自想起心事來。就這樣過了十分鐘，我這位新交的朋友依舊呆呆坐著，做白日夢般，臉上掛著一朵謎樣的笑靨，整個人彷彿陷入一樁甜蜜的、不可告人的回憶中。我實在不忍心驚醒她，卻又很想打破沉默，於是就偷偷伸出一根手指頭，輕悄悄地，撣掉她鼻尖上沾著的一粒沙子，隨即使勁咳嗽兩下，低低呼喚她的名字：

「阿——美——霞！」

「是，朱鴒。」

「妳在想什麼啊？一副很幸福的樣子。」

「想家。」

「妳的家在哪裡呀？離翡翠谷多遠？」

「遠哪！遠哪！我抱著我的芭比娃娃，小紅帽，獨個兒走了七天的山路，用各種方法渡過十多條小河，翻過三座山，才從內陸森林走到卡布雅斯河邊，聽到轟隆——轟隆——的浪濤。這是我生平第一次聽見大河奔流的聲音。」

我轉過頭來，就著皎潔的月光，細細端詳她那張飽受風吹日曬和雨淋，這會兒，洗盡了塵埃，霎時間出落得十分清淨、明亮的臉龐。黑色緞子般的一頭長髮。白瓷似的皮膚。還有最吸引我目光的，她那形狀優美、線條鮮明，好像活生生從日本漫畫中走出來的美少女般的五官。阿美霞——美麗如朝霞的姑娘——真正名副其實。我，慣常在台北市最潮的西門町行走，看過無數漂亮女生，眼界不低的朱鴒，這當口，坐在叢林中一條野溪畔，卻像遭受電擊，整個人硬生生地，被身旁這個婆羅洲原住民少女的美色，震懾住了。

阿美霞伸出一根指頭，撥撥我的兩只眼皮：「喂，朱鴒，妳被人下了降頭啦？瞧妳，坐在那裡只管睜著眼睛張著嘴巴，望著我發愣！」

「喲，對不起！」我趕緊閉上眼睛轉開臉龐，甩甩頭，伸手猛一拍自己的腦袋瓜。「阿美霞，妳長得太美麗，讓我忍不住就看呆了啦。」

阿美霞那張小臉蛋，颼地一下子漲紅上來。她齜著兩排小白牙，朝我羞澀地笑了笑，隨即挺起腰肢，聳起她那株細長的頸子，把它直直伸到水面上，往溪中照一照自己的臉。

潺潺流水中，阿美霞兩只白淨的腮幫兒映著月光，漂啊漂，盪啊盪，泛起兩朵紅暈，乍看彷彿搽上了兩團臙脂似的。

白皎皎，水中的月亮依傍在她臉旁。

「阿美霞呀，妳的皮膚怎麼生得忒白？」我嘴裡讚嘆著，禁不住又扭轉脖子，回頭打量起她的身子。「我原本以為婆羅洲女人的皮膚都是褐色的呢。我認識的伊曼、蘭雅、亞珊和蒲拉蓬，還有聚集在翡翠谷中的幾十個女孩，個個都擁有一身古銅色的皮膚，獨獨只有妳，阿美霞，膚色不一樣，比正宗的白種人還白呢！為什麼？」

「因為我是普南人。」

「普南——那是怎樣的一個部族？和伊班族、達雅克族、肯雅族、加央族有什麼不同？不都是婆羅洲土著嗎？」

「我們住在深山裡，不住在大河邊。我們住的不是長屋。我們住茅草房子。荷蘭人稱我們為森林的遊獵者、神祕的普南人。那是因為我們祖先世世代代，居住在大河上游最深的內陸，過著流浪、打獵的生活，在婆羅洲叢林那支綠色巨傘遮蓋下，長年不見陽光。朱鴒妳知道嗎？主曆一千八百四十三年，爪哇人引領一隊帶著火槍和聖經的荷蘭兵，搭乘鐵甲船，沿著卡布雅斯河，進入婆羅洲心臟之前，普南人從沒離開過幽暗的森林，把自己暴露在火毒的陽光中。萬不得已，必須現身太陽下時，也決不超過五分鐘。幾千年來，我們從不曾踏出布龍神賜與普南人的這一把茂密、陰涼、慈悲的大傘。從台北來的女生，妳現在明白了吧，為什麼我們這個民族的皮膚特別白，特別細緻，連荷蘭人當初看見了都嘖嘖稱奇呢。」

我們倆，坐在翡翠谷溪畔一條青石上，肩挨著肩。阿美霞望著水中的月亮，用她那輕柔的、深沉的語調，講述她的民族的歷史。我聽得興味盎然，一逕側著身子歪著頭，邊聽，邊端詳月光下阿美霞那張大理石雕像般冷峻、莊嚴的側臉。

這個普南姑娘，性情文靜孤僻，平常不喜歡跟人哈啦（所以啊，我才特別想和她親近），如今一口氣講了那麼長一段話，有點喘不過氣來。她歇息一分鐘，清清喉嚨繼續說：「後來荷蘭人走了，印度尼西亞共和國成立了，爪哇兵來了。雅加達的中央政府派遣一位省長，伊布拉欣．穆斯塔法閣下，坐鎮坤甸城，推動婆羅洲的現代化計畫。他特別為普南族制定一項『陽光政策』，鼓勵我們走出黑暗的森林，到外面的市鎮和其他民族交往，從事簡單的交易。為了保護單純的、第一次使用鈔票的普南獵人，防止他們被狡猾的、滿腦子滴答滴答打著算盤的支那商人所欺騙，省長派遣他的司法顧問，翻山越嶺，造訪每一座普南村落，傳授基本的交易規則和法律知識。」說到這裡阿美霞頓了頓，遲疑了半晌才繼續說：「這位顧問，就是廣受大河上下各族人民信賴和愛戴、外號『司法聖誕公公』的澳大利亞律師，澳西先生——長屋孩子們口中的『峇爸』，白人爺爺。在婆羅洲叢林通行的伊班語中，峇爸就是祖父的意思。」

我好像明白了什麼，伸手猛一拍膝蓋：「原來如此！這個峇爸是一位大律師呢。我還以為他是個走江湖、拜碼頭、拉場子變戲法，騙騙土人混口飯吃的巡迴魔術師。」

「朱鴒，今晚是我第二次見到峇爸！」阿美霞清嫩的嗓子一下子沉濁下來，變得粗厲剮耳。

我嚇了一跳，慌忙轉頭一看，只見她那張雕像般優美的側臉，映著水白白的月光，眼角亮閃閃眨啊眨，驀地迸出了一顆紅豆般大的淚珠來。天黑後的翡翠谷，山風吹起。一把及腰的黑髮絲，拖在阿美霞肩膀後，兀自滴著水珠，飛蕩在溪畔嘩啦嘩啦搖甩不停的椰影中，一綹綹，散發出濃濃橄欖油香，不住撲向我的鼻端。

「那天晚上是我生平第一次、也是唯一的一次見到峇爸。」阿美霞哽噎著說。那聲調聽起來，彷彿是從喉嚨的最深處，硬生生地將這句椎心刺骨的話，給推擠出來似的。停頓了三十秒，她才幽幽地補上一句：「直到今天我才又看見他老人家。」

我縮起兩只肩膀，悄悄打個哆嗦。一股不祥的預感猛然襲上我的心頭。「那天晚上到底發生什麼事？我可以問嗎？我新交的朋友阿美霞。」

「我的心事，就連最親的人我都不告訴呢，但我願意跟妳講，朱鴒。」月光下，亮晶晶兩行眼淚中，一朵驀地開放的朱槿花似的，阿美霞的小臉蛋兒，紅豔豔地綻露出一個甜美的笑靨來。「雖然我們是第一次見面，但不知怎麼，我覺得我們兩個人相識很久。我和妳——就像你們唐人說的——挺投緣。說不定，朱鴒妳真的是我阿美霞前世的姐妹！」

我一聽，眼圈紅了，兩團淚水險些奪眶而出。

「謝謝妳，我這位前世失散、直到今天才有機會重新相認的普南族姐妹，阿美霞——美麗的朝霞姑娘。」我舉起手來，捉住她腰肢後那把飛舞在晚風中的黑髮梢，濕答答握在手心上，隨即伸出另一只手來，撿起入浴時脫下來丟棄在溪岸的黑布裙，從裙袋裡掏出那支隨身攜帶的小紅梳，嘆口氣，開始幫阿美霞梳頭髮。「那晚發生的事，妳講吧！妳一邊講我一邊給妳梳頭。」

月娘笑眯眯，從翡翠谷中椰林梢頭，探出她那張皎白的臉龐來，滿臉慈愛地，俯視我們這兩個並肩坐在溪畔訴說心事的小女生。

阿美霞使勁咳嗽兩下，清了清喉嚨，開始講她的故事：

「那天黃昏，太陽像一顆火球掛在木瓜樹梢頭，正要往果園背後的山丘沉落時，忽然，全村的狗，白日見鬼似地一齊昂起脖子扯起嗓門，朝向村口嗚汪嗚汪狂吠起來。孩子們停止遊戲，紛紛豎起耳朵傾聽。彷佛突然受到一股神祕力量的召喚，大夥蹦的拔起腳來，奔跑到村口，嘴裡興高采烈地呼喊：『峇爸！峇爸！』我也跟去看熱鬧。一輪落日當頭照射下，紅光滿面一頭銀髮的澳西先生，笑呵呵挺著個——哦，我生平見過的最大號的肚子（比懷胎十月的媽媽，還要大上兩倍呢）。他那肥嘟嘟可愛的模樣，好像中國人寺廟裡拜的胖菩薩，降臨在普南人的村子裡。婆羅洲八月，赤道大熱天，他穿著一身雪白西裝，脖子上繫著一只紅蝴蝶結，氣喘吁吁，鑽出車子來。澳西先生白胖的身軀後面，影子般，跟隨著一個高高瘦瘦黑黑，好似一根竹竿，身穿白長衫和黑紗籠，手提一口沉甸甸、上了三重大鎖的鋁皮行李箱，打赤腳，走起路來沒聲沒息的爪哇隨從。主僕兩個在四位印尼官員陪同下，搭乘三輛越野吉普車進入我們的部落，浪·喀邦。他們一大早從距離浪·喀邦最近的城市、卡布雅斯河中游的新唐鎮出發，沿著一條叢林小路，花了一整天時間，穿越七道山嶺，來到我們這個隱藏在原始森林中，幾千年來——不，自從天父辛格朗·布龍開天闢地，建立婆羅洲以來——在布龍神特別賜給普南人的一支綠色巨傘保護之下，從沒有一個外人，膽敢闖入的神祕部落。族中世代傳說，多年前，曾經有一位白人聖者『孔帝基』踏著波浪，渡過七大海和三大洋，造訪婆羅洲，帶來許多西土的寶物。他老人家在大河畔住了四十年，做了很多事業，造福婆羅洲百姓，直到今天我們還感念他的功德。後來，踏著波浪離開時，他對聚集在海邊、依依不捨恭送他的男女老少，許下諾言：有朝一日，他必會重返他心繫的這座島嶼，探望他心中牽掛的南海子民。澳西先生的來訪，對普南族的長老們來說，就是這個預言的應驗：『孔帝基回來了。』」

一口氣講到這兒，阿美霞好像累了。她停下來拍著心口喘息。

我聽呆了，沒作聲，只顧歪著頭呆呆看她的側臉。

月亮升到了椰樹頂端一弧漆黑的天空。她披上一襲白紗，低垂著兩只眼皮，瞅著溪畔手握手、並肩而坐的兩個小女生。她那張橢圓的緋紅的臉龐上，兀自掛著母親般慈愛美麗的笑容。

窸窸窣窣，椰林中人影一閃，白胖胖。

阿美霞歇息了一會，又張開嘴唇，說夢話似的幽幽地，繼續講述那晚在她的部落「浪・喀邦」發生的事：

「我們小孩子不知道孔帝基是誰。在部落兒童眼中，身材肥胖、滿臉笑容的澳西先生，是一位不辭勞苦，萬里迢迢從南極澳大利亞洲渡海而來，翻越重重山脈，造訪我們村子，專程給孩子們送禮物的聖誕公公。這位可愛的白人爺爺，果然沒讓大夥失望。那天黃昏一進入村中，下了吉普車，他就打開手上拎著的一個大大的、脹鼓鼓的禮物袋，掏出那五顏六色、讓孩子們看得眼花撩亂，骨碌骨碌猛吞口水的歐洲糖果，一顆一顆公公平平地，親自分發到每一雙向他伸出的小手掌上。人人都有份，半個也沒有遺漏。每送出一顆糖果，他老人家就弓下腰身噘起嘴唇，在女生臉頰上親吻兩下，啄啄！或是勾起一根粗肥的手指，狠狠地在男生額頭上敲個爆栗。這一招，逗得滿村孩子都樂歪了啦。『峇爸峇固斯！白爺爺好！』幾百個兒童包圍住澳西先生，一口一聲叫得好不親熱。當晚在村子中央聚會所——我們普南人祭奠祖靈、膜拜宇宙大神辛格朗．布龍的神聖場所——族長舉行隆重的宴會，款待這位尊貴的、慈善的、從南極澳洲遠渡重洋而來的客人——峇爸澳西．達勇普帖，白人大魔法師。那年才九歲的我……」

「等等！阿美霞。」

「怎麼啦？朱鴒。」

「妳說妳在九歲那年遇見峇爸？」

「對啊。過了生日沒幾天呢。」

「又是九歲！」我長長地嘆了口氣。「我的朋友伊曼，從女孩變成女人，也是在九歲那年，而且還是在過生日那天。」

「那又有什麼不對呢？」阿美霞回頭睜大眼睛瞪住我，一臉詫異。

「九歲的女生，還是個娃娃呀！」

「咦？朱鴒，妳不知道嗎？」

「我不知道什麼？」

「可蘭經規定：女子九歲就算成年。」

「怎麼又是可蘭經！阿美霞，妳讀過可蘭經嗎？」

「沒。」

「那妳怎麼知道經上講的話呢？」

「峇爸告訴我的。」

「又是峇爸！妳相信他？」

「相信。」阿美霞抬起下頦來一眨不眨瞅住我，月光下一臉凜然：「因為我們的峇爸，慈善的白人爺爺聖誕公公，不會騙人。」

「唉——」我無可奈何地搖搖頭，只能沉沉地嘆出一口氣來。「繼續講妳的故事吧。」

我拿起梳子，握住阿美霞肩後那一把烏黑柔嫩的長髮絲，默默地繼續幫她梳頭。

「那晚才九歲的我——」阿美霞用力咳嗽兩下，清掉喉嚨裡一小團痰：「那晚才過完九歲生日的我，在媽媽慫恿下，參加歡迎峇爸的宴會。我特地穿上我最喜歡、最得意，只有大節日才捨得穿的藍底大紅花鑲金邊紗籠——朱鴒妳看，就是我今天穿的這件紗籠！我穿著它在山路上行走七天，趕來參加翡翠谷聚會，把它弄得皺巴巴髒兮兮，沾滿泥土，已看不出當初的光彩了——唉，那晚，為了讓我成為宴會中最出色、最吸引峇爸目光的姑娘，媽媽花了一整個下午時間打扮我。圓月從山後升起時，我穿著燙金花紗籠，披著一頭抹過了橄欖油、在月光映照下變得烏光水亮的長髮絲，眉心上妝點著一顆血瑩瑩、紅豆般大的朱砂痣，好似一位印度教的小神女（峇爸說的），在我爸爸——部落裡最有名的獵人，徒手搏殺過一窩子五頭山豬——護送之下出席宴會。」

阿美霞仰起臉兒，癡癡望著月亮，停頓了好一會，臉上的神情說不出的古怪，彷彿陷入一段美麗、淒苦的回憶中。

我沒吭聲，一梳子又一梳子，就著月光只顧篦著阿美霞的頭髮。過了長長的靜默的五分鐘，好像從一場春夢中乍醒過來，阿美霞漲紅著臉皮，悠悠嘆息了一聲才又開腔。

「長老們說，自從孔帝基踏著波浪離開婆羅洲，有如幽魂一般消失在西方海平線上之後，我們普南部落很久、很久不曾有一位白人貴客光臨了，也不曾舉行過這麼盛大、熱鬧的宴會。為了表示誠意，老族長親自披掛上場，表演一段狩獵舞。普南七大長老聯袂登台，臉上塗著新殺的公雞血，肩上披著華貴的雲豹皮，向貴賓高唱布龍頌。接著，依照傳統的禮儀，就輪到客人登台獻藝了。澳西先生是一位名聞大河流域，廣受歡迎的魔術師，每次在長屋演出，都把滿屋的大人和小孩弄得靈魂出竅，癡癡呆呆，彷彿被巫師下了降頭。那晚在族長盛情邀請、孩子們一片聲央求下，澳西先生表演三段拿手節目，博得滿堂彩。叢林黑夜中，一波波綻響的掌聲和喝采聲，震得我們這間祭拜天父辛格朗・布龍的巨大神殿，嘎嗒嘎嗒作響，差點把茅草屋頂給掀翻。朱鴒妳問我，澳西先生那晚表演什麼魔術，這麼叫座呢？不好意思，我沒仔細觀賞，只記得好像有個橋段叫『天使送花』或『天父挖寶』什麼的，但細節我就說不上來。妳一定感到疑惑，為什麼那樣神奇精采、叢林中難得一見的歐洲魔術，我沒好好欣賞呢？因為——」阿美霞驟然停頓下來。颼地臉飛紅，她低下頭垂下眼皮，瞅著自己胸前那一雙沐浴後變得脹鼓鼓緊繃繃、兀自滴答著水珠的小乳房，半晌才又開腔，嬌聲嚦嚦地說：「因為我發現在表演『天父挖寶』的過程中，峇爸——澳西先生——那雙海水般深藍的眼睛，直勾勾的一直盯著我，好像一條吐舌的蛇，簌簌簌只管朝我身上那顆光溜溜、露在紗籠外的肚臍眼，和胸前一對赤裸的小奶子，直撲過來。我這個九歲小女生，在峇爸那雙蛇樣眼睛追纏下，想逃也逃不掉（因為我媽媽守在我身旁，守步不離），但是躲又躲不開，一整晚把我弄得面紅耳赤，忸忸怩怩，一顆心撲撲撲亂跳，哪裡還有心情欣賞魔術表演呢。」

阿美霞的故事，聽到我朱鴒的耳朵裡，最初，只感到驚心動魄匪夷所思，後來仔細一琢磨，卻又覺得挺熟悉，肯定先前曾經聽另一個女生說過。我坐在溪畔石凳上，邊傾聽邊扭轉頭，就著清亮的月光，瞅著身旁阿美霞那張大理石雕像般皎白、美麗、線條鮮明的側臉，心中思索著。驀地裡，一道電光劃過心頭。我終於想起：剛抵達婆羅洲那天中午，我和初識的伊曼肩並肩，蹲在大河畔日頭下，互訴心事時，她對我講述她九歲生日那天，在她老家魯馬加央長屋的一場盛宴上，初遇澳西先生的整個過程。伊曼和阿美霞——居住在大河兩頭、屬於兩個不同的部落、生平從不曾謀面的兩個婆羅洲女孩。命運之神，將她們鎖在一起。她們講的故事太相似了（相似到簡直有點詭異和恐怖，讓我禁不住在心中打個哆嗦），情節幾乎完全相同，背景和人物也沒啥差別，連故事的高潮，峇爸表演的魔術，也是相同的戲碼——光聽魔術的名稱，什麼「天使送花」和「天父挖寶」，你就知道怎麼回事了。

舊戲法。

老掉牙的三腳貓功夫。

這個打著「印尼政府司法顧問」旗號的澳洲老律師，就憑著這一招半式，遊走大河上下，誆騙每一座長屋的長老們和兒童，騙盡每一個部落的女孩。

我，來自台北、曾在街頭廝混、跟無數「怪叔叔」們周旋過的女生，如今，坐在婆羅洲山谷中，武陵洞天般一條溪畔，望著身旁這位生平從不曾踏出叢林半步、純真得叫人心酸的普南族少女，聽她的故事，雖然覺得匪夷所思，難以置信，卻也只能無可奈何地搖頭，連連嘆氣而已。

忽然心中一動，我感覺到背後有個男人躡手躡腳，躲在暗處，直豎起兩只耳朵，偷聽我們兩個女生講話。我不動聲色，悄悄扭轉脖子，以迅雷不及掩耳的速度，猛回頭望去。

月下只見胖墩墩一條白西裝人影，鬼魅般乍隱乍現，聳著南瓜般大的一顆白頭顱，挺著皮鼓樣的一個大肚膛，來來回回，逡巡在椰林中那影影簇簇一灘月光裡。

我睜大眼睛瞪住他。

驀一閃，那條身影隱沒在一塊巨石後面。

我拿起梳子，一邊慢條斯理、若無其事地幫阿美霞梳頭，一邊故意咳嗽兩下抬高嗓門，大聲對她說：「那天晚上在布龍神殿舉行的宴會結束後，這個澳洲胖老頭——妳們婆羅洲女孩口口聲聲叫得好不親切的『峇爸』，白人爺爺聖誕公公——就把妳，九歲的黑髮白膚大眼睛普南族小美人，帶到他住的客房，一番花言巧語，便將妳的身子騙到手了。我講得對不對啊？阿美霞呀，這位老律師是遊走婆羅洲大河流域的騙子。」

「不！不！」阿美霞那張小臉蛋，剎那煞白了，彷彿我剛講了褻瀆神聖會遭天譴的話似的。她伸出雙手向我一個勁猛搖：「峇爸不是騙子！他是偉大的白魔法師。」

「唉，又來了。」我哭笑不得，無奈地又嘆口氣。

「真的喔！妳誤解峇爸了，好朋友朱鴒。」

「妳們婆羅洲女孩怎麼會那樣天真善良、那樣好騙啊？妳們被峇爸下了西洋降頭了。」我越想心裡越有氣，忍不住磔磔一咬牙：「這個色老頭，澳洲怪叔叔，若是落入我這個台北女生的手裡，我保證讓他這輩子從此斷根，不能再禍害女孩——」

背脊忽地一涼，我縮起肩膀打個哆嗦，悄悄扭轉脖子回頭望去。月光下只見一雙眼眸子，精光閃閃，好像兩朵藍色的燐火，灼灼地、無聲無息地，飄忽在椰林中那塊巨石旁的黑影地裡。

阿美霞挺著她那把細細的、我兩手就可以完全握住的腰肢，濕答答披著一頭長髮，裸著身子坐在溪畔石凳上，頭也沒回，自管望著月亮幽幽地說：「峇爸真的是一位神奇、偉大的魔法師。他把一個小女生，倏地變成一個大女人。那晚在我們村子的貴賓屋裡，峇爸專門為我一個人，表演他的拿手魔術『天父種花』。他老人家掏出他那根白色的肉棒子，硬梆梆地往我肚臍下的小洞，叭的一插，讓我流出一滴血。我，九歲的普南小姑娘阿美霞，就像一顆蓓蕾遇到露水，霎時間，嬌滴滴地，就在月光下綻放成一朵鮮豔美麗的班葛．拉雅大紅花……」

阿美霞這段話，讓我聽得心驚肉跳，滿身冷汗好似一股噴泉般冒出來。我慌忙搖手，制止阿美霞說下去：「拜託妳別講了！還是我替妳說了吧。那晚在你們部落的貴賓屋裡，峇爸抱著妳，用他那根老棒子表演一段戲法，將妳變成女人。然後這老傢伙就哄妳說：他要把妳帶去新世界——上帝應許給善良、美麗的婆羅洲女孩的人間樂園，澳大利亞國——讓妳從此像公主一般，過著快樂幸福的日子。為了表示他的誠意，峇爸向婆羅洲的大神辛格朗．布龍立下重誓：倘若違背諾言，他願意讓神鳥婆羅門鳶啄瞎他的雙眼。臨別時，峇爸送妳一個芭比娃娃新娘，當作信物。我沒講錯吧？」

「一點都沒錯。可是，朱鴒，從大海另一邊來的女孩，妳又怎麼知道發生在浪．喀邦部落的事呢？」滿臉迷惑，阿美霞轉過頭來打量我，忽然眼睛一亮：「莫不是，那天晚上妳躲藏在貴賓屋裡，偷看我和峇爸兩個人相抱——」

臉一紅，阿美霞扺住嘴不說了。

「我朱鴒可不是偷窺狂！」格格一笑，我伸出食指，猛一戳阿美霞眉心上那顆血紅的朱砂痣：「瞧妳害臊的！告訴妳吧。貴賓屋裡發生的那些齷齪、見不得人的勾當，和澳西先生講的那些肉麻話，都是我在婆羅洲結交的第一個朋友，伊班女孩伊曼跟我講的。她在魯馬加央結識澳西先生——妳們共同的峇爸。妳們兩個女孩的經歷，簡直一模一樣。聽起來挺詭異，讓人禁不住毛骨悚然呢。」

說著，我又悄悄扭轉脖子，回頭望了望椰林中那鬼火般，閃閃忽忽的兩只幽藍眼眸。

我和這個偷窺者，兩下裡眼瞪眼，隔著溪畔一灘月光，一眨不眨對峙十秒鐘。

背脊一涼，我倏地打個哆嗦，猛然摔開頭去。

「看哪！阿美霞。」我舉起一只手臂，指著椰林外面那片平坦寬闊的草坪。皓月當空。翡翠谷中，只見一群少女，搖甩著肩後一把水亮亮的長髮絲，身上濕答答地，繫著一條剛洗淨的花紗籠，打赤腳，款擺著細腰肢，踏著露水，三三兩兩手牽手四處遊走晃蕩。咭咭咯咯的談笑聲響徹整個山谷。「阿美霞，妳看，這些從九歲到十三歲的婆羅洲姑娘。她們和妳一樣，每個人的眉心，點著一顆紅豆般大的朱砂。這個鮮紅的十分醒目的標記，是代表女孩子初夜流的一滴血，對吧？」

「嗯。」阿美霞垂下了眼皮，望著自己那雙搽著猩紅指甲油的光腳丫子，點點頭。一張蒼白的小臉蛋，猛然漲紅了，火燒火燎似的直紅到耳根上來。

「這到底是個什麼世界啊，唉——」我禁不住感慨起來。「今天傍晚進入翡翠谷時，我放眼望去，只一看就知道，這幾十個來自大河兩岸各部落和長屋的小姑娘，都是被『峇爸』用相同的招數，憑著他那套萬年不變的魔術、老掉牙的戲法，哄騙到手的。瞧，翡翠谷中每個女孩懷裡都抱著一個金髮碧眼，大奶子、細腰肢、肥屁股，穿著一襲雪白蕾絲禮服的芭比新娘。這些嬌貴的美國洋娃娃，是峇爸贈送給姑娘們的愛情信物，代表永恆的盟約，對吧？」

這次阿美霞不回答了。好久好久，她只顧凝著眼睛，瞅住溪中那一瓢子蕩漾的月光，癡癡地出起神來。我沒再吭聲，拿起我的小紅梳，一下又一下，只管梳著阿美霞腰肢上那柔柔細細滑滑，好像一匹剛洗滌過的黑綢緞，攤在溪畔晾曬的髮絲。

來自天南地北、今天才相識的兩個小女生，身子挨著身子，互相依偎著坐在山谷中小溪邊一條青石上，伸出脖子抿住嘴唇，望著溪中一雙並肩飄蕩的身影，怔怔想起各自的心事來。

椰林中那兩瞳子冰藍燐火，閃啊閃，兀自灼灼地盯著小姐妹兩個的背影。

「咦？」心中一道電光閃過，我忽然想起一件事：「阿美霞，妳為什麼會獨自離家，步行到深山中這個旮旯的所在來呢？」

「峇爸召喚女孩們，前來翡翠谷聚會。」

「他『召喚』妳們前來？」我的頭皮猛一陣發麻。「聽說這個老律師已經退休，回到他的家鄉澳洲墨爾本城。又聽說他的兩只眼睛全都瞎掉了。後來又有人打聽到，他已經死在老家。」看見阿美霞滿臉詫異的模樣，我趕緊向她解釋：「這些信息，都是李老師告訴我的。關於這位身世奇特的李老師，以後有機會，我再給妳講他的故事吧。很精采呢！他可是妳們的婆羅洲鄉親。他肯定會疼惜妳們、愛護妳們，把妳們當成他自己的小姐妹來看待和關心。」心念一動，我伸出嘴巴，湊到阿美霞耳朵旁，悄聲告訴她：「我這次前來婆羅洲旅行，就是李老師安排的。他的法力也不小哦，絕不會輸給澳西先生。李老師是小說家。」

「哦——」阿美霞只點了個頭，似乎對李老師沒太大的興趣。她仰起臉兒，蹙起眉心，望著樹梢頭那顆已經升到山谷中央、笑盈盈地灑下一谷銀光的月亮，自顧自說道：「峇爸過世了嗎？這我沒聽說，但我知道他的人已經回到家鄉。三年來，音信全無。害得我們這群女孩每天一大早站在家門口，踆著腳尖伸長脖子，盼啊盼，只等峇爸帶著僕人阿里，拎著送給孩子們的一大袋禮物，笑呵呵出現在村子裡，親自前來接我們，坐飛機去澳大利亞國。我們天天晚上跪在十字架下，向主耶和華祈禱，請祂督促峇爸實踐諾言，莫忘了他對伊班人的布龍神發下的重誓——」說到這兒，阿美霞想到了什麼詭異的事似的，驟然停頓下來。兩只烏黑瞳子清靈靈一轉。她回頭伸出嘴唇，附在我耳旁低聲說：「朱鴒，妳是我的好朋友，我偷偷告訴妳哦！峇爸的人雖然已經渡過大海，回到遙遠的祖國，但我心裡曉得他的靈一直留在婆羅洲，從來沒離開過。」

「澳西先生的『靈』？」我的頭皮又是一陣發麻。「這個瞎眼老白人，陰魂不散！」

「噯——」阿美霞幽幽地嘆息一聲。「峇爸大半生在婆羅洲度過，幫助新國家印度尼西亞共和國，建立法律制度。他老人家太愛婆羅洲，太愛我們這群女孩，心中總是牽掛著，放心不下，所以，他的身體雖然已經離開了這個地方，但他的靈，始終逗留不去，在大河兩岸各家長屋之間，日日夜夜徘徊逡巡。」

「我明白了。」我伸手猛一拍自己的膝蓋，大叫一聲：「嚇！這老鬼終於忍耐不住相思之苦，就把妳們這群被他寵幸過的長屋小姑娘，全都召喚回來了，在他的老巢翡翠谷重聚。」

「是的。七天前，峇爸派他的僕人阿里來到我居住的浪．喀邦村……」

「等一下！阿美霞。」我硬生生打斷她的話頭，嘴裡喃喃地念誦著這個挺熟悉的名字：「阿里、阿里、阿里——我好像聽李老師或伊曼提過這個人。他是澳西先生的跟班對嗎？那個身材又高又瘦又乾，好像一根竹篙，走起路來輕飄飄，不停甩著身上穿的那件白長衫和黑紗籠，沒聲沒息，好像一個幽靈的爪哇人？」

「朱鴒，妳以後遇見這個阿里可要小心！莫小看他只是個僕人，成天跟在白人主子屁股後面，提行李，跑跑腿打打雜，其實他的法力，比部落長老們口中的達勇普帖，白魔法師澳西先生，還要強大哩。部落間流傳一種說法：峇爸的魔術，有八成是阿里教的。」阿美霞轉頭望望四周，然後悄悄挨過身子來，把嘴唇伸到我耳邊，壓低嗓門：「我最怕這個黑黑瘦瘦，面無表情，模樣像個餓死鬼的僕人阿里，看到他，就像撞見峇里沙冷。從台北來的女生朱鴒，妳肯定不知道『峇里沙冷』是誰吧？他是叢林精靈，半人半鬼，日行五十哩夜行百哩。他的任務是為他的上司『伊姆伊旦』——黑魔法師——收集女子的血來祭神。他最喜歡對懷胎十月、即將生產的孕婦下手，因為殺一個人可以獲得兩個人的血。其次是少女，因為她們的血最清潔、最純正，舔起來滋味最甜美營養……」

「夠了，別再講峇里沙冷了！」我只覺得頭皮陣陣發麻，渾身泛起一波波雞皮疙瘩來。「阿美霞，繼續講七天前的事吧。」

「七天前，峇爸派人來到浪・喀邦村。那天半夜，我正在自己的房間睡覺。睡夢中，心頭忽地一跳，猛然睜開眼睛，依稀看見一條瘦瘦長長的人影，站在我的臥蓆旁。一身白長衫黑紗籠，在這個無風的夜晚只管飄啊飄，好像一個吊死鬼。我慌忙舉手揉揉眼睛，仔細一瞧。滿窗月光中看見峇爸那個如影隨形、寸步不離的跟班阿里，正彎著腰，垂下他那張枯黑的臉孔，睜著兩顆白眼珠，不聲不響瞅著我。我嚇一大跳，蹦地從蓆上彈坐起來。阿里咧開兩排白森森的大板牙，笑嘻嘻擺擺手，示意我躺回蓆子上，接著就向我口述峇爸的諭旨，要我立刻動身前往翡翠谷，和姐妹們集合，一起搭乘飛機去澳大利亞國。傳完話，也不等我回答，阿里就恭敬地向我告辭（他稱呼我「普安・澳西」——澳西夫人），連夜趕往另一座長屋，將峇爸的口諭帶給另一位姑娘。我還坐在蓆子上愣愣地揉著一雙睡眼哩，只見身影一閃，白長衫飄飄，阿里整個人就從窗口月光中消失了。倏來倏去，好像一股陰風。村子裡的幾十只狗都沒吠一聲。整個浪・喀邦部落，三千戶人家都睡沉了，四下裡靜蕩蕩，只聽見後山中的母猿們，嗚噗——嗚噗——扯著嗓門啼叫不停，一整夜呼喚在白天被帶著獵槍、繩套、麻醉針和鐵籠子的金髮獵人捕捉，帶到大河口的坤甸城，搭船前往歐洲動物園的猿娃娃。我接到峇爸的命令，隔天大早，就瞞著父母親，悄悄準備好五天的口糧，帶著我的芭比娃娃『小紅帽』，動身出發，一口氣走七天的山路（有兩天是空著肚子呢），趕來翡翠谷，想不到在最後一天的路上遇到妳，從台灣來的女生朱鴒。我阿美霞，特別感謝布龍神安排的這樁機緣。特你馬加色，都漢！」

說著，這個普南族小姑娘就舉起雙手來，合十，弓腰，朝向天空拜三拜。

我轉頭望著月光下阿美霞那張皎白、端莊、無比虔誠的側臉，心中猛一絞痛。

「澳西，澳西，你這個遊走大河招搖撞騙的胖老頭子！」我恨恨一咬牙，忍不住放開嗓門，朝向翡翠谷大聲咒罵起來。「你遭受報應，兩只眼睛全都瞎掉了，人也已經死掉了，但是你還不肯放過這群婆羅洲姑娘，化作一個惡鬼，繼續糾纏她們——」

回頭一望。

椰林中那兩只藍眼眸，碧熒熒一閃亮。

渾身猛一打顫，我冒出冷汗來，瘧疾病發作似地一波又一波無休無止，把我的背脊都弄濕了。

好久，我沒再吭聲。一下又一下，我只管梳著阿美霞肩上那一把烏溜溜，散發出濃濃橄欖油味，越梳越幽香水亮的頭髮。幫她梳完頭，我擱下梳子，沉沉嘆了口氣，伸出雙手捧住她的腮幫兒，把她的整張臉扭轉過來朝向我。月亮破雲而出，灑下一片銀光，直潑到阿美霞臉龐上。我抬起她的下巴，就著月光，凝起眼睛細細端詳她的臉：那樣白皙的皮膚、那樣精緻的五官、那樣分明的線條，還有還有，那一匹黑色小瀑布般，從她細瘦的肩膀上，颼地往她的腰間一瀉而下的長髮絲。這下我又看呆啦。足足十秒鐘之久，我只顧張著嘴巴睜著眼，白癡樣一眨也不眨，盯著她那張在溪水中沐浴後，洗盡風沙，一塵不染，宛如一朵綴著露珠的白荷花，嬌美地綻放在月光下的小臉兒。

「阿美霞！」我低低呼喚一聲。不知怎的，我不忍心再看了，悄悄闔上眼皮轉開臉去，嘴裡卻忍不住讚嘆起來：「阿美霞，美麗如朝霞。我很喜歡這個詩一般又好聽、又有意思的名字。」

「那是普南名字。」阿美霞垂下了頭，怔怔望著自己那雙在荒野中跋山涉水，無休無止地行走了七天，如今紅斑點點，長滿水泡的光腳丫。她那張小瓜子臉蛋映著月光，剎那間變得十分蒼白。「朱鴒妳知道嗎？在我們普南語中『阿美霞』的意思是『早晨的露珠』，太陽一出來就融化掉，消失得無影無蹤。」

這下，我啞口無言了。

我伸出一只手，牢牢握住阿美霞那雙細瘦、冰冷的手。一種不祥的預兆，鬼魅似的驀然浮上我心頭。我禁不住縮起肩膀，咬緊牙根，機伶伶打出五六個哆嗦來。

悄悄一回頭。

椰林中那兩只陰魂不散、鬼火般兀自閃爍飄蕩的藍眼眸，朝向那肩並肩，身子挨著身子，坐在溪畔一塊青石上互訴心事的兩個小女生——我，來自台北的朱鴒，和婆羅洲普南族姑娘阿美霞——炯炯地眨了兩下，倏地，隱沒在婆羅洲心臟叢林中，轉眼間，消失在那無邊無際的黑夜裡。

第十二話　菩提樹下的胖尊者

我和聞名已久的澳西先生，終於面對面相見了。

那時，天已二更，月亮從樹梢升到了穹窿頂，白雪雪灑下一谷清光來。

整個黃昏，澳西先生待在椰林中一個旮旯角落裡，不動聲色，觀看一群少女在溪中洗澡玩水。直到天色全黑了，大夥兒浴罷，紛紛爬上岸，鑽入溪邊蘆葦叢內穿衣，澳西先生才悄然退隱。姑娘們重新梳妝，打扮停當，聚集到山谷中央草坪上，跂腳翹首盼望半天，他老人家才姍姍露臉。只見他，胖嘟嘟，穿著一襲雪白夏季西裝，腆著個大肚腩，滿面紅光，出現在眾女孩兒面前，笑呵呵舉起手臂四下揮了揮。果然像一位慈祥的體面的祖父！如同傳言所描述的那樣。

在那個身材高瘦，乍看好像一個稻草人，肩上掛著一件馬來白長衫，腰間繫著一條黑紗籠，打赤腳踮著腳尖，走起路來，輕飄飄無聲無息的爪哇僕人——阿美霞說他的名字叫「阿里」——畢恭畢敬引導之下，澳西先生從黑影地裡鑽出來，漫步走到月光中，盤起雙腿，一屁股，坐在山谷中央那座小丘上，一株亭亭蓋蓋、形狀如同一頂巨大青羅傘的菩提樹下。

八個花樣少女，嫋嫋娜娜，穿著花紗籠抱著洋娃娃，分成左右兩縱隊，各各款擺著細腰肢搖甩著長髮絲，踏著月色魚貫走上前來，往菩提樹兩旁一站，好似一群侍女，團團拱衛住那位端坐樹下的胖尊者。

原來這就是伊曼眼裡的「笑臉佛」。

大河上下，幾千座甘榜和長屋孩子們口中的「峇爸」——白人爺爺、聖誕公公。

妳們看他老人家一臉笑吟吟，在菩提樹下盤足打坐的模樣，可不真有三分像一尊活菩薩？

（偷偷告訴妳們吧：在我朱鴒眼中，澳西先生只不過是一個年過六旬、肥胖、好色、特喜歡收集東方娃娃的白人老頭兒。這種怪物台北多的是，穿梭在西門町滿街女生中，我都懶得看一眼呢。）

那晚洗完澡，並肩坐在溪畔石頭上，講了一回悄悄話，晾乾了頭髮，我和阿美霞結伴來到翡翠谷中央草坪上。我們兩人和幾十個年紀還小（約莫八歲到十一歲），發育未全，沒有資格加入侍女行列的丫頭兒，一起站在菩提樹前。這群小小姑娘，濕答答地披著一頭黑嫩的長髮，穿著半乾的小花紗籠，露出身子中央花蕾樣一粒肚臍眼兒，小母親般抱著各自的芭比娃娃，環繞成一個半月形，佇立在月光中。人人額頭上眉心間，血滴似的閃亮著一顆鮮紅朱砂痣。月下，五六十張銅棕色小臉蛋，滿臉思慕，齊齊朝向菩提樹瞻仰。一雙雙烏溜溜的大眼瞳圓睜著，無限欣喜，望著那闊別三年，如今實現諾言重返婆羅洲，倏地現身在她們眼前的「峇爸」。

他老人家別來無恙。依舊一頭銀髮，滿臉紅光照人。依舊穿著成套光鮮白西裝，腆著個皮鼓樣大肚膛。依舊瞇著一雙冰藍、蛇樣銳利（只是不知怎的變得有點呆滯，月光下看起來空空洞洞）的眼瞳子，咧著一嘴乳黃色小米牙，笑口常開。回到祖國後，在家鄉墨爾本城養老院住了三年，天天享用法國紅酒燉澳洲牛肉，平日閒來無事，把原本福泰的身軀，滋養得更加龐大、肥壯，乍看更像中國人的笑面菩薩——彌勒佛。

我正呆呆看著這個「峇爸」時，阿美霞突然伸手，攫住我後頸上的髮梢，悄悄地扯兩下：「朱鴒，妳看她！」

「妳叫我看誰呀？」

「蘭雅。帶領我們進入翡翠谷的女孩。」阿美霞走上兩步，睜著眼睛，凝睇著菩提樹下一排佇立的八個盛妝少女，滿臉欽慕，忍不住幽幽嘆息一聲，讚道：「蘭雅身材最高挑，頭髮又長又黑又亮。她站立在峇爸左手邊第二位，顯得多高貴、多驕傲啊！」

我向前跨出三大步，揉揉眼皮仔細觀看。明月下，只見這個十三歲的肯雅族姑娘，光溜溜裸著兩片勻稱的、古銅色的肩胛，腋下繫著一件簇新、絲緞般光滑、月白鑲金邊的小紗籠，包裹住一個瘦骨伶伶，還在發育中，卻已經流露出一股濃濃女人味的胴體，昂然地，聳起胸前一對圓滿小乳房，佇立在菩提樹下，峇爸身旁第二個位置。腮幫上兩瓣猩紅的臙脂，眉心一蕾朱砂痣，閃亮在月光中，好不醒目。她懷裡抱著的芭比娃娃（我記得她的名字叫「龐蒂亞娜克」），雪白的臉蛋上有一道血紅的刀痕，從左太陽穴的頂端斜斜劃下來，一路貫穿眉心，倏地停駐在右眼角上，給她那張甜美的笑靨，添加一種恐怖陰森的氣息。

骨睩！

龐蒂亞娜克那兩只碧藍色、一直圓睜著凝視天上月亮的玻璃眼珠，突然，斜斜睨住我，滴溜溜轉動了一下。

我嚇一跳，趕緊閉上眼睛，好半晌才又睜開來，伸手揪了揪阿美霞的耳垂子，悄聲問道：「蘭雅怎會站在那上面呢？她和我們六個人，莎萍、亞珊、蒲拉蓬、依思敏娜、阿美霞妳和朱鴒我，不是一夥的嗎？我們是路上相逢結交的七個好朋友——我們中國人說的前世七姐妹呀。」

「蘭雅不是我們的姐妹。」眼皮猛一沉，阿美霞的臉色剎那暗淡下來。她沙啞著嗓子說：「蘭雅如今高升了。她現在是峇爸的嬪妃。」

「嬪妃？」我愣了愣，以為自己聽錯了，趕忙伸出小指頭掏了掏自己的耳洞，然後把耳朵湊到阿美霞嘴旁，大聲問道：「妳是說『嬪妃』——皇帝的小老婆嗎？」

菩提樹蔭外，翡翠谷大草坪上，月光下晚風中繽繽紛紛，幾十朵紗籠飄蕩搖曳。一眾丫頭們抱著芭比娃娃四下站立，跂起腳，伸長脖子，爭相觀看峇爸身旁那群嬪妃，吱吱喳喳品頭論足，吵鬧得像一座叢林小鎮的夜市。

阿美霞清了清喉嚨，也抬高嗓門。「在我們婆羅洲女孩心目中，峇爸——白人爺爺——就是一位蘇丹。」她轉過頭來詢問我：「從台北來的女孩，妳知道蘇丹是什麼人嗎？對！蘇丹就是皇帝和國王，如同你們中國的天子。」她又回過頭去，望著那兀自笑瞇瞇，在八位美女環侍下，腆著肚腩盤足端坐在菩提樹下的「峇爸」，板起臉孔一本正經繼續說：「蘇丹有一群嬪妃，住在一個名叫『哈林姆』的後宮，好比你們中國北京的紫禁城。朱鴒，妳現在看見的這群十三、四歲，排成一列站在菩提樹下，來自各個甘榜和長屋，穿著各色花紗籠爭奇鬥麗的姑娘，就是峇爸的嬪妃，從幾千個女孩中，嚴格挑選出來的，而這座翡翠谷，便是峇爸在婆羅洲叢林中建立的『哈林姆』。」

「哇！十三歲的嬪妃，好小哦。」

「朱鴒妳忘了，可蘭經規定，女子九歲就算成年了。」

我聽傻了，愣怔了好半天才長長噓出兩口氣來，舉手拍拍心口，結結巴巴地問道：「這個澳洲胖老頭——對不起，我應該稱呼他老人家『峇爸』——後宮總共有幾位嬪妃？」

「九位，代表婆羅洲九大族。」

「咦？怎麼菩提樹下只有八個姑娘呢？」

「有一位還沒出現。」

「是誰？妳認識她嗎？阿美霞。」

「不認識。但是大家都知道，這個神祕少女是峇爸最寵愛最賞識的姑娘。峇爸稱她為婆羅洲的『極品美女』。她屬於婆羅洲最大族——伊班族。」

一道電光驀地閃過我心頭：這位缺席的姑娘，峇爸的寵妃，莫不就是我剛抵達婆羅洲時，相遇於卡布雅斯河濱，相處了兩天一夜，在魯馬加央長屋火場上分手，然後就像幽魂一般消失在曠野中，從此不知去向的伊曼．彭布海？

今晚，她——我心上永遠牽掛、心中一輩子疼惜的好姐妹和好朋友，苦命的伊班姑娘伊曼——會不會像歐洲童話中那個歷劫歸來，和家人團圓的「小紅帽」，突然現身在翡翠谷呢？

我又向前跨出三步，站在菩提樹蔭邊緣那白燦燦一地月影裡，伸出脖子，仔細觀看峇爸和他的

「哈林姆」後宮。

樹蔭中，一張四蓆大，繡著九頭披紅掛綵的白象、一位白鬍王公、一隊黑面吹鼓手和一群半裸豔妝女郎，吹吹打打載歌載舞招搖過市，充滿印度風味的毯子上，成堆成堆，令人垂涎欲滴地，擺著五花八門奇形怪狀的熱帶水果。（我只認得出紅毛丹、山竹、榴槤和波羅蜜這四樣。在台北時，有一回，李老師不知從哪弄來這「南洋四寶」，喜孜孜請我品嘗，滋味終生難忘。）毯子正中央，擱著兩只米缸般大的龍紋中國陶甕，冒出陣陣撲鼻米酒香。不用猜，甕中裝的，肯定是李老師十九歲離開家鄉沙勞越後，幾十年念念不忘（他自己說，每次夢見都會流口水）的兩種婆羅洲美酒：「阿辣革」和「吐瓦克」。

瞇笑瞇笑，峇爸拈著一只小瓷盅，盤足坐在席前一張日本錦墊上。

這位偉大的白魔法師，長屋長老們尊稱的「達勇普帖」，我細細一看，不過就是個年過六旬、身材發福、滿頭銀髮一臉紅光的白人老頭子。你看他胖墩墩、腆著圓鼓隆冬的啤酒肚，席地而坐，好一派慈祥淡定，不就像一位住在台北天母外僑社區，閒時拿著一罐百威啤酒，坐在自家洋房門廊上，一張特大號搖椅裡，笑看鐵蒺藜圍牆外，那車水馬龍喇叭聲四起、鬧烘烘東方街景的美國爺爺？

怎麼看，你都不會想到，這個一團和氣的胖老頭，就是李老師講述他十五歲那年，伴隨他的荷蘭姑媽克莉絲汀娜．房龍小姐，從事婆羅洲聖山之旅的故事時，津津樂道，一再提起的那位意氣風發，搭乘印尼官方快艇，一身西裝筆挺，赫然出現在卡布雅斯河上，頂著中午大日頭，呼嘯而過的印尼政府司法顧問、英女皇御用大律師——威廉．澳西先生。

「莎蘭姆！峇爸澳西。」

大河兩岸，成群光著屁股腆著肚腩，流著兩行黃鼻涕，睜著一雙雙烏亮眼瞳，伸長脖子守望在河畔山坡上的伊班兒童，紛紛揚手，齊聲向他老人家歡呼致敬。

李老師描述的「澳西叔叔」，最令我印象深刻的是：每回乘坐官船（喔！那裝備兩具強生牌美國引擎，以五百匹馬力，飛也似地劃過滾滾黃浪的簇新鋁殼快艇），威風凜凜，在一群印尼官員陪同下，經過每座長屋時，他，峇爸，偉大的白魔法師，準會站上船頭即興表演個小戲法，從嘴洞裡吐出十只白鴿，命令牠們分成五組，成雙成對飛翔河上。有時心情特好，他老先生會舉起手臂，往空中抓下一大把五顏六色的西洋糖果——巧克力蛋、薄荷糖、各式各樣包裝精美的英國甜點——天女散花般，繽繽紛紛嘩啦嘩啦，朝岸上那聚集水邊，爭相向他伸出的幾百雙小手掌，一古腦兒撒過去！婆羅洲的孩子們最愛這個時候的峇爸了。

根據李老師的說法：就在律師澳西先生風塵僕僕，奔波大河上下，如同古代的巡按使，訪察各地民情，為老百姓洗雪冤屈之際，成群陸達雅克族小美人、伊班小美人、肯雅小美人、加拉畢小美人、普南小美人（我猜也包括我新認識的朋友阿美霞吧），穿著褪色的花紗籠，裸露出枯黑的小肚臍眼兒，一早走出家門，守候在大河沿岸，每一個部落大門口，抱著各自的芭比娃娃新娘，癡癡地，盼望峇爸再度駕臨她們的長屋……

想到這，我忍不住又踮起腳，伸出脖子睜大眼睛，再看菩提樹下的老人幾眼。

我們倆的眼睛，隔著草坪上的一灘月光，對上了。

澳西先生的兩道目光，冰藍藍，凝聚在我的臉龐上，好半天一眨不眨。我挺起腰桿，勇敢地和他對看，忽然感到一股寒流，從我的尾椎骨倏地冒出來，沿著我的背脊，直爬上我頸脖。我咬緊牙根猛打個哆嗦，趕緊垂下眼皮來，避開峇爸那雙陰森森的藍眼眸，過了一會卻又忍不住撐開眼皮，打眼角裡偷偷瞄他一眼。咦？峇爸眼瞳中的兩匹豺狼不見啦。他老人家的目光，一眨，登時又變得柔和起來，好似一對溫馴的小鹿。我揉揉眼皮再一看。澳西先生腆著大肚膛，笑瞇瞇瞅著我。他臉上的兩只腮幫雪白白肥油油，突然抖兩下，變魔術似地，紅噗噗顯露出一雙酒渦來，乍看宛如兩朵超大型的朱槿花，妖豔地綻放在月光下。我吃了一驚，蹬蹬蹬往後退出三步，閉上眼睛，猛一甩腦袋瓜，想讓自己的腦子清醒清醒。過了十秒鐘，我才又睜開眼睛，望著菩提樹下那張渾圓渾圓、滿月般一團和氣的白色大臉膛——峇爸那如同註冊商標，名聞大河上下，廣受長屋兒童喜愛和信賴的臉孔——長長鬆了口大氣，伸手拍拍心窩，終於回轉過了心神來。

峇爸又變回了和藹可親、聖誕公公似的峇爸，白人爺爺。名不虛傳，果然是一位神乎其技、變幻自如的魔術師。

瞧！他不再是那匹潛行在椰林中，黑影地裡，睜著一雙碧藍眼睛，朝向溪中沐浴的一群少女，炯炯窺望的大白熊。他變成一尊胖墩墩笑吟吟，穿著白西裝，盤足坐在菩提樹下的彌勒佛，一逕瞇著兩只眼睛，邊觀看月光下草坪上，滿園穿著紗籠追逐嬉戲的姑娘，邊舉起他那蒲扇般的大手，叭叭叭不停敲打自己那只皮鼓樣的肚腩，顯得好不滿足、幸福哪。

*　　*　　*

這就是我初次和峇爸見面的光景。我終於見識到他那雙有名的、據說能勾魂攝魄的藍眼睛。月上中天。翡翠谷浸浴在滿山銀光中。

我們老少兩個人，一個坐在樹下，一個佇立在草地上，隔著一張擺著成堆熱帶水果和兩甕伊班美酒的印度毯子，眼瞄眼，不吭聲，在一排盛妝侍女注視下，兀自對望著。

峇爸瞅著我的臉，忽然淘氣地向我擠了擠眼睛，彷彿我們之間存在著一個重大的、神聖的、只有我們兩人曉得的祕密似的。我當場嚇了一大跳，渾身泛起雞皮疙瘩來，差點拔起雙腿，掉頭就走，逃離這個眼神說變就變，這次變成一個色迷迷怪叔叔的胖老頭。呵呵一笑，峇爸舉起一只肥大、白膩的手爪，向我招兩下。好像受到一股磁鐵般強大、神祕力量召喚，身不由主，我抬起腳來，朝向這位端坐菩提樹下的尊者，硬生生地邁出三步。

峇爸睜起眼睛，滿臉好奇，打量我那一身黃卡其上衣、黑布裙、白帆布鞋（外加一頭土裡土氣的齊耳短髮）的怪裝扮。這身行頭，在翡翠谷，那滿園子裸著肩膀光著腳丫，穿著花紗籠披著長髮絲，搖曳起小蠻腰，三三兩兩，漫步徜徉在月光下的一群婆羅洲姑娘當中，顯得格外突兀、醒目。我這個來自台北的女學生，肯定是他老人家，生平第一次，在婆羅洲叢林中，看見的黑髮黃膚丹鳳眼唐人小姑娘。

整個晚上峇爸頭一回開腔，聲若洪鐘：

「中國娃娃，妳叫什麼名字？今年幾歲？從哪裡來？」

「朱鴒，十五歲，從台灣來。」

（實際上我只有十二歲，但不知怎的，我撒了個謊，臨時決定多報三歲。）

「噗哧！」峇爸忍不住笑出來。「朱鴒騙我！峇爸一瞧就知道妳今年十二歲，小學剛畢業，對不對？」臉容一端，眼光剎那變得凌厲起來：「老實講，妳為什麼要誑騙峇爸？」

「因為，因為呀——」心中靈光一現，我總算找到了一個原因：「因為年紀越大的女生，峇爸越沒興趣，所以我就多報三歲，比九歲多出六歲呢。反正中國女人的年齡，外國男人也搞不清楚。」

「呵呵呵——」峇爸張開嘴巴，朝向翡翠谷滿園子抱著洋娃娃廻廻遊逛的姑娘們，仰天大笑。

「朱鴒，妳怎麼知道，峇爸特別喜歡九歲的女孩子呢？」

「大家都這樣講呀。」

「哦！是嗎？」峇爸低頭沉吟半晌，猛抬眼，瞳孔中暴射出兩團燐火樣的藍色光芒來。他直直瞅著我的眼睛，問道：「從台灣來的女孩，妳是否讀過可蘭經？」

「穆斯林的經書嗎？朱鴒還無緣拜讀呢。」

「唔，經中有一段關於『第七天國』的記載，峇爸講給妳聽。」臉容一端，盤足坐在菩提樹下的英女皇御用大律師，威廉．澳西閣下，倏地挺起腰桿，伸手整整身上的白西裝，坐直身子，面對菩提樹前，草坪上月光下那群穿著紗籠甩著長髮，捉對兒追逐嬉戲的少女，朗聲說道：「可蘭經記載，天父阿拉應許那有善行、勤勉、節慾的人，死後可以進入『第七天國』享受無上極樂。第七天國中居住著一群清純、貞潔、不知淫穢為何物的少女，個個擁有兩只黑色的、宛如藏在貝殼中的珍珠、亮晶晶的眼睛。彼等的職司，是專門服侍那生前有善行、勤勉、節慾的男人。這些善人死後進入第七天國，只要伸展四肢躺在黃金寢台上，少女們自會趨前，替他們斟酒。這種酒乃天上甘露釀成，喝得再多也不會頭痛，醉了也不致迷亂心性。在第七天國，你可以隨時淋浴，盡情享用豐盛的水果，而且無論晝夜，隨興之所至，你可以和天上任何一位美少女交歡。天父阿拉應許，死後進入第七天國的男人，每人可擁有七十二個處女……」

「啊——大清朝皇帝的妃子攏總不過七十二位！」我禁不住驚嘆。愣了半晌，我舉手拍拍心口，扭轉脖子遊目四顧，只見翡翠谷中椰林搖曳，溪水叮咚流淌，一瓢明月高掛穹窿頂，白雪雪，灑照著草地上一條條窈窕人影。我甩了甩腦袋，揉揉眼睛，回頭望著那端坐在谷中央小丘上，一株亭亭蓋蓋、羅傘似的大樹下，睜著一雙藍眼眸，四下睥睨好不得意的澳西先生，深深一鞠躬：「峇爸，朱鴒明白了。您計畫在婆羅洲最原始、最純淨和最隱密的叢林中，建立您自己的『第七天國』。」

眼一亮，澳西先生撫掌大笑。

「鴒，妳是我威廉．澳西生平——我可是六十八歲的老人囉——遇見過的最聰明、最解人意的女孩子。痛快痛快！」他舉起手上的白瓷盅，讓身旁一位侍女替他斟滿阿辣革酒，昂起脖子，一氣而盡。「鴒，妳那麼聰明懂事，必定知道『第七天國』中的那些少女是幾歲囉？」

「十四或十五歲吧，花樣的年紀嘛。我們中國人管這個年齡叫『豆蔻年華』，女孩子最青春、最美麗、有如蓓蕾待放的時期。」

「太老了！」峇爸猛搖頭。「第七天國的女孩子全都是九歲。」

「咦？峇爸怎麼知道？」

「因為可蘭經規定，女子九歲就算成年。」澳西先生霍地端正臉容，一本正經說。

唉喲，又來了！我心中沉沉嘆了口氣。又是可蘭經的記載，又是阿拉的規定。天父哪有工夫管這些狗皮倒灶的閒事呢？

有件事我百思不得其解。澳西先生不是澳洲人嗎？澳洲人不是信仰基督教嗎？這個老白人，怎麼滿口的可蘭經，時時刻刻把阿拉掛在嘴邊？我把心中這個困惑，恭恭敬敬地提出來，向這位大律師討教。他老人家呵呵大笑，先不回答，好整以暇地從白西裝上襟口袋中，抽出一條紅絲手帕，攤開在手掌上，隨即使勁咳嗽三下，吐出一團櫻桃般大小的濃痰，清了清喉嚨，這才抬起頭來睨著我，慢條斯理地開腔：

「鴿，小學剛畢業的台灣女學生，峇爸考妳一個問題，可以嗎？」

「可以呀！您請問吧。」

「印尼是信仰什麼宗教的國家？」

「伊斯蘭。」

「有一句諺語『身在羅馬必須遵守羅馬人的習俗』，妳知道嗎？」

「台北的小學生誰不知道呢！中國也有類似的成語叫『入鄉隨俗』。」

「照啊！」澳西先生伸手猛一拍肚膛。「我這個澳洲人，到婆羅洲——現在的印度尼西亞共和國加里曼丹省——工作，執業律師，並且擔任省政府的司法顧問，職責所在，就必須研讀可蘭經，擷取教義精髓，落實到個人的日常生活中身體力行。妳說對不對啊？鴿。」這胖老頭說著就向我擠了擠眼睛，朝我伸出脖子，噘起嘴巴，彷彿要告訴我一個天大的祕密似的，壓低嗓門悄聲說：「鴒，峇爸偷偷告訴妳喔！其實呢，我們基督徒和他們穆斯林，崇奉的乃是同一位天父，只不過名稱不同而已。基督教和伊斯蘭，本來就是一家子嘛！鴒。」

聽了澳西先生——峇爸——這番洋洋灑灑的說詞，我心裡總覺得怪怪的，明知道他是在詭辯，可又說不出他這套邏輯究竟錯在哪裡，霎時啞口無言，愣在當場。這個胖老頭對我還挺親熱的，左一聲「鴒」，右一句「從台灣來的聰明女孩」，直把我叫得頭皮發麻，滿身冒出一粒粒痘大的疙瘩。於是我就悄悄拔起腳跟，慢慢後退五步，一轉身便準備開溜，回到我的朋友阿美霞身旁，混入那群徜徉在草坪上的紗籠少女堆中。就在這當口，猛聽見峇爸暴喝一聲：「鴒，妳給我站住！」如聞聖旨，我身不由主地煞住腳後跟。「回來，鴒。」我抬起雙腳乖乖走回到菩提樹前。臉孔一板，峇爸的目光一下子變得凌厲：「從台灣來的鬼靈精女孩，妳怎麼會到婆羅洲？目的何在？又怎麼會突然出現在翡翠谷？誠實回答峇爸。」

「是。我的老師，流浪在台灣的婆羅洲人李永平，和我有個約定，在他寫完（李老師是一個小說家，也是一位魔術師，法力不輸峇爸您呢）一部名叫《大河盡頭》的小說後，就把我弄進婆羅洲叢林，從事一趟新奇的、古今中外，從來沒有一個女孩經歷過的冒險旅程。抵達婆羅洲的當天中午，在卡布雅斯河畔，我遇見一個伊班女孩。她獨個兒抱著芭比娃娃，蹲在太陽下，雙手蒙住臉龐不停哭泣。她告訴我她名叫伊曼——」

這段情節太複雜，千絲萬縷，一時之間叫我怎麼說得清楚啊？在澳西先生那雙眼睛，冰藍藍逼睨下，我講得結結巴巴顛三倒四，連我自己都聽不下去，哪像李老師口中那個伶牙俐齒，一張嘴比刀子還快，一顆心比陀螺還靈巧，講起事情來比一般小說家還要有架式，將來有希望成為喬治桑第二的「朱鴒丫頭」呢？所以，我索性閉嘴不說了，直挺挺站在菩提樹前，乾瞪著那泥菩薩樣腆著肚腩、兀自盤足坐在樹下的澳西先生，峇爸。

兩下裡眼望眼，一時無言。

峇爸身後，孔雀開屏般環立著一排花樣姑娘。她們都穿著簇新閃光泰絲紗籠，披著水亮的黑髮，腮上搽著兩團臙脂，眉心點著一粒朱砂。個個驕傲地，昂聳起胸前一對含苞待放的奶子，抬頭仰望中天的明月，抿住嘴唇面無表情，各自想各自的心事。阿美霞口中的「嬪妃們」。總共九位，代表婆羅洲九族，構成澳西先生在叢林中建立的「哈林姆」（蘇丹後宮）。今晚有一位小美人缺席。

在場的八個嬪妃，其中一個，身穿月白色鑲金邊紗籠的，皮膚生得最美，好像一塊塗上奶油的瑞士巧克力，頭髮梳得最燦亮，有如一匹純黑的、毫無雜色的中國緞子，神態最是高貴優雅，站在眾妃中，活脫脫就是一位皇后的架式。峇爸後宮這位高挑出眾的美人，名字叫蘭雅，是我今天在路途上結識的朋友，來自肯雅部落的十三歲姑娘。這時她挺身而出，幫我解圍了。只見她輕盈地邁出兩只光滑的、拴著一根紅絲線的腳踝子，款步走到峇爸身側，抱著她那個名叫「龐蒂亞娜克」、額頭中央有一條血紅刀疤的芭比娃娃，弓起腰肢伸出臉兒，噘起她那花蕾般的兩片紅唇，附在他老人家耳畔，壓著嗓門講了一番悄悄話。峇爸邊聽邊撫摸肚子。兩個人當著眾人嘰嘰咕咕咬了三分鐘的耳朵。呵呵一笑，峇爸勾起他那根肥大的食指，猛一敲他那皮鼓似的大肚膛：「鼕！」月光下只見他腮幫上兩坨子白肥肉，油亮亮，陡地一顫，紅噗噗地綻現出兩枚蘋果樣的酒渦來。他高高舉起酒盅，向天上一敬：「天父的安排自有美意。」

「讚美耶和華！」佇立菩提樹下，環侍峇爸的七位各穿著紅、橙、黃、綠、藍、靛、紫七色泰絲紗籠，好似一道燦爛彩虹，團團圍繞住澳西先生的嬪妃，整個晚上不吭氣，這時如夢初醒，紛紛張開嘴巴嬌聲歡呼，齊齊舉手在胸前畫個十字：「讚美主！上帝的安排自有美意。」

「特你馬加色，都漢．耶和華！」

「感謝主耶和華！」

「感謝感謝，特你馬加色，都漢！」

翡翠谷那三三兩兩，踏著月色甩著髮絲，四下追逐嬉戲的少女們，倏地煞住腳步，轉身朝向端坐菩提樹下的峇爸，屈膝行個禮，舉起手中的娃娃，齊聲歡呼讚美上帝。七十二條清嫩的嗓子，好似一窩離巢出遊的黃鶯，一片聲啼叫起來，霎時間轟隆轟隆山鳴谷應。這副浩大的聲勢，讓我想起讀小學二年級時，有個週末夜，爸爸帶我去台北市新生南路的靈糧堂，聽一位菲律賓華僑女牧師布道。結尾時，幾百個受聖靈灌注，好像羊癲風發作，躺在地上打滾的女信眾，扯起嗓門一起發出的吶喊聲。

——哈利路亞！哈利路亞！

* * *

我知道這下我完蛋了。

我——曾經浪蕩台北西門町，和無數怪叔叔周旋過，每次都能全身而退的野丫頭，朱鴒——今晚必然會遭到毒手。我那辛辛苦苦保持了十二年的貞潔身子，天父在上，哈利路亞！肯定會敗壞在眼前這個肥胖的白老頭手裡，永世沉淪地獄，不得超生。

霎時間彷彿突然被人點了死穴一般，我當場僵住了，整個人直條條，杵在翡翠谷中央那株菩提樹前，一動不能一動。

笑瞇瞇，澳西先生舉起手臂向我招三下：「鴒，台灣女孩，過來！讓峇爸好好看看妳的臉。噯，妳那雙烏溜溜骨碌骨碌，好像中國搪瓷娃娃的杏仁眼睛，睨著我一眨也不眨，直瞧得我老人家心跳加速血液沸騰，呵呵呵。過來嘛！站到峇爸面前。峇爸保證不會張開嘴巴咬住妳這個小女孩，一口吞進肚裡。我乃大英帝國女皇律師威廉．澳西閣下，可不是一只澳洲鱷魚。」滿頭銀髮一臉慈祥，峇爸拱起肚腩盤起雙腿，端坐在樹蔭下，瞇起眼睛遊目四顧，望著草坪上那群闊別三年，今晚接受召喚，從大河兩岸各個部落星夜趕來，聚集在翡翠谷，和他老人家團圓的姑娘們，好不得意，笑呵呵，煞似一位心滿意足的白人爺爺。但是他那雙溫柔的藍眼睛，時不時，猛一睜，就會暴射出兩團燐光來，好似兩條吐舌的響尾蛇，欻！欻！不停向我身子和臉上瞟射。他那條肥白的膀子肉顫顫，高高舉起來直伸到月光下，一逕朝向我招啊招。

彷彿被下了降頭，身不由主，我直挺挺舉起腳來，一步一步夢遊似地朝向澳西先生走過去了。一整晚，抱著芭比娃娃「小紅帽」，踮著腳尖靜靜尾隨在我身後，好像我的親姐妹，一路照護我的普南族小姑娘阿美霞，這時拔腿追上來。她悄悄伸手捉住我的衣袖，用力扯兩下。我猛然驚醒，硬生生煞住腳步，停留在距離峇爸約莫五碼的地方，不動了。像個犯錯的小孫女，我直直垂下了雙手，低下了頭來，避開他老人家臉上那兩道冰藍藍，又是疼愛又是責備，又溫柔又嚴厲，讓我一看就渾身發抖、整個人不寒而慄的目光。

「朱鴒，朱鴒，小妹子！」峇爸身後侍立的一排嬪妃中，有人向我發出呼喚。我悄悄抬頭，打眼角裡看了看。身穿月白色鑲金邊泰絲紗籠，高挑挑，站在峇爸左手第二個位置，氣度高華，一臉貴氣，好像皇后的肯雅族姑娘，蘭雅，伸出她那條巧克力色、光滑如奶油的手臂，正在叫喚我呢。五指尖尖，塗著猩紅蔻丹，月光下宛如五滴剛從指尖冒出的鮮血，燦亮燦亮，不住朝向我招著：「鴒妹妹過來啊！站到姐姐蘭雅身邊來，讓我們姐妹兩個今晚廝守在一起，說一說心事……」忽然聲調一變，她改用命令的口氣向我厲聲喝道：「過來！從台灣來的女生。」

我毫不遲疑，立刻舉腳，朝向菩提樹下的峇爸和蘭雅娘娘走去。

「朱鴒，我求妳回來，莫再上前！」阿美霞伸出雙手死死揪住我的衣袖，屈起雙膝半跪半蹲，挨在我身旁一個勁苦苦央求。

回頭一瞧，我看見這個居住在內陸深山，受峇爸的召喚，獨自趕了七天路才抵達翡翠谷的瘦小女孩，正睜著兩只大眼睛，哀哀望著我，滿眼的驚恐和悲傷。她那張精緻的、世世代代在叢林綠色巨傘保護之下，不見太陽，顯得十分白皙清秀的瓜子臉，這會兒映著月光，變得更加蒼白。點漆似的一雙烏黑眼瞳，閃爍著兩顆紅豆般大的淚珠兒，亮晶晶滾啊滾，差點就要掉落下來了。

心一軟，我又硬生生煞住腳步。

「朱鴒妹子，姐姐我不會傷害妳的！」蘭雅沉沉地嘆了口氣。她抱著娃娃，搖曳起紗籠腰肢，邁出她那十根趾甲上塗著鮮紅蔻丹的光腳丫，從樹蔭中走出來，在月光下站住，勾起一雙嬌媚吊梢眼眸，瞅住我，好像和我講悄悄話般幽幽地說：「今天下午前來翡翠谷途中，我們兩個人在三岔路口上相遇。朱鴒，妳知道嗎？第一眼看到妳這個打扮奇特，留著一頭短髮，穿著黃衣黑裙，抱著不知從哪裡撿來的芭比娃娃，滿臉塵土，一身泥巴，獨自行走在叢林小路上的女孩時，我心裡又是驚訝又是憐惜。不知為何（也許這就是你們唐人常講的『緣』吧），當下我心中便認定：這個我以前不曾見過，如今一見就覺得莫名地熟悉、親切的外地姑娘，是我前世的姐妹，今生又在婆羅洲相逢。那時，我還不知道妳名叫『朱鴒』——紅色的鳥兒——來自大海對岸一個名字叫台灣的美麗島嶼呢。」說到這兒，蘭雅凝起兩只清澄的瞳子，深深看我兩眼，忽然眼神轉暗，嗓門突地沉了下來，變得有點沙啞了：「妳在婆羅洲結識的第一個朋友，伊曼，也是我蘭雅的姐妹呀。我們三個前世親姐妹——朱鴒、伊曼和蘭雅——在我們天上的父耶和華／辛格朗．布龍慈愛的安排下，今天晚上，趁著月亮將圓，好一個美麗浪漫的夜晚，原本應該在翡翠谷相聚，可沒想到，伊曼遭到撒旦的軍隊綁架，如今下落不明生死不知，未能如約前來。」眼圈一紅，蘭雅低頭哽咽了半晌，猛一甩髮梢，舉手從腋下抽出一條紅綢手帕，擦了擦淚盈盈的眼眶，揚起臉龐高聲說：「但是不打緊，鴒妹妹，妳今晚就留在這兒過夜，明天早晨咱姐妹倆一起出發，沿著大河尋找我們可憐的三妹伊曼。鴒，妳說好嗎？」一陣香風挾著濃濃橄欖油味，陡地飄起，直朝向我的鼻子撲來。蘭雅又邁出兩只光腳丫，搖蕩起她身上那件簇新、亮閃閃、月白色泰絲鑲金邊的紗籠——我生平見過的最美麗、最貴氣紗籠——踏著月光，扭擺著兩只香瓜般圓翹的臀子，往前跨出三步，伸出頸子將嘴唇貼在我耳畔，悄聲說：「伊曼可是峇爸一生最鍾愛、最掛念的女孩。妳看！今晚的宴席上，他老人家特地給伊曼留下一個最尊貴、最醒目的位子呢。」說著，蘭雅噘起嘴唇，倏地往我耳洞中香噴噴吹口氣，隨即格格一笑，舉起手臂，指了指澳西先生右手邊空出的第一個位置，叫我瞧。

癡癡呆呆，中了蠱般，我扭頭順著蘭雅伸出的臂膀望過去。

我和峇爸的目光又碰上了。

笑眯眯，峇爸瞅著我那張羞紅的臉，和藹地點點頭。

菩提樹濃蔭下草地上，鋪滿熱帶水果、中間擺著兩甕伊班美酒的印度毯子旁，一排站著的紅、橙、黃、綠、藍、靛、紫七色紗籠女郎——峇爸的嬪妃們——聽到蘭雅這番話，齊齊張開櫻唇，受到指令似的一疊聲嬌滴滴地叫嚷起來：

「蘭雅姐姐說得沒錯！」

「鴒妹妹，妳今晚就留宿在翡翠谷吧。」

「今夜，月亮將圓。」

「在澳西先生的『哈林姆』，我們姐妹們團聚。」

「滿園子班葛．拉雅大紅花盛開。」

「這個美麗、羅曼蒂克的叢林月夜——」

「感謝天父的安排！」

「就是峇爸和朱鴒妹子的洞房花燭夜囉！」

「讚美主，哈利路亞！特你馬加色，都漢！」

這段時間中，澳西先生只管拈著酒盅，盤足坐在席前主位上，汗溱溱敞開白西裝襟口，鬆開白襯衫的鈕釦，暴露出他肚皮上那一坨層層疊疊、好似彌勒佛的白肉堆，邊自斟自飲，邊豎起一只粉紅耳朵，興味盎然地，傾聽嬪妃們七嘴八舌吱吱喳喳爭相聒噪，始終不吭一聲。兩顆藍眼珠，樹蔭下黑影地裡一閃一閃，放射出蛇舌似的光芒，不斷向我瞟過來。我想躲都躲不開哦，索性一揚臉，兩手扠起腰，正眼對著澳西先生，直視他那雙我生平見過的最藍、最深、最最詭祕淫蕩的眼睛。

瘧疾猛然發作似地，我不禁打起一連串哆嗦。

這當口，可憐的阿美霞，整個身子瑟縮在她那條濕答答的小紗籠內，肩膀子不停抽搐，只管打著擺子。她抱著她的芭比娃娃小紅帽，怯生生蹲在我身後，抖簌簌伸出手來，悄悄扯著我的衣袖，嘴裡一個勁的哀求：

「朱鴒，請妳跟我走吧！現在還逃得了，待會兒『阿里』出現，可就來不及囉。」

但我那雙腳彷彿被磁鐵吸住了似的，杵在菩提樹前，一動也不能一動。

我和澳西先生兩個人，就這樣隔著菩提樹下一灘月影，面朝面，眼睛對著眼睛，僵持了足足十分鐘之久。直等到一輪發言完畢，環侍峇爸左右的七名嬪妃好像一窩吵累了的麻雀，全都閉上嘴巴，讓她們的舌頭歇息歇息，澳西先生這才放下酒盅，收起臉上的笑容，看著我，清了清喉嚨正色地說：

「朱鴒小姐，妳看，姐姐們這麼熱情、這麼誠懇地邀妳參加今晚的酒宴，請妳以伊曼的好朋友和好姐妹的身分，坐在峇爸我為她預留的尊貴位子上，在這月亮將圓之夜，和翡翠谷眾姐妹同樂。妳能忍心拒絕她們的好意嗎？」

滿臉羞愧，我垂下雙手站在峇爸座前，不由自主地點了點頭。

「唔，這就對囉。」目光一柔，峇爸的臉頰紅噗噗地，又綻放出兩枚蘋果樣的酒渦。「鴒，瞧妳這身裝扮，怪裡怪氣的，和翡翠谷的羅曼蒂克氣氛，多不搭調！來，把妳身上的黃卡其上衣和黑布裙，給換了吧。」也不等我回答，他老人家就伸手向身後招了招，張開喉嚨大喝一聲：「來人呀！」

我跂起雙腳伸出脖子，往峇爸身後望過去，嚇得當場跳起腳來。

「峇里沙冷！」我心中慘叫一聲，想起了阿美霞告訴我的那個在婆羅洲傳說中，面目黝黑，半人半鬼，日行五十哩夜行百哩，擁有一雙彈簧腿的叢林精靈。他的任務是為他的主子「伊姆伊旦」（黑魔法師）收集處女的血。澳西先生的爪哇僕人，阿里，就是峇里沙冷的化身。七天前，黑天半夜，那位突然來到深山中的普南部落浪．喀邦村，幽靈般出現在阿美霞臥蓆旁，向她傳達峇爸口諭，要她立刻動身，帶著芭比娃娃前往翡翠谷的信差，便是這個阿里。阿美霞講述這件事時，特別警告我：莫小看阿里，以為他只是個僕人，跟在主人後面提行李，其實他的法力，比起部落長老們口中那位詭譎的「達勇普帖」——白魔法師澳西先生，還要強大哩。

如今，我總算和阿里見上一面了。

我睜起眼睛，一瞬不瞬，就著二更時分天頂灑下的一片銀色月光，細細打量他。

在澳西先生一聲「來人呀！」喝令之下，只見一個人，或者一條幽靈，高高瘦瘦煞似一根竹竿，頭戴黑色印尼宋谷帽，肩胛上飄飄嫋嫋地掛著一件招魂幡似的馬來白長衫，腰繫一條黑紗籠，踮著雙腳，不知從哪裡走出來，悄沒聲，驟然間出現在菩提樹下。

「啊，他來了！」雙手緊緊摟住娃娃、蜷縮著身子蹲在我身後的阿美霞，彷彿看見鬼魅似地，蒼白著小臉兒哀叫一聲。

滿園子追逐嬉鬧的女孩們，齊齊煞住腳，扭轉脖子，望向翡翠谷中央的大菩提樹。霎時，偌大的山谷沉陷入一片寂靜中，四下鴉雀無聲。

月亮直直照射下，只見阿里那張黧黑的爪哇臉孔，骨嶙嶙，木無表情。

「阿里上前！」大剌剌，澳西先生盤足挺肚坐在樹下一張錦墊上，頭也沒回，只反手一招。無聲無息，阿里聳著肩膀踮著腳尖，走到主人跟前，畢恭畢敬彎腰打躬，垂手侍立。

「向朱鴒小姐獻衣！」澳西先生下旨。

阿里點點頭，也不答話，就從白長衫袖子中伸出他那只枯黑、骨瘦如柴的手臂，倏地朝向空中一抓。我睜大眼睛昂起脖子抬頭眺望。月光白燦燦。眼一花。再睜開眼睛看時，只見阿里手中多了一件黑忽忽、皺巴巴的東西。我正在發呆呢，阿里早就邁出他那兩根篙子似的長腿，趿著兩只光腳丫，不聲不響躡手躡腳，只三步就跨到我身旁來，彎下細長腰身，打一躬，將雙手捧著的紗籠高高舉起來呈到我面前。黑臉膛上，兩粒玻璃彈珠般的眼球，烏亮烏亮瞅住我的臉龐，骨睩骨睩轉動兩下。我禁不住伸出雙手。沒等我接過紗籠，阿里突然把手一捽，好像魔術師變戲法，當場就將紗籠抖了開來，豁地一古腦兒攤在明亮的月光下。草坪上站著的大夥紛紛昂起脖子看呆了。

好一條七彩繽紛、燦爛奪目的簇新手織峇里紗籠！乍看，可不就像一匹上等的中國雲錦，展現在婆羅洲雨林中一座祕密花園裡？

菩提樹下，身穿七色泰絲紗籠，宛如一道彩虹般環繞住峇爸的七位嬪妃，齊齊探出頭來，個個臉上露出又羨又妒的神色。「啊——」不知誰發出一聲喊來，帶領姐妹們，提起紗籠襬子，邁出光腳丫跑上前來圍觀。那滿園子四下佇立、彷彿中蠱般扭頭呆呆望向菩提樹的一群小姑娘，聽到大姐姐們的吶喊，如夢初醒，紛紛舉手揉揉眼睛，拔起雙腳，一手抱住各自的娃娃，一手拎起身上穿的紗籠，蹦蹬蹦蹬爭相奔跑過來，在菩提樹邊緣圍成一圈，伸出脖子跂腳窺望。阿里雙手高舉著雲錦紗籠，踮著腳尖轉動一周，讓翡翠谷中的七十二個女孩全都看得真切了，這才將紗籠收起，摺疊成一呎見方，畢恭畢敬遞到我手中。我接過來放在手心上掂了掂。「好輕！」我打心裡驚嘆出一聲來。阿里咧開嘴巴朝我笑了笑，黧黑臉膛上白森森地綻露出兩排大板牙。我站在峇爸面前，雙手捧著這件我生平見過的最華美、最貴氣的紗籠，在眾姐妹注目下，彎下腰，誠心誠意向阿里鞠躬道謝。阿里舉起雙掌，合十向我拜三拜，回身跂起腳上十只烏黑趾頭，靜悄悄走回到菩提樹下濃蔭中。

月光下，影一晃。

阿里那細條條瘦高高、宛如一根竹竿的身子，飄飄蕩蕩，掛著一襲白長衫和一條黑紗籠，倏忽，隱沒在黑影地裡，看不見了。

整座翡翠谷——澳西先生在婆羅洲叢林中建造的蘇丹式後宮，哈林姆，第七天國——彷彿突然遭受電殛似的，頓時陷入死寂。一眾小宮女們，穿著小紗籠裸著細肩膀披著一頭長髮絲，好似一尊尊小雕像，抱著娃娃，矗立在草坪上，只管睜著一雙雙烏晶晶的眼睛，愣愣目送澳西先生的僕從，那個神祕、無聲的爪哇人阿里，阿美霞口中半人半鬼的叢林精靈「峇里沙冷」，在完成主人交付的任務，給峇爸的新妃子送來洞房花燭夜穿的紗籠後，悄然離開。

在滿園敬畏的目光注視下，眨眼間，阿里的身子消散在一谷月光裡，沒聲沒息無影無蹤。

「呵呵呵——」澳西先生仰天長笑三聲，抬起兩只大屁股，肉顫顫，從菩提樹下寶座上站起身來，舉起一顆缽子大的拳頭，鼕，鼕，擂鼓似地往自己肚膛上敲兩下，隨即向他的哈林姆發出聖諭：「丫頭們，伺候朱鴒小姐更衣吧！」

「遵命！敬愛的峇爸。」滿園宮女哄然答應。

大夥一擁而上，團團地將我圍困在菩提樹下。七十二個姑娘，如同一群小母夜叉，齜著牙，瞪著眼，伸出一雙雙十指尖尖、塗著血紅蔻丹的手爪子，不管我死命掙扎、扯起嗓門厲聲呼救，便爭相動起手來，揪的揪咬的咬，撕的撕脫的脫，兩三下就將我身上穿的黃衣黑裙台北小學女生制服，一古腦兒剝個精光。

菩提樹蔭外，偌大的草坪上，空寂寂清冷冷一灘月光中，一縷幽魂般，飄飄嫋嫋淒淒涼涼地，響起阿美霞那沉沉一聲無奈、絕望、恐怖的嘆息：「唉——朱鴒完了。」

第三卷　吉姆王爺

第十三話　逃出第七天國

明月當頭照。

我只聽見滿林母猿的啼喚聲，午夜十二點，乘著山風，伴隨著遠方卡布雅斯河轟隆轟隆迸響起的波浪聲，招魂似地不斷傳來，鑽入我的耳鼓：嗚噗！嗚噗嗚噗！

翡翠谷中央菩提樹下，挺盛大熱鬧的一場喜酒宴，霎時，陷入一片凝靜中。

槖。槖。槖。兩只碩大的尖頭厚底白皮鞋，亮晶晶反射著月光，朝向我那赤裸裸蜷縮在地上的細小身子，步步逼進。

澳西先生——峇爸——那張笑面佛似的大臉膛，肥油油肉顫顫汗潺潺，驀地浮現在我的頭頂上，一吋一吋地朝向我的面孔直撲下來，月光照射下，好似蒸籠中一顆正在發酵的大號白饅頭，不住膨脹、擴張、凸起……

嬪妃們那幾十張年輕姣好，眉心點著一粒朱砂，腮上塗著兩片臙脂的臉蛋，笑嘻嘻咧開紅唇，露出兩排小白牙，團團環繞住澳西先生那顆斗大的銀髮頭顱。

明月下，她們那一雙雙吊梢眼眸，眨亮眨亮勾啊勾，只顧朝向我瞟過來。

現在，峇爸的臉孔距離我的眼睛只有半呎了。好近好近。近得——啊，我的額頭幾乎碰觸到他那只紅冬冬尖翹翹，鼻端上冒出一顆大黑痘，生出三根金黃長毛的酒齇鼻子。近得，我清清楚楚看到峇爸眼瞳中射出的兩朵藍光，鬼火樣閃閃爍爍。近得，我看見峇爸腮幫上兩坨脂肪不住顫抖著，就快要滴出油來了。近得——我忍不住要當場嘔吐出來嘍——我聞得到峇爸那個黑洞洞，咧著兩排大黃牙，伸出一根紅涎涎的大舌頭，淅瀝淅瀝流淌著口水的大嘴巴中，一蓬一蓬，毒霧似的，不停噴吐出來的酒氣和起司大蒜味……

這下完了。逃無可逃，我只能舉起雙手抱住自己的頭，緊緊縮住鼻尖，暫時停住呼吸。

噗嗤，噗嗤，圍觀的姑娘們看到我的窘相，紛紛抿嘴笑起來，臉頰上綻現出一雙雙酒渦，月光映照下宛如一簇午夜盛開的朱槿，燦爛地，綻放在婆羅洲一座幽谷裡。

峇爸也開懷笑起來。他那雙肥大的酒渦，綻開在幾十只嬌美的小梨渦中。

倏地，他老人家伸出一條胳臂，就在我胸前十厘米處，停住了。十根粗短的手指張開來，隨著他那一陣陣發自咽喉中、公河馬叫春般嗬——嗬——嗬的淫笑聲，朝向我的兩只奶子慢慢地、一厘米一厘米地推進。

月娘不知何時悄悄退隱入雲堆中。

黑天半夜，滿山母猿們爭相扯起了嗓門，嗚噗！嗚噗！嗚噗！嗚噗！啼喚得越發噪鬧悲切。

孤伶伶，我躺在翡翠谷，澳西先生的叢林後宮「第七天國」那片綠草如茵的草地中央，一張四蓆大、鋪滿熱帶水果和伊班美酒的印度毯子上，弓著腰，蜷起我那赤裸的、只穿著一條紗籠的身子

（記得嗎？就是那半人半鬼的叢林精靈阿里，在他的主人澳西先生指示下，伸手往空中一抓，憑空變出的七彩雲錦紗籠），像個小娃兒般躲藏在母親的子宮裡，雙手抱住兩只膝頭，一動不敢一動。

「唉，在澳西先生那兩只肥白的、沾滿婆羅洲處女血的手爪子底下，朱鴒丫頭啊，妳休想逃走！」我依稀聽見李老師嘆口氣，在我耳邊悄聲說。

好吧！我朱鴒認命。今晚月亮特皎潔。在這個羅曼蒂克的南洋之夜，我的臉頰，將被搽上兩片鮮紅臙脂，眉心被點上一粒血紅朱砂，然後被剝光衣服，送進哈林姆洞房，成為「叢林蘇丹」澳西先生的第九名妃子，填補我的好姐妹和好朋友，如今下落不明的伊曼所遺留的缺。

* * *

但就在這節骨眼上，我感到後頸猛一陣疼痛。有個人突然出手，一把攫住我的脖子，老鷹抓小雞般將我整個身子，連人帶紗籠，一古腦兒拎在手中，然後，就拔起雙腿來，撩起身上那條黑披風的下襬，不聲不響不言不語，朝向翡翠谷的出口，一溜煙奔跑過去。

霎時，滿園姑娘全都驚呆。一個個伸著脖子張著嘴巴，摟住各自的娃娃，站在菩提樹周圍草坪上，眼睜睜看著這個黑衣人，如同墨西哥的蒙面俠蘇洛那樣，颼地不知從哪裡飛撲出來，眾目睽睽之下，將呇爸的新妃子劫走。過了兩三分鐘，大家才回神，扯起嗓門「啊」的一聲叫喊出來。剎那間，整座園子吱吱喳喳喧囂成一片，那光景，就好像一樹痲雀驟然受到驚嚇，鼓起翅膀四下紛飛。流水咚咚，明月高掛椰林梢，武陵洞天般清幽的翡翠谷，頓時變得鬧哄哄亂成一團，到處綻響起女子的尖叫聲、驚嘆聲、議論聲和奔走聲。

那人帶著我，跑得好快好快。

我只聽得耳畔風聲呼呼，風中，我的一頭亂髮獵獵飛舞。奔逃中，我使勁撐開眼皮，回頭一看，只見峇爸的爪哇僕人阿里，身影一晃，從菩提樹背後竄出來，邁著他那細細長長直直、高蹺似的兩根彈簧腿，鬼魅般沒聲沒息閃閃忽忽，左轉右拐，穿梭在山谷中那一簇簇午夜開得一片紅的朱槿花叢間，只顧一路追上來。

月下一襲白長衫飄飄，一條黑紗籠飛揚。

雙方只隔著五、六十步的距離。

黑衣人攫住我腰間的紗籠，把我的身子拎在手上，倒提著我，沒命地奔跑。晃啊晃，我整個人好似一枚笨重的鐘擺，搖盪在半空中，滴答滴答。我睜開眼睛，只看到眼前一條一條花紗籠閃動。滿園窈窕身影，拖著肩後一把黑色小瀑布似的長髮絲，抱著娃娃東奔西竄，尖叫聲此落彼起。不吭氣，那人只管邁開兩條長腳，遊走穿梭在姑娘堆中，在阿里陰魂不散、如影隨形的追蹤下，踏著月光一路飛跑到谷口。

我終於逃出了峇爸的哈林姆後宮。不知為何，心中竟覺得依依不捨哩！忍不住回頭眺望。

月亮破雲而出，白雪雪灑下滿谷清光。

看哪！月下那花團錦簇，宛如一座巨大盤絲洞的翡翠谷，正中間的小丘上，青羅傘似的，矗立著一株枝葉繁茂亭亭蓋蓋的菩提樹。樹蔭下，峇爸，偉大的白魔法師澳西先生——部落長老尊稱的

「達勇・普帖」，長屋孩子們心目中的南極聖誕公公——在七位身穿七色泰絲紗籠，額頭中央一滴血似的綴著一粒紅痣，年紀約莫十三、四歲的嬪妃，眾星拱月般團團環繞之下，兀自低眉垂目盤足打坐呢。就著滿山谷的清光，我凝眼一看。只見他老人家昂著一顆碩大的銀白頭顱，臉膛上兩眼眯笑笑，雙手交叉著安放在大肚腩上，滿面慈祥一團和氣。乍看，這可不就是一位托著金缽，踏著波浪，萬里迢迢渡海而來，降臨在婆羅洲原始森林中的西天彌勒佛，在這赤道盛夏夜晚，吉時良辰，接受處女們的參拜和血食供養嗎？

一瓢月亮水白白，漂浮在菩提樹梢頭。

猛抬頭，樹下的胖尊者挑起了眼皮，朝向我望過來。

我的眼睛，和澳西先生的眼睛，隔著菩提樹下草坪上一席豐盛的酒宴，對上了。他老人家兩只冰藍瞳子，好像豺狼眼，碧熒熒迸射出兩道銳利的光芒，直直地，穿透白茫茫一谷月光，眨也不眨，只管鎖定我的臉龐。我感到背脊一陣發麻，渾身冷汗直冒。雙方眼神交會的一瞬間，我腦海中電光閃過：我和澳西先生之間的鬥爭還沒完結，現在只是個開頭而已呢。我心裡有個強烈的預感：我們這一老一小兩個素不相識，各來自天南地北，因著某種奇異的緣分，在南海一座大島上相遇的人，今晚離別後，不多久，肯定又會在婆羅洲的母親河，卡布雅斯河上的某個地點，再度碰頭。

到時，我和峇爸之間將展開一場對決——不，一場殊死戰！

在神祕黑衣人劫持下，逃出翡翠谷口的剎那間，我舉起雙手，虔誠合十，在心中暗暗向辛格朗・布龍——伊班人的創世大神、婆羅洲少女們最信賴的天父——鄭重起誓：

布龍神賜予我力量、智慧和勇氣！我，朱鴒，總有一天必親手殺死澳西先生，剷除他的幽靈，滅掉他的魂魄，讓這個陰魂不散、擅長迷魂術的白老頭，從此在婆羅洲消失，如同一顆膨脹的彩色泡泡，砰地裂開，消散在赤道中午白花花陽光中。往後，直到世界末日，我保證這個老傢伙不會出現在大河流域，繼續欺騙我善良、苦命的朋友，伊曼和阿美霞，也不會再帶著半人半鬼的僕人阿里，遊走各部落之間，繼續蠱惑和奸污那群天真美麗，穿著花紗籠披著黑髮絲，抱著芭比娃娃新娘，守望在河岸每一座長屋大門口，癡癡等待「峇爸」光臨的伊班族、加央族、肯雅族和普南族的女孩們。

第十四話 詹姆士·布魯克爵士

究竟是誰，在這萬分危急的時刻，千鈞一髮之間，將我從澳西先生（峇爸）魔爪底下，硬生生拉回來——就像我小時崇拜的偶像，墨西哥蒙面劍俠蘇洛，突然現身在一座貴族莊園那樣，眾目睽睽之下將一位受難的姑娘劫走？

這個神祕黑衣客，是我朱鴒的大恩人。若不是他出手相救，我肯定已經失身，成為峇爸哈林姆後宮的一名嬪妃了。

（如今，站在台北市中山堂講台上，向各位仕女們報告我的婆羅洲之旅，一想到這個白老頭，澳西先生，他那一身油脂肪和兩胳肢窩的羊騷味，我心裡就覺得噁喇喇，直想當場嘔吐出來！）

我這位恩人，來頭倒是不小。

我得知他的出身和來歷，說起來還真是一樁緣分。他是我在台灣結識的南洋浪子李永平，李老師，一生最欽佩的男子漢和最仰慕的冒險家。他是真實的人物，在婆羅洲歷史上可是大名鼎鼎。他的名字叫詹姆士·布魯克。李老師尊稱他「吉姆王爺」。記得在台北市，每次和我結伴行走在台大校門口，羅斯福路那條寬闊的、長長的紅磚人行道上，漫步迢迢，舉頭眺望城頭月，回憶起南洋往事時，李老師總要以莊嚴的表情和肅穆的語調，講一講吉姆王爺的叢林冒險生涯。這個英國人的故事，我聽過不下十遍——以至於今天，我能夠將他的生平重大事蹟，像死背課文那樣記得滾瓜爛熟。不相信？那麼我這就把吉姆王爺的小傳，背誦給妳們大家聽：

詹姆士．布魯克，大不列顛人士，一八〇三年四月二十九日誕生於大英帝國統治下的印度。父親湯瑪士．布魯克是英格蘭人，居住在印度教聖城瓦拉納西，出身不明，職業不詳。母親安娜．馬利亞，出生於英格蘭赫德福郡，乃蘇格蘭貴族、第九世布蘭泰爾勳爵和他的情婦哈蕾特．提斯岱爾所生的非婚生女兒。詹姆士的童年在印度東北部度過。十二歲，被送回英國，進入諾威治寄宿學校就讀，但不久就私自逃走。十六歲，返回印度，加入東印度公司孟加拉軍團，擔任掌旗兵。在阿薩姆邦參加第一次英緬戰爭，高舉軍旗衝鋒陷陣，身負重傷，一八二五年被送去英國治療。一八三〇年搭乘「韓特里號」輪船回到印度，在馬德拉斯城登岸，但因為某種緣由，趕不及與部隊會合，只好搭乘原船，經由中國返回英國。

一八三〇年到一八三三年這段期間，在詹姆士．布魯克多姿多彩、充滿事故的生涯中，是一個令人好奇和困惑的空白。

有歷史學者指出，這三年中他嘗試從事遠東貿易，但似乎沒有成功。

一八三三年，父親逝世。詹姆士繼承三萬英鎊遺產。他利用這筆錢，購買一艘排水量達一百四十噸的三桅縱帆船，命名「皇家號」，招募二十四名水手，以跑單幫方式在南中國海活動。

（這個時期的詹姆士．布魯克，在他的英文傳記中被稱為「獨立冒險家」，用我們台語來說就是一隻孤鳥。）一八三八年他第一次航向婆羅洲，八月，在沙勞越河口的古晉港登陸。當時，位於婆羅洲島西北部的沙勞越邦，是汶萊王國的屬地。布魯克抵達時，政治局勢正陷入混亂狀態。蘇丹奧瑪．阿里．賽福鼎二世任命的總督拿督巴丁宜，和土豪馬哥達結盟，領導沙勞越人民起義，反抗汶萊王國的暴政和重稅。蘇丹派遣大將穆達．哈辛率軍征討。雙方陣營對峙於古晉城，高舉番刀互相叫陣。這時詹姆士．布魯克手中高舉一支來福槍，身穿一襲黑色長披風，翩然出現兩軍之間，金髮飄逸，眼瞳湛藍，堂堂六呎五吋的身軀（南島民族的成年男子，平均身高五呎），有如一位踏海而來的西方神祇。

土人大驚，紛紛伏地參拜。

哈辛請求布魯克協助他平亂，允諾事成之後，奏請蘇丹委任他為沙勞越總督。一八四一年，布魯克率領「皇家號」二十四名水手，平定叛亂。一八四二年八月十六日，汶萊蘇丹冊封詹姆士．布魯克為沙勞越的拉者。（「拉者」是源自印度的馬來語名詞，意為「大君」。）聲威赫赫、統治沙勞越一百年的布魯克王朝正式建立。往後二十六年，詹姆士以白人拉者身分，成為沙勞越至高無上的統治者，獨自居住在古晉城對岸，沙勞越河畔新建的維多利亞式巨大莊宅，艾斯坦納宮。

一八四七年，四十四歲的大不列顛之子，以海外藩王的身分衣錦還鄉，受到倫敦市各界英雄式盛大歡迎。維多利亞女王特地接見，封為「大英帝國高級巴斯勳騎士」。爾後，英國人稱他為詹姆士爵士；他治下的子民，沙勞越數十萬土著，管他叫都安．吉姆（馬來語「都安」意為老爺，吉姆則是詹姆士的暱稱），以示親近和尊崇。

布魯克的下半生，致力於建設他的新王國：改革行政、制定法律、教化百姓、剿除海盜。沙勞越人至今感念他的功德。在位二十六年間，他透過一連串條約、租契和武力宣示，從汶萊蘇丹手中獲取大片土地，疆域一路向東擴展，從沙勞越河直到巴蘭河，海岸線綿延長達五百英里，形成今日沙勞越的版圖，總面積四萬八千平方英里，占婆羅洲全島六分之一。

一八六八年，詹姆士．布魯克積勞成疾，蒙主寵召，安葬於英格蘭德文郡奚普斯托村，聖李奧納德教堂。享年六十七歲。終生未婚，無後。王位由外甥查爾斯．約翰生．布魯克繼承。沙勞越的白人拉者王朝，延續長達一百年之久。一九四六年二戰結束，在位的第三任拉者查爾斯．維納爾．布魯克，無力重建被日軍蹂躪的國土，自願將主權移交英國。沙勞越王國，於是變成大英帝國一個直轄殖民地。一九六三年沙勞越獨立，加入新成立的馬來西亞聯邦，成為一州，直到今日。

詹姆士．布魯克的官方傳記，我一口氣背誦完啦。就像小學生背誦課文一般熟極如流，一字不差，連年代都記得清清楚楚呢！我沒騙大家吧？

這個英國小夥子，「孤鳥冒險家」，便是那性情孤傲，在英國殖民地出生長大，受英國式教育，卻看不起英國人的南洋浪子，李永平老師，生平最欽佩和仰慕的人物。他親口告訴我，小時住在古晉城，每次背著書包，行走在市中心的老巴剎，經過布魯克一手建立的沙勞越最高法院時，他總會轉頭，誠誠敬敬，向大門口樹立的拉者紀念碑，行注目禮，有時趁著四下無人，還會轉身悄悄鞠個躬哩。但是偷偷告訴妳們：在我這個成天被逼聽他的故事，早已聽膩，卻不敢表露出來，擔心李老師會老羞成怒、當場變臉的台灣女孩心目中，詹姆士·布魯克這位「都安」爵爺，只不過是個出身不明的浪蕩子。說穿了，他是一位闖蕩南海，招搖撞騙裝神扮鬼，專門唬弄土人的冒險家。他是有點本事。這個三十郎當，油頭粉面，把自己打扮成維多利亞時代英國花美男的小夥子，憑著一艘二手三桅縱帆船、一支新來福槍、幾百發子彈和三兩招西方奇門法術（他和澳西先生，想必師出同門），加上痞子特有的一份好運，帶著二十四個浪人水手，在南中國海域混跡七年，因緣際會，當上了一個蠻荒島嶼的什麼「拉者」，搖身一變，成為被土著膜拜的吉姆王爺。

這樣的腳色，好萊塢電影中多的是，根本不值得——唉，像李老師那樣心高氣傲的人，當成偶像來崇拜。

在台北時，我曾看過一部電影《大戰巴墟卡》（李老師說那是根據吉卜林的小說《將成為國王的男人》改編的），由史恩·康納萊和米高·肯恩領銜主演。故事講的就是十九世紀初年（恰恰是詹姆士·布魯克那個時代！）大英帝國印度軍團的兩個小兵，退伍後生活無著落，就穿著大紅英國陸軍制服，帶著兩桿來福槍、幾百發子彈、一隊騾子和幾名腳夫，進入阿富汗，在卡菲爾斯坦山區浪遊，四處闖蕩，尋找亞歷山大大帝留下的黃金寶藏。哥兩個結伴，從一座城鎮逛到另一座村墟，邊走邊行騙，製造種種事端，一路鬧得狗跳雞飛，閨女們關門閉戶紛紛躲藏起來。

這一對英國痞子的故事，比起「吉姆爺」在婆羅洲沙勞越邦的冒險經歷，還要更精采、滑稽，更加有看頭哩！

最經典、最令人難忘的一個場景：在曠野上的一場戰鬥中，哥倆以二敵百，老大丹尼的胸口中了一箭。但是，天父耶和華在上！這支箭被丹老大胸前掛的子彈帶給擋住了。不知情的阿富汗人，看見這個身材魁梧、金髮飛揚、身穿大紅軍裝的白人戰士，中箭不倒，兀自奮勇作戰，以為天神下凡，亞歷山大大帝再臨卡菲爾斯坦（記得嗎？兩千年前，他曾率領馬其頓軍團從西方而來，征服阿富汗和印度），於是紛紛放下弓箭和新月刀，黑壓壓一片，伏地合十朝向丹尼頂禮膜拜，仰天呼號大讚真主之名：依夏阿拉，亞努格拉阿拉……

在部落長老們擁戴下，痞子丹尼（由年華老去、滿臉皺紋的七號情報員史恩．康納萊飾演），脫掉英國小兵軍服，穿上錦袍，戴上亞歷山大金冠，登上卡菲爾斯坦古國的王座。他的拜把兄弟畢奇（米高．肯恩飾）當上宰相。哥倆在沙漠綠洲中興建一幢天方夜譚式、充滿阿拉伯風情的「哈林姆」後宮，在成群阿富汗美女服侍下，享受了一段榮華時光。後來，騙局當然被揭穿嘍。至於這兩個英國冒險家的下場，大家去看《大戰巴墟卡》吧，保證震撼人心！

這部好萊塢電影，劇情荒唐到讓我這個台北小學女生，朱鴒，在戲院裡坐不住，從一開演就一路扭動身子，咯咯咯直笑得肚子痛，三番兩次差點從座椅上滾落到地板上來。身旁的李老師，卻看得很認真，從頭到尾一逕挺著腰桿板著臉孔，沒笑出一聲。劇終，幕落。他霍然站起身走出戲院，帶我去西門町獅子林廣場小吃街，吃消夜。才落座，他就叫一杯五百西西生啤酒，邊大口喝酒邊凝起眼睛，眺望城頭一鉤漂浮在滿町人潮上的新月，彷彿陷入沉思中，過了整整五分鐘才開腔。

「丫頭啊。」

「你又要講他了。」我嘆口氣：「唉，我聽！」

「哦？講誰？」李老師兩眼血絲斑斑瞅住我，猛一睜：「講吉姆王爺？那又怎麼了？」

「你知道你講詹姆士．布魯克的故事，已經講了幾遍嗎？九遍！害我晚上做夢都看到這個沙勞越的『拉者』。他的傳記，我都倒背如流了。對不起，在我這個無知的小女生看來，你從小崇拜的這位偶像，痞子冒險家，就像《大戰巴墟卡》裡的那對活寶，丹尼和畢奇。」

這下，我可踩到地雷了。臉色颼地一變，李老師砰地放下啤酒杯，兩手掐著桌緣，抬起屁股，傾身向前伸出脖子瞪住我：「詹姆士．布魯克爵士是痞子冒險家？朱丫頭，我請教妳：布魯克加入東印度公司孟加拉軍團時，幾歲？擔任什麼職務？參加過哪一場戰役？表現如何？」

「十六歲。擔任掌旗兵。參加過第一次英緬戰爭。揮舞軍旗衝鋒陷陣，身負重傷，被送回英國療養。」我把臉一揚，不假思索地回答。

李老師滿意地點頭：「唔。我再考妳：這個『痞子』用三萬英鎊，購買一艘三桅縱帆船，以獨立冒險家的身分在南中國海闖蕩，那時他幾歲？」

「三十。」

「航行到婆羅洲，登陸古晉城，幾歲？」

「三十五。」

「協助汶萊蘇丹平定土著叛亂，幾歲？」

「三十六、七吧。」

「算妳答對。為了酬謝他的功勞，蘇丹冊封他為『拉者』。詹姆士．布魯克成為沙勞越歷史上第一位白人統治者，建立長達一百年、聲威赫赫的布魯克王朝。請問丫頭，那年『痞子』幾歲呀？」

「唉，三十九歲。」

李老師對我的一系列回答，顯然感到滿意。他舉起五百西西大酒杯，一口氣，灌下七口生啤酒，仰頭眺望城上月，一時間又陷入沉思中。百無聊賴，我邊拈著湯匙攪動我那碗加辣魷魚羹，邊望著對街，樂聲戲院屋頂上，高高地豎立的巨幅看板。克林．伊斯威特主演的《荒野大鏢客》！今年寒假又演這部電影了。一家戲院演完換一家，在台北市已上演過七次。記得我剛上小學時，一個大寒流夜晚，李老師帶我和鄰居的亞星姐，在西門町新世界戲院看這部片子。那時十五歲、和哥哥從台中的老家上來讀補習班，準備考高中的亞星，出落得十分秀麗，像一朵初開的淺紅荷花。我冷眼旁觀，看出來李老師打心裡喜歡她。我們仨，聚在一起，度過一個奇特的快樂的寒假。那年七月暑假來臨時，亞星姐突然失蹤。好好的一個人，青天白日下不聲不響就從人間蒸發掉。那一整個暑假，李老師四處尋找亞星姐，走遍了整座台北市，鑽遍了西門町、寶斗里、大龍峒、中山北路九條通和北投溫泉鄉的每一條暗巷、每一個旮旯衖衕。那陣子我真擔心他會發瘋。五年了，亞星依舊下落不明。直到今天，這個南洋浪子內心深處，噯，必定還惦念著他當年認識、相聚一個冬季的鄰居姑娘……

「丫頭——」李老師從漫長的沉思中醒來，悠悠開口：「他是個痞子，沒錯。」

「誰是個痞子呀？」我猛地怔了一怔。

「詹姆士．布魯克爵士。」

「唉，又是他。可憐我的兩只耳朵，聽他的故事早就聽出一層老繭來啦。」

李老師睜起眼睛瞪我兩下，舉杯啜一口冰啤酒，自顧自，繼續講述他的偶像的豐功偉業：「他雖是痞子，卻是個極了不起的痞子，不同於吉卜林筆下的兩個英國小丑，丹尼和畢奇。朱鴒，請用妳那顆絕頂聰明的小腦袋瓜想像：一個毛頭小夥子駕駛一艘帆船，帶領二十四個雜牌水手，航向世界第三大島婆羅洲，闖出一番大事業。妳知道他一手建立的國家，沙勞越王國，面積有多大嗎？」

「有香港那樣大？」

「呵呵呵，朱鴒丫頭，妳忒小看這個痞子了！」李老師仰天長笑三聲。「我考妳，台灣的面積多少平方公里？」

「三六一九三。」

「沙勞越的面積多大？」

「這題，我不會。」

「一二四四五〇平方公里。」

「台灣的四倍。」我真心讚嘆一聲：「厲害！一個英國小夥子，嘖嘖嘖，憑著一支來福槍和幾百發子彈，建立恁大的一個國家。」

「有學者說，布魯克使用江湖術士的手段，連哄帶誆，以蠶食的方式，將這塊面積和他的家鄉英格蘭同樣大的土地，一點一點地弄到手。好吧，就算他是騙子，也是個挺了不起的騙子，才能從當時統治婆羅洲整個北部地區、聲威不可一世的汶萊蘇丹奧瑪．阿里．賽福鼎二世手中，騙到十二萬平方公里的土地呀。」

「請問老師：汶萊的國土如今剩下多少？」

「五千七百五十平方公里。」

「啊！」我由衷地驚嘆出一聲來。「只有台灣的七分之一，等於大台北地區，加上桃園縣和宜蘭縣。好小的國家哦！」

李老師點點頭，又舉起酒杯向城頭明月一敬，骨碌骨碌灌下三大口啤酒，霎時又陷入沉思和回憶中。我把我那碗魷魚羹吃完，咂咂嘴，一抬頭就跟樂聲戲院屋頂上的美國大鏢客，克林．伊斯威特，猛地打個照面。臘月隆冬天，一股西伯利亞寒流呼颼呼颼，越過台灣海峽，從淡水河口直湧入台北盆地。風中，只見這個德克薩斯州好漢，戴著一頂帥氣牛仔帽，穿著一件花格子襯衫，叉開兩條長腿，矗立在滿街滾滾人頭之上，只管乜斜起兩只碧藍眼瞳，笑吟吟，俯視他胯下，台北市最熱鬧繁華的街町，西門小紅町。

他的一只手，悄悄伸向腰間，準備拔槍。

尖削的白臉膛上兩片鮮紅的嘴唇，齜啊齜，咧著兩排大白牙。緊綳綳的一條牛仔褲，襠子上精巧地繡著一只粉紅蝴蝶，迎著北風翩翩起舞。

我的眼睛和克林．伊斯威特的眼睛，隔著一街洶湧的人潮，對上了，互相凝望長長一分鐘。克林．伊斯威特的褲襠，突然鼓了三下。

我嚇得慌忙摔開了臉。

「好睏哦。」我舉手遮住嘴巴，打了個長長的哈欠。「看完了電影吃完了消夜，我們趕快去搭公車回家吧。我明天還要上學呢！」

但李老師依舊繃著臉，握住五百西西啤酒杯，坐在小吃攤上，舉頭望月，繼續想他的心事。我只好又坐回凳子上來，百無聊賴地觀看過往的路人。

一個頭髮半禿、紅光滿面的中年阿凸仔，走過我們桌旁。看他那副裝扮和身架子——六呎長、三百磅重的身軀，大冷天，只裹著一件夏威夷花襯衫和一條粉紅色沙灘褲，露出兩條金毛腿，趿著一雙紅涼鞋——肯定是個美國人。這個五十多歲的老外，看不出什麼來路。我猜他若不是商人，便是走江湖的老騙子，再不就是在南陽街補習班混，擔任英語會話老師（這種美國浪人，台北市文教區滿街都是）。妳們看這老傢伙腆著個圓鼓隆冬的啤酒肚，張開兩只黃毛狨狨、猿臂般粗的膀子，一左一右，各挾著一個黑髮披肩，身穿黑皮夾克，腰繫黑皮短裙，腿上套著一雙黑玻璃絲襪，腳下蹬著兩只黑馬靴，年紀約莫十五六的西門町辣妹。男女老少三個，在這大寒流夜晚摟成一團，大搖大擺穿梭在獅子林廣場人群中，四下漫步徂徂。走過小吃攤時，老阿凸仔煞住腳步，乜起他那雙水汪汪藍眼眸，瞅住我，眨個眼，悄悄騰出一只手爪來，使勁搔搔他的褲襠。臨走時，他還轉頭瞄了瞄坐在我對面的李老師，咧開嘴巴笑了笑，點頭致意。

李老師沒答理這老頭，自管舉杯喝一口啤酒，清清喉嚨，繼續剛才中斷的話題。

「所以，童年在古晉市聖保祿學校讀書，上沙勞越歷史課，我特別專心。老師楊瑪麗修女，用她那溫柔婉約、帶點洋腔的華語，將白人拉者的傳奇事蹟，如同講聖經故事一般，娓娓道來。這時，我腦海中就會鮮明地浮現出詹姆士·布魯克那孤獨、俊美的影像：一個身高六呎五吋的藍眼白皮小夥子，手握一桿來福槍，跋山涉水，跨大步巡行在婆羅洲原始叢林中，穿梭於各部落、長屋和甘榜之間。一路上土人紛紛伏地路旁，合十頂禮膜拜高呼：『孔帝基！孔帝基！』這個天神般的人物，青年布魯克，成為我這個華裔少年私淑的偶像。後來上了高中，隨著年齡的增長和心智的成熟，我對他的崇拜漸漸消滅，取而代之的，是強烈的好奇和一種莫名的畏懼：這個年輕的白人冒險家，到底憑藉什麼東西，收服了婆羅洲的原住民，尤其是那慓悍無比的伊班獵頭族？」李老師停頓下來，滿臉迷惑，抬頭望著樂聲戲院屋頂上佇立的荒野大鏢客，克林．伊斯威特，端起酒杯向他敬了敬，霎時又陷入沉思中，自言自語般喃喃道：「詹姆士．布魯克的魅力（或法力）究竟在哪裡？朱鴒丫頭，身為一個聰慧而敏感的女孩，妳能回答我嗎？」

我看過詹姆士．布魯克的彩色肖像。李老師從一本英文書中找到，獻寶似的，喜孜孜拿給我看的。那是一幅大型油畫，英國有名的畫家法蘭西斯．格蘭特爵士，一八四七年作。那時，布魯克剛登基為沙勞越王。

畫中人，標準的維多利亞時代，英國青年紳士的裝扮：上身穿著黑色短夾克和絲質白襯衫，下身穿著米黃色馬褲，兩腿修長，套著一雙長筒馬靴。脖子上挺帥氣地紮著一枚黑色綢領巾。這身行頭，活生生就像一位從狄更斯小說中蹦出來的人物——那出身貧賤，一力往上爬，夢想打入倫敦上流社會的小夥子，譬如，前不久我在電影中看到的米高．約克飾演的《孤星血淚》主人翁「皮普」。（狄更斯創造的所有人物，我最喜歡皮普！因為在往上爬的過程中，他念念不忘小時對他好的人，包括他的初戀情人，艾絲蒂拉。）肖像中的詹姆士．布魯克，一只手扠在腰間，一條腿跨出半步，站在沙勞越河畔一座椰林搖曳的甘榜前，揚起下巴，睜著兩只湛藍的眼瞳，直直眺望遠方。這位沙勞越王爺，百年拉者王朝的開創者，在我朱鴒這個台北女生看來，雖然臉上帶著一股流氣，不脫痞子冒險家的本色，但長得還滿好看，在當時的大英帝國，肯定是個師奶殺手。

關於這位英國傳奇英雄，我有一個問題，在心裡憋了很久，一直想問李老師，卻不知如何啟齒，現在終於逮到機會，硬起頭皮鼓起勇氣囁囁嚅嚅開口了：「詹姆士．布魯克是不是卡納仙？」

「什麼仙？我聽不懂。」

「台語，卡納仙。寫成國字就是『腳仔仙』，意思是玩屁股的男人。」

「哦，男同性戀嘛。虧妳這顆小腦袋瓜想得出來，朱ㄚ頭！」李老師忍俊不禁，嘴裡含著的啤酒差點當場噴出來。「這是一個很敏感的課題，歷史學家還在悄悄爭論呢。有兩點可以確定：第一，布魯克終生未婚。根據官方傳記，身為沙勞越拉者，他有一個年輕貌美、出身馬來貴族的王妃，名字叫班芝蘭．亞納克．法蒂瑪，但學者已經斷定她是虛構的人物，用來當幌子。第二，布魯克喜歡男孩。他一生擁有好幾位紅粉知己，都是青春美少年，最有名的是巴德魯丁，沙勞越的馬來王子（布魯克為這個情人寫過一首英文詩，稱他『我一生的摯愛』）。但是——」話鋒一轉，李老師板起臉孔嚴肅地說：「布魯克的性偏好，並不影響他在大英帝國歷史上崇高、獨特的地位，也不會傷害他一生的傳奇、羅曼蒂克色彩，更不會減損他對英語世界普羅大眾的吸引力。二十世紀大文豪，身為同行小說家，我十分敬仰的約瑟．康拉德，就以青年布魯克為模型，寫出一部經典小說《吉姆爺》呢。」

李老師高高舉起酒杯向城頭明月一敬，昂起脖子，浮一大白，隨即又閉上嘴巴，陷入更深沉幽遠的冥想和回憶中。

那花襯衫美國老阿凸仔，大剌剌挾著兩個黑皮衣台灣小辣妹，挺胸凸肚，兀自逡巡在獅子林廣場上，四下晃蕩，不時低頭看錶，好像在等待晚間第三場電影開演。我心中感到好奇：他們究竟要去樂聲戲院看《荒野大鏢客》呢，還是到隔壁的日新戲院觀賞我們剛看過、本年度最爆笑的電影《大戰巴墟卡》？蹋躂，蹋躂蹋，老美邁著一雙赤裸的金毛腿，趿著一雙紅涼鞋，圓鼓鼓地挺著個彌勒佛似的大肚膛，一臉笑瞇瞇，朝向小吃攤踱過來了。

沉思中的李老師，霍地抬起頭來。

他的眼睛和阿凸仔的眼睛，直直對上了。

燈下，兩人互瞄。

我縮起肩膀，機伶伶打個寒噤。相識了這些日子，我第一次看見李老師的眼光中，迸射出這麼凌厲、冷峻、好像刀一般的光芒，帶著一股深沉的鄙夷和強烈的厭惡，讓人看了打心裡發寒。

兩人的眼神對峙了整整三十秒。

蹬蹬，阿凸仔往後退出兩步，眨了眨他那兩顆藍眼珠，移開視線，又低頭看看錶，回眸瞟了我兩眼，伸手悄悄搔了搔褲襠，一轉身，拖著那兩個咭咭咯咯不知在笑什麼的小姐妹花，蹋躂蹋躂，朝向電影街慢慢逛過去。

一場對決，就這樣結束了。

我心裡感到有點失望，伸手遮住嘴巴，大聲打起哈欠來。西門町越晚人潮越盛。我坐在熱烘烘的小吃街上，仰起臉，將一雙手托住下巴，眺望樂聲戲院屋頂上，那紅領巾飄飄、迎風矗立的美國西部鏢客，和他身後，日新戲院看板上，那兩個穿著大紅軍裝，勾肩搭背嘻皮笑臉，活像一對小丑的大英帝國小兵，丹尼和畢奇。一時間我也陷入沉思中，心裡想著「白人拉者」詹姆士．布魯克在婆羅洲度過的浪漫傳奇、比電影還要精采的一生。

「唉。」

「朱鴒丫頭，好端端，妳又嘆什麼氣呀？」

「憑著一艘三桅縱帆船和一支來福槍，縱橫四海，比辛巴達還要勇敢帥氣的冒險英雄，吉姆爺，竟然是個『腳仔仙』。」我借李老師的酒杯，向我的偶像克林．伊斯威特敬了敬，悠悠地說。

李老師猛一怔，拍著桌子哈哈大笑：「小姑娘，妳就為這件事難過了？」

「才不。讓我嘆息的是，一切的追求到頭來都是一場空！詹姆士．布魯克，沙勞越王國建立者、白人拉者王朝的始祖，死後孤零零躺在英國鄉下小鎮公墓一個坑裡。」

「可丫頭妳知道嗎？他死後一百多年，沙勞越流傳著一個傳說：都安吉姆——吉姆王爺——的身體，雖然埋葬在英格蘭德文郡奚普斯托村，但是，這些年來，他的靈魂依舊飄蕩在婆羅洲，逡巡在各部落和長屋之間，一直沒有回鄉。」

這勾起了我的好奇心，睡意登時消失了。眼睛一睜，我瞅住李老師急切地問道：「這個老浪子，為什麼不回家？」

「因為，唉，他真的熱愛婆羅洲。」李老師長長嘆息一聲。「他死後，心裡老記掛著這塊土地，所以，他的靈魂徘徊不去，守護著沙勞越和她的人民，特別是長屋中那擁有一雙黑漆漆、亮晶晶的眼睛，好像婆羅洲夜空中眾星閃爍的孩子們。他，都安吉姆，在伊班人和達雅克人的心目中，已經成為沙勞越的土地神。朱鴒，將來妳若有機會去婆羅洲，肯定會在叢林中，大河上，或者光天化日下，在古晉市車水馬龍的臨河巴剎，遇到這位頭髮飛捲，身高六呎五吋，穿著黑夾克白襯衫黃馬褲，脖子上紮著黑綢領巾，一副維多利亞時代青年紳士的裝扮，乍看好似阿波羅下凡的詹姆士．布魯克爵士。說不定，你們倆之間會發生一樁奇特的因緣，共同展開一趟精采的冒險旅程呢。」說完，李老師舉杯，昂起脖子乾了最後一口啤酒，然後，砰地擱下五百西西大酒杯，凝起兩只醉濛濛的眼睛，瞅住我的臉龐，意味深長地看我一眼，隨即站起身來，向我伸出一只手：「快十二點了！丫頭，我們得趕去搭最後一班公車回家囉。」

我起立，抓住李老師的手，跟隨他走出小吃攤，回頭望了西門町電影街最後一眼。

瞧！佇立台北城頭的荒野大鏢客，克林．伊斯威特，兀自叉開兩條長腿，鼓凸起牛仔褲襠，咧開白森森兩排大門牙，乜斜起一雙海藍眼眸，笑吟吟，俯看他胯下那滿坑滿谷滾動的人頭。一只金毛茸茸的大手，悄悄從他褲袋中抽出來，慢慢朝向腰間移動。

倏地拔槍。

砰！

第十五話 遁入沙勞越

那晚在婆羅洲翡翠谷，千鈞一髮之間，從澳西先生魔爪底下將我解救出來，把我的身子夾在腋窩中，二話不說，邁開腳步，飛跑出呇爸的叢林後宮「哈林姆」的怪客——妳們現在終於知道謎底了——便是這位傳奇的英國痞子冒險家，詹姆士・布魯克爵士。

那當口，我當然不知道他的姓名和身分。我只記得三更時分一瓢明月當空。在那彌勒佛似的腆著大肚腩、盤足端坐在菩提樹蔭中的澳西先生，笑瞇瞇注視之下，鬼趕般，我們倆逃竄在翡翠谷中，闖過一群又一群長髮披肩，花紗籠裹身，露出兩只奶子，抱著娃娃四下奔躲的小宮女們，一路跑到了谷口。呵——呵——呵——呇爸的笑聲鬼魅似的如影隨形，不斷從山谷中傳出。那人只顧埋頭奔跑。逃出哈林姆後，整整三個小時之久，我被這黑衣怪客挾持在腋下，整個身子懸吊在半空中，盪啊盪地如同騰雲駕霧一般，不停奔馳在月光下，滿眼白雪雪一望無際的茅草原裡。一路上，耳畔只聽得茅草沙沙作響，原野風聲呼颼呼颼。三不五時，迎著那刀也似一陣陣割面的強風，我用力撐開眼皮，伸出一只手，撥開滿頭滿臉繚繞的髮絲，扭轉脖子回頭望。只見曠野上一枚人影，瘦瘦高高好像一個稻草人，踩高蹺似地，蹬著兩根細長的腿，飄蕩著肩上披掛的馬來白長衫，搖曳起腰間繫著的黑紗籠，沒聲沒息，閃閃忽忽，不停遊走在那漫天遍野銀白色月光中。

「啊，陰魂不散，阿里追上來了！」我忍不住扯起嗓門驚叫一聲。

澳西先生麾下的這位法術高強、幽靈樣倏現倏沒，來去無影蹤的爪哇僕人，這會兒，正緊緊地追躡在我們屁股後頭哩。

黑衣人悶聲不響，加快步伐，帶著我直直朝向大河奔去。我被他夾在腋下，整個身子好似一只大鐘擺，滴答滴答不停來回擺盪。

（誠實告訴妳們：在逃命的路途上，我的腦子可沒閒著。我在心中忙著編織一段淒美、曲折的情節。我把這個神祕客，半路殺出的程咬金，想像成上帝差遣來援救我的蘇洛。妳們一定知道他是誰。那平日遊手好閒，出入上流社會，專門在女人堆中廝混，可每次總是在最危急的時刻，千鈞一髮之際突然出手，救助受難美女的墨西哥劍俠。這個拉丁大帥哥，不知迷死多少放學後，背著書包，蹲在租書店看漫畫的台灣小女生，包括年輕時的妳們。只不過，我那位蘇洛，胳肢窩中有一股濃濃的羊騷味，路途上，一波波不住朝向我的鼻孔襲來，害我死命憋氣，但終究忍不住哈啾一聲，打出了個超大噴嚏，剎那毀掉了我心中最浪漫的幻想。）

就這樣一路不吭聲，頭也不回，黑衣客只顧邁著兩條長腿，跨著大步伐，奔跑過一灘又一灘嗚咽的茅草，跳越過一窪又一窪泥水坑，夜半時分，在成千上萬只青蛙呱呱求偶，撲通撲通，成雙成對跳水嬉鬧聲中，帶著我來到了大河畔。

終於回到卡布雅斯河了！月光下好一片黃浪翻滾，朝向爪哇海滔滔奔流。

倏地，黑衣客在水邊煞住腳步，將一只手舉到眉心，放眼朝河上瞭望。看來這是一座荒涼的小碼頭。他挾住我直跑上棧橋。一陣陰風冷颼颼從背地裡襲來。我咬著牙打個哆嗦，慌忙回頭望去，看見阿里聳著肩膀，邁著兩條細細長長的竹竿腳，悄沒聲追上來了，只差三步的距離，一伸手準能攫住我的脖子。我禁不住喊叫出聲。黑衣客依舊不回頭，猛一縱身，雙手抱著我的身子，就跳到棧橋下，登上一艘停泊在蘆葦叢裡的小舢舨。二話不說，他高高舉起我的身子，往坐板上一丟，隨即伸出兩只手抓起篙子，左點右撥，三兩下就把船撐離了岸邊，直直朝向河心盪過去。

驚魂甫定，我雙手抱住膝頭，抖簌簌坐在船中央的橫板上，抬頭一看，只見阿里獨自個佇立在棧橋頭。月下那黑黧黧的一張瘦臉，骨睩睩，滾動著兩顆蛋白色眼珠。風中一身雪白長衫飄飄嫋嫋，乍看還真像一位奉閻王之命，半夜前來拘人的黑無常。

我們的船順流而下。黑衣客站在船尾，兀自不吭聲，只顧專心撐篙駕船。河上一枚月亮高掛天頂，當頭灑照下來。我終於看清楚了我的救駕英雄——我想像中的俠盜蘇洛——的真面目。

身材挺高嘛。六呎多的身架子，叉開兩條修長的、穿著一條筆直米黃色馬褲的腿，矗立船上，手中握著一根竹篙，平平穩穩操縱一艘長不足三米、用幾塊薄木片打造成的馬來舢舨，夜半時分航行在波濤險惡、水怪四伏的婆羅洲大河中。夜黑風高水急。他一身黑色窄腰長大衣披在寬闊的肩胛上，迎風鼓起，獵獵價響。脖子上紮著的一條沾滿塵土的黑綢領巾，迎風撩舞不停。登船後，他就一逕昂起下巴，揚起一張滿布風霜雨露的蒼白臉龐，睜著一雙湛藍眼瞳，直直眺望前方，凝望大河下游一個不知什麼所在。河上一弧赤道天空，黑晶晶，萬里無雲，滿眼閃爍著密密麻麻的星星，從河中望去，好像一大堆碎寶石，被童心大起的伊班大神辛格朗．布龍，一把潑撒到夜空中似的。在星空襯托下，舢舨上的黑衣俠身影，顯得更加高大俊美了。

我坐在船板上仰起臉，癡癡地望著他。一道電光驀地劃過我心頭。

「你是詹姆士．布魯克爵士！」我大叫起來。「在台灣我就聽過你的故事哦。」

他笑了，整個晚上頭一回咧開嘴唇，露出兩排好皎白的門牙，但依舊不吭聲，只顧放眼大河下游，握著篙子專心撐船。

我伸長脖子朝岸上望去，只見阿里跂著兩條長腿，稻草人似的呆呆佇立水邊，兀自鼓著兩粒蛋白眼珠，一眨不眨，瞅住我們這艘順著滔滔流水、飛駛而去的舢舨。月下風中，他一身白衫飄飄，影子變得越來越小越來越模糊，不到五分鐘光景，就完全看不見了。

這下，我心安啦。

抵達婆羅洲才幾天，我就失去兩個剛結識、最要好的姐妹和朋友——伊曼和阿美霞，自己則陷身在山谷中一座神祕香豔、充滿阿拉伯情調的「哈林姆」，差點喪失在台北街頭廝混時，千方百計保住的童貞。折騰了一夜，身心俱疲。這當口逃出生天後，滿心的睡意登時洶湧上來。兩只眼皮陡地一沉。我彎下腰，把自己的頭抱在兩條胳臂裡，躺在船板上，像個小娃兒那樣蜷縮起身子睡著啦。

* * *

睜開眼睛時，我發現自己沉沉睡了一覺，這會兒，人躺在一間高腳屋中。日上三竿，陽光白花花，從小窗口樹梢頭篩照進來。我揉揉眼皮，看見一顆花髮斑斑的小頭顱，悄沒聲，晃動在屋角黑影地裡。我翻個身，就著陽光凝眼望去。原來是個老人家，打著赤膊，佝僂著瘦小的身子，蹲在一口小泥爐前，伸出一只枯黃的手爪，不停搧火。從他背梁上刺著的一頭赤紅色、神態威猛的大鳶看來，他應該是達雅克人，婆羅洲最古老最道地的民族。

濃濃的芋頭香，熱騰騰瀰漫一屋。我的肚子咕嚕嚕響起來。老人回頭，轉了轉他那兩顆白多黑少的眼珠，靜靜瞅著我。

「阿公早！」我從蘆蓆上坐起身來，舉起雙手長長伸個大懶腰。「請問阿公，您是誰？這裡是什麼地方？」

達雅克老人只是睜眼看我，不開口。我抬高嗓門又問兩次。嘴巴一咧，老人家笑了，露出兩片光禿禿血漬漬、沾著陳年檳榔汁的牙齦，向我點點頭，隨即伸出一根手指摳了摳自己的耳朵，回身指著屋後的陽台，努一努嘴。原來這個阿公是聾子！我嘆口氣，轉過身子，鬆開身上穿著的那件從翡翠谷帶出來，昨晚，在路上奔波了一夜，如今早已皺成一團的爪哇七彩雲錦紗籠，使勁撣幾下，把上面沾著的塵土全都掃乾淨，重新穿好紗籠，緊緊包裹住我的兩只奶子和屁股。裝束停當，我才起床，依照老人的指示走到屋後的廚房，找到盥洗用具，在水缸裡打了一瓢水，用一根手指頭刷起牙來。梳洗完畢，走回高腳屋中，阿公早已將一碗剛熬好的芋頭小米粥，熱呼呼放在蘆蓆旁。

我邊喝粥邊比著手勢，用自創的手語詢問：「是誰把我帶到這裡？」

老人居然看懂了。他那張乾癟的猴兒臉登時流露出敬畏的神色，嘴裡喃喃說道：「孔帝基！瑪哈夸薩孔帝基！」

「孔——帝——基。」抵達婆羅洲四天了，在這趟旅程中一路上三不五時，我就聽見有人提起這個名字。聽在我這個台北女生耳中，它彷彿是一個古老、詭祕的咒語，陰魂不散，永遠纏繞著伊曼、阿美霞和翡翠谷的那群女孩。我又用手語詢問老人：「孔帝基是誰？是那位來自遙遠的南方、地球的盡頭，像一個聖誕公公，挺著大肚子背著糖果袋，踏著波浪渡過大海前來婆羅洲，探望長屋孩子們的『達勇．普帖』白魔法師嗎？」

達雅克阿公的臉龐颼地變白，霎時間，顯露出一種又是恐懼又是厭憎的神情，好像撞見一個淫穢、不乾淨的東西似的。他把雙手高舉到空中，一陣亂搖，兩只眼睛瞪得好似銅鈴般大。

我忍不住抿嘴噗哧一笑。

「請問阿公，孔帝基到底是誰呀？」

老人家抱著膝頭，蹲在高腳屋門口，看我坐在屋內蘆蓆上吃午飯。蘑菇了老半天，他扭頭望了望屋外那白朗朗晌午陽光中，一座結實纍纍、杳無人聲的果園，回頭向我拋了個眼色，悄悄舉起雙手來快速地比劃一番。我凝起眼睛仔細看。他的手勢描繪出一個生動鮮明的人形：頭髮飛捲，個頭高挑，身穿一襲長及膝蓋、衣袂飄飄的黑披風，手握一桿來福槍，獨自個跨著大步行走在叢林中。我一看就認出他畫的是詹姆士．布魯克。

「都安．吉姆？」

阿公點點頭。

「他把我送到這裡，自己上哪兒去了？」

阿公搖頭。

「都安．吉姆會不會回來？」

老人家沒有回應。

午餐後一整個漫長的下午，日頭炎炎，我無所事事，自管在高腳屋四周果園中晃蕩，看那達雅克老漢，蝦著腰，聳著一顆汗溱溱的花斑頭顱，揮著開山刀，穿梭在一排排芒果、紅毛丹和番石榴樹之間，劈劈砍砍清除雜草修剪枝葉。

太陽下山了，「孔帝基」並沒有出現。

阿公給我張羅一頓滿可口的晚餐：小米飯配鯰魚乾，外加兩碟不知名的醬菜。陪我吃完飯，收拾好盤碗，他老人家就鑽入屋子一角他自己的窩中，面向牆壁睡覺去了。

我抱著膝頭，獨自坐在高腳屋門口，樓梯頂端的地板上，仰起臉眺望著果樹梢頭剛升起的月亮，發起呆來。頂記得初抵婆羅洲那天夜晚，我和伊曼（哦，對了！還有伊曼的芭比娃娃——昨晚逃出翡翠谷時，被我遺棄在哈林姆後宮中、命運不明的安娜絲塔西亞公主），投宿在魯馬加央果園。兩個剛結識的女生，肩並肩，身子緊緊貼著身子，朝天躺在高腳屋中一張蘆葦蓆上，一整夜互相訴說心事。月娘從窗口探進頭來傾聽，一臉笑盈盈。

那晚是陰曆初十日吧，月亮半圓，形狀優美，看起來好像我媽媽朱陳月鸞（多美麗、多有台灣情調的女人名字！）平日梳完頭，習慣插在脖子後那顆剛紮好的圓髻上，當作裝飾品，驕傲地四處招搖的一只半月形、年代古遠、唐山過台灣時就有的紅木梳子。

今晚，月將圓，只缺左上方小小一角。神差鬼使，我投宿在婆羅洲大河畔另一座果園，這會兒，初更時分，獨自坐在另一棟高腳屋的樓梯口，眺望樹梢的月亮，心中一邊惦掛伊曼，一邊悠悠地思念起人在大海對岸的阿母。鼻頭一酸，眼圈紅了。不知不覺間我就張開嘴巴，扯起嗓門，對著天上的月娘，唱起媽媽平日半夜起床，坐在窗口，一邊梳頭一邊眺望台北城頭月，嘴裡唉唉嘆嘆反覆哼唱的那首台語歌：

望月表相思
奈何月屏圓
聽見窗外夜鶯啼
聲聲句句在耳邊
引咱想起彼當時
難分難舍的伴侶
雖然離開伊的身邊
愛伊的心永難移

啊——啊啊——
天星閃爍
月屏圓

我坐在叢林高腳屋門口，對著月娘，一遍又一遍，把這首古老哀怨的台灣相思曲，翻來覆去也不知唱了幾遍，直唱到月亮從樹梢升到天頂，直唱到兩只眼睛濕了，兩行熱淚撲簌簌沿著臉頰流淌下來。忽然，我聽見果園中窸窣一聲響。我慌忙停止歌聲，擦乾眼睛，從高腳屋樓梯口抬起屁股，伸出脖子睜眼望過去。月下河風中，黑影地裡，只見黑衣飄飄一條高大身形，佇立在樓梯底端一簇芭蕉樹旁，昂著頭，豎起兩只耳朵，彷彿在聽我唱歌，這會兒正聽得入神呢。

「詹姆士·布魯克！你終於回來了。」我大叫。

遲疑了一會，他才舉起他那兩條修長的、套在米黃色馬褲中的腿，跨出腳步從樹蔭裡走出來。就著月光，我凝起眼睛仔細打量他，當場嚇一大跳。只見吉姆王爺，披頭散髮一臉晦氣滿身邋遢，好一副狼狽的模樣！看來，他在叢林中趕了一整天的路，又好像跟誰打過一架，身上掛了彩，連頸脖上飛揚地繫著的招牌黑綢領巾，都被扯歪了，宛如一條髒手帕，沒精打彩的吊掛在他的胸前。

我伸手拍拍身旁的樓板：「爵士，請上來坐！」布魯克爵士倏地挺直起六呎五吋的身軀，向我一哈腰，行個禮，反手撩了撩黑披風的下襬，抬起腳上那雙黑馬靴，蹬、蹬、蹬，走上那條陡峭的二十級木梯，在我身旁地板上就座。

好一會，兩人肩並肩坐在果園中高腳屋樓梯口，抱著膝頭，仰起臉龐，望著陰曆十四日天頂上那顆即將圓滿、如同銀盤般大的月亮，沒吭聲，思念各自心中懷念的人。

「鴒。」

「吉姆爵士。」

「妳剛才在想念媽媽。」

「是呀。你是怎麼知道的呢？」

「聽妳唱歌的聲調，看妳臉上的表情——尤其是兩只又黑又亮、中國女孩特有的杏仁眼睛，望著月亮時流露出的溫柔、思慕的眼光——我就知道妳在想念最親、最愛的人。」詹姆士．布魯克轉過頭來，睜著一雙布滿血絲的藍眼睛，深深地看我一眼：「妳的母親喜歡月亮吧？」

「她心裡煩惱，常常半夜偷偷起床，一個人坐在客廳窗口，望著城市天空的月亮，邊梳頭髮邊唱情歌。」一眼圈驀地一紅，我的眼淚險些兒又要奪眶而出了。我趕緊摔開臉去，轉過身子，暗地裡彎下腰，撈起身上穿著的那件翡翠谷紗籠的下襬，擦了擦濕答答的眼睛。

一時間，兩人又陷入沉默中，望著月亮各自想起心事來。

「吉姆爵士。」

「是，鴒。」

「這一整天你上哪裡去了？」

「翡翠谷。」

「你回到澳西先生的『哈林姆』？為什麼呢？」

「救伊曼和阿美霞。」爵士回頭瞅著我，月光下，兩只碧藍眼瞳放射出一種溫柔的（哦，我應該沒看錯吧？）充滿父愛的光芒。「小鴒，昨晚我把妳救出翡翠谷，帶到這兒安頓。妳睡得很不安穩，一整夜不停講夢話，嘴裡呼喚『伊曼』和『阿美霞』兩個名字，哀求我趕快回去救她們，否則就來不及了。我猜她們是妳的好朋友，如今失陷在澳洲佬的叢林莊園中，情況十分危急，所以今天一早我就動身趕回翡翠谷。不料在谷口遇上了澳洲佬的僕人，阿里——」

「你們兩個就打上一架嘍？」

「是的，鴒。」

「結果你打輸了？」

詹姆士・布魯克垂下眼皮，慚愧地點頭。

「對不起，我沒能完成任務，把妳的朋友救出來。」

我扭頭看他，忍不住噗哧笑出聲來。好一位身高六呎多、相貌堂堂的大英帝國爵士，和人幹架，竟然打不過一個骨瘦如柴，病懨懨餓死鬼似的，走起路來輕飄飄無聲無息的爪哇男子，把自己弄得一身髒兮兮，滿頭滿臉沾著爛泥巴，狼狽逃回來見我。妳們看他，這會兒帶著一臉的沮喪和悲憤，和孩子般不服氣的表情，雙手握著拳頭，躲在叢林隱密處一座荒涼的果園中，正在自怨自艾哩。這副德性，哪裡像歷史上那個憑著一桿槍、五百發子彈和一艘三桅帆船，縱橫南中國海，闖蕩世界第三大的婆羅洲雨林，一手建立沙勞越王國的「白人拉者」呢？

我坐在他身旁，看在眼中，心裡又是好氣又是好笑，不知怎的卻又覺得疼惜，心一軟，就忍不住伸出雙手，握住他那雙鉢子般大、緊緊攥著高舉在半空中的拳頭，輕輕地、柔柔地拍兩下。有如觸電般，詹姆士·布魯克倏地轉過頭來，滿眼困惑看了看我，臉一紅，咧開嘴巴傻乎乎地笑起來啦。

「走！鴒，我們現在就上路。」

他抬起屁股撐起膝頭，霍地起立，拂拂一身髒衣服，將脖子上那條被阿里扯歪的黑綢領巾，重新拉直了，猛一甩肩上的亂髮，挺起腰桿，矗立在高腳屋門口陽台上，扠著腰，睜起兩只炯炯發亮的眼睛，朝向頭頂那黑晶晶的婆羅洲夜空，放眼眺望。「好個雄姿英發的都安·吉姆！」我心裡暗暗喝起采來。瞧！他那張年華老去、風霜滿布的俊臉，霎時間又顯露出青年詹姆士·布魯克那氣吞山河、連當年維多利亞女王也為之傾倒的手姿。

「我們上哪去？爵士。」

「沙勞越。」

我一聽到這個地名，登時就呆住了。那不正是流落在台灣的南洋浪子，李老師，日夜思念卻歸不得，三不五時便向我提起的家鄉嗎？

「遠嗎？沙勞越。」我問道。

「不遠不遠！」爵士舉起手臂，指著西北方星空下，天際一條黑色巨蟒般，綿延在原始森林中的山脈。「鴒，妳看！那就是婆羅洲中央分水嶺。山的這一邊，如今我們所在的地方，是印度尼西亞共和國的西加里曼丹省。山的另一邊就是沙勞越——我，白人拉者詹姆士．布魯克，當年親手建立的王國，現在已經成為馬來西亞聯邦的一個州。我們從這兒出發，走山路穿過叢林，跨越過分水嶺，然後沿著沙勞越河一路順流而下，就會抵達河口，南中國海岸，那座被稱為『叢林中一顆綠寶石』的古晉城——我布魯克王朝美麗的首都。」

「今天晚上就出發？黑天半夜在叢林中趕路嗎？」

「鴒，不能再耽擱了！再不走，澳洲佬的爪哇僕人阿里就要追上來囉。」爵士那兩只滿布血絲的眼睛，猛一睜，回頭望向南方漆黑叢林中，星空下一條銀光閃閃的大河。月光中一雙瞳孔眨啊眨，流露出恐懼的神色。我第一次看到吉姆王爺如此慌張。他顫抖著嗓門說：「這個阿里，法術高強。他是叢林神魔峇里沙冷的大徒弟，半人半鬼。他那瘦瘦長長，稻草人似的身軀，生著一雙全婆羅洲跑得最快、日行五十哩夜行一百哩的彈簧腿。我跑不贏他。所以，我們必須連夜穿過馬印邊界，越過分水嶺，進入我的老地盤沙勞越，才能甩脫阿里鬼魅般的糾纏和追蹤。鴒，上路吧！」

聽爵士這麼一說，再看看月光下他那張汗濟濟、白裡泛青的臉膛，我心中也害怕了，趕忙站起身，整整身上那件在翡翠谷，峇爸冊封我為「沙林姆第一嬪妃」時，賞賜給我的爪哇織錦紗籠。我把紗籠上端繫在腋下，牢牢紮緊，包裹住我那細瘦的腰身，以方便在叢林中趕路。蹬蹬蹬五六步，詹姆士．布魯克就已經跑下階梯，站在梯腳。一等我提著紗籠襬子打赤腳顫顫巍巍走下來，他便彎下腰，弓起背脊，叫我爬上他的肩膊，用兩只手勾住他的頸子，把眼睛閉起來。囑咐停當，他就拔起雙腿起步奔跑，一頭鑽入果園後山陰暗的叢林中。回首一望，我看見果園主人，達雅克阿公，掌著一盞暈黃的油燈，月下白頭蒼蒼，站在高腳屋門口相送。

就這樣，我們倉皇出發，漏夜前往我在台灣聽聞已久，心中一直嚮往的那童話般美麗、祕境般奇特的犀鳥之鄉——沙勞越。

* * *

吉姆爵士馱著我，邁著他的兩條長腿，跨著大步，奔跑在遮天蔽地的原始森林中，悶聲不響，鬼趕般一整夜只顧朝向西北方逃竄。三更半夜他沒掌燈，摸黑行走在樹林間一條崎嶇羊腸小徑上，一副輕鬆自在、如履平地的樣子。看來，死後一百年，詹姆士·布魯克必定經常出現在這一帶的叢林，四處遊蕩逡巡，不時跨越婆羅洲中央分水嶺，進出沙加（沙勞越和加里曼丹）邊界，就像穿過籬笆進入鄰家庭院，串個門子那樣的稀鬆平常。

我遵照爵士的叮囑，趴在他的背梁上，緊緊閉著眼睛。奔跑中，一路上耳畔只聽見呼颼呼颼，風聲一陣陣掠過我的臉頰，冷冽冽，好像刀子劃過去似的。山路兩旁茅草沙沙響。樹叢中那黑魆魆影幢幢的旮旯角落裡，時不時綻響起各種怪聲。我豎起兩只耳朵傾聽捉摸。有時那是一群豬尾猴，糾集在一株大樹上，觀看樹下那個金髮黑衣英國男子，慌慌張張背著一個赤身露體、只穿著一條紗籠的中國女孩，黑天半夜不停奔跑在森林中。猴兒們好奇地伸長脖子，邊骨睩骨睩轉動一雙大紅眼珠，邊互相咬耳朵，竊竊私語，不時爆出吃吃吃的笑聲。有時我聽見一窩妖精，躲在山洞中嬉鬧，發出詭異的、令人臉紅心跳的怪叫和淫笑。一對交頸而眠的犀鳥，被吵醒了，咻咻咻拍著巨大的翅膀，拖著長長的尾羽，從棲息的樹枝上竄起，雙雙直衝雲霄，喉嚨中淒厲地發出嘎咯——嘎咯——啼叫聲，割破午夜黑天的寂靜。

跑啊跑，詹姆士·布魯克爵士背負我的身子，反手托住我那兩只不安分、不停扭動、時時從他背梁上滑落下來的小屁股，一逕低著頭，穿梭在滿山坡茅草叢中，繞過一株株妖怪般擋路的巨樹，好久好久好久，只顧沒命地奔逃。

偶爾，我偷偷睜開眼睛一看，發現中天的月亮已經西斜了，一片銀光穿透過枝椏篩下來，落在爵士頭上那一蓬獅鬃般金亮亮，在奔跑中甩動不停的髮鬈子上，彷彿鋪上一層白霜，煞是好看。我忍不住伸出兩根指頭，拈起他頸脖上一綹髮絲，輕輕扯兩下。爵士騰出右手，叭的一聲拍在我屁股上。

「鴒，莫胡鬧！彈簧腿阿里追上來了。」

我慌忙回頭伸出脖子往南方望去。月光下，山路上，一條馬來白長衫飄飄蕩蕩忽隱忽現，悄沒聲，只管一路緊緊追隨我們。

我不敢再搗蛋，雙手牢牢攬住爵士的頸子，兩腿夾住他的腰身，半天一動不敢一動。

就這樣，我們兩個人（一個是死了一百年的白人拉者，一個是——原諒我直話直說——上了李老師的當，糊裡糊塗一頭栽入婆羅洲的台北小姑娘），因著某種奇特的緣分，結成一夥，漏夜逃亡，在一個鬼怪似的爪哇男子追殺之下，流竄在南海深山中，穿過一座又一座黑魅魅、午夜怪聲四起的樹林，朝向島中央的分水嶺，落荒而逃。

我趴在吉姆王爺寬闊的肩膊上，好像一個娃娃，舒展四肢，俯臥在一張彈性十足的席夢思大床中央，感到十分舒適、溫暖和安心。

半睡半醒，悠悠忽忽之間，我做了一連串的夢。其中一個夢最為詭譎、邪門，透露出一種不吉利、令人毛骨悚然的預兆。

在這個怪夢裡，不知為何，我又回到翡翠谷。澳西先生那風光旖旎，一輪明月下，成群長髮紗籠少女在花園中四處徜徉、嬉戲的第七天國後宮，如今變得空寂寂，冷清清，一幅人去樓空的光景。峇爸心愛的那株高大繁茂的菩提樹，羅傘般亭亭蓋蓋，兀自矗立在谷中央草坪上。正午時分，斗大的日頭當空照。滿樹花燈叮叮噹噹，無風自管搖盪不停。我站在谷口，豎起耳朵傾聽，隨即悄悄提起紗籠襬子，邁出一雙赤腳，踩著那撒落一地的果皮、紙屑、點心盒、枯萎的花瓣和各式各樣的垃圾，躡手躡腳走上前。「哇哈哈——」菩提樹上突然爆出一陣笑聲。我嚇得跳起腳來，揉揉眼睛抬頭一看，只見樹枝上密密麻麻，四處掛滿芭比娃娃，數一數，約莫八十個，個個穿著一襲雪白縐紗蕾絲新娘禮服，聳著一頭金髮鬈子，睜著兩只冰藍玻璃眼瞳，成雙成對蹁躚起舞。整株大樹鬧哄哄笑嗨嗨，如同舉辦一場芭比嘉年華會似的，好不熱鬧歡樂。但是，芭比新娘們的主人——澳西先生的那群婆羅洲嬪妃和宮女——卻不知去向。

我站在菩提樹下，心中茫然，正要轉身離去，忽然聽見樹上有人唱歌。抬頭一望，只見安娜絲塔西亞公主——伊曼的芭比娃娃——身子懸吊在樹梢頭一根枝椏上，晃啊晃地一邊伸出手臂向我招著，一邊張開櫻桃嘴唇，嬌聲唱起我最熟悉的那首兒歌。霎時間，偌大一株樹上，那群花枝招展四下吊掛的新娘子，彷彿聽到了命令，在一位隱身指揮家號召下，齊齊伸出脖子來，鼓起胸脯張開嘴巴。

一部盛大的女聲合唱，驀地在婆羅洲山谷中綻響起來。八十個芭比，張開八十條嬌嫩的嗓子，好似一群黃鶯出谷，爭相引吭高歌：

妹妹背著洋娃娃
走進花園去看花
娃娃哭著叫媽媽
樹上鳥兒笑哈哈
笑哈哈
笑哈哈

歌聲中，只見八十條雪白的手臂，紛紛從菩提樹上枝椏間伸出來，熱烈地向我招著，歡迎我重返翡翠谷。就在這當口，我聽見伊曼——沒錯！我真真切切聽見是伊曼，我最要好的姐妹和朋友——淒厲地發出一聲叫喊：「朱鴒，千萬別回去！趕快逃啊。峇爸和他的僕人阿里，馬上就要回到翡翠谷了！」我嚇得冒出一身冷汗，登時從夢中醒過來。

睜開眼睛急急一看。好端端，我躺在詹姆士．布魯克那席夢思床般寬闊平坦的肩背上，安安穩穩睡了一大覺哩。

橐，橐，爵士邁著他那兩條穿著馬褲和馬靴的長腿，悶聲不響，馱著我的身子，一路追著月亮只顧埋頭疾走。我舉頭一望。月亮已經開始西沉。頂頭那一穹廬黑漆漆的天空，驟然間，蹦出了好大一群星星，閃閃爍爍十分熱鬧。我們終於抵達嶺上！距離天空好近好近。出發時，爵士向我保證：只要跨過婆羅洲中央分水嶺，進入沙勞越地界，我們便安全了。澳西先生的追兵不敢越雷池一步。佇立嶺上，回頭一瞧。星空下那條靈堂白幡般飄飄颼颼，陰魂不散，一路追蹤我們的馬來長衫，這會兒，依舊出沒在山徑上樹叢間，但是，距離我們越來越遠，影像漸漸模糊。再過一陣子，我們必定可以將叢林神魔「峇里沙冷」的這個半人半鬼、行蹤飄忽的大徒弟，彈簧腿阿里，狠狠甩脫了。

這一來，我更安心啦。滿腔睡意登時又湧上了。兩只眼皮陡地沉下來，頭一歪，整個人趴伏在吉姆爵士背梁上，雙手環抱住他的頸子，一下子又睡著了。

路上我又做個夢。這回，我夢見我在翡翠谷結交的朋友，普南族少女阿美霞。她肩上背著她的芭比娃娃「小紅帽」，獨自個，飄甩著一頭枯黃髮絲，搖曳著腰間一條破爛的小花紗籠，打赤腳，行走在大河畔小路上。走著走著，她忽然回過頭來向我咧嘴一笑，綻露出兩排皎潔的小門牙。我追上前去，凝起眼睛打量她。河上一輪白燦燦大日頭曝曬下，她那張白皙晶瑩、好似她的名字「阿美霞」的臉龐（記得嗎？在普南語中，阿美霞的意思是「早晨的露珠」），變得黑黧黧，病懨懨，就像一朵被烈火烤焦的水仙。眉心上滴血般，用朱砂點出的一粒紅痣，早已變成一顆黑痘子，乍看好像一團曬乾了的瘀血。這就是那晚翡翠谷別後，讓我牽腸掛肚，時時刻刻惦記在心的阿美霞嗎？心頭猛地絞痛，我拔起雙腳，邊啜泣邊朝向她奔跑過去，伸出雙手一把抱住她的身子，號啕大哭起來：「阿美霞，妳怎麼一個人背著小紅帽，出來流浪？妳怎麼曬成這副模樣？姐妹們都到哪兒去了呢？怎麼可以將妳孤伶伶，拋棄在大河畔？」

夢做到這裡，我就被一陣猿啼聲驚醒。

起先，只是一頭母猿的叫聲，嗚噗——嗚噗——孤單地淒涼地，好像召喚她那遊蕩在外、徹夜不歸的孩子。一陣陣掏心肝似的呼喊，聲調越來越綿長，思念越來越急切，到後來簡直變成號哭。沉睡中的叢林受不了她的叫聲，終於醒來。霎時，只聽得嗚噗聲四起，滿山滿林噪鬧，紛紛響應第一頭母猿的呼叫。不多久，妳就聽見幾千頭婆羅洲人猿，同時扯起嗓門吶喊：嗚噗嗚噗嗚噗——那股聲勢浩浩蕩蕩排山倒海，將林中的飛禽走獸全都喚醒。聽見這叫聲，妳就知道天快破曉啦。記得，在台北聽李老師講婆羅洲大河故事，他最愛提到一個奇特美妙的現象：叢林中的黎明，總是伴隨著滿山的猿啼聲，所以伊班人稱黎明時分為「英普獠．北奔吉」，意思就是「長臂猿啼嗚的時刻」。李老師說，它是肯雅族吟遊詩人最喜歡歌詠的對象，因為一天二十四小時中，這個時辰氣氛最美，最淒迷，最適合發生浪漫動人的故事。

我睡醒了。

心滿意足地，整個人趴伏在吉姆爵士肩膊上，舉起雙臂，長長地伸個大懶腰。

一輪紅日圓滾滾從樹海中蹦出來。

霧，倏地消散。山腳下一座座村落和椰林，突然出現在我眼前。一切看起來紅冬冬。椰林梢頭是紅的，高腳屋頂是紅的，稻田的水也是紅的。甘榜中央那間小巧、純白色、天方夜譚般美麗的清真寺，在婆羅洲的朝陽照射下，也被塗上一層紅漆，遠遠望去就像是浸泡在血色夕陽中的泰姬．瑪哈陵。還有那條穿梭在叢林中，朝向北方天際的南中國海，蠕蠕爬行的河流——喔！鼎鼎大名的沙勞越河——也生出了厚厚一層鐵銹似的紅。

詹姆士．布魯克馱著我，叉開兩條長腿，佇立在婆羅洲中央分水嶺之巔，縱目四顧意氣洋洋。他從我屁股底下抽出一只胳膊，遙遙地驕傲地，指著山下一片翠綠的平原：「看，那就是沙勞越！我年輕時以一個獨立冒險家的身分，憑著一艘三桅帆船、長短兩桿槍、五百發子彈和一顆膽，親手建立的、面積等同我的家鄉英格蘭的王國。」回頭迎著旭日，王爺睜起他那雙大海般湛藍的眼瞳，笑吟吟瞅住我，好一臉得意。風霜滿布的兩只腮幫上，孩子般綻現出一雙燦爛的酒渦。「鴿，下山嘍！我們的腳一跨過這座分水嶺，進入我的地盤，澳洲佬的惡鬼僕人阿里就決不敢追上來了。」

下嶺時，我扭頭一望，果然看見那條飄飄嫋嫋，忽現忽隱，緊緊追蹤了我們一整夜的爪哇白長衫，幻影般只一幌，便消失在滿山白朗朗陽光中，再也看不見啦。

第十六話　艾斯坦納宮的鬼魂

我終於來到了沙勞越首府，古晉，親眼看到了李老師出生、長大，日後浪跡天涯，心中時時刻刻思念的這座城市。

昨晚，吉姆王爺馱著我，跨越婆羅洲中央分水嶺，從印尼的西加里曼丹省，狼狽地逃回他的老地盤。天亮了。追兵不見了蹤影。他把我從他的背梁上放落下來，帶我進入沙勞越地界，投宿在山腳的村莊，讓我飽餐一頓，順便補個覺。下午在王爺的老友、村長賈巴拉．甘榜和村民們殷殷相送下，我們搭乘一艘形狀像飛魚，船身長十二米，船尾裝著一具五十匹馬力引擎的伊班長舟，沿著沙勞越人的母親河，潑剌潑剌，大開油門使足馬力一路飛駛而下。傍晚時分，迎著陣陣撲面的海風，我們抵達距離河口五英里的古晉市，告別伊班艄公，在拉者王宮前的碼頭登岸。

這時夕陽西下，落紅灑滿一城。

河上陣陣歸鴉呱呱啼叫、劃空而過聲中，我們倆手牽手，漫步在河濱，放眼覽望沙勞越河對岸華燈初上、滿城人家炊煙四起的古晉市區。

詹姆士．布魯克，傳奇的十九世紀英國冒險家——馬來人心目中永遠的都安（爺）、婆羅洲原住民口裡的「孔帝基」——親自擔任嚮導，引領我這個來自台灣的小女生，朱鴒，參觀他親手建立的城堡，壯麗的艾斯坦納宮。我們一大一小兩個人，沿著宮前那座視野遼闊、王爺畢生引以為傲的大理石露台，來來回回踱步。一時間，王爺陷入沉思和久遠的回憶中。

「主曆一千八百三十八年，我三十五歲，接受上帝的召喚，駕駛一百四十噸縱帆船『皇家號』從新加坡航向婆羅洲。」王爺幽幽地說。他停下腳步，撣撣身上披著的那件風塵斑斑、飽經日曬雨淋、早已泛白的蘇洛式黑披風，牽起我的手走到白石欄干前，伸出一條修長的胳臂，直直地，指住河對岸那座繁華熱鬧的摩登城市：「那年八月，我抵達古晉。當時這裡還是一個小漁村，居住著八百戶人家，連一座小小的清真寺都沒有。妳相信嗎？鴒。」

「我相信，殿下。」

「妳相信一個陌生人講的話嗎？」

「我相信李老師。在台北，他給我講過你的故事。」

「哦。李老師是什麼人？」

「李永平是小說家。」下巴一抬，腰桿子一挺，我驕傲地說。

誰知，王爺一聽登時就變臉：「我看不起小說家！他們是一群厚顏無恥的撒謊家、誹謗者、沽名釣譽的偽君子。我最不齒的小說家叫約瑟·康拉德。他是波蘭人，後來入籍英國，用蹩腳的英文寫小說。他根據我的生平事蹟，撰寫了一部長篇小說叫《吉姆爺》，把我寫成一個在海難發生時棄船而逃，四處躲藏的水手……」格格一咬牙，王爺舉起一只青筋暴露的拳頭，往石欄干上用力擂幾下：

「這本書的內容，百分之八十是謊言！」

我嚇一跳，慌忙伸出雙手握住他的手腕：「詹姆士·布魯克爵士，請您別動氣！我雖沒讀過《吉姆爺》，但我看過根據這部小說改編的電影，故事非常浪漫淒美，連我這個台灣女學生看了，心裡都十分感動呢。況且，他們重金禮聘英國大明星彼得·奧圖，飾演主人公『吉姆』，扮相十分俊美稱頭，並沒有辱沒你這位傳奇冒險英雄，名震南海的都安·吉姆呀。」

「原來如此。」吉姆王爺邊聽邊點頭。籠罩在他臉上的一層陰霾，立時一掃而空。他伸手拍拍我的肥幫，柔聲道：「這部電影的情節，妳能講給我聽嗎？鴒。」

「可以。」我邁出腳步，走到艾斯坦納宮大理石露台正中央，面向河對岸，落日下，嘩喇嘩喇車水馬龍的古晉市，先整理一下儀容，拂拂滿頭亂髮，扯扯身上那件從翡翠谷穿出來，經過一番奔波，弄得皺巴巴的雲錦紗籠，然後一挺腰，雙手垂直放在身側，像個參加演講比賽的小學女生，擠出甜美的笑容，一本正經地朗誦起電影《吉姆爺》的本事：

「一個初出茅廬的船員，以大副的身分，帶領一群水手在輪船上擦洗甲板。他邊幹活邊做白日夢，想像自己將來在海上冒險時的種種英勇的、可歌可泣的行為：大戰海盜、英雄救美、率領水手起義反抗懦弱專制的船長，等等。這個充滿理想和正義感的小夥子，就是我們的主人公，吉姆。這艘船名叫帕特納號，當時正在阿拉伯海航行，運載八百位回教徒前往麥加朝聖。途中遇到一場颶風。滿船乘客驚慌失措。大副吉姆帶著水手們，在船上四處奔走，搶修漏水的船。一位白髮蒼蒼的穆斯林長老伸出雙手，將大副攔住，問道：

「『你們會拋棄我們嗎？』

「『老爺子，您以為我們會這樣做嗎？』

「吉姆生氣了，因為他覺得他受到莫大的羞辱。但是，他手下的船員們決定逃跑。他們偷偷放下救生艇，一個接一個跳船。吉姆不敢相信自己的眼睛，因為這樣的行為，大大違背船員的基本倫理，傷害到他對海上生涯的美好憧憬。好一會，他只管呆呆站在船舷旁。救生艇上的夥伴們紛紛伸出手來，齊聲向吉姆召喚：

「『跳！跳！吉姆快跳下來呀！』

「吉姆——他跳了。

「救生艇漂流到一個港口。船員們睜眼一瞧，當場就愣住了。被他們遺棄在公海上的輪船『帕特納號』，可不好端端地停泊在碼頭上？原來在那個要命的颶風夜，萬分危急的關頭，這艘漏水的船被一艘經過的輪船發現，獲救啦。這下大夥嚇得拔腿就溜，再度落跑，逃避法律的制裁。好心的船東勸說吉姆逃亡，隱姓埋名暫時躲藏起來。在這節骨眼上，那『跳啊！跳啊！』的召喚聲，魔咒似地又在吉姆心中響起。但是這次他決定不跳了。他接受審判。他認罪。結果他的船員執照被吊銷，成為無業遊民。往後那段日子，吉姆流浪在南中國海各個港口之間，靠打零工為生。有一次他受雇使用舢舨運載火藥，獨自航行在內河，半路被貨主的敵人縱火。這傢伙還算有良心。放火燒船後，他跳入河中伸出手來向吉姆招呼：『跳呀！』這回吉姆心中不再掙扎。他沒跳船。運用風勢和駕駛技巧，他苦苦撐到救援船抵達，將大火撲滅，保住那一船貨物。

「吉姆靠自己的意志和力量，終於挽回了他作為水手的信譽。憑藉這一點信譽和尊嚴，吉姆以水手的身分，再度回到他心愛的大海工作，繼續追尋他年輕時的夢想。

「因緣際會，吉姆駕駛一艘帆船，帶著兩名馬來隨從來到了『帕度珊』。這個坐落在河畔的叢林小鎮甸，便是王爺您，年輕的英國冒險家詹姆士．布魯克，在一八三八年八月，駕駛三桅帆船皇家號，渡過大海來到的沙勞越港口，古晉。

「在一位容貌絕世、來歷神祕的混血女郎『珠兒』幫助下，吉姆領導鎮民抵抗入侵的海盜。鎮民尊奉他為『都安．吉姆』，吉姆爺。經過一番浴血奮戰，吉姆將海盜擊退，但在混亂的局面中，卻發生部落酋長的兒子——吉姆的好朋友華里士——被誤殺的悲劇。酋長給吉姆一個選擇：要嘛離開帕度珊，要嘛替他兒子抵命。這當口，那魔咒似的呼喚聲『跳呀！跳呀！』又在吉姆心中響起，但他早已不為所動。珠兒苦苦央求他離開帕度珊。吉姆回答：『我若一走了之，就不值得妳愛了。』於是孤單一個人，吉姆朝向部落聚會所走去。眾目睽睽之下他走上前，將帶來的那桿已經上膛的來福槍，恭恭敬敬放在酋長身旁，然後挺直腰桿，站在眾人面前，平靜地等待他的命運……」

我站在古晉艾斯坦納宮前露台上，面對沙勞越河，背著雙手仰起臉，像小學生演講般娓娓地、字正腔圓地，講述水手吉姆傳奇的一生。邊講，我邊透過眼角，偷看吉姆王爺的反應，只見他越聽臉色越難看，嘴裡嘰嘰咕咕不知在嘟囔什麼。他那張風塵僕僕、滿布金黃色鬍渣的臉孔，越拉越長，映照著河對岸古晉市區，入夜時分那滿城燦亮起的霓虹燈火，好像川劇變臉般，一會兒紅一會兒青一會兒白，變化不定，看起來著實有點恐怖。我悄悄打個哆嗦，趕緊加快速度，草草將彼得．奧圖主演、根據康拉德小說改編的浪漫冒險電影《吉姆爺》的情節，三言兩語，做個了結：

「最後只聽得一聲槍響。一顆子彈，從酋長手中的來福槍射出，直直貫穿吉姆的心臟。吉姆和結義兄弟華里士的遺體，一起火葬。全鎮百姓列隊相送。只留下珠兒一個女孩子，獨自坐在空蕩蕩的屋子裡，默默無言。」

講完水手吉姆的一生，我喘口氣，整整身上的紗籠，抹抹額頭上的汗珠，弓下腰，朝向沙勞越河上那悄悄升起、笑盈盈彷彿傾聽我說故事的月娘，深深一鞠躬，然後，把雙手乖乖垂放在身側，仰起臉，忸怩地等待王爺的回應。

王爺背著雙手，躂躂，邁著馬靴沿著欄干只顧不停來回踱步，邊搖頭邊喃喃自語：「謊言！誹謗！」過了足足十分鐘，他才倏地停下腳步抬起臉龐，眼瞳中爆射出兩道光芒，冰藍藍陰森森，一眨不眨，好像兩支箭直直穿過沙勞越河，盯住對岸那座繁華的城市：「古晉，我親手建立的首都。帕度珊？那是大撒謊家康拉德捏造的國度，子虛烏有的城市。我詹姆士．布魯克，乃是維多利亞女王陛下親自點名的爵士——大英帝國高級巴斯勳騎士——同時是汶萊蘇丹奧瑪．阿里．賽福鼎二世殿下冊封的拉者，統治沙勞越邦的大君。我不是出身不明的『水手吉姆』，犯罪潛逃的海上流浪漢。小說家是世界上最厲害、最可怕、最無恥的撒謊家，因為他能把手中一支價值六便士的筆變成魔術師的棒子，只須在一疊白紙上揮兩下，念誦幾段咒語，人們就會被他創造的幻象所迷惑，相信他杜撰的任何故事。鴒，來自台北的女孩，我們能夠在婆羅洲相遇，也算是你們東方人所講的『緣』吧。今晚在我親手打造的宮殿，雄壯的艾斯坦納，我要藉這個上帝賜予的機會，親口講述詹姆士．布魯克的故事。妳可要聽好！將來若能平安返回台灣，妳要把這個真實的、權威的版本，傳播到外面的世界。那就不枉我們結緣一場了！鴒，妳必須向我做出承諾。」

「好！我向月娘發誓：我必不負爵士所託，努力達成他交付的任務，讓全世界的人看到事情的真相。」我豎起右手食指，指著天上莊嚴地說。

吉姆爵士一聽，點點頭，弓下腰，伸出雙手攬住我的肩膀，瞅住我那張原本還算白皙，可來到婆羅洲才五天，就被赤道的太陽曬成銅棕色、冒出幾十顆雀斑的臉蛋，深深地看了一會。猛一摔頭，他轉身面向沙勞越河畔那座他摯愛的（他死後一百年，變成鬼，還依依不捨的）城市，古晉，開始講述他的版本、最具權威性的吉姆爺故事。

起先，我真的豎起耳朵恭聽：詹姆士・布魯克如何出生在印度，如何在聖城瓦拉納西度過快樂的、充滿冒險趣味的童年，十二歲時，如何被送回英國進入寄宿學校就讀，後來又如何逃走，搭船偷渡回印度，加入東印度公司孟加拉軍團，擔任掌旗兵……聽到這裡，我的兩只眼皮終於撐不住啦，不由自主地一點一點沉墜下來。這些老掉牙的故事，在台北時我就聽李老師講過七、八次了，早已能夠倒背如流（早些時，我不是背誦給妳們聽過了嗎）。這會兒站在艾斯坦納宮前，我一面打起精神，直豎著兩只耳朵假裝專心聆聽，一面偷偷伸出脖子，透過眼角，自顧自觀賞起古晉港的夜色來。

最後一群歸鴉飛渡沙勞越河，從我們頭頂掠過，帶著那鍋鏟也似嘎——嘎——餘音嫋嫋的啼叫聲，消失在艾斯坦納宮背後的橡膠林中。最後一簇霞光，潑血般從天頂灑下來，穿透河上暮色，照射到河畔矗立的一幢簇新、巨大清真寺的穹窿頂上，反射出萬丈金光，很是壯麗神聖。忽地，空中發出轟隆一聲響。我凝眼看時，只見一個白鬚白袍白頭巾黑臉膛的阿訇，登上臨河的叫拜塔，舉起雙臂朝向西天，對著一支銀光閃閃的麥克風，張開喉嚨，開始唱誦起經文來。那一句句蒼涼洪亮的呼喚，帶領著禮拜堂中數千教徒的禱告聲，透過幾十只擴音喇叭，一濤濤，巨大漣漪般，不斷迴響在那日落時分，燈光點點，滿江舢舨出沒，載著客人來回擺渡穿梭的沙勞越河上。

依夏．阿拉──

阿努葛拉．阿拉──

這是我生平第一次聽見穆斯林禱告，那股浩大的聲勢，登時把我震懾住了。我站在艾斯坦納宮前，隔著河，跂著腳尖高高豎起兩只耳朵，歪著頭專心傾聽。橐，橐，橐，吉姆王爺一逕邁著馬靴，沿著宮庭白玉石欄干，來回蹀步，一邊像說夢話似的，悠悠講述他當年創建沙勞越王國的輝煌事蹟，一邊撩起黑披風，舉起一條修長的手臂，指指點點，躊躇滿志地，瀏覽落日下華燈四起的古晉市街風光。這時他想必發現，我的注意力被清真寺的晚禱聲吸引住了。不動聲色，王爺悄悄踅過來，將一只大手掌搭在我肩頭，另一條胳臂伸出來，指著河對岸，白皎皎一枚初升的月亮下，清真寺天台上，那一座敷滿金箔，映著天邊一灘殘霞，越發顯得金光燦爛的大圓頂。王爺努努嘴巴，對我說：「那就是有名的馬斯吉德．尼格里大回教堂嘍！沙勞越以一個『州』的身分，加入大馬來西亞聯邦時，吉隆坡中央政府送給婆羅洲人民的禮物。」

「哦——」我漫聲應道，只顧豎著耳朵，聆聽河對岸傳來的一波波，巨大漩渦般，隨著落日的冉冉下沉，聲調變得更加悲壯、急切的千人祈禱聲：

拉克雅特馬來西亞——

帖拉・穆萊伊・勃西達爾——

「喂，鴒！」王爺邊呼喚我，邊伸出他的右手拇指和食指頭，捏住我的左耳垂，使勁揪兩下。恍然如夢初醒，我狠狠甩了甩腦袋瓜，揉揉眼皮，將視線從清真寺穹窿頂上收回來，重新投注到王爺身上：「對不起！我一時失神了。殿下，請繼續講述您那些不平凡、非常精采的事蹟吧。我一定會牢牢記在心裡，帶回台灣。咦？剛才您講到哪兒，怎麼就突然停下來了？」

「講到孔帝基。」

「啊——孔帝基！」我驚呼一聲。

抵達婆羅洲才不過幾天，在大河畔浪遊，一路上三不五時，我就聽到有人提起這個名字。如同一句古老的咒語，這三個鏗鏘神祕的音符——孔、帝、基——不斷迴盪在伊曼、阿美霞和翡翠谷那群女孩子口中。昨天在沙加邊界分水嶺下，王爺和我投宿的果園裡，一整日，從那位聳著一顆白頭，弓著腰桿子，邊幹活邊喃喃自語的伊班老人嘴裡，我不時聽到的竟也是這個名字，只是多了一份敬畏和——恐懼吧。如今在分水嶺另一邊，馬來西亞的沙勞越州，做夢般，站在白人拉者一百多年前興建的艾斯坦納王宮前，觀賞拉者故城的夜色，我又在王爺——王朝的建立者詹姆士·布魯克——口中聽到「孔帝基」三個字。這一連串詭祕的巧合，可就勾起了我的好奇心：孔帝基究竟是誰？

一轉身，我面對王爺，肅立恭聽。

王爺咳嗽兩下清了清喉嚨，悠悠地說出一段因緣來：

「那年是一八三三年，我三十歲，以東印度公司孟加拉軍團退役軍官身分，在遠東地區浪遊。父親這一年逝世，留下三萬英鎊遺產。我利用這筆錢，購買一艘一百四十二噸三桅縱帆船，從事南海貿易，日子過得挺逍遙。一個偶然的機會，我在新加坡港一間酒吧喝酒，不經意地，從一個海上流浪漢的口中，聽到在婆羅洲內陸原始部落間，祕密流傳的一則極為古老、神聖、詭異的傳說。」

「孔帝基。」

「是。來自台灣的女孩，妳怎麼知道？」

「我聽翡翠谷的一個姐妹說的。」

驀地裡，我想到了我這位新交的好朋友，人如其名——美麗如朝霞、命運如朝露——的普南族姑娘阿美霞。如今下落不明的她，想必還失陷在澳西先生的哈林姆後宮中，不知何日才能跟我重逢。我忍不住眼眶泛紅，險險掉下眼淚來。昨晚趴在吉姆王爺背梁上，跨過分水嶺逃入沙勞越時，半路上我做的那場怪夢，會不會是一個惡兆呢？我禁不住打個哆嗦，悄悄轉身背向王爺，舉手往眼角上擦兩下，定下心神來才繼續說道：

「阿美霞是婆羅洲原住民，世世代代，居住在內陸深山一個普南部落。族中流傳一個故事：很多、很多年前，曾經有一位碧眼白膚、身材高大的聖人『孔帝基』，踏著波浪渡過七大海和三大洋，前來造訪他們的部落，帶來許多西土的寶物和法器，作為見面禮。他在婆羅洲住下來，用他那一雙赤裸的、長滿紅水泡的白色腳丫，在大河流域徒步旅行，花四十年時間走遍這座大島的四個角落。孔帝基一路遊歷一路施展法術，救苦救難，留下無數可歌可泣的神蹟。直到今天，婆羅洲人民還感念他的功德。天下沒有不散的筵席。離別之日終於來到。孔帝基向那依依不捨，一路跟隨他來到海邊，哭泣相送的上萬男女老幼，指海為誓：『有朝一日，我必重返我心愛的這座島嶼，探望我心中牽掛的南海子民。』說完，他就揮揮衣袖，邁出兩只生滿繭子的光腳丫，踏著波浪，白袍飄蕩白鬚飛颺，走進茫茫大海中，消失在西方天際。」

我一口氣講完那晚在翡翠谷，結伴沐浴後，並肩坐在溪邊，望著從樹梢頭探出臉來的月娘，互訴心事時，我從阿美霞口中聽到的「孔帝基」傳說。

吉姆王爺彷彿聽呆了，一時沒作聲。

「所以——」我故意吞吞吐吐。

「所以什麼呀？說！」王爺終於開腔了。

「所以，當澳西先生穿著白西裝，頂著一頭銀髮，挺著個肥肥白白的大肚膛，帶著僕人阿里，如同從天而降般，有一天黃昏，突然出現在阿美霞居住的這座隱藏在大河上游，古老森林中，幾千年來，從沒有外人進入過的普南族部落時——唉，長老們還以為，孔帝基終於履行他的諾言，回到婆羅洲來探望他的子民呢。」

想到這段奇異的因緣，我禁不住幽幽嘆息一聲。轉頭一望，只見王爺陷入沉思中，只顧凝著眼睛，眺望古晉港萬盞霓虹叢中那一瓢初升的水月，出起了神。過了漫長的三分鐘，他才開腔：

「那回，機緣湊巧，在新加坡港的酒吧，從一個浪人水手口中，我聽到了『白人聖者』的傳說。他所描述的這位身材魁梧，相貌堂堂，宛如天神般從滔滔波浪中出現，降臨婆羅洲，完成教化土著的使命後，又光著一雙腳，踏著浪濤，消失在西方大海中的白膚碧眼神祕客，就是『孔帝基』——婆羅洲的十二支大族，包括伊班、陸達雅克、肯雅和妳的朋友阿美霞所屬的普南族，千百年來共同膜拜和追念的大神。有人說，祂就是伊班人崇敬的諸神之王、婆羅洲女孩心目中慈愛的『峇爸天父』辛格朗．布龍的化身。」

「辛格朗．布龍……孔帝基……帝奇．華拉哥查……維拉哥查。」我嘴裡喃喃念著這一連串神祕的、有某種詭密關聯的名字。剎那間，心頭閃過一道電光，豁然一亮：「在台北我聽李老師說，全世界的原住民都有白人聖者的傳說。南美洲的印第安人管祂叫『維拉哥查』或『帝奇．華拉哥查』。相傳遠古時代，一場淹沒世界的大洪水消退後，祂踏著波浪從『的的喀喀湖』中步出，來到祕魯，幫助人類重建浩劫後的社會。祂創造日、月和星辰，恢復人類的命脈，讓他們重新在大地上生殖繁衍。祂沿著安地斯山脈一路往北走，所到之處各種神蹟不斷發生。最後，祂來到安地斯山脈北端，瀕臨太平洋的厄瓜多爾。在這裡祂向百姓道別，徒步走進海中，腳踏波浪獨自消失在海平線上，白袍飄飄金髮飛舞。」我歇口氣，清了清喉嚨繼續說：「臨走時祂許諾，總有一天祂會回到子民身邊，永遠不再分離。所以到了十六世紀，當『征服者』皮剎羅將軍奉西班牙國王之命，率領一群身材魁梧、皮膚白皙、蓄著金黃鬍子的歐洲火槍兵和傳教士，來到祕魯，展開征討和劫掠時，印加人還以為他們日夜思念的帝奇．華拉哥查，終於履行諾言，帶著手下的天兵神將回來了呢！大夥扶老攜幼，爭相出城，紛紛伏地膜拜，夾道歡迎準備開槍屠殺他們的皮剎羅大軍，歡呼聲震動整座安地斯山。」

「南美洲歷史上最輝煌、最強盛的印加帝國，就這樣——」吉姆王爺幽幽地嘆息一聲：「糊裡糊塗被消滅了，只留下幾座廢墟而已。」

「可憐，幾百萬印第安亡魂，到死都不知道是怎麼回事呢。」我也跟著感嘆起來。

王爺好像感受到這件事的荒謬滑稽。他忽然舉手，遮住嘴巴吃吃笑將起來。我也跟著搖晃起腦袋，甩起滿頭亂髮，張開嘴巴格格笑個不住。等到一大一小兩個人都笑夠了（笑到兩行眼淚都快流淌下來嘍），我們才繼續剛才的話題。

「對印第安人來說，帝奇．華拉哥查的來歷永遠是一個謎。」我說。

「是的。」王爺使勁點個頭。「謎。這正是這椿古老永恆的神話中最神祕、最美妙、最吸引人的部分。」他彎下腰來瞅著我，眼瞳子炯炯一亮，映著古晉港中四處閃爍起的船燈，放射出兩道火熱的、冰藍的光芒：「三十五歲那年在新加坡港酒吧，我第一次聽到『白人聖者』孔帝基的故事，登時就深深著迷。隔天早晨，我便決定駕駛我那艘新買的三桅帆船，渡過爪哇海，前來那時非常荒涼、很少歐洲人踏足過的婆羅洲，一探這個謎。八月，抵達沙勞越河口的小漁村，古晉。當時我做夢也沒想到，這一去，竟改變了我詹姆士．布魯克往後整個人生的命運……」

紅豔豔渾圓圓的一顆赤道落日，悄沒聲，吊掛在沙勞越河口的紅樹林中，晃盪了老半天，忽地一墜，終於沉沒入西方海平線下。夜幕垂落。城中晚禱聲早已停歇了。我側耳傾聽，依稀聽見餘音嫋嫋兀自盤繞在河心：依夏阿拉——阿努葛拉阿拉——班薩馬來西亞勃爾沙圖帕度……一輪明月冉冉升到古晉城上空。白皚皚的月光，瑞雪般灑在粉紅色的馬斯吉德．尼格里清真寺上，給它那座巨大的金色穹窿頂，鍍上一層銀，讓它越發顯得神聖輝煌，更像《天方夜譚》中的月夜美景。

河上出現一艘華麗的渡輪，雕欄畫棟，張燈結彩，載著一群盛裝的男女賓客，從古晉巴剎碼頭出發，嗚——嗚——厲聲鳴著汽笛，驅趕開那滿江流竄、四處穿梭叫賣的馬來舢舨，直直駛向對岸的艾斯坦納宮。

王爺咳嗽兩下，清清喉嚨，繼續講述他為了查訪孔帝基，駕駛「皇家號」帆船，帶著長、短兩桿槍和二十四名雜牌水手，航行到婆羅洲，在古晉港登陸後的事蹟。

「剛登岸，我就發現沙勞越正陷入混亂狀態中。當時，沙勞越是汶萊屬地。蘇丹任命馬來貴族拿督巴丁宜．阿里為總督，實行高壓統治。人民必須向汶萊政府繳稅，所採集的農漁牧產品，也必須賣給政府，不得從事自由貿易。為了反抗暴政和賦稅，伊班族和比達友族首先起義。在地方豪傑班根丁．馬哥達領導下，沙勞越人民展開反汶萊的鬥爭。蘇丹派遣大將穆達．哈辛率軍征討。兩軍在沙勞越河畔對陣之際，我，詹姆士．布魯克，一個以四海為家、專愛冒險犯難的英格蘭青年，在天父的安排下，航抵古晉港……」

這早已是老掉牙的歷史了。

聽著，聽著，我的兩只眼皮又變得沉重起來。

這位王爺，婆羅洲的傳奇英雄，口才奇差，講起故事來一板一眼，比背誦歷史課文還要枯燥乏味。這當口，我不由得思念起，唉——那個最會講故事，能夠把最平淡的事情，講得驚心動魄、讓人渾身汗毛根根倒豎的李老師來。

夜幕下，馬斯吉德·尼格里大清真寺大放光明。四座尖峭的粉紅花崗岩叫拜塔，莊嚴地，矗立在沙勞越河畔，萬頭攢動車水馬龍的大巴剎中。金頂上，那片晴朗的婆羅洲夜空，萬里無雲，好像一塊純淨的巨大黑水晶，高掛在赤道叢林大河上，只有東南方一個角落，白皎皎，綴著一枚玲瓏的月亮。古晉市中心碼頭上，燈火通明，聚集著一群穿著正式晚禮服的男女。一艘簇新官家渡船來回穿梭河上，運載一船船貴賓，前往對岸王宮的專屬碼頭。

「唉——」吉姆王爺中斷他的敘述，幽怨地嘆息一聲。「今晚，艾斯坦納宮的新主人，又要舉行宴會啦，一整夜吵得我不得安眠。」

「王爺您往生後，誰敢入住您一手建造的艾斯坦納宮？」我的興趣和好奇心，又被勾起來了。

「敦·哈齊·拿督斯里·歐斯曼·薩拉胡丁閣下。」

「好長好氣派的銜頭！」我驚嘆。「他是何方神聖呀？比白人拉者詹姆士·布魯克爵士，還要尊貴、還要厲害嗎？」

王爺打鼻孔裡嗤笑出一聲來：「敦·薩拉胡丁，乃是馬來西亞中央政府以國王『阿貢』名義，委任的沙勞越州州長。今晚舉行的是『州宴』。這是官式晚宴，由州長親自主持，招待某位來訪的外國顯要，作陪的是一群來自吉隆坡的聯邦官員。」眼一睜，王爺冰藍瞳孔中射出兩道精光：「鴒，瞧！州長閣下偕同夫人，親自出來迎接貴賓呢。」

我跑到露台邊緣，雙手攀著欄干伸出脖子一眺望，果然看見王宮大門口，那座張燈結彩的碼頭上，一位身材瘦小、皮膚黝黑的老先生，載著金色宋谷帽，穿著一襲莊嚴華麗、銀光熠熠的馬來印花布大禮服，和一位滿頭花髮，雍容華貴，穿著一套孔雀藍泰絲衣裳，裹住圓胖身軀的中年太太，並肩站在石階頂端。夫婦倆一起伸出手，向渡河而來、魚貫鑽出船艙的嘉賓們，一一含笑寒暄。

「喔！這就是沙勞越州長啊？看來滿和藹可親，像一位住在甘榜的馬來歐吉桑。」

「薩拉胡丁閣下，入主我詹姆士．布魯克親手興建的王宮，忽忽已經六年了。」白人拉者吉姆王爺垂下了頭來，沉沉嘆口氣。

一轉身，我昂起脖子扠起腰，舉頭眺望巍峩艾斯坦納宮——都安．吉姆的驕傲、白人王權的象徵。那是一幢看起來滿氣派，黑瓦白牆的維多利亞莊園式宅邸。圓月照耀下，只見一個龐大的山形屋頂黑壓壓，聳立在沙勞越河畔山坡上，蔥蔥蘢蘢一座熱帶庭園中。

宴會廳中，亮起了燈。

大堂中央掛著一盞超大的枝形水晶吊燈，白雪雪，映照著滿堂怒放的各色熱帶花卉。

今晚這場「州宴」規模肯定非常宏大。官家渡船不停來回穿梭，載來一群又一群盛裝賓客。河對岸，古晉巴剎碼頭上，早已圍聚起了一大堆看熱鬧的民眾，男女老少，各色人種，個個伸長脖子睜大眼睛，指指點點交頭接耳，朝向我們這邊瞭望。

人堆中有個十一、二歲的男孩，穿著一套白襯衫黃短褲小學男生校服，背個大書包，趿著兩根細長的腿，獨自站在棧橋頭，仰起臉，眺望對岸燈火輝煌的布魯克王宮。一雙幽黑孤寂的眼睛，炯亮炯亮，映著河上的月光，閃爍著夢幻般的光彩。

這枚瘦小孤單的身影，隔著河看在我眼中，有一種說不出的熟悉和親近。

「喂，李老師！」我攀著欄干，把頭伸出艾斯坦納宮前的大露台，舉手，向對岸的男孩使勁揮舞，扯起嗓門大聲呼喚：「李永平老師，我是朱鴒！我來沙勞越古晉拜訪你的故鄉。你望過來呀，看一看我。你在台北街頭結識，曾經和你結伴夜遊，邊迢迢，邊聽你講婆羅洲童年往事的女生，朱鴒，現在人就在你老家，沙勞越河畔，你常跟我提起的拉者王宮。我和第一任白人拉者，你最崇拜的詹姆士·布魯克爵士，這會兒在宮前露台上一塊觀賞古晉夜景呢。」

在我連聲召喚下，對岸那個背書包、佇立棧橋頭的男孩，終於轉過頭來望向我，流露出一臉詫異和困惑的表情。我們兩人，眼睛對著眼睛，隔著一條百米寬鬧哄哄的河流，互相凝視半分鐘。他終於認出了我。眼瞳一燦，男孩咧開嘴巴齜著兩排白門牙，笑了，也舉起手臂向我揮舞。碼頭上雪亮亮幾十盞水銀燈照射下，他那張古銅色，飽受赤道太陽曝曬，看起來挺嚴肅和早熟的臉龐，驀地裡，燦爛地綻開出兩朵娃娃般的小酒渦。

這個男孩，果然是童年時代的李老師！在他的婆羅洲故事中，經常出現的「童子永」。

我爬到石欄干上，提起紗籠裙襬，搖甩著滿頭被河風吹亂的髮絲，踮起一雙光腳丫站在王宮露台頂端，望向對岸，高興得差點手舞足蹈起來。

「鴒，妳在跟誰打招呼呀？」吉姆王爺將他的臉孔湊過來，問道。

「李老師呀。」我指著對岸碼頭上人群中，那個背著書包，燦亮著一口小白牙，笑嘻嘻舉手朝我揮舞的華人小男孩，向王爺介紹：「他是李永平！我向您提過的那位小說家，長年流亡在台灣的婆羅洲之子。古晉是他出生、長大的城市，他的魂魄常常回到的地方。今晚他的精靈又回來了。」

王爺順著我的手指，凝眼望去：「唔，他身上穿著古晉聖保祿小學的制服。那是我的姪孫兼繼承人，第三世沙勞越拉者，查理士．維納爾．布魯克創辦的學校。」王爺伸手猛一拍石欄干，滿眼流露出哀怨和憤慨的神色：「這個維納爾是敗家子！太平洋戰爭爆發時，他拋棄他的子民，搭飛機逃到英國。戰後，他不願返回殘破的沙勞越，於是就在妻子施薇亞唆使下，把我一手締造的王國，賣給倫敦，成為大英帝國的一個殖民地。如今沙勞越又被轉讓，變成大馬來西亞聯邦的一個州。敦．哈齊．拿督斯里．歐斯曼．薩拉胡丁州長閣下，當上了艾斯坦納宮的新主人，這會兒，正偕同滿身珠光寶氣的州長夫人，站在御用碼頭上迎接貴賓赴宴哩。」

老實說，我對這段歷史沒啥興趣，但為了取悅吉姆王爺，只好裝腔作態，也跟著他嗟嘆一番。

王爺睜起他那雙憂傷眼眸，又向對岸碼頭眺望一會，忽然，想到了什麼滑稽的事情，伸手遮住嘴巴，噗哧一笑：「妳的這位李老師算起來還是我布魯克家的子民呢！身為子民，他只能站在河對岸，遙望艾斯坦納王宮，而妳，朱鴒，來自台灣的女孩，這會兒卻能站在宮前的大露台上，和沙勞越王朝的建立者詹姆士．布魯克爵士，肩並肩憑欄眺望，一起觀覽他親手打造的古晉城。」說著，王爺昂起脖子鼓起胸脯，從喉嚨裡爆發出咯、咯、咯一連串笑聲來，模樣煞似一只發情的老公雞。「鴒啊，人生挺滑稽，對不對？」

「對！王爺殿下，人生真奇妙。」

古晉巴剎碼頭突然發生騷動。橐、橐、橐。一陣皮靴聲綻響。五個纏著紅色包頭巾、蓄著一嘴赤黑虬鬍的警察，手握警棍從一輛警車上跳下來，直衝到棧橋上，沒頭沒腦一陣亂棍，將圍觀的人一古腦兒驅走。嘩啦嘩啦潮水般，群眾紛紛拔起腳來向兩旁退開，給一位剛抵達的貴客讓出一條通路。五個警察充當開道人。這副陣仗吸引我的注意力。我伸出脖子打量這個傢伙。只見他昂揚著一顆斗大的銀白頭顱，穿著一套雪白夏季西裝，紅光滿面，挺胸凸肚，邁著兩只外八字腳，大步走向棧橋頭停泊的官家渡船。一雙眼瞳子冰藍藍，凝望著河上一輪明月，放射出兩道刀一般鋒利的光芒。

「峇爸！」我驚呼一聲，伸手扯住吉姆王爺的衣袖，向他哀告：「陰魂不散的澳西先生一路追蹤我，直追到沙勞越來了！殿下，這可如何是好呢？」

王爺凝眼一瞧：「莫慌莫慌！這個人是今天晚宴的主客之一，德意志聯邦共和國駐馬來西亞特命全權大使——漢斯．施密特博士閣下。鴒，妳看他的肚子，可沒澳洲佬那麼大吧？」

我揉揉眼皮仔細一看，果然發現這個身材高大的德國人，雖然也挺著個啤酒肚，但是，比起峇爸腰上那個圓鼓鼓肉顫顫、彌勒佛式的大肚膛，簡直是小巫見大巫哩。這位大使，身後也跟著一個馬來隨從，可這小夥子一身西裝革履，手提公事包，看起來人模人樣，比起澳西先生身邊那位個頭高高瘦瘦，稻草人般穿著白長衫和黑紗籠，半像人、半像鬼的僕人阿里，實在體面多啦。

可是，不知怎麼，我心中依舊忐忑不安。

王爺回頭看我。月光下，他肯定看到了我那彷彿撞見了鬼似的，剎那間變得紙樣蒼白的臉色。

「誠實告訴我，小女孩，妳是不是很害怕那個澳洲胖老頭？」他柔聲問道。

「嗯！」我使勁點頭。

「妳不願意當峇爸的妃子，居住在翡翠谷的沙林姆後宮，和妳那群姐妹們相聚？」王爺又問。一雙藍眼眸炯炯逼視我。

「死也不願意！」我拚命搖頭。我想起峇爸身上那一堆白膩、油亮的脂肪，和他那兩胳肢窩的羊騷氣，腸胃猛一陣翻騰，差點把今天吃的午餐全都嘔吐出來。

「好！」王爺伸手，往石欄干上用力一拍：「我帶妳躲藏到一個最安全的地方。」

「今晚就走嗎？我們上哪裡去？」

「一百年前的沙勞越。」

「喔，那是拉者詹姆士・布魯克的時代！澳西先生膽子再大，諒他也不敢闖進你的王國。果真是一個全世界最安全的地方！」

這個主意挺鮮！很合我朱鴒的脾性。我跂著兩只腳，站在艾斯坦納宮露台欄干上，縱目四顧，眺望沙勞越山河，興奮得忍不住張開喉嚨，仰天長嘯三聲。

「可是，我們要怎樣進入以前的沙勞越呢？」我小心翼翼問道。

「這個容易！」吉姆王爺故作神祕，向我悄悄眨個眼。「我有一條專屬的通道。」

「那我需要做什麼事嗎？」

「不必。今晚妳就留宿艾斯坦納宮，做我詹姆士・布魯克爵士的客人，睡在我生前睡的房間。

明天早晨張開眼睛，鴒，從台北來的女孩，妳就會發現自己置身在十九世紀的沙勞越。」說著，王爺又向我使個眼色，眼瞳中閃爍著狡黠、機智、帶著三分孩子氣的光采。這副神態像極狄更斯電影《孤星血淚》中，由我的偶像米高‧約克飾演的主人公「皮普」。我怔怔望著吉姆王爺的臉龐，一時間又看癡啦。過了三十秒鐘，我才舉手狠狠一拍我的腦袋瓜，讓自己清醒。「王爺，我睡在您的臥房，一整夜不會有人打擾嗎？」

「放心吧。」王爺弓下腰身，把嘴巴伸到我右耳上，彷彿揭露一個大祕密似的，壓低嗓門悄聲說道：「主曆一八六八年六月十一日，我詹姆士‧布魯克，蒙主寵召，在家鄉英格蘭德文郡逝世，安息於聖李奧納德教堂墳場。但我的靈魂啊，這些年來一直飄蕩在婆羅洲，守護著這塊土地和她那純真善良的人民。鴒！我真的熱愛婆羅洲，尤其是我一手締造的沙勞越王國。所以，死後一百多年，我經常回到艾斯坦納宮，不論白晝黑夜，沿著這座壯闊的、用成千塊上等大理石鋪成的陽台，一邊來回踱步、沉思、回憶，一邊覽望河對岸我親手打造的古晉城。多少個夜晚，我在這兒徜徉到天亮！」王爺這番訴說，聽得我渾身冷汗直冒，忍不住咬著牙悄悄打出個寒噤來。王爺彷彿察覺到了，伸手拍拍我的肩膀，噗哧一笑：「小女孩不要害怕！如今連艾斯坦納宮的新主人，敦‧哈齊‧薩拉胡丁州長閣下伉儷，和宮中的僕人們，也都知道我的存在。為了表示對我這個舊主人的尊敬，他們都不干擾我，任由我在宮中四處遊蕩。有時在走廊上迎面相逢，他們都會側身讓路。州長夫人甚至下令，將王宮的主臥室永遠空著，留給我回來使用。鴒，妳今晚就在艾斯坦納宮過夜吧，體驗一下拉者王朝的氣派。以前的宮女們都會回來服侍妳。明天早晨一覺醒來，妳就跟隨我——青年時期的英國紳士冒險家詹姆士·布魯克——進入時光隧道，返回十九世紀的沙勞越，親身經歷『吉姆大爺』在熱帶蠻荒叢林中出生入死，冒險犯難，建立舉世唯一的白人拉者王國的過程。鴿，妳瞧，月亮已經升到清真寺塔尖上。晚上八點了。宴會即將開始。現在就讓我們手牽手，像一對情人——哦不！像兩個要好的兄妹或感情親近的父女，一起走進宴會廳，坐在眾賓客間，享用一頓豪華道地的馬來大餐，然後告退，回到我的臥房，早早上床安歇。明早咱們兩人得忙碌一整天呢。」

說完，吉姆王爺就蹲下身子，伸出雙手，幫我整理我身上那件從翡翠谷穿出來，這兩天一路逃亡，沾滿了塵沙，卻依舊光彩奪目的雲錦紗籠。接著，他捧起我的臉蛋，就著月光左看看右瞧瞧，端詳好一會。「噯——」他幽幽嘆出一口氣來，用手指梳了梳我的一頭亂髮，然後才放開我的臉，站起身來整整自己的儀容，拂拂自己身上那件風塵僕僕、飽受日曬雨淋的蘇洛式黑風衣，倏地一挺腰桿，拉起我的手大步走出露台，朝向山坡上那幢黑頂白牆，氣派非凡，維多利亞莊園式的大宅邸走去。

「朱鴒小姐，歡迎光臨艾斯坦納宮。」王爺在宮門口停下腳步，轉身向我一鞠躬。

「謝謝吉姆王爺殿下邀請。」我屈膝還禮。

手牽手，兩人並肩走進兩排馬來衛兵舉槍侍立的宮門。

跨過門檻時，我回頭一望。

隔河，古晉巴剎碼頭上，這會兒兀自人頭滾滾，擠滿看熱鬧的群眾。那個穿著白襯衫、黃短褲和白球鞋——聖保祿小學男生制服——背著書包孤單單佇立棧橋頭，滿眼夢幻，只顧眺望河對岸王宮的「童子永」，這時早就消失得無影無蹤。在五名錫克警察揮棍驅趕下，他那瘦小的身子，不知什麼時候就被淹沒在那嘩啦嘩啦、波浪般紛紛向後退卻的人潮中，完全看不見了。

月亮斜掛在河畔椰林梢頭，白皎皎，灑照著一座金色大圓頂。晚禱結束後的馬斯吉德・尼格里大清真寺，大放光明，莊嚴地聳立在那天方夜譚般的婆羅洲星空下。

瞧！艾斯坦納宮宴會廳燈火高燒，滿堂人頭攢動，賓客早已雲集。沙勞越州州長，敦・哈齊・拿督斯里・薩拉胡丁閣下伉儷主持的州宴，馬上就要開始嘍。

可我只想飽餐一頓，然後躺在拉者寢宮大床中，好好睡個覺，明天，天一亮，跟隨人稱「都安吉姆」（吉姆爺）的傳奇冒險英雄詹姆士・布魯克，闖入十九世紀的神祕國度沙勞越！

第十七話 白神戰記

場景一：拉讓江之戰

大霧開始消退。

我揉揉眼，定睛一瞧。

一張古銅色的臉孔倏地浮現在金黃色的朝霞中。仔細看，那是老人臉，乾癟癟滿布皺紋，乍看倒有七分像老獼猴的臉龐呢。這位看來滿和善的老者，就是吉姆爺心目中，他生平遇到的最強大最可敬的敵人嗎？那名震十九世紀的南海，率領一萬名獵頭勇士，統治沙勞越最大河——拉讓江流域所有部落和長屋，號稱「伊班王」的天猛公．祖格，如今人就在我面前一艘長舟上，骨碌骨碌滾動著兩粒赤褐色小眼珠，直直瞅著我。我滿心好奇，凝起眼睛再一端詳。他臉上有兩道長長的蛇形黥紋，一橫一豎在鼻尖上交叉，形成一個墨綠色的大十字，映著晨光，放射出一股陰森古老的殺氣，讓人一見，不由得背脊陣陣發涼，忍不住渾身打出兩個哆嗦來。

太陽即將露臉，霧又散開了些。

我看到了「天猛公」的全身裝扮：頭戴一只黃籐盔，盔頂豎立著八根尖長、黑白兩色的犀鳥羽，迎著晨風不住簌簌抖動；身披一襲雲豹皮古戰袍，胸前綴著各色貝殼，風中叮噹響不停；腰繫一條銀緞帶，掛著一支鹿角刀鞘，鞘口血光閃閃，插著一把半出鞘的阿納克獵頭刀。

這身行頭，雖然威猛，可在我這個摩登時代的都市女孩看來，卻有一種滑稽——哦，不！一種悲涼的、令人忍俊不禁的喜劇感。

老人家挺著腰桿子，端坐戰船中央高高支起的一張大籐椅中，望著東方天際，靜靜等待日出。

天空中黑鴉鴉盤旋著一窩大清早醒來，扯起嗓門叫著，穿梭在紅樹林梢，四處啄食死魚的大鳥。那是婆羅門鳶——諸神之王辛格朗．布龍的使臣，那巡弋在長屋上空，睜著一雙火眼金睛，時時刻刻守護伊班人民的婆羅洲神鳥。

日出。黎明時分籠罩江面、濃稠得像一鍋小米粥似的大霧，融化了，從江心開始消散，一點一點地向江岸退卻。天光越來越明亮。江上景物的輪廓，如同在暗房裡沖印相片，顯影一般，在我們眼前漸漸變得清晰、立體起來。

我，台北女生朱鴒，穿著一條華麗的紗籠，趿著一雙光腳丫子，將一只手掌舉到額頭上，瞇起眼睛朝向江面放眼瞭望。

伊班大艦隊！不知什麼時候集結，靜悄悄在我們面前列陣。三百艘獨木舟，密密麻麻，散布在遼闊的拉讓江金光粼粼的江面上。天猛公麾下的勇士們，那曾經縱橫南海，殺人如麻，讓中國人、阿拉伯人和馬來人聞風喪膽，讓李老師——流落台灣的婆羅洲之子——津津樂道的伊班海盜，十人一小隊，搭乘一艘戰船。曙光中只見他們打著赤膊，舉著獵頭刀，頂著黑漆漆鍋底似的一顆頭顱，緊繃著一張刺青臉膛，面無表情，一縱隊蹲在長舟中，一眨不眨凝視我們。

旭日照射下，滿江刀尖一簇簇聳立，映著彩霞血光閃閃。偌大的江面靜蕩蕩，只聽見頭頂上咵——咵——價響，那群婆羅門鳶兀自盤旋啼叫。

我們這艘船上的水手們，沒人出聲，甲板上安靜到妳聽得見那個年紀才十五歲，面目俊秀皮膚黝黑，暱名「黑珠兒」的馬來小廝丹．華里士，蹲在船舷旁，迎著清晨的河風，窸窣窸窣不停抽吸鼻涕所發出的聲音。

一回頭，我瞥見吉姆爺背著雙手，站在我身旁的船頭上。江上一輪紅日，直直潑照他的臉膛。他凝著眼睛眺望前方那距離我們約莫一百碼，在江面布陣的伊班艦隊。江中風起，撩動他肩膀披著的黑風衣，捲起他那滿頭反射著朝霞，火紅紅一把馬鬃似的，獵獵迎風飛舞的金髮鬈子。

傳奇的詹姆士．布魯克，沙勞越土著口中的「都安吉姆」。

我望著他，心中尋思：假使我是一名伊班戰士，現在正在和戰友們蹲在獨木舟中，抬頭望向前方敵軍陣地。大霧消散之際，突然，我看見一個身高六呎五吋的白人戰士，紅髮披肩，穿著一套奇異的行頭，叉開兩條長腿，凸起緊繃繃圓鼓鼓的馬褲襠，矗立在一艘三桅大帆船船首，睜著一雙海藍眼瞳瞭望大江。這時，我心中會不會油然升起一股敬畏呢？

想必會吧。伊班人何曾見過這種貌似天神的人物？

詹姆士．布魯克的戰艦「皇家號」，四年前的八月從新加坡港啟航，強渡過風浪險惡的爪哇海，抵達婆羅洲，在古晉港登陸，協助汶萊蘇丹敉平沙勞越土著的叛亂。現下又以蘇丹之名，前進拉讓江，直搗伊班海盜的巢穴。兩軍正在江上對峙。「皇家號」已經卸下三張大帆。她那飽受南中國海的海水侵蝕，鐵銹斑斑，沾滿叢林泥巴的船身，這會兒靜靜停泊在江心。吉姆爺從新加坡招募來的二十四名雜牌水手，個個滿面風霜渾身襤褸，手握一桿長槍（想起來了！那就是我在美國南北戰爭電影《鐵血雄師》中看見的「毛瑟槍」），面無表情，泥塑木雕似地一動不動杵在船身兩側。船上六門加農炮，已經調轉頭來，炮口瞄準正前方的伊班艦隊。

戰雲密布，一觸即發。我站在我方旗艦船頭瞭望戰場。太陽升到紅樹林梢。剮——剮——天空中那群盤旋逡巡的婆羅門鳶，啼叫得越發高亢、急切了。那一整個清晨籠罩江上的大霧，豁然消散乾淨。決戰在即。

伊班軍主帥天猛公．祖格——布龍神的養子、眾酋之王、沙勞越第一大族伊班族最高統治者——頭戴犀鳥翎羽盔，身披雲豹皮戰袍，全套戎裝打扮，高坐艦隊中央那艘長二十米、寬一米六，用一整株千年古樹打造而成，畫蛇雕鳥，裝飾得十分華麗醒目的長舟上，俯視整個戰場。破曉以來他只顧挺著腰桿，聳著一張老猴兒臉孔，瞇著兩只赤褐色小眼睛，不聲不響不動如山。這時天色大亮。他老人家雙眼猛地一睜，暴射出兩道精光來。他抬起臀子從座椅上站起身，朝向我們舉起一只骨瘦如柴的胳臂，迎著太陽，驀然張開緊握的拳頭。

我踮起雙腳，從皇家號船頭上伸出脖子仔細一看，只見天猛公那只乾癟的手掌上，符咒般陰森森，用墨汁刺出幾十個黑十字星號，陽光中閃閃發亮，放射出一簇神祕的、令人一見不寒而慄的光芒。這是我見過的最詭異、最恐怖的刺青。在台北時，我曾聽李老師說過，那每一枚星星代表一顆人頭，手掌上刺著五十枚星星，表示這位伊班老勇士一生殺過五十個敵人，割下五十顆上好頭顱。我望著天猛公．祖格的手掌心，禁不住打個冷顫，趕緊縮回脖子，攏起身上那件單薄的小紗籠，緊緊裹住我那簌簌發抖的身子，將雙手環抱在胸前，悄悄退走到吉姆爺身畔。就在這當口，聽見哄然一聲，伊班艦隊中綻響起一片響徹雲霄的歡呼：

「希督普．天猛公！」

「阿納．辛格朗．布龍！」

我還沒來得及詢問吉姆爺那是什麼意思，只見天猛公倏地收回手掌，反手向後一招。

霎時，江上槳聲大作。

潑剌剌潑剌剌，三百艘獨木舟同時划動。

麗日下只見三千名伊班戰士，黑鴉鴉一大片，齜著牙舉著刀，朝向我們直撲了過來。

刀光霍霍水花飛濺。

砰！槍聲驟響。衝鋒陷陣中的獵頭族勇士們，登時嚇一跳，齊齊煞住勢頭，在我們面前八十碼處硬生生停住了。三百艘長舟，全都豎起槳子，一動不動靜蕩蕩停泊在大江心。我，朱鴒，因緣際會跟隨詹姆士．布魯克的鬼魂來到拉讓江，觀察沙勞越歷史上最重大、最精采戰役的台灣女生，這時也吃了一驚。回頭一看。瞧！吉姆爺一身黑風衣飄飄，矗立「皇家號」艦首，手裡握著一桿來福槍，直直指向天空，槍口兀自冒出一縷青煙呢。

滿臉迷惑，三千伊班戰士高舉獵頭刀，圓睜著血絲眼珠，一縱隊一縱隊蹲在獨木舟中，望著我們這艘停泊在江心的三桅大帆船，不知如何是好。大江上一片凝靜。呱。呱。天空中豔陽下一群神鳥婆羅門鳶，慌慌地撲打著翅膀，劈啪劈啪只管盤繞著紅樹林四下亂飛。過了整整一分鐘，驀地喊殺聲又起：「布奴卡——馬蒂甘！」幾百支槳子齊齊划動，驚天動地的潑水聲再度響起。三百艘伊班戰船激盪起水花，蹦蹦濺濺，又朝向我們直衝過來。

砰！

第二聲槍聲綻響。

整支艦隊，又硬生生煞止攻勢，在我們面前六十碼處停下來。戰士們紛紛轉頭，滿眼詫異，望向艦隊中央那艘宏偉的御舟，那長二十米，中央塔樓高三米，船身雕刻蛇鳥圖騰，由三十六名操舟手駕駛的天猛公座艦。大夥當場愣住了，紛紛舉手揉眼睛。只見他老人家——伊班海軍統帥、拉讓江流域世襲最高統治者天猛公·祖格——繃著臉孔，挺著腰桿子高坐寶座上，滿頭白髮野草般迎風飛舞，模樣著實狼狽。我伸出脖子凝眼一看。原來，天猛公頭上戴的那只黃籐盔（盔頂插的八根尖長、黑白犀鳥翎羽，可是代表伊班族的戰魂呢），被吉姆爺一槍打掉了。滴溜溜滴溜溜，陀螺似的，它一路旋轉著劃空而下，撲通一聲墜落入大江心。

這下戰士們全都驚呆，個個手中高舉著獵頭刀，蹲伏在獨木舟中，拱起肩膀縮住脖子一動不敢一動。嘎、嘎——婆羅門鳶啼叫得越發淒厲。兩軍隔著六十碼距離，在江面上對峙了足足五分鐘。天猛公親自出面打破僵局。只見他老人家舉起雙臂，以祈禱的手勢和姿態，朝向天空，攤開他那兩只密密麻麻刺著黑十字符號、太陽下亮閃閃的手掌心，扯起嗓門呼叫一聲：「瑪哈夸薩，辛格朗．布龍！」顫顫巍巍地，他從寶座中站起身來，聳起他那不滿五呎、披著雲豹皮戰袍的瘦小身軀，小巨人似的扠著腰立定在旗艦上。江風習習。老人家頭上一把雪白髮絲，迎風蔌蔌飛揚。他那兩粒赤褐色眼珠，猛一睜，迎著旭日迸射出兩道精光來。伊班艦隊中的戰士們紛紛昂起脖子豎起耳朵，等待天猛公的號令。「布奴卡！馬蒂甘——」天猛公．祖格驀地張開喉嚨，拔尖嗓子朝天嘶喊一聲，反手向後一招。只聽得潑剌潑剌，旗艦的三十六名操舟手一齊划動槳子，在老天猛公領導下，率先出擊。剎那間拉讓江上喊殺聲又起。三百艘獨木舟，載著三千名頂著一顆顆漆黑鍋底頭，猙獰著一張張刺青臉孔，打赤膊，齜著牙，高舉獵頭刀的伊班勇士，太陽下黑鴉鴉一片，朝向「皇家號」衝殺過來。迸迸濺濺滿江水花飛揚。眼看，敵軍距離我方陣地僅僅四十碼了。不聲不響不慌不忙，兀自佇立艦首的吉姆爺，面帶神祕的微笑，慢慢伸出一只手臂，拂拂他那滿肩頭金光燦爛，迎著旭日江風，翩翩飄舞的髮鬈子，順手撣撣身上的黑風衣，沉吟半晌才舉起手中的來福槍，將槍口指向天空。

砰！第三聲槍響。

天猛公瞇起眼睛抬頭一望。霎時，他那張飽經風吹日曬、老猴兒般滿布皺紋的古銅色臉膛，彷彿看到可怕的東西，一下子變白了。

天空中，紅豔豔綻放開一朵小陽傘般大的血花。我舉頭望去，看見一只婆羅門鳶王——伊班人的始祖、開天闢地的大神辛格朗．布龍手下最尊貴的使者——被吉姆爺一槍打中。太陽下只見牠那碩大的赤褐色身軀，捲成了一團，圓滾滾，好似一枚超大的陀螺，從天頂不住旋轉下降，好久才「澎」

的一聲墜落入江心，濺起一大蓬白燦燦的水花。

「布龍，瑪哈夸薩——」天猛公又舉起雙手，甩起一頭白髮，搖盪起身上那件綴著各色貝殼、不住叮噹價響的雲豹皮古戰袍，張開喉嚨大放悲聲，仰天呼喚他的神。喊著喊著，老人家禁不住老淚縱橫。直喊到嗓子沙啞了，他才伸出雙手握住兩只膝蓋，撐起身子，一步一步顫顫巍巍地，從御舟寶座上走下來。膝頭倏地一軟，他當場跪下來，整個人趴伏在船首，把兩只手臂高高舉到頭頂，朝向大江中央，那艘雄偉的三桅帆船上，宛如天神般，面向太陽矗立的一條金色身影，開始膜拜起來。

他老人家手下的戰士們見狀，紛紛放下獵頭刀，齊齊匍匐在戰船上，跟隨他們的最高統帥天猛公．祖格，朝向「皇家號」上的白神都安吉姆，翹首合十，行伊班族最高致敬禮。

早晨八點鐘，叢林一輪麗日照耀下，我站在吉姆爺身旁，從皇家號那高高翹起的艦首，舉頭放眼瞭望，看見三千個伊班勇士的刺青彩繪頭顱，五彩繽紛，晃晃蕩蕩，聚集在三百艘獨木舟中，仰天呼號，場面好不壯觀感人。

在伊班王——天猛公領導下，三軍一起張開喉嚨扯起嗓門，齊聲山呼萬歲：

「布龍普帖，孔帝基！」

「孔帝基希督普！」

「白人聖者啊，您終於履行諾言，回到婆羅洲來了！感謝諸神之王辛格朗．布龍的安排。」

霎時間，大江上呼號聲、歡笑聲和悲泣聲四起，混響成一片，驚散了天空中那群嘎嘎狂叫、四處亂飛的婆羅門鳶。

沙勞越白人拉者，詹姆士·布魯克那宛如史詩的建立王朝的過程中，一場最大規模、最關鍵、最精采的戰役——沙勞越十九世紀赫赫有名的「拉讓江之戰」——在我，來自台北的女學生朱鴒，親眼見證之下，圓滿結束了。

確確實實，只用了三顆來福槍子彈。

場景二：凱旋

一只婆羅門鳶，伸展尖長的雙翼，黑魅魅孤零零，好久好久翱翔在那萬里無雲、海樣湛藍的赤道穹窿頂端。豔陽下兩粒火眼金睛，閃閃發亮，俯視著莽莽叢林中，黃浪滾滾大河上，一支浩浩蕩蕩正在行進中的獨木舟隊。無休無止的盤旋中，每隔一段時間，約莫二三十分鐘吧，這只目光銳利神態忒威猛的婆羅洲大鳥，好像發現什麼異狀似的，倏地，收斂起翅膀，硬生生停駐在天空中，昂起脖子扯起嗓門，朝著大日頭嘹喨地啼叫出一聲來：剮啊——

公元一八四二年五月七日，早晨八點鐘，江上對決結束後，沙勞越第一大族伊班族的最高統治者，天猛公·祖格，率領他的部眾和三千名戰士，宣布歸順都安吉姆。在天猛公襄助下，吉姆爺乘勝進擊，統帥英伊聯軍一路溯流而上，征服拉讓江中、上游各部落和民族。同年十二月五日，他以大英帝國維多利亞女王和汶萊蘇丹的名義，昭告天下，沙勞越全境蕩平。

這歷史性的一日，在強大的伊班艦隊護衛之下，詹姆士．布魯克，拉讓之戰的凱旋者，沙勞越邦的新君王——白色拉者吉姆——搭乘一艘長二十米寬一米六，用一整株龍腦香古樹打造而成，由三十六名槳手操作的長舟「布龍布圖號」，從拉讓江源頭，伊班民族的發祥地，婆羅洲中央高原出發，順流而下。這一整天，船隊航行在遮天蔽地的原始森林中，哼哼嗨嗨吶喊著，穿過一道又一道急流，強渡過一座又一座漩渦四伏的險灘。目的地：拉讓江中游的古老城寨，伊班首府，天猛公駐蹕的「圖阿布龍大長屋」所在地——加帛城。

我，朱鴒，一個十二歲的台灣姑娘，在詹姆士．布魯克本人安排下，有幸參加沙勞越歷史上這段挺重要的、里程碑式的航程，讓我有機會用我的兩只眼睛，目擊一幅氣勢雄渾、震撼人心、直可媲美好萊塢電影《大江東去》的婆羅洲河流航行奇觀。

且看：

場景三：航向加帛城

三百艘獨木舟一縱隊行進，嘩啦嘩啦水聲中，划向一道瀑布的頂端。減速。全體舟子起立，舉槳，朝向那高坐御舟「布龍布圖號」寶座上，滿頭金髮飛揚，一襲黑風衣飄飄的白人小夥子，振臂致敬：「都安吉姆，讚！」旋即垂下槳，把槳尖插入水中。兩排操舟手胯下紮著纏腰布，上身打著赤膊，直條條站立船舷兩側，中了蠱般一動不動。一縱隊獨木舟滑水前進。水聲轟隆，一窩水鳥鼓翅亂飛。船隊漸漸逼近瀑布頂端。大夥從船上伸出脖子，凝眼注視前方的水域。忽然間，聽到領頭船一聲號令，全體舟子一屁股坐回舟中橫板上，颼地從水中拔起槳子。麗日下只見上千張刺青彩繪臉膛，猙獰地張開嘴巴，咧開白森森兩排板牙，朝向天空吶喊一聲：「弟兄們，孟納帕——衝啊——」霎時間滿江水花迸濺飛灑，千只槳子競相划動。哼哼嗨嗨，整支船隊一頭闖進激流中，轉眼隱沒不見。呱。呱。天頂那只孤鳶兀自兜著圈子，炯炯俯視拉讓江，不停逡巡啼叫。過了漫長的三十分鐘，水霧終於消散。船隊又顯現在陽光下。如同一群小學生，由老師帶領在遊樂園乘坐滑梯，這三百艘伊班獨木舟一艘接一艘，溜下了那道宛如百級階梯、綿延長達一公里的瀑布，平安地渡過拉讓江上最險惡、綽號「棺材路」（賈蘭．克朗達）的一段水道，傍晚時分抵達伊班首府加帛城。一臉風霜，渾身刀疤，從拉讓江上游百戰歸來的三千伊班勇士，霍地，一起從舟中起立，放下槳子拔出獵頭刀，朝向那位滿頭綴著亮晶晶的水珠，帶著一臉子的笑靨，坐鎮旗艦上，一整天不動如山的吉姆爺，舉臂歡呼致敬：

「都安吉姆，峇固斯！」

「希督普，孔帝基，讚！」

「歡迎『白人聖者』重訪加帛鎮！」

聽哪，三千條粗壯的嗓子齊聲吶喊，真個是驚天動地，響徹婆羅洲的叢林。

如今站在台北中山堂講台上，向大家報告我的婆羅洲之旅，回憶起這段奇異的時光航程，我發誓，當時坐在一只獨木舟中，隨同伊班艦隊，順拉讓江而下返回加帛城的我，清清楚楚、真真切切地看見：那當口，以沙勞越新統治者身分，獨自高坐船隊中央一艘豪華長舟上，接受戰士歡呼，左顧右盼，好不得意的英國冒險家詹姆士·布魯克，忽然童心大發，悄悄轉過頭來，迎著大江口一輪紅日，睜著兩只小精靈般狡黠的藍眼瞳，瞅著我，調皮地眨了兩下眼睛，扮了個洋鬼臉！

那時，我真的吃了一驚，差點從獨木舟上滾下來，掉入河中，但隨即被吉姆王爺逗笑了，咯咯咯，捧著肚子直笑得前俯後仰，樂不可支，眼眶中迸出兩顆豆大的淚珠來。

三千伊班勇士兀自舉刀吶喊：

「孔帝基，呇固斯！」

「都安吉姆，讚！」

場景四：伊班公主獻舞

時間：拉讓江之戰凱歸第二天晚上

地點：加帛城，圖阿布龍大長屋，正堂

場合：伊班戰士慶功宴會

主人：天猛公祖格，沙勞越海達雅克族（伊班）世襲族長

貴賓：都安吉姆（詹姆士·布魯克）

篷，篷，鼓聲響起。一條窈窕身影出現在滿廳堂閃亮的燭火中。她光著兩只腳踝，裸著上身，下身穿著一襲桃紅紗籠，頭上戴著一頂用新摘的、夜晚開放的朱槿花瓣編織成，濕漉漉地綴滿露珠的伊班花冠。一出場，滿座青年戰士轟然喝聲采：「安波伊，珍蒂克！」鼓聲中只見她撅著一雙圓俏的小臀子，跂著兩只腳尖，款步走到宴席中央，在一張豪華爪哇織錦地毯上立定，舉起雙手，合十，向那位穿著雪白綢襯衫、繫著黑領帶，一身維多利亞青年紳士裝扮，拈著酒盅，盤足坐在貴賓席上的主客——新近崛起的大英雄、伊班少女的新偶像吉姆爺——羞答答地躬身行了個大禮。一股挺濃郁的香氣，聞起來好像肉豆蔻，摻著淡淡的汗酸味，從她那纖瘦的銅棕色胴體上散發出來。我忍不住伸出鼻尖，偷偷吸入兩口。轉頭一看，只見吉姆爺一臉的矜持，直條條地挺著腰桿，兀自端坐著，只略為傾一傾上身向公主答禮。

燭火搖曳，閃照著公主腰上一匹黑緞似的長髮絲，讓人好想伸出手來摸它幾下，但是，我的視線彷彿碰到了磁鐵，被她的手臂牢牢吸住。

火光下只見一朵鮮紅的朱槿花，綻開在她那只光裸的膀子上。湊上眼睛細看，原來是一個刺青。我想起在翡翠谷時，曾經在陸達雅克族公主蒲拉蓬的臂膀上，看見一個半完成的刺青。那也是一朵——不，精確地說，半朵朱槿花。婆羅洲長屋最常見最豔麗的一種熱帶花卉。每年八月盛夏，放火燒山般，遍野劈劈啪啪開得一片血紅。伊班人把它當成神花，稱它「班葛．拉雅」，意思是大紅花。蒲拉蓬告訴我，達雅克族（包括海系的伊班族）的公主，十歲開始在臂上刺青，刺的就是朱槿花，每年得刺上半片花瓣，到十九歲生日便完成一朵盛開的、五瓣的大紅花，成為一個成熟的少婦。我揉揉眼睛，就著燭光細細看去。今晚的凱旋宴會上，向戰士獻舞的這位美麗伊班公主，左臂上刺的朱槿花，果然只有三片花瓣。如此看來，她今年準是十六歲。

唉，一朵半開的朱槿花。

我看呆啦。兩只眼睛一瞬不瞬，只管盯住公主的手臂。可公主那雙幽黑的杏仁眼睛，睫毛長長，不住抖啊抖的，只顧掃向貴賓席上的詹姆士．布魯克——拉讓江之戰的英雄，來自遙遠的西土、駕駛三桅神舟渡過七海、履行古老的諾言重返婆羅洲的青年孔帝基。

滿眼睛的愛慕和崇拜。

那當口，我坐在一旁瞧在眼中，心裡還真有點吃味哩。

叭叭。穿著一身伊班戎裝，殺氣騰騰，昂著一顆斑白小頭顱，挺著五呎身軀，高坐主位上的伊班王天猛公祖格，霍地起立，朝向滿堂賓客和戰士們，舉手拍兩下。

篷！篷！鼓聲又響。公主羞答答轉過身子，背向吉姆爺開始整理衣裳。她解開（但沒有脫掉哦，大家莫想歪了！）身上那件桃紅色、鼓鼓地包紮著兩只奶子的小紗籠，將紗籠口拎在手中，使勁抖幾下，重新穿好，把整條紗籠纏繞住她那玲瓏有致，顯得過度早熟，連我這個瘦巴巴、一副發育不全模樣的台北女生看在眼裡，也忍不住偷偷吞口水的胴體。滿堂賓客鴉雀無聲，只聽得鼓聲咚咚。整裝停當，公主伸出雙手來，從侍女手中取過兩把羽毛扇，遮到胸脯前，回身面對吉姆爺，猛一扭腰，甩起腰上那把烏黑水亮的長髮絲，翹起兩只臀子，往地板上一蹲，將整個身子蜷成圓圓的一團，伸張雙臂，模仿犀鳥娃娃破蛋而出、準備展翅高飛的姿態，開始獻舞。

一雙杏眼勾呀勾，水汪汪，眼波不斷飄向吉姆爺。

左臂上，用鮮紅朱砂刺的一朵三瓣的、還沒完成的朱槿花，嬌滴滴血亮血亮，隨著公主那踩著篷、篷、篷——越來越急的戰鼓聲，越發顯得狂放的舞姿，不住飛蕩在滿堂搖曳的燭火中。

賓客席上的四十八只碧藍、翠綠、茶褐、烏黑各色眼珠（「皇家號」的二十四名雜牌水手），全都睜得滾圓，齊齊望向廳堂中央，一群獵狗般，鍥而不捨，只管牢牢地跟蹤公主那古銅色，水蛇樣滑溜、雲豹般矯健的一條胴體。有人還忍不住流口水哩。

「唉，好一個伊班版的莎樂美！」我看得臉紅耳熱心跳，想起在台北看過的一部耶穌電影《萬王之王》中的那場舞蹈，七紗之舞，心中不由得讚嘆起來。轉頭看看吉姆爺。只見他挺著腰桿子端坐在貴賓席，手裡拈著酒盅，邊小口小口啜著，邊抬頭眺望屋梁上吊掛的一堆風乾骷髏頭，不知在想什麼心事。他身畔小鳥依人般，跪坐著一個十五歲，面目俊秀皮膚黝黑，赤裸著上身，只在腰間繫一條阿拉伯白綢褲的美少年。看樣子他是在服侍都安（爺）喝酒。我見過他。這個馬來小廝名叫丹．華里士，暱名「黑珠兒」，從新加坡一路追隨吉姆爺到婆羅洲，忠心耿耿，參加都安的每一場重要戰役，包括剛結束的拉讓江之戰。這會兒，爺兒倆並肩坐在天猛公宴席上，卿卿我我好不親密，時不時湊起頭來，咬耳朵，嘰嘰咕咕講一番悄悄話呢。

我坐在一旁看傻啦。

鼓聲停歇，犀鳥之舞結束。

公主趴伏在地板上，喘口氣，爬起身來，撿起腳下一對羽毛扇，遮住胸前汗晶晶兩粒豎起的、尖尖的、彷彿要刺破紗籠的乳頭，朝向天猛公，屈膝行禮，回眸瞟了瞟她獻舞的對象，都安吉姆。滿眼睛的怨恨和不解。兩個人，隔著宴席中央樹立的一支大紅燭，互相凝視五秒鐘。眼圈一紅，公主眼角迸出了兩朵晶瑩淚花。猛一轉身，她甩起肩後一把濕髮絲，直直挺起腰桿，踮起兩只光腳丫，搖曳起身上那件濕答答、緊繃繃的小桃紅紗籠，帶著她那一身經過一場熱舞後變得更加濃郁、誘人的肉豆蔻香氣，一溜風，飛跑進後堂。

場景五：天火焚城錄

我高高踮著腳，站在「皇家號」艦首，將一只手掌舉到額頭上，遮住眼睛，迎著輝煌的落日，朝向河岸山坡的一座長屋瞭望。

挺雄偉、堅固的一座堡壘——魯馬甘東。

這幢坐落在拉讓江最大支流巴雷河濱，孤單單，隱藏在叢林最深處的長屋，屬於加拉畢族，伊班人的世仇。它的規模和人丁，雖然比不上「伊班王」天猛公祖格駐蹕的那座蜿蜒三百碼、住著百戶人家、飼養著三千頭牲畜的「圖阿布龍大長屋」，裝飾也沒那麼華麗，但是，在這豔陽天的婆羅洲晌晚，西方一顆火球照射下，整個屋身紅通通，從河上望去還真像一條盤繞在山坡上，渾身著火，劈劈啪啪燃燒的大蟒蛇呢。這幅奇詭絢麗的叢林景象，直看得我，朱鴒，來自一座摩登大都市的女孩，心中禁不住湧起一股壯烈、蒼涼的感覺。

吉姆爺說，加拉畢人是沙勞越最勇悍、最驕傲、最難馴服的民族。他，胸懷大志的英國青年冒險家詹姆士·布魯克，若想開展他孤身進入蠻荒（其實他帶著二十四名水手），建立白人拉者王朝，前無古人後無來者的偉大功業，就必須攻克加拉畢人的大本營，魯馬甘東長屋。

今天一大早「皇家號」就停泊在巴雷河心。艦上六門加農砲全部調頭，瞄準魯馬甘東。加拉畢人閉門堅守不出。雙方隔著一片空闊、只見兩排大王椰樹迎著河風自管搖舞的河灘，對峙了一整天。現在太陽快下山了。看來，今晚我們得在河上度過刁斗森嚴的一宵。

紅霞滿天。椰林中的高腳屋人家，四下升起柴火，一條條藍煙繚繞在樹梢頭。樹蔭裡，細小的人影四處蹦跳追逐，不時傳出孩子們的嬉鬧聲，嘰嘰呱呱無憂無慮好不快樂。

熱騰騰的椰漿小米飯香，帶著必剝剝響的柴火聲，隨著晚風，一陣陣飄到河心，直送上我們這艘還沒生火造飯的戰艦上來。我禁不住伸出鼻尖，貪婪地聞著，不時聽見自己的肚子轂轆叫。我狠狠吞下十幾泡口水。

黃昏的魯馬甘東，椰樹搖曳炊煙漫漫，洋溢著濃濃的南洋田園情調。可是，就在一派溫馨寧靜中，陰森森冷颼颼地卻又透出一股肅殺之氣，令人背脊發涼。

嗚呦呦，笛聲響起。

我回頭看去。

不知何時，皇家號的少年水手，丹·華里士爬到了右側船舷上，交疊著雙腿坐下來，掏出一支蘆笛，凝起一雙點漆般幽黑眼眸，朝向西北方，眺望著河口沼澤上空那一輪浮盪在血色晚霞中、不住冉冉下沉的大日頭，帶著滿眼的憂傷和思念，開始吹奏起來。

悄悄地，我佇立在船頭豎耳傾聽。

笛聲好溫柔好婉囀，幽幽咽咽，好像一個流浪在外的男孩，在向一個身在遠方、最親的親人，訴說著心中最深處的一樁最私密、最真摯的心事一般。

聽著聽著，我就想起自己的母親，朱陳月鸞。這會兒她正在廚房忙著吧？（妳們知道嗎？台灣和婆羅洲之間雖然隔著一個南中國海，卻毫無時差呢！現在這裡的時間是——讓我看看我七歲生日時，我媽的老朋友，花井芳雄伯伯送我的那只名貴的、如今陪我來到婆羅洲的伯爵白金小女錶——喔，已經六點十九分了！台北那邊現在肯定也是六點十九分。我爸朱方早已坐上餐桌，手裡握著一盅虎骨泡高粱老酒，準備開飯。）今晚，台北的月亮和婆羅洲的月亮一樣，又將半圓了吧？我媽是否又將失眠？每回半夜睡不著，她總會偷偷起床，披著她那一肩依舊烏黑水亮，可這幾年不知不覺間，冒出根根白絲的頭髮，獨自坐在客廳窗口，手拿一把木梳子，邊梳頭邊眺望月亮，嘴裡咿咿啊啊翻來覆去地，唱她那首唱了二十三年的台南民謠（朱家的大女兒、我的大姐朱鸝已經二十三歲嘍）：春去秋來又一年／給咱想著心傷悲／舉頭看見天頂星／月娘猶是半屏圓／雖然離開伊身邊／愛伊的心永難移／啊啊啊啊／天星閃爍月屏圓……

蘆笛越吹聲調越淒涼。

中蠱般，我邁著夢遊的步伐，走下船頭，提著身上那件紗籠的襬子，跂著腳走到左側船舷，停下腳步，將兩只臂膀環抱在胸前，把背梁靠到船舷上，面對丹·華里士，靜靜看他吹笛子。這個十五歲的馬來男孩，頂著一頭濃黑的鬈髮，打著赤膊，光著兩只腳丫，交叉起雙腿挺直著細腰桿子，高高坐在右側船舷上。他舉著雙臂，拈著一桿八吋長的蘆笛，昂起脖子仰起臉龐凝著兩只黑眼眸，望著河口那一輪緊緊貼在地平線上、即將沉沒入沼澤的紅日頭，自顧自，吹奏不停。挺精瘦結實的一條銅棕色身子，鬆鬆地，在腰間繫著一條雪白、阿拉丁式的燈籠褲。這副俊俏、靈氣的打扮和模樣兒，乍看還真像一個從《天方夜譚》世界走出來的少年呢。無怪乎我們的吉姆爺會那麼疼愛這丹·華里士，把他帶在身邊，日夜寸步不離，連我這個冷眼旁觀的女生看在眼中，心裡都有點吃味哩。

巴雷河的落日，越沉墜越滾圓。長屋的炊煙好似一群伊班舞娘，扭擺起一條條水蛇腰，交舞在叢林梢頭，越晚越熱鬧。船上的笛聲更加急切了，一聲緊接一聲，纏纏繞繞牽牽掛掛，不住迴響在彩雲下那成群歸鴉呱——呱——啼叫著，飛掠過的巴雷河上空。

我迎著晚風站在船上，聳著脖子上一簇野草般、隨風四下亂舞的短髮絲，伸出鼻尖，吸嗅著河岸上椰林裡，香噴噴熱騰騰飄出的椰漿飯香。轂轆轆，肚裡的腸子噪鬧得更加起勁了。我嚥著口水，邊思念這會兒正在大海對岸的台北，我們家廚房裡，做飯燒菜想心事的母親，邊豎起一只耳朵，傾聽丹·華里士的笛聲。一時間聽得癡啦。身上那條穿了好幾個月，飽經風吹日曬雨淋，髒兮兮，早已開始褪色的花紗籠，在河風吹拂下不住飄蕩，獵獵響。聽著笛聲想著家人，不知不覺間我的兩只眼眶就紅了，兩顆淚珠奪眶而出。

就在這當口。

咻！一支響箭從河岸上椰樹梢頭發射出來，亮閃閃劃過黃昏的天空，飛越河面，噗的一聲，直直插入吹笛人的咽喉。

丹・華里士的身子應聲而倒。整個人從船舷上摔下來，跌落到甲板上。

笛聲歇。

吉姆爺從船艙中衝出。

這些日子我追隨詹姆士・布魯克，搭乘皇家號戰艦，在沙勞越的最大河，拉讓江上征戰六個月，從沒看見過他這麼憤怒和悲傷！只見他抱起丹・華里士的屍身，站在船頭迎著河風，滿肩金髮鬈子飛撩狂舞，兩只藍眼眸直勾勾，只顧瞪著河畔山坡上的魯馬甘東長屋，一眨也不眨。兩個瞳孔反射著河上的落日霞光，彷彿要噴出兩蓬火焰來。

一條棕色身影，手持一桿吹箭槍，猴子般，滴溜溜從河岸一株大王椰樹上爬下來，一抵達地面，就拔起雙腿朝向長屋門口逃逸。

吉姆爺睜著眼睛望著兇手的背影，磔磔一咬牙。

背脊一涼，我倏地縮起肩膀，瘧疾發作似的渾身機伶伶打出兩個寒噤來，因為我心裡知道，這下，滿長屋的加拉畢人，男女老幼八百口，全都死定啦。

唉，劫數難逃，半個活口也不留下。

眼睜睜地，我站在一旁，看著皇家號的六門加農炮同時點火，一齊發射。霎時間只聽得炮聲篷、篷、篷——綻響在那成群歸鴉嘎嘎驚叫、鼓著翅膀四下飛竄的河面上。我舉頭一望，看見六朵巨大的炮花，光芒四射，開放在那漫天灑血般的一灘灘豔紅彩霞下，乍看，還真像每年雙十節傍晚，台北市水門外，淡水河上大放煙火普天同慶哩。

魯馬甘東，這座兩百碼長、蜿蜒盤繞巴雷河畔山坡、宛如一條叢林大蟲的長屋，剎那間，著了火，渾身熊熊燃燒劈啪價響，變成一條受了重傷、倒臥地上不住翻滾哀叫的火龍。

我扠著腰站在船頭，昂起脖子張開嘴巴，怔怔眺望。一時間，我整個人被眼前這幅好似聖經中「天火焚城」的景象，震懾住了，一動不能一動。

迸亮，迸亮，流星雨般一簇簇炮火，綻放在那炊煙飛舞、陣陣米飯香隨風飄漫的椰林裡。火光飛閃中，只見那群正在玩遊戲的娃兒，驟然受到驚嚇，一個個光著屁股，搖晃著肚腩下那一根棕色小雞雞，四下奔竄，嘴裡只管呼喚伊布（媽媽）。

皇家號的七名馬來水手，紛紛拔出腰刀，朝天舉臂歡呼：

「阿拉！呼燃．克拉瑪特！神雨降臨了！」

開戰後約三十分鐘，長屋的大門終於打開了。一百戶人家，扶老攜幼，冒著漫天飄落的火雨，一家子一家子從火窟中逃出，直跑到山坡下才煞住腳步，回轉身子，抬頭眺望失陷在大火中的家。撲通，撲通，男女老幼幾百口人齊齊下跪，一字排開，仰起一張張黑燻燻的臉龐，睜著一雙雙淚盈盈的眼珠，張開喉嚨，扯起沙啞的嗓門，朝向那劈劈啪啪燃燒、轉眼間只剩下一副烏黑骨骸的家園——魯馬甘東大長屋，呼天搶地一片聲嚎叫起來：

「阿比．蘇格威！天火天火！」

一位身材雄壯，頭戴孔雀翎羽盔，身穿孟加拉虎皮戰袍，滿臉刀疤，宛如一條條紅蚯蚓爬在腮幫上的中年戰士——看來應該是屋長，加拉畢人的最高領袖——流著兩行淚，抱著一個被火燒焦、模樣像一根黑炭的男娃兒，從族人中獨自步出來，轉身面對巴雷河。炮聲停歇。在一群白髮皤皤的長老簇擁下，屋長走到河岸，朝向那伸出雙臂，捧著一個馬來少年的屍身，紅髮飛捲黑衣飄揚，迎風佇立在一艘三桅戰艦上的詹姆士·布魯克——履行諾言重返婆羅洲，替天行道的白人聖者——虔虔敬敬地一鞠躬，隨即舉起右手，按在自己的額頭上，行了個最高級的印度式致敬禮：

「孔帝基·瑪哈夸薩，瑪雅福康古！萬能的孔帝基請寬恕我們！」

就這樣，唉，在我眼睜睜見證下，全沙勞越邦最慓悍、最桀驁不馴的民族加拉畢人，和拉讓江流域最堅固、最雄偉的堡壘魯馬甘東，由於一個馬來小廝中箭死亡，引發吉姆爺衝冠一怒，而被一場發自西洋戰艦的炮火，無情地殲滅和夷平。天可憐見！這座曾經興旺一時、住過百戶人家、養過上千頭牲畜的大長屋，如今，籠罩在黑濛濛遮天蔽地的一滾滾濃煙中，過不了多久，就會被叢林吞沒，消失得無蹤無影。

場景六：開天闢地

我，台灣女生朱鴒，一個不信天主、從小常常提著香燭和供品，跟隨母親到台北龍山寺，虔誠地參拜觀音菩薩和媽祖娘娘的小異教徒，在伊班大神辛格朗・布龍安排下，在這趟十九世紀沙勞越之旅中，有機會在婆羅洲內陸一個叢林之夜，參加和見證了一次極虔誠、極神聖，整個過程十分震撼人心的宗教活動。那是一場長屋布道會。登上講壇、負責證道的牧師不是別人，正是詹姆士・布魯克——剛收服了伊班族，殲滅了加拉畢人，聲名傳播沙勞越全境的「都安吉姆」本人。證道的時間，特別訂在十一月九日，安息日夜晚，「魯馬甘東焚城之戰」告終後整整一個星期。在這個月分，婆羅洲漫長的旱季終於結束了，滋潤大地、紓解人們內心乾渴的雨季，即將來臨。證道的地點，則選在伊班人的精神中心、布龍神的聖地加帛城，圖阿布龍大長屋的正堂。（順便提醒妳們：上回，天猛公主持的凱旋宴會，小公主親自獻舞，為拉讓江之戰的英雄都安吉姆祝壽，便是在這裡舉行。）

韸、韸、韸。

三通鼓罷。天猛公宣告布道會開始。

吉姆爺搖身一變，打扮成一位英國聖公會牧師。只見他，身披黑色神父道袍，脖子上紮著白領扣，手握一本皮面燙金的聖經，昂著一張悲天憫人的臉孔，從後堂步出，登上一座用木板搭成的臨時講壇。我頂著一頭亂髮，穿著破爛的紗籠，盤起兩只長滿水泡的光腳丫子坐在講壇下，看見他這身裝束和臉上的表情，差點噗哧一聲，噴出口水來，連忙伸手摀住嘴巴忍住笑。吉姆爺對我不瞅不睬，兩眼直視正前方，面對堂中那黑鴉鴉一片、靜悄悄聳起的幾百顆刺青頭顱。伊班戰士們打赤膊，排排坐在地板上，骨睩骨睩轉動著一粒粒血絲眼珠，帶著滿臉的敬畏和孩子般的天真好奇，仰望那赤髮披肩、挺著六呎五吋的身軀佇立壇上的「達勇・普帖」（白人巫師）。整座大廳堂鴉雀無聲。壇上壇下對望了足足一分鐘。吉姆爺——不，吉姆牧師雙眼猛一睜，霍地放射出兩道精光來，燐火般碧熒熒。他將經書攤開在講台上，朝天張開喉嚨，放悲聲，鼓起他那銅鐘般回音嫋嫋的嗓門，開始布道：

——起初，神創造天地。

講台下，大夥拍著手搖晃著腦袋，齊聲應道：「哎哎瑪哈夸薩，都漢！萬能的主！」

手臂直直一伸，吉姆牧師指住廳堂門口，淒厲地拔尖嗓子：

——地是空虛混沌，淵面黑暗。

滿堂伊班戰士悚然轉頭，睜圓眼瞳，望了望長屋外面，那地獄般黑魆魆、無邊無際杳無人影的婆羅洲原始蠻荒叢林，紛紛點頭稱頌：「伊雅伊雅！是是！」

眼一亮，彷彿發現什麼奇蹟，吉姆爺臉上的表情充滿了訝異和喜悅：

——看哪，神的靈運行在水面上。

大夥依照指示又回頭望出去，果然看見十一月時節的夜晚，熱帶風暴來臨前，黑浪滾滾的拉讓江上，白光閃閃，映照天空中那豁亮豁亮、一條大白蛇般流竄在叢林梢頭的一道雷電。乍看，倒有幾分像一個巨大的、天神似的身影，行走在水面上呢。

「卡希罕，都漢！慈悲的主！」獵頭戰士們一手握住腰刀柄，盤起雙腿排排坐在大廳中，兀自搖頭晃腦，齊聲稱頌造物主。

壇上，吉姆牧師驀地拉高聲調，昂起脖子望著屋頂，朝天呼喝一聲：

——神說，要有光！

戰士們嚇一大跳，紛紛抬頭，望了望長屋正堂大梁上掛著的一簍簍，總共約莫三百顆，齜牙咧嘴笑嘻嘻，睜著一雙雙空洞的眼眸，俯看今晚證道會的骷髏頭。那可是他們的祖宗，歷代天猛公，留下的輝煌戰利品。

——看哪，世界就有了光。

大夥張開嘴巴齊齊噓出一口氣來，舉手拍拍心口，一扭頭，依照壇上「達勇．普帖」的指點望去，果然看見長屋外面，叢林梢頭，雷電交加，把黑漆漆的婆羅洲夜空，潑照得宛如大白晝般明亮。看哪！天頂上一條大白蛇，帶領一窩子幾千條小白蛇，滿天裡嬉戲、追逐、交尾，放射出千萬道雪白的光芒來。空窿——空窿——陣陣雷聲迸發出一道道閃電光，漫山遍野四下綻響開來，登時照亮了沙勞越的心臟，那隱藏在原始森林中，古老、幽暗，長年不見天日的拉讓江盆地。漫長的婆羅洲旱季，今天晚上終於結束。熱帶風暴和大雨，在長屋人民翹首盼望中，降臨了。

——神看光是好的，就把光暗分開了。神稱光為晝，稱暗為夜。有晚上有早晨，這是頭一日。

砰的一聲，吉姆爺闔上經書，猛抬頭，挺起他那條時尚男模般頎長、結棍、堂堂六呎五吋的好身軀，高高矗立布道壇上，伸手一撥，將滿肩汗湫湫的赤髮鬃，一古腦兒掃到脖子後，隨即睜起一雙深邃眼瞳，俯看壇下排排盤足而坐的伊班會眾，目光炯炯，好像要噴出兩蓬燐火來。

滿堂八百戰士，全都被白人巫師的一對藍眼睛震懾住了，一時間陷入死寂。

我抱著兩只膝頭坐在講壇旁的地板上，舉手遮住嘴巴，偷偷打了好幾個哈欠。恕我老實講，詹姆士．布魯克雖是個大英雄和大冒險家，但口條不好，講道並不精采，比我在台灣聽過的幾場布道，遜多啦。記得七歲時，我爸帶我去台北市南京東路中華體育館，參加美國福音教派牧師、世界知名布道家比利．葛理翰博士的證道大會。那才叫做傳播福音呢！只見滿坑滿谷人頭滾滾。一萬台灣民眾扶老攜幼，擠爆了當時全東南亞最大的室內體育館。白雪雪幾十盞聚光燈照射下，比利牧師穿著一套深藍西裝，配著一條淺藍領帶，出現光圈中，風度翩翩站在講壇上。滿頭銀髮絲，梳得油光水亮。一雙深邃的冰藍瞳子（會眾們私下傳說那是上帝的眼睛喔！）睜得圓溜溜亮閃閃，直視對面牆上，笑眯眯懸掛著的一幅蔣公巨型玉照。

中蠱般，滿場子幾萬只黑色杏仁眼睛，一眨不眨，只管怔怔地仰望台上的美國牧師，目光中充滿孺慕（這是李老師教我的一個詞，意思是：像小孩子思慕父母那樣的真摯深切）。

一個身穿老式陰丹士林藍布旗袍、年約三十、梳著妹妹頭的華僑女子，手持麥克風，侍立在比利牧師身側，操著廣東官話，擔任翻譯。比利牧師齜著兩排亮晶晶的雪白假牙，用英文講述一句，她就像唱雙簧般，立馬用中文翻譯一句，而會眾就如同被催眠似地，稱頌一次上帝的名：

——你不可殺人。

——哈利路亞！哈利路亞！

——上帝愛你們的心，乃是如此。

——你不可姦淫。

——哈利路亞！哈利路亞！

——上帝愛你們的心，乃是如此。

——你不可作假見證陷害人。

——哈利路亞！哈利路亞！

——上帝愛你們的心，乃是如此。

滿堂讚美上帝聲，浩浩瀚瀚，透過梁上幾十只擴音喇叭，空窿空窿綻響在大夥頭頂上，在七歲的我聽來，倒像上帝生氣了，大發雷霆之怒似的。氣氛弄得越來越熱烈悲壯。有個中年歐巴桑帶頭，竄出觀眾席，披頭散髮跑到講壇下號啕大哭。「起乩了！」有人扯起嗓門大喊。霎時間，上千名會眾男男女女一夥兒，紛紛拔腿跑進場中，扯頭髮的扯頭髮，捶胸脯的捶胸脯，個個仰起淚漣漣的臉龐，望著那佇立高壇上，天父般睜著兩只冰藍眼眸，滿臉慈悲地瞅著大夥的比利牧師，好像一群迷路的孩子，乍見親人似地，忍不住唏哩嘩啦放聲哭起來。哭聲震天。屋頂咔嗒咔嗒價響。這是我頭一次見識到「聖靈灌注」，沒想到威力恁大！連我那生平不信天主、只拜關老爺的爸爸——堂堂徐州男兒朱方——挺著魁梧的身軀，以旁觀者的身分坐在看台上，這時也被眼前的景象震懾住了。眼圈一紅，悲從中來，老人家眨巴著兩只青光眼，撲簌簌、撲簌簌流淌下兩行老淚來啦。我必須伸出雙手，緊緊地攫住他的褲腰，揪住他的衣袖，否則他老人家準會拔起雙腿來，挾著他那胖大的軀體，一頭衝進講壇下的人堆中，跟著大夥哭鬧。

比利・葛理翰博士的台北布道大會，到頭來，演變成一場集體抓狂。那個場面真的震撼人心！受到聖靈感動的成千信眾，男女老幼，三教九流，團團環繞著中央舞台，滿場子手舞足蹈呼天搶地，好像世界末日即將來臨。整棟中華體育館，彷彿發生五級的地震，連那高坐牆頭北望神州的蔣公，也被震得渾身亂抖，齜著嘴裡兩排白瓷牙，咯咯咯直笑出聲來。

這是我剛入小學時，跟隨父親參加的一場永生難忘的福音證道會。

相比之下，今晚婆羅洲叢林中，圖阿布龍大長屋舉行的這場布道，可就遜多了。妳們看，台上的吉姆牧師落力演出，講得聲嘶力竭，掏肺掏心，台下排排盤足端坐的伊班戰士，卻如泥塑木雕般一動不動。個個挺著一副刺青胸膛，殺氣騰騰，人人繃著一張黥紋臉孔，木無表情。八百雙烏黑眼瞳子滿是疑惑和好奇，骨睩骨睩只顧打量那矗立祭壇上，手握一本經書比手畫腳指指點點的「達勇・普帖」。約莫每隔兩分鐘，就會聽到天猛公一聲號令。大夥倏地昂起脖子，仰天朝向屋梁上掛著的一簇烏黑骷髏頭，扯起嗓門齊聲呼喊：「特你馬加色，都漢！」（感謝主！）這場由傳奇冒險家，拉讓江之戰和加拉畢之役的英雄詹姆士・布魯克，粉墨登台親自主持的、沙勞越歷史上破天荒第一次的長屋布道會，卻讓我，有緣恭逢其盛的台北女學生，朱鴒，越聽兩只眼皮越沉重，不知不覺間，整個人就墜落入夢鄉去啦。

睡夢裡，依稀聽見長屋外面，赤道暴雨來臨前，風聲陣陣雷聲怦怦，伴隨著吉姆爺的朗朗講道聲（神說要有空氣……神就造出空氣，將空氣以下的水和空氣以上的水，分開了，事就這樣成了呢！

這是創世第二日……）夾雜著伊班戰士們粗獷洪亮的讚美聲（赫巴特蘭，都漢！偉大的萬能的主！）漩渦般在我耳邊不住迴響，嘩喇嘩喇空隆空隆交織成一片。

我夢見伊曼。

我在婆羅洲結交的第一個朋友。

九歲生日，在長屋宴會上，這個伊班姑娘和澳西叔叔有過一夜之緣。被逐出部落後，她獨自在荒野中流浪兩年，那天中午蹲在大河畔哭泣時，遇見我。兩個萍水相逢的女孩，相聚兩天一夜。在魯馬加央長屋火窟中分手後，我再也不曾見過她了。

夢中我看見伊曼，瘦骨伶仃，穿著一條破爛的小紅紗籠，拖著一把枯黃的長髮，搖曳著細小腰枝，一步一蹭蹬，打赤腳行走在卡布雅斯河畔，中午斗大一輪白日頭下。邊走，她邊豎起一只耳朵傾聽那怦、怦、怦——巨大的心跳似的不斷從天邊，叢林最深處，有節奏地傳出的人皮鼓聲。她腰後那兩粒柚子般玲瓏渾圓的臀子，包裹在小小的紗籠裡，走一步顛一下。我望著她的背影，拔起雙腳氣喘吁吁地追上去，扯起嗓門厲聲呼喊：「伊曼等我！我找得妳好苦……莫忘了我們倆分手時立的誓約：『生死約，不見不散。』千山萬水出生入死，我朱鴒一定要把妳找到，否則決不回台灣！我們約好結伴前往大河上游的『登由．拉鹿』小兒國……伊曼伊曼，拜託妳等等我……妳是我在婆羅洲相認的第一個姐妹。妳和我情深義重啊——」聽到我最後這兩句話，伊曼煞住了腳步，終於回過頭來，迎著大河畔曠野上燦爛的陽光，睜開她那瞎子般兩只空洞洞白茫茫、布滿血絲的眼睛，定定望著我。瞳子一亮，終於認出我來。她咧開兩片乾枯的嘴唇，露出兩排皎潔的小門牙，衝著我笑了。她那張風塵斑斑、被赤道的太陽曬成焦糖色的瓜子臉兒，春花般，泛出兩片嬌豔的紅霞。我提著身上那件紗籠的襬子，打赤腳，沿著河濱小路朝伊曼跑去。兩人相距只有五十米。伊曼站在那裡等我。眼看姐妹倆就可以相會了。彷彿大晴天裡忽然飄出一朵烏雲，伊曼的眼神驀地陰暗下來。她沉沉嘆口氣，轉過身，邁出兩只紅腫得像熟透的石榴、腳跟生滿水泡的腳踝子，搖盪著身上小紗籠，飄甩著腰後長髮絲，頂著中天一顆大日頭，自顧自沿著荒涼的大河畔，夢遊似地繼續往前走。邊走邊豎起耳朵，追尋天邊那篷——篷——篷——招魂般一聲急似一聲的人皮鼓聲。我佇立河濱，眼睜睜，望著我的好朋友和前世姐妹，伊曼，這個眼睛半瞎、一百碼外的景物就看不清楚的伊班少女，一步蹭著一步，摸索著，走進河畔那白花花陽光普照、四下杳無人煙的曠野中。

伊曼的背影，消失得無影無蹤。

「伊曼，伊曼，等等我呀！」

我眺望空寂寂的大河，禁不住放聲大哭。

就在這當口，猛聽得一聲呼喝，好像青天響起一陣霹靂，將我從睡夢中驚醒：

——神說：看哪！我將地上一切結種子的菜蔬，和一切樹上所結有核的果子，全賜給你們作食物。神看著一切所造的都甚好。有晚上有早晨。這是第六日。

我慌忙睜開眼睛，擦乾腮幫上兩行熱呼呼的淚痕，揉揉眼皮，定睛一看。長屋證道會已經進行到高潮點。講壇上的吉姆牧師，滿身汗水淋漓，好像剛在河裡泡過澡。一頭紅髮濕漉漉，披散在他那寬闊的肩膀上，宛如一匹發情狂嘯的公獅。滿堂燭火閃照下，只見他兩眼通紅，布滿血絲，彷彿要噴出兩蓬怒火來。台下那群黑鴉鴉聳著刺青頭顱、盤足排排坐在地板上的伊班戰士，颼地，挺起腰桿昂起脖子，張開喉嚨朝天齊聲吆喝：

「阿克巴爾，都漢！無所不能的主！」

台上吉姆牧師凝起雙眼，炯炯望著屋梁上的骷髏堆，倏地，伸出一條手臂，直直指住堂屋門外那無邊無際黑漆漆，電光閃閃，暴雨欲來，滿山樹木妖怪般狂舞的婆羅洲大叢林：

——看哪，天地萬物都造齊了！到第七日，神造物的工已經完畢，就在第七日歇了他一切的工，安息了。神賜福給第七日，定為聖日，因為在這日神歇了他一切創造的工，就安息了。創造天地的來歷，在耶和華神造天地的日子，乃是這樣。阿門。

空窿。屋頂上響起第一聲雷。

堂中幾百支燭火，猛然一陣搖晃。

大夥順著吉姆牧師的手勢，齊齊扭轉脖子，回頭望向屋外。黑暗中只見長長的一道電光，雪亮亮好似一只白色大蜈蚣，從西方天際竄出來，張牙舞爪一路攀爬到天頂，扯起嗓門厲聲嘶叫。忽然身子一顫抖，放射出幾千道光芒來，剎那間照亮了黑天半夜的叢林梢頭。

空窿——空窿窿——

滿堂信眾目瞪口呆，全都舉頭望向天空。

天猛公祖格，沙勞越伊班族的最高統治者、布龍神的義子、拉讓江眾酋之王，從寶座中站起身來。老人家佝僂著身子，聳著一頭白髮絲，搖盪著戰袍上綴掛的各色貝殼，叮叮噹噹站在廳堂中央，面對那黑袍飄飄、手握一本經書佇立布道壇上的英國小夥子詹姆士．布魯克，弓下腰，舉起右手掌按在腦門上，行個最虔敬的阿拉伯額手禮：「莎蘭姆！孔帝基。感謝您履行當初許下的神聖諾言，終於回到您心愛的婆羅洲，將上帝之光帶進我們千年的黑夜。特你馬加色！都安吉姆。」

「瑪哈夸薩，都漢！」堂中八百獵頭勇士紛紛站起身來，拔出腰刀，朝著屋梁上的一堆骷髏頭振臂歡呼。「特你馬加色，達勇．普帖！」

長屋外面，電光照得整座叢林如同白晝一般明亮。看哪！滿天空萬千條白蛇四處追逐飛舞，雷電交加，熱帶大雨嘩啦嘩啦，半夜裡傾盆而下。

婆羅洲今年漫長的旱季，終於結束啦。在人們翹首盼望中，雨季降臨了。伊班長屋有史以來的第一場福音布道會，圓滿地畫上句點。

場景七：別矣，都安吉姆

姑娘捧著雲豹皮戰袍
走到碼頭上送行
戰袍披在郎身上
叮嚀又叮嚀……

七個伊班黃花閨女，穿著紅、橙、黃、綠、藍、靛、紫七色爪哇印染花紗籠，搖曳著一把一把小柳腰，大清早便出現在加帛碼頭上，沿著長長的棧橋，朝向港中停泊的一艘三桅鐵甲戰船，一縱隊行進，邊走，邊扯起她們那黃鸝般嬌嫩嘹喨的嗓子，齊聲高唱古老、淒美的伊班送別歌。滴滴答答，人人手握一束剛摘的、花蕊中兀自掉落出一顆顆露珠的朱槿花。

帶頭的是伊班公主。那晚，在圖阿布龍大長屋舉行的凱旋宴會上，含情脈脈，為拉讓江之戰的英雄，獻上犀鳥之舞的十六歲姑娘，便是她，天猛公最疼愛的孫女。今天早晨，她特意打扮一番，將她那一頭自從九歲起便沒剪過，如今已長及腰部的髮絲，梳洗得烏湫湫水亮亮的，好像一條小黑瀑布般，直直地披掛在她脖子後。朝霞映照下，她那一張洗淨臙脂的臉蛋，閃亮著銅棕色的光澤，乍看煞似叢林中一顆渾圓、晶瑩的露珠。

她的英雄，都安吉姆，這會兒獨自佇立在棧橋的另一頭。

他恢復了維多利亞時代英國青年紳士的裝扮：一襲黑色窄腰短外套，搭配絲質白襯衫、米黃馬褲，和一雙擦得亮堂堂的長筒馬靴。脖子上，還特意地紮著一條俏麗的紅綢領巾呢。活生生就是一個「皮普」，出現在婆羅洲叢林中。（記得我向妳們提過的那部狄更斯電影《孤星血淚》中，米高．約克飾演的主人公嗎？）只見他雙手扠腰，張開兩條修長的腿，飛揚起一頭黃金髮鬈子，迎著旭日站在長屋碼頭上，乜斜著一雙勾魂的碧眼瞳，笑吟吟，望著那位花信年華，穿著一條朱紅紗籠，雙手捧著一件簇新的雲豹皮戰袍，趿、趿、趿，打赤腳踩著橋板朝向他一路走過來的伊班公主。

兩個人在棧橋中央碰面了。

公主噘起小紅唇，噗哧一笑，伸出一只手向吉姆爺招三下，示意他彎下腰低下頭來，好讓個頭嬌小、身高不足五呎的她，把戰袍披到他那六呎五吋的高大身軀上。吉姆爺怔了怔，會過意來，隨即退後一步彎下腰身。兩個人隔著短短三呎的距離，面對面站在棧橋上。一個弓著腰低下頭，一個踮著腳仰起臉。四目交投情意款款。這幅情景看起來雖然有點滑稽，可也十分浪漫動人，讓那穿著一件邋遢紗籠、頂著一頭野草似的枯黃髮絲，站在一旁觀看的我，朱鴒——來自台北的一只醜小鴨——看得癡了，心裡感到酸溜溜地還真有點吃味哩。

朝陽照射下，公主左臂上刺著的那朵半完成、只有三片花瓣的班葛．拉雅朱槿花（記得嗎？那晚長屋凱旋宴會上，眾賓客注目的焦點），顯得越發妖豔、詭異，乍看好像一枚銅錢般大、殘缺不全的紅色胎記呢。

這下我又看呆了。河風陣陣吹來，我禁不住伸出鼻子，嗅了嗅伊班公主腰間那一把濕漉漉、剛洗過的黑髮絲中，濃濃飄漫出的橄欖油味，然後悄悄豎起鼻頭，湊上臉去，吸了吸她那半裸的、只在腋下繫著一條小紗籠的身子上，幽幽地鮮嫩地，散發出的一股肉豆蔻香。剎那間，我感到一陣目眩神迷，險些從棧橋上直摔落入大河中！

「孔帝基，穆里阿拉！」天猛公祖格驀地呼喝一聲，揮手向尊貴的客人道別：「史拉末甲浪，再會！至高無上的創世祖辛格朗．布龍保佑你一路順風，直抵古晉！」

他老人家一身盛裝，率領長長一隊渾身披掛、殺氣騰騰的部落長老，大早就列陣碼頭上，為這位征服拉讓江流域，代表大英帝國維多利亞女王，祭告伊班大神辛格朗．布龍後，準備搭乘「皇家號」旗艦返回古晉城，著手興建艾斯坦納宮，建立沙勞越拉者王朝的詹姆士．布魯克——重返婆羅洲的白人聖者——親自送行。

站在棧橋中央，在眾人注目下眽眽相望的吉姆爺和小公主，乍然聽到天猛公洪亮的呼喝聲，如夢初醒，雙雙別過臉去，靦腆一笑。

在一縱隊身穿新紗籠，手握一束朱槿花，引吭高唱「伊班送行歌」的長屋少女簇擁下，公主款步上前，跂起兩只腳尖，昂起一雙渾圓玲瓏花苞似的小乳房，在都安吉姆跟前立定。兩人又默默相覷半晌。蹦地，公主跳起身，高高舉起雙手，將手中捧著的那件她花了七個夜晚，通宵不眠，一針一線親手縫製的簇新雲豹皮戰袍，披到吉姆爺那高大、壯闊的肩膀上。

霍地一轉身，都安吉姆穿著伊班戰袍，神威凜凜，邁出腳上那雙陪他征戰四方，踏遍沙勞越土地、沾滿敵人鮮血的馬靴，橐橐走到棧橋的盡頭，攀上舷梯，登上那艘早已升起三張大帆，嗚嗚嗚拉響汽笛準備拔錨啟航的座艦，頭也不回，鑽入船艙中去了。

我獨自站在船尾，迎著晨風，放眼瞭望那坐落河畔山坡，綿延三百碼，一輪旭日照耀下，宛如一條巨型火龍的伊班大長屋，圖阿布龍。早晨的炊煙，一縷縷從屋簷底下冒出來，帶著香噴噴竹筒飯香，熱呼呼隨風飄送到河心。碼頭上那紅、橙、黃、綠、藍、靛、紫七個俏麗的紗籠身影，排列成一縱隊，佇立棧橋中央，人人手握一束新摘的、花蕊中帶著一顆晶瑩露珠的朱槿花，依依不捨地，朝向那揚帆出海的「皇家號」不停揮動。姑娘們腰後拖著的那把烏黑長髮絲，撩啊撩，只管飄舞在河風中。我跂著腳，舉起雙手拚命向她們招著。隨著滔滔西去的流水，我離她們越來越遠。在我眼眶中，她們的身形越來越小了，到後來就變成一道小小的、色彩鮮明的彩虹，燦亮地懸掛在黃浪滾滾的拉讓江上。但是，她們臉龐上那一蕾小紅唇，兀自顫動著，好久好久，只顧不停高唱那首古老、淒美的伊班少女送戰士出征歌：

布龍大神啊
請你保佑他
平平安安，凱旋歸來
腰上掛著七顆敵人的頭顱
滴啊滴，血如花

聽著望著，姑娘們的紗籠身影逐漸隱沒入大河中，再也看不見。我踮起雙腳站在「皇家號」船尾，將一只手舉到眉眼上，伸長脖子呆呆眺望好半天。心頭猛一疼，我差點流下兩行眼淚來，因為，不知為了什麼緣故，就在這當口，我想起了剛抵達婆羅洲時，在路上結識，如今失陷在翡翠谷，被囚禁在白魔法師澳西先生的叢林後宮中，命運不明生死不知的好姐妹們：蘭雅、蒲拉蓬、莎萍、亞珊和依思敏娜，還有我心裡最惦念和不捨的普南族姑娘，那美麗如朝霞、命運如露珠的阿美霞。還有還有，最最讓我牽腸掛肚的，在魯馬加央長屋和我立下一份生死契約，講好在卡布雅斯河上游「登由·

拉鹿」小兒國相會，不見不散的伊曼……

翡翠谷七個姑娘，我在整趟婆羅洲之旅中，有幸結交的最要好的朋友——在我心目中，她們都是我朱鴒一生最親的親人、前世的姐妹。

在台北時，我常聽我父親朱方叨念：中國人講義氣，為朋友兩肋插刀，眉頭都不皺一下。鴒丫頭呀，妳雖是個手無寸鐵的小「女流」（那是我爸的口頭禪、對女性同胞不怎麼尊敬的稱呼），不能幹出轟轟烈烈、可歌可泣的事業，但身為古徐州朱家的女兒，也斷不可以做出背信忘義、離棄朋友，讓我朱方顏面無光的事喔！丫頭切記切記。

如今，逃離翡翠谷已六個月，跟隨吉姆爺——青年孔帝基——在拉讓江上走了一遍，我不能繼續躲藏在十九世紀的沙勞越，做一只縮頭烏龜（這也是我爸的口頭禪，用來罵他最看不上眼的一種人）。我必須回到翡翠谷，堂堂正正地，面對那個澳洲胖老頭。我必須去尋找我的朋友們，跟大家一起同甘苦共患難，否則，這一生，我肯定不能原諒自己，也無法厚著臉皮回台灣，面對我爸朱方那張正氣凜然的老臉子。

第十八話　「鳳」

在布龍神安排下，經歷了沙勞越史上最重要、最詭譎、最精采的一場戰役，結束了十九世紀拉讓江之旅，我跟隨凱旋英雄，英國青年冒險家詹姆士．布魯克，搭乘經此一戰、聲名遠播的三桅戰艦「皇家號」，穿過時光隧道返回二十世紀的古晉城。當天上午七點鐘，在皇家碼頭登岸，進入闊別六個月的艾斯坦納宮後，我立刻向吉姆王爺——死後一百年，魂魄依舊飄蕩在他生前建立的王國，孜孜不倦，守護他的子民的白人拉者——提出要求：把我遣送回翡翠谷。

這時，破曉未久，整座古晉城沉浸在滿天金黃的曙光中。

我們兩個人，一大一小肩並肩，站在王宮前那片壯闊的大理石露台上，憑著欄干，眺望河對岸巴剎旁，旭日下聳立的那座金光燦爛的大穹窿頂。馬斯吉德．尼格里大清真寺。陣陣叫拜聲，從高高的宣禮塔上傳出來，透過幾十只擴音喇叭，波濤般一漩渦一漩渦，綻響在沙勞越河上，似要喚醒清晨時分兀自沉沉酣睡的古晉市：依夏阿拉……阿努葛拉阿拉……

偌大的宮殿，悄沒聲，彷彿只有我和王爺兩人。

王爺聽完我的陳情，沒立即回答，只管背著雙手邁著兩條長腿，沿著欄干踱起方步來，好像遇到一件生平最為難的事。沉吟了整整五分鐘，他才停下步伐，伸出一只胳臂直直指住沙勞越河上游，天邊，濛濛晨霧中，那條鬼影般乍現乍隱的藍色山脈，回頭睜起眼睛，一眨不眨瞅住我的臉龐，神色顯得十分凝重：「鴒，妳要求我帶妳穿越婆羅洲中央分水嶺，光天化日，闖過邊界，再度進入印度尼西亞共和國領土？」

「是，殿下。」我嚴肅地回答。

「妳要求我把妳送進翡翠谷祕境？妳想回到澳洲胖老頭在叢林中建立的『哈林姆』？」

「沒錯，王爺殿下。」

「六個月前我冒著極大的風險，在萬分危急的時刻、千鈞一髮之間，把妳從那個邪惡、淫亂、背棄上帝的叢林所多瑪，辛辛苦苦救出來！現在妳為何又要回去？鴒。」

「王爺，因為我朱鴒不能拋棄我的朋友。」

「這就是中國人講的『義氣』？」

「對，殿下。那也是我父親朱方先生最重視、最欣賞的品德。」我轉身朝向東北方一鞠躬，恭謹地回答。「家父要求每一個兒女，都擁有這項美德。」

「回到翡翠谷後，妳又會成為澳洲胖老頭的小妾喔。」眉頭一皺，王爺乜起他那雙藍眼瞳，眼上眼下，打量我那包裹在紗籠內、瘦巴巴細伶伶發育未全的身子。「妳不會後悔嗎？」

「我父親說，為朋友兩肋插刀，眉頭都不皺一下。」我當場伸出兩只手來，昂著頭咬著牙挺著腰桿，做出一個雙手握刀，用力插入左右兩個胳肢窩的手勢。

「從台北來的女孩，妳很勇敢！」王爺豎起大拇指讚道。頭一回，我看見這位一身是膽、據說從小就不認識「恐懼」這個英文字、常被老師責罰的大冒險家眼睛中，流露出欽佩和讚許的神色。「朱鴒，我本來應該幫助妳完成這樁願望，只不過，這回我不能親自護送妳前往翡翠谷。」

「請問王爺，您遇到什麼困難？」

「我有一件大事要辦，必須留在這裡。」王爺轉身背起雙手，覽望那雄踞沙勞越河畔山坡，旭日照射下，黑瓦白牆氣象萬千，當年他親手打造的維多利亞式大宅邸，艾斯坦納宮。「鴒，容我告訴妳一樁醜聞：當今的沙勞越州主政者拿督．斯里．阿布杜馬拉目，是一個特大貪污犯！他擔任州務大臣長達二十年，把曾經是世界最大、最茂密、最美麗的雨林之一的沙勞越原始森林，以極低的、令人震驚的價格，賣掉百分之九十，從木材公司收取的回扣，達一百億馬來西亞令吉。根據瑞士布魯諾．曼瑟基金會的報告，光是他透過女兒法蒂瑪和女婿西恩．布朗，在加拿大設立的投資公司，就擁有十億美元房地產。這個人，阿布杜馬拉目，是沙勞越歷史上最大膽的強盜！鴒，身為沙勞越建立者，我必須採取行動，以上帝和沙勞越人民之名，把這件事調查清楚，然後給予不法之徒適當的、符合正義的處置。」

「敢問王爺，怎麼個處置法呢？您——威名赫赫的第一任白人拉者詹姆士．布魯克——早已經不是沙勞越的統治者了。」

「嘿，從台北來的小女孩，妳切莫小覷我都安吉姆哦！」王爺冷笑一聲，板起臉孔瞪了我一眼。兩粒布滿血絲的碧眼瞳子，滴溜溜一轉。他瞧瞧四周，然後弓下腰身，神祕兮兮地把嘴巴湊到我耳畔，悄聲說：「當妳在旅途上聽到消息，拿督．斯里．阿布杜馬拉目突然暴斃，七竅流血，死狀恐怖，死因不明，那就表示他已經受到我的處分，而沙勞越人民——感謝萬能的我主耶和華和伊班大神布龍——也獲得了最後的公道。」說完，王爺挺直腰桿，意味深長地看了我兩眼。他那雙湛藍眼眸迎著旭日，映著沙勞越河上金光燦爛的朝霞，冷森森刀一般，閃亮著兩道淩厲的光芒。

看哪！詹姆士．布魯克那張希臘雕像式俊朗、陽光的橢圓臉膛，倏地，浮現出了一股陰黠的殺氣，讓我想起魯馬甘東之戰的都安吉姆。

我嚇一跳，蹬蹬蹬往後退出三步，縮起肩膀猛打了個哆嗦。說實話，我對政治上那些個狗屁倒灶的事，並不感興趣。（天下烏鴉一般黑！我，在台灣出身長大的女孩，孤陋寡聞，生平還沒看見過一只白色的烏鴉呢。）對一百億馬來西亞令吉，到底值多少錢，我更是毫無概念。現下我心中唯一的牽掛，是我那群失身在峇爸的哈林姆後宮中，命運不明的姐妹們。這會兒我只想知道一件事：除了吉姆王爺，誰能夠帶我穿越婆羅洲中央分水嶺，進入翡翠谷？

王爺顯然從我臉上的表情，看到了我心中的煩惱和失望。臉色一柔，他伸出金毛茸茸的一只大手，搭在我細削的肩膀上，輕聲說：「莫憂慮！我會找一個全沙勞越我最信任、最穩當可靠的人，平平安安把妳送到翡翠谷。」

眼圈一紅，鼻子一酸，我咬著牙死命忍住兩顆奪眶而出的淚珠。沒想到，我——在都市街頭廝混過、自以為看盡人生悲歡離合的台北女生，朱鴒——對眼前這位冒充孔帝基、一身高級痞子裝扮、憑著一桿來福槍和一艘帆船，在婆羅洲騙到一個王國的英國老帥哥，臨別時，竟然流露出了真情。兩個人寸步不離禍福與共，畢竟相處了六個月呀。當下我站在他身前，舉起雙手遮住淚漣漣的臉龐，聳起肩膀不停抽抽噎噎地說：「你，詹姆士．布魯克，雖然是個膽大妄為的冒險家，而且又是個腳仔仙，但是在我這個十二歲女孩看來，你也是一位有情有義的男子漢、敢做敢當的大英雄。我喜歡你！我……捨不得離開你。以後我們兩人還有機會再見面嗎？」

「有！」王爺肅然答應。「我，維多利亞女王陛下親自冊封的詹姆士爵士，以上帝和女王之名，向朱鴒小姐許諾：我們兩人將來會在婆羅洲某個地點，經由布龍神安排，再度相聚。」

「生死約？」

「不見不散！」

我伸出右手小指頭，和吉姆王爺的小指勾一下。心裡登時感到踏實多啦。但一想到今日相別，我孤身一個女孩漂流在一條叢林大河上，四下茫茫，到處尋找姐妹們的蹤跡，內心禁不住又膽怯起來：「上回在翡翠谷，若不是王爺您出手相救，我早已失身，成為峇爸的嬪妃了，如同我的好朋友伊曼和阿美霞。下次再遇見峇爸，我該怎麼辦呢？」

「我送妳一件神物。」王爺掀開身上的黑披風，從腰間解下一柄匕首來，颼地出鞘，將刀刃高舉到太陽下。「這把馬來短劍克利斯，是汶萊蘇丹奧瑪．阿里．賽福鼎二世在主曆一八四一年九月二十四日，冊封我為沙勞越拉者時，親自賜與我的鎮國神器，特准我用它刺殺一百名叛徒。我，拉者布魯克一世，統治沙勞越二十七年期間，以蘇丹名義動用這把克利斯劍，總共手刃九十九名叛徒。剩下的最後一名叛徒，就留給勇敢的、講義氣的台灣姑娘朱鴒了。看哪，這把拉者之劍，身上沾著全沙勞越九十九個窮凶極惡、罪不可赦的人的鮮血。」

我湊上眼睛望去，果然看見那支一呎長、蛇形、雪樣潔白的匕首，映著日出時分馬斯吉德．尼格里大清真寺金頂上的萬丈霞光，幽幽閃亮著一蓬血光。我聳出鼻尖一聞，還依稀嗅到一股甜甜的血腥氣呢，忍不住屏著氣偷偷吸兩口。

王爺蹲下來，將克利斯劍繫在我腰上。臉色一柔，他嘆了口氣，伸手拂了拂我一頭亂髮，然後幫我整理我身上那件半年前從翡翠谷穿出來，一路跟隨吉姆爺，在拉讓江上征戰，飽經日曬雨淋，早已變得髒臭不堪的紗籠。他鬆開紗籠口，將整條紗籠拉高到我腋下，重新紮好，牢牢打個結。「上帝保佑妳，鴿。」他瞅著我的臉龐又沉沉地嘆息一聲。沙勞越河畔，當年他親手建造的雄偉王宮前，一輪旭日照射之下，我清清楚楚看見，吉姆王爺兩只眼眶中，亮晶晶閃呀閃，只管滾動著兩顆豌豆般大的淚珠。

* * *

吉姆王爺給我找來的那個「最穩當可靠」，準能達成使命，一路平平安安把我送回翡翠谷的嚮導，原來也是個腳仔仙呢！我稱他「鄺」，因為我不知道他的真名字。我沒機會請教他的大名。（他是我生平遇見的最沉默寡言的人。如今回想這一趟同行，總共五百公里的路程，我們兩人之間講過的話，加起來絕對不超過五百句。）我聽王爺口口聲聲管他叫「鳳」，捉摸了半天，才想到那可能是個廣東姓，鄺，香港女歌星鄺美雲的鄺。可以確定的是：此人有中國血統。聽王爺說，「鳳」的先祖當年跟隨客家豪傑羅芳伯，渡海南來，一七七八年在西婆羅洲（現在的坤甸）建立赫赫有名的「蘭芳共和國」，比他的布魯克王朝還要早六十三年。所以鄺家是道地的娘惹家族，在南洋已有兩百年歷史。但羅芳伯是梅縣客家人，而客族究竟有沒有鄺這個姓，我得在回台灣後，請教南洋浪子李永平老師才能確定，因為他是正港的客家人。現在姑且稱呼我這個嚮導為「鄺」。唉，說不定，連他自己也弄不清楚他的姓呢。

反正，這個人的身世很複雜，據說他身上流著六國血液。哪六國？中國、荷蘭、印度尼西亞、澳大利亞白人、沙勞越伊班族和葡萄牙猶太人。這種歐亞多國混血兒——馬來語稱為「血蘭尼」——在我旅遊婆羅洲期間，路途中時不時就會遇到一兩個。他們個個膚色慘淡、目光深沉神情陰鬱，好像一群落單的、隻身飄蕩在豔陽下鬧哄哄的南洋叢林巴剎中，沒聲沒息，來去無蹤的美麗幽靈。

鄺是我遇見過的最俊俏、氣質最高貴的血蘭尼——哦不，應該說，是我朱鴒，一個在台北市西門町廝混、見識過無數花美男的女孩，十二年生命中，遇見過的最漂亮男人。

第一眼看見鄺，我整個人登時就怔住了。

請妳們閉上眼睛想像一下：一個「尊龍」式的美男子，頭戴一頂米黃巴拿馬草帽，身穿一襲雪白夏季輕西裝，搭配一件素藍襯衫，解開領口兩粒鈕釦，身上帶著一股沁涼的、既不像男人也不像女人的幽香，不動聲色，出現在赤道大日頭下，沙勞越河畔一幢維多利亞大宅邸中。一雙深邃、看不出是什麼顏色的吊梢眼睛，沉沉靜靜望著妳，一逕閃爍著令女人心疼的天真無辜的光彩。但他那張白皙的臉龐，嫵媚中卻帶著一種陰森的邪氣，讓站在他旁邊的妳，渾身禁不住泛起冷疙瘩來。

鄺——詹姆士·布魯克的鬼魂眷戀的情人、白人拉者的面首、吉姆爺口中的一只「鳳」。

妳們肯定想問我：我怎麼知道他們倆的關係呢？

唉呀，只消看一眼這兩個男人（一個是馬來人眼中尊貴的「都安」、一個是被人輕賤的「血蘭尼」）之間的互動，尤其是他們倆默默相對時，透過眼角眉梢，來回傳遞的訊息，然後再聽聽吉姆爺以「鳳」稱呼對方時，聲音中帶著的那股柔情蜜意，妳心裡就有譜啦。

不論如何，這個我姑且稱為「鄺」的男人，便是吉姆王爺當日為我安排的、頂頂可靠的嚮導和監護人。此去翡翠谷，五百公里路程，我們倆必須朝夕相處寸步不離了。

* * *

在艾斯坦納宮皇家碼頭，向那位兀自站在宮前露台上，滿眼不捨，目送我和他的「鳳」一起離開的吉姆王爺，揮手道別後，我跟隨鄺登上一艘舢舨，渡過沙勞越河來到古晉巴剎。

一身衣著光鮮的鄺，帶領著我，行走在市區最熱鬧的印度街上，替我選購衣裝。他那張俊美的面孔，和他身上那套優雅時尚的行頭，立刻吸引街上各族婦女——馬來人、華人、沙勞越原住民和歐美女遊客——的目光。想像一下這幅畫面：尊龍（好萊塢大明星喔）帶著一個身上只穿一條骯髒花紗籠，蓬頭垢面，打赤腳，好像在叢林中跋涉了好幾天，離家出走的十二歲少女（不好意思！那就是我朱鴒啦），突然出現在婆羅洲的一座巴剎。這樣的一個場面，會在南洋師奶之間引發怎樣的一種騷動？用頭皮一想就知道了。毫不誇張地說，那天我和鄺在古晉市逛街，所受的正是這樣的待遇。滿街婦女，呼朋引伴蜂擁而上。可鄺卻不理不睬，自管拖著那畏畏縮縮躲在他屁股後面的我，邁著大步，穿梭在騎樓下，商店門口那長長兩排吱吱喳喳、指指點點的娘惹中間。他那兩只嫵媚的丹鳳眼，高高挑起眉梢望向半空中，不知盯著什麼物事。

逛了七、八家店鋪，鄺幫我挑一件小號粉紅馬來克芭雅女衫，當場讓我穿上，罩在我那條髒紗籠外頭，把吉姆王爺臨別贈我、親手繫在我腰間的克利斯劍，遮蓋起來，然後轉到隔壁的巴達鞋店，為我選購一雙小牛皮、長筒軟底、適合長途跋涉旅行的女靴。鄺弓下身子，小心翼翼，親手將靴子套入我那兩只紅腫的、起了好幾顆水泡的光腳丫。接著，他又帶我到屈臣氏商店，買幾套換洗內衣褲和一些盥洗用品，裝在一只漂亮的黃緹花布手提袋中，讓我挽在手肘彎上。

「唔，好靚的妹仔！」鄺蹲在地上，仰起臉睜著眼睛，把我渾身上下細細打量一遍，嘴一咧，露出兩排潔白的門牙，讚道。

妳們相信嗎？這是我們結伴以來，鄺對我講的第一句話！濃濃的廣東客家口音，帶著一股怪怪的洋味兒，聽起來有點滑稽和刺耳。往後的旅途上，他就管我叫「妹仔」。

把我整個人打理停當了，渾身煥然一新，鄺才歇口氣，整整自己身上那套一塵不染，豔陽天在熱烘烘街道上，依舊能保持乾爽清涼的雪白西裝，重新扣好鈕釦，然後牽起我的手雙雙走出印度街，在滿街南洋師奶和歐洲肥婆們，眼勾勾目送下，驕傲地帶我來到市中心大巴剎。上路前，得先飽餐一頓嘛。我吃光一整盤炒粿條，外加一碗公火辣辣的叻沙麵（李老師可要羨慕死了！這是他在台灣多年每次午夜夢回，心中最是想念的家鄉食物呢）。餐後，在鄺兩只美麗的杏眼注視下，我又點了一杯五百西西甜點、古晉鼎鼎有名的珍多冰。喝完，拍拍肚子連打七八個響嗝，我挽起新買的手提袋，搖曳著身上那襲簇新的彩繡娘惹裝，蹬著小紅馬靴，跟隨鄺，我的新嚮導和欽命監護人，前往古晉客運總站，搭上一輛長途巴士，朝向馬印（馬來西亞沙勞越州和印尼加里曼丹省）邊界進發。

車子才出城，沙勞越的叢林，曠野上那排山倒海般浩浩蕩蕩的一片深綠色，就颼地照面直撲過來了。古晉／西連公路宛如一條銀色長蛇，遊走在遮天蔽日的原始森林中。每隔三五公里，天地豁然開朗，路旁紅土坡上出現一座胡椒園。酷暑天，胡椒熟透了。滿園胡椒籐開花後結成的鮮紅胡椒子，一粒粒好似聖誕樹的彩燈，成串成串吊掛在枝椏上。中午時分，天上一顆碩大赤道日頭照耀下，那紅啊──就像那晚在台北，我和初認識的南洋浪子李老師，結伴夜遊，在路上他向我講述童年往事時，所描寫的採收季節的胡椒園：「漫山遍野紅晶晶的胡椒子，一纍纍一毬毬，紅得滴得出血來！」妳們記得嗎？那夜他講的那則往事〈第一顆石頭〉。故事中，被李家七兄弟姐妹用石頭活活砸死的那只老狗──忠心耿耿，無怨無悔，孤獨地躺在竹林中等待死亡的小烏──身上所流的那灘血，不就像慘案發生時，那滿園結得一片紅的胡椒子嗎？

如今我終於看見這座，多年來，一直隱藏在李老師心中一個旯旮角落，夢魘般時不時蹦出來，折磨一下他的良心，隨即又潛伏起來的胡椒園。

我終於明白，這些年李老師在台灣的日子是怎麼過的了。刀剮似的，心頭猛一陣抽痛。我摔開臉，將視線從巴士窗外的景色收回來，轉頭看看我的旅伴。

鄺，一身白西裝筆挺，端坐在一堆亂哄哄，剛從古晉城採購日用品歸來，男男女女抱著籐簍子，滿車廂，蹲著和站著的達雅克人中間。

他將頭上那頂米黃巴拿馬草帽，悄悄脫下來了，放在膝蓋上。一匹黑色絲緞般的頭髮，直直往後梳，在脖子後紮個小圓髻。兩只帶勾的杏仁眼，朝向車窗外，只顧凝視正午時分那海藍藍萬里無雲的婆羅洲天空。穹窿頂端，只見黑魅魅一只大鳶，孤單單伸展尖翹的雙翼，繞著我們的巴士（長長的公路上唯有的一輛行駛中的汽車），呱呱不住盤旋啼叫。好久好久，約莫每隔三十秒鐘吧，鄺才輕輕眨兩下眼睛。眼皮上那兩蓬子烏黑的長睫毛，倏地顫動兩下。

我坐在鄺身旁，一逕歪著頭仰起臉，凝望著他那大理石雕像般皎白、冰冷的側面輪廓，一時間又看得呆了。

我這輩子從沒見過這麼漂亮，連十二歲小女生見了，都會動心的男人。在我朱鴒看來，鄺是婆羅洲最帥、可也最可憐的男人。為什麼覺得他可憐呢？因為他是六國混血兒，不知道自己是誰。（就連他的姓「鄺」也是我胡亂猜的！）更因為他是個相公，吉姆爺寵幸的一只「鳳」。說白了，他便是沙勞越一位過氣白人拉者的情人、面首兼孌童……

我緊挨著鄺的身子，邊胡思亂想，邊偷偷聳出鼻尖，嗅著從他身上不知哪個所在，幽幽地，似有若無地，飄漫出的一股沁涼濃冽、乍聞好像麗仕肥皂味的香氣。暈陶陶，我闔上了眼睛。不知不覺間兩只眼皮猛一沉墜，我索性歪起頸脖，把整個腦瓜子枕在鄺的肩膀上，蜷縮起身子打起盹來。

* * *

從好長好長的一覺中乍然醒來，睜開眼，只見一片燈光密密麻麻，有如變魔術般，驀地，綻現在婆羅洲星空底下，嘩啦嘩啦黑浪滾滾一條大河旁。

我們的巴士，在古晉／西連公路上晃晃悠悠行駛了一整個下午，天空一只孤鳶炯炯俯視下，頂著一顆火日頭，經過一座又一座，成百上千座掛滿熟透的鮮紅的胡椒子、直要滴出血來的莊園，日落時分，越過婆羅洲中央分水嶺，穿過馬印邊界，晚上八點鐘抵達終點站：印尼共和國西加里曼丹省中部的大鎮——桑高。

我，來自台北的女學生，在一份奇異的因緣安排下，跟隨一位白人拉者的英靈，進入十九世紀的沙勞越，遊歷一番後，現在又回到卡布雅斯河畔。這是六個月前，我剛抵達婆羅洲時，最初落腳的地點。在這裡我遇到我的第一個婆羅洲朋友——日正當中，獨自個蹲在曠野上、大河邊哀哀哭泣的伊班少女，伊曼。也就是在這兒，兩人結伴展開一段驚悚旅程。

才六個月呢，感覺好像過了半世。

伊曼！她連唯一的伴兒，芭比娃娃安娜絲塔西亞公主，在我們分手時都送給了我，但我卻遺棄公主，把她留在翡翠谷，自己逃了出來。唉，隻身的伊曼如今究竟流浪到了哪裡了呢？

我坐在巴士上，覽望窗外那條漆黑的叢林河流，想像這會兒，伊曼穿著一條破爛的小紅紗籠，睜著兩只空茫的、半瞎的眼睛，打赤腳在大河之畔行行復行行的模樣。呆呆想了半天，兩行淚水不知不覺奪眶而出，沿著臉頰撲簌簌流下來。我甩甩腦袋瓜，回轉過心神，舉起雙手長長伸個懶腰，張開嘴巴打兩個大哈欠，揉揉眼睛，扭頭看看坐在我身旁的旅伴。

鄺，沒聲沒息，在那擠滿喝酒唱歌的達雅克人、如同蒸籠般悶熱的車廂中，枯坐了十個鐘頭，這會兒依舊是一身西裝雪白筆挺，滿頭黑亮髮絲，梳得熨熨貼貼一絲不亂。看樣子，這一整天奔波在酷暑的旅途上，吉姆王爺口中的這只「鳳」，連半滴汗都沒流過哩。

一個美麗孤傲的男幽靈。

「下車，妹仔。」他不動聲色地說。

這是鄺今天一整天，對我說的第十句話。

我站起身，挽著新買的緹花手提袋，小心翼翼，在一車歸心似箭的達雅克人推擠之下，跟隨鄺步下巴士。

滿鎮華燈初上。在河濱巴剎吃完晚餐，鄺問我想不想到街上走走，逛逛印尼夜市，但我心中惦掛著伊曼、阿美霞和那群失陷在峇爸後宮的姐妹們，實在無心遊玩，只想早早安歇，養足精神和體力，明天一早動身趕回翡翠谷，面對澳西先生這個胖老頭。於是在我央求之下，鄺帶我投宿到巴士總站旁一家冷氣旅館。推開彈簧門，迎面便是一座落地穿衣鏡。我握著鄺的手，駐足鏡前。挺奇異的一對旅伴！驀一看，還真像電影《末代皇帝》中的溥儀（尊龍飾演），帶著一個裝束古怪、來歷可疑的少女，瞞著婉容皇后溜出新京，逃亡到南大荒哩。瞧我那副打扮——土裡土氣一頭西瓜皮似的短髮，搭配上身一件簇新華麗的娘惹衫，和下身一條沾滿黃泥巴、好像在沼澤中跋涉過的破舊花紗籠——連我自己都覺得怪誕。鄺以叔叔身分，用英文幫我填寫住宿登記表。在櫃檯小姐那雙狐媚的丹鳳眼一瞬不瞬的目送下，我們叔姪倆手牽手，爬上四層樓梯，分頭住進兩間上房。

一宵無話。

翌日早晨六點起床。在我百般催促下，鄺硬是花了近一個小時工夫，才將自己打扮停當，神清氣爽開門出來，帶我到臨河一間咖啡店吃早餐（一大杯印尼咖啡蘇蘇、兩片加椰吐司和三個正宗潮州紅龜粿——我在婆羅洲吃過的最美味、最扎實的早點），隨即帶我前往碼頭。

兩排伊班長舟，約莫百來艘，空蕩蕩靜悄悄停泊在一條八十米長、直直伸入河心的棧橋下。圓滾滾一輪紅日，剛從河上游的叢林中湧出來。

鄺，一副識途老馬的架式，邁步走到棧橋中央，放眼一瞭望，隨即舉手朝向一個白頭蒼蒼的老艄公，招了三下。老人家，胯間紮著一條紅色纏腰布，翹起兩只刺青臀子，打赤膊蹲在一艘長舟上吸菸。橋上橋下，兩個人操著伊班語，連珠炮般嘰哩咕嚕交談一會，好像在講價錢。鄺回頭牽起我的手步下階梯，登上長舟。

我一屁股才在舟中橫板上坐下，便聽見青天裡一聲霹靂，船身猛一陣搖晃。原來那個老艄公沒等客人坐定，二話不說，就將菸蒂往河中一扔，隨即發動船尾懸掛的強力野馬哈（山葉）引擎。轟隆一聲，那艘伊班長舟——兩頭尖尖，長十二米寬一米二，用一整株千年大栗樹刨空鑿成，颼颼颼飛馳在婆羅洲大河上，圖騰般，不時出現在李老師童年故事中的叢林飛魚——便咻地凌空而起，一溜煙也似，迸濺起簇簇水星子，蛇行穿梭在卡布雅斯河心，迎風破浪溯流而上。

鄺，戴起他那頂俏麗的巴拿馬草帽，一身白西裝燙貼，將兩只手掌安放在膝頭，面對著我坐在舟中另一條橫板上。（順便一提，這正是最讓我感到納悶、百思不解的一點：旅途奔波風塵僕僕，他究竟如何保持他這一身光鮮的打扮呢？）今天早晨，整趟河上旅程中，他一逕抬著頭，揚起他那張大理石雕像般蒼白、冷峻的臉龐，眺望天空一只孤鳶，彷彿沉陷在自己的心事裡。一雙深邃清亮、帶著一股東方神祕狐媚意味的吊梢眼睛，流露出讓女人們（包括我，十二歲的毛丫頭朱鴒）看了忍不住心疼的一份憂傷。

我坐在船板上，仰著臉，將雙手托住下巴，只顧瞅著眼前這位和我相隔一米距離，近得讓我聞得到他身上幽香的美男子——來歷神祕、身世複雜、具有六國血統的歐亞混血兒，白人拉者飼養的「鳳」（不知怎的，這個意象老浮現在我腦海中，夢魘似的擺脫不掉）——好久好久目不轉睛看得呆啦，就像個小傻瓜似的。

鄺終於察覺到坐在他對面的我，一直睜著眼睛窺視他。臉皮颼地漲紅，他咧開嘴巴笑了，迎著朝霞綻露出兩排皎白的門牙。

這個小小的插曲，值得記錄下來，因為從古晉市一路到翡翠谷、跨越婆羅洲中央分水嶺的整趟旅程中，這是第一次，肯定是僅有的一次，鄺開心地、挺自然地對我展現出天真爛漫的笑容。

* * *

整個早晨，我們的長舟在五十四馬力山葉引擎推動下，潑剌、潑剌、潑剌，捲起陣陣黃色波浪，不停飛馳在太陽下白花花的一條河流上。

我的心情用「歸心似箭」來形容，也絕不為過。這會兒坐在船上，面對婆羅洲最大河——卡布雅斯河——兩岸的壯麗風光，也實在無心欣賞。

此刻我心中只有一個念想：盡早抵達翡翠谷，和離別半年的姐妹們相見。

中午，我們的船駛過魯馬加央碼頭。對這個地方，我有一份特別的感情，就像是前世的家鄉。我扭頭朝岸上望去：一大群神鳥婆羅門鳶，黑滾滾好似一堆烏雲，滿天盤旋啼叫。豔陽天，滿山遍野血紅紅開放的朱槿花叢中，我的好朋友伊曼的家——大河流域最大、最強盛、人丁最旺的長屋魯馬加央——被爪哇兵放一把火燒毀後遺留下的廢墟，從河上眺望過去，宛如一條超巨型的、三百米長的恐龍骸骨，黑魆魆陰森森，兀自盤踞在山腰，靜靜守望著婆羅洲心臟的大河灣。我從長舟坐板上站起身，雙手合十，面對岸上寂無人聲的長屋，深深一鞠躬，向魯馬加央部落男女老幼的英靈們，畢恭畢敬行個禮。

再往前行駛一哩路，我們的船來到河灘上白蕭蕭一片蘆葦蕩。挺眼熟的！我記起來了。蘇來曼渡口——那晚我和伊曼擺脫爪哇兵的搜捕，分頭逃出魯馬加央火窟後，約定相見、不見不散，但她卻從此消失無蹤的地方。

翡翠谷，我夢牽魂繫的所在，就坐落於這座小甘榜附近的山坳裡。

大河上日正當中。我們的長舟鼓著船尾的引擎，開足馬力，颼，颼，在卡布雅斯河中游不停奔馳了六個小時，終於熄火，滑行入一個小港汊，停泊在一座荒涼的小碼頭旁。下得船來，我跟隨鄺登上棧橋，放眼瞭望。這兒便是六個月前，吉姆王爺帶我離開翡翠谷的地點。那時黑天半夜，一個裝扮如同墨西哥黑衣蒙面俠「蘇洛」的男子，打花叢中冒出來，現身在澳西先生的後宮，千鈞一髮之間，從峇爸的魔爪底下將我劫走，逃出翡翠谷。在峇爸的僕人阿里無聲無息、鬼魅般如影隨形的追逐下，吉姆王爺拔起雙腿，挾著我的身子飛奔出谷口，穿過一片茅草原，來到這座碼頭，跳進一艘舢舨，撐著竹篙沿著卡布雅斯河順流而下，一襲黑風衣飄飄，揚長而去……

我想起國語課本上，我挺喜歡的一句話：「一日不見如隔三秋。」翡翠谷的姐妹們呀，我們可是半年不見呢。我，朱鴒，妳們在路上結識、相處了短短一段時光的台灣女生，現在又回來了。使用中國人的一句古老的、充滿情感和關切的問候語，我要對大家說一聲：「別來無恙？」

抵達旅程終點，我也應該向我的嚮導和臨時監護人，拜別了。

「鄺大哥！」我併攏雙腿垂下雙手，挺起胸膛肅立棧橋上，向他深深一鞠躬：「承蒙你一路照顧，將我平平安安送到目的地。」眼圈陡地一紅，我抽搐起兩只肩膀，哽噎著說：「如今你的任務已經完成了，可以回去向吉姆王爺交差啦。請代我問候殿下，轉告他，朱鴒珍惜和他相處六個月的這段天賜、美妙的因緣。祝願他完成他的計畫，處決大貪官拿督・斯里・阿布杜馬拉目，替沙勞越人民討回一百億馬來西亞令吉黑錢！」

鄺沒答腔，邊聽我訴說邊在橋板上蹲下來，伸出雙手，拂拂我那一頭亂髮絲，整整我身上那件簇新亮麗的娘惹衫，接下來就把我腰間的紗籠解開，重新穿好，最後，將吉姆王爺臨別贈與我的克利斯劍，牢牢地綁緊，掛在我腰上——這把蛇形馬來傳統匕首，可是喝過九十九名叛徒鮮血的神器，只差一個人的血，便可完成它的人間使命，功德圓滿！它將是我往後旅程中，最重要的護身符。

默默地，將我全身上下都打理停當了，鄺才點點頭，凝起一雙杏眼，瞅住我的臉龐深深地看了一會。「妹仔，保重！」他終於開口了。那一瞬間我清清楚楚看到，鄺的眼眶驀地紅了，眼瞳中閃爍著兩團好大好亮的淚光，太陽下看起來好像兩朵晶瑩的雪花。

妹仔，保重——這是鄺對我說的最後一句話，也是（我指著婆羅洲的母親河卡布雅斯河，向妳們發誓，我真的數過的！）在這趟五百公里的旅程中，他對我說的第五十句話。鄺，全婆羅洲最帥、最孤傲的男人，可也是我生平遇見過的最沉靜、最有心事的人哪。

他獨自回古晉去了。

我，一只手挽著緹花手提袋，另一只手舉到額頭頂端，遮擋住正午耀眼的陽光，依依不捨，站在棧橋中央，目送鄺登上伊班長舟。引擎啟動。霹靂啪啦驚天動地一陣暴響中，只見鄺，戴著巴拿馬草帽，一襲雪白西裝飄飄，隨著卡布雅斯河的滾滾黃浪，飛馳而去。整個俏麗的身形，漸漸隱沒在日頭下白茫茫大河上，過了五分鐘就完全看不見了。

這下我又變成隻身一個人，舉目無親，如同一枚木偶般，杵在婆羅洲心臟叢林中，一座荒廢的小碼頭上。

心中忽然一酸。

眼眶裡，兩顆紅豆般大的淚珠，滴溜溜滾呀滾，轉動了五六圈，終於迸出來，熱呼呼地沿著我那兩只滿布風霜的臉頰，直直流淌而下。

第四卷　河上雙飛燕

第十九話　重訪翡翠谷

這下，我朱鴒又變成孤伶伶一個人了。

就像當初，剛從台北來到這個名叫「婆羅洲」的陌生國度時，那樣地孤獨無依——哦，不對！那時才一踏上這座島嶼，我就遇見伊曼，一個穿著破紗籠、頂著毒日頭、獨自蹲在大河畔哭泣的伊班少女。兩人作伴同行了兩天，結成一對相知相惜的朋友，共同度過一段短暫、美好，我的整趟婆羅洲之旅中最值得珍惜和記憶的時光。不。那時我並不孤單哪。即使後來遇到大軍剿匪，在爪哇兵追捕下，我和伊曼在魯馬加央長屋離散，分頭逃亡，那時我身邊也還有個伴，安娜絲塔西亞公主。她雖是個芭比娃娃，但她有靈性，能夠使用一套獨特的語言和眼神和我交流——記得吧？那天早晨離開蘇來曼渡口後，我撐著舢舨，溯河而上前往翡翠谷時，我們倆（我和芭比公主）面對面在船上展開一段奇妙、精采的對話——可是後來，我卻辜負伊曼的託付，不顧道義，竟然將公主遺棄在「峇爸」澳西先生的後宮中，自顧自逃命去了……

唉，懊惱歸懊惱，不管怎麼說，辭別吉姆王爺和鄺大哥後，我真的是孤孤單單一個人了。烈日當頭。

這會兒，我正撐著一把傘，步行在荒野小路上，從渡口小碼頭前往一別半年的翡翠谷。（這傘是今早離開桑高鎮旅館，準備搭船前來翡翠谷時，鄺站在門口抬頭望望天色，眉頭一皺，到巴剎一家洋貨攤特地給我買的遮陽傘——妳們瞧這個名叫「鳳」的漂亮男人多細心、多體貼呢！）整條路空寂寂，中午時分渾不見半個人影。蹬、蹬、蹬。我傾聽自己的腳步聲，在腦子裡想像自己現在的模樣兒：一個姑娘家，豆蔻年華，穿著一身豔麗的娘惹衫和花紗籠，打著小紅傘，挽著緹花袋，趿著一雙夾腳的新紅鞋，蹭蹭蹬蹬忸忸怩怩，獨自個在路上行走。

不知怎的我感覺自己像個過門沒多久，就為了件小事和丈夫嘔氣，瞞著公婆跑回鄰村，投奔娘家的小媳婦子。我邊行走，邊發揮我那過度發達的（李老師說的）想像力，開始編織故事，編到那傷心處，自己也忍不住悲從中來，迸出兩滴淚水。

兜呀兜，我轉著手中的小洋傘，漫步遛達在路中央，不知不覺便張開嘴巴扯起嗓門，學我爸爸朱方唱蘇北小曲。蝸居在台北，他老人家平日閒來無事，就會拈著一盅虎骨泡高粱酒，穿條汗衫，腆著大肚膛坐在家門口一張矮板凳上，擠著破鑼嗓子，一人分飾男女兩角，面對滿巷豎耳聆聽的鄰里人家，唱那首他童年時期大陸家鄉流行的男女對唱小調〈連環扣〉：

（男聲）

解不開的連環扣，蜜裡調油

放不下的掛心鉤，常在心頭

快刀兒，割不斷的連心肉，無盡無休
咱二人，恩情可比天還高，天然配就
海誓山盟，直到白頭，誰肯分手？

（女聲）
從今解開連環扣，聽我說緣由
休要提起掛心鈎，悔恨在心頭
快刀兒割去這塊連心肉，用手往外丟
咱二人，一派虛情，我今瞧透
海誓山盟，付水東流，恩情一筆勾
我今日回娘家去，會疼你的人還照舊
實對你說了罷：再想我回來不能夠
從今丟開手！

一支小紅傘，姑娘手中不住兜啊兜。

踢躂踢，我跂著腳行走在路心，望著大河畔空蕩蕩的原野，只顧引吭高歌，正唱得來勁哩，驀地眼一花，瞥見路旁茅草叢中人影一閃。大白天中午日頭下，鬼魅般一襲白衣飄飄。窸窣窸窣。我慌忙煞住腳步閉上嘴巴，凝眼望去，果然看見一枚身影，瘦瘦高高，稻草人似的披著一件馬來白亞麻長衫，腰間繫一條黑棉布紗籠，跨大步，邁著兩根竹篙般的長腿，行走在茅草窩裡。我杵在小徑上，使勁揉搓眼皮再看。他回過頭來了。兩下裡，間隔著曠野上白燦燦一片陽光，猛打個照面。兩粒櫻桃大的眼珠瞪住我，骨碌骨碌不住翻白。背脊發冷，我渾身機伶伶打出兩個哆嗦來。白日裡見鬼了！我趕緊將傘收起來一把夾在腋下，邁出腳上那雙新鞋，忍著疼痛加快腳步，半走半跑，沿著六個月前那個黑天夜晚，吉姆王爺挾持我，在「彈簧腿」阿里追逐之下逃出峇爸魔掌時，所走的路線，鬼趕似地，頭也不回直直朝向翡翠谷狂奔。

晌午兩點，抵達目的地。

我在谷口立定，將一只手掌舉到額頭上，遮擋住刺眼的陽光，瞭望谷中光景。

離別半年的翡翠谷，一片死寂！澳西先生在婆羅洲叢林中建立的後宮——風光旖旎、天方夜譚式的「哈林姆」——那晚我初次造訪時，熱鬧如同一座夜市巴剎。中天一輪圓月白皎皎照耀下，只見一群群長髮紗籠少女，懷中抱著娃娃，手上拈著鮮花，三三兩兩喊喊喳喳，在清溪畔花圃間徜徉遊逛。端的是一座人間樂園、世上第七天國！可如今，太陽下，它卻突然變得冷清清，偌大的園子連一條人影也看不見，好像突然發生瘟疫，匆忙間被遺棄似的。

那株三十米高，亭亭蓋蓋，好似一支巨大青羅傘的菩提樹，兀自矗立谷中央，但是，樹下那原本鋪著一張印度宮庭地毯、擺滿水果和美酒的草坪，如今卻空無一物。連那位總愛瞇眼笑，腆著個彌勒佛大肚膛，盤足坐在樹蔭中，在八名身穿各色紗籠裝的嬪妃環侍下，邊品酒邊遊目四顧的「峇爸」，也失去蹤影，不知去向。那條蜿蜒在一堆堆大鵝卵石間，穿過一片椰林的小溪，依舊叮咚價響，潺潺地流淌在這座幽深蒼翠、宛如武陵洞天般的婆羅洲祕境中。但是，那群裸著銅棕色身子，披著一頭烏黑水亮長髮絲，聚集在溪中，挨挨擠擠濺濺潑潑，邊洗澡邊玩水的各族姑娘，和她們那五顏六色，濕漉漉，晾曬在溪中石頭上和岸邊椰樹間的幾十條花紗籠，好像變戲法，霎時間，全都消失不見。還有還有我心中最是念念不忘、離別後時時回味的、那月光下瀰漫整座翡翠谷，濃濃的橄欖油味和肉豆蔻香，如今再也聞不到了。

叢林中的第七天國，一下子消失無蹤，眼前，只剩下空寂寂白花花的滿山谷陽光。

我杵在谷口，伸長脖子呆呆眺望好半天，才抬起腳來朝向谷中走去。走了約莫五十步，鞋底下猛地一滑，整個人差點摔了個仰面大八叉。低頭查看，原來踩到了一堆腐爛的木瓜。我翹起屁股蹲在地上，放眼望去，發現整座山谷變成了一座七彩繽紛的垃圾場，四處散布著果皮，堆放著一坨一坨各色各樣熟透的熱帶水果：波羅蜜、紅毛丹、山竹、番石榴……只聽得營營嗡嗡浩浩蕩蕩，半空中，盤繞著一大窩胡蜂般大、紅頭綠眼的婆羅洲叢林蒼蠅。翡翠谷，人去樓空。太陽下瀰漫著腐敗糜爛的味道，帶著一股甜甜的香氣，讓我忍不住伸出鼻尖，偷偷地深深地吸它兩口！

我騰出一只手，把紗籠襬子提到腿肚子上，邁出腳步，穿梭在一攤攤果皮、一枚枚空橄欖油瓶、成堆五花八門形形色色的垃圾，和各種奇形怪狀，不知是什麼用途的瓶瓶罐罐之間。（一時好奇心起，我彎下腰來撿起一只玲瓏小巧，葫蘆造型，乍看好似一個妖嬈裸女的水晶瓶子，打開瓶蓋，送到鼻端聞了聞。一股詭異、辛辣的味道登時撲鼻而來！腦子猛一陣暈眩，我趕緊將瓶子扔掉。莫非這就是傳說中挺神祕、威力忒強大的印度神油？）躡手躡腳覓路行走，我花了二十分鐘時間，才穿過這座奇異的垃圾場，走到草坪中央那株大菩提樹下。

眼睛驀地一亮。

樹蔭中，兀自鋪著那張四蓆大的印度地毯，上面依舊繡著九匹白象、一位高坐象轎上的王爺、一隊樂師和一群半裸的肚皮舞孃，吹吹打打，載歌載舞，遊行在萬頭攢動的鬧市巴剎中。毯子正中央，依舊擺著兩只龍紋陶甕。一股陳年米酒香，飄漫在花草間。我走上前揭開蓋子。酒香登時洶湧而出。我忍不住伸出鼻子聞：阿辣革，伊班燒刀子，獵頭勇士之酒——大半生流浪在台灣的李老師，十九歲離開家鄉後，半夜夢見時，都會讓他猛流口水的婆羅洲佳釀。我找到一只小瓷盅，用木杓子舀了半杯酒，然後放下手上挽著的緹花袋，捋起紗籠襬子，一屁股，就在澳西先生遺留的那張王座似的錦墊上，大剌剌坐下來。晌午兩點。四野悄無聲息。令人毛骨悚然、頭皮發麻、背脊冷颼颼的一片死寂中，只聽見山谷裡椰林內，一條清溪蜿蜒穿梭在一垛垛大鵝卵石之間，叮咚叮咚綻響不停。恍惚間，彷彿聽見午後的微風，一陣陣不斷地，傳送來沐浴少女們的戲水聲、打鬧聲和甩頭髮聲。風中挾帶著一蓬蓬濃郁的、誘人的橄欖油香。我學「峇爸」的模樣，盤足坐在菩提樹下，一手拈著紅花一手握著酒盅，邊啜飲美酒邊遊目四顧，瀏覽他老人家親手打造、如今已經廢棄的「第七天國」。回想起半年前的一個月圓之夜，翡翠谷中一片興盛繁華的光景，我心中無限感慨，嘴裡連連嘆息。

半盅阿辣革酒落了肚，睡眼迷濛，我把背梁靠在樹幹上，半闔起眼皮，望著山嶺上那只繞著大圈子，一整個中午，只管靜靜滑翔的伊班神鳥婆羅門鳶，開始打起盹來。

午後，終於颳起了風。

一只白蝴蝶打花叢中飛出來，隨風翩翩起舞，在草坪上兜了五六圈，降落到我腳跟前。

心中一動，我睜開眼睛揉揉眼皮，悄悄伸出兩根手指尖，倏地一把捏住它的翅膀，將它拿到眼前一瞧。原來是一塊五吋見方的白紗布，上面沾著一蕊血跡，豔陽下，乍看煞似一朵盛開的五瓣齊全的朱槿花。我小心翼翼湊上鼻子，嗅兩下，聞到一種辛辣的血腥氣和一股腐敗的尿騷味。

大風起，片片白紗布從山谷中各個旮旯角落——花樹蔭下、灌木叢中、椰林內小溪畔大石頭間——紛紛揚揚爭相乘風飄飛出來，從山谷中央菩提樹下望去，宛如幾百只蝴蝶，雪白的翅膀上沾著血點子，一窩兒，狂舞在翡翠谷中那陽光明媚、綠草如茵的大草坪上，慶祝我的歸來。

一時間我看呆了啦。酒意全都醒了。

「哇哈哈！」樹上突然爆出一陣笑聲。

我猛嚇一大跳，從菩提樹下峇爸的座位上，蹦地跳起身來，扔掉手裡的酒盅，跑到草坪上大日頭下，舉頭朝向菩提樹上望去。

滿樹叮叮噹噹繽繽紛紛，十分熱鬧，好像一株超大型聖誕樹，豎立在赤道叢林中，不住搖盪樹上懸掛的各式花燈和風鈴。

我擦擦眼睛，舉手遮擋住晌午的陽光，仔細一看，只見樹梢頭，密密麻麻掛著芭比娃娃，大約數一數，至少八十個，個個穿著一襲雪白綴紗蕾絲新娘禮服，披著一肩金黃髮鬈，睜著一雙海藍眼眸，扭擺著小蠻腰，捉對兒迎風搖曳起舞。整株菩提樹，鬧哄哄笑哈哈，好像正在進行一場芭比嘉年華會似的。但是，她們的主人——澳西先生的婆羅洲嬪妃們——卻突然從翡翠谷中蒸發掉了，無影無蹤，不知去向。

我徘徊在樹下，仰臉眺望樹梢，試圖在這一對一對扭腰擺臀，邊跳舞邊伸出脖子俯看我，眨啊眨地不住抖動長長的金睫毛，爭相向我拋媚眼的新娘中，尋找伊曼的芭比娃娃，安娜絲塔西亞公主。離別半年，她可無恙？我繞著菩提樹兜了兩圈。那滿樹吊掛的盎格魯．撒克遜小美人，全是用相同的模子塑造出來——鵝蛋臉、九頭身、修長腿子渾圓臀子、一式的金鬈髮碧眼瞳加櫻桃小紅唇，配上同款的雪白蕾絲衣裳——看得我眼花撩亂，一時間，卻又如何辨認出我要尋找的公主呢？

我嘆息一聲，準備放棄。

「唉，公主保重，我走了。」

「骨碌！」

就在這當口，我的頭頂上忽然發出清脆的一聲響。挺熟悉、親切、久違了的聲音！我趕緊抬頭跂腳朝向樹頂望去。

獨自個，高掛在一根直條條伸向天空的樹枝上，朝向卡布雅斯河，飄揚著裙襬，搖盪著身子的芭比娃娃，不正是安娜絲塔西亞公主！她正轉動著兩只眼瞳，對我不住眨眼呢。那雙圓滾滾亮晶晶，時不時骨碌、骨碌轉兩下，曾經讓我感到嫌惡的碧綠色玻璃眼珠，我一眼就認出來。我站在樹下，踮著雙腳舉手向她揮舞：

——我的公主，朱鴒找得妳好苦哇！

——骨睩。

——峇爸澳西先生帶著姑娘們離開翡翠谷了？他把芭比娃娃全部留在這兒？我指著菩提樹上，那滿樹懸吊、花枝招展的一群金髮碧眼白紗新娘子，扯起嗓門問道。

骨睩睩，公主使勁轉動一下眼珠子，向我點點頭。

——峇爸往哪裡去了呢？朝哪個方向走？公主，妳的眼睛一直望向東方。莫非妳要告訴我：峇爸率領他的後宮嬪妃，沿著卡布雅斯河一路東上，前往登由·拉鹿小兒國？

——骨睩！

——謝謝妳提供我這個重大的訊息。公主殿下，請妳從樹頂上跳下來吧。別怕！我會伸手把妳接住。咱們倆一起離開這座鬼氣森森，大白天不見半個人影，滿樹吊掛著七八十個芭比娃娃的花園，走出翡翠谷，結伴去尋找妳的媽媽，我的好朋友伊曼。

——骨睩骨睩睩。

——唉，妳不肯下來，因為妳不願意——唔，是不忍心——離開這群被主人遺棄在婆羅洲叢林中，有家歸不得，同是天涯淪落人的芭比姐妹，對不對呀？

——骨睩。

我們倆，台北女生朱鴒和西洋小美人安娜絲塔西亞，一個站在樹下一個掛在樹上，隔空進行了一場奇特、美妙的對話。我無法說服公主跟我走，於是只好嘆口氣，舉手向她慇慇道別：

——好！我朱鴒打心裡敬佩妳的義氣。那我就自己上路嘍！再見了！萍水相逢、有緣共度一段旅程的安娜絲塔西亞公主，珍重。咦？妳還有訊息要傳遞給我？妳的眼睛轉啊轉，滴溜溜地，只管瞄著草坪中央那一叢血紅紅盛開的朱槿花。莫非，那兒藏著重要的東西？我就走過去瞧瞧吧。喔！是一套衣服——黃卡其長袖上衣和黑棉布裙——我從台灣穿到婆羅洲，後來在翡翠谷酒宴上，被峇爸的嬪妃們剝掉，丟棄在菩提樹下的台北小學女生制服。現在終於找回來了。公主妳知道嗎？伊曼非常喜歡這套衣料粗糙、式樣老舊、看起來土裡土氣的衣服，好想穿上它，和我結伴上學呢。可她知道這輩子她沒有讀書的命。這一世她注定要打赤腳，穿著一條破紗籠，睜著一雙半瞎的眼睛，獨自在大河畔流浪。苦命的伊曼！如今妳漂流到哪裡去了呢？我的第一位婆羅洲朋友、前世的姐妹伊曼，天涯海角千山萬水，我朱鴒發誓要把妳找到，把這套小學女生制服，親自穿在妳身上，將妳帶回台灣台北市，跟我一起上學！

說著，我蹲下身來，撿起被丟棄在花樹蔭下的這套衣服，整整齊齊摺疊好，收進行囊裡，然後站起身抬起頭，向高掛樹梢頭的安娜絲塔西亞公主，重新揮手道別：

——公主妳看，太陽已經西斜，天空開始出現一群群歸鴉。天快晚了，我必須趕在天黑前，回到卡布雅斯河畔的小碼頭，設法搭上一艘船，到附近市鎮過夜，明天一早啟程，朝向大河上游登由・拉鹿小兒國出發，追趕「峇爸」澳西先生和他的後宮妃子們。再見，美麗的芭比新娘們！珍重，尊貴的安娜絲塔西亞公主殿下，我們後會有期！

公主從樹頂上垂下頭來，搖甩著滿頭金髮鬈子，瞅著我，骨碌骨碌骨碌，接連轉動三下她那雙碧綠眼珠。夕陽照射下，眼一花，我看見她的兩只藍眼圈，水汪汪亮閃閃滾動著一對淚珠兒。唉，一副依依不捨的模樣，看得我心疼哪。

一轉身，我正要邁出腳步，朝向翡翠谷口走去，忽然聽見公主開口唱歌了。我心中嚇一跳，回頭往樹頂望去，只見這個塑膠洋娃娃，身子懸吊在半空中顫顫巍巍一根高聳的枝椏上，晃啊晃地迎風搖舞。她一邊伸出白細的手臂，不停向我揮著，一邊張開櫻唇，曼聲唱起我最最熟悉的、從小唱到大的那首台灣兒歌〈妹妹背著洋娃娃〉。樹上的眾娃娃們紛紛加入。霎時間滿樹歌聲四起。偌大一株菩提樹上，那四下吊掛、穿著一身白紗蕾絲禮服的芭比新娘們，彷彿聽到呇爸的命令，齊齊伸出頸脖，昂起胸脯，鼓起胸前一對花苞似的玲瓏奶子，齊齊張開嘴巴引吭高歌。八十條嬌柔嗓子，一部女聲大合唱，浩浩蕩蕩，在婆羅洲深山幽谷中綻響開來。歌聲中只見八十條雪白的手臂，五指尖尖，塗著鮮紅的蔻丹，滴血般，從樹梢頭枝葉間直直地伸出來，熱烈地向我揮舞道別：

妹妹背著洋娃娃
走進花園去看花
娃娃哭著叫媽媽
樹上鳥兒笑哈哈
笑哈哈
笑哈哈

晚風蕭蕭，在芭比姑娘們嘹喨悲壯的歌聲歡送下，我提起行囊邁步走出翡翠谷。

我又變成孤伶伶一個人了。

原以為，安娜絲塔西亞公主會跟我走的。她雖是個塑膠娃娃，但是善解人意，與我之間，存在一種神祕奇妙的默契和交流。有她作伴，此去，沿著卡布雅斯河一路溯流東上，在尋找澳西先生、伊曼、阿美霞和翡翠谷眾姐妹的漫長旅途中，我就不會那麼寂寞。唉，至少有個人（大多時候，我真的把安娜絲塔西亞當作「人」看待）伴隨在身旁，無聊時可以講講話解解悶，排遣一下。如今連這個小小的願望都落空了。

曠野小徑上太陽西斜。我，朱鴒，穿著一身簇新亮麗的娘惹紗籠裝，撐著一把小洋傘，趿著兩只新紅鞋，扭擺著腰肢，蹭蹬蹭蹬獨自行走。身後拖著的那條身影子，隨著日落變得越來越長、越來越細。好久好久，我迎著無邊無際茅草灘中一條地平線上，那圓滾滾紅通通一輪夕陽，沿著半年前一個夜晚，吉姆王爺將我劫走，逃出峇爸後宮時所走的路，一步一步朝向大河畔的小碼頭走去。呱——呱——頭頂上歸鴉陣陣飛掠而過，遺留下滿天淒厲的啼叫聲。心中酸楚，我仰起臉張開嘴巴，對著空無一人的曠野，大聲念起我爸從小就教我朗誦的那首元曲：

枯籐老樹昏鴉
小橋流水平沙
古道西風瘦馬

夕陽西下
斷腸人在天涯

渡口空寂寂。

夕陽下，一條木棧橋孤單單伸入河心。

我提著行囊走上橋頭，跂著雙腳放眼眺望，心中一片茫然，正要回頭走，前往河畔椰林中一座靜悄悄、鬼影般升起五六條炊煙的小小甘榜，尋找人家借住一宿。眼角驀一亮，瞥見棧橋下停泊著一艘舢舨。鄺大哥終究放心不下我，在返回古晉途中，半路折返，回到翡翠谷尋我來了。如同一個迷路的孩子，在荒郊野外突然遇見親人，我激動得拔起雙腿，三步併作兩步，蹦蹬蹦蹬從棧橋頭一路奔跑到棧橋尾，站在河中央，將一只手掌高舉到眉心，四下瞭望，搜尋鄺大哥——吉姆王爺口中的「鳳」——那身穿白西裝，頭戴黃草帽，一臉孤傲憂鬱，好似一個俊美的幽靈，悄悄出現在婆羅洲叢林碼頭上的身影。

炊煙漠漠，暮色茫茫。偌大的一條百米寬的卡布雅斯河，哪裡有「鳳」的影子呢？一時間悲從中來，我走回到棧橋頭，把行囊使勁往橋板上一扔，當場蹲下，雙手抱住膝頭，將臉龐埋在心窩裡，抽抽噎噎啜泣起來。也不知究竟哭了多久，直哭到太陽沉落大河口，天空只剩下一抹殘霞，我決定不哭了，舉手擦乾眼淚，看見那艘藍色小舢舨兀自繫在棧橋下，盪呀盪，靜靜搖晃在蘆葦叢裡一潭綠水中。我揉揉眼皮，看見舟中坐板上擱著三樣東西：一只黃籐籃子，裡面裝著熱騰騰的食物，還有一條毯子和一個小紅包。紅包脹鼓鼓，好像裝著幾十張印尼盾現鈔。明天出發前往登由・拉鹿小兒國，一路上的花費可就有了著落啦。

我知道這三件禮物是「鳳」專程送來，留給我朱鴒——他口中的「妹仔」。

霎時，心情激盪不已。我從橋板上倏地跳起身來，雙手提著紗籠襬子，一口氣奔跑到棧橋尾，佇立在河中央，望著那紅浪滾滾、夕陽下浩浩西流的卡布雅斯河，朝向下游煙波迷濛處，抱著拳頭拱一拱手，扯起嗓門大聲呼喊：

「謝謝鄺大哥！咱們後會有期！」

第二十話　水中倩影

地點：婆羅洲母親河，卡布雅斯河，赤道叢林深處的野渡口。

時間：晨起。太陽公公已經從無邊無際的樹梢頭中，紅冬冬探出臉龐來。

一夜無事，平安度過了。昨晚我把行囊當作枕頭，身上蓋著鄺大哥留給我的小毯子，蜷縮著身子，躺在三米長一米寬的舢舨中，沉沉睡了個好覺，連半個夢也沒做咧。半夜尿急，爬起身來，跂著雙腳蹲在船頭，中天一鉤新月和滿天星星們笑嗨嗨俯視下，攞起紗籠裙子，翹起屁股對準河水唏哩唏哩撒了泡野尿，回到船中倒頭又睡。迷迷糊糊中，彷彿聽見河對岸叢林內一座達雅克長屋，篷、篷篷──響起一陣陣低沉、有節奏的鼓聲，想是在舉行某種神祕儀式。一覺醒來，天色早已大亮。心滿意足地，我舉起雙臂長長伸了個懶腰，窩在舢舨中，怔怔發了一回呆，才翻身坐起來，甩甩腦袋瓜，準備面對擺在我眼前的一個詭譎的現實。

想像一下這幅畫面：朱鴒，來自外地的十二歲女學生，一個徹頭徹尾的都市小孩，獨自拎著旅行袋，現身在婆羅洲內陸最原始、最濃密的森林，準備駕駛一艘號稱「叢林野馬」的馬來舢舨，沿著一條黃浪滾滾的大河，逆流而上，尋找一群奇特的人：一個被逐出部落，眼睛半瞎、獨自流浪的伊班女孩「伊曼」；一個美麗如朝霞、生命如朝露的普南族小姑娘「阿美霞」；一個貌似彌勒佛、廣受長屋兒童愛戴的大魔術師「峇爸」（白人爺爺）和他率領的一縱隊豆蔻年華，搖曳著花紗籠，飄舞著烏黑長髮絲，眉心上血滴般綴著一顆朱砂痣，打赤腳行走在大河濱的七十二名原住民少女——峇爸的後宮嬪妃們。

哦，莫忘了還有那個模樣像稻草人，肩披白長衫，腰繫黑紗籠，大白晝飄忽在叢林裡，一枚鬼影般，沒聲沒息來去無蹤的「彈簧腿阿里」。他是我朱鴒最畏懼的一個人。（事實上，我怕他的程度遠超過我怕他的主人，白魔法師「達勇普帖」澳西先生。）聽吉姆王爺講，阿里是婆羅洲叢林的真正統治者——黑神魔「峇里沙冷」的大徒弟，半人半鬼，能日行五十哩夜行百哩，道行甚至比詹姆士·布魯克爵士的鬼魂還高上一倍呢。

想到阿里，我禁不住縮起肩膀機伶伶打個寒噤，趕緊從船上爬起身來。起床了。我懷著一顆忐忑的心，邊在腦子裡籌畫今天的行程，邊打開緹花手提袋，拿出盥洗用具，把身上那條紗籠的襬子拉到膝蓋上，往船舷旁一蹲，面對大河開始梳洗。

蘆葦叢中一潭綠水清澈如鏡。

我伸出脖子，凝起眼睛，好奇地觀看水中的女孩。

披頭散髮滿面風塵，她只顧睜著兩只紅腫的血絲眼瞳，一眨不眨瞪著我。

那是我朱鴒嗎？我用力揉搓眼皮，湊上眼睛再一細看。來到婆羅洲才半年呢，我就曬成了個小黑女人，蓬頭垢面，活像我在古晉看見的那群年紀小小，不知為了什麼緣故，離家出走，穿著一條破紗籠，小野貓似的躡手躡腳沒聲沒息，整天遊走在巴剎中，整天四處覓食的長屋女娃兒。

我雙手攀住船舷，往水潭上探出脖子，呆呆觀看了一會，猛一甩腦袋，伸出食指插入潭中撥兩下，把水中那張黑黝黝兇巴巴、兀自睜著眼珠直瞪著我的臉龐，一古腦兒給攪碎了，沉沉嘆口氣，抓起牙刷，用手掌舀著河水漱口，使勁刷起牙來。

盥洗完畢，我從旅行袋中拿出我那套小學女生制服，把手伸入裙袋裡，摸了摸，找到從台北帶來的小紅梳，小心翼翼攥在手中，蹲回船舷旁，對著潭水開始梳頭。

離開台灣忽忽半年，不知不覺間，頭髮留長了，髮梢沿著臉頰直直垂落下來，快要碰觸到肩膀。在台北時，每隔一個月，媽媽就會把我揪到家門口，自己一屁股坐在矮板凳上，將我整個身子夾在她的兩條大腿中間，不由分說便操起一支老剪刀，環繞我的頸子轉一圈，颼颼颼，三兩下就將抽長的頭髮給刈掉了。所以自從七歲上小學、哭哭啼啼將心愛的兩根小花辮剪掉之後，整個小學時期，直到今年畢業，前來婆羅洲旅行，我都留著一頭齊耳的短髮。那是一種很拙的、有個挺形象的名稱叫「清湯掛麵」的髮型，就好像妳在脖子上，頂著一塊黑色西瓜皮，光天化日下背著書包行走在大街上似的。我八歲，剛上小學二年級時，有天放學後不想回家，就獨自蹲在校門口，拿著一枝粉筆在水泥地上練習寫大楷：「雨雪霏霏，四牡騑騑。」我寫的就是《詩經》的這兩句詩。妳們記得很清楚嘛。那時，在台大外文系當助教的南洋浪子，李永平，那天下班後走路回宿舍，經過我的學校，看見一個頭上頂著「一蓬野草般四下怒張的短髮絲」（李老師的形容詞喔），模樣像個小叫花子的女學生，蹲在地上寫大字，一時好奇便停下腳步觀看。妳們都知道了，這次無心的駐足，開啟了我們這一大一小、來自天南地北的兩個陌生男女之間，一段奇特的交情，以至於今天，經由李老師安排，我才有機會踏上婆羅洲的土地，造訪他的故鄉，展開我朱鴒人生中另一樁奇緣……

現在我蹲在一艘小船上，面對著婆羅洲大河畔野渡口蘆葦叢中、朝陽下眨亮眨亮的一潭綠水，邊梳我那頭亂髮，邊想念母親，邊思索我和李老師在台北市街頭、偶然間結下的這一份緣。就在這當口，我忽然聽到潑剌——潑剌——河上水聲響動。

抬頭一看，只見一艘舢舨輕飄飄，宛如一片巨大的芭蕉葉，乘著卡布雅斯河的波濤，朝我這個方向，盪啊盪的從下游一路駛過來。我放下梳子，伸出雙手往潭中掬起一捧水，匆匆洗把臉，擦乾眼睛又再抬頭朝河心望去，發現撐船的人是一個十三、四歲的少女。她個頭纖細修長，身高約一米六，穿一件紅上衣和一條及膝白短裙，叉開雙腿，佇立船尾，手握一根四米長的竹篙，輕巧地駕馭胯下那艘野馬般蹦蹦跳跳、只顧馳騁在波浪中的舢舨，手法顯得十分熟練漂亮。河風習習，她脖子後那條烏亮亮、長及腰間的粗油麻花大辮子，不住飛揚在燦爛的曙光中。

看她的裝束，並不像婆羅洲一般原住民女孩。

我蹲在我的舢舨上，雙手攀住船舷，伸出脖子睜著眼睛望著她。

她的舢舨朝向我漂盪過來了。

兩下裡，間隔一片河面，距離只不過五十米的光景。

我的目光和她的目光，碰觸上了。

她停下篙子，太陽下凝起一雙漆黑眼睛，狐疑地打量我。忽然眼瞳一燦亮，她咧開嘴巴笑啦，綻露出好一口皎潔的小門牙。我舉手向她招兩下。她騰出一只細長的古銅色手臂，向我遙遙揮了揮，轉身舉起竹篙往河中點幾下，驅動她的舢舨，迎著滔滔而下的河水，繼續朝向上游航行。

我待在碼頭棧橋下，弓起身子，趴在我那艘舢舨的船頭，一逕伸著頸脖，怔怔地目送她那紅衣白裙飄飄、一根長辮子迎風飛撩的背影，隨著大河波濤漸漸遠去。霎忽間，她腳下的一葉小舟，猛一搖晃，便隱沒在滿河白花花的水光和陽光中。

她走了。我的心陡地一沉。

我原本指望這位撐船路過的姑娘，會將她的船駛到渡口上來，停泊在這座小碼頭，歇憩一會，和我攀談，若是談得投機，兩人還可以結伴從事一段河流之旅。如此一來，我就不再孤伶伶了。這會是多麼奇妙美麗的因緣一樁呀。

唉，這終歸是一廂情願的念想。我無奈地嘆了口氣，撿起丟在船板上的小紅梳，蹲回船舷旁，重新把臉伸到蘆葦叢中水潭上，照著潭水，繼續梳我的頭髮。野渡口，白日空寂寂。小小的半廢棄的碼頭外，一條百米寬的大河澎澎奔流。天空一碧如洗，連一只孤鳶也望不見。我凝起眼睛，瞅著水潭中那張洗滌得十分乾淨，看起來挺娟秀端莊，可神情帶著些許的落寞，眼光中流露出一股哀怨的小臉蛋，心中感到疑惑：這是李老師口中的「朱丫頭」嗎？這個模樣還滿標致的女生，真的是朱鴒我嗎？好久好久，我怔怔望著水中的倩影，一梳子又一梳子，只顧篦著我那頭抽長了的、被赤道日頭曬成黃褐色的直髮絲。梳著望著，不知不覺就張開嘴巴，尖起嗓子，模仿我那每回喝了兩盅金門高粱酒，就會思念起老家的那位「妹子」，忍不住淚汪汪的老爸，唱起蘇北小曲兒：

送郎送到城門西
嗳，手拉手兒捨不得
嗳，不忍分離
嗳，捨不得離別

左手給郎撐開傘
嗳，右手給郎掖衣裳
嗳，恐怕沾上泥
誰來幫你洗？

獨個兒蹲在小船中，邊梳頭邊瞅著水中人影，正唱得柔腸寸斷，忽然，又聽見河上篙聲響動，一艘船直直朝向渡口駛過來。我心頭一跳：莫不是她回來了？趕緊放下手中的梳子，撥開臉頰上兩綹濕答答的髮絲，伸出脖子朝河心看去：紅衫飄揚，一條麻花辮子飛舞——果然是那個撐船少女！我霍地站起身，高高舉起兩只手臂，隔著嘩喇嘩喇一片河水，使勁向她揮著。來船順著那滔滔而下的流水，向我漂盪過來。旭日照射下，兩粒眼瞳亮閃閃。她咧嘴笑了笑，騰出一只手向我招了招，隨即，雙手握住竹篙，把篙尖往河床上使勁一插，將腳下的舢舨硬生生停泊在河中央。

接下來的場景，是我整趟婆羅洲之旅中，最奇特、最美妙、最值得記錄和保存的經驗之一。兩個人，一對萍水相逢的陌生女孩，在大河畔一座荒涼的渡頭，隔著五十米寬、黃浪滔滔泥沙滾滾的一條河道，站在各自的舢舨中，遙遙相對，只憑著一連串的手勢和眼神，如同表演一齣啞劇般，進行了一場無言無聲、心意相通，在我感覺上十分完美圓滿的互動和交流：

——喂，妳好嗎？渡口的女孩。

——我很好。謝謝妳，河上的姑娘。

——妳是外地人嗎？

——是的。妳是本地人吧？

——我住在附近一個市鎮上。

——妳撐著船，要上哪？

——河上游。

——去探訪親戚嗎？

——不。去尋找我的姐姐。

——姐姐怎麼了？

——失蹤了。

——姐姐為什麼會失蹤呢？

——不知道。所以我才會出來找她呀。

——希望妳找到姐姐，闔家團聚。

兩人站立在各自的船上，凝著眼睛隔著河面遙遙對看，靜默了一分鐘，各想各的心事。

——妳呢？外地來的女孩，妳要上哪去？

——河上游。

——拜訪朋友嗎？

——不。去尋找七個姐妹。

——她們怎麼了？

——被一個白人魔術師拐騙了。

——女孩，妳一個外鄉人，怎麼敢獨自撐著一艘小舢舨，航行在婆羅洲最大最險惡的河流中，逆水而上，一路尋找妳那七個陷身叢林裡、不知生死的姐妹呢？

——我向你們的布龍神發過誓：除非找到她們每一個人，否則決不回家。

——妳家在哪？距離這兒很遠嗎？

我高高舉起一只手臂，轉身朝向北方，跂起雙腳，指著叢林盡頭天際那一條藍色的山脈，和山後的大海，南中國海。

——我家在大海北邊的一座島嶼。

——它叫什麼名字？

——台灣。

紅衫女孩雙手握著竹篙，佇立河中央，低頭望著河水思考一會。猛抬頭，她的一雙漆黑眼眸子瞅住我，迎著陽光放射出兩道堅毅、懾人的光彩來。

——來自遙遠異國、與我相逢河上的女孩，我們兩人同路，結伴一起走吧。

——好，我收拾一下就上路！妳等我。

我趕忙蹲回潭邊，伸手舀水匆匆洗把臉，用衣襟擦乾，撿起梳子，三兩下將一頭糾結的濕髮絲，狠狠梳直了，順手整整身上的衣裳（鄺大哥為我張羅的那套行頭：粉紅娘惹衫，配上一條爪哇印花紗籠），隨即站起身，叉開雙腿佇立舢舨中央，挺起胸脯深深吸入三口氣，彎下腰來，伸出雙手，拿起船頭打橫擱著的一根三米長的竹篙——它的長度，可是我朱鴒身高的一倍哩。紅衫女孩站在河心船上，等著。我握著篙，探出上身望了望河水，頭皮猛一陣發麻。六個月前，抵達婆羅洲第三天，在魯馬加央長屋火場和伊曼分手後，為了逃避爪哇兵的追捕，我曾獨自駕駛一艘舢舨，漂流在卡布雅斯河上。但那天早晨風和日麗，水面一平如鏡，而且，我是在我的旅伴安娜絲塔西亞公主指導、帶路下，沿著岸邊平緩的回流，穩穩航行。可現在……我抓著竹篙杵在船尾，呆呆地，望著眼前這片滔滔奔流的渾黃江水，背脊一陣陣冒冷汗，好半天文風不動，只顧乾瞪著眼睛。河心那艘舢舨上，紅衫女孩騰出手來，隔著河面又向我打起一連串手勢：別怕！現在把船慢慢開過來吧。

——我不太會駕駛舢舨。

——沒關係。我來教。

——我應該怎麼做？

——簡單。妳只要依照我的指示做每一個動作，其他的事都交給我。

——好！我聽從妳的命令。

使勁一咬牙，我又做了三個深呼吸，舉起篙子往河水中一戳，駕駛我胯下這匹顛顛撞撞的叢林小野馬，越過河上的洪流，朝向紅衫女孩飆過去。

河心，一根麻花辮子烏油油隨風飛甩。她挺著纖細修長的身子，佇立舟中，看見我鼓起勇氣朝向她航行過來，眼一睜，綻開兩瓣小紅唇，露出兩枚皎白的小門牙，迎著陽光燦爛地笑了。

兩個原本天各一方、素不相識的女孩，在婆羅洲母親河卡布雅斯河中央聚首了，互相凝視，連半句話都不必說。我朱鴒從出生起，到今天十二個年頭，在人生中遇到的各種情況，有哪一樁比這次河上相逢更美麗、更奇妙、更有意思的呢？

太陽高掛在叢林梢頭。該上路囉。

這一個上午，在我的新同伴引領和指導下，我握著篙，操著舢舨，航行在卡布雅斯河中游這段百米寬，水流湍急，沙洲四布的河面，迎著河上一輪冉冉上升的太陽，朝向上游進發。我們倆，一個在前方領路一個尾隨在後，邊撐船，邊伸出頸脖，觀覽兩岸那走馬燈似的，每隔兩三公里，叢林中就會冒出的一座柴煙飄嫋，白花花日頭下，乍一看宛如海市蜃樓的甘榜或長屋。一路上我們睜大眼睛，保持充分警戒，不停往河上各個旮旯角落，尋尋索索，盼望看到我們自各要找的人。

正午，太陽升到了穹窿頂端，赤裸裸白燦燦的一顆，對準我們這兩艘長不過三米，細條條，小不點兒，行駛在滾滾大河中的小舟，一古腦兒當頭灑照下來。天空中那一路悄沒聲、只顧盤旋伴隨我們的孤鳶，倏忽消失無蹤。也許是去找個陰涼的所在，躲避毒日頭去了。這時我們才在一幢長屋附近的櫟樹林中，寄泊我們的舢舨，然後手牽手，鑽入濃密的樹蔭裡，乘乘涼歇歇腿，甩一甩兩只又僵又痠又麻的胳臂。我們那雙手握了一上午的篙，撐船逆流而上，航行了至少十五公里路程。對我這個菜鳥來說，這是一項值得記載的成就。我的新旅伴，萍水相逢的婆羅洲原住民女學生，口中雖沒說，但我知道她心裡是讚賞我的。笑咪咪，她從船上拿下一只小竹籃，放在我面前，表演魔術似的，倏地揭開籃口蒙著的一塊手帕。看官瞧！一籃子製作得十分精美誘人的餐點：蕉葉椰漿飯、乾煎馬鮫魚、七色糕和炸香蕉餅，外加一熱水瓶自家沖泡的、這會兒還冒著煙的印尼咖啡蘇蘇。

肩並肩，膝頭挨靠著膝頭，兩個女生一齊脫掉鞋子，拉上裙襬，席地坐在一株大櫟樹下，沐浴著從枝椏間篩下的陽光，傾聽著滿林子知了——知了——蟬鳴聲，邊享用一頓道地的加里曼丹午餐，邊攀談起來。兩人一見如故。我毫無保留地向她報告我的出身和來歷，還有我和翡翠谷七姐妹結識的過程。她轉過頭來，睜著兩只烏亮的眼睛，仰起她那張古銅色、鼻梁兩旁花蕊般綴著十來粒小雀斑的鵝蛋臉，一眨不眨，瞅住我這張風塵斑斑、飽受雨打日曬的瓜子臉兒，聽呆了。眼眶中亮晶晶，冒出兩顆淚珠。聽完我的敘述，她伸出雙臂緊緊攬住我的肩膀，輕輕拍幾下。兩人沒再吭聲，靜靜把午餐吃完。隨後，在我詢問之下，她說出了她的姓名和身世——以及她這次離家出遠門，獨自駕駛一艘舢舨，漂流在曠野中一條荒涼大河上的緣由。

第二十一話　比達達麗的故事

我名叫娣娣．龍木。「娣娣」是我的雙親給我取的名字，「龍木」是我們的部落名稱。根據我父親克里斯欽．龍木的記憶，我們是馬當族人，原本居住在卡布雅斯河上游，聖山腳下，巴望達哈湖畔的龍木村。馬當族是有名的獵人，憑著一桿百發百中、見血封喉的吹箭槍，成為婆羅洲內陸叢林的主宰者，神山祕境的永久守護人。主曆一八二五年，荷蘭皇家印度軍團少校喬治．繆勒率領第一支探險隊，從河口坤甸城出發，打著「孔帝基」旗號，沿著卡布雅斯河溯流而上，進入婆羅洲的心臟，試圖攀登聖山。我的曾曾曾祖父阿圖．龍木，擔任探險隊嚮導兼腳夫頭。在普勞普勞村，才踏入禁地的大門口，荷蘭遠征軍就掉入達雅克人設下的陷阱，遭到屠殺。繆勒少校被活捉，押解到龍木村斬首示眾。我的曾曾曾祖父阿圖，逃到中游的桑高堡，終生不敢回故鄉。龍木家在荷蘭人庇護下，從此在桑高定居下來。子孫都進入教會學校就讀，畢業後在殖民政府中當個小官員。傳到我父親克里斯欽這一代，我們家族已經完全歐化，只保留「龍木」這個姓氏。如今荷蘭人離開了，印度尼西亞共和國莊嚴成立了，我們家族便向新政府效忠，繼續擔任公務員。目前我的父親（他擁有一個尊貴的新名號：都安．巴夏．克里斯欽．龍木－伊伯拉欣），在西加里曼丹省政府中服務，執掌原住民事務，特准在桑高鎮設立官署辦公。

我母親的名字是莎拉．朱麗安娜。她屬於婆羅洲十二支大族中的普南族。朱鴒，我新交的台灣朋友，妳若有機會遇見我的母親，我保證妳會喜歡她。普南人公認是婆羅洲最漂亮、善良、和平的民族，世世代代居住在大河上游的水源地，在原始森林保護下過著與世無爭、自給自足的遊獵生活。

妳剛才告訴我，妳曾在翡翠谷結交一位普南族朋友，名字叫「阿美霞」。阿美霞——普南語中「早晨的露珠」。希望往後的河流旅程中，我能夠會一會這位美麗、苦命的宗族姑娘。

我的母親莎拉．朱麗安娜的家族是荷蘭人登陸婆羅洲、建立殖民地後，第一批被遷出森林、強制定居在市鎮的普南人。從我外曾祖父約瑟夫．烏旦．范戴克先生那一代開始，范戴克家族就成為虔誠的、模範的天主教家庭。我的母親——全名莎拉．朱麗安娜．范戴克．龍木——出身桑高鎮聖心女子學校，畢業後被保送進入坤甸女修道院深造，取得劍橋高級文憑，受母校之聘，擔任拉丁文和英文教師兼舍監。（順便一提：她名字中的龍木是夫姓，范戴克是本姓。為什麼她娘家的姓帶著濃濃的荷蘭味道呢？因為她祖父烏旦，七歲時，被荷蘭法蘭德斯省一位木材商人收為養子，改從養父的姓。至於我母親家族的普南姓，如今沒有人知道了。）

我，娣娣．龍木，從小便把母親當作榜樣，勤勉向學，希望長大後也能成為一位被學生愛戴、受社會敬重的老師。但是我沒有機會進入「聖心」就讀，成為母親的校友。身為共和國的小公民和印尼民族的幼苗——塔羅克．邦薩．印度尼西亞——我被父親送入由「繆勒紀念學校」改制成的桑高鎮立國民小學就讀。去年我小學畢業了，今年剛升上中學。妳看我身上這套服裝：紅色上衣和白色裙子。那是我們省立桑高女子中學的校服。紅色代表勇氣和熱血，白色象徵純潔和神聖。榮耀紅白——聖格．美拉．普帖——正是我們印度尼西亞國旗的顏色和立國的精神。我，獨立後出生、成長的新一代婆羅洲原住民女孩，是一個驕傲、有尊嚴、對未來充滿憧憬的印度尼西亞新國民。

我們一家四口，居住在桑高鎮一幢濱臨卡布雅斯河，景色壯麗，環境清幽，前院有一座精緻小花園的三層洋房，過著簡單平靜，卻稱得上幸福快樂的日子。

噯，朱鴒，我還沒告訴妳我有一個姐姐呢。她的名字叫比達達麗。她大我兩歲，今年十五。

比達達麗是個啞巴。我媽新婚一年生下她。她出生才幾個星期，我爸便發現她是個聾子。所以，她從小就沒學會說話。但她生得非常美麗，而且性情十分溫柔。親友們都說，她是達雅克人傳說中，布龍神最疼愛的那個因一時好奇，偷偷跑下聖山，到叢林裡遊逛，中了黑魔神沓里沙冷的降頭，變成啞巴的小女兒。因此我爸給我姐姐取名為「比達達麗」——在馬來語中意思就是仙女。台灣女孩朱鴒，妳很喜歡這個名字是嗎？挺別致、好聽，連身為妹妹的我都有點嫉妒哩。她雖是天生聾啞，卻是在眾人呵護中長大。這個天真美麗，平日總是披著一把小黑髮，穿著一條白色小紗籠，趿著兩只拖鞋，踢踢踏踏，獨自個頂著太陽或沐浴著月光，在河濱遛達的普南族小姑娘，這些年來，已經成為桑高鎮一幅最特別、最受人們喜歡的風景。

比達達麗——在人間遊玩的小仙女，都安．巴夏．龍木的掌上明珠。

我們家前院的小花園，是比達達麗專屬的私密空間。

從小她就愛種花。但不知什麼原因，她只栽植一樣花：班葛．拉雅。從外地來的女孩朱鴒，妳必定知道這種鮮紅的花，因為它是代表婆羅洲的花卉，伊班人心目中的神花。比達達麗從小就喜歡它。五歲時她開始收集各樣品種的班葛．拉雅種籽，在家門口的院子栽植。到了八、九歲，她已經把這塊和籃球場一般大的空地，經營成一座精緻的班葛．拉雅花園。直到我七歲，上小學二年級時，姐姐才第一次邀請我進入她的花園。我永遠記得，那天早晨推開園門跨進園中的一剎那，我內心所受的震撼！整個園子，彷彿熊熊燃燒著一簇簇巨大的、血紅的火焰般，栽種著好幾百株花樹。九月正是班葛．拉雅盛開的時節。旭日下只見幾萬朵大紅花，爭相張開五片鮮豔的花瓣，吐出花心生長的一根修長的、黃色的雄蕊，亮晶晶閃爍著露珠，搖蕩在早晨的河風中。乍一看好像成千個紅衣小仙女，聚集在桑高鎮龍木家，熱熱鬧鬧，舉行一場露天嘉年華會！

這座童話般華麗地出現在婆羅洲內陸叢林、大河畔小鎮上的神祕私人花園，門禁可森嚴得很哪。記憶中，從花園落成到比達達麗失蹤，六年間，身為她的同胞姐妹——除了父母，這個世界上跟她關係最親的人——我受邀到花園作客的次數，絕對不超過十回。

平日，天黑後，比達達麗總愛溜進花園中，穿著白紗籠，把一頭黑髮絲披散開來，好像一隻黑白雙色蝴蝶，盤繞穿梭花樹間，自由舞蹈，在月光下那片怒開的班葛．拉雅花海中，獨自個舉行一場私密儀式。她邊跳舞，邊在嘴裡發出咿咿呀呀的聲音，彷彿在唱一首歌。我佇立園門外，豎起兩隻耳朵，努力聽了三個夜晚，終於聽出那是一首民答那峨春米歌：

英瑪．伊薩——嗳——伊薩

曼巴喲．瓦喀兮．帕蓋矣

英瑪．伊薩——嗳——伊薩

坎嫩坎達特．巴巴喀喃

英瑪．伊薩——嗳——伊薩

巴巴喀喃兮．帕蓋矣……

這首歌，在鎮上民答那峨人的社區中，每逢葬禮，便會有一群姑娘，披著及腰的長髮，穿著白紗子和黑紗籠，聚集在村中廣場上，舉起杵子邊舂米邊吟唱。那是給死者送行的歌。我從小聽到大。每次一聽見村中響起悽愴、嘹喨的姑娘舂米歌，英瑪．伊薩——嗳——伊薩，我就知道甘榜裡又有人過世了。朱鴒妳問我這段歌詞是什麼意思？我也不知道。聽在我耳中，它像一篇古老的經文、一段神祕的咒語、死神的侍女們口中發出的一聲比一聲急切、悲哀的召喚。我的姐姐比達達麗天生聾啞，如何學會唱這首歌呢？我，那時才十歲的小學四年級女生，帶著一顆突突跳的心，站在花園門口，高高豎起耳朵一連傾聽了六個夜晚。到了第七夜，我終於按捺不住啦，把心一橫，打破了比達達麗立下的、連父母親都必須遵守的規則，擅自推開園門，闖進花園中，一把攫住正搖曳著身上那條白紗籠，打赤腳穿梭在血紅花叢間，咿咿呀呀載歌載舞的姐姐。我邊打手勢，邊用唇語詢問她：從哪裡學來這首歌？究竟是什麼人教的？

比達達麗圓睜著一雙漆黑、清澄、天真無邪得像一只小貓咪的眼睛，狡黠地看著我，抿著嘴唇一逕吃吃笑，死都不肯回答。

這樣過了幾年。比達達麗十五歲了，出落得更加高貴美麗，整個人好像一枝特別嬌豔，花苞飽滿，高挑挑佇立在花樹叢中，準備迎著旭日綻放的班葛・拉雅花。但她突然變了個人——變得安靜、懶怠，變得不喜歡待在花園裡唱歌跳舞了。每天早晨起床後，她也不梳妝，就披著一頭亂髮，病懨懨地坐在三樓自己房間的陽台上，望著天空發呆，直到天黑，才突然抖擻起精神來，炯炯睜起一雙滿布血絲的眼瞳，豎起兩只耳朵，把她那張憔悴的、但依舊十分嬌美的臉蛋，轉向前門口，朝向卡布雅斯河，專注地聆聽黑夜的叢林傳出的神祕聲音。

朱鴒，瞧妳一臉困惑的神情，妳心中肯定有一個疑問：比達達麗是天生的聾子，她能聽到什麼聲音？

我心裡也納悶呀。所以每天放學後，我就待在自己房間的陽台上，邊做功課邊透過眼角，暗中觀察隔壁房間的動靜。就這樣過了一段時日。一個新月初升的夜晚，父母已經就寢。兀自坐在陽台上守望著大河，一眨不眨，焦急地等待著的比達達麗，臉色陡然一變，彷彿聽到河風送來的訊息，霍地從椅中站起身，雙手提起紗籠襬子，躡手躡腳摸黑走下樓梯來，穿過客廳，打開前門便走出屋外。她趿著雙腳站在屋簷下，伸出脖子張望一會，猛一咬牙，邁出兩只白嫩的腳踝子，踏上沾滿露水的草坪，走下屋前小徑。經過那座她曾細心呵護經營、如今已經荒蕪的班葛・拉雅花園時，她頭也不回，直直走出大門口，夢遊似地一步踮著一步，扭擺著兩只小圓臀，朝向河濱走去。

我追出來，伸出雙手，攔腰一把抱住她那單薄的只穿一條白紗籠的身子。

姐妹倆面對面，頂著中天一鉤月亮，午夜時分站在空蕩蕩的馬路中央，藉著一連串手勢、唇語和眼神，進行一段默劇式的對話：

——比達達麗。

——娣娣。

——妳聽見什麼聲音？

——篷、篷、篷。

——民答那峨甘榜的舂米聲？

——唔唔。

——妳再說一次給我聽。

——鼕、鼕、鼕。

——鼓聲？

——嗯！

——什麼樣的鼓聲？

——怦、怦、怦。

——像巨大的心跳一般的鼓聲？

——娣娣，心，怦怦怦跳。

迎著子夜的月光，眼睛一燦亮，比達達麗使勁點了點頭。

我伸長脖子朝向對岸叢林，仔細諦聽半天。除了大河上，午夜風起時那砰磅、砰磅的波濤聲，什麼都沒聽見。費了老大一番工夫，連哄帶求，我才把我的聾啞姐姐帶回屋裡。

此後，比達達麗變得更安靜、更憔悴、更邋遢了。每天起床後也不梳洗，便呆呆坐在自家陽台上，圓睜著兩粒血絲眼瞳子，不吭氣，一逕望著屋外那條日出日落滔滔西流的大河，直到天黑，才從沉思中醒來，倏地聳起兩只耳朵，等待河對岸叢林中的鼓聲響起。

我開始害怕。我想起小時候在我們原住民社區，女人家每每聚在一起，總會咬著耳朵，神祕兮兮地談論一個傳說：婆羅洲內陸森林中駐守著「大魔神」峇里沙冷，統治整片卡布雅斯河上游地區。他手下的大巫師「黑魔術師」伊姆伊旦，能在一百哩外發出飛刀，獵取人頭。最恐怖的是：他能夠隔空剖開孕婦的肚子，吸取她的血。嗜血的伊姆伊旦，為何專門找足月的孕婦下手呢？因為殺一個孕婦，可同時獲取兩個人的鮮血，滋補的效果翻兩番。伊姆伊旦擁有各式各樣的法器，其中最特別、力量最強大的是「女兒鼓」——妲央．珍瑫。（從台灣來的女生朱鴒，妳不懂馬來文吧？妲央的意思是還沒出嫁的少女，珍瑫就是手鼓。）製作一個妲央．珍瑫，必須殺一個處女，用她的頭蓋骨做鼓身，用她的臀部皮膚做鼓面。被犧牲獻祭的少女越純潔美麗，所製作出來的手鼓，法力越強大，擊打時發出的怦、怦、怦——心跳般的鼓聲，也就越清澈嘹喨，可以傳到叢林中的四個幽深角落，將全部精靈召喚出來，齊集大巫師祭壇下，供大魔神峇里沙冷驅使。可是，女兒鼓的法力雖然強大，卻有一定的壽命，只能夠維持十二個月升和月落。所以每隔一年，班葛．拉雅大紅花盛開的時節，「黑魔術師」伊姆伊旦就得從神魔宮出發，巡行在婆羅洲中部地區，沿著大河上下，尋找一個高貴貞潔、仙女般好看的原住民處女，將她帶進森林中獻給峇里沙冷，在祭典上，割下她美麗的頭顱，剝下她細嫩的皮膚，製作一個新的妲央．珍瑙……

我的新朋友朱鴒，妳聽我講比達達麗的故事，聽到這裡，兩只眼睛不住眨啊眨，兩片嘴唇一開一闔，看樣子好像有話要說。妳心中若有疑問，請儘管提出來吧。

——大魔神峇里沙冷手下的大巫師伊姆伊旦，號稱「黑魔術師」，那就表示，他手下還有一位「白魔術師」囉？

——傳說中，多年前，婆羅洲確實曾經出現一位金髮碧眼的白巫師。但他是個好魔法師，做過很多好事，婆羅洲人民到今天還深深懷念他呢。

——這位白魔術師，名字叫孔帝基？

——沒錯。咦，從台北來的女生，妳怎麼知道婆羅洲的歷史？孔帝基踏著波浪而來，降臨我們島上，沿著卡布雅斯河行走，從西往東，一路留下許多偉大、神奇的事蹟。花了四十年的工夫，完成上帝交託的任務，將文明之光帶進黑暗的叢林後，在萬民齊集海濱、依依相送下，孔帝基走進波浪中，消失在茫茫大海裡。這是發生在很久、很久以前的事。

——聽說，離開婆羅洲五千年後，孔帝基又回來了。

——莫非就是朱鴒妳遇見的那位澳西先生？

——天父在上！但願孔帝基不是這個肥胖、好色、滿嘴大蒜味的老頭子。

——黑白魔法師合體，法力無邊。

——那太恐怖了！娣娣。

——朱鴒，瞧妳嚇得臉色颼地變白啦。莫怕莫怕。那只是一則傳說而已。這年頭冒充孔帝基在婆羅洲行騙的白人，巴剎滿街都是。剛才我講到哪裡？對了，我的聾啞姐姐比達達麗，聽到黑魔術師伊姆伊旦的鼓聲。怦、怦、怦。每天午夜十二點正，準時響起。夜復一夜風雨無阻。鼓聲越來越高亢急切，催魂似地不斷從城外森林中綻響，一陣陣穿透整座桑高城，傳送到我們龍木家，直鑽入比達達麗的耳朵，闖進她心中，擾亂她貞潔的處女心靈。我害怕終究有一天，她抗禦不住姐央．珍瑠的引誘，半夜爬下床來，跟隨鼓聲悄悄走了。所以每天晚上做完功課，我就坐在陽台上守夜，直守到東方發白，第一陣雞啼在叢林長屋中響起，遮蓋住黑巫師的鼓聲，我才爬上床打個盹，然後背著書包出門上學去。可是有一天，撐到凌晨三點，我實在抵受不了瞌睡蟲的引誘，就在陽台上呼嚕呼嚕睡著啦。一覺醒來，天色已大亮。我慌忙跑進隔壁比達達麗的房間，往床上一看，人已經不見了。

——所以妳就出來尋姐姐。

——是的。我瞞著父母親就離家了。

——妳，娣娣，一個十三四歲的城市女孩，撐著一艘三米長的小舢舨，獨自個，航行在婆羅洲最大、最原始的河流上，四處尋找一個失蹤的少女。難道妳心裡不害怕嗎？

——怕呀！但比達達麗是我的同胞姐妹。除了父母親，我是她在世界上最親、最值得信賴的人。又聾又啞、仙女般純真美麗的比達達麗出了事，如今只有我這個妹妹，可以倚靠了。直到現在，我爸媽都還不知道大女兒的遭遇哩，以為她像往常那樣，獨自出門遊玩，一時走失了，過幾天就會被警察送回家來。

——唉，娣娣．龍木，妳是個勇敢的女孩子。我很高興認識妳。

——從大海對面的島嶼，獨自來婆羅洲作客的朱鴒，妳才勇敢呢，為了幾個在旅途上結交的朋友，不惜——妳們中國話有一句俗語，在功夫電影中常常出現，我很喜歡，叫——

——兩肋插刀。

——對！為了朋友兩肋插刀，九死不悔。這才是真正的勇敢。

——我爸朱方說，做人要講義氣嘛。

——今天這頓加里曼丹午餐還可口嗎？瞧妳吃得津津有味，我真開心。我親手做的呢。吃完了午餐歇過了腳，趁著太陽高掛椰樹梢頭，天色還早，我們趕快收拾一下，拿起篙子撐著各自的舢舨，結伴上路，沿著卡布雅斯河繼續巡航，尋找各自要找的人。我們必須趕在太陽沉落前，抵達下一個渡口，在甘榜或長屋找一戶人家借宿一宵。朱鴒，萍水相逢的新朋友和旅伴，我們現在出發囉。

第二十二話　初遇幽靈船

上路了。

艱苦、漫長、但也充滿冒險樂趣的河上尋人之旅，在我重返翡翠谷，結識一位馬當族女學生後，正式展開。整整一個月，大河潮起潮落的三十個日子，我們倆——娣娣．龍木和朱鴒，兩個在旅途中結交的女孩，大的留著一根麻花大辮子，穿著「榮耀紅白」雙色、代表印尼立國精神的中學女生制服，小的頂著一頭西瓜皮短髮，穿著在古晉城購買的華貴娘惹衫，配上一條五彩印花紗籠——肩並肩，各自操著手中的竹篙，撐著腳底下的舢舨，航行在婆羅洲最偉大的河流，母親河卡布雅斯河上。這時妳們若站在岸邊，舉目往河上一望，白花花陽光中，看見這兩個衣飄飄、髮飛颺、並排駕舟疾駛而過的少女，肯定會以為她們是一對比翼飛翔，颼颼掠過河面，追逐著波浪快樂戲水的燕子呢。

每天早晨，我們迎著大河上游，莽莽群山中蹦出的一丸金光萬丈的旭日，抖擻起精神整裝出發。日正當中時分，我們停泊在河畔沼澤紅樹林裡，蜷起身子，躺在無篷的舢舨上，頂著頭上一顆毒日頭，偷空小睡片刻。傍晚，我們背對著大河口海平線上，那火球般冉冉下沉的一輪落日，使出最後一股力氣，航行到天黑。當最後一聲鴉啼消失，變魔術般倏地，兩岸叢林陷入一團濃濃的無邊無際的黑暗中時，我們才歇下篙子，將船寄泊在甘榜或長屋碼頭，登岸尋找食物，向好心人家求住一宵。

無休無止日復一日，我們朝向上游行進。就在萬里碧空中孤零零，黑魆魆，伸張著尖翹的雙翼不住盤旋逡巡的一只婆羅門鳶，一路尾隨俯視之下，我和我的新朋友，婆羅洲原住民女孩娣娣·龍木，展開了一趟無比奇妙、在我們各自的心版上，肯定會永誌不忘的河流旅程。

一路上，我們倆高高豎起兩雙耳朵，捕捉那怦、怦、怦——從內陸森林中傳出、鬼魅般飄忽不定的人皮鼓聲。時時刻刻，我們保持高度警戒，緊緊追躡黑魔法師伊姆伊旦的行蹤，尋找比達達麗的下落。同時，我們還必須睜大眼睛，查看大河兩岸的動靜，搜尋另一個重要人物——法力同樣高強、手段更加詭詐的白魔法師，澳西先生。根據安娜絲塔西亞公主提供的情報，我判斷，這會兒，他正率領七十二名嬪妃和宮女，長長的嬌嬌嬈嬈的一縱隊，搖曳著各色花紗籠，展示眉心上那紅瑩瑩、血滴般綴著的一粒朱砂痣，浩浩蕩蕩溯河而上，尋找一個好地點，建立新後宮，創造一個嶄新的、最符合峇爸理想的人間「第七天國」。

* * *

旅程的第七天傍晚，我們就在河上遇見他老人家。

那時，天空剛出現第一群歸鴉，兩岸椰林中，正悄悄升起兩三條炊煙，河畔人家高腳屋簷下，開始飄漫起熱騰騰米飯香。飢腸轆轆，我們邊吞嚥口水邊揮動竹篙，航行在大河中央，使出最後一股力氣，朝向下一座甘榜前進，準備打尖投宿。就在這當口我們聽見身後嗚——嗚嗚——鬼哭般響起一陣汽笛聲，割破黃昏暮色茫茫的河面。頭也沒回，我們就知道下游有一艘輪船開足馬力，朝向我們駛過來了。這七天，我們撐著舢舨漂流在卡布雅斯河中游，三不五時，就會看到一艘輪船出現：摩多吉利、摩多豐年、摩多翔鳳、摩多飛龍號……這是一種客貨兩用，渾身沾滿黃泥漿，航行婆羅洲內陸河流，穿梭於沿岸各長屋、客家庄和馬來甘榜之間的鐵殼船。船頭船尾甲板上堆滿各式貨物，四處蹲著一家子一家子，扶老攜幼，從下游市鎮上觀光採購歸來的達雅克人。男男女女，人人耳朵掛著大銅環，個個滿臉睏倦眼神呆滯，只管仰起一張刺青面孔，怔怔眺望頂頭的天空，不聲不響各自想心事。（偶爾運氣不好時，妳會遇到一群背著帆布包，趿著涼鞋，渾身髒兮兮臭烘烘，在南洋群島四處遊蕩的美國男女嬉皮。這幫披頭散髮，長年不洗澡的國際新浪人，骨睩骨睩轉動著海藍、翠綠、赤褐各色眼珠，聚集在船頭，邊大口大口灌著百威啤酒，邊觀賞大河兩岸風光，說說笑笑，一時興起，就捉對兒摟抱成一團，光天化日之下，就在滿臉好奇的原住民兒童那一雙雙烏亮、圓睜的眼睛前，啄啄啄，公然玩起親親來。）鐵殼船中央駕駛台上，聳立著一桿紅銹斑斑的煙囪，太陽下，朝向赤道上那萬里無雲的碧空，噗噗噗，吐出一蓬蓬黑煙。船尾那具專門為婆羅洲設計、馬力特強的柴油引擎，霹靂啪啦價響，一路攪起滿天飛濺的黃泥巴。這種韓國打造，適合在叢林航行，好像一匹大河馬涉行而上的輪船，每次鳴著汽笛在我們身旁駛過時，總是讓我這個握著篙、杵在舢舨上的台北女生，看呆了。每次我都被那只魔獸般嘶吼的引擎，濺得渾身濕淋淋，滿頭滿臉都是黃泥水。

這回，才聽到下游遠遠傳來汽笛聲，二話不說，娣娣．龍木就舉起她的篙子，往我的船頭上用力一戳，大聲喊道：「朱鴒躲開！」

我趕緊調轉船頭，跟隨這個身手矯健、反應靈敏、祖祖輩輩是婆羅洲有名獵人的馬當族女生，撐起篙子，將舢舨駛入岸邊的回流中，停泊下來，等待鐵殼船通過。

正好，趁著這個機會喘幾口氣，歇歇手。

今天天氣特美好，日麗風和，大早起得床來，如今在卡布雅斯河上撐了一整天的船了。這會兒正逢日落時分，河上滿天彩霞火燒似的。赤道的黃昏總是那般紅！在台北，李老師給我講述南洋往事，時不時眼瞳子一燦亮，就會提到「那一輪火紅的婆羅洲落日」：「朱鴒丫頭，它呀紅得滴得出血，童年時，每每讓我看得好想流下眼淚來。」那時我並不了解他的心情，不能體會他這句話的意思。如今在婆羅洲大河上，我把舢舨停泊在岸邊，雙手握住篙子，仰起臉，瞇起眼，凝視河口煙波迷茫的海平線上，紅樹林頂端，那靜靜地、好久好久一動不動地，吊掛在半空中的一顆碩大渾圓的紅日頭。這時我才恍然大悟：為什麼故鄉血紅的夕陽，會讓這個十九歲便離家、在外流蕩大半生的「南洋浪子」，心中那麼的牽掛和懷念。因為它代表他心頭淌著的血呀。

噗，噗，嗚嗚嗚——鐵殼船噴著煙鳴著汽笛，溯河而上，緩緩地直直地，朝向我們兩個在河中停船等待的女生，駛過來了。

「喔——」彷彿看到了鬼，我呆呆張開嘴巴，霎時竟闔不上了。

「朱鴒怎麼啦？瞧妳的臉色一下子變白了，好像突然撞見伊姆伊旦似的。」

「娣娣．龍木妳看！這艘輪船好詭異。」我伸出手臂往河心指去。

娣娣跂起雙腳站在舢舨中央，騰出一只手，舉到額頭上，遮擋住那潑面而來的夕陽，凝眼朝向來船瞭望。

「無人船。」肩膀子猛一顫，她回過頭來眼睜睜瞅住我，壓低嗓門說：「這艘輪船真的有點古怪！船頭看不見一個乘客，甲板上也沒有貨物堆放。」她伸過脖子來，把嘴湊到我耳邊說：「莫不是我們遇到了我們鎮上父老傳說中，那艘白晝出航，大太陽下，在卡布雅斯河上行駛，這些年，來來回回航行了幾千次，但船上卻始終空無一人的幽靈鐵殼船。」

「娣娣．龍木，妳莫嚇我！」我齜著牙格格格一連打出三個寒噤來。

「別理會它！我們待在這兒靜靜等它通過，然後再出發，繼續我們自己的旅程。」

兩個女生肩並肩，站在各自的舢舨上，握著竹篙，停駐在岸邊大栗樹下，悄悄伸出頸脖，打量這艘宛如河中怪獸般噗、噗、噗——不停啐吐出一團團黑痰，衝開重重暮色，捲起滾滾紅浪，鼓著馬達一路溯流而上的輪船。

嗚——驀地裡長長的淒厲的一陣汽笛聲，割破黃昏的天空，驚散一群掠河而過的老鴉。

它距離我們只有五十米了。

果然，船頭一片空蕩蕩寂無人聲。

滿江落日霞光，灑照著一艘飽受風吹日曬雨淋，紅銹斑斑，渾身沾著黃泥巴，兀自顯得雄赳赳氣昂昂的鐵殼船。船中央塔樓般高聳的駕駛艙中，面對一扇玻璃大窗，木雕人像般佇立著三條人影。六只黑眼瞳子亮晶晶一眨不眨，注視前方的航道。我使勁揉兩下眼睛，細細端詳這三名船員。中間那個中年漢子，看他臉上那雙細長丹鳳眼，顯然是華人，身分應該是船長。只見他昂起一張風塵僕僕、歷經滄桑的國字臉膛，叉開兩條粗壯的腿，站在駕駛台前，一副不動如山指揮若定的架式。船長身後，侍立著大副。這位瘦高個的年輕馬來帥哥，挺著細腰桿子，穿著一套燙貼的雪白制服，仰起一張銅棕色臉蛋，咧開兩排好白牙，笑吟吟，舉起望遠鏡四下睥睨眺望。打赤膊站在船長右手邊，緊繃繃鼓著兩膀子暴突的筋肉，揝著方向輪的舵手，卻是個裝扮奇特的小夥子：頭紮一方杏黃巾，腰繫一件黑綢褲，肩搭一條髒毛巾，看來倒像是在《水滸傳》影集中扮演水寨小頭目的臨時演員。這個很不搭的水手組合——華僑船長、馬來大副、山東老鄉舵手——出現在婆羅洲叢林一條大河上，叫人一見肯定終生難忘。

連我的新朋友，在大河畔的城鎮土生土長、從小就聽聞「卡布雅斯河幽靈船」傳說的娣娣．龍木，也凝起眸子看呆啦。

可他們——鐵殼船駕駛艙中的三個人——對我們這兩個撐住舢舨，停駐岸邊，滿臉驚悸望著他們的女孩，卻不瞅不睬，一逕注視正前方波浪滔滔的水道，專心駕駛他們的船，朝向河上游行進，好像要趕在天黑前，航抵中途某一座驛站。

鐵殼船從我們舢舨前經過時，我踮起腳，伸出脖子一瞧，看見船首漆著四個大紅字，斑斑剝剝，布滿鐵銹和泥巴。我用力擦擦眼睛再一細看，終於辨認出了這艘船的名號。

摩多祥順。

好個吉利福氣的名字。

叭噠、叭噠，它鼓著巨大的引擎排浪前進，身後一尾飛舞的黑龍般，拖著長長一條油煙，嗚嗚——一路嘶吼著，駛入黃昏時分，河上蒼蒼茫茫四下瀰漫起的一片炊煙晚霞中。

我正要舉起篙子，往大栗樹身上一點，將腳下的舢舨撐離岸邊，朝向河心盪去，繼續我們自己的行程，娣娣忽然把眼一睜，伸出一只胳臂來，直直指住摩多祥順號船尾的甲板，悄聲道：「朱鴒妳看那是誰？」

「澳西先生！」我失聲叫了出來。

上帝的安排自有美意！

早不早，晚不晚，偏偏就在這錯身而過的一瞬間，我和六個月不見的「峇爸」，在婆羅洲的千里長河——卡布雅斯河的遼闊水面上，狹路相逢。

兩下猛打個照面。

他老人家兀自腆著大肚腩，笑瞇瞇，盤起雙腿，端坐在船尾甲板中央鋪著的一張錦墊上。峇爸一點沒變。依舊穿著一身乳白色夏季西裝。依舊是一頭銀髮，滿面紅光。整個模樣依舊像一尊彌勒佛——伊曼口中的「笑臉菩薩」。峇爸身後孔雀開屏般，環立著七名身穿紅、橙、黃、綠、藍、靛、紫七色泰絲紗籠的正宮嬪妃。這七個十三四歲、豆蔻年華的婆羅洲姑娘，腮上塗著兩團鮮紅臙脂，眉心綴著一粒朱砂痣，手裡捧著一束盛開中的班葛·拉雅大紅花，驕傲地挺起古銅色的胸脯，凝起兩只點漆眼睛，眺望天上陣陣飛掠而過的歸鴉，面無表情，各想各的心事。（翡翠谷一別，才六個月不見呢，姐妹們一下子就長大許多，身材變得更加豐腴、成熟。妳們看這些初潮剛過的小婦人，她們胸前那一對拳頭般大、花苞樣的奶子，突然腫脹起來，圓鼓鼓尖翹翹地，豎立起頂端兩顆紅豆般嬌嫩、堅實的乳頭，昂然朝向天空！）七名嬪妃身後，嘁嘁喳喳挨挨擠擠，圍繞著幾十個天真爛漫、披著一肩黑髮，穿著雜色花紗籠，睜著一雙雙清亮好奇的眼睛，邊觀賞兩岸風光，邊指指點點，神態顯得十分興奮的丫頭。這些挑選自大河流域各個部落，充當峇爸後宮侍女，年紀十一、二歲的小美人，個個懷中抱著一枝含苞待放的朱槿花，梗葉上綠油油濕漉漉，彷彿還沾著早晨的露水呢。

河口一輪落日照射下，但見姑娘們額頭上，個個點著一顆紅豆似的晶瑩的朱砂，乍看好像一簇血紅的星星，燦爛地、密密麻麻地，閃爍在卡布雅斯河上那滿天晚霞炊煙中。

峇爸——神通廣大的白魔法師澳西先生——把他的整座哈林姆蘇丹後宮，一古腦兒，連同他的七十二名嬪妃和宮女，搬上一艘幽靈輪船，大白晝，光天化日下，大模大樣航行在婆羅洲最大、最神聖的河流上，招搖而過！

如同中了降頭般，我們兩個女孩一動不動，停駐岸邊樹蔭中，握著竹篙，並排站在各自的舢舨上，朝向河中央緩緩駛過的摩多祥順號，伸出脖子看呆啦。

娣娣．龍木驚嘆道：

「澳西先生變得好肥胖喔！」

我凝眼一看，發現自從翡翠谷別後，峇爸果然又胖了一圈。從河岸望去，他整個人就像一坨三百公斤的雪白脂肪，緊繃繃地，用一件白色西裝包裹著，顫顫巍巍堆放在輪船甲板上似的。「這個白老頭子，我每次看見他，就發現他的體重又增加二十公斤，身材變得更加龐大，臉色越發紅潤，肚子更像一只大皮鼓——」我忍不住抿住嘴唇，噗哧一笑：「這副胖嘟嘟和藹可親的模樣，越來越像我們中國人最崇信、最喜愛的未來佛菩薩——彌勒佛。」

「朱鴒，我知道這個老澳洲人懂魔術，會變戲法。」娣娣伸出脖子打量澳西先生，滿臉迷惑，顯出一副百思不解的神情：「但是，他怎樣把自己變成那麼肥胖呢？」

「採陰補陽。」

「噫！那是什麼法術？怎麼個採補法？拜託朱鴒妳告訴我吧！」

「我不會講。」臉皮颼地漲紅，我囁囁嚅嚅的說：「我也不清楚。這種下三濫的妖術，女孩子最好別知道。」

「肯定是很神祕古老的法術！」娣娣睨我一眼，舉手摀住嘴巴格格笑。她跂起腳尖，聳起她那細長的身子，又從樹蔭下舢舨中探出頭來朝河心望去，細細觀察輪船甲板上，那宛如大年初二，回娘家的日子，和樂融融，拍攝全家福照片的峇爸和他的「女兒們」。忽然，想到一件事。娣娣回過頭來瞅住我，神祕兮兮地說：「朱鴒妳知道嗎？這位澳洲老律師，還是我們龍木家族的老朋友呢。」

這句話勾起我的好奇心。在我追問之下，娣娣說出了一段因緣來：

「妳知道，我的父親都安．克里斯欽．龍木，是桑高鎮原住民事務官，平日和印尼政府中的相關部門官員，有公事上的往來。其中一位成為我們的家庭友人。他是威廉．澳西先生，來自澳洲墨爾本的律師。當時他以司法顧問身分，來到新獨立的印度尼西亞共和國，受聘於西加里曼丹省政府，協助大河流域各部落、甘榜和城鎮，成立司法裁判所。每次因公路過桑高鎮，他必定到我們家，登門拜訪我父母親。每回都會帶來一大袋糖果。最讓大家期待的是，每一次，他都會給聞風趕來、聚集在我們家前院的社區小朋友們，演出一段新奇的、令人難忘的魔術。表演完畢，他老人家親自分發糖果。人人都有獎品，一個也沒遺漏。在孩子們心目中，這位身材肥胖，笑口常開，相貌和鎮上唐人街寺廟供奉的笑面菩薩，非常相似，同樣有個大肚子的峇爸，活生生就是南極聖誕公公的化身。（那時我們以為澳洲在南極呢！澳西先生皮膚又特白，像雪人一樣。）我們管他叫『峇爸威利』——威利伯伯——因為他的名字叫威廉，暱稱威利。全社區的孩子天天盼望他來訪。但不知什麼原因，我那個天生聾啞、九歲就長得像仙女般美麗的小姐姐，比達達麗，卻不喜歡威利伯伯，甚至有點怕他呢。初時每回峇爸到訪，為孩子們表演魔術，她總是抱著她的芭比娃娃（她究竟從哪裡弄來這個美國玩偶，連我爸媽都不知道），獨自站立在院子一個角落，踮著腳，伸出脖子偷偷觀看。從峇爸手中領取到的糖果，她瞞著大家，丟到大門外馬路旁陰溝中。幾年過去了，比達達麗長成少女了。峇爸的身材越來越胖，肚子越來越圓——說也奇怪，每隔三個月，威利伯伯到訪，我就發現他的肚子又增添一圈白脂肪——性情也越來越和藹可親，但比達達麗卻越來越怕他。以致到後來，她一聽到屋前車道上響起橐橐皮鞋聲，和伴隨而來的呵、呵、呵，峇爸特有的洪亮笑聲，她就立刻丟下手頭的活兒，伸出雙手提起紗籠襬子，撞到鬼似地蒼白著臉，慌慌跑出屋子，一頭鑽進自己的花園裡，蹲在血紅紅盛開的班葛．拉雅花叢中，一整晚打死都不肯出來。漸漸地，峇爸察覺到龍木家的大女兒，那天使般的姑娘比達達麗，心裡嫌惡他，把他當成撒旦看待，感覺受到莫大的羞辱，便停止上我們家來。過後不久，我們聽說威利伯伯退休了。又過一段時間，我們聽說（這條訊息獲得西加里曼丹省政府證實），他老人家罹患怪病，兩眼全瞎掉，被澳洲政府用專機接回故鄉養老。兩年後，消息傳來：這位備受婆羅洲原住民愛戴的『司法聖誕公公』，蒙主寵召，在墨爾本市逝世，享年六十八歲，安葬於聖母院墳場。可是前陣子卻發生一件怪事。有一天放學後在桑高鎮逛街時，我聽見社區孩子們奔相走告說：他們親眼看見——萬福馬利亞在上！他們決不敢說謊——峇爸威利搭乘輪船，大白天出現在卡布雅斯河上，樣子一點也沒變，只是身材更肥胖，笑容更燦爛，神態更像中國寺廟中供奉的笑面菩薩了。」

「陰魂不散！」我聽完娣娣．龍木講述的這段因緣，禁不住肩膀一顫，咬著牙格格格接連打出了三個冷哆嗦：「他老人家深愛婆羅洲，心中想念這裡的孩子們，所以死後又偷偷溜回來了。」

「朱鴒，我做夢也沒想到，隔了那麼多年，我會在這條河上和威利伯伯重逢。」

「人生就是這麼的不可思議，娣娣。」

岸邊樹蔭下，兩個女生拄著篙子站在舢舨上，正自感嘆著，前方河心航道上，隔著五十米的距離，摩多祥順號鐵殼船啪噠、啪噠鼓著老舊的引擎，嗚——嗚——扯著汽笛，慢吞吞駛過去了。交會的一瞬間，我們和澳西先生打個照面。他老人家腆著大肚腩，盤足坐在船尾甲板一張錦墊上，如同鄂圖曼帝國後宮中，率領一群嬪妃搭乘畫舫、浩浩蕩蕩遊河的蘇丹，滿面春風，笑吟吟觀覽大河風光兩岸人家，好不得意！

眼睛對眼睛，兩下裡隔水互望。

峇爸先看了看娣娣。眼瞳一燦亮，老人家兩只腮幫上，肥油油紅噗噗，綻現出一雙大蘋果似的酒渦來，臉上露出慈愛的表情，顯得又是驚訝又是欣喜。他從坐墊上抬起兩枚大屁股，朝向龍木家的小女兒——他看著長大、當成孫女來疼惜的馬當族原住民姑娘——哈個腰，熱情地揚揚手，隨即扭轉脖子，兩眼一翻，冷冷盯住了站在娣娣身旁的我——那個不知打哪冒出來、半年前一個花好月圓的晚上，曾經大鬧翡翠谷的台灣野丫頭——目光突然變得凌厲起來，好似一對惡狼。

約莫三十秒鐘之久，澳西先生那對冰藍眼眸，眨也不眨，只管鎖定我的臉龐。我感受到一股寒意，颼地從我的尾椎冒出，沿著背脊梁直竄上後頸脖，讓我渾身簌落落一連打出好幾個哆嗦來。我趕緊閉上眼睛摔開臉，躲避峇爸的目光。半晌我才偷偷撐開眼皮，瞄了瞄他老人家。咦？峇爸眼瞳中躲藏的兩匹豺狼，突然不見啦。取代牠們的卻是一對溫馴可愛的斑比小鹿呢。這個老魔術師的目光，轉變得好快，簡直就像耍戲法。瞧，只一瞬間，峇爸就從一個兇巴巴的老頭子，變回了原來的峇爸——婆羅洲大河上下，幾千座長屋的孩子們心目中的白人爺爺、聖誕公公——心廣體胖滿臉慈祥，穿著白西裝，在一群孫女環侍下端坐在輪船甲板上，笑呵呵，望著兩個撐著小舟停駐岸邊，等待大船駛過去後才把舢舨盪到河中航道上，繼續趕路的女孩。

輪船噗、噗、噗吐著黑煙，從我們面前駛過去了。

臨別秋波，峇爸回轉過他那顆斗大的頭顱來，瞅住我，將兩道目光凝聚在我臉上，悄悄眨三下眼睛，向我傳遞一個祕密訊息：我們這兩個一老一少，各來自赤道的南北方，有緣在婆羅洲相遇的男女之間，存在著一份最神聖的、上帝見證的契約，絕對不可以違背，否則必遭天譴。我們倆——台灣少女朱鴒和澳洲老紳士威廉·澳西——在不久的將來，必定會在卡布雅斯河上游某處見面、團聚，履行我們的契約。

我面對峇爸這兩道奇異的、親暱的、帶著濃濃挑逗意味的眼光，當場嚇一大跳，只覺得渾身冷颼颼，泛起一連串雞皮疙瘩來。

呵呵呵，仰天長笑三聲，峇爸舉起一只大手掌，隔著河面向我招著。他那雙海藍眼眸，變戲法般，忽然又幻化成兩條吐信的蛇，從他兩個眼眶中倏地鑽出來。欻、欻、欻——兩根細細尖尖長長、頂端分叉的藍色蛇舌頭，一伸一縮，不停吞吐，似要穿越五十米寬的水面，朝向我直撲過來，捲起我的處女身子，一古腦兒拋到「摩多祥順」輪船甲板上，把我送入峇爸的河上行宮，逼迫我成為他的第九名妃子……

彷彿受到一股強大的、磁鐵般的力量吸引，我舉起手中的竹篙，撐起我的舢舨，就要朝向摩多祥順號投奔過去。

「朱鴒，從台灣來的女孩，不要動！」迷迷糊糊恍恍惚惚中，我聽到我新交的好朋友娣娣·龍木真切的、焦急的呼喚。可是在澳西先生那雙妖異的眼光欻、欻、欻勾引下，中了降頭似地，我已經身不由主，只能癡癡地操起篙子，往河床上用力一撥，驅動腳下的舢舨，朝向河心那艘緩緩駛過的大船，盪了過去。娣娣張開嘴巴，拔高嗓子淒厲地喊叫：「朱鴒回來！那是一艘幽靈船呀。」

我充耳不聞，只顧呆呆揮動篙子，一篙接一篙不停點撥著，朝向這艘飽經風吹日曬、渾身紅銹斑斑的鐵殼船，直直撐過去。

甲板上，峇爸澳西兀自腆著大肚腩，盤足坐著，瞅著我，咧開嘴巴憨憨地笑了，露出嘴洞中那兩排小米樣的乳黃色門牙，夕陽照射下閃閃發光。果然像一尊笑面佛。一只肥大白膩的手掌，從環侍的宮女堆中伸出來，不停地向我招呀招。

我把舢舨撐到「摩多祥順號」船舷下。

紅衣白裙，人影一閃。娣娣．龍木駕駛她那艘舢舨，渡過河中航道上的滾滾洪流，飛也似，打斜裡直竄了過來。她將她的船橫亙在我的船頭，把手中四米長的篙子，往河心一插，硬生生擋住我的去路，隨即扯起嗓門朝向輪船上的人喊話：「威利伯伯，我請求您看在我父親都安．克里斯欽．龍木的面上，放過我的朋友朱鴒吧！」

「呵呵呵，我的小姪女娣娣，三年不見，出落得像一朵含苞待放的班葛．拉雅花囉！妳的姐姐，峇爸的小天使和小美人比達達麗，她可好嗎？」澳西先生把頭探出船舷外，和娣娣寒暄一番，熱絡得很哪。臉色一柔，他收回他那兩道蛇樣的目光，轉頭睨住我，勾起一根肥短的手指，咚咚咚敲三下肚膛，笑眯眯對我說：「今天就看在龍木小姐的份上，暫且放過妳這個台灣野丫頭。鴒，望妳好自珍重！後會有期。咱們倆在登由．拉鹿小兒國見。」

彷彿被解除了降頭，迷夢乍醒，我狠狠甩了甩腦袋，用力揉搓兩下眼睛，從舢舨中抬頭一看。輪船在我面前緩緩駛走了。峇爸仰天呵呵長笑，舉起一只胳臂向我們揮舞。

船尾，舷欄旁，影影綽綽聚集著一群盛妝打扮、憑欄觀望的姑娘。大家紛紛伸出手來，五指尖尖，塗著鮮紅的蔻丹，不停向我勾啊勾招呀招。人堆中，我看到了我在翡翠谷相遇相識，一見投緣，在天上的月娘見證下，結成生死之交的六個女孩：大姐蘭雅、莎萍、亞珊、依思敏娜、普拉蓬和我心裡最不捨、最惦記的小妹阿美霞——那「美麗如彩霞、命運如朝露」的普南族姑娘。半年前的一個午夜，逃出翡翠谷時，吉姆王爺馱著我，穿越婆羅洲中央分水嶺進入沙勞越。途中，我趴在王爺背梁上睡著了，做了一場極怪異、充滿不祥預兆的夢，夢中看見我時刻牽掛的阿美霞……當時我就嚇醒，流出好一身冷汗來。分離六個月後，如今在卡布雅斯河上重逢，看見姐妹們都平安，一個都不缺，阿美霞也好端端和大家在一起，我才稍稍放下心來。只是不知怎的，這個十一歲的小妮子，她額頭中央妝點著的一粒朱砂，在大河口一輪落日照射下，變得更加圓潤、血紅、妖豔了，讓我一看，渾身禁不住機伶伶打出寒噤來。記得她跟我講過，姑娘們眉心的一顆紅痣，代表她們初夜流出的一滴血……

「朱鴒，我們七姐妹在登由．拉鹿見！」輪船上，六個好姐妹齊齊舉起手臂，從舷欄上直伸出來，隔著傍晚時分那一片紅浪滾滾的遼闊河面，爭相扯起嗓門，死命地向我召喚：「別忘記我們的生死約，不見不散喲！」

肩並肩，我和娣娣．龍木握著竹篙，站在兩條顛簸不停的小舢舨上，停駐在大河心，跂著腳，挺起腰桿伸出脖子來，呆呆地，望著澳西先生率領七十二名嬪妃和宮女，搭乘「摩多祥順號」，浩浩蕩蕩地走了，繼續他的神祕旅程。在三名鬼氣森森、從頭到尾默不作聲的水手——華僑船長、馬來大副和山東老鄉舵工——駕駛下，鐵殼船鼓著老舊的馬達，拖著長長的一條蛇也似嫋嫋娜娜的黑煙，噗噗噗，跋涉在黃泥流中，溯卡布雅斯河而上。砰地，太陽終於掉落入大河口的爪哇海。婆羅洲的夜晚來臨了。一眨眼間，峇爸的哈林姆後宮，連同我那群生死闊別的姐妹們，影一幌，幽靈樣，全都消失在大河上游叢林最深處，天盡頭，神山下，那一片淅淅瀝瀝、驀一看好像下著滿天紅雨的晚霞中。

第二十三話 一具美麗的紗籠女屍

我，朱鴒，來自台灣的十二歲女孩，和印尼加里曼丹省一名女初中生，傳奇的、勇悍的馬當族森林獵人的後裔，十三歲的娣娣．龍木，經由伊班大神辛格朗．布龍的撮合，在婆羅洲最大的河流上共同進行一趟舢舨之旅，尋找各自要尋找的人。在這段漫長的為期一個月的航程中，就只這麼一次，機緣湊巧，得來全不費工夫，讓我在光天化日之下，遇見澳西先生和被他挾持的七十二名少女。

大河上，驚鴻一瞥。

宛如一簇繽紛華麗的鬼影，在我們面前一幌閃，峇爸和他那群豔妝的嬪妃們，搭乘鐵殼船，就隨著傍晚時刻的來臨，趁著夜幕降落，整個的消失在無邊無際、一團漆黑的原始森林中。

往後那段日子，每天從日出到日落，我和娣娣．龍木（她依舊穿著紅白雙色、代表印尼立國精神「勇氣與純潔」的校服，脖子後面飛揚著一根麻花粗油大辮子，而我呢，兀自頂著一頭亂糟糟，野草似的，被赤道大日頭曬成焦黃色的髮絲，身上極不搭調地，穿著「鳳」為我選購的豔麗娘惹衫和爪哇印花紗籠），姐兒倆肩並肩，駕駛兩只無篷的小舟，巡航在卡布雅斯河中游水域。

我們兩個細小的、瘦骨伶仃的身子，暴露在赤道線上一穹廬萬里無雲的碧空下。我們兩顆腦瓜子，頂著一輪隨著婆羅洲旱季的來臨，變得越來越毒熱、赤裸、燦白的太陽，毫無遮蔽。就這樣日復一日，我們倆漂流在空寂寂，偶爾看見一兩只神鳥婆羅門鳶，靜靜盤旋俯視的大河上，著了魔般，無休無止地繼續我們的追尋。

在娣娣．龍木的嚴格訓練下，我朱鴒已經成為一流的撐竿行舟高手了。

想像一下這幅畫面：兩個女生舉著竹篙，撐著各自的舢舨，航行在一條熱帶大河中。兩艘三米長一米寬、用五塊木板打造的小船，結伴逆水而上，迎向那滔滔洶湧而下的黃浪，好似一雙有時並排飛掠過河面，有時一前一後，濺著水互相追逐嬉戲的燕子，颼颼颼，穿梭在那廣達幾千平方公里，紅樹林密布，港汊縱橫交錯的大沼澤中，好久好久，才看見一條淡藍色的柴煙，幽魂似的悄沒聲，從一間高腳屋頂升起。這一對操舟的少女，就是我，來到婆羅洲才半年、整個人就已經融入叢林世界的台北女孩朱鴒，和我的旅伴兼導師，原住民姑娘娣娣。

每天從早到晚，我們邊駕舟邊高高豎起兩雙耳朵，捕捉那鼕、鼕、鼕，催魂般，不時從密林深處傳送出的人皮鼓聲。鍥而不捨，我們追躡著鼓聲，四處搜尋龍木家神祕失蹤的大女兒——娣娣十五歲的姐姐，那美麗如仙女、純真如天使的聾啞女孩——比達達麗的下落。

漂盪河上的那段日子，我們再也沒看見「峇爸」那張彌勒佛樣的笑臉，再也不曾聽到他那呵、呵、呵，怪鳥夜啼般的笑聲。

但是，至少，我們已經獲得確切的訊息：這位澳洲老律師，土著口中的白巫師「達勇普帖」，帶領他的龐大後宮，搭乘一艘「摩多」字號的鐵殼船，正沿著卡布雅斯河一路東上。目的地：坐落於大河源頭、聖山腳下的登由・拉鹿祕境——肯雅族古老傳說中，嬰靈們聚居，過著童話般快樂日子的小兒國。妳們記得嗎？那也是我和我第一個婆羅洲朋友，善良、苦命的伊曼，在魯馬加央長屋遭受爪哇兵圍捕，被逼分手之前，計畫結伴前往的地方。

一旦掌握住澳西先生的行蹤，弄清他的動向，我心裡就踏實多了。我們這一對前世仇家，早晚會在婆羅洲島上再度碰頭，見個真章。

掐指一算，娣娣的假期剩下二十三天。我們必須把握時間，趕在下學期開學、娣娣返回桑高鎮繼續她的中學生涯之前，找到比達達麗，把她送回父母身旁。可是，就在遇見「摩多祥順號」和峇爸之後的一天早晨，河上出現一具美麗、神祕的屍體，差點全盤打亂我們的計畫和行程。

*　*　*

那天的天氣特別晴朗，清早六點鐘，甘榜剛響起第一聲雞啼，一顆紅日就蹦出叢林梢頭，放射出一簇金光，潑照進河邊一間草棚子，把兩個並排躺臥、正在沉睡中的女生，從各自怪誕的夢鄉中喚醒。我們從一張破蘆蓆上，掙扎著爬起身來，甩著一雙痠痛的臂膀，揉開兩只沉重的眼皮，帶著連聲的哈欠，踉蹌走到河畔老樹根中一口雨水潭旁，胡亂梳洗一番。吃完早餐（通常，那是昨晚向甘榜人家討晚餐時，特別攢下的兩包蕉葉糯米飯），我們便登上寄泊在小碼頭的舢舨，解纜啟航，迎著河上潑血般一早綻放出的滿天彩霞，如同往常，開始追蹤那一整晚不斷從森林中傳出，天亮後兀自不歇，陰魂似地，鼕鼕鼕飄忽在大河岸的鼓聲，繼續我們尋找比達達麗的行程。

跟往日早晨，每天剛啟航出發時一樣，我們順著岸邊樹蔭下平緩的回流，操著篙，盪著舢舨，悠悠地不慌不忙地，朝向河上游的森林行駛。一路保持警戒，觀察兩岸的動靜。已經尋覓了整整十天，渾不見姐姐的蹤跡，娣娣·龍木顯得有點氣餒了，人也變得沉默寡言。身為她的朋友和旅伴，我朱鴒看在眼中，心如刀割哪，卻又不知道拿什麼言語來寬慰她。肩並肩，兩人邊操篙撐船，邊眺望兩岸椰林人家，在這晨早時分，屋頂上冒出的一條條炊煙，邊悶悶地想著各自的心事。

出發沒多久，我們便看見河上出現一幅奇異、恐怖、美麗絕倫的景象：

一輪旭日照射下，紅浪滾滾、萬千條金蛇狂舞的卡布雅斯河中，只見一只嬌小窈窕的屍體，穿著紗籠披著長髮，以臉孔朝下俯臥的姿勢，靜靜趴在水面上，隨著那嘩喇嘩喇朝向大河口奔流的江水，從上游灌木叢中浮現出來，直直漂流而下。

我看見了，趕緊把舢舨停駐在岸邊。

嘎——嘎丫——黑幽幽四五十只巨大的兀鷹，大早就出現在河上，一窩子，聚集在我們頭頂的天空，炯炯睜著一雙雙火眼，俯視河中的浮屍，鼓著翅膀盤繞不去，扯起嗓門厲聲啼叫不停。

抵達婆羅洲後，我第一次看見那麼多老鷹集合在一處，聲勢煞是驚人。猛回頭，我看了看把舢舨停在我的船旁，雙手扶住竹篙，靜靜望著河心的娣娣·龍木。只見她那張古銅色、迎著朝陽綻開兩朵豔紅小酒渦的鵝蛋臉，剎那間變得十分蒼白。兩行冷汗沿著她的腮幫兒涔涔流下來。

「比達達麗——」

驀地裡，娣娣拔尖嗓子仰天呼號一聲，隨即舉起篙子，往河床上使勁一戳，頭也不回，便把她的船轉向河心那具隨波逐流的浮屍，直直撐過去。

淒涼的叫喚聲好似一把刀子，割破河上彩雲滿布的天空。

早晨的洪流，挾帶滾滾黃泥沙，從河道轉彎處洶湧出來。卡布雅斯河中游的這段河面，水勢特兇猛，連那往常不時遇見，在大河上駕駛裝上船尾引擎的長舟，颼颼颼宛如一尾尾飛魚，在我們舢舨旁呼嘯而過的伊班船夫，在這兒，突然全都不見了蹤影！一整個早晨，我們沒看到一艘路過的船。我的朋友娣娣．龍木——婆羅洲叢林河道的守護者，馬當族吹箭獵人的後裔——是個天生的操舟高手，在大河上行船，就像在馬路上騎單車那樣輕鬆，但是在這片鬼見愁的水域航行，卻時時讓人捏一把冷汗。妳們看這會兒，她，一個十三歲的女初中生，一身紅白衣裳飄飄，脖子後面一條麻花大辮子迎風飛撩，手握一根四米長的竹竿，腳踏一艘三米長的舢舨，顛顛簸簸，行駛在波浪滔滔的大河上，朝向河心一具浮屍，沒頭沒腦地直撲了過去。操舟少女的身影，旭日照射下煞似一片楓葉，孤單單飄蕩在狂風中。

「比達達麗——」娣娣邊揮篙邊吶喊。

我也扯起嗓門厲聲呼喚：「娣娣．龍木回來！」但她充耳不聞，只顧撐著舢舨朝河心奔馳。我無奈地嘆了口氣，一咬牙，舉起我的篙子驅動我的舢舨，硬著頭皮一路追跟上去。

河上的長髮女屍，隨著滾滾而下的黃泥流，朝向我們漂過來，相距不到五十米了。

我凝起眼睛，細細一打量：「她不是比達達麗！她不是妳的姐姐！」

猛一愣，娣娣將手中的篙子往河床上一插，硬生生停住船，跂起雙腳伸出頸脖，睜大眼睛，察看這具以趴伏的姿勢俯臥在水中，完全看不到臉孔的屍體。

「咦？朱鴒，妳怎知她不是比達達麗？」

「妳姐平日穿什麼衣裳？」

「紗籠呀。」

「什麼顏色的紗籠？」

「白色。我跟妳講過呀，比達達麗就喜歡純白色的衣服。」

「那麼請妳把眼睛擦一擦，仔細看看河中的女孩。」我用命令的口氣說：「告訴我，她穿的是什麼顏色的紗籠？」

「花色。」眼睛一燦亮，娣娣驚喜得迸出淚珠來。「那是一件爪哇印花紗籠！我姐姐最不喜歡這種布料，嫌它太花稍俗麗。」

「我早就知道，大神布龍決不會讓她死在河中，變成水鬼，因為『比達達麗』是從天上下凡的仙女呀。」格格一笑，我騰出一只手，伸過河面，捉住娣娣肩後那根烏油油、迎著河上滿天朝霞，歡欣地飛舞在河風中的長辮子，使勁揪兩下：「妳不是告訴過我嗎？比達達麗原本是布龍神最疼愛的小女兒，因為好奇，偷偷溜下聖山，到叢林中遊逛，中了黑神峇里沙冷的降頭，才變成啞巴。」

被我這麼一逗，噗哧一聲，娣娣・龍木——勇敢慓悍的馬當族獵人的後裔——嬌滴滴羞答答，終於破涕為笑啦。

兩個女生，並排將舢舨停駐在距離河心不遠處的淺瀨中，歇下手裡的竹篙，雙雙佇立船上，齊齊伸出脖子，望著河中的長髮女屍，悠悠地在眼前漂流而過。

波浪滾滾紗籠漂漂。

兩下裡，隔著一片河水，打個照面。

她那顆隨著波浪一起一伏的頭顱，剎那，露出水面來。就在這電光石火的一瞬間，我清清楚楚看見她的額頭上，眉中央，紅豆似的綴著一粒朱砂痣，赤道旭日照射下顯得格外的鮮豔醒目。

「阿美霞——」這下輪到我慘叫一聲，掄起篙子準備向河心衝過去。

不等我撐動舢舨，娣娣縱身一躍，跨越過水面，就從她的船上跳入我的船中，伸出雙手，死命抱住我的腰：「朱鴒別衝動！她未必就是妳的好朋友阿美霞。她也可能是峇爸澳西——威利伯伯——後宮中的任何一個嬪妃。三天前的黃昏，我們在河上遇見峇爸。他以一尊笑面佛的姿態，盤足坐在輪船甲板上，身邊環繞著幾十個長髮披肩、身穿花紗籠、手奉一束班葛·拉雅大紅花的原住民少女。她們每個人的額頭上，可不都有一顆鮮明的紅痣嗎？那時，妳還悄悄告訴我，那是象徵她們初夜流出的一滴血呢。」

我拄著竹篙，呆呆站在舢舨上，眼睜睜，看著朝陽下那幾萬條金蛇狂舞的波浪中，一把黑髮絲和一件花紗籠，漂流在婆羅洲最大的河流——母親河卡布雅斯河上。在天空一大群黑魆魆、嘎嘎啼叫不住的兀鷹盤旋追隨下，它靜靜漂向大河口去了。

*　　*　　*

這具美麗神祕的屍體到底是何人？若不是阿美霞，會是誰呢？莫非是我在翡翠谷結交的眾姐妹中的一個：那氣質華貴、身材高挑，入選為峇爸九妃之一，儼如皇后的肯雅族大美女蘭雅？（其實她只有十三歲，比我大一歲罷了。）或是那年紀最小，皮膚黝黑滿面風塵的馬當族俏丫頭，莎萍？（可憐她才十歲就已經走過人生，歷盡滄桑。）還是那個充滿野性的加央族姑娘，一雙黑眼珠會殺人的亞珊？或是文靜、內向的穆斯林小美人，來自海濱馬蘭諾族村莊，據說擁有汶萊皇室血統的依思敏娜？還是，唉，身上有一個詭異的、未完成的刺青，那年方十三的達雅克公主蒲拉蓬？記得嗎？她那朵血樣鮮紅、殘缺不全、只有兩片花瓣的朱槿花，耀眼地閃亮在她的左臂膀上，每每讓我看癡了，忍不住一瞬不瞬只管盯著它瞧……

漂流河上的少女，如若不是我的翡翠谷姐妹中的一位，莫非——這麼一想，心頭颼地一涼，我的身子就像瘧疾發作似地，禁不住簌落落打起連環擺子來——莫非就是魯馬加央長屋一別，整個人就像一顆露珠，被赤道太陽蒸發掉那般，無聲無息，消失在曠野中，從此不知去向，害我日夜牽掛苦苦尋找的伊曼？

難道，逃離魯馬加央火窟，擺脫爪哇兵追捕之後，苦命的伊曼又落入峇爸手中？因此，她那原本光潔無疤的額頭，才會被烙下一個紅色印記？

不會不會不會。伊曼和我約定在登由·拉鹿小兒國相見（那是她一生最最想去的地方呀）。生死約不見不散。這個身材瘦弱、眼睛半瞎，但意志堅毅得可怕的伊班少女，縱使九死一生，也會信守諾言的。

河上的女孩不論是誰，她究竟是怎麼死的？她為何被殺？她到底犯了什麼法？她的屍首又為何被丟棄在大河中，成為兀鷹的食物？這一連串謎團，在我往後六個月的婆羅洲旅程中，如同一縷幽魂，將會一路追隨我、糾纏我、苦惱我，直到我來到卡布雅斯河的源頭，在神山腳下的小兒國，和澳西先生展開決戰的那一天。

第二十四話 鼓聲

一 月亮像一個搖籃

因緣湊巧，我和婆羅洲原住民女學生娣娣·龍木，在卡布雅斯河上相遇，共同展開一段尋人之旅的第十天，早晨，陽光朗朗，就在河中看到一具漂浮的女屍。我們原本高亢的心情，一下子沉墜，心中充滿不祥的預感。兩個人一整天怏怏不樂，各懷心事，操著手中沉甸甸的篙子，撐著腳下那艘突然變得笨重無比的舢舨，追蹤那有一陣、沒一陣、淘氣的小精靈般飄忽流竄在森林中，鼕鼕鼕只管逗弄我們的鼓聲，四處尋找比達達麗的下落。好像兩只沒頭蒼蠅，我們在大河上繞了一回。那天傍晚太陽還沒下山，六點鐘天色還早呢，我們便在一個名叫「丹戎·德薩」的馬來小漁村，棄舟登岸，步行到村後一座荒蕪的果園，找到一間無人工寮，借住一宵。連身上那穿了三天、汗湫湫臭烘烘的衣服，也懶得脫下來換洗，便上床早早安歇。

這會兒，兩個女生挺著僵硬的身子，並排躺在高腳屋中一張破蘆蓆上，睜著眼，瞪著窗外那片紅通通兀自燃燒著晚霞的天空，默不作聲，各想各的心事。整整一個小時，我們望著窗口，直望到天上最後一群烏鴉飛過，消失在果園後山，直望到那斗大的一輪紅日，砰地沉落入山後的叢林，果園霎時陰暗下來，直望到一枚月亮悄悄從樹梢升起——這時我才聽到，夢囈般幽幽地、長長地，娣娣從喉嚨深處心底裡發出一聲嘆息：

「唉——」

「娣娣．龍木，妳在想妳的姐姐？」我打眼角裡瞄了我的旅伴一眼，小心翼翼問道。

「我記掛比達達麗，也思念我父母親。」

「唉——」我伸手撫撫心口。

「妳怎麼也嘆起氣來了？朱鴒，妳想念妳在翡翠谷結識的女孩們？」

「是，我惦記這群好姐妹，但是這會兒，我心裡更加牽掛另一個女孩——孤獨、苦命、在這世界上只有我朱鴒一個朋友的伊曼。」

「伊曼伊曼——」娣娣嘴裡喃喃念著這個美麗的、洋溢羅曼蒂克風情的伊班名字。「朱鴒，妳的這位朋友，就是在她九歲生日那天晚上，被威利伯伯誘騙失了身，後來給驅逐出長屋，抱著芭比娃娃，獨自在曠野中流浪，在大河畔遇見妳的那個半盲伊班女孩？」

「伊曼．彭布海——她是我的第一個婆羅洲朋友，是我朱鴒的生死之交。」我轉頭深深看了娣娣一眼。「妳知道嗎？我和伊曼認識的第一夜，便是投宿在一座果園。兩個原本天各一方、忽然在路途上相遇的陌生女孩，肩並肩手握手，身子挨著身子，躺在高腳屋中一張單人小蓆子上，望著窗口的月亮，互相講了一整晚的心事。這是我這輩子最美好、最奇妙、最值得記憶的一樁經驗呢。」

娣娣伸出一只手，越過蓆子上的中線，悄悄地，握住我那雙交叉著放在肚皮上的手。剎那間，我感受到一股血流暖烘烘，從這個婆羅洲少女的手心傳送過來，灌注入我身體內。

「朱鴒，從台灣來的女孩，我可以問妳一個唐突的問題嗎？」

「妳可以問我任何問題，我的朋友娣娣・龍木。」

娣娣用力咳嗽一下，清清喉嚨，遲疑了好半晌才開聲：「妳會把我當成妳的生死之交，就像妳對待伊曼那樣嗎？」

「會的。」我從娣娣掌心中掙脫出一只手來，反握住她的手，使勁地捏兩下。

彷彿觸電似地，身子猛一顫，娣娣回頭炯炯地瞅住我的眼睛，問道：「哪天我死掉了，朱鴒會懷念她十二歲時，偶然在卡布雅斯河上結識的婆羅洲女孩娣娣・龍木嗎？」

我縮起肩膀倏地打個哆嗦，沒回答，伸出一只手來，緊緊摀住娣娣的嘴巴。肩並肩，兩人朝天躺在蓆上各想心事，又靜默了長長一段時間。窗外的一鉤新月，不知什麼時候，已經升到了果樹梢頭一穹盧黑晶晶的夜空中，皎皎地斜掛在高腳屋簷口。

「我再問妳一個問題，可以嗎？朱鴒。」娣娣沒回頭，依舊直挺挺仰天躺在我身旁的蓆子上，抬頭望著果園外，大河上游的星空。

「我的好朋友，妳還想知道什麼？」我翻轉身子面對窗口，就著屋簷下灑進的一片月光，端詳娣娣那張石雕像般寧靜、清冷的側臉。我第一次這樣看她。只見這個馬當族姑娘，鼻子尖翹，雙眼炯亮，兩片細薄的嘴唇牢牢抿著，下巴高高揚起。鼻翼兩旁散布著十幾顆赤褐色小小雀斑。一張銅棕色鵝蛋臉，皮膚細緻，秀麗中流露出一股逼人的英氣。最引人注目的是她那根烏油油，纜繩般粗，一條小黑蛇似的，盤繞在她頸脖上的麻花長辮子。我躺在她身旁，睜著眼歪著頭，一時間看癡了，心中禁不住喝起采來：好個娣娣．龍木！不愧是婆羅洲大河流域赫赫有名的獵人族——勇悍傳奇的馬當部落第五代後裔。心中邊讚賞著，我邊悄悄伸出兩根指頭，撮住娣娣的辮子，小心翼翼地將它從她的頸子上解下來，安放在她身旁的蘆蓆上，隨即沉沉嘆出一口氣，說：「妳有問題想要問我，就問吧。但是請妳不要再跟我說『死』這個字好嗎？」

「好，我從此不說『死』字。」娣娣咧開一直緊抿著的嘴唇，靦然笑起來，迎著月光綻露出兩排皎潔的門牙：「我問妳，自從半年前，魯馬加央長屋火場一別，妳就一直沒再看見伊曼嗎？」

「沒。只在夢中見過她一次。」

「朱鴒，給我講講這個夢，好嗎？」

「妳為什麼想聽？」

「這個孤單一人流落在曠野中的半盲女孩，總是牽扯著我的心。」眼圈一紅，娣娣的眼角泛出了淚光。「她，美麗善良的伊曼，讓我聯想到我的聾啞姐姐，比達達麗。」

「好，我就講伊曼的夢給妳聽。」

我深深吸口氣，吞下兩大泡口水，潤了潤喉嚨，娓娓道出上回逃離翡翠谷後，跟隨吉姆王爺遁入十九世紀的沙勞越，陪同他征戰拉讓江期間，有一回在伊班海盜的大本營，加帛城中，我所做的一個奇異的、充滿神祕預兆的夢：

「娣娣，說來可真有點詭譎呢！夢見伊曼時，我正在沙勞越的圖阿魯馬長屋，參加一場盛大的福音證道晚會。滿屋子轟隆轟隆，打雷般，迴響著幾百位伊班戰士和會眾的歡呼聲：『瑪哈夸薩，都漢！讚美萬能的慈愛的主！』我蹲在布道台下，只覺得一顆腦袋昏昏沉沉，不知不覺就抱住膝頭打起盹來啦。也不知瞇了多久，半睡半醒之間，耳邊依稀聽得那一波一波嘩喇嘩喇，哈利路亞哈利路亞的讚美聲，海潮般不斷從四周洶湧過來。忽然心中一動，猛睜眼抬頭看，我發現伊曼——我日思夜想苦苦尋找的朋友——拖著肩後一把枯黃的長髮，搖曳著細柳腰肢，打赤腳，獨自行走在卡布雅斯河畔曠野中，正午時分白燦燦一輪大太陽下。她身上那件飽受日曬雨淋，早已褪色，變成一塊白布的小紅紗籠，鬆塌塌包裹住她腰後兩只玲瓏小巧、兩枚青嫩柚子似的臀子。紗籠襬下兩只腳丫子紅禿禿，生滿水泡，每走一步就顛一下。邊行走，伊曼邊歪起腦勺豎起耳朵，伸出脖子專注地傾聽天邊傳出的不知什麼聲音。我望著她的背影，拔腳追上去，邊跑邊呼喊：『伊曼伊曼請妳等等我呀！莫忘記我們兩人分手時，對著月亮立的誓。生死約不見不散。縱使上刀山下油海，天涯海角，我朱鴒都要把妳伊曼找到。九死不悔。妳是我前世的姐妹啊……』聽到我最後這句話，伊曼終於停下腳步，回過頭來，迎著大河畔明亮的陽光，睜起一雙空空茫茫的幽黑眼眸，仰起一張古銅色、布滿風塵、終年曝曬在赤道日頭下，變得憔悴不堪的小瓜子臉兒，呆呆望著我，滿臉顯露出疑惑和惶恐。過了三十秒鐘她才認出我來。眼瞳子一燦亮。她咧開兩片枯焦的嘴唇，齜著兩排潔白的小門牙，朝著我笑啦。我拎起裙襬，沿著河濱小徑直直跑上前。眼看姐妹倆就要相會了。我的心撲撲撲跳不停。卻不料，伊曼突然回轉身子邁出兩只光腳丫，不聲不響就搖曳起紗籠，飄甩起髮絲，自顧自繼續往前走。邊走邊豎起兩只耳朵，捕捉那催魂般梆——梆——梆——不斷從天邊山腳下傳來的神祕聲音。我杵在河岸上，眼睜睜望著她，我的好朋友和前世姐妹伊曼，眼睛半瞎、瘦骨伶仃的十二歲伊班族姑娘，孤單單，走進中午時分杳無人跡的荒野中。轉眼間就被太陽蒸發掉似的，整個人消失得無影無蹤。我跂著雙腳伸長頸脖，眺望著她在黃泥路上遺留下的一行長長的、歪歪扭扭的腳印，禁不住扯開喉嚨，朝向大河放聲大哭：『伊曼伊曼，請妳等等我呀。這半年我找妳找得真的好苦好苦……』就在這當口，藍天綻響起一聲霹靂，叢林梢頭湧出一堆烏雲，大地忽然沉暗，好像要打雷下雨了。心中一驚，我就醒了過來，耳畔還聽見那海潮般一陣陣讚美上帝聲：『瑪哈夸薩，都漢耶和華！特你馬加色，納比依薩．耶穌基督！』我做完一場長長的夢，長屋證道會兀自在進行中，如火如荼十分熱烈哩。」

我躺在卡布雅斯河畔漁村高腳屋中，對我的新朋友娣娣．龍木，一口氣講完了夢。這是我和伊曼在魯馬加央火場分手後，我做的僅有的一場跟伊曼有關的夢。

娣娣可聽呆啦。她直挺挺地躺在蓆子上，從頭到尾一逕歪著頭，看著並排躺在她身旁的我，滿臉凝重，好像在考慮一個重大的問題。聽完我的敘述，低頭沉思整整五分鐘，她才開腔：「朱鴒妳說在夢中妳看見伊曼行走在大河畔，邊走邊豎起耳朵，傾聽從天邊傳出的神祕聲音，是嗎？」

「沒錯。這個細節我記得很清楚。」

「伊曼在聽什麼聲音呢？」

「在夢中，我仔細捉摸這個奇特的、陰魂似地不斷飄忽傳來的聲音。開始時，篷篷篷，好像一群甘榜婦女聚集一塊，在舂米呢。後來忽然變成怦——怦——怦——乍聽像是一個巨人的心跳。最後卻又轉為梆、梆、梆，好像長屋的達勇巫師在祭壇上敲起召魂鑼，一陣緊似一陣，直聽得我，頭皮發麻，身上的寒毛根根倒豎起來。

「這個神祕的聲音，莫不就是——」沉吟半晌，娣娣忽然想到了什麼可怕的東西，她那張古銅色的俏麗臉蛋，映著月光，颼地變白了：「黑魔法師伊姆伊旦的『妲央·珍瑠』！」

「哦，女兒鼓！」我失聲驚叫，差點從蓆子上跳起身來。「娣娣妳曾經給我講過，伊姆伊旦用一個處女的頭蓋骨，當作鼓身，用她的臀部皮膚做鼓面，製成一只玲瓏小巧、美麗絕倫的手鼓。它擁有特殊的力量，用手掌打擊就會發出怦——怦——心跳似的聲音。鼓聲能夠傳到叢林的旮旯角落，召喚出全部的精靈，供神魔峇里沙冷驅使，執行祂的一切命令。這便是『妲央·珍瑠』——附著處女的靈魂、具有無上法力的鼓，婆羅洲原住民最敬畏的神器。」

「唉，伊曼的命真是苦。」娣娣搖搖頭嘆口氣。「她才逃出白魔法師的手掌心，卻又被黑魔法師盯上了。」

「妳別擔心，我保證伊姆伊旦不會看上伊曼這個女孩。」我伸過一只手，用力拍了拍娣娣的肩膀：「因為伊曼早已不是處女了！她九歲時就被破身，變成一個女人。」

「伊曼的處女膜，是被威利伯伯——峇爸澳西破的？」娣娣顫抖著嗓門，悄聲問道。

「的確是被這個胖老頭、白魔術師破的。」

「我記起來了，在伊曼九歲生日那天晚上，峇爸送她一個芭比新娘。伊曼就成為他的女人。」

娣娣伸過一只手，輕輕悄悄捏了捏我的手心：「朱鴒妳跟我講過這件事。那時，妳說著說著，眼圈忽然一紅，就難過得流下眼淚來呢！妳那麼在意伊曼？」

我使勁點點頭。

一時間，我們都沒再開腔，沉陷進了自己的心事中。

兩個女生身子挨著身子，躺在一張單人蘆蓆上，抬起頭，仰起臉，對著高腳屋中一個三呎見方的窗子，望著簷口吊掛的一枚蛾眉月。那彎彎的、搖籃似的月弧裡，娃兒般躺著一顆閃亮的星星，不住盪呀盪。大河畔四下寂無人聲，只聽得黑夜裡時不時綻響起狗吹螺的聲音。聽哪！那叫魂似的淒淒涼涼、綿綿長長的嚎叫聲此起彼落，一村傳一村，一長屋傳一長屋，一甘榜傳一甘榜，好像古代邊疆烽火台傳遞訊息那樣，不到半頓飯工夫，方圓數百哩內的叢林便四處綻起狗螺聲，嗚呦嗚——濤濤不絕混響成一片。但是不多久，狗叫聲就忽然停歇下來。天地回復寂靜。一彎月亮白皎皎，依舊掛在果園中央高腳屋簷口，慈母般，一邊搖著她懷裡那個調皮的、眨巴眨巴只管睜著明亮的大眼珠，望著我們的星星，一邊笑吟吟地把臉龐探進窗口來，打量屋中那張蓆子上，一對雙胞胎姐妹似的、並肩躺著的兩個女孩兒。

「那晚——」我幽幽地說：「初抵達婆羅洲，我和剛認識的伊班女孩伊曼，還有她的芭比娃娃，一起投宿在魯馬加央木瓜園中。咱仨，好像一家子三口兒，依偎著躺在工寮地板上，對著窗子，安安穩穩睡了一夜。」我想起後來被遺棄在翡翠谷，身子懸吊在大樹上，日日夜夜，任由風吹日曬雨淋，如今不知怎麼了的安娜絲塔西亞公主，禁不住心中一痛，聲音哽噎起來：「魯馬加央木瓜園——那是我朱鴒在婆羅洲度過的第一個、也是最最難忘的夜晚。我頂記得，那晚高腳屋窗口上，正好掛著一枚月亮，月光皎皎，照進屋子裡來，溫柔地灑在我們三個人一排躺著的身子上——」

娣娣伸出一條古銅色、非常修長漂亮的胳臂，指著我們的窗口：「那晚魯馬加央的月亮，就像今晚的上弦月嗎？」

「不。那是一枚半圓月，看起來像一把古老的木製的台灣梳子。」心頭一酸，我又思念起了半年不見的母親，朱陳月鸞，美麗賢淑的台南府城姑娘。我悄悄伸手，掃掉從眼角迸出的一顆淚珠，從蓆子上坐起身來，把雙手環抱住兩只膝頭，仰起臉龐望著天上的月娘，猛然扯起嗓門，放悲聲，唱起我阿母平日在家中客廳獨坐，望月沉思時最愛唱的〈月亮半屏圓〉：

望月表相思
奈何月屏圓
春去秋來又一年
給咱想著心傷悲

舉頭看見天頂星
月娘猶是半屏圓
忍耐一切酸苦味
等待他日再團圓

生平第一次聽台灣歌謠的婆羅洲原住民女學生，娣娣．龍木，一聽到這首悲愴的台語情歌，登時就聽得癡啦。我索性將腰桿子一挺，絞起眉心，眺望簷頭月，裝出滿臉淒苦的表情，模仿我媽媽那江蕙式的高亢聲調，一聲怨嘆伴隨著一段細訴，沒完沒了地唱下去：

望月表相思
奈何月屏圓
聽見窗外雀鳥啼
聲聲句句在耳邊
引咱想起彼當時
難分難解的伴侶
雖然離開伊身邊
愛伊的心永難移
啊——啊啊——
天星閃爍

月半圓

一首歌，翻來覆去，纏纏綿綿哀哀怨怨也不知唱了幾遍，直唱得我口乾了，舌頭僵硬了，這才停頓下來歇歇嘴。娣娣兀自直挺挺朝天躺在蓆上，瞪著滿窗的月光想心事。

「朱鴒。」她終於開腔了。

「是，娣娣。」

「妳看今晚的月亮，像不像一位正在推著搖籃、唱著兒歌給懷中孩子聽的母親？」

「像。所以我們台灣人把月亮叫做『月娘』。所以我每次感到寂寞、淒涼的時候，只要舉頭眺望天上的月亮，就會感到心安，好像看到了自己的母親。」

「難怪，朱鴒妳喜歡對著月亮唱歌！」娣娣回頭深深看了我一眼，嘆息道：「月娘——月亮母親，很美麗很溫柔的稱呼。我喜歡。」

我們兩人霎時間又陷入各自的心事中，默默無語，好久只管抱著膝頭並肩坐在蓆上，仰臉望著窗口的月娘，思念自己的母親。

「今晚忒安靜！」娣娣突然開口。

「是呀。」我嘴裡嘀咕：「連剛才還滿叢林爭相扯起喉嚨、鬼吹螺般嚎叫的狗，現在也全部噤聲了。整個大河畔，這會兒寧靜得直教人背脊冒汗，心頭發毛哪！」

「我們撐著舢舨，在卡布雅斯河上航行了十四天，夜夜登岸投宿，不管落腳在什麼地方，都會聽到鼓聲，鼕鼕鼕，不斷地從森林中傳出來，直到天亮才停止。」娣娣帶著一臉子的疑惑和恐懼，從蓆上聳起脖子，伸出兩只耳朵來，朝向窗外月光下樹影搖蕩的果園，和果園外那黑漆漆無邊無際的叢林，凝神傾聽一會。「奇怪，今晚怎麼沒聽見『姐央．珍瑫』的擊打聲呢？」

就在這當口，森林中響起了鼓聲。

倏地，宛如觸電般，我和娣娣一齊挺起腰桿坐直身子，側耳聽著。

那鼓聲篷——篷——篷——彷彿從天邊山腳下發出來，但卻十分清晰宏亮，一陣緊追一陣，穿透過層層叢林，割破重重夜色，直傳到卡布雅斯河畔的丹戎．德薩小漁村，鑽進我們投宿的這間廢棄的工寮中來。

「感謝天上的父！我的姐姐比達達麗現在還活著。」滿臉欣喜，娣娣舉手在胸前畫個十字，回頭瞅著我，眼角泛起兩團晶瑩淚光。月光下，只見她那張滿布風塵的古銅色臉蛋，春花般，綻開兩朵燦爛的酒渦。「這下我可以暫時放心啦。夜深了。妳瞧，那一直逗留在屋簷口望著我們的月娘，這時已經爬到天頂上，高高掛在叢林梢頭，兀自笑吟吟俯視我們呢。朱鴒——我在尋找姐姐的孤獨旅程中，有幸在大河上相遇、結識的異國好朋友和好夥伴——妳趕快睡覺吧。明天一早起床，咱們倆還得撐著舢舨重新出發，頂著赤道上火毒的太陽，繼續溯河而上的航程，尋找比達達麗，和妳那群被『峇爸』挾持的翡翠谷姐妹。沒找到她們，我們決不回頭！」

娣娣在蓆子上躺下來，將雙手伸直放在身側，仰起臉龐，望著高腳屋的鐵皮屋頂，豎起一雙耳朵，專注地，傾聽從窗口傳進來的陣陣人皮鼓聲。我挨在她身旁，朝天躺下，把兩手交疊起來放置在肚皮上，悄悄扭頭看她。黑夜裡，只見這位十三歲，穿著紅衣白裙印尼女中學生制服，脖子下，烏油油，掛著一根麻花大辮子的馬當族姑娘，靜靜躺在月光中。鼻子尖挺，下巴揚起。兩只幽黑眼瞳子映著皎潔的月光，炯炯發亮，放射出一種堅毅、冷峻、直教人不敢逼視的光彩。

娣娣．龍木！

我朱鴒有幸結交妳這個朋友。

高腳屋窗外，黑晶晶的婆羅洲夜空中，月亮像一個搖籃，搖呀搖，不知什麼時候，就把我搖進了一個深沉的甜蜜的夢鄉中，讓我看到了這會兒身在台北，深更半夜，獨坐家中客廳窗口月光下，一邊梳頭一邊唱歌的母親：「舉頭看見天頂星，月娘猶是半屏圓，忍耐一切酸苦味，等待他日再團圓。

啊——啊啊——天星閃爍月半圓……」

二　神祕老人

睡過一覺，半夜醒來，只覺得屋裡空蕩蕩靜沉沉，彷彿突然人去樓空一般。連這半個月來，一起旅行，每晚結伴投宿，必定會聽到的娣娣那低沉、均勻、讓我感到心安和踏實的打鼾聲，這時也忽然聽不到了。心中陡地一驚，我探手摸摸身旁的那片蘆蓆，果然是涼的！慌忙睜開眼睛一瞧，只見蓆子中央，娣娣剛才躺過的地方，如今只遺留下一窪清冷的月光，此外就只有四、五根兩呎長的細嫩黑髮絲，月下閃閃發亮。

我拈起娣娣的頭髮，放在手心上端詳把玩，怔怔發了好一回呆。鼕鼕鼕。招魂似的鼓聲兀自不斷從大河畔傳來。「娣娣，妳不可以不告而別呀——」我扯起嗓門呼喊一聲，從蓆子上蹦地跳起身，兩三步奔跑到窗下，攀著窗台伸出脖子舉頭向外眺望。月亮已經升到中天。彎彎的一弧，掛在果園上空，灑下滿園子露水似的一灘清光來。青石板鋪的一條小徑，蜿蜒穿梭樹蔭中。路上只見細條條的一枚人影，單獨行走。我揉揉眼皮定睛望去。白衫子紅布裙，夜風中飄飄蕩蕩。脖子下面飛揚起一根兩呎長的辮子。這個深夜獨行的少女，不是我的朋友娣娣．龍木，還會是誰！

當下，我匆匆整了整身上那件皺成一團的紗籠，披上娘惹衫，穿上小紅靴，匆匆跑下高腳屋樓梯，望著娣娣的背影，沿著小徑遠遠追跟上去。

彷彿中了降頭似地，娣娣挺直著腰桿子，豎起耳朵追隨鼓聲，一步邁著一步，自顧自往前走，聽見我那橐、橐、橐綻響在石板路上的靴子聲，也不回頭看一眼。

鼓聲越發急促。這會兒聽來格外嘹喨，一聲聲清脆地迴響在四更時分的月光中。

我和娣娣兩人相隔五十步，一前一後走出果園，進入河濱的椰林，穿過一座死寂的、連狗吠聲都聽不到的甘榜，躡手躡腳，經過五六十戶正陷入沉睡中，屋裡黑漆漆不見一盞燈火的高腳屋人家，在深夜人皮鼓聲怦、怦、怦招引下，來到村口的小漁港丹戎．德薩。港中挨擠著幾十艘小漁舟，悄沒聲息。我和娣娣低著頭弓著腰，魚貫鑽過河堤上那沾滿水草，濕漉漉晾掛著的幾十張魚網，追隨著鼓聲，踏上防波堤，走到我們昨天黃昏抵達這座甘榜時，寄泊舢舨的所在。

月兒彎彎，高掛在一穹廬萬里無雲、黑水晶似的婆羅洲夜空中。搖啊搖，她那窈窕的倒影，漂盪在黃浪滾滾的卡布雅斯河上。

白髮蒼蒼一位馬來漁夫，打赤膊，腰繫一條白紗籠，拱起背脊，佝僂著瘦小的身子，懷中抱著一個手鼓，孤蹲在防波堤的尾端。六七十歲滿面風霜的老人家，獨自舉頭眺月，伸出猴爪似的一只手掌，邊擊鼓，邊抖索索地蠕動兩片乾癟的嘴唇，喃喃吶吶，不知在念誦什麼經文：

瑪哈夸薩
峇里沙冷
普帖達勇
布龍布圖

娣娣登上防波堤，朝向老漁夫走過去。馬來老爹陡地回頭。兩人打個照面。娣娣在老人家跟前立定，反手一攫，捉住她那根飛舞在河風中的長辮子，將它放在胸前，隨即，拂拂身上的紅衣白裙女子中學制服，這才端肅起臉容，把雙手垂在身側，畢恭畢敬一鞠躬。老爹抬起臀子哈腰回禮。兩人用快如連珠炮的馬來語展開一段對話。老爹一個勁搖頭。娣娣再三追問。老爹臉上露出不耐煩的表情。娣娣顯出哀懇的神色，連連鞠躬請求。老爹把手揮了揮，扭轉脖子面向大河，自管繼續舉首望月，邊擊鼓，邊反覆念誦他那十六個音節的神祕經咒：布龍布圖．峇里沙冷．普帖達勇．瑪哈夸薩／卡希漢普帖達勇．布龍布圖．瑪哈旮薩．峇里沙冷／阿克巴布龍布圖．瑪哈旮薩……

月娘西去。她將身子掛在大河畔椰林梢，笑吟吟，低垂著臉龐，俯視叢林中的小漁港，灑照港中棲息的六七十艘無篷小漁舟。

我踮著腳沿著防波堤走上前，站到娣娣身旁來，伸出左手握住她的右手，悄悄豎起小指頭，摳了摳她的手掌心，向她遞個眼色：不要再打擾這位老人家了，我們回果園去吧，趕在天亮前補睡個覺，明天一早好出發，離開這座詭異的甘榜，撐著我們的舢舨上路，溯流而上，繼續我們尋找比達達麗和翡翠谷眾姐妹的航程。

「唉——」娣娣幽幽嘆口氣，拖著疲累的步伐，讓我牽著她的手，一起步下防波堤，走向那四更時分一片寧靜、沉沉地浸沐在月光中的漁村。幾十戶打漁人家兀自熟睡不醒，就連那群鬼吹螺似的嗚——嗚嗚——嗚呦呦，拉長嗓子徹夜嚎叫不停的狗兒，這時也全都噤聲。

篷。篷。皮鼓聲不斷從河堤上綻響起來，一聲聲陰魂不散似地如影隨形，只管一路伴著我們姐妹倆，走回到果園中，跟隨我們登上樓梯進入高腳屋。肩並肩，面對窗口，望著那即將離去、兀自依依不捨回頭探看的月娘，我和娣娣重新躺下來就寢。我伸手在蓆子上摸一摸，感覺到我剛才留下的體溫，暖暖地，彷彿還存在哩。

三　尋尋復尋尋

自從那個上弦月的夜晚，在卡布雅斯河畔小漁村，遇見神祕老人後，娣娣就變了個人。她不再是這半個月來，我片刻不離，天天陪伴在身邊，時時看到的那個飛颺佻達，放肆地甩舞著一條兩呎長的粗油麻花大辮子，操著一桿四米長的竹篙，迎著滾滾波濤，駕駛一只無篷小船，浪跡大河上的馬當族姑娘。她佇立舢舨上，轉動著一雙烏黑眸子，伸出一株細長頸脖，炯炯觀察兩岸叢林中的動靜，四處搜尋姐姐比達達麗下落的英姿，曾經讓我這個握著篙，戰戰兢兢撐著船，一路追隨她的台北女生，看癡了，心中暗暗喝采不已。她曾對布龍神發誓，若不把姐姐帶回家，就不回桑高鎮見父母。這份決心和豪情，更是讓我打心裡崇敬。坦白說，在我朱鴒丫頭的十二年生命中，讓我衷心欽佩的人，還真的屈指可數呢。娣娣．龍木絕對是其中的佼佼者。

可如今，我心目中的這位婆羅洲俠女，突然變了。她變得沒有活力，變得心事重重焦躁不安，變得容易疲倦。最叫我難過和不解的是，她變得沉默寡言。

每日傍晚，完成了一天的河上巡弋航程，太陽白晃晃的一輪，還高掛在大河上空呢，她沒和我商量，就迫不及待找個投宿地點，隨便張羅一些食物果腹，晚餐後也不到河邊泡個澡，洗洗汗臭的身子——娣娣原本是個多麼愛乾淨，只要一天沒洗澡，就一整夜輾轉反側，把人家也搞得不能成眠的女孩呀——便早早和衣就寢。瞧！娣娣．龍木穿著骯髒的紅衣白裙校服，拖著一根亂蓬蓬、在毒日頭連日曝曬下早已枯萎掉的麻花辮子，挺屍般，直條條地，仰天躺在一張不知打哪弄來的破蓆子上。她整夜不吭聲，只是歪著頭，直直豎起一只耳朵，朝向小窗口，細聽那日落時分開始響起的怦、怦、怦，不知從森林的哪個角落傳出來的皮鼓聲。在甘榜群狗噤聲，鬼吹螺停息，大地突然陷入一片死寂的晚上，隨著月圓之夜的逼臨，鼓聲變得越發嘹喨急切了。連著好幾天，從初更一直到四更，整夜娣娣沒闔眼皮，一逕睜著兩只布滿血絲的眼睛，一眨不眨，望著高腳屋小窗外的月出、月升和月落。直望到東方天空發白，附近甘榜喔喔雞啼大五更，她才張開緊抿了一整夜的嘴唇，沉沉打個哈欠，幽幽嘆息一聲，閉上眼睛和衣略睡一睡。

我夜夜躺在我的朋友和旅伴娣娣·龍木身旁，悄悄地，扭轉脖子，偷偷打量她那張飽受風吹日曬，變得越來越黝黑、清瘦，五官顯得更加尖銳凸出，但依舊十分俊美好看的側臉，心中暗暗焦急，卻不知如何是好。

轉眼，又到了月圓之夜。

日出啟航，日落寄泊。我們倆各自操著已經折斷過三次、更換過三根的竹篙，日復一日，撐著一艘渾身沾滿黃泥巴、油漆早已剝落的小船，漂啊盪啊，如同一對勞碌的雙飛燕，在遼闊的卡布雅斯河中游沼澤地區，一連巡弋了二十八天。

（我可沒記錯日子吧？在婆羅洲曠野中漂流迢迢，天天看到的盡是大河上的日出日落，月升月沉，我早已不再計算日子，到後來竟忘了「時間」這個東西的存在。當真如《西遊記》描寫花果山上的逍遙生活時，所引的兩句詩：「山中無甲子，寒盡不知年。」附帶一提：我在台北過七歲生日時，我媽的日本朋友、我大姐朱鸝的乾爹花井芳雄，作為賀禮，送我的那只挺名貴、價值台幣八萬元的瑞士伯爵白金小女錶，在我離開台灣前來婆羅洲時，還鄭重地戴在手腕上，如今在卡布雅斯河浪遊了一段日子，早已經不知丟失在哪裡了。想想，心裡還真有點惋惜。頂記得那晚，在我家舉行的生日宴會上，花井伯伯用萬寶龍金筆，在我父母面前，以工整、娟秀、帶著日本風味的字體，滿臉莊嚴地在錶盒上寫下「祝鴒子及笄」五個漢字呢！這也算是我童年時期最重大、最值得記錄的事蹟之一。）

娣娣的假期，馬上就要結束了。

我心頭隱隱有個不祥的預兆：勞燕分飛的日子，終歸要來臨。

這兩天，娣娣忽然又回復以前的神采和活力，連話也變多了，對我更是溫柔體貼百依百順，那股親熱勁，簡直到了令人覺得肉麻的程度。可是我對她這個突如其來、毫無預警的轉變，卻只感到毛骨悚然，心頭發涼，因為我知道娣娣是在強顏歡笑，心中比我還苦。

四　哥打·桑塔馬利亞

月圓之夜的傍晚，日落時分彩霞滿天，我們倆操著手中那根沉甸甸的篙子，一竿一竿，點著河水，吃力地驅動腳下的舢舨，使盡最後的力氣，來到河灣中一個人煙稠密，市面熱鬧，開滿朱槿花的中央山崗上，童話般矗立著一間白色小教堂的市鎮：哥打·桑塔馬利亞。

登岸前，我們特意打開行囊，拿出梳妝用具，照著手鏡，把自己那張滿布風塵、女叫花子似的臉蛋，著實打扮一番，然後整整身上的衣裳，提起各自的行李登上棧橋，穿過一座規模雖不大，卻也十分繁忙，夕陽下只見成群汗潸潸打赤膊的爪哇苦力，弓著背，駝著各種貨物四下奔走的碼頭。我們倆趁著哨亭的警衛出去小解，一溜煙跑出港口大門，進入市區。

我們的身影一出現在臨河大巴剎，登時吸引人們的目光。

請妳們——排排坐在台下，聽我講述婆羅洲遊記的台北仕女們——閉上妳們那雙亮閃閃，塗著資生堂睫毛膏，畫著蜜絲佛陀眼影的眼睛，想像這一幅畫面：兩個年紀約莫十二三，個頭和身高相仿的女孩，一個臉色焦黃，頂著一頭西瓜皮式的短髮，穿著亮麗紗籠娘惹裝，另一個面目黝黑，拖著一根麻花粗油大辮，穿著印尼女子中學紅白制服。一個名叫朱鴒，一個名叫娣娣．龍木。兩個女孩手牽手肩並肩，像姐妹卻又渾不像姐妹，不知打哪冒出來，驀然現身在婆羅洲內陸叢林巴剎上。

女士們，只要用頭皮想一想，妳們就知道那天傍晚我和娣娣出現在哥打．桑塔馬利亞鎮，究竟引起多大的騷動和好奇！

可我們裝著若無其事，抬頭挺胸，齊齊邁出步伐，開步走，大剌剌接受路人的注目禮，在河濱大街上兜了一圈——街景和古晉差不多，都是成排紅瓦白牆三層葡萄牙東印度式的店鋪，只是規模小些，市容卻也整潔、雅致得多，乍看還頗像明信片上的地中海小鎮哩——然後逛入充滿唐山風情的支那街，在「梁記粵菜館」打尖。

我打開錢包，掏出鄺大哥把我送到翡翠谷時，留給我的一筆印尼盾，撿三張面額大的鈔票（記得上面有三個零），霍地放在檯面上，吩咐店家，每樣招牌燒臘各切兩份，做一個特大號的拼盤，請生平第一次品嘗廣東菜的婆羅洲原住民姑娘娣娣，吃一頓大餐，見識一下中華美味。我自己也趁機打牙祭。（在叢林大河上闖蕩一個月，每天吃的都是蕉葉飯、魚乾和發霉的肉脯，我的嘴巴早已淡出鳥來！）晚餐後，又喝一大碗冰鎮薏仁蓮子湯，這才感到心滿意足，摸摸肚皮長長嘆出兩口氣來，開始考慮今晚的住宿問題。

「我的朋友朱鴒，為了答謝妳盛情招持這頓中國晚餐——」娣娣猛打個飽嗝，伸手拍拍胸窩，隔著桌面瞅著我，神祕兮兮一眨眼睛：「今晚我帶妳去一個最安全、最寧靜、最清潔的地方住宿，讓妳安安穩穩睡個覺，再也聽不到那擾人的鼓聲。」

「這座人口五萬的小鎮，有這樣高檔的旅館嗎？」我伸出脖子，望了望梁記燒臘店門外，落日餘暉中，那條鬧哄哄煙霧濛濛的弄堂，賈蘭．羅芳伯街。剛才在城中逛了一回，我們倒是在大巴剎後面，一條尿騷氣瀰漫的巷子裡，看到幾家黑沉沉，門洞內閃爍著兩三粒紅燈泡的小旅社。廳堂中只見頭髮蓬蓬，嘴唇紅紅，飄忽著五六顆搽脂抹粉的女人頭。

打完尖，在廣東老闆瞇笑瞇笑、又是好奇又是狐疑的目光恭送下，我們結帳走出餐館。兩人肩並肩，一手拎著自己的行囊，一手挽著對方的手臂，邊打飽嗝邊散步，穿梭過城中十多條橫七豎八、迷宮樣燈光迷離鬼眼瞳瞳的弄堂，眼前豁然一亮，走出了城，進入一座開滿班葛．拉雅大紅花，月光下好似一片血海的歐洲大花園。

月升。

一面巨大的銀盤，掛在卡布雅斯河畔小港灣，哥打．桑塔馬利亞城頭。

矗立花園中央山崗上的大理石小教堂，聖母院，靜靜地沐浴在那白漫漫雪雨般，從天頂灑下的一片銀光裡。兩扇大門緊閉。左邊一個小角門虛掩。四下寂無人聲。我們兩人手牽手踮起腳尖，踩著花蔭小徑，躡手躡腳來到教堂前。娣娣把脖子伸進門縫中，探頭往內張了張，回身就拖起我的手，雙雙鑽入空無一人的教堂。

一照面，只見聖母馬利亞抱著聖嬰耶穌，低著頭，笑吟吟，佇立聖壇上一簇七彩繽紛月光中，帶著滿臉的慈愛，乜著眼睛，俯看我們這兩個擅自闖入聖堂的女生。

我跟隨娣娣走到壇前，學她舉手在胸前畫個十字，隨即就在她身旁跪下來，雙手合十向聖母謝罪。我不知道娣娣心中祈禱什麼，但是，透過眼角，就著從牆上那兩排染色玻璃窗滲進來的月光，我清清楚楚看見，她那弓著背脊，誠誠敬敬跪在高聳的、莊嚴的聖壇下的小小身子。只見她，這個十三歲，就讀初中一年級，穿著學校制服的婆羅洲原住民姑娘，拖著一根兩呎長、被赤道太陽曬得焦黃的麻花辮子，仰著一張黝黑、瘦削、滿布叢林風霜的瓜子臉龐，望著聖馬利亞，嘴唇不住喃喃蠕動著。她的整個身體浸沐在一團詭祕、神聖、血色的光芒中，臉上的神情顯得無比肅穆。我，朱鴒，一輩子從沒看見過這麼虔誠、聖潔的女孩。懷著真誠的崇敬的心情，我跪在娣娣身畔，也開始向耶穌的母親祈禱。對我來說，這也是破天荒第一遭喔。

我們倆——在大河上各自尋找失蹤的姐妹，半路上相逢，一起行舟，結伴漂流了三十天的女學生——這會兒，並排跪在中游一座市鎮的小教堂裡，足足禱告十分鐘，央求聖母保佑我們的姐妹，得到她的首肯，方才說聲「阿們」，拍拍腰背一齊站起身來。

娣娣拎著行李，從聖壇前走下來，挺起腰桿站在教堂中央過道上，驕傲地伸出手臂四下一指，笑咪咪對我說：「朱鴒，來自大海對岸台灣島台北市的朋友，這個地方就是我娣娣．龍木，身為地主，為妳找到的全哥打．桑塔馬利亞鎮最安全、最寧靜、最清潔，受到聖馬利亞親自保護、邪魔絕對不敢侵入的旅館。」

「哦——」我恍然大悟，伸手猛一拍額頭：「好地方！謝謝我的婆羅洲朋友娣娣小姐。」

兩人相對撫掌大笑。

於是，我們就在聖壇下那一排排座位中，挑選兩張同排的長凳，把行囊當作枕頭，隔著三呎寬的一條中央走道，頭對著頭，各自躺下來歇息。

「哥打．桑塔馬利亞——挺美麗、挺拉丁的名字！」我舒展四肢朝向教堂門口伸個大懶腰，一翻身，整個人俯臥著，趴在硬梆梆的木板凳上，嘴裡幽幽嘆息起來：「唉，一座充滿地中海情調的小鎮，如何會出現在婆羅洲內陸叢林？」

「說來也有個故事呢。朱鴒妳躺好，我就講給妳聽。」娣娣從她那張長凳上坐起身，轉過頭來，看我翻個身子，臉龐朝上，規規矩矩安頓下來了，自己才又躺下，娓娓道出一段奇妙的因緣來：「一百五十年前，坤甸市女修道院的十二位西班牙修女，領受荷屬東印度群島大主教的諭旨，從大河口出發，搭乘長舟，沿著當時十分荒涼、伊班海盜成群出沒的卡布雅斯河，一路溯流而上，尋找上帝應許的地方，為神的教會在世界第三大島——婆羅洲的心臟地區，建立一個據點，向蠻荒的異教徒們傳播福音和文明之光。長舟隊在大河上航行四十天，歷經重重險阻，飽受各種磨難，通過了耶和華施予的七項試煉，其中包括一樁悲壯的、英雄史詩式的事蹟：在魯馬加央，修女們被伊班人俘虜，險些淪為海盜王，圖埃魯馬·彭布海九世的嬪妃，所幸，千鈞一髮之際，馬當族獵人接受修道院院長德肋莎老修女的召喚，出動全部落戰士，冒險搭救，十二位年輕修女才得以保全貞潔。大河航行最後一個黃昏，彩霞滿天，落日格外輝煌，長舟隊抵達中游一處風景優美、椰樹叢生的港灣，紮營打尖。當晚十二位修女同時做了一個相似的夢，夢見卡布雅斯河畔，婆羅洲漆黑的天空中，湧出一輪渾圓、銀白的月亮，月下只見聖母抱著聖嬰，白袍飄飄，站在港灣中央一座山崗上，伸出一只手臂，笑咪咪地指著山腳的椰林。大夥於是決定落腳這兒，在馬當族人協助和捍衛下，興建修道院、學校、醫院和教堂（就是我們現在借宿的聖母院），號召當地的各族原住民，包括伊班族，共同打造一個嶄新的、屬於神的都市。德肋莎院長將它命名為『哥打·桑塔馬利亞』，意思就是聖母鎮。」講完這個故事，娣娣伸個懶腰打個哈欠，從她那張長凳上伸出一只手，越過教堂中央走道，拍拍我的腦瓜子：「睡覺吧！明天我們得一大早起身，悄悄溜出教堂，免得給人發現，被當成兩個女小偷抓起來。」

「娣娣·龍木晚安。」

「朱鴒晚安。」

過了三十分鐘，有如心電感應，我們兩人不約而同嘆口氣，齊齊睜開眼睛來。

「朱鴒，妳睡不著嗎？」

「妳也沒睡著？娣娣。」

「我在聽。」

「聽那鼓聲是嗎？」

「是。已經聽了好一會了。」

「陰魂不散的人皮鼓聲，今晚又響起來了嗎？」

「朱鴒妳聽！」

我施展一個鯉魚打挺招式，從長凳上翻身坐起來，伸出耳朵，朝向聖母院教堂門口凝神傾聽。怦、怦、怦。那鼓聲從天邊山腳下綻響，蛇一般，蜿蜒穿梭，遊走在婆羅洲內陸黑漆漆荒野中，越過層層森林，來到卡布雅斯河灣，闖入哥打·桑塔馬利亞鎮，爬上一道高聳的紅磚水泥鐵蒺藜圍牆，進入一座栽滿朱槿花、月光照射下、綻放得一片血紅的大花園，穿透聖母院彩色玻璃窗，直鑽進我們的教堂來。我坐直身子，把手掌放在耳後，細聽這寧靜皎潔的月圓之夜，那從密林傳來的神祕聲音：一記一記宏亮、沉穩的皮鼓聲，帶著清脆的回音，好像一顆活生生血淋淋的心臟，撲突、撲突，在人體胸腔內跳動不停。這時娣娣也站起身了，穿過教堂中央走道來到我身旁，和我並肩坐在一條板凳上。兩個人，身子緊挨著身子，手握著手，面對聖壇一起豎起耳朵，傾聽那催魂似的一聲聲從教堂外面傳來的召喚。抬頭一望，只見滿壇彩色繽紛的月光中，聖馬利亞穿著白袍，披著一肩閃亮的黑髮絲，滿臉笑容，低著頭，垂下兩只眼皮，只顧瞅住那赤裸著身子，紅冬冬胖嘟嘟，頭戴一頂光環，躺在母親懷抱中睡得好不香甜的聖嬰。

「比達達麗死了。」娣娣忽然說。

靜夜中，她的聲調顯得出奇的清晰平穩，不帶絲毫感情，聽來令人不禁毛骨悚然。

「娣娣莫胡說！妳怎麼知道她死了？她今年才十五歲。」

「我是比達達麗的妹妹，她死了，我自然知道呀。」娣娣臉上的神色依舊十分平靜。「同胞姐妹心血相通。」

「她，妳的親姐姐，用什麼方法將她的死訊通知妳呢？」我顫抖著嗓門，邊格格格不停打牙戰，邊扭轉脖子望向教堂門口。

「她透過鼓聲，向我傳遞訊息。」

「那只鼓，那個妲央．珍瑙女兒鼓——」頭皮猛一陣發麻，我終於鼓起勇氣問道：「是用比達達麗的頭顱做的囉？」

「是的。我們現在聽到的鼓聲，就是從比達達麗的女兒鼓發出來的。」

「她透過鼓聲，向妳，她的親妹妹，發出什麼信息？」我的好奇心又被勾起了。

娣娣挺著腰桿子坐在長凳上，只管凝著眼眸，出神地，邊觀看聖母堂兩排彩繪玻璃窗上，一幅一幅，連環圖般，畫著的耶穌降生馬槽、東方三博士前來朝聖的故事，邊諦聽那一記一記，怦怦怦，從密林深處不斷傳來的鼓聲。過了好半天，她才慢條斯理地說：「我的姐姐比達達麗告訴我：她被殺了，就在上一個月圓之夜，班葛．拉雅大紅花盛開時節。她成為黑魔法師『伊姆伊旦』——卡布雅斯河流域的夜間統治者——每隔十二個月圓，就必須活生生奉獻大神魔『峇里沙泠』的祭品。她的頭顱被割下，頭蓋骨被製成一個聖潔、法力強大、能夠召喚森林中全部精靈的女兒鼓『妲央．珍瑙』。用她臀部的皮膚做成的鼓面，敲擊時能夠發出婆羅洲叢林中最清晰、嘹喨、純淨的聲音。朱鴒啊，我龍木家的大女兒比達達麗——天生聾啞，心地善良，名字的意思是『仙女』的十五歲女孩——如今已經成為伊姆伊旦手中的一件恐怖、強大的法器了。」說到這兒，娣娣的嗓子有點沙啞了。她停頓下來歇口氣，然後才又豎起耳朵，朝向教堂窗外傾聽一會，咳嗽兩下清了清喉嚨繼續說：「比達達麗以姐姐的身分，命令我不要再找尋她，明天一早就搭乘輪船回桑高鎮，免得父母親焦急。她懇求我，莫再撐著小舢舨浪遊大河上，因為伊姆伊旦已經看上我——龍木家的小女兒娣娣，聖少女比達達麗的親妹子。這個黑巫師，化妝成馬來老漁夫，這幾天夜夜逡巡卡布雅斯河流域，來往各漁港之間，找機會向我下手。他打算把我擄進叢林，囚禁在他的後宮，在下一個月圓之夜，將我獻祭魔神峇里沙冷，然後割下我的頭顱，剝下我的臀部皮膚，製作一個鼓，和比達達麗的鼓連結起來，組成一個單獨、完整、雙面的手鼓，名字叫『薩烏達麗．珍瑙』。它的法力比單面的姐央．珍瑙鼓強上兩倍呢。」

「薩烏達麗．珍瑙——挺奇特、優雅的名字！念起來像一句古老神祕的咒語。」我在嘴裡喃喃念了十幾回，轉頭詢問娣娣：「這是馬來文吧？到底是什麼意思？」

「姐妹鼓。」

「喔！好淒涼，美麗。」

聽完娣娣這段聲調平板、不帶感情，彷彿事不關己的敘述，我整個人傻住啦，一時間呆呆坐在教堂長板凳上，兩眼發直，嘴巴張開，望著佇立聖壇上的雪白聖母石膏像，只管發怔。直到隔壁神父宅邸內的大掛鐘，鏜鏜敲了兩響，我才悚然醒覺過來，猛一甩腦袋瓜，轉頭看看坐在身旁的娣娣。月光下，只見她那張銅棕色的側臉，飽經風霜布滿雀斑，鼻子尖翹，下巴揚起，兩只漆黑的眼睛兀自閃閃發亮。講完故事後，娣娣一直扭頭望著教堂門口，出神地想著自己的心事，臉上的表情，顯得十分堅毅和平靜，看來此刻她心中，已經做出一個重大的攸關生死的決定，無法回頭了。

「朱鴒，聽！」娣娣舉起一根手指，按在嘴唇上，回頭悄聲對我說：「黑巫師伊姆伊旦，又在念誦他的十六字真言了。」

我咬著牙打個寒噤，轉頭朝向聖母堂門外的黑森林，豎耳細聽。

沓里沙冷
普帖達勇
布龍布圖
瑪哈夸薩

瑪哈夸薩
布龍布圖
沓里沙冷
普帖達勇……

這十六個神祕的音節，這四句單調的咒語，反覆念誦，嚶嚶嗡嗡，好似一條徘徊不去糾纏不休的陰魂，連綿不絕地，從卡布雅斯河畔，哥打．桑塔馬利亞鎮港口碼頭，乘著河風，飄送上山崗，穿過高聳的圍牆，越過午夜綻放得一片血紅的班葛．拉雅大花園，一路鑽進聖母院教堂來。

肩並肩，兩個女生坐在一張長凳上，凝神傾聽好久。

「不要理他！朱鴒，我們趕快睡覺要緊，明天得一早起身呢。」娣娣伸出兩只胳臂，回身攬住我的肩膀，緊緊摟了兩下，隨即站起身，走回到自己那張座椅前，拂拂身上的紅衫子和白布裙，整肅起儀容，仰臉朝向聖馬利亞，舉手在額頭和胸前畫個十字，然後伸展四肢，長長伸個懶腰，在教堂中央一條長板凳上躺下來，闔上眼睛就寢。

「朱鴒，我的好朋友和好夥伴，晚安。」

五　相對浴紅衣

次日醒來，我們拎起各自的行囊，一早就溜出教堂，正好遇到身披鵝黃色晨褸，蓬鬆著一頭獅鬃似的銀灰色鬈髮，早膳前，走出神父公館，到教堂旁墳場上散步的峇爸．皮德羅。只見這位西班牙老神父，獨自背著雙手腆著肚子，逡巡在墓塚間那一支支蒼苔斑斑的十字架叢中，邊沉思、微笑，邊瀏覽山崗下那座炊煙四起、曙光中正熱熱絡絡展開新一天營生的市鎮，邊培養食欲，準備好好吃一頓早餐，喝兩杯紅酒。這會兒，臉上的神情顯得甚是愉悅。

七十歲的老人，滿面紅光，身體硬朗步伐穩健，看起來胃口可好得很咧！

娣娣一看到皮德羅神父，就像撞見鬼似的，二話不說，拉起我的手，逃入教堂前院的玫瑰花園中，伏下身子屏住呼吸，一動也不敢一動。直到他老人家內急了，回身踅到教堂後面的茅廁，我們才倏地拔腳，沿著小徑一溜風跑下山崗。一路上娣娣帶領我，向那對面走來，準備到教堂做早課，迎著晨風，身上散發出洗面乳和牙膏的香味，令人心曠神怡的一群群白衣修女（我和娣娣兩人，都忍不住伸出鼻子，偷偷地吸入幾口她們身旁的空氣呢）畢恭畢敬一鞠躬，舉手往心口畫個十字，低頭側身而過。一早便遇見這些天使，感覺真好！

早晨的班葛．拉雅花園，滿園沾著昨夜的露水，旭日照射下一簇簇大紅花開得特別鮮豔、熱烈，從聖母院山崗下，放眼望去，好似一片紅通通濕漉漉的火海。

我和娣娣手牽手，駐足觀賞一會，直到聽見教堂晨禱鐘聲響起，才依依不捨鑽出園門，順著昨晚的來時路，走回市中心，穿過河濱大巴剎，來到港口，找到我們昨天黃昏抵達哥打．桑塔馬利亞鎮時，登岸之前，繫在繁忙的碼頭邊緣，冷清清一條棧橋下的兩艘舢舨。

我們這兩位飽受大河波浪沖洗，歷經赤道日頭熬煉，早已疲累不堪、老態畢露的旅伴，兀自不離不棄，忠心耿耿等待我們回來。

好像看見老朋友，我們站在棧橋上揚手向它們打招呼：「兩位早！昨晚睡得可好？」

但是，今天不知怎麼，我們並沒像往日早晨那樣，一找到我們的船，就將行李往坐板上一拋，匆匆登船，解纜出發，迎向大河上一輪初升的金黃旭日，在鳥兒成群鼓翅出巢滿天啼叫聲中，投向晨霧迷茫的叢林，繼續我們那日復一日，追蹤人皮鼓聲，四處尋找比達達麗的下落，轉眼間已經進行了整整一個月的航程。今天早晨，彷彿事先講好似地（但從頭到尾誰都沒吭出半聲），我們一來到碼頭，只互瞄一眼便同時放下行李。探望我們的舢舨後，兩人就在棧橋末端並排坐下來，邊晃啊晃的兜著兩雙腳，邊悠閒地眺望河景。誰都不急著趕路。誰都沒說話。就這樣靜靜地坐到不知哪個人肚子裡的腸子，轂轆一聲響，率先鼓譟起來，我們這才又互瞄一眼，相視噗哧一笑，齊齊站起身來，揮別我們的兩位忠誠老友，拎起行囊走出碼頭，步行到我們昨天吃晚飯的賈蘭．羅芳伯街，找到一家——這究竟是怎樣的一種因緣呀——山東老鄉開的台灣早餐店，點了雙份黃豆漿、燒餅和香噴噴的油條（南洋華僑管它叫油炸鬼），吃了一頓真正的、道地的、來到婆羅洲後叫我想念死的台北早餐。

那一整天，我們就在鎮上閒逛。

哥打．桑塔馬利亞，這座以聖母的名諱命名的城市，主耶和華在婆羅洲內陸的堅強堡壘，其實是個人口不足五萬的小鎮，街道只有十多條，沿著卡布雅斯河灣來回走上兩遍，半天也就逛完了。但那個下午，我們還是捨不得離開。兩個外地女生，不理會鎮上人的狐疑眼光，大剌剌手牽手，迎著向晚時分，聖母院山崗上一顆黃滾滾、逐漸西沉染紅的太陽，並肩漫步溜達，行走在老城區一條火燙的青石板路上。一股莫名的、濃濃的離情，靜悄悄地瀰漫在我們兩人之間。誰也沒開腔。誰也不必說什麼。可是在內心最深層、最柔弱敏感的角落，我們都有一個真切的、血紅紅如同傷口般、誰都不願意碰觸一下的預感：相聚一個月，我們就要分手了。

傍晚，太陽即將墜落入大河口的當兒，歸鴉漫天聒噪、炊煙滿城升起之際，娣娣牽著我的手，來到城外樹林中一條水草茂密的小溪，說要幫我洗頭髮。

四下無人。我們放下行囊，面對面站在溪畔一叢濃蔭底下，互相凝視兩三眼，便一齊垂下了頭去。兩人的臉龐都羞澀地漲紅起來。

娣娣抿著嘴不聲不響，伸出雙手來，小心翼翼，脫下我身上那件在古晉城購買，穿到翡翠谷，後來伴隨我在大河上漂流一整個月，早已變得皺巴巴、襤褸不堪的娘惹裝，一古腦扔到樹叢裡。隨即，三兩下子，她就剝掉自己身上的紅衫子和白布裙。赤裸裸面對面，我們就這樣站在溪邊。兩人又挑起眼皮，打眼角睨著對方的身子，眼上眼下互相打量五六回，然後把頭一甩，仰起臉瞇起眼睛張開嘴巴，格格格笑個不停起來。笑聲驚動水草中一群鷺鷥。只見她們紛紛把頭伸出來，蹬起一雙雙筷子般細長的腳，鼓起一對對雪白的翅膀，劈啪劈啪，浴血般濺潑著滿溪的落霞，鴣鴣鴣，淒婉地啼叫著，一齊飛撲向夕陽下那棟矗立山崗頂端，著火似的，渾身紅通通的大理石小教堂，哥打．桑塔馬利亞鎮白色聖母院。我和娣娣站在溪畔，跂著腳扠著腰，昂起脖子看癡了。李老師曾告訴我，根據婆羅洲肯雅族的古老傳說，在人世間飽受折騰、歷盡磨難的苦命女子，往生後，靈魂化身為白鷺鷥。來到婆羅洲半年，我終於第一次看到她們那皎潔、優雅的身姿。我和娣娣仰起臉，望呀望，直望到那幾百枚雪白的身影消失在天際，這才手牽手，邁出光腳丫子，涉水走入溪中開始洗澡。

兩個人背對背，弓著腰，將手掌伸入溪水中，一把一把撈起溪床上的細沙，往身上塗抹，各自擦洗起身體來，邊擦邊默默想自己的心事。這一場澡洗下來，用了半個鐘頭的時間。從頭到尾誰也沒吭出一聲。直到上上下下裡裡外外，將整個身子都洗清潔了，娣娣才突然轉身面對我，依舊不吭氣，舉起兩只手握住我的腮幫，抬起我的下巴，就著溪上枝椏間透進來的霞光，仔細端詳我的臉。好半晌她才沉沉嘆口氣，彎下腰往溪中舀起一捧水，朝我頭頂上猛一澆，不聲不響就動手幫我洗起頭來。

「朱鴒，妳的頭髮又長了兩吋，快要碰觸到肩膀啦。」

娣娣終於開腔了。這是今天整個傍晚，娣娣對我講的第一句話呢。聽得出來，她的嗓門有點沙啞。我聽了愣一愣，好久才接口說：

「以前在台北家裡，每隔兩個星期，媽媽就給我修剪一次頭髮。如今來到婆羅洲半年多了，一直沒剪過頭髮。」

「噯，若是現在手上有一把剪刀，我就幫妳好好剪一次頭髮。我姐姐比達達麗的頭髮，都是我剪的呢。」

「娣娣，我好想、好想讓妳剪頭髮。」

「只怕以後我再也沒有機會幫妳剪頭髮了，朱鴒。」

「別說！娣娣。」

我急忙豎起一只手指頭，按在娣娣唇上。眼神一沉暗，娣娣抿起嘴唇不再吭聲了，只管伸著手一掬接一掬舀起溪水，靜靜搓洗我的頭髮。霎時間，兩人又陷入沉默裡，只聽見頭頂上彩雲滿布的天空中，呱——呱——歸鴉的啼叫聲越發淒厲、急切了。假期結束後，回校上學的孩子們，下午放學回家，互相追逐著奔跑在路上的嘻笑聲，隨著晚風，不斷從鎮上傳過來。

「娣娣，謝謝妳幫我洗頭髮。我也幫妳洗一次頭髮，好嗎？」

「好，朱鴒。請妳先幫我解開辮子。」

娣娣轉過身去，翹起臀子背向我，垂著頭蹲在溪流中。我踮起雙腳來蹲在娣娣身後，動手解開她的辮子。這根兩呎來長、烏亮亮的伊班式粗油麻花大辮，在娣娣脖子後、腰肢上紮了一整個月，從早到晚，跟隨娣娣飄蕩在大河中，飽受風吹雨淋，如今早已被赤道的日頭曬成了焦黃色。戰戰兢兢，我解開辮梢上繫著的紅絲繩，把頭髮打散，一古腦，將她的髮梢從脖子後面直翻到額頭前，然後一綹一綹地，放進溪中，讓那叮咚流淌在聖母院山崗下、被夕陽染紅了的溪水，漂洗娣娣那一頭柔柔嫩嫩細細長長、一把水草也似的黑髮絲。

好久好久我耐心地、小心翼翼地、一束一束地只顧揉搓娣娣的頭髮。直到一整頭的髮絲，根根都洗過了，絞乾了，我才心滿意足，沉沉嘆出一口氣來，拉著娣娣的手一起站起身。

兩人面對面佇立溪中。

心中一動，我舉起一根手指頭，伸到娣娣面前，挑開她腮幫上黏著的兩叢子濕髮絲，就著天光，端詳她那張經過溪水沖洗，濕漉漉亮晶晶，剎那間變得無比皎潔的瓜子臉龐。愣愣怔怔，我只管凝視她的臉，忽然忍不住噗哧一聲，笑起來了。原來我發現她那只尖翹的鼻梁子兩旁，有一灘淡淡的褐色的小雀斑（我伸出手指頭點數，總共有三十顆之多），給娣娣那張原本十分俊秀的臉蛋，增添一股俏麗的——哦不，狐媚的風情。這是我從未見過的、屬於我的好朋友娣娣的另一面，令我驚喜，卻也讓我感到不安。聽到我那古怪的笑聲，再瞧瞧我那雙異樣的眼神，娣娣颼地漲紅了臉，舉手往我手背上用力打兩下，自己也禁不住咧開嘴巴，吃吃笑將起來，露出雪白的兩排牙齒。洗完頭髮，我們倆手牽手，裸著身子披著髮絲，涉水走回岸上，雙雙在樹蔭下蘆葦叢中坐下來，抱住膝頭，仰起臉龐，邊眺望頭頂彩雲堆中、那喊喊喳喳一陣陣掠空而過的歸鳥，邊像博浪鼓般，搖晃我們的腦瓜子，讓卡布雅斯河上吹起的習習晚風，吹乾我們的頭髮。

吹著吹著，沒來由地，我忽然想起在台北讀小學五年級時，有一天，偶然在爸爸珍藏的一本老書上，看到用秀麗宋體字印的一首名叫〈四張機〉的詞。當時覺得這首小詩好美、好淒涼，念起來挺悅耳動聽，就用一張便條紙抄下來，夾在國語課本中，以後每回上課，覺得無聊或感到心情低落，便偷偷打開來，低聲誦讀一番：

四張機
鴛鴦織就欲雙飛
可憐未老頭先白
春波碧草
曉寒深處
相對浴紅衣

這會兒和娣娣在溪中共浴完，並排坐在溪畔樹蔭下，呆呆想各自的心事。想著想著，不知不覺間我就扯起嗓門，朗聲念起這首詞來，一遍又一遍，反覆纏綿地，就像平日我媽半夜睡不著覺，起床坐在客廳窗口，對月唱起台灣情歌〈月亮半屏圓〉那樣。娣娣豎起耳朵來，一手抱著膝頭一手支著下巴，靜靜聽了十遍，方才出聲打斷我的朗誦，問我這首詩是什麼意思。說實話，這短短六句詩，三十個中國字，字字我都認得，可是全詩的意思並不太懂，況且，南洋也沒有「鴛鴦」這種動物，我不知如何向婆羅洲原住民姑娘娣娣．龍木解釋，所以我就故作高深莫測，笑而不答。

冰雪聰明的娣娣，卻好像領悟到了什麼，坐在我身旁只管扭頭瞅著我。夕陽下，只見她那雙幽黑深邃的眼瞳中，流露出一種神祕、謎樣的光彩，和一份——噯，令人羞澀不安，但內心深處卻又感到無限欣喜的情意。

我真希望時間在這一刻凍結住了。

聖馬利亞啊，請您命令全世界的時鐘，停住它們的時針、分針和秒針，永遠不再走動。

四張機

鴛鴦織就欲雙飛

可憐未老頭先白——

鐺鐺鐺……哥打．桑塔馬利亞鎮中央山崗上，聖母院中，敲起了一陣陣悠揚嘹喨的晚鐘聲。修女們準備做晚禱了。

娣娣打開她的帆布包，拿出梳子開始幫我梳頭髮。不知怎的，我心中忽地一酸，眼圈一紅差點哭出來。狠狠一咬牙，我死命忍住兩團直要奪眶而出的淚水，打開我的緹花手提袋，拿出我那支心愛的、千里迢迢渡過大海從台灣帶來的小紅梳，也幫娣娣梳頭髮。夕陽下晚鐘裡，兩個女生裸著身子，披著一頭半乾的髮絲，面對面，膝蓋碰著膝蓋，翹起臀子蹲在溪畔互相梳頭。默默地，我們睜著眼睛凝視對方的臉，手裡握著梳子，一梳一梳慢慢地梳著對方的頭髮。直到太陽墜落大河口，天上彩霞倏地消失，整條小溪一下子陷入陰暗中，黑夜降臨了，我們才戀戀不捨地收回梳子，撐起膝頭站起身，穿上衣服，拎著各自的行李，從溪畔樹蔭下蘆葦叢中鑽了出來。肩並肩，手挽著手，甩啊甩的搖蕩著一頭乾淨清爽的髮絲，我們沿著卡布雅斯河，吹著河風，迎著大河上空一輪初升的明月，邁著兩只光腳丫，踢躂踢，踢躂踢，朝向月光下那間矗立山崗上、玲瓏雪白、童話般聖潔美麗的小教堂，漫步徜徉走過去，準備再借住一宵。

六　娣娣走了

這晚，我睡得特別香甜。

一整個月了，我和娣娣每天大早起身出發，駕駛舢舨，追逐太陽，漂流在婆羅洲大河流域。兩艘三米長、一米寬，用一根四米竹篙操縱的小舟，頂著毒日頭，不停穿梭於卡布雅斯河中游沼澤地帶，巡航在那一條條，成百上千條，密密麻麻宛如人體的微血管，散布在叢林的支流上。鍥而不捨，我們日日追蹤那髼髼髼、篷篷篷、怦怦怦，鬼魅般飄忽不定，魔咒般反覆纏綿的人皮鼓聲，團團轉個不停，四處尋找比達達麗的下落。我們倆——萍水相逢、蓬頭垢面、惺惺相惜的兩個異國女孩，朱鴒和娣娣．龍木——就像一對勞碌憔悴的雙飛燕，早已感到疲累不堪了，但說什麼就是停歇不下來。

日復一日追尋。

日出啟航，日落寄泊。

在河上整整漂泊一個月後，直到今天，我們才給自己放一回假。終日無所事事。兩人放鬆心情，放空腦袋，只管並肩漫步在哥打．桑塔馬利亞這座位於赤道叢林中央，卻洋溢著南歐風情，帶著濃濃天主教色彩，讓人感到無比寧靜平安的小城中，晃悠了一整天。傍晚，我們溜出城，脫光身上所有衣服，渾身精赤條條，在一條野溪中痛痛快快泡了個澡，洗了個頭，然後回到借宿的教堂，舒展四肢，長長伸個大懶腰，二話不說，挺有默契地往昨晚睡過的那張長板凳上，仰天一躺，在那兀自抱著聖嬰、佇立在聖壇上一圈皎潔月光中、滿眼慈愛的聖母笑吟吟注視之下，安然就寢。不一會的工夫——我心裡還念誦著〈四張機〉這首詞呢：四張機，鴛鴦織就欲雙飛，可憐未老頭先白，春波碧草曉寒深處——兩只眼皮猛一沉，嘴巴一歪，我就闔上眼睛呼嚕呼嚕打著鼾睡著啦。

四更時分，天將破曉，我忽然做了個夢：

紅通通一輪旭日照射下，幾萬條金蛇聚集在卡布雅斯河上，喝醉了酒似地，癲癲狂狂劈啵劈啵，爭相交尾。滾滾黃浪中只見一具嬌小苗條的屍體，腰間繫著紗籠，肩上披著長髮，伸展四肢，整個人呈「大」字形，趴伏在水面上，在天空中一群黑魅魅，嘎——嘎——狂叫不停的兀鷹盤旋護送下，從上游河道轉彎處，驀地浮現出來，順著滔滔西去的河水，漂流而下。一件花紗籠飄飄蕩蕩，乍看好像一條五彩斑紋的婆羅洲錦蛇，靜悄悄划著水，獨自優游在叢林大河中。柔柔長長的一把黑髮絲，一簇水草般，伴著紗籠隨波逐流。髮絲遮蓋下的那顆小頭顱，博浪鼓似的，在波濤中起起伏伏。每當她的額頭浮出水面，暴露在陽光中，霎時間在她的眉心上，我看到一粒血滴般大的朱砂痣，紅瑩瑩映著天上彩霞，格外鮮豔醒目。忽地一個三米高的浪頭打過來，整具屍體登時消失不見了。過了約三分鐘，風浪平息，屍體又浮現在大河上金光燦爛的朝陽中，依舊長髮漫漫，在大群兀鷹陪伴下，悠悠朝向大河口的爪哇海，繼續漂流而去。我伸長脖子追隨她的身影，望著望著，忽然眼睛一花。噫，她身上穿的那條五彩印花紗籠，不知怎麼回事，變成了一件素白棉布紗籠！我使勁揉揉眼皮，細細看去。她陡地翻轉過身子，昂起頭來，舉起一雙雪白浮腫的胳臂，叉開十根猩紅的手指尖，往自己臉上掃兩下子，突然，撥開腮幫上黏著的兩叢濕髮絲，朝向我咧嘴一笑。那一瞬間，我終於看清楚她的臉龐，禁不住「啊」的一聲，張開嘴巴叫喊……

就在這當口，我從夢中醒來。

靜。詭異的靜。

整座聖母堂寂靜得如同法老王陵墓中的寢宮。

娣娣那鼾——鼾——低沉、有節奏、讓我感到十分心安和踏實的打鼾聲，在這趟漫長的河上旅途中，一夜又一夜，陪伴我，度過了整整三十個平安或不平安、有夢或無夢、高腳小屋中或是露天星空下的夜晚，從不曾中斷，但是今夜，它忽然停止了。

我把雙手當枕頭，仰天躺在教堂長凳上，正想繼續我的睡眠，突然想到什麼，霍地坐起身來，睜開眼睛回頭一瞧。隔著教堂中央走道，娣娣原本躺著的那條木板凳，如今變得空空的。娣娣的人早已不知去向。凳頭上，只留下一灘冰涼的月光和一綹烏油油、兩呎來長的長髮絲——我伸出食指頭細細點數，總共有七根呢。

娣娣一個人走了。

我腦子裡，轟的一聲響。

沒時間思考了。我胡亂整整身上的衣裳，拎起我的緹花袋，趿上鞋子拔起雙腳，就從教堂側門直追出去。在門檻前我猛然煞住腳步，轉過身子，立正，朝向那抱著聖嬰，一逕垂著眼皮抿著嘴唇，笑吟吟，佇立聖壇上一環月光中的聖母，彎下腰深深地三鞠躬，舉手在心口上誠誠信信畫個十字，感謝她在這兩個夜晚，對我——來自台灣的異教徒朱鴒——的招待和庇護。隨即一回身，我鑽出教堂左側那扇半掩的小門。四更末，天將破曉。我頂著城頭上一枚西斜的月亮，鬼趕似地急慌慌，一溜煙跑啊跑啊，直跑下教堂前的台階，直跑下山崗，穿梭過月光下血海似的一片盛開的班葛·拉雅花，鑽出聖母院大門，直跑進靜沉沉兀自熟睡中的市區，一路穿街過巷，直跑到河畔港口，這才停下腳步來。喘吁吁汗湫湫，我站在空無一人的碼頭上，跂腳放眼眺望，急得快要哭出來了。一咬牙，我抬起紅腫起泡的雙腳，沿著一條長長的直伸入河心的棧橋，蹭蹬走下去，尋找前天黃昏，我們帶著渾身的疲憊和滿心的焦慮，航抵哥打·桑塔馬利亞鎮時，繫舟的地點。

看！娣娣的舢舨，仍舊停泊在棧橋下，和我自己的那艘舢舨，並排繫在一塊，在這凌晨時刻，迎著叢林梢頭吹起的曉風，好似兩個並排放著的搖籃，雙雙盪漾在婆羅洲母親河——卡布雅斯河中游一座寧靜安詳、曙光初現的港灣中。

一道電光驀地劃過，照亮我的心頭：娣娣．龍木，在大河上和我相逢、結伴航行一個月的馬當族女孩，不告而別，趁我熟睡時，獨自走進幽黑的叢林中，追蹤那怦、怦、怦心跳似的人皮鼓聲，尋找她的姐姐比達達麗去了。

月亮沉落大河口。天破曉。

孤單一人，我提著行李，站在凌晨空落落的一座碼頭上，望著眼前那片無邊無際、直綿延到天腳的叢林，放聲大哭。

第五卷　幽靈船巡航記

第二十五話　姐妹鼓出世

我的朋友娣娣，午夜時分，受黑巫師伊姆伊旦鼓聲的誘惑，在哥打．桑塔馬利亞鎮教堂中祭壇下，聖母像前蒸發掉，整個人如同一縷輕煙，無聲無息消散在黑暗的原始叢林裡。往後那段日子，我——如今又變成孤零零一人、在異鄉舉目無親的台北女孩，朱鴒——便好像一對雙飛燕中，突然失去伴侶的那一個，鎮日裡悽悽惶惶不知如何是好。獨自個我操著竹篙，駕駛我那艘飽經日曬雨淋、滿身風霜斑斑的舢舨，航行大河上，遊魂般穿梭來回，四處尋覓，在婆羅洲中部卡布雅斯河流域偌大的沼澤地帶，整整兜了一大圈，經歷一段風餐露宿、寂寞淒涼的流浪生涯。到了月圓的晚上（又是一個月圓！我在婆羅洲度過七個月圓了），彷彿受到召喚，我帶著一顆絕望的破碎的心，回到一個半月前那個上弦月的美麗夜晚，我和娣娣在浪遊途中投宿、共同度過難忘一宵的馬來小漁村丹戎．德薩。

落霞滿天，椰林梢頭升起幾十條炊煙，嗶嗶剝剝，送來陣陣柴火聲，挾帶著一鍋一鍋椰漿咖哩飯香，直撲我的鼻端。大河畔甘榜人家，頂著赤道大日頭幹了一天的活，在河裡泡過了澡，這會兒全家人盤起雙足，席地圍坐在高腳屋樓上四面開敞的廳堂中，吹著清涼的晚風，熱熱鬧鬧地，享受一天中最豐盛的一餐。

遠遊歸來的我，一繫好舢舨，便拎起邋遢的行李，邁出僵直的雙腳，穿過暮色茫茫的椰林，朝向甘榜背後那座荒蕪的果園，一步顛簸著一步走去。身不由主，就如同中了降頭般。走進破敗的園門，踏上清冷的石板小徑，直來到那晚我和娣娣借住的工寮前，蹬蹬蹬踩著木梯子登上高腳屋，伸出一只耳朵，朝門內傾聽一會。屋裡靜蕩蕩聽不到半點聲息。我佇立門口，瞪著殘破的門板發了一回怔，方才伸手推開門。鞋子也沒脫，手上的行囊也還來不及擱下，只覺得頭一暈，雙膝陡地一軟，整個人便像癱掉似地，帶著一身的痠痛和滿面的風塵，放盡全身力氣，在地板上蹲了下來。

好久好久——久到屋外的天空從血紅色變成墨黑色了，滿園鴉啼聲也早已停歇了——我抱著膝頭，半蹲半坐，待在高腳屋中一動不動，只管睜著兩只布滿血絲的眼睛，呆呆地望著小窗外，樹梢頭一輪銀盤似的明月冉冉升起。

像一只守望的狗兒，我聳出鼻尖，往空氣中窸窸窣窣吸嗅。五坪大的屋子四下瀰漫著一股橄欖油香。這種濃郁溫馨、我挺熟悉的味道，我一聞就曉得屬於娣娣·龍木所有。和她結伴進行的一個月航程中，每次登岸投宿，在野溪裡或水井旁洗完澡，娣娣總會在我面前拿出一瓶橄欖油，往腋下、頸脖、髮梢和耳窩間塗塗抹抹。每次我都忍不住伸出鼻子，在旁偷偷聞著。娣娣身上的橄欖油味道，總是讓我想起伊曼，想起阿美霞，想起在翡翠谷結識的婆羅洲姑娘們：蘭雅、莎萍、亞珊、依思敏娜和蒲拉蓬……就在這當口，在澳西先生劫持下，這群女孩搭乘鐵殼船「摩多祥順號」，正沿著卡布雅斯河溯流東上，進入婆羅洲內陸最深最陰暗的森林。在那兒，峇爸計畫興建一座嶄新的、媲美可蘭經「第七天國」的叢林哈林姆後宮……

如今，娣娣．龍木也離我而去了。

整整一個月零一天，音信全無。

撐著舢舨，在大河上曠野中尋覓一圈後，身心交疲，獨自個，我回到我們倆住宿過的高腳屋。這會兒孤坐屋中，回想起那天晚上兩個人肩碰肩，身子緊挨著身子，並排仰天躺在一張破舊的蘆蓆上，一整夜互相訴說心事。想到癡情處，一時間心如刀割，兩行眼淚禁不住奪眶而出。身不由主地，我伸出一只手掌往身旁蓆子上摩挲，彷彿還感覺到娣娣留下的體溫。摸著摸著，就摸到一根頭髮，拿到眼前就著月光一看。兩呎來長，青嫩嫩烏溜溜。拈到鼻端聞聞，嗅到一股我日思夜想魂牽夢繫的橄欖油味。這根頭髮必定是娣娣遺留的。我急忙爬起身來，整個人像狗那樣趴在蓆子上，湊上眼睛聳出鼻尖，吸吸索索，果然又找到了六根頭髮。我含著淚，一根一根將髮絲撿起來，小心翼翼放在身邊，然後打開行囊，拿出一塊打結的手帕，顫抖著雙手解開來，無比珍惜地拿出裡面藏著的七根頭髮。那是一個月前，在哥打．桑塔馬利亞鎮聖母院教堂中，半夜凌晨，不告而別時，娣娣留在長板凳上的。這七根頭髮加上現在撿到的六根，總共十三根頭髮，是娣娣留給我的遺物，如今並排放在一張蘆蓆上，清清楚楚展示在我的眼前。

邊看邊聞邊思念，我忍不住放聲痛哭。

剎那間，這一個月來蓄積在心中無數的焦慮、恐懼、思念和孤寂，一古腦登時全湧上喉嚨。越想越淒涼。越想越辛酸。我索性扒開衣襟露出心口，曲起雙膝撲通跪在地板上，昂起脖子，把我那滿頭野草般亂蓬蓬，一月之間又抽長了一吋多，現在已經碰觸到肩膀的頭髮，狠狠甩幾十下，然後睜著兩只血絲眼睛，望著窗外一輪明月，像個受盡委屈的孩子扯開喉嚨嗚哇嗚哇哭起來。月娘，如同那晚我和娣娣共宿時，帶著滿臉的慈愛和關切，又從屋簷口探進皎白的臉龐來，笑盈盈看望我。我哭得越發暢快了。也不知哭了多久，直哭到沒氣力了，心淘空了，肚子裡的腸子轂轆轂轆叫個不停，我才收起眼淚，將蓆子上的十三根頭髮，一根一根撿起來，依依不捨地放進手帕中，捆紮成一包，牢牢打個結，小心翼翼收藏回行囊裡。身心猛然放鬆，整個人癱倒在蓆上。像躺在子宮裡的胎兒那樣，我雙手抱住膝頭，把身體蜷縮成一團，忍著飢餓，聞著高腳屋中飄漫的橄欖油香，面對著三更時分兀自掛在窗口的月亮，沉沉入睡了。

這一睡可睡得好香好熟，感覺上，娣娣．龍木就在我身旁躺著，張開嘴巴沉穩地、有節奏地發出鼾——鼾——讓人感到安心的鼾聲，如同一個月前那個月圓之夜。一直睡到四更天時分，我才被一個怪異的聲音弄醒。那聲音從窗口鑽進來，好像一只叢林大蒼蠅，嚶嚶叫著，只管盤旋繚繞在高腳屋中，不住騷擾我的耳鼓：

瑪哈夸薩

峇里沙冷

普帖達勇

布龍布圖……

躺在蓆上豎起耳朵傾聽一會，心中陡然一驚，我霍地坐起身，伸手擦乾腮幫上的兩條淚痕，撐開濕答答的眼皮，環顧四周。屋子裡四下暗沉沉。地板上的一灘月光消失掉了。舉頭望向窗口。月亮早就西斜，悄悄沉落到高腳屋背後的大河畔椰林中。

我爬起身來，跑到窗口，攀著窗緣伸出脖子一眺望。曉月映照下，滿園果樹亮閃閃，晨風中，爭相搖盪葉片上托著的一顆滴溜溜、滾動不停的露珠。清冷冷一條石板小徑，蜿蜒穿梭園中。樹蔭裡一條人影獨行。我揉揉眼皮定睛望過去。那個細瘦高挑的身子，穿著一件紅襯衫和一襲白布裙，脖子後，迎著曉風飄飄撩撩，拖著一根兩呎多長的麻花粗油辮子。這位俏麗、挺亮眼的十三歲婆羅洲女中學生，可不正是我朱鴒日夜念想的娣娣．龍木！

我從窗台上跳下來，趿上鞋子，一頭鑽出高腳屋門口，急忙跑下樓梯，盯著娣娣那細條條飄蕩在月光中的背影，沿著果園小徑一路追跟上去。

「娣娣等我呀！」

無聲無息，娣娣邁著雙腳一步一步只顧往前走，聽到我的呼喚，頭也沒回過來一次。

「娣娣，請妳停下來等等我，好嗎？」我邊跑邊扯起嗓門厲聲呼叫：「我是妳的朋友朱鴒呀！這一整個月我獨自撐著舢舨，航行在卡布雅斯河沼澤紅樹林裡，四處漂泊流浪，找得妳好苦好苦，狠心的娣娣．龍木！」

娣娣踮著兩只腳尖，甩著脖子後一條髮辮，中蠱般癡癡地，追隨那由十六個音節組成，魔咒似的反覆吟念，連綿不絕從村口傳來的誦經聲：瑪哈夸薩布龍布圖……從頭到尾自顧自低頭走她的路，不曾轉過脖子看我一眼。

一前一後，隔著百來步距離，我們兩人走出果園門口，穿過一座黑漆漆不見一盞燈火，靜悄悄聽不到半聲狗吠，在這五更時分天將破曉、東方已現魚肚白的時刻、家家兀自陷入沉睡中的甘榜，一路通行無阻，直走到村口的小漁港，來到卡布雅斯河畔。

娣娣終於停下腳步。她背對我，靜靜佇立在防波堤前，等我追上來，距離只剩下五十步時，驀然一回頭，舉手撥開臉頰上的兩叢髮絲，咧開嘴唇，露出兩排皎潔的小白牙，迎著曙光，朝我一笑。我氣喘吁吁奔跑上前。娣娣凝起一雙幽黑眼瞳子，深深看我兩眼，眼角亮晶晶泛著一團淚光。我伸出雙手，邊呼喚邊朝她撲過去。一轉身，娣娣拂了拂她身上的紅衫子和白布裙，甩了甩脖子後的麻花長辮，邁出腳來大步往石堤上走去。霎時，整個人消失無蹤。

車輪般大的一只銀盤，低低掛在凌晨波濤壯闊的卡布雅斯河上空，白皎皎。

月光下，一個白頭馬來老漁夫，黑黝黝打赤膊，腰繫一條白紗籠，盤起雙腿坐在防波堤上，懷裡抱著一綑漁網，手中拈著一根粗大的針線，弓起背脊，低頭幹活縫縫補補。

我登上防波堤，直直走到老人家面前才停下腳步來，整整身上的衣裳，理理蓬亂的頭髮，立正一鞠躬：「史拉末帕基！早安。」

「姐央支那，莎蘭姆！」老漁夫開口回應我的問候，手中卻自管不停補綴漁網，眼皮也沒抬一下。曉月的光輝從大河口發射出來，白雪雪，灑照在他那顆渾圓的、好似一顆風乾椰子的頭顱上。河風吹拂下，滿頭白髮蕭蕭，宛如一株迎風搖曳的白頭蘆葦。他那張滿布風霜、白癜點點的黧黑臉孔上，乾癟癟兩片猩紅的小嘴唇，驀地咧了開來，朝向堤下，呸地，吐出一團污血似的檳榔汁：「交灣恩高，葛迪絲娣娣．龍木，蘇達馬蒂！」

「馬蒂？」頭一暈，腿一軟，我差點從堤上直摔下來，整個人倒栽葱掉落入港中。「您說我的朋友娣娣．龍木已經死了？」

「依夏阿拉！」老人家嘴裡喃喃稱頌真主的聖名。「阿努葛拉，阿拉。」

「我剛才看到的女孩，是誰呢？她一路引導我到這兒來。」

「艾兒娃。」眼皮猛一翻，兩粒灰白眼珠精光暴射，一眨不眨直瞪住我。

「鬼魂？」我聳起肩膀倏地打個哆嗦。

老漁夫點點頭，一把抓起魚網，繼續他的針線活。我扠腰佇立防波堤中央，舉首極目四望，心中一片茫然。大河畔港灣旁蓊蓊鬱鬱椰林中，一輪曉月照射下的馬來漁村，那座五六十棟高腳屋的小甘榜，兀自沉睡，月色溶溶，好一派寧靜安詳，美得像一幅書籤上印的黑白素描風景畫。

「龍木家兩姐妹，比達達麗和娣娣，都已經死了嗎？」

「馬蒂馬蒂。」老人家點點頭。

「請問她們倆是怎麼死的？死在哪裡？」

老人沒回答，舉起一只枯扁的手掌，直伸到我眼睛前，猛搖了兩下，又低頭繼續做活。

「她們的墳墓在哪裡？」我跨前一步，併攏雙腳，朝向那聳著花白頭顱，佝僂著瘦小身子，盤足坐在堤上，瞇起兩只青光眼，就著月光一針一線補綴魚網的馬來漁夫，畢恭畢敬三鞠躬，行個大禮：「請您告訴我她們葬在哪裡！我，來自台灣的女孩，朱鴒，必須遵照中國的習俗，燒香祭拜我的好朋友和好姐妹。」

不聲不響，老人伸出右手食指頭，指了指他腰上繫著的一只鼓。

「龍木家的兩個女兒——」我的嗓門猛一顫抖：「已經變成『姐妹鼓』了嗎？」

「薩烏達麗・珍瑎。」老人點點頭，把他的鼓從腰上解下來，鄭重地放在防波堤上，合起雙手恭恭敬敬彎腰拜兩拜。我就著月光，湊上眼睛細細察看。那是一個用兩顆打磨光滑的、柚子般大的骷髏頭，連結而成的雙面鼓，形狀像一個沙漏，玲瓏可愛，中間裝設一個木柄子，上面繫著一條三呎長的紅絲繩。聽聞已久的神器，我終於見識到了。原來這就是娣娣生前幾次提到的「薩烏達麗・珍瑎」——每次提起都會讓她面色陡變，整張臉龐颼地煞白的「姐妹鼓」！看起來，倒像個漂亮別致的玩具呢。

「這是姐姐比達達麗・龍木。」老人豎起一根手指頭，指著姐妹鼓左邊的一只，對我說。接著，彷彿瘧疾病突然發作似的，身子猛一顫，抖簌簌，他指著右邊那只比較小的、頭蓋上還帶著斑斑血跡的鼓，嗄啞著嗓子說：「那是妹妹娣娣・龍木。」

膝頭一軟，我當場在堤上跪了下來。

老漁夫站起身，噘起嘴唇，呸的一聲，往堤下漁港中啐出一泡血花花的檳榔汁，隨即抱起補好的魚網，邁出兩只乾扁扁、生出一層厚繭的光腳丫，弓著身子昂起白頭，搖曳起腰間繫著的那條雪白女用紗籠，步下防波堤，走入曙光中的漁村。

我從地上拿起龍木家姐妹鼓，抱入懷中，掏出手絹，輕輕柔柔小心翼翼，擦掉娣娣頭蓋骨上殘留的幾十縷紅豔豔，花蕊般，帶著一股甘甜腥味的血跡。接著，我捧起姐妹倆的頭顱，虔虔敬敬地，安放在防波堤中央一張石板凳上，然後，踩著石階走到堤下，把手伸入港中，撈起三根漂浮水面上的枯樹枝，又爬回到堤上來。月亮沉落入大河口。天破曉。叢林深處的長屋，嘹喨地綻響起第一陣雞啼聲。我整整身上的衣裳，雙膝下跪，對著供奉在石凳上的那只玩具般玲瓏小巧、晨曦中亮閃閃、散發出聖潔光輝的「薩烏達麗．珍璫」手鼓，開始拜祭。兩行眼淚撲簌簌流下臉頰來。我把三根樹枝拈在雙手中，當作三枝線香，高高舉到頭頂，向龍木家兩姐妹的頭顱——還有她們飄蕩在大河上，將來會一路跟隨我、護佑我，直到我完成婆羅洲旅程才安心離去的美麗靈魂——拜三拜，隨即趴下身子，整個人伏在地上，誠心誠意磕下一個頭去。這是我，朱鴒，身為朋友必須做的一個動作。行過中國式的大禮，祭拜完龍木家兩姐妹，我伸手擦乾腮幫上的兩條淚痕，撐起膝頭站起身來，捧起姐妹鼓，將它緊緊抱在懷裡，邁步走下防波堤，穿過五更時分兀自沉陷在睡鄉中的甘榜，回到借宿的果園。

抬起沉重的雙腳，一步一步登上高腳屋，撲通，我一跤跌坐在蓆子上，怔怔地出起了神來。約莫半個小時之久，我就這樣呆坐，眼睛望著那一窗隨著太陽的升高、越來越明亮的曙光，耳朵聽著滿園喊喳鳥叫聲，腦子一片空白。抱著膝頭一動不動，直坐到雞啼大五更，村中響起人聲和狗吠，我才撐起膝頭爬起身來，步下樓梯走進果園裡，搖著轆轤往水井中打上一桶水，蹲在果樹下刷牙洗臉梳頭，然後回到高腳屋裡，打開行囊，拿出一套黃卡其長袖上衣和黑布裙，開始換衣服。「鄺大哥，我的朋友娣娣死了，我得為她穿上素服，不能再穿你送給我的這一身華麗的衣裳……」我邊喃喃叨念著，邊脫下在古晉城購買，一路穿到翡翠谷去尋找我的姐妹們，後來在大河航程中一直穿在身上，捨不得換下的娘惹裝。小心翼翼，我把這套粉紅色克巴雅女衫和爪哇印花紗籠，摺疊起來，收進行囊，換上八個月前從台北出發前來婆羅洲時，身上穿的小學女生秋季制服。穿好了衣服，我跪在蓆上舉手合十拜兩拜，親切地呼喚一聲：「大姐比達達麗、二姐娣娣，小妹朱鴒帶妳們上路囉！」隨即捧起供奉在窗台上的薩烏達麗．珍璫龍木姐妹鼓，將它牢牢繫在左腰上。最後，我拿出吉姆王爺在古晉沙勞越王宮，贈我的臨別禮物——蛇形，一英尺長，削鐵如泥，曾經誅殺九十九名叛徒的馬來克利斯短劍——插在右腰。裝束停當，我拎起緹花旅行袋，將它斜掛在肩膀。腰桿子一挺，披著一頭及肩的焦黃髮絲，趿著兩只破舊白球鞋，我準備上路了。

趁著天剛亮，滾滾卡布雅斯河上晨風習習，日頭還不毒，我必須趕早啟航，撐著我的舢舨——我朱鴒如今剩下的唯一夥伴——朝向大河上游出發，進入婆羅洲心臟最深、最原始、最陰暗神祕的森林，搜尋翡翠谷姐妹們的下落。我有個強烈的預感：我將在大河盡頭聖山腳下的登由．拉鹿小兒國，再度遭逢「峇爸」澳西先生。屆時，在龍木家兩姐妹，比達達麗和娣娣的英靈護佑下，布龍神在上面看著，我必定和這個胖老頭子、白魔法師決一死戰。

離開甘榜果園前，我特地踅到水井旁，雙手攀著井緣，伸出脖子望著水中自己的身影，呆呆凝視一會。說真的，對自己的這副新裝扮和新形象，我心中感到頗為滿意哩。

第二十六話　摩多祥順

七天後，卡布雅斯河中游一座熱鬧的大巴刹「蒂卡．宋垓」（三江口）繁忙的碼頭上，突然出現一位行色匆匆，腰上掛一只造型奇特的手鼓，滿面風塵，年紀約莫十二三歲的姑娘。看她的容貌和裝扮，像過路客又不像過路客，像本地人呢，渾身上下卻又處處透出一股神祕、古怪的氣息。晌午大太陽下，只見她頂著一頭焦黃的、及肩的亂髮絲，穿著一身髒兮兮黃卡其襯衫和黑布裙，拎著一只褪色的緹花袋，孤單一人，兩手扠腰，佇立在成群達雅克苦力弓著背、馱著貨物四下奔走的棧橋上，放眼眺望港口，滿臉焦急和不耐，彷彿在尋找寄泊在港中的一艘升火待發的輪船。

這個少女就是我——娣娣不告而別後，獨自漂泊在大河流域的朱鴒。

那晚在漁村遇見神祕老人，從他口中得知娣娣的死訊。我不願相信。往後七天，每天從日出直到日落，我依舊操著竹篙，駕駛我那艘飽經風雨的舢舨，穿梭於甘榜丹戎．德薩和哥打．桑塔馬利亞鎮之間的廣大沼澤地帶，風餐露宿，走訪方圓三百公里內的每一座馬來甘榜、伊班長屋和唐人莊，詢問每一戶人家，苦苦地哀哀地，打聽失蹤的桑高鎮女子中學學生娣娣．龍木的下落。但是總問不出一個端倪。我這才死了心。在一位好心的客家大娘指點下，我撐著舢舨溯流而上，來到三江口的大碼頭，找機會混上一艘穿行卡布雅斯河盆地、來往沿岸各城鎮間的「摩多」字號客輪，前往大河中游最後的城市，新唐，在那兒換乘伊班長舟，朝向上游河源進發，前往傳說中的小兒國「登由．拉鹿」，尋訪我的翡翠谷姐妹們。

現在，我心頭只剩下最後一個牽掛了。

那就是我的舢舨。

這艘用五塊婆羅洲原木打造，長三米寬一米，全身漆成天藍色的無篷小舟，就像一匹忠心耿耿的老馬，從翡翠谷開始便一路馱著我，伴隨我，浪遊在婆羅洲最大的河流上。日復一日風雨無阻。日出啟航，日落寄泊，在大河上總共度過六十天。如今這艘老船渾身傷痕累累，油漆剝落，行動起來滿身老骨頭嘎嘎價響，唉，實在已經到了該退休的年紀。可是如何安置它呢？這個問題可棘手哪！我朱鴒是重感情、講義氣的人，決不能把這樣一位忠誠的夥伴，遺棄在一座陌生的碼頭，自己拍拍屁股，跳上一艘大船就走人。所以我苦思一夜，擬出一項妥善的方案：搭乘輪船出發前往新唐鎮前，暫時將舢舨寄放在三江口，等我抵達大河上游，追上了澳西先生的隊伍，找到翡翠谷姐妹們，解決我和峇爸之間的恩仇，從登由．拉鹿回來後（倘使能活著回來的話），便前來三江口碼頭，領回我的舢舨。然後我打算把它帶回那座童話般美麗、月光下滿城班葛．拉雅大紅花盛開，充滿神聖宗教氣氛的城鎮哥打．桑塔馬利亞——娣娣失蹤的地方——和娣娣遺留在那裡的舢舨，重新會合。接下來呢，我得找個風水好、景致佳的所在（我心中早已有個理想地點：那個美麗的月圓之夜，分手前，我和娣娣共浴的那條小溪），安頓這兩艘已經完成任務的船，讓他們倆永遠聚在一起，就像一對好兄弟——就像娣娣・龍木和朱鴒，這一對曾經駕駛這兩只小舟，宛如一雙比翼的燕子，並肩遨遊在大河上的好朋友和好姐妹，相依相守永不分離……

一切安排停當，我這才放下心頭一塊大石，依依不捨，揮別和我共度一段艱苦時光、無怨無悔的好夥伴，轉身拎起行囊，帶著娣娣的骷髏頭——那好像辟邪符似的繫在我腰間，片刻不離身的薩烏達麗・珍瑙手鼓——重新踏上旅途。

這會兒，我跂著腳扠著腰站在棧橋頭，放眼眺望三江口港灣，搜尋「摩多」字號的輪船，準備前往下一個驛站，新唐鎮。

果然是三條河匯流處的一座大碼頭！

轟隆轟隆，砰碰砰碰，成百艘駁船來回穿梭在遼闊的江面，太陽下乍看，好像一大群黝黑的水怪，嗥叫著追逐遊戲在叢林大河中。對面河岸底下，一艘接一艘的拖船，牽引著用十株新砍伐的、兩人合抱的婆羅洲圓木紮成的浮筏，組成長長的、連綿不絕的隊伍，從上游深山中的伐木場出發，浩浩蕩蕩順流而下，從碼頭這邊望過去，煞似一群巨型鯽魚，首尾相啣，集體出遊，場面十分壯觀好看。時不時，只見一艘三十米長、配備五百匹馬力三菱雙柴油引擎、船身漆著金色「鷹與盾」印尼國徽的鋁殼快艇，潑剌潑剌，宛如一尾超大銀色飛魚，乘風破浪穿港而過。渾黃的水花，一簇簇飛濺。尖翹的船頭甲板上，挺著腰桿子站立著一群印尼官員，身穿夏威夷花襯衫，頭戴黑色馬來宋谷帽，鼻梁上架著一副「雷朋」墨鏡，遊目四顧。

「酷！」

我看呆啦，忍不住豎起拇指頭，讚一聲。

官船在我眼前掠過。滿江陽光中，只見船尾飄揚著一面簇新的紅白雙色旗幟，迎風獵獵響，好不壯烈。榮耀紅白（聖格．美拉．普帖）——新興的印度尼西亞共和國國旗。紅色代表勇氣和熱血，白色象徵純潔與神聖。

心一痛，我想起娣娣和我相聚的一個月。身為新國家的新公民，這個十三歲的馬當族姑娘，婆羅洲傳奇獵人的後裔、加里曼丹省省立女中的學生，驕傲地，穿著紅上衣白裙子雙色校服，脖子後面飛揚起一條烏亮麻花大辮，手中操著竹篙，腳下踩著舢舨，頂著赤道的大太陽，迎著叢林中的滾滾黃浪，航行在婆羅洲最大河流——母親河卡布雅斯河上，那副模樣帥呆了。

我的眼淚奪眶而出。一轉身，我摔開臉，邁步走下棧橋，沿著長長的碼頭一路蹚下去，尋找前往上游的客船。

龍木家姐妹鼓，掛在我腰間，隨著我的步伐晃噹晃噹響個不停。

晌午兩點，港口最忙碌的時刻。整條碼頭一排停泊著十多艘大大小小、各式各樣的輪船，正在裝卸貨物。在華人老闆厲聲吆喝，印度錫克工頭揮著警棍、翹起八字鬍兇巴巴指揮之下，成群達雅克工人打赤腳，奔走在火燙的瀝青地面上，悶聲不響只顧埋頭幹活。酷暑天，苦力們個個打赤膊，瘦骨嶙嶙，渾身黑不鰡鰍，只在胯間紮著一條紅色丁字帶，弓著腰，馱著大袋大袋的爪哇米、澳洲白麵粉和黑煤塊、美國基因玉米和台灣「品」牌水泥，無聲無息，不停遊走在輪船和貨棧之間，午後的太陽斜斜照射下，看起來還真像一條條閃忽、飄蕩在碼頭上的鬼影子呢。

我跂著腳尖，邊穿梭行走邊張望，四下搜尋我的船。頭頂上忽然響起一陣叫聲：「嗚噗！嗚噗！」好像有人在呼喚我。舉頭一看，只見一艘輪船上的起重機，軋軋運轉著，正從碼頭上吊起一個五呎見方的鐵籠。那奇異的呼叫聲便是從籠中發出。我把一只手舉到額頭上，遮擋住白花花的陽光，凝起眼睛仔細一看。鐵柵欄內，囚禁著一個身材壯碩，滿頭金髮一臉黃鬚，活像歐洲尼安德塔人的男子。他睜著兩只赤褐眼珠，瞅住我，目光中流露出恐懼和哀求的神色，呼喚聲越發淒涼急切了：「嗚嗚嗚——噗！」我使勁揉揉眼皮定睛望去。那籠中人不正是我聽聞已久，來到婆羅洲快一年，至今才有緣相見的「歐郎・烏丹」嗎？他不就是南洋浪子李老師，在台北跟我談起故鄉往事時，津津樂道的婆羅洲人猿嗎？那平日隱居深山中鮮少露面，被伊班人看成是人類遠親，對他尊敬有加的「山中人」。（馬來語，烏丹是山林的意思，歐郎是人。）如今他怎麼會淪落到這步田地呢？瞧，那麼魁梧的一條大漢，竟被迫佝僂著身子弓著腰，蜷縮在窄小的籠子裡，讓一根吱吱價響的纜繩吊起來，隨著起重機的轉動，步步高升，長滿鬍鬚的臉上露出又驚恐又迷惑、又是天真無辜的表情。他那金毛茸茸的胯間，伸出一根半呎長的大屌，晃啊晃，抖啊抖，不住搖盪在陽光普照的三江口碼頭上，婆羅洲萬里無雲的碧空中。

我一時看傻啦，身不由主地停下腳步來，仰臉望著他。

兩個人，一個在船上一個在船下，面面相覷。（我說「兩個人」並不是口誤。這位歐郎・烏丹人猿是人類遠古的親戚，所以在我心目中他也是「人」。若算起輩分來，說不定他還是我失散在婆羅洲的遠房表哥哩！）就這樣面對面，眼望眼，隔著約莫三十米的距離，一個被吊在貨船起重機上，一個佇立碼頭旁船舷下，兩個人一起扯起嗓門來，在繁忙熱鬧的婆羅洲港口，展開一段對話：

「喂！歐郎．烏丹老兄，你在呼叫我？」

「嗚噗。」

「你怎麼會在輪船上呢？」

「嗚——噗。」

「你被人類捉住了嗎？」

「嗚噗！嗚噗！」

「他們打算把你送到哪裡去？」

他怔怔俯看我，滿臉茫然一逕搖頭。

靈機一動，我邁步走到船頭，查看船名。斗大的三個用紅漆書寫的、充滿東洋風味的漢字，張牙舞爪，閃爍在晌午燦爛的赤道陽光中：富山丸。

「歐郎．烏丹老兄呀，你將被送去日本。」

「嗚，嗚。」

「你呼叫我，是要我把你救出來嗎？」

他在牢籠裡蹲下來，雙手抓住鐵柵欄，瞅住我猛點頭，眼光中流露出的神色，顯得更加悲切了。我不忍看他的臉，悄悄垂下眼睛望著自己的腳尖，心中苦苦思索，可實在想不出解救他的辦法，只好把心一狠，抬起頭來對他說：「老哥，對不起，我朱鴒一個外地女孩救不了你。到了東京上野動物園新家，你自己好好保重吧！莎喲娜啦。」帶著滿心的歉疚和一臉的羞愧，我縮起脖子，把頭垂得低低的，躡手躡腳從「富山丸」船舷下走過去。走到船尾，偷偷回頭一瞧，看見起重機的鐵鉤已經下降了，砰的一聲，把歐郎．烏丹那黃毛茸茸、胯間晃盪著一根白屌子的魁梧身軀，安放在貨船甲板上。這位婆羅洲老鄉告別家園、遠渡重洋的旅程，即將開始。他舉起雙手趴在鐵柵欄上，兀自探著頭睜著眼，依依不捨地望著我的背影。那一瞬間——我發誓我真的看見了——他那留著金色落腮鬍，好像北歐維京人，看起來挺威武的臉孔，撲簌簌地流淌下兩行眼淚來，太陽下亮晶晶。

我咬咬牙，猛一摔頭，抬起腳跟邁出腳步，拎著行囊沿著碼頭繼續往前走，自管尋找我的船。可越走腳步變得越沉重，因為我心裡知道：這場邂逅，將在我心頭遺留下一個恥辱的、永難消除的陰影，成為我這趟婆羅洲之旅中，永遠、永遠無法彌補的一件憾事——我拋棄向我求助的人，我甩掉落難的兄弟，自己掉頭走了。我朱鴒還有資格自稱是個講義氣，重感情，為了朋友願意兩肋插刀的人嗎？三江口一別，我再也見不到他了。但他臉上那雙恐懼、無助、迷惘、孩兒般淚汪汪地看著我，盼望我伸出援手的眼睛，這一輩子，有如陰魂不散般，將會不斷出現在我午夜的惡夢中……

一路走，我心中一路懊惱不已。

走著走著，猛然抬頭。

看哪！前面停泊的那艘輪船，不正是我苦苦尋找的「摩多祥順號」嗎？

真正是踏破鐵鞋無覓處，得來全不費工夫！我舉起一只手掌，擋住晌午耀眼的陽光，凝眼一看。沒錯，這艘八百噸級，熱帶叢林航運專用，裝配一具強力底特律柴油引擎，穿行大河沿岸各城鎮、甘榜和長屋之間的鐵殼船，光天化日下，挺醒目的停靠在河堤尾端，三江口碼頭最後一個泊位。一支高聳的煙囪，烏油油黑燻燻，噗，噗，噴吐出一朵朵濃煙。

好運道！我及時趕上了這班客船。它正升火待發呢。

船公司的幹部穿著雪白襯衫，站在碼頭邊，拈著哨子厲聲吹著，指揮工人們，正要撤除架設在「摩多祥順號」船舷上的梯子。我飛跑上前，氣喘吁吁，裝出一臉驚慌的表情，伸手扯住他的衣袖，央求他讓我登船，因為我的家人都在船上等著我吶。說著，我的眼眶紅了，真的蹦出兩顆黃豆大的淚珠來。那位先生滿臉狐疑，眼上眼下審視我，從我脖子上那一蓬焦黃髮絲，一路掃描下來，看看我身上那套黃衣黑裙校服，瞧瞧我腳上那雙破球鞋。最後他的目光凝結住了，定定地，停留在我腰間掛著的那個薩烏達麗．珍瑫手鼓上。我站在輪船舷梯口，被他那兩粒胡桃大的烏黑眼珠，骨睩骨睩，打量得心頭直發毛，靈機一動，伸手朝向船舷上一指，隨即揮了五六下，好像在跟家人打招呼那樣。恰恰就在這當口，巧而又巧，有個達雅克族大娘走出船艙，倚在船舷欄干上，將她那張銅棕色、福福泰泰、腮幫上印有兩道黥紋的臉龐，探出舷外來。瞧她悠閒模樣，好像在眺望港口風光呢。看見我站在碼頭上向她揮手，眼一亮，她就瞅住我，咧開兩排潔白的大板牙，笑盈盈，也伸出她那只戴著一整絡銅環的手臂，親熱地向我招著，彷彿把我當成親人。這可不是神蹟一樁嗎？感謝聖母馬利亞和觀音菩薩，在這節骨眼上介入！就這樣我騙過了船公司的幹部，拎著行囊，搖盪著腰間的鼓，晃噹晃噹，踏上即將撤掉的舷梯，在最後一分鐘，登上今天開往上游新唐鎮的最後一班客船。

上得「摩多祥順號」來，我做的第一件事，便是走到這位原住民大娘面前，立正，深深一鞠躬，感謝她及時的幫助。但她只擺擺手，靦腆地笑了笑，轉身回到她的家人那裡，自管逗弄她的孫兒們去了。

甲板上人頭攢動，坐滿一整船客人。我在船尾找個陰暗的角落，盤足席地而坐，把自己安頓下來，面朝河對岸的叢林，刻意將身子背向碼頭，因為——聖母原諒我的懦弱——我不敢在我們的船啟航出港，經過「富山丸」時，再看到被囚禁在甲板上鐵籠裡，睜著兩只淚汪汪的眼睛，帶著一臉期盼，守望碼頭，癡癡地等待我回去救他的歐郎・烏丹。我垂下頭，闔起眼皮，豎起食指誠誠敬敬在胸口畫個十字，口中默默祝禱：「人猿大哥，望你好自珍重！在東京上野動物園，你肯定會受日本小朋友們的喜愛和呵護，快快樂樂展開你的新生活。聖馬利亞保佑你！」

驀地汽笛聲響起。

嗚——嗚嗚——摩多祥順號啟航了。

出港時，我們這艘客輪和迎面駛來的印尼官船，擦肩而過。這艘三菱重工製造、配備兩具五百匹馬力引擎的簇新鋁殼快艇，渾身雪亮亮，好似一尾巨型飛魚，在港中兜了十來圈，巡邏一輪後，倏地調頭，潑剌潑剌鼓著波浪從上游直竄下來。豔陽下船頭甲板上，一排佇立著八位頭戴黑色宋谷帽，身穿爪哇峇迪印染花襯衫的官員，個個面無表情，戴著標致的雷朋墨鏡，昂首眺望熱鬧繁忙的三江口港市，好不威風！迸迸濺濺，快艇一路蛇行，衝開那幾百艘轟隆轟隆鼓著破馬達，黑黝黝成群水怪般，來回穿梭出沒港中的駁船，朝向下游飛馳而去。我摀住臉，躲避迎面噴來的水珠，再抬頭望時，只聽得霹靂一聲響，整艘官船早已消失在黃滾滾一簇浪花中，往大河口駛去了。船尾插著的一幅紅白雙色旗，獵獵迎著河風，兀自飛揚在壯闊的卡布雅斯河面，十分鮮豔好看。

我們的船離開碼頭，駛出港口，展開前往上游新唐鎮的航程。不知怎的，我老覺得身後有兩只哀傷的眼瞳，一眨不眨，緊緊盯住我的背梁。

* * *

說來又是一樁奇緣呢。

打一上船，我就發現有一雙特別明亮的眼眸子，閃爍在乘客堆中，靜靜地觀察我。

那是兩只標準的達雅克眼睛：烏黑、滾圓、清澈深邃，望著我這個裝扮奇特、口音古怪的陌生少女時，充滿好奇和警戒，彷彿在打量一個小妖精，可眼神中卻又流露出一股真誠的善意。我和娣娣結伴駕舟，浪遊河上的那段日子，每次路過長屋打尖，那傾巢而出，蜂擁而上，團團將我們包圍住的孩子們，不論男娃女娃，就是睜著這樣的一雙雙大眼睛，仰起一張張巧克力色臉蛋，不聲不響，凝視我們這兩個外地女生。那成百雙瞳子，聚集在陰森森、屋梁上掛著成堆骷髏頭的祠堂裡，多麼像婆羅洲夏季夜晚，萬里無雲的漆黑天空中，那滿穹窿眨呀眨爭相閃爍的星星。長屋娃兒們的眼睛，和他們那銅棕色，赤條條瘦巴巴，只在腰下繫一條褲襠，露出肚臍眼的身子，每次都讓我這個來自大城市，習慣了灰濛濛的天空和台北人那雙蒙塵、無神的眼睛，乍然來到南島叢林的女生，看呆啦。

達雅克人美麗無塵的眼睛！那是我在為期一年的婆羅洲之旅中，獲得的最鮮明、最深刻的印象之一。

這樣的一雙眼睛，如今出現在「摩多祥順號」甲板上，如影隨形般跟蹤我，只是那兩道烏亮的眼光中，少了孩子們的天真，多了一份狐疑和世故，還有還有，一股令人不寒而慄的冷峻。

輪船駛出港口後，我索性轉過身來，正眼面對他。

四目交投，隔著十米的距離和一群擁擠的乘客，我們互相凝視整整一分鐘。兩人不約而同咧嘴一笑，點頭打個招呼：

「嗨，沙蘭姆！你好。」

「史拉末・比當！午安。」

我又倚回船舷欄干，假裝眺望河上風景，卻利用眼角餘光，悄悄端詳這個人。原來是個三十來歲，身材精瘦，打扮時髦的達雅克男子。只見他抱著兩條膀子，獨自站在駕駛艙下的日影裡，頂著一顆翹尖尖、抹上丹頂髮蠟、梳得油亮亮的貓王式飛機頭，一臉孤傲，環視滿船乘客，模樣像極了一隻慓悍的爪哇黑尾鬥雞。但他身上穿的，卻是在婆羅洲內陸非常稀罕、名貴的愛迪達休閒服，光鮮燙貼一塵不染，和周遭達雅克鄉親們的裝束，形成尖銳突兀的對比。最吸引我的目光、讓我心神搖盪的，是他的一雙眼睛。那兩道從瞳孔深處直射出來的精光，刀也似的冷森森，直要刺穿人的靈魂。

這個人——他那副鬥雞式的高傲神態，他那身洋化的、怪異的裝扮，還有他身上散發出的一股神祕兮兮、魅影般飄忽的氣息——不知怎的卻讓我覺得很熟悉，甚至感到一種莫名的親切呢。我們倆肯定認識過，說不定還曾經有過一番結交。我邊斜眼打量他，邊苦苦搜索自己的記憶。驀地一道電光閃掠過我腦海，我心中豁然一亮：

「你是畢嗨！大名鼎鼎的『納爾遜．大祿士．西菲利斯．畢嗨』。神出鬼沒的婆羅洲俠客。」

「咦？外地女孩，妳怎麼知道我？」

「李永平老師常常提到你呀！他說你是他的『交灣』，好朋友好兄弟。」

眼睛一睜，畢嗨瘦削黝黑的臉膛上露出驚喜的神色：「我的交灣永，他現在……」

「我聽不清楚，請你走過來好嗎？」我豎起一根手指頭，指了指自己的耳朵，隨即伸出一只胳臂，隔著甲板上那滿坑滿谷鬧哄哄的人頭，朝畢嗨招了招。

畢嗨聳起他脖子上那顆黑亮飛機頭，邁出腳步（這時我才發現，他腳上穿的是一雙碩大、簇新的銳跑球鞋），拐呀拐地鑽過人群走到舷欄下，和我並排站立。

「我的交灣，永，他別來好嗎？」

「好。如今人在台灣，當起大學文學教授來啦。常常談起婆羅洲的童年往事。最愛講他十五歲那年，初中畢業，在一樁奇妙的機緣安排下，跟隨一群西方男女，搭乘伊班長舟，沿著卡布雅斯河一路溯流而上，抵達盡頭，朝拜聖山。在這趟壯闊的大河之旅中，他結識你，一位好樣的、讓他永遠懷念的達雅克族青年。」

「永，啊，那年還是個純潔的中學生呢。我第一次看見他，是在卡布雅斯河口的坤甸港。當時一支由三十個白人組成的探險隊，正集合在碼頭上，準備登上客輪，前往大河之旅的第一站桑高鎮。在這群穿著破爛牛仔褲，背著脹鼓鼓的帆布包，頂著紅、棕、金黃各色頭髮，操著德、法、葡萄牙各種腔調英語的男女嬉皮中，我看到一個黑頭髮黃皮膚，孤獨地睜著一雙杏仁眼睛，靜靜眺望大河上游的中國少年。他穿著一套新購的、不合身的米黃色卡其獵裝，肩上紮著個童軍囊，一路上，形影不離，跟隨在一個三十多歲，披著一頭火焰似的紅髮，身材高挑的荷蘭女子裙後。（後來我才知悉，這位克莉絲汀娜．馬利亞．房龍小姐，是坤甸市一座大橡膠園的繼承人。她自稱是永的姑媽，實際上是他父親的老情人。）當時第一眼看見這個一臉孤寂、混跡在白人堆中的少年，四目交投的剎那，我心中就湧起一種奇妙的感覺：在這一世，我納爾遜．大祿士．西菲利斯．畢嗨又遇見了前世的兄弟。這種久別重逢的感覺，或許就是你們中國人最愛講的『緣』吧。在那一趟暑假婆羅洲大河之旅中，我們兩人，一個土著青年和一個華裔少年，締結一份奇特、美好、如同婆羅洲土壤般深厚的情誼。我把他當成我的『交灣』。那可是我們達雅克族對『好朋友』最高規格、最親切真誠的稱謂啊。」

「李永平老師在台北，知道你一直把他當成『交灣』，肯定會很開心。」

「交灣永，你的兄弟畢嗨，從來自台北的女孩口中，知悉你別來無恙，心中感到十分快慰。願聖馬利亞永遠保佑你！」畢嗨舉手在額頭和胸口虔誠地畫個十字。然後他就靜靜站在我身旁，抱著兩條膀子，趿著腳上那雙銳跑球鞋，從滿船乘客堆中聳起他那株細長頸脖，自管眺望大河風光，一時間，整個人沉陷入了久遠的深埋的記憶裡。一雙漆黑眼瞳，太陽下亮閃閃，目光中充滿渴念和柔情。過了五分鐘，他才從夢般的回憶中醒來，嘆口氣，幽幽地說：「那年陽曆八月正好是陰曆七月，中國人的鬼月，朝聖之旅就在天空中一群婆羅門鳶——我們在天上的父辛格朗．布龍派遣到人間，巡邏叢林河流、守護長屋子民的使者——盤旋注視之下，在婆羅洲母親河卡布雅斯河上展開了。為期一個月的神聖旅程中，發生了多少則荒誕離奇、傷天害理、褻瀆神祇的故事啊。」

「這些故事，李永平老師在台北都給我講了。」

「咦？妳是誰？和『永』到底是什麼關係？」畢嗨回過頭來，就著晌午的陽光，打量我那身奇特的行頭和裝備，臉上滿是詫異的神情：「妳這個外地女生，怎會獨自一人跑到婆羅洲來，出現在內陸叢林中？」

「這段因緣很複雜，說來話長——」

「那麼以後再慢慢說吧。船上有的是時間。不過妳必須先告訴我一件事——」畢嗨彎下腰來瞅住我。兩只幽黑眼瞳子一眨不眨，鎖定我的臉龐，太陽下好似兩撮鬼火，爍亮爍亮。「少年永，當年朝聖之旅的參與者，如今真的將大河的故事，從頭到尾完完整整地講出來了嗎？」

「不但講出來了，還寫成一本書呢。」

「這本書——」畢嗨抿起嘴唇猛吞一泡口水，潤潤他那突然變得乾澀的喉嚨：「書名叫什麼？總共多少字？」

「《大河盡頭》，上下兩卷，總共四十萬個中國字。」

「永終於完成這件重要的、神聖的工作！我，婆羅洲之子大祿士·西菲利斯·畢嗨，現在死了也可以放心走啦。」畢嗨長長嘆息出一聲，轉頭朝向船首，眺望卡布雅斯河上游那白花花晌午陽光下，天邊一條藍色魅影似的，忽隱忽現，飄浮在叢林綠海中的山脈。「那年夏天，在大河盡頭的峇都帝坂山，朝聖航程的終點，我對我的少年朋友和小兄弟，永，發出這樣的一段宣言：『交灣，將來有一天，無論你人在哪裡，不管你是以英文寫作，或是使用那東方古老圖騰般神祕、複雜的中國象形文字，你都必須將這趟大河之旅，忠實地、完完整整詳詳盡盡地，書寫出來，為母親婆羅洲遭受的苦難和羞辱，在神的面前作個見證。旅程中發生的每件事，不管有多齷齪卑鄙，或有多悲慘、血腥和褻瀆，你都不可以遺漏或加以修飾。永，我達雅克民族的交灣、值得信賴的朋友，這是我在婆羅洲聖山腳下，親自交給你的任務。你切莫辜負我的付託！否則，天涯海角，我——自由婆羅洲聖戰士畢嗨——必追捕你，親手將你這個不忠的支那人，獻祭於伊班豬瘟神西菲利斯座前。』事隔多年，這段神聖的囑咐，至今存留在我腦子裡，字字句句記得清清楚楚呢。」畢嗨幽幽嘆口氣，舉手拍拍額頭。他那張飽受日曬雨淋的尖瘦黑臉膛，第一次綻現笑容，露出欣慰的神色：「永是我的真交灣和好兄弟。他信守承諾，終於把婆羅洲的大河故事講出來，給全世界的人聽。」

「李老師身在大海的另一頭，知道你那麼看重他，肯定會非常感動和驕傲的！」

「這些年來，我抱著這份未了的心願，漂泊在卡布雅斯河上，等候永的消息。」畢嗨回頭凝起眼睛，深深看我一眼：「妳這個外地女孩一出現在三江口，我就注意妳了。剛才妳在碼頭上，和歐郎·烏丹人猿進行一場隔空對話，我全看在眼中，聽在耳裡。妳有正義感和愛心，就像我當年認識的少年永。我在心裡告訴自己：這位黑髮杏眼、裝扮奇特、腰間掛著一只馬來珍瑠手鼓的唐人小姑娘，肯定和永有關係，說不定是他派來向我報信的使者。」忽然想到什麼似的，畢嗨勾起右手食指頭，猛一敲自己的腦門：「我還沒問妳叫什麼名字呢！」

「朱·鴒。紅色的漂鳥。」

「很美麗的中國名字。我喜歡。」畢嗨轉過身來，舉起右手掌按在額頭上，一鞠躬，向我行了個印度式問候禮：「朱鴒小姐，我很高興在大河上和妳見面。感謝妳捎來了永的訊息，解除我心中多年的懸念。如今心願已了，我就可以安心搭乘這艘輪船，一路溯河而上，返回達雅克人的原鄉——大河源頭的峇都帝坂山——永遠安息在祖先的懷抱中，不再徘徊河上，如同一個無家可歸的遊魂。」

「畢嗨先生幸會！」我趕忙鞠躬還禮。「李老師的交灣，就是我朱鴒的交灣。」肩膀一挺，我舉起一只拳頭咚咚擂打了兩下胸脯：「中國人是講義氣的。以後，畢嗨大哥有什麼任務，就交託給朱鴒好了。」

兩個人，一個婆羅洲聖戰士和一個台北女學生，面對面，站在「摩多祥順號」甲板上，朝向大河上游達雅克人的聖山，伸出手來緊緊一握，立下了盟約。

「畢嗨大哥，自從那年你和交灣永離別後，你自己又有什麼經歷呢？」

「阿娣鴒，這些年的事說來話長。」畢嗨改口稱呼我「阿娣」（妹妹）了，如同他將李老師——大河之旅時期的少年永——稱為交灣（好朋友好兄弟）那樣。這代表他已經把我當成自家人。

「永有沒有告訴妳，阿娣，我是『自由婆羅洲』聖戰組織的成員？」

「有！」眼睛一亮，我挺起腰桿子颼地併攏起雙腿，肅然起敬。「那年夏天朝山航程中，路過甘榜伊丹，大夥在渡口舉行營火會。身為聖戰士的你，略施小計，用一桶伊班蒙汗藥酒，撂倒十名牛高馬大的歐美壯男，剝光他們的衣服，赤條條。然後你將這群待宰的白皮大公豬，像疊羅漢般一個一個堆放在村口，光天化日之下，供全村的男女老幼觀賞。在台北，每回李老師談起這樁往事，就會眉飛色舞。他可是目擊者呢。他說這是整趟旅程中最精采、最爆笑、最大快人心的事件之一。我聽了，恨不得當時也在場。」

「那年婆羅洲大河之旅！一路上發生多少驚心動魄的故事。我們天上的父，辛格朗．布龍是見證者。」畢嗨眺望著船頭那條黃浪滾滾，嘩喇嘩喇，直通到天際的河道，沉沉嘆出一口氣來。「阿娣鴒，妳知道『自由婆羅洲』組織是幹什麼的？」

「解放婆羅洲，保衛達雅克和伊班人民，驅逐貪婪的日本人和支那人，處決邪惡的歐洲人和爪哇人，在布龍大神見證之下，建立一個公正公義、純潔和諧的加里曼丹自由邦。」

「這是我們的理想。阿娣，妳知道實現理想是要付出代價的？」

「知道！中國歷史上有很多這種故事。」

「我，達雅克男兒納爾遜．大祿士．畢嗨，為我的理想和使命，不惜付出我此生擁有的唯一最珍貴的東西。阿娣，妳知道那是什麼嗎？」

「愛情。」我脫口而出。

「不。是生命。」

我有點失望。霎時間兩人陷入了沉默中，各自想心事。

「大河之旅結束後——」過了漫長的五分鐘，畢嗨開腔了。我趕忙豎起耳朵傾聽。邊聽，邊乜起眼睛從眼角望著他，悄悄端詳他的臉。只見那張挺普通的銅棕色達雅克臉膛，高高地聳起兩顆圓圓的顴骨，神情顯得十分平靜，看不出一絲表情。只是——只是臉色看來有點蒼白和陰冷。說話時聲調平板，幾乎沒有任何抑揚頓挫，光天化日下聽起來格外讓人毛骨悚然：「和永別離的第五年，我奉上級之命，以『自由婆羅洲』解放軍卡江中游縱隊副政委身分，率領一支敢死隊，攻擊桑高鎮警察局。經過一番交火，弟兄們全被擊斃。我的左腳小腿中了一槍，至今走路還一拐一拐呢。我被俘虜，囚禁在坤甸軍事監獄的死牢。在訊問室裡，爪哇人用他們腳上穿的荷蘭特種兵皮靴，輪番踢我的下體，活活把我弄死。」

「畢嗨大哥，你現在是一個鬼魂嗎？」

「嘿，我是鬼魂，這艘輪船上的幾百名乘客也全都是鬼魂。」

好像突然挨了一記悶棍，我整個人當場愣住了。

接下來的五分鐘，我沒吭聲，只管杵在畢嗨身旁，白癡樣張著嘴巴，就著大白日河上明亮的陽光，悄悄觀察周遭的乘客。我的旅伴們——那一家子一家子扶老攜幼，搭乘輪船，前往卡布雅斯河上游的達雅克人和伊班人——向晚時分，背著大河口一輪漸漸變紅、開始沉落的太陽，影影簇簇地四下蹲坐在甲板上，寸步不離，看守著腳跟前堆放的幾十只用黃籐編織、脹鼓鼓裝滿物品的簍子。男女老幼，個個伸出雙手托住下巴，仰起一張張飽經風霜的臉膛，凝起一對對黑眼瞳子，靜靜地眺望河岸上叢林梢頭，那一條一條從長屋屋頂上嫋嫋升起的炊煙。夕陽下一臉安詳，洋溢著回家的喜悅。我端詳半天，瞧不出任何異狀。「摩多祥順號」上的這群乘客，看來看去，不就是挺尋常，居住在大河兩岸的長屋，每隔三五個月就攜家帶眷，揹著山貨到鎮上以物易物，順便觀光一番，如今遊罷，帶著一身的疲憊和滿腦子的回憶，搭船回家的婆羅洲原住民嗎？

突然，有一只手掌涼颼颼地搭到我肩膀上。我當場嚇一大跳，差點齜著牙齒扯起嗓門尖叫出來。猛回頭望去，卻看見畢嗨笑咪咪站在我身子後，聳著他那顆尖翹的飛機頭，咧開一口白牙，滿臉歉意，伸手拍拍我那濕漉漉冒出一片冷汗的背梁，連聲說：「莫害怕莫害怕！他們不會傷害妳這個外鄉女孩的，朱鴒。妳現在看到的是一群死在外地、搭船回家的亡靈。」

「往生的達雅克人？他們要回到哪裡？」

「峇都帝坂。」

「哦，大河盡頭的聖山。」

「阿娣鴒，妳怎麼知道這座隱藏在婆羅洲的心臟，原始森林裡，只有婆羅洲原住民，和幾個闖入禁地，冒犯了布龍神，結果慘死在山腳下的白人冒險家，才知道的石頭山呢？」

「李老師講大河故事，常提到這座山。」

「是了，那年暑假之旅結束時，永和他的克莉絲汀娜姑媽結伴，雙雙登上了峇都帝坂山。」

「請問畢嗨大哥，我們現在是航向峇都帝坂嗎？」

「對。一路溯流而上，直抵聖山腳下。」

「那麼這艘船是——」我禁不住張開嘴巴格格打起牙戰來。畢嗨並沒回答我，只抬起下巴朝向駕駛艙努一努嘴，示意我走過去，自己瞧瞧看吧。我邁開腳步，穿梭過那一家子一家子四下蹲在甲板上，看見我走過來，紛紛抬起屁股，挪動身子讓出一條通路，滿臉笑容向我點頭致意的歸鄉客。短短三十米的路程，我花了五分鐘才走到輪船中央駕駛艙下。趑趄了好半晌，我才悄悄舉手推開門，登上階梯，伸出脖子朝艙內探頭一望。

斜陽照射下，駕駛艙中暮色茫茫，面對一扇玻璃大窗，靜靜佇立著三枚身影，泥人像似的一動不動，專注地觀察前方的航道。中間那個中年漢子，挺著寬厚的肩膀，叉開兩條粗壯的腿，站在駕駛台前。看他那穩如泰山指揮若定的架式，顯然是船長。船長身後侍立著大副。這位瘦高個子帥哥，皮膚黝黑，雙手舉著望遠鏡正朝向上游瞭望。站在船長左手邊，光著兩條雄赳赳的膀子，頭上紮一方杏黃巾，腰間繫一條黑綢褲，雙手搭往方向輪的就是舵手了。從他那身裝扮看來，倒像是從《水滸傳》中蹦出來的嘍囉頭。這支古怪的團隊——華僑船老大、馬來二把手，加上一名山東老鄉船工——大日頭下出現在婆羅洲叢林大河上，可是一幅鮮明、奇特的風景，叫人一見保證終身難忘。

兩個多月前，我和新交的朋友娣娣．龍木撐著舢舨，結伴浪遊卡布雅斯河的第七天，就曾在中游一處河灣，遇見這三名水手。

那時，澳西先生率領龐大的後宮，搭乘他們駕駛的輪船，正朝向河上游的登由．拉鹿祕境進發，尋找新地點建立他的第七天國。七十二名來自婆羅洲各族，爭妍鬥麗穿著花紗籠，額頭正中央，綴著一粒鮮紅朱砂痣的嬪妃和宮女，大白晝光天化日之下，浩浩蕩蕩巡弋在大河上。輪船和我們駕駛的小舟，在河道中央狹路相逢。擦身而過之際，我還跟這群趴在舷欄上看風景的翡翠谷姐妹們，打個照面，互相問候，相約在登由．拉鹿小兒國見呢！如今她們已經抵達目的地了吧？

這會兒我躡手躡腳，站在「摩多祥順號」駕駛艙門口，把頭探進去，偷偷打量駕駛台前佇立的三條無聲人影。落日照大河。霎時間艙中湧進一片晚霞，金溶溶悄沒聲。玻璃大窗外，兩岸椰林中的達雅克長屋和馬來甘榜，屋頂上，只見東一縷西一縷，熱騰騰香噴噴爭相升起炊煙。晚風陣陣，捲起浪濤，嘩喇嘩喇蹦蹦濺濺，吹送來孩子們在河中玩水的聲音。好久，我只顧趴著艙門，呆呆望著掌舵的三名水手的背影。

驀地，一道電光豁亮亮閃過我腦海。我心中終於明白：我搭上了一艘幽靈船——在娣娣．龍木家鄉桑高鎮的父老傳說中，那艘白晝出航，噴著濃濃的黑煙，嗚著長長的汽笛，大日頭下在河上行駛，這些年，來來回回航行了千百趟，但是從岸上望過去，只見偌大的甲板空蕩蕩，除了駕駛艙中的三名水手，四處全不見一個人影的鐵殼船。

鼎鼎大名的「卡布雅斯幽靈船」！

我，十二歲，孤身漂泊在外鄉的台灣女孩朱鴒，上了這艘船，可就沒有退路了。

第二十七話 達雅克大娘一家子

說也奇妙，我的婆羅洲之旅，一路上不時會出現一位「貴人」。每當我迷失在陌生旅途中，一個人走得跌跌撞撞，心裡正感到孤獨淒涼、彷徨無依的時候，他們就像天使般不知打哪蹦出來，拉拔我一下，攙扶我一把，陪伴我這個裝扮奇特、來歷不明的異國女孩，走一程，把我平平安安護送到下一個驛站，這才放心離開。任務完成後，就像來時那樣，這位貴人便消失在大河畔的莽莽叢林中，從此不知下落，沒再出現我眼前。

譬如我的第一位婆羅洲朋友，伊曼。這個善良、命苦的半盲伊班女孩，和我分手後，獨自摸索著漫漫的長路，行走在曠野上，如今不知流浪到何方。

譬如，我離開魯馬加央長屋火場，前往翡翠谷會見澳西先生時，路上相遇，一見投緣，後來和我結成七姐妹的婆羅洲六族美女——肯雅族的大姐頭蘭雅、馬當族的莎萍、加央族的亞珊、陸達雅克族的蒲拉蓬、馬蘭諾族的依思敏娜和那個年紀最小，跟我最親近，最讓我掛心的十一歲普南族小姑娘阿美霞。如今她們跟隨「峇爸」，前往卡布雅斯河上游一個神祕地點去了，不知何日能再相見。

又譬如在千鈞一髮之間，萬分危急的關頭，宛如墨西哥黑衣蒙面俠，那神出鬼沒、救苦救難的蘇洛，突然從黑夜中現身，在峇爸那雙沾滿處女之血的魔爪底下，把我劫走，讓我保住童貞的吉姆王爺——沙勞越白人王朝的創建者詹姆士．布魯克爵士。（記得嗎？死後一百年，他的鬼魂兀自逡巡婆羅洲大地，飄蕩不去，威懾那四處出沒，凌虐他的子民的各路妖魔鬼怪。）而他的情人兼面首「鳳」，那個姓鄺的、擁有六國血統的尊龍式花美男，也是幫助過我，讓我深深感念的一位貴人呢。

還有娣娣．龍木。我在大河上撐著舢舨航行時，在一處激流中遇見的那個身穿紅衣白裙，迎著風，朝著滾滾黃浪，飛揚起一根麻花烏油大辮子，好似剪水燕子般獨自操舟巡弋，四處尋找失蹤的姐姐的女中學生。經過一整個月的共同旅行，我和她，兩個素不相識、偶然萍水相逢的女生，結下了一段特別的情誼……

如今，和娣娣分手，獨自旅行一個多月後，在滿載亡靈的「摩多祥順號」輪船上，我遇見我的新貴人。她只是一位五十來歲，模樣看起來挺平常，待人滿和氣的達雅克族婦女。

排排端坐在中山堂演講廳，一身盛裝，聽我報告婆羅洲之旅的台北仕女們，妳們瞧，我為期一年的旅程，當時才進行一半呢，路上就已經出現這麼多位貴人。無論是男是女，不管是人是鬼，他們都是我朱鴒一輩子最懷念、最感恩的人物。如同領路鳥——那一只一只守望在婆羅洲河道上，日日夜夜風雨無阻，引導路過的船舶渡過險灘、激流和漩渦的叢林小水鳥，蒼鷺、魚鷹、磯鷸和翡翠鳥——我的貴人輪流出現在我的路上，對我這個陌生人，及時伸出援手。這是我十二歲那年的叢林冒險旅程中，最奇妙、最美麗的現象之一。這樁經驗，讓我相信天無絕人之路，人生充滿希望。宋朝大詩人陸游（順便一提，他是我頂欣賞的男人）不是有一首〈遊山西村〉嗎？

莫笑農家臘酒渾
豐年留客足雞豚
山重水復疑無路
柳暗花明又一村……

打小學五年級，李老師教我讀這首詩後，我就深深喜愛。每次覺得做人不順心，走投無路，我就對著天空大聲朗誦，或在心中默念七八遍。噫？我今天演講的題目是〈婆羅洲之旅的所見、所聞、所思〉，怎麼會扯到陸游的詩呢？唉，這是我朱鴒講故事的一大毛病：離題。一定要改。現在我們趕緊回到正題上吧。後排聽眾臉上已經露出不耐的神色了。

各位女士和小姐們記得嗎？那天下午，我手上拎著行囊，腰上掛著姐妹鼓，風塵僕僕來到三江口碼頭，準備搭乘開往新唐鎮的最後一班客船。由於沒預先購票，而輪船正升火待發，船公司的幹部拒絕讓我登船。正在彷徨無計，急得直跳腳的當兒，船舷上出現一位達雅克族中年婦女。只見她伸出脖子探著頭，舉起她那只銅棕色、釘鈴鐺鋃戴著十幾枚銅環的手臂，邊朝向碼頭招著，邊張開嘴巴叫喊，好像在呼喚自己的小女兒。就這樣我蒙混過關，搭上了「摩多祥順號」。上得船來，我向她鞠躬道謝，但她只擺擺手，就轉身走回她家人那兒，和她的一大群兒孫相聚，沒再理會我。

接下來的故事——我的婆羅洲之旅的第五段，也是最奇異的一段路程：幽靈船巡航卡布雅斯河——這位萍水相逢、急公好義的原住民大娘，就成為我的守護天使，新貴人。

她的名字叫莎拉·安孃·尤大旺。（莎拉是她出生受洗時神父賜的教名，安孃是她的達雅克閨名，尤大旺是夫姓。）她要我稱她「尤大旺姑姑」，我卻喜歡管她叫「莎拉大娘」（伊布·莎拉），因為這個稱謂美麗大氣，叫起來挺順口，而且不知怎的，這位尋常的婆羅洲婦女，總讓我想到亞伯拉罕的妻子、猶太民族的母親撒拉——整部舊約聖經中，我朱鴒最崇仰的女性。她是了不起的女人，擁有超強的生育力，九十歲還能生兒子，成為上帝耶和華應許的「多國之母」……

講著講著又離題了嘍。積習難改，不好意思！我們回到卡布雅斯河輪船上吧。

那天晌午，在輪船駕駛艙，我撞見三名掌舵的幽靈水手，發現了「摩多祥順號」的祕密和船上乘客的身分。我心中倒抽一口涼氣，雙腿登時一軟，整個人差點摔倒在艙口。瘧疾發作似地，我渾身打起擺子，雙手扶住艙門，努力讓自己定下心神來。過了整整三分鐘，才慢慢轉身離開駕駛艙，踮著腳尖，躡手躡腳，穿梭過甲板上蹲坐著的一家一家扶老攜幼、帶著全副家當、搭船返鄉的往生達雅克人，走回到我的新朋友——已經殉難的自由婆羅洲聖戰士大祿士·西菲利斯·畢嗨——身旁。我悄悄蹲下來，心中忐忐忑忑地盤算：我必須保持鎮定，裝得若無其事，挨過這段百公里的航程，等輪船一抵達新唐鎮，便覷個空，從船上溜下來，消失在這座繁華城市熙來攘往的街道上，逃之夭夭。在新唐找個地方投宿一晚，明天早晨再另覓交通工具，繼續我溯流而上、追蹤澳西先生的航程吧。

主意已定，我便放鬆身心，把行囊放在身後當作靠枕，雙手抱住兩只癱軟的膝頭，坐在甲板上人堆中，眼觀鼻鼻觀心，目不斜視，挨著畢嗨的腳踝子自管打起盹來。

畢嗨這時也不再吭聲。他跂著一只好腳，把背梁靠在柱子上，將雙手環抱在胸前，抖啊抖的搖著他那條中過一槍、已經瘸掉的左腿，聳著他脖子上那顆烏油油，吹了一下午的河風，兀自翹得尖尖的飛機頭，雙目炯炯，只顧眺望向晚河上一艘艘返航的漁船。夕陽下一臉蒼茫，心事重重。

日落大河，血似的紅。

晚風拂過椰林，捲起甘榜屋頂上升起的一條條炊煙，飄越過黃昏時分呱——呱——歸鴉成群飛掠的河面，將一鍋鍋熱騰騰的米飯香，直送到我們輪船上來。空氣中，瀰漫著辛辣刺鼻、誘人口水的馬來峇拉煎蝦醬味道。

轂轆轆，我聽到自己那一整天沒進食、餓得扁扁的肚皮內，猛然發出一連串聲響，趕緊閉起嘴巴，免得一不小心，當眾流出口水來。抬頭看看畢嗨。茫茫暮色中，只見他的嘴角牽動了一下，好像也悄悄吞下一泡口水呢。

摩多祥順甲板上，家家開始張羅晚餐。

陣陣香氣，四面八方撲鼻而來，把我肚裡的腸子勾引得越發躁鬧不安。我蹲在人堆中，闔上眼睛伸出鼻子，朝向空中邊嗅，邊嚥口水，邊回想孩提時代在台北，每天早晨一起床，我便盼著黃昏來臨，因為這時我就可以站在廚房門口，看媽媽煮飯做菜。一片夕陽，從後窗灑進屋裡來。只見她一逕低垂著頭，翹起她腦勺上那顆柚子般大、每天調理得油光水亮的烏黑髮髻，站在料理台前，操著菜刀和鏟子，不停切切炒炒，整個人沉陷在自己的心事中，嘴裡只管哼著家鄉台南的小曲：「身穿花紅長洋裝，風吹金髮思情郎，想郎船何往，音信全無通……今日青春孤單影，望兄的船隻早日回歸安平城……安平純情金小姐啊，等你入港銅鑼聲……」唱了半天，她不曾回頭看我一眼，彷彿壓根沒意識到我——她五歲的小女兒鴒子——的存在。但是在我幼小的心靈裡，站在廚房中做活的媽媽，一個名叫「朱陳月鸞」的台南女子，是全世界最美麗迷人、最溫馨的一幅圖畫，每次都讓我這小小的一個丫頭兒，杵在廚房門口，睜著雙眼看得癡了……

我嘴裡哼著〈安平追想曲〉，心中思念，這會兒想必在台北家中準備晚餐的母親，不知不覺眼睛濡濕起來。獨自抱著膝頭蹲坐輪船甲板上，抬頭望著黃昏大河上，那歸鴉聒噪、炊煙繚繞的天空，怔怔發了一回呆。蹲得累了就站起身來，伸手狠狠擦了擦眼皮，抹乾淚水。睜開眼睛一瞧，忽然看見輪船上乘客堆中，有一雙溫柔清亮的眼瞳子，隔著甲板上一片晃動的人頭，瞅住我。滿眼睛的疑問和關切。我揉揉眼皮仔細一看。是莎拉大娘！幫助我登上摩多祥順號的那位貴人。她從人堆中昂起她那張銅棕色，圓圓潤潤，看起來挺福氣，腮幫上烙著兩道美麗黥紋的臉膛，綻開兩只酒渦，舉起一條手臂向我招著。如同一個迷路的小孩，蹲在陌生的地方哭泣，忽然看見親人一般，我趕緊擦乾淚痕，邁出腳，帶著我的緹花袋和姐妹鼓，朝向大娘走去。心中一動，回頭看看我的新朋友畢嗨。只見他孤單單倚靠在舷柱上，抱著雙臂，抖著他那一條死魚似的瘸腿，邊望著大河沉思，邊咕嚕咕嚕猛吞口水。看他這副饞相，我忍不住噗哧一笑，伸手握住他的腕子，牽著他走向莎拉大娘一家所在的角落。就這樣，我們這兩個落單的、飢腸轆轆的旅客，加入尤大旺家族在亡靈返鄉船上的聚餐。

盤盤碗碗十幾樣食物，鋪在甲板上，都是肉脯、魚乾、達雅克玉米烙餅之類的乾糧。（值得特別一提的是名叫「打鹵．巴比」的竹筒酸肉，像極了咱們台灣原住民的著名美食，生醃山豬肉。思鄉情切的我，忍著那股強烈的酸臭味，一連抓了五六片塞進嘴巴，眼角一濕，險些又要迸出兩顆淚珠來。）尤大旺一家四十八口人，四代同堂，圍坐成一大圈，占據「摩多祥順號」船頭甲板上，露天下的一個三蓆大的空間，吃吃喝喝好不熱鬧。

我一面用餐，一面和莎拉大娘攀談，不到半頓飯工夫，便打聽出了她家的來歷。其實，他們是挺平凡、再普通不過的達雅克家族，安安生生過日子，沒有太多悲歡離合、曲折起伏的事蹟可以寫成像《塊肉餘生錄》或《悲慘世界》那類長篇小說。我簡單地向大家報告：這個家族的族長名叫英漢．尤大旺，是卡布雅斯河上游地區魯馬．古農帝坂人氏。十八歲那年，二戰結束，白人拉者回到婆羅洲舊邦，從日本皇軍手中接收沙勞越。為了重建殘破的殖民地，沙勞越最大的洋行英商慕娘公司，派人進入內陸叢林招募工人。英漢和三百名同鄉壯丁應聘，跋山涉水，越過婆羅洲島中央分水嶺，來到沙勞越，落腳在首府古晉市馬當路，在一座橡膠園工作。

（妳們聽清楚沒？馬當路。這條路也是李永平老師的南洋老家所在的地點，在他講的童年往事中不時出現。記得嗎？那晚夜遊台北市，在和平西路尾的華江橋，他和我兩個人倚在橋欄上，眺望河上的一輪明月。他邊回憶邊講述他十歲時，一隻名叫「小烏」的狗被一群小孩弄死的故事：「丫頭啊，這會兒月娘也俯瞰著千里外，南中國海彼岸，婆羅洲島上古晉城外，馬當路十哩，胡椒園門口，道路旁竹林內那小小的一堆白骨……」故事就是這樣開始的。李老師嘴裡吐出這句話時，那淒涼、陰森、午夜幽魂嘆息般的口氣，至今回想起來，還會讓我毛骨悚然，渾身冒起疙瘩哩。聽完這個真實的恐怖的故事，我一連做了半個月的惡夢。夢中，渾身帶血的小烏獨個兒蹲坐在竹林裡，月光下一眨不眨，只管睜著牠那雙哀傷、溫柔的眼瞳子，靜靜瞅著我。往後幾年，三不五時，牠的幽靈就出現在我的午夜夢中，依舊定定望著我，好像有話要跟我說……這下我又扯到題外嘍！不好意思。）

慕娘公司旗下的馬當路農場，古晉老一輩口中的「紅毛園」，是全沙勞越最大的橡膠園坵。英漢在這裡落腳，隔年迎娶同族姑娘蘇娜，生下一個兒子亞伯蘭・古納。亞伯蘭就是亞伯拉罕。這是園坵禮拜堂牧師賜的名字，因為他出生時受洗為基督徒，成為尤大旺家族遷離婆羅洲內陸後，在古晉這一支的祖先。從此他們家定居在沙勞越。（論起來，他們可算是李老師的小同鄉，說不定還曾打過照面呢！人生真奇妙。）亞伯蘭長大後成親，妻子是同在園坵長大，青梅竹馬的莎拉・安孃。夫妻共生下八個孩子，三女五男。祖孫三代都替慕娘公司打工，居住在公司提供的鐵皮屋宿舍。雖然簡單狹小，但比起內地的長屋，卻舒適得多，各種摩登設施和現代家電應有盡有，免費使用。一晃，半個世紀過去了。日出則作日落則息，紅毛園的日子過得平安無事，一家子和樂融融。

這段日子，尤大旺家族發生的最重大事件，是嗣子亞伯蘭・古納罹患肝病死亡，得年三十九。三十六歲就守寡的長媳莎拉，擦乾淚水，在主耶穌見證下肩負起帶領家族的責任，成為女族長。

主曆二〇〇〇年元月，新千禧年來臨，紅毛園大放煙火慶祝。古晉建城以來最大的一場火災，突然發生，燒光整整十排工人宿舍。尤大旺家族祖孫四代四十八口人，一起葬身火窟。往後幾年，這一家子的魂魄，男男女女老老小小，飄蕩在沙勞越，成為流落異鄉的一群幽靈。五十六歲那年中風、癱掉半邊身體的老爺子英漢・尤大旺，在火災中喪生時，已高齡七十三——以達雅克人的標準來說稱得上人瑞了。十八歲離家，從不曾回鄉。死後他開始思念老家，那坐落於婆羅洲中央分水嶺另一邊，隱藏在大河源頭、聖山腳下的魯馬．古農帝坂長屋。於是，他以公祖的身分，召集一家大小的魂魄，宣布舉族返鄉的諭旨。莎拉大娘奉命，收拾劫後僅存的一些家當細軟，裝進十只籐簍子，張羅好一個星期的乾糧。今年復活節過後的早晨，風光明媚天氣晴朗，她率領全體家人聚集古晉碼頭，登上開往坤甸的大海船「山口洋號」，然後換乘內河客輪，進入婆羅洲內陸。在卡布雅斯河中游的大鎮桑高，他們搭上「摩多祥順號」鐵殼船，迎著叢林梢頭的日出和月升，繼續溯河而上，航向久違的原鄉。就在航程中間一個驛站，三江口，憑欄眺望港灣風光的當兒，忽然，他們看見碼頭上出現一個年紀約莫十二三，黑髮黃膚杏眼，裝扮奇特，手挽一只緹花袋，腰繫一個馬來雙面手鼓，滿面風塵神色慌張獨自旅行的唐人女孩。心一動，莎拉大娘便探出頭來，伸出一只胳臂，從船舷上向她招了招手。

「人生中的相遇，就是這樣奇妙神祕！」講完了家族史，莎拉大娘嘆息一聲，意味深長地說。她凝起一雙充滿慈愛的烏黑眼瞳子，深深地看我一眼：「我們全家人很高興遇見妳，阿娣。旅途中沒什麼東西招待。這頓簡單的晚餐，希望妳吃得飽。」

哎呀不好意思，一頓飯都快吃完了，我還沒告訴我的主人，我叫什麼名字、從哪裡來的呢。

「我叫朱鴒，來自台灣。」我從坐墊上（莎拉大娘煞費苦心，特別為我這個客人張羅的一個小蒲團），抬起屁股站起身來，彎下腰，朝向那盤足席地圍坐在輪船甲板上、熱熱鬧鬧聚餐的一家子，團團鞠個躬：「莎蘭姆！很榮幸認識婆羅洲古老、尊貴的尤大旺家族。」

全家四十八口人，男女老幼紛紛放下飯碗抬起臀子，齊齊哈腰向我回禮：「歡迎阿娣．朱鴒光臨我國，印度尼西亞共和國西加里曼丹省。頌頌，孟榮頌！歡迎歡迎！」

「吃，吃！」年過七旬的老爺子英漢，咧開一張乾癟的嘴巴，露出兩片光禿禿的牙齦，只管為我布菜：「阿娣馬干，馬干！」

在這家好客的達雅克人熱情相勸下，我就老實不客氣，伸出兩只手爪子，連番抓起鯰魚乾、鹿肉脯、清香撲鼻的玉米烙餅和又酸又臭的打鹵．巴比，一古腦塞進嘴巴，大啖起來。這是我整趟婆羅洲旅程中最飽足、最扎實的一餐。我，來自遙遠異國、在路上和這家人萍水相逢的陌生女孩，霎時間，變成了尤大旺家族的一份子。闔家大小，在歸鄉途中的客船甲板上圍聚成一圈，露天席地而坐，對著大河口一輪冉冉下沉的夕陽，和樂融融共進晚餐。這份感覺呀，我告訴妳們——穿著一身歐日名牌行頭，化著一臉濃妝，排排端坐在台北市中山堂演講廳台下，耐心地、木無表情地，聆聽我講述婆羅洲之旅的高尚仕女們：「真正好得不得了！」這種聚會和場面，妳一輩子只需經歷一次，就不枉此生了，因為妳體驗過了人與人之間最真誠、最自然、絲毫不摻假的情感。

我，朱鴒，喜歡這種交情。

從婆羅洲回到台北後，我常在夢中和莎拉大娘重逢。她一點沒變。依舊是一張銅棕色圓臉龐，腮幫上，遵照大河上游達雅克族的風俗，烙著兩道淡紅色的班葛．拉雅花紋。依舊逢人就咧嘴笑，露出一口好白牙。尤其顯目的，是她腦勺子後紮著的那根手臂般粗大、兩呎長的麻花辮，每天早晚必用橄欖油細細搓揉一番，保養得烏光水亮，叫人忍不住好想伸出手，摸上一摸哩。

那天傍晚在「摩多祥順號」上聚餐，我一直挨在她身旁，和她說話，偶爾還撒個嬌呢，就像出嫁後頭一次回娘家的小女兒那樣。

大河落日紅通通，照射著船頭船尾甲板上，那一圈圈一家家，圍著一堆豐盛的食物，好像春日郊遊，露天下舉行野宴般，快快樂樂席地用餐的乘客。我伸出食指頭，點數一下。這艘八百噸級的內河航運客輪，至少運載十二個家族，外加一些零星散客，總共不下五百人。人堆中，我挺起腰桿聳出脖子，環視一周，看看那黑鴉鴉滿船攢動的人頭，心中一動，回頭瞅著莎拉大娘，壓低嗓門叫喚一聲：

「伊布．莎拉。」

「哎。阿娣鴇。」

「這些乘客都是回家鄉的嗎？」

「哎哎。和我們一樣，全家人搭乘輪船，航向大河源頭聖山下的老家。」

「他們都是——往生的人嗎？」

「哎！船上這十多家正在聚餐的達雅克人和伊班人，全都是鬼魂，和我們一樣。」

「他們生前都在外地工作嗎？」

「哎哎。和我們一樣，漂泊他鄉。」

「一家人都死了嗎？」

「哎——由於各種各樣的原因，全家慘死異地。命運和我們尤大旺家相同。」

「船上那些散客呢？難道也是往生的靈魂？伊布．莎拉，他們看起來好孤單憔悴喔。」

「哎！孤魂嘛。阿娣鴇。」

我閉上嘴巴不吭聲了，只管怔怔挨坐在莎拉大娘身旁，睜大眼睛，好奇地，帶著三分恐懼地，悄悄打量同船的十幾家返鄉客。看起來挺普通、挺尋常的婆羅洲原住民呀！和妳在古晉橡膠園、桑高鎮巴剎、三江口碼頭上，看見的那些從事各種勞力工作，烈日下汗流浹背，弓著一條條乾瘦黝黑的身子，努力掙錢，養家活口的伊班人、加央人、肯雅人和達雅克人一樣，有血有肉有汗有淚，真實得不能再真實。莎拉大娘若是不說，妳決不會知道，他們是一群死後返鄉的靈魂。

這整個黃昏，我和尤大旺家族坐在一起，邊用餐邊閒話家常，邊透過眉梢眼角，偷偷觀察周遭那一堆一堆盤足圍坐甲板上，闔家團圓，熱熱鬧鬧聚餐的歸鄉客。時不時，我抬頭往船舷外面望去。走馬燈似的一座接一座甘榜、巴剎、長屋和華人客家庄，輪流出現在河濱椰林裡，只見人影幢幢人頭飄蕩，無聲無息忽現忽隱。傍晚時分，漫漫炊煙濛濛暮色中，從我們船上看去，河岸上的人家宛如海市蜃樓一般，好不虛幻。

望著想著，我心中突然靈光一現：這會兒，岸上的人觀看河中的我們，不也是幻象嗎？一條漂流的鬼船、一群閃忽的魅影——大河兩岸父老傳說中，那艘白晝出航，大太陽下滿船空蕩蕩，鬼氣森森，靜靜在大河上行駛，這些年來來回回穿梭了幾千次，運送過無數靈魂返鄉，大名鼎鼎的「卡布雅斯幽靈船」。

到底誰是人？誰是鬼魂？我們還是他們？

究竟哪個世界是真？哪個世界是幻？是岸上還是船上？

越思量，越糊塗。一時間我整個人墜入五里霧中，心中一片迷茫。

用完一頓簡單卻十分豐足的達雅克晚餐，一鉤皎白的下弦月，恰好升起，打叢林背後冒出來，低低地，掛在大河上游那一穹廬亮晶晶、群星閃爍的赤道夜空中，笑吟吟地，瞅著我們這群趕路的遊子。我們的輪船「摩多祥順號」，航行在婆羅洲母親河上，載著滿滿一船的往生靈魂，加上一個名叫朱鴒，十二歲，機緣湊巧誤打誤撞搭上這艘船的台北女孩，怦怦怦，鼓著強勁的馬達，迎著滔滔而下的渾黃江水，朝向大河源頭的原鄉，穩穩前進。置身在一艘幽靈船上，我心中並不感到懼怕，反而覺得無比的溫馨、平安、踏實。

下一站，我們將來到新唐鎮——輪船駛往卡布雅斯河上游、進入神祕的禁地帝坂山區之前，停泊的最後一座大碼頭。

第二十八話　弦月下的幽靈城市

我雖是第一次造訪新唐鎮，但聞名久矣，簡直如雷貫耳呢，因為李老師在他的婆羅洲故事裡，常常提到它。記得嗎？在「少年永」十五歲的大河朝山之旅中，那座如同地獄之門，佇立大河灣，扼守住通往冥山峇都帝坂的航道，時不時，幽幽然，浮現在故事情節中的「紅色城市」？

新唐——婆羅洲內陸最熱鬧的巴剎，印尼共和國西加里曼丹省的邊城，卡布雅斯河中游的最後城鎮。新唐——新興的林業中心，全亞洲規模最大的木材集散場。新唐——變戲法般，颼地，在世界碩果僅存的三大雨林之一、婆羅洲雨林中央，蹦現出來的一座嶄新繁華城市，綽號「南海的艾爾度拉多」的淘金城。新唐——古老伊班傳說中，神魔峇里沙冷在叢林祕境建造的紅色迷宮，好似《奧德賽》中，女巫色喜居住的妖島，引誘路過的旅人，發生過無數精采的、驚心動魄的故事……

在台北，聆聽李老師講述大河故事時，對這座特別的城市，我就深深著迷，悠然神往，渴望將來有機會造訪它，親身體驗一下，當年少年永和他的荷蘭姑媽克莉絲汀娜．房龍小姐，在陰曆七月七日，七夕，迎著城頭一彎水紅月，肩並肩，手挽著手結伴漫遊城中的那段旅程。

如今我帶著一顆忐忑的心，和滿腦子的期盼與憧憬，搭乘「摩多祥順號」來到了新唐。一路上我便在心裡盤算著，如何攛掇我的新旅伴和新朋友，自由婆羅洲聖戰士納爾遜．大祿士．畢嗨，擔任我的嚮導，帶我上岸從事一趟紅色城市夜遊。

抵達新唐港，已是入夜時分。河口那一顆碩大的火球，在地平線上晃盪了老半天，滿天歸鴉嘎嘎啼叫聲中，終於墜入爪哇海。天頂最後一抹彩霞消失，夜幕降臨卡布雅斯河上。一枚下弦月幽幽升起，掛在新唐城頭。港中的船舶紛紛點亮各色花燈，乍一看，果真像魔術師變戲法，看哪！漆黑的婆羅洲內陸叢林中，豁地出現一片輝煌的燈海。

我們的船順利進港，卻不知為何，並沒有駛向碼頭，獨自停泊在對面的紅樹林中，隔著一百米寬的江面，和新唐鎮遙遙相望。

引擎熄火，汽笛停歇。駕駛艙中影幢幢寂沉沉不見絲毫動靜。男女老幼一船乘客，全都乖乖待在甲板上。我跂著腳尖攀著欄干，趴在船舷上伸出脖子，眺望對岸那座華燈四起大放光明的城市，等待一會，終於按捺不住了，回頭呼喚那位只顧聳著一顆油亮飛機頭，抱著兩只胳臂，抖著一條瘸腿，兀自倚柱閉目沉思的婆羅洲聖戰士：

「醒醒，畢嗨先生！」

「阿娣鴒，什麼事？」

「船長為什麼不把船停靠在碼頭，讓乘客上岸逛逛呢？」

「因為『摩多祥順號』是一艘幽靈船。」

畢嗨不動聲色地回答我。

聽到這句話，我彷彿被人掐住喉嚨，硬生生灌下一大盅高粱酒似的，當場嗆在那裡，好半晌說不出話來。

我們是一船幽靈。陰陽兩隔。我們這群往生的旅客必須待在船上。路過一座熱鬧的城市，卻不能登岸一遊。我，朱鴒，在婆羅洲旅行的台北女生，莫名其妙地陷入了一個荒誕、奇特、詭異得難以言喻的情境，這當口被困在一艘不能停靠碼頭的船上，進退不得——借用我爸，蘇北男兒朱方，平日喝了兩杯高粱老酒，又講他當年如何流落到台灣，被困在一座鳥不生蛋的小島上，有家歸不得的境遇時，最愛用的一個譬喻——我就好比一匹駱駝擱在一塊橋板上，兩頭沒著落。我心中正自懊惱呢，回頭一瞧，看見畢嗨拖曳著腳步一拐一拐走過來了。他在我身旁立定，陪伴我一起倚欄，眺望那隨著夜色加深燈火越發燦亮的新唐市。

「兩百年前，我曾曾曾祖父那個年代，這兒只是一座古老寧靜的小甘榜，住著幾百戶馬蘭諾族打漁人家。」好似說夢話般，畢嗨突然在我耳邊幽幽地開腔。「主曆一八二五年（阿娣鴒，記住！這是婆羅洲歷史上一個重大日子），荷蘭皇家印度軍團喬治．繆勒少校，率領第一支西方探險隊，從大河口坤甸城出發，以白神『孔帝基』的名義，沿著卡布雅斯河溯流而上，在馬當族獵人阿圖．龍木嚮導下，進入婆羅洲的心臟。他們在新唐建立前進基地，計畫攀登峇都帝坂山。在普勞．普勞村，聖山入口處，荷蘭遠征軍踏入死亡陷阱，中了我畢嗨家族英勇的、受布龍神護佑的祖先們設下的埋伏，全軍遭到殲滅。一整營的紅毛兵，變成了飄蕩在叢林中的一群無頭的、無家可歸的遊魂。繆勒少校被活捉，斬首，頭顱不知下落。今天婆羅洲中部還有一座山脈，以他的姓氏命名呢。」

這段歷史，我聽娣娣．龍木講過了，但現在從一位婆羅洲聖戰士的英靈口中道出，語氣雖然平靜單調，聽來卻格外陰森、慘烈，令人渾身泛起雞皮疙瘩來。

「繆勒的來臨打開了潘朵拉——噢不，孔帝基——的恐怖盒子。往後一百五十年，各路妖魔鬼怪紛紛出現在婆羅洲。他們從世界各地聞風趕來，在坤甸港登岸，雇用伊班舟子和達雅克腳伕，搭乘長舟溯大河東上，會聚在中游的小漁村新唐。英國探險家和小說家、印度僕從和尼泊爾傭兵、德國地質學家和土木工程師、美國冒險家和福音傳教士、義大利僧侶、西班牙浪子、各色人種的淘金客和騙徒、荷蘭官吏和他們的爪哇情婦、潮州商人和客家墾戶、二戰時期的日本皇軍和高麗營妓、獨立後的爪哇新貴……大夥不分膚色、種族和宗教信仰，有志一同齊心協力，在峇都帝坂聖山下搭建一座超大舞台，共同演出一齣規模宏大、劇力萬鈞、歷時一百五十年的魔幻史詩劇。瞧！在白神『孔帝基』手中那根小棒子指揮下，世界第三大雨林正中央，無中生有，冒出了一座嶄新的摩登的西方都市。」

「噢！新．新唐。」我舉起雙手熱烈鼓掌喝采：「南海的艾爾度拉多，赤道叢林中的黃金城，一晃眼間出現在婆羅洲大地上。」

「這場戲法是婆羅洲歷史上最精采、最瑰麗的一次演出。令人嘆為觀止！它的神奇，它那巧奪天工的手法，讓我想起澳西先生的魔術。在妳的婆羅洲之旅中，阿娣鴒，妳肯定遇見過這位偉大的、生前被伊班人尊稱為『峇爸』，死後陰魂不散，一直飄蕩在大河流域，徘徊不去的白魔法師。當年，我的少年朋友，永，從事他的大河朝聖航程時，路過魯馬加央，在伊班大頭目天猛公．彭布海邀請下，和他的姑媽房龍小姐，參加長屋夜宴。當時以英女皇御用大律師的銜頭，擔任印尼政府司法顧問，終年奔走大河上下，為各族人民排解法律糾紛，因而贏得『司法聖誕公公』美譽的澳西先生，身為宴會主賓，應邀表演一段魔術，作為餘興節目的壓軸。只見他老人家，在酒席中間一站，笑呵呵，當著一群伊班父老的面，在滿長屋孩子們那幾百雙清澈、好奇的眼睛一眨不眨注視下，從雪白西裝上襟口袋中，抽出一條紅絲帕，舉到空中不停抖動：颼、颼、颼。不到三十秒工夫，廳堂中央擺著的一只大水盆裡，春花綻放般出現了一百朵盛開的玫瑰。頂頭五盞汽燈照射下，只見每枝花蕊中，滴溜溜地滾動著一顆晶瑩的露珠，花瓣濕漉漉，兀自沾著皎潔的露水，活生生是清晨新摘的花兒呢。『春到人間！』滿堂爆出采聲。圍觀的孩子們都看傻啦，一個個睜著眼睛張著嘴巴，好久好久都闔不起來。」畢嗨頓了頓，說：「新唐市的興起不就是一場戲法，如同澳西先生的魔術嗎？」

我雙手攀著「摩多祥順號」欄干，跂著腳，豎起一只耳朵，邊聆聽畢嗨講述新唐的建城史，邊把脖子伸出船舷外，凝起眼睛，眺望大河對岸一彎明月下，一條高大堅固的十公里水泥堤壩頂端，那座矗立在叢林正中央，光禿禿一片紅土地上，入夜時分萬盞燈火齊亮，大放光明的摩登城市。

這便是當年，暑假朝山之旅，少年時代的李老師和他的克莉絲汀娜姑姑，曾經結伴夜遊，從子夜直逛到凌晨，經歷一連串驚險事蹟，遇到一系列怪誕人物的「紅色城市」嗎？

滿城彩色花燈倒映江中，一盞盞一簇簇，兜啊兜眨啊眨，從我們船上放眼望去，好像萬千條奼紫嫣紅的水蛇，交纏成一窩，爭相擺舞在卡布雅斯河的滾滾黃浪裡。

我趴在船舷上，低頭觀看水中的霓虹燈，怔怔出起神來。我的眼光，被兩個漂盪在河上的巨大藍色招牌字，牢牢吸引住了。

「雲月。」我喃喃地念了五六遍。

這不就是李老師在他的大河回憶錄中，〈七月七日七夕，浪遊紅色城市〉那一章，特別提到的、讓我留下極深刻印象的賓館嗎？

記得情節是這樣的：那晚逛街途中，少年永和姑姑失散後，獨自遊蕩在子夜時分，漫天紅霧籠罩下，迷宮般鬼影幢幢的新唐城裡。他遇到一群喝醉酒的日本木材公司幹部。一枚水紅月亮照射下，只見他們直條條板著腰桿，挺著一身雪白西裝，橐橐，蹬著腳上兩只尖頭白皮鞋，邊在街上遊走，邊哭哭啼啼高唱東洋浪人歌：「君為代呢，千代呢，八千代呢……」在他們引導下，少年永一路穿街走巷，來到一條新闢的八線柏油大馬路賈蘭．墨迪卡大道，看見一幢簇新玻璃水晶大廈矗立在路口。抬頭一望，只見屋頂天台樹立的招牌上，睞啊睞眨啊眨，兩只巨大的、妖媚的美人眼眸般，閃爍著兩個用孔雀藍水晶霓虹光管紮成的日本漢字：雲月。身影一晃，無聲無息，這隊東洋客消失在大理石門廊內。賓館門口車道上，一排停泊八輛插著「榮耀紅白」小旗的官家黑色別克轎車。少年永守在門廊外面張望半天。兩扇黑水晶大門，咻地滑開了。門洞中，咭咭呱呱一群熱帶鸚鵡似的，走出三十幾個穿著和服，蹬著花木屐，踩著小碎步的婆羅洲原住民小女郎。大夥興高彩烈地談笑，團團簇擁著一個胖大的白人老頭。在八個頭戴黑宋谷帽、身穿夏威夷花恤、腰繫一條泰絲紗籠的爪哇官員護衛之下，五人一組，分頭鑽入黑頭車，一縱隊呼嘯而去。獨個兒，少年永佇立在雲月賓館門口，揮手目送：「澳西先生走好。莫忘了魯馬加央的姑娘伊曼！她日日夜夜抱著您贈送的洋娃娃，站在長屋門口，翹首盼望，等待您履行您對布龍大神發的誓，回到長屋，接她去人間天堂澳大利亞國，從此過著芭比公主般幸福、快樂的日子喔。」

午夜霓虹燈下，又見澳西先生那顆斗大的、油亮的、彌勒佛似的笑瞇瞇一團和氣的白頭顱！陰魂不散，在李老師講述的大河故事中，想躲都躲不開，時不時，我們就會撞見這個終年穿著一套雪白夏季西裝，頂著一頭燦爛銀髮，腆著大肚膛，遊走婆羅洲，四處出沒無所不在的澳洲老頭兒。記得嗎？有時在深山的長屋，有時在河畔的甘榜。有時在一艘簇新、鋁殼包裝、由一具五百匹馬力山葉引擎推動，一尾銀色飛魚也似，咻，咻，頂著大太陽，在卡布雅斯河上呼嘯而過的印尼官家船上。有時——譬如七月七日七夕這晚——在半夜凌晨，天頂一瓢月亮下，婆羅洲內陸叢林城市中，仙山樓閣似的，一幢矗立在滿天紅色飛沙裡的摩登旅館「雲月」門口……

少年時代的李老師，初中畢業旅行途中，遇見當時以印尼政府司法顧問身分，風塵僕僕四處奔波，巡察加里曼丹省的澳西先生，和他結下一段奇詭、恐怖的緣。

如今多年後，我——經由李老師安排，前來他故鄉一遊的台北女生，朱鴒——在自己的婆羅洲旅程中，三番兩次遇見澳西先生的鬼魂。在翡翠谷，我和他初次晤面，差點成為他的一個妃子。後來在卡布雅斯河上撐舟航行，我又遇到這位率領七十二名嬪妃，搭乘一艘幽靈船，浩浩蕩蕩溯流而上，前往新迦南，建立新後宮的「峇爸」。兩下裡狹路相逢，猛然打個照面。我們約定在登由．拉鹿小兒國見，把我們之間的恩仇徹底做個了結。

到時，我們這一老一小一男一女，來自天南地北，素無瓜葛，卻偏偏在赤道一座島嶼上碰頭、結下一段孽緣的兩個人——威廉．澳西與朱鴒——將會展開怎樣的一場決戰呢？

想到這點，我就不由自主地縮起肩膀，咬著牙，渾身機伶伶一連串打出五、六個寒噤來。

「千百年來——」畢嗨講話了。摩多祥順號進港後，他一直站在船舷旁陪伴我，一起憑欄眺望少年永當年夜遊的城市，好一陣子只管沉思不語。這時忽然開腔。聲調幽幽沉沉，好像有個人在妳身旁睡覺，睡著睡著突然張嘴，在妳耳畔說起夢話來，聽得妳頭皮發麻背脊發涼：「千百年來，一隊接一隊外來的過路客，阿拉伯人、中國人、歐洲人、日本人和爪哇人，輪流出現在我們達雅克家園，熙熙攘攘來來往往，如同一群比手畫腳、虛張聲勢的幻影，走動在永恆、靜默的婆羅洲土地上，正如偉大戲劇家莎士比亞的詩句描述的：『充滿喧囂與激情，了無意義！』朱鴒妳給我聽著：總有一天，強大的叢林會將他們擊敗，就像它淹沒吳哥王朝，埋葬滿者伯夷帝國，摧毀爪哇島上雄偉絢麗的婆羅浮屠佛塔，在十八世紀，消滅中國『客家王』羅芳伯在坤甸城建立的蘭芳共和國……」

畢嗨陷入恍惚的狀態中，只管背著雙手，拖著一條瘸腿，聳著他脖子上那顆迎著新唐港的輝煌燈火，顯得格外尖翹、油亮的飛機頭，一蹭一蹭在船舷欄干旁來回踱步，嘴裡不停呢喃。

我齜著牙，忍住全身一波波冒出的雞皮疙瘩，豎起耳朵傾聽。

「從台北來的女孩，妳聽過《奧德賽》的故事嗎？特洛伊之戰結束後，凱旋歸來的希臘英雄奧迪修斯，在地中海迷航十年，歷經重重險阻、誘惑和考驗，憑著一股巨大的意志，終於回到闊別二十年的家園，和妻子團聚。這是多麼驚心動魄的歸鄉旅程！阿娣鴒，古往今來，人都要回家。在回家的漫漫路途中，妳將會遇到各種妖魔鬼怪。但是妳無須害怕，因為出現在妳眼前的，只不過是一個又一個空洞的形體，就像莎士比亞所說的，一群群行走的影子——就像妳的李老師、我的好交灣和好朋友永，那年暑假朝山航程中，在卡布雅斯河上遇見的一隊隊『紅毛人』。他們在浩瀚的赤道雨林裡，純潔的婆羅洲處女地上，原始的紅土壤中，用皮鞋踐踏出淡淡的淺淺的一行足跡。然後他們就會消失，只遺留下幢幢魅影，徘徊在婆羅洲，蠱祟那成群結隊扶老攜幼，在月明之夜，千里迢迢浩浩蕩蕩，舉家乘舟歸鄉的達雅克亡靈，就像當年，他們迷惑回家的奧迪修斯……」畢嗨停頓下來歇口氣，倚著船欄，舉頭眺望大河上游，眼光充滿柔情和思慕。那兒，天際一條燦爛星河下，矗立著達雅克人的聖山峇都帝坂——我們的船「摩多祥順號」航向的目標。眺望了好半天，畢嗨才收回視線來，幽幽地嘆出一口氣：「早晚，每個人都有自己的家要回去。我們三人——朱鴒妳，十二歲，對世界充滿好奇和憧憬的台灣女孩；我大祿士．畢嗨，為『自由婆羅洲』獻身，完成布龍神交付的使命，三十五歲就化為一縷幽魂的達雅克男兒；永，漂泊半生，如今依舊滯留在外，不知為何還不回家的浪子——每個人機緣不同，但最後都必須從事一趟奧德賽旅程。我只是先行一步。阿娣鴒，交灣永，畢嗨大哥祝福你們兩人將來的回鄉之旅，一路平安一帆風順……」

夢囈式的長長一段獨白，戛然而止。

好久，餘音嫋嫋不絕，一圈一圈漣漪般，盪漾在城頭一枚水紅月亮下，鬼影幢幢，船舶密布燈火高燒的新唐港中。

這位年輕殉難的婆羅洲聖戰士，站在一艘輪船上，瞭望他的祖國山河，對我這個旅途中偶然相遇的異國女生，講出一大篇道理來。這番話有點莫測高深，我聽得滿頭霧水——套句台灣話——有聽沒有懂，但畢嗨那堅定的語氣和一臉悲壯的神色，著實讓我動容，可是不知怎麼，卻也讓我心中深深感到一種莫名的恐懼——和膽怯。

* * *

不知什麼時候，影影綽綽，我們兩人身旁已圍聚上一群達雅克娃兒。他們都是「摩多祥順號」乘客的孩子，上百個跟隨家人的亡靈、從外地搭船返鄉的兒童，包括尤大旺家族的第四代，莎拉大娘的十個孫兒和孫女。

成百雙眼睛睜得滾圓滾圓，月光下一瞬不瞬，定定仰望著他們心目中的大英雄——傳奇的帕拉萬·畢嗨，那位率領一支十二人敢死隊，大白日攻擊桑高鎮警察局，一舉格斃八十名爪哇鷹犬，自己也壯烈犧牲的達雅克勇士。妳們瞧，孩子們一道道天真的眼神裡，靜靜地深深地，閃爍著多麼虔誠的仰慕，裝載著多麼美麗的夢想啊。妳們知道嗎？那是我朱鴒一生見過的最清澈、最明亮、最乾淨的眼睛。那整顆烏幽幽亮晶晶的瞳仁，看不到一絲絲雜質，找不到一點點灰塵，就像夏季夜晚赤道萬里無雲的天空中，密密麻麻聚集銀河裡，爭相向妳眨眼的星星。好久好久，它們只管瞅住妳這個黃皮膚丹鳳眼，來自大海對岸，裝扮奇特，腰間繫著一個馬來珍瑺手鼓，走起路來晃鐺晃鐺價響的女生。那一雙雙黑瞳孔中，放射出一種好奇的、毫無戒心的光彩，讓妳看得心痛，久久不能忘記。

噢，婆羅洲兒童的眼睛！

我的旅程結束後，它們將跟隨我回到台北。往後的日子中，這兩百只眼睛，時不時會出現在我夢裡，提醒我：當年在它們的家鄉，南海一座叢林大島上，我們曾經有過一場美麗、神祕的相遇，在一艘幽靈船上共同度過一段奇異、精采的日子……

那晚，在摩多祥順號甲板上，從天黑開始，直到三更多，城頭的月亮升到了天頂，滿城霓虹熄滅了，繁華的新唐鎮只剩下「雲月」兩個巨大的藍水晶招牌字，兀自閃爍在市中心，這群達雅克小旅客只顧聚集在船舷旁，不肯離開。男娃兒女娃兒，全都光著銅棕色的身子，只在腰間繫上一條花短褲，打赤腳，肩並肩，排列成長長一縱隊站在欄干前，仰起一張張黝黑的小臉蛋，伸出一條條咖啡色手臂，指指點點喊喊喳喳，觀賞新唐港摩登亮麗的夜景，一整晚，都捨不得收回視線。

夜深了。輪船甲板上四處響起父母們的呼叫聲，召喚自家孩子回來就寢。就在這當口，大夥的目光，卻被燈火熄滅後陷入一片黑暗中的新唐城，背後無邊無際的黑森林裡，幽幽然，浮現出的一幢巨大銀色建築物，倏地吸引住了。幾十個男女娃兒紛紛攀上舷欄，一群猴子似的翹起臀子，隔河眺望，七嘴八舌爭相議論起來：

「那是拉比林斯！黑神魔峇里沙冷，在白神孔帝基協助下，在叢林中建造的大迷宮。」

「席蒂，妳一個女生，怎麼可能知道這麼重大的祕密呢？」

「這是流傳在我們部落中的古老傳說。阿魯明，你身為男生，難道沒聽過？」

「女生，妳弄錯了。這不是拉比林斯魔宮，而是我們印度尼西亞共和國的盟友，蘇聯，幫助我們建立的飛彈基地。」

「我們為什麼需要飛彈？」

「唉，傻女孩，為了對抗帝國主義者炮製的傀儡國家，大馬來西亞聯邦呀。」

「誰是帝國主義者？」

「英國、美國和澳大利亞。」

「請問你，阿魯明，你這個流鼻涕的毛頭小男生，又是怎麼知道這件機密呢？」

「我在上個月十七日的英文《雅加達郵報》上讀到這條新聞。」

「阿魯明和席蒂，你們兩個都錯了。」一個十歲、戴寬邊近視眼鏡的瘦小男生，以仲裁者的姿態發言：「這棟一百米高、占地五萬平方公尺的建築，不是峇里沙冷迷宮，也不是蘇聯飛彈發射場，而是——唔，這是極機密的信息，我冒險洩漏給你們——外星人在地球建立的橋頭堡。」

孩子們紛紛舉手支持第三種觀點。

我揉揉眼睛，跟隨大夥那興奮、好奇、帶著一股深沉敬畏的眼光，朝河對岸望去。這棟午夜出現在婆羅洲內陸叢林中，用不明金屬打造，超摩登、超炫的簇新建築物，在幾千盞鈉光燈照耀下，黃燦燦陰森森，聳立在漆黑的東方天際，隔著一片被成百輛小松推土機鏟平、光禿禿、紅土飛揚的曠野，空窿——空窿——不停傳來幾千部機器和引擎同時運轉的咆哮聲。乍一看，驀一聽，還真像好萊塢科幻電影裡，駕駛星際戰艦遠征外太空的一群帥哥、惡棍和美女，在某個星球上建立的殖民地。它具有一種巨大、神奇、美國式的力量，深深震懾達雅克兒童的心靈。聽我報告婆羅洲之旅的台北仕女、貴婦們，請妳們用妳們那漂亮的、裝滿瓊瑤愛情故事的腦袋瓜，想像一下這個場景：子夜時分婆羅洲大河中，幾十條銅棕色的小身子，高高地翹起幾十只穿著花短褲的小屁股，從船頭到船尾，長長的一列，攀爬在一艘輪船的舷欄上，伸出脖子眺望對岸。月光下那一雙雙烏黑眼瞳，睜得亮晶晶圓滾滾，好像中了降頭，只顧靜靜地、怔怔地，瞅住那漫天紅色飛沙籠罩下的叢林中，海市蜃樓般，突然冒出的一座銀色神祕摩登城市。

畢嗨重重咳嗽一聲，打破沉寂。

「孩子們，你們都弄錯了！這不是神魔迷宮，也不是飛彈基地，更不是什麼外星城。」

「那麼，這是什麼建築？」

「石油城。」

「哦！誰建立的？」

「荷蘭皇家蜆殼石油公司。」

「做什麼用？」

「開採婆羅洲的石油。」

「哦——原來如此。」

如同幾十只陡然洩氣的皮球，獲知真相的孩子們齊齊嘆息一聲，臉上顯露出失望的表情，一個個沒精打彩，從船舷上爬下來，紛紛打起哈欠，跑回到各自的父母和家人身邊，就寢去了。

偌大的輪船甲板，霎時變得空寂寂，只剩下異鄉女孩朱鴒和孤魂畢嗨，兩個人肩並肩，繼續憑欄眺望，好一會陷入各自的心事中，默默無言。

午夜河風大起。新唐城外的曠野中，當年出動一百輛全世界最強、最炫、被婆羅洲原住民尊稱為「布龍．科馬子」（小松神）的日本超級推土機，硬生生鏟平七座山丘，花三年工夫，才興建完成的亞洲規模最大的木材堆集場上，這會兒，呼颾呼颾滿天紅土隨風捲起，一漩渦飛撲向城心。剎那間，全城籠罩在一片遮天蔽地的沙塵中，紅霧茫茫，連那幅深夜兀自閃爍在空中的藍色霓虹招牌「雲月」，都被淹沒了，倏忽消失得無影無蹤。中天一瓢月光灑照下，只見霧裡影幢幢，滿城樓台聳立。街上條條人影四下飄忽流竄。這時我才恍然明白，為什麼，這個坐落在婆羅洲心臟、世界第三大雨林正中央，二戰後才突然崛起的林業中心和石油重鎮，新唐——南海的新艾爾度拉多——在李老師的大河故事中，會被稱為「紅色城市」。原來是因為每天午夜時分，它都會颳起一場紅色沙塵暴。

我回頭看了看站在身旁的旅伴。

「畢嗨大哥，你瞧！這座城市乍看，像不像沙漠中出現的一座海市蜃樓？」

「從我們船上望過去，它確實像一個幻影。」

「但是，城中的人看我們呢？」

「也是一個幻影吧。」

「一艘滿載亡魂，在他們眼前漂盪而過的幽靈船？」

「對，摩多祥順號！大河流域無人不知、鼎鼎有名的『卡布雅斯幽靈船』。」

「那麼，到底哪個是『真』哪個是『幻』呢？究竟誰是幽靈，誰不是幽靈呢？誰才是真實的存在？是我們還是他們？」

畢嗨沒回答我這個問題。

但是，從他臉上的堅毅表情，和他眼瞳中那兩道冷森森、刀一般令人不寒而慄的光芒，我可以清清楚楚看出，他心裡相信，我們才是最真實的存在。這個「我們」，指的是船上這群扶老攜幼、千里迢迢披星戴月、搭船返鄉的靈魂，包括莎拉大娘一家子，包括那百來個攀在船舷上，睜著烏亮的眼睛，充滿好奇和憧憬，跟我一起眺望紅色城市的達雅克兒童，也包括畢嗨他自己——漂泊的婆羅洲聖戰士的英靈——甚至還包括我，一個過路的台灣女生。

感謝伊班大神辛格朗．布龍！經由祂的安排，我有幸參加這趟獨特的返鄉航程。在這段短暫的相聚裡，我，十三歲的朱鴒（忘了告訴大家，兩個月前在哥打．桑塔馬利亞鎮教堂中，聖母見證下，我已經度過十三歲的生日啦），經歷了人生中最美好的一場相遇，體會到人與人之間最溫暖、最真實的一份感情，讓我的婆羅洲之旅變得更豐富、更珍貴，卻也更加神祕詭譎。

第二十九話　鬼霧

隔天，河上起了一場神祕的大霧。

那當口天氣晴朗，日麗風和，我們的輪船開出了寄泊一夜的港灣，告別了航程的最後一個大驛站，紅色城市新唐，繼續溯流而上，進入卡布雅斯河上游的帝坂山區，日中時分，正好航行在一段綠蔭密布、寬五十米的曲折河道上，好似那晉朝的漁人，沿著一條隱密的小溪進入武陵洞天。

一整個上午，我待在船頭甲板上，迎著河風倚著欄干覽望兩岸風光，不知不覺間，就張開了喉嚨，轉身朝向滿船席地而坐的達雅克乘客，好像參加小學演講比賽，高聲朗誦我讀小學五年級時，經由李老師大力推薦，一讀就深深迷上的文章〈桃花源記〉：「晉太元中，武陵人捕魚為業。緣溪行，忘路之遠近，忽逢桃花林，夾岸數百步，中無雜樹，芳草鮮美落英繽紛……」大夥雖不解這篇中華文章的意思，但也彷彿被它獨特的鏗鏘聲調和雄渾的氣勢所吸引，人人聽得入神了，如醉如癡，紛紛舉起雙手叭叭叭擊掌應和。我朗誦得越發來勁，面對婆羅洲的壯麗山河，意氣洋洋，搖頭晃腦正念到文章結尾「太守即遣人隨其往，尋向所誌，遂迷，不復得路」那句，河上的明媚陽光忽然沉暗下來。舉頭一望，只見天頂那輪燦亮的太陽，不知何時變成一顆濛濛的、好像起了絨毛的大白球，幽幽地浮在叢林梢頭，再過一晌，就完全隱沒不見。一場彌天蓋地的大霧，頓時籠罩住了卡布雅斯河。

駕駛艙中，船長一聲令下，摩多祥順號緊急減速。嗚——嗚——我們的輪船淒厲地拉起汽笛，緩緩行駛在大白晝伸手不見五指的河道中。

「寒都．卡布士！鬼霧！」船上的孩子們齊齊發出一聲喊，紛紛拔起腳來，從父母身邊竄出，一窩蜂跑到船舷下，爭相攀上欄干，伸出脖子睜大眼睛，帶著滿瞳子的訝異和敬畏，靜靜地觀看豔陽天中午驟起的這一場怪霧。

彷彿集體中蠱，霎時間，整艘輪船的乘客沉陷入死寂中。

在座的台北女士們，妳們肯定沒體會過，大霧中航行在叢林河流上，是何等奇異、恐怖的一樁經驗。請閉上妳們那兩只戴著蜜絲佛陀假睫毛、塗著資生堂眼影的眼睛，動用大腦想像一下這幅情景：妳戴著一副特製的墨鏡，置身於午夜空蕩蕩的戲院中，獨自坐在第一排正中央的座位上，抬起頭昂起脖子，盯著巨大的銀幕，觀看一部立體無聲黑白驚悚電影。不知不覺間，妳就進入電影裡。妳發現妳自己搭乘一艘幽靈船，航行在渾白渾白、空無一物的天地間。迎面濤濤流水，黑漆漆奔騰而下。船身兩側只見成千株赤道參天古樹，悄沒聲，一群山妖樹怪般排隊矗立在水湄。輪船溯流行駛。嗚呦——嗚呦——萬物死寂中只聽得見一陣陣汽笛聲。河道曲折，輪船蜿蜒前進。河中的沉木和倒樹，好似一窩子張牙舞爪的鬼魅，時不時，倏地現身在妳身旁，作勢撲向妳，妳還來不及驚叫呢，它們就隱沒入茫茫大霧中。妳完全失去方向感，只能佇立船頭，聽憑輪船中央塔樓上，那一排靜悄悄站在駕駛台前，凝視前方航道的三個幽靈水手（華僑船長、馬來大副、山東老鄉舵工——多荒誕古怪的團隊！）引領妳穿梭在巨大的白色的八陣圖中，試圖尋找出一條通路，把妳帶出這片惡水，平平安安載送到上游目的地……

「好一場大霧！」

畢嗨無聲無息躡手躡腳一拐一拐走過來，倏地，在我身旁站住了，口中突然冒出這句話，嚇得我差點跳起腳。

霧裡，只見這位婆羅洲聖戰士，高傲地昂起他那顆雄赳赳、公雞冠般尖翹的飛機頭，亮晶晶睜著兩只黑瞳子，眺望船舷外一片迷濛的河岸。他那刀也似的兩道銳利的目光，彷彿要穿透濃霧，逮住在霧中潛行的成群鬼怪，將他們一個個揪出來，在天光下現形。

「阿姊鴒。」

「畢嗨大哥！我在這兒！」

「聽著！我大祿士．畢嗨，戰死的婆羅洲民族解放陣線成員，達雅克的英靈，在母親河卡布雅斯河上游，接近水源頭峇都帝坂聖山的這段河面，來來回回航行幾十趟了。每次，日正當中的時刻，河上都會起一場大霧。每次我都會看見『他們』出現在霧中。今天的霧特別強，稠得如同一鍋肯雅小米粥。他們趁機躲藏起來。但我一定要找到他們，好讓阿姊鴒──透過我的少年朋友永，與我們的母親婆羅洲結緣的台灣女孩──親眼看看，這幫鬼怪長得怎樣一副模樣。」

「大祿士，我們也要看鬼怪！」

輪船上的兒童們闖過重重大霧，一擁而上，齊聲鼓譟，團團包圍住他們心目中的大英雄，傳奇的達雅克勇士、令爪哇人聞名喪膽的帕拉萬．畢嗨。「摩多祥順號」船頭甲板上，頓時聚集起成百雙烏溜滾圓的眼睛，一瞬不瞬，瞅住畢嗨，乍看宛如一簇閃亮在凌晨時分，滿天白霧中的星星。

「好！孩子們就一起和遠自台北來的客人，朱鴒姐姐，觀賞大祿士叔叔表演從峇爸——偉大的白魔法師澳西先生——那兒偷學到的西土戲法吧。」畢嗨舉起一只手臂，直直伸出船舷，指往對岸那白茫茫魅影幢幢的大河畔，呼喝一聲：「看哪！『他們』出來啦。」

好似舞台上的燈光驀地燦亮，幕啟，河上的濃霧豁然開出了一個缺口。

霎時，我看到我的整趟婆羅洲旅程中，最壯觀最奇詭、好像南島版〈乾隆出巡圖〉的一幅歷史畫卷，在我眼前的卡布雅斯河岸上，逐漸鋪展開來。畫裡，我看到一群怪誕華麗、直到今天回到台灣後，時不時還會從午夜惡夢中蹦跳出來，把我嚇醒的人物。

* * *

一名無頭男子，穿著十八世紀歐洲軍官大紅軍服，聳著肩膀上一只粗大、雪白、光溜溜好似一顆白蘿蔔的頸脖，挺著肥壯的身軀，腆著個大肚腩，由一群轎夫扛著，大模大樣搖搖擺擺巡行在河濱一條小徑上。奇！婆羅洲蠻荒叢林中出現一乘由三十六人抬的大轎，那副陣仗，還真像支那皇帝出巡呢。我趕緊撥開眼前的一片飛霧，揉揉眼睛再一瞧。原來那不是轎子，而是一艘船——長十六米寬一米二，將一整株赤道古樹刨空，細細打磨而成，船身線條十分流暢優美，由兩排裸身刺青伊班舟子操槳，航行在大河流域的長舟。（伊班長舟！颼颼，宛如一尾凌空破浪的飛魚，穿梭過一窪一窪叢林沼澤——夏日婆羅洲最美麗、最為世人所知的一道風景。）我們眼前這艘長舟卻是行駛在陸地上。看，那位無頭紅衣歐洲軍官，高坐舟中央，讓一群烏鰍鰍打赤膊、腰纏紅色丁字帶的達雅克腳夫扛著，大白晝中午，頂著一顆大太陽，腳下拖著一條長長的抖抖簌簌的黑影子，無聲無息在大河畔行進。乍一看，還真像侏羅紀公園中一只巨型史前蜈蚣，馱著肥大的獵物，得意洋洋返回巢穴。隊伍前頭，邁著大步昂然行走著一個身材短小精悍，手持一桿吹箭槍，光著膀子，露出兩胳膊的花鳥刺青，模樣長得挺帥氣的馬當族小夥子。（心中一動，我凝起眼睛仔細看。這個人甚是面熟。莫不是我的好朋友娣娣．龍木，向我講述她的家族史時，語帶驕傲，常常提到的她那位曾曾曾祖父——當時最有名的獵人和嚮導阿圖．龍木？）長舟兩側，牛高馬大挺胸凸肚，行走著兩縱隊紮著大紅頭巾，蓄著落腮虬鬍，身穿印度酒店門房華麗制服，雄赳赳氣昂昂的錫克武士。一個暹羅侏儒，身穿百結花衫，打扮成鄂圖曼帝國宮廷弄臣的模樣，蹦蹦跳跳穿梭遊走在船身下，鑽過腳夫們兩排大腿，不住打諢插科逗大夥一樂。長舟後頭，長長一縱隊，徒步跟隨著七八十名婆羅洲各族女郎。個個身材玲瓏，披著一頭及腰烏黑髮絲，穿著爪哇印染花紗籠，趿著一雙光腳丫，太陽下睜著兩只血絲眼眸子，繃著臉孔面無表情，蹭蹭蹬蹬趕屍似地，行走在河濱那條鵝卵石小徑上。一對渾圓飽滿的咖啡色奶子，昂挺在她們赤裸的胸脯前。陽光照射下，只見她們那兩粒黑葡萄似的乳頭上，晶瑩瑩綴著紅豆般大的汗珠。整支百米長的隊伍，悄沒聲，在大河畔迤邐行進。鬼氣森森，令人心頭發毛的寂靜中，只聽得陣陣皮靴聲綻響。我攀著摩多祥順號船欄，伸長脖子凝眼一眺望。嚇，是一營無頭的紅毛兵！大白日豔陽中，只見他們頸項上一蓬蓬金黃色、亞麻色和火紅色的鬈髮，迎風飄揚，卻看不見頭顱和面龐。這群身材魁梧、渾身金毛茸茸、長相好似尼安德塔人的無頭軍人，身穿十八世紀荷蘭皇家陸軍的紅藍白三色軍服，頭戴船形帽，肩扛毛瑟槍，排列成兩縱隊，國慶日閱兵似的踏正步，行走在婆羅洲原住民婦女隊伍後方。橐、橐、橐、橐……陣陣皮靴聲的回音，震盪大河兩岸的叢林。

*　*　*

「摩多祥順號」船舷甲板上，聚集起成百雙眼瞳子，茫茫大霧中，宛如一窩子調皮好奇的螢火蟲，一眨一眨，不停飄蕩閃爍張望。孩子們攀著欄干，翹起屁股伸出手臂，隔著五十米寬、霧氣瀰漫的河面，指指點點，爭相觀看卡布雅斯河畔，大白天出現鬼魅般，突然冒出的一隊華麗怪誕的人馬。大夥那股興致勃勃的勁兒，就好像一群甘榜兒童，集合在村中廣場上，排排蹲在一座臨時搭起的舞台下，面對一方白布幕，觀賞精采絕倫、變化萬端，比西洋魔術還要好看的爪哇皮影戲。

我的朋友畢嗨，一臉笑吟吟，抱著兩條胳臂倚在欄干上，抖著他那只瘸腿，興味盎然地，打量這群跟隨父母從異鄉城市歸來，生平第一次進入叢林、看見故鄉風光的達雅克小鄉親們。他抿著嘴，一逕微笑著。直等到河畔這支綿延的隊伍，花半個小時，迤迤邐邐走過去了，他才使勁咳嗽兩下清了清喉嚨，伸出雙手猛一拍：

「孩子們，畢嗨叔叔考你們幾個歷史問題，好嗎？」

「勇敢的婆羅洲聖戰士、偉大的達雅克民族英雄的英靈，您請提問吧。」

「剛才你們看到的那個身穿紅色軍裝，乘坐長舟，率領隊伍前進的人，是誰？」

「喬治．繆勒。」

「對。咦？你們怎麼都知道？」

「我們在小學課本上讀過他的故事呀。繆勒少校，婆羅洲的傳奇人物，荷蘭皇家印度軍團的軍官，第一位沿著卡布雅斯河，溯流而上，抵達河源頭的歐洲探險家。」

「精確的答案。他完成這項壯舉，是在哪一年？」

「主曆一八二五年。」

「喬治．繆勒少校為何高高坐在長舟上，像乘轎那樣的讓一群土人抬著，在河岸上巡行？」

孩子們一聽到這個問題，忍俊不禁，紛紛瞇起眼睛，咧開缺了兩枚門牙的嘴巴，搖甩著鼻孔中流淌出的兩條黃鼻涕，咭咭呱呱，笑得渾身打顫：

「因為喬治．繆勒身體太肥胖——」

「而且，身材很高，六英尺六英寸——」

「比畢嗨叔叔高出兩個頭——」

「倘若搭乘伊班長舟，在大河上航行，船身肯定會翻覆、沉沒，繆勒少校就會落水溺斃。」

「所以他就想出『騎船旅行』這個點子，成為婆羅洲歷史一樁趣聞。」

「這件事，課本上是有記載的。」

大夥邊窸窣窸窣吸著鼻涕，邊吃吃笑，爭相舉手回答。

畢嗨格格一笑，伸手拍拍孩子們的頭：

「答得好！最後一個問題：繆勒少校為何沒有頭顱？」

「探險隊來到大河上游普勞．普勞村，中了土人的埋伏，全軍覆沒——」

「繆勒少校被俘虜，頭顱被活生生割下，成為伊班獵頭族的戰利品。」

「後來，他就變成一個無頭鬼魂，率領一營無頭荷蘭兵，和一群從各部落挑選出的美少女，在一隊印度錫克武士護衛下，大白天中午頂著大太陽，在卡布雅斯河流域來回巡行，這些年來，四處尋找他那顆失落的頭顱——」

「每當天氣驟變，河上起霧時，大河上游的長屋居民，就會看到這支探險隊出現在河畔。」

「爪哇人管這種霧叫『寒都．卡布士』，意思就是鬼霧。」

七嘴八舌，孩子們紛紛舉手發言。我正聽得頭皮發麻，身上寒毛根根倒豎，突然，嘩喇喇一陣響，叢林中颳起一陣強風，把籠罩河面的霧吹散大半。河岸頓時亮起來。我打個冷顫，踮腳從孩子們堆中探出脖子，朝河濱小路望過去。日正當中。只見一個穿著大紅歐洲軍裝的身影，肥墩墩圓鼓鼓，聳著一株粗大的無頭頸脖，坐在長舟上，讓一群打赤膊光著屁股，胯間紮著丁字帶，露出滿身刺青的達雅克男子，高高地抬起來，迎神賽會般，晃啊晃一路巡行一路搖盪在白花花陽光下。我跂起腳尖，揉揉眼睛再一看。黑髮飄飄，長長的一縱隊妙齡紗籠女郎，昂挺著胸脯上兩顆黑珍珠似的小乳頭，搖曳著細柳腰肢，打赤腳，嫋嫋娜娜跟隨在長舟後面。一片寂靜中只聽見橐——橐——陣陣皮靴聲綻響。一營荷蘭火槍兵穿著鮮明的紅、白、藍三色軍裝，肩膀上聳著一株光禿禿、血跡斑斑的脖子，踏正步，沿著河岸朝向聖山行進。

大河中央，被困在大白晝發生的大霧裡，淒厲地鳴著汽笛，小心翼翼行駛，緩緩前進的輪船「摩多祥順號」上，我們這群乘客——婆羅洲聖戰士畢嗨、跟隨親人返鄉的達雅克兒童，加上我，來自台灣的女生朱鴒——聚集在船舷旁，中了降頭般杵立不動。好久好久，大夥只顧踮著腳睜著眼睛，目送小學歷史課本上的傳奇人物，偉大的探險家、第一位進入婆羅洲內陸的歐洲人，喬治．繆勒少校和他率領的遠征軍，浩浩蕩蕩無聲無息，一路溯流而上。正午陽光照射下只見他的無頭身軀，魁梧、渾圓、鮮紅，高坐一艘伊班長舟上，飄飄忽忽搖搖晃晃倏現倏隱，逐漸遠去，過了一頓飯工夫，終於消失在大河上游的原始森林中。

河上陽光燦爛，車輪大的一顆日頭當空照。

「寒都走了！鬼霧散了！」孩子們舉起雙臂齊聲鼓掌歡呼：「我們的船可以加足馬力，離開這個陰氣森森、讓人心裡發毛的地方了！」

好像一場魔術表演完畢，幕落，戲院燈光大亮似的，卡布雅斯河兩岸的叢林，霎時間又顯現在婆羅洲心臟那一穹廬湛藍、明亮的天空下，看起來還是那麼的純淨，那麼的幽深，彷彿從來沒有外人闖進過一般。

第三十話　靈犬小鳥

機緣湊巧，我搭乘滿載返鄉靈魂的輪船，摩多祥順號，在卡布雅斯河中航行了一段時日。（妳們問，我在那艘船上究竟度過幾天？我沒法子說個準，也許一個禮拜，也許十天，因為自從我們的航程進入大河上游神祕、幽靜、杳無人煙的帝坂山區，時間就彷彿停頓下來。）我閒著沒事，天天憑欄瞭望，觀察兩岸叢林中的動靜，努力尋找「峇爸」澳西先生和他率領的那支龐大後宮隊伍的蹤跡。

癡癡地盼呀盼，直要望穿秋水。

獨自個，摩多祥順號頂著大日頭，穿梭行駛在那越來越濃密、陰森，宛如死亡幽谷般，大白日魅影幢幢，不時看見一群無頭紅毛幽靈飄竄，太陽下一閃而過的森林中。飽歷風霜，紅銹斑斑，渾身帶著黃泥漿的鐵殼船，怦怦怦鼓著陳舊的馬達，嗚嗚──拉著尖銳的汽笛，日復一日無休無止溯河而上。每隔兩三小時，我們便會看到一團黑魆魆的影子，驀然降臨河面上。抬頭眺望，只見頭頂那片天空中，一只體型碩大的婆羅門鳶，達雅克人和伊班人心目中的神鳥，展著兩呎長的雙翼，不作聲，繞著輪船煙囪噴出的長長一條垂直的黑煙，盤旋十來圈，倏地掉頭離去。曠野登時又回復寂靜。天空又只是一穹窿空洞的藍。

澳西先生的人馬，那一支由七十二名豆蔻年華，肩披長髮絲、身穿花紗籠的婆羅洲各族姑娘，所組成的浩大隊伍，自從離開翡翠谷，朝向大河上游「新迦南」前進後，就彷彿被赤道叢林的瘴氣一古腦蒸發掉了，渾不見蹤影。

我開始感到焦躁不安，心中浮起一個不祥的兆頭。

這天晚上，我滿懷心事悶悶不樂，背向大夥，獨個兒窩蜷在甲板上一個角落裡睡覺。睡到四更時分，我忽然做個好像彩色電影般，無比鮮明清晰、充滿意象和徵兆的夢。

夢裡，我見到了龍木家的兩個女兒。

別來無恙！

姐妹兩個手牽手肩並肩，站在一座荒涼的碼頭上。一枚半圓月，白皎皎，高掛在山村中一株大樟樹梢頭，斜斜地，照射著一棟矗立河畔斷崖，俯看河灣，具有濃濃東洋風味的宏偉莊宅。兩姐妹的身後那黑漆漆赤道夏季夜空中，一條天河，星光燦爛，好似一道洶湧澎湃、嘩喇嘩喇一瀉萬里的巨大急流，不住奔騰在婆羅洲森林頂端。

滿天銀光灑照下，我清清楚楚看見已經往生的朋友，娣娣．龍木，十三歲的婆羅洲少女，依舊穿著她那套紅上衣白裙子「榮耀紅白」中學女生制服，脖子後兀自拖著她那兩呎長，烏油油，編得十分整齊筆直的麻花大辮子，腳上穿著白球鞋，挺著腰桿，佇立在碼頭棧橋中央。娣娣身旁站著她的姐姐，十五歲的比達達麗。這位在她妹妹和鄉親口中「美麗如仙女、純真如天使」的聾啞女孩，有一天半夜忽然受到天邊山腳下鼕、鼕、鼕——傳出的神祕淫蕩皮鼓聲引誘，打赤腳溜出家門，獨個兒走進叢林裡，月光下消失無蹤，讓她妹妹孤身一人握著竹篙撐著小舢舨，在大河上四處漂流，找她找得好苦！如今歷經重重磨難和考驗，姐妹倆終於團聚啦。

我凝起眼睛，仔細看看我——娣娣的好朋友朱鴒——聞名已久，至今才初次見面的龍木家大女兒。只見比達達麗穿著一條月白素紗籠，半裸著胸脯，挺著一對圓滿的巧克力色小乳房，肩胛上一匹黑色緞子似的，披著一把柔嫩的髮絲。紗籠下襬，露出兩只奶油色腳踝子。我伸出脖子一看。她果然光著腳丫，露出十根皎白的腳趾，就如同她當初半夜離家出走時那樣，沒穿鞋。

「好一個馬當族小美人！」我禁不住在心中喝出一聲采來。「真是名不虛傳呢。」

小鳥依人般，比達達麗挨在娣娣身旁，伸出右手牢牢握住妹妹的左腕子。就這樣，午夜時分，兩個美麗的婆羅洲姑娘，並肩站在荒涼的村莊中，一座破敗的碼頭上，一條嘩喇嘩喇，運載著億萬顆燦爛的星星，從東北方的織女座流向東南方的牛郎星，呈一個大弧形，橫跨赤道天空的銀河下。好久好久，姐妹倆一動不動，雙雙仰起臉龐，迎向中天一瓢明月，睜著兩對漆黑眼眸只管瞅住我。

「娣娣．龍木，我是妳的好朋友和最忠誠的旅伴，台北女生朱鴒呀！」我趴在摩多祥順號欄干上，朝向河岸伸出雙手，扯起喉嚨不住哀哀呼喊。「妳走後，我獨自一個人撐著舢舨，流浪在卡布雅斯河上，四處找妳找了整整一個月！我想妳想得好苦哇，娣娣。」

娣娣站在棧橋上怔怔望著我，半晌，眼瞳子一燦亮，撲簌簌地滴下兩串晶瑩的淚珠來。我正要攀上船舷，縱身躍入河中，朝向碼頭泅過去。龍木家兩姐妹忽然將頭髮一甩，雙雙轉身，邁出腳步走下棧橋。那一剎那，我發現她們沒有頭顱！這兩個女孩，穿著紅衣白裙和素白紗籠的身子上，各伸出一株光溜溜的頸脖，乍看好像兩根剛從田裡採收、剝洗得十分乾淨的白蘿蔔呢。我嚇得哭出聲來，嘴裡不住呼喚娣娣。姐妹倆不顧我的叫喊，手牽手走出碼頭，朝向河畔村莊款步踱去，在村口一轉身，踩著石階，登上河灣斷崖頂上那棟宏偉的大宅院。兩個無頭的窈窕身影，搖曳著一把細腰肢，幽靈般漸漸隱沒進卡布雅斯河上空，天際那條浩瀚燦爛的星河裡。晨風習習，只見一把披肩的黑髮絲，依依地、戀戀不捨地，伴隨著一根烏黑油亮的麻花大辮子，忽現忽隱，雙雙飄蕩在破曉時分，白漫漫滿山滿河湧現的曙光中。

「大姐比達達麗、二姐娣娣，妳們等我呀。我是龍木家的三女兒！不管大姐和二姐上哪裡去，天堂地獄，三妹朱鴒都跟妳們一起走！」

我邊呼喊邊抬起腳來，狠狠一咬牙，就從船舷上跨越過去。只聽得撲通一聲，整個人倒栽蔥似地一頭摔落入河中。睜眼一瞧。夜深沉。月光下「摩多祥順號」輪船甲板上影影簇簇，鼾聲四起，從船頭一路到船尾，橫七豎八挨挨擠擠，躺著一家子一家子搭船回鄉的婆羅洲原住民。男女老幼好幾百人，個個張著嘴巴流著口水，兩眼笑瞇瞇，臉上洋溢著幸福的表情，彷彿在夢中，他們抵達了漫長旅程的終點，看到了故鄉那座矗立在大河源頭的聖山……

我從鋪位上坐起身，雙手抱住膝頭，昂起脖子眺望中天的明月，怔怔發了好半天的呆。眼眶驀地一紅，心頭一酸，霎時間往事紛至沓來，放電影般一個場景接一個場景在我腦海中浮起。

想起不久前，我和娣娣．龍木，兩個在旅途中相識相交的異國女孩，各自撐著舢舨，肩並肩航行在壯闊的婆羅洲母親河上，從一個月圓到另一個月圓，整整相聚三十天，片刻不離如影隨形，那股親密勁呀，好似一對比翼雙飛翱翔河上的燕子……想起在哥打・桑塔馬利亞鎮打尖，我們潛入教堂，隔著四呎寬的中央走道，分頭躺在兩張長凳上，面向那抱著聖子，戴著一環血紅的月光，笑吟吟佇立祭壇上的聖母，呢呢喃喃，互相訴說了一夜的心事……想起分手前一天的傍晚，兩人結伴，溜到鎮外樹林一條隱蔽的小溪中，脫光衣服鑽進蘆葦叢裡，羞答答，邊互相洗頭髮邊唱中國小曲：「四張機，鴛鴦織就欲雙飛，可憐未老頭先白……」想起，就在那天晚上娣娣不告而別，半夜摸黑悄悄起身，瞞著躺在一旁、陷入沉沉夢鄉中的我，躡手躡腳追隨那怦怦怦——不斷從森林中傳出的陣陣人皮鼓聲，獨自個，走了，只在她躺過的教堂長凳上，留下七根兩呎來長的頭髮絲……

邊追憶邊悼念，一時間禁不住悲從中來。我含著淚，摸黑打開行囊，拿出一條打個結的手帕，把結解開，伸出右手拇指和食指，將裡面藏著的十三根頭髮，一根一根，無比珍惜地拈起來，整整齊齊排列在我腳跟前的甲板上，就著天頂灑下的一瓢清月光，湊上眼睛細細察看。

其中七根頭髮在溪水中洗滌過，顯得特別烏黑光滑。這是那晚娣娣出走時，臨行前，遺留在哥打・桑塔馬利亞鎮聖母院教堂中的。另外六根短些，看起來有點骯髒，帶著被太陽曬成的焦黃色。那是娣娣失蹤後，我孤身一人駕駛舢舨，遊魂般穿梭在大河流域，四處尋覓，繞了偌大一圈，又回到我們倆曾經路過的馬來小漁村丹戎・德薩，無意間，在寄宿的高腳屋裡找到的。記得那時乍然看到娣娣掉落在蘆蓆上的頭髮，如逢久別的親人般，撲通一聲，我跪落在地板上，禁不住哀哀哭泣起來。一根一根地，我撿起這六根髮絲，和已有的那七根攢積在一塊，存放在我從台北帶來的手帕中，捆成一包，牢牢打個結，小心翼翼收進行囊裡，準備將來結束婆羅洲之旅時，帶回台灣，供奉在我們家的佛龕中，天天燒香祭拜。

十三根頭髮。

萍水相逢，路上相聚一場後，娣娣·龍木餽贈我的唯一紀念品。

這會兒半夜凌晨時分，在大河上旅途中，我抱著膝頭蹲在一艘輪船甲板上，眼睜睜，望著腳跟前一灘清冷的月光裡，一字排開的十三根烏黑柔嫩的頭髮絲，心中思念我這位已往生的朋友。看了一會，便壓低嗓門，背向酣睡的同船旅客們，偷偷啜泣起來。哭飽了，我就從身上解下一直繫在腰間，在三江口伴隨我登上幽靈船「摩多祥順號」，這些日子不論白天夜晚，片刻都不離身的手鼓——薩烏達麗·珍璫。小心翼翼，我把這只將兩顆少女骷髏頭連接在一起，精工打造，玲瓏小巧，形狀像一個沙漏的馬來鼓，安放在甲板上，隨即趴下身子，合起雙手虔虔敬敬拜三拜，然後將它拿在手心，用手帕輕輕擦拭。花二十分鐘，把塵土徹底清除乾淨了，我就將姐妹鼓放落下來，供奉在娣娣的十三根頭髮前，就著月光細細端詳一番。

瞧，娣娣頭蓋骨上，那原本十分鮮明醒目的幾十縷紅豔豔、花蕊般的血跡，早已乾掉，顏色也變暗淡了，可依舊發出一股幽幽的甜甜的血腥味。我趴在地上伸出鼻尖，獵狗似的不住窸窣吸嗅，心中猛一絞痛，忍不住放聲哭出來。我身旁躺臥的尤大旺一家，有人醒了，打喉嚨發出兩聲咳嗽。我趕緊噤聲，將甲板上的十三根頭髮撿起來，擰成一股，繫在雙面鼓中間的柄子上，當作鎮魔物與辟邪符。這個舉動是丹戎·德薩甘榜的老漁夫教我做的。他告訴我說，我所擁有的這個天造的、布龍神賜予的、人間獨一無二的薩烏達麗·珍璫，將成為全世界最厲害的武器。他預言，在我和白魔法師澳西先生最後的、攸關七十二名少女的命運的對決中，龍木家姐妹鼓，必定會發揮重大的作用，因為它身上依附著兩個婆羅洲處女的靈魂。

「這是世界上最美麗、最強大的法力，能夠摧毀一切邪惡的法術。從大海對岸來的女孩朱鴒，記住！妳要好好珍惜和使用這個力量。」那晚臨別時，坐在堤上補網的神祕漁夫告誡我。

老人家的交代，我朱鴒永遠銘記在心。

這會兒折騰了大半夜，天快破曉了，我從地上抱起姐妹鼓，放進自己懷中，輕輕摩挲著，然後重新在甲板上躺下來，打算繼續我剛才被一場奇異的夢所打斷的睡眠。蒼白的一枚殘月，兀自高掛輪船煙囪上，灑照著一船沉睡的乘客。但我再也睡不著了。才一闔眼，不由自主地，腦海中就浮現出龍木家兩姐妹手牽手，肩並肩，聳著她們那兩株光禿禿、沒有頭顱的頸脖，靜靜佇立在大河畔荒村中，碼頭上棧橋中央的身影。我扯起嗓門，在心中厲聲呼喊娣娣的名字，但她好像沒有聽見，好半天一動不動，只顧睜著她那雙鬼火般眨亮、眨亮的眼瞳，隔著河面冷冷瞅住我。月下風中，一身紅衣白裙飄飄，脖子後一根粗油麻花辮子嘩喇嘩喇，迎風不停飛舞。

我狠狠一甩頭，張開淚濛濛的兩只眼睛，索性不睡覺了，抱著手鼓坐起身，仰起臉龐，望著四更末時分那依舊逗留在天上、笑盈盈俯看我的月娘，一聲拉長一聲，哀哀哭泣起來——就像一個在街上走失親人的小女孩，摟著她的洋娃娃，躲在隱密的角落裡，望著大街獨自個啼哭那樣。

我的哭聲終於驚動莎拉大娘。

不聲不響，她挪動身子，從她一家人躺臥的那塊甲板上，悄悄移到我身旁，伸出一條胳臂環住我的頸脖，另一只手繞過來，緊緊攬住我的肩膀，將我整個人一古腦兒摟進她懷中，嘴裡不住喃喃地說：「阿娣阿娣，伊布阿達第西尼！妹妹莫哭，媽媽就在這兒呢！」孤獨無依中乍聽到達雅克大媽這句話，我心頭一熱。自從娣娣．龍木走後，在我心中蓄積了一整個月的寂寞、勞苦和滿腹的辛酸，登時全湧上喉嚨。哇的一聲，我扯起嗓門哭出來。邊哭邊一頭鑽進莎拉大娘那寬大、堅實的臂彎裡，把臉頰貼到她胸房上，聳出鼻尖，不住吸嗅她身上散發出的一股橄欖油香，和她腋窩中，幽幽飄出的一叢刺鼻的、但細細一聞，感覺卻挺美好的汗酸味。霎時間我彷彿又回到兒時，躺在我母親朱陳月鸞的懷抱裡，再一次，從她身上，嗅到我從出生以來，就特別喜歡聞的沁沁涼涼的明星花露水味道，和那股濃郁的南僑肥皂香。

不知不覺間，我，身心交疲的台灣女孩朱鴒，雙手抱住我珍愛的薩烏達麗．珍瑫姐妹鼓，躺在一位素不相識、偶然在旅途中輪船上相遇的達雅克大媽懷抱中，闔起眼睛，沉沉睡著啦，臉上掛著幸福的笑容，煞似一個重回母體子宮的嬰兒。

這是我漫長的婆羅洲之旅中，至今，睡過的最甜美、最安心的一覺。

可是隔天早晨醒來，我整個人卻陷入煩躁不安的狀態中。昨晚在夢裡，我看見我已經往生的朋友娣娣．龍木，牽著她那個聾啞姐姐的手，站在一座碼頭棧橋上，睜著眼睛一瞬不瞬望著我，好像有滿心的話要跟我說。今天一整天，這個影像不時從我腦子裡竄出來，陰魂不散般，只管晃盪在我眼前，怎麼趕都趕不走哪。我開始思量，究竟該如何繼續今後的行程：是留在「摩多祥順號」上，跟隨這群友善的、待我如同家人的原住民乘客，一路溯流而上，航行到大河源頭聖山下的終點站，他們的故鄉和目的地，再決定往後的行止呢？還是趁早脫隊，中途找個地點下船，依照夢中出現的景物——特別是龍木家兩姐妹身後，氣象萬千的大河灣頭，那棟矗立在斷崖頂，月光下洋溢著濃濃東洋風情的大莊宅——按圖索驥，一步一步查訪娣娣和比達達麗的下落，比較穩妥？至少我必須找到她們的屍骨，好好安葬，然後在她們姐妹墳墓前燒一炷香，磕三個頭，以盡朋友的義務。這，才是我朱鴒待人處世的作風。

我心中蘑菇，一時拿不定主意。恰恰就在這節骨眼上，船上突然出現了一個神祕客，幫助我做出我這趟婆羅洲之旅中最重要、最大膽，攸關生死的決定。

* * *

這位新乘客並不是人類，而是一條狗。

整艘輪船，男女老小好幾百名乘客，沒有一個人知道，這只狗是何時登船、如何登船、從哪座碼頭登船的。

約莫是「摩多祥順號」寄泊在新唐鎮的那晚吧，當夕陽沉落，華燈初上，吃過晚餐的乘客聚集船舷旁，憑欄觀賞港口夜景時，無意中我就發覺有一只通體漆黑的雄狗，不知打哪冒出來，靜悄悄現身在孩子們堆中，支著一雙前腿，昂起脖子挺起背梁，蹲坐在甲板中央，出神地，眺望河濱堤岸上那一簇簇姹紫嫣紅爭奇鬥麗，好似南海水晶宮慶祝元宵，大放煙火般，綻亮在河上一輪明月下的七彩霓虹。直到三更時分，月過中天，新唐城中最後一盞花燈熄滅，甲板上大夥才散去，回到各自的鋪位就寢。我回頭一看。黑狗不知什麼時候走掉了。往後的一段航程，三不五時，他會悄沒聲倏地出現在乘客中。（請注意：講述婆羅洲之旅的故事時，提到這只狗，我用的代名詞是人字旁的「他」，而不是一般人用的「牠」或「它」，因為在我朱鴒心目中，狗是一種有靈性有感情的動物，絕不比人類低等。）每次現身，他總是支著兩條前腿，挺有威嚴地蹲坐在甲板上，睜著一雙幽黑瞳子，不動聲色只管好奇地觀察我，打量我。每回我們倆的目光交會，他便甩甩頭，從喉嚨裡發出一陣低沉的嗥叫，眼神中流露出一股真誠、自然的關切，好像有什麼重要的訊息要向我傳達……

相處幾天後，大夥接納了這只神祕兮兮、來歷不明的黑公狗，讓他加入我們這支搭船返鄉的隊伍，成為一名新成員。孩子們忒喜歡他，給他取個響亮好聽的達雅克名字「希旦」（阿黑）。

畢嗨說希旦是一只幽靈犬——根據婆羅洲古老的傳說，對主人忠心耿耿卻受到冤屈、遭遇橫死的狗，往生後，怨靈遊蕩出沒在大河上下，徘徊不去，直到遇見一個值得信任和追隨、可以成為他新主人的男孩或女孩，才停止流浪。聽畢嗨一本正經這麼一講，我心裡著實有點發毛，但我並不害怕，因為就算他是個鬼魂，希旦也不像一只惡犬。他目光和善，神態莊嚴，令人打心裡敬重和信賴。

後來我收留希旦，成為他的新主人（不！我應該說成為他的新夥伴和朋友）。在往後的旅程中，他將一路追隨在我身邊，擔任我的嚮導和保護者，成為繼伊曼、阿美霞、吉姆王爺和娣娣·龍木之後，慈悲的伊班大神辛格朗·布龍為我安排、負責守護我的婆羅洲之旅的新「貴人」。

這段奇緣，嚴格說，是從我夢見娣娣的那一夜開始的。

如同我先前所講，那晚半夜夢醒後，我從鋪位上坐起身來，解下腰間繫著的龍木家姐妹鼓，將它抱入懷中，邊用手摩挲鼓身，邊抬頭望著高掛天上俯看我的月娘，放悲聲哀哀哭泣。那當口，希旦不知打哪冒出來，支著兩只前腿蹲坐在距離我兩米處，甲板上一灘月光中，定定看著我，半天一眨不眨。他那兩道恬靜的、帶著憂傷和焦慮的眼神中，充滿疑問和不捨。他臉上那副表情就像個父親，悄悄待在一旁，守望著他那個不知為了何事傷心，卻死都不肯告訴老爸，只顧望著空中，把自己哭成淚人的女兒。那晚一整個下半夜，希旦就這樣坐著看我。月下兩只眼睛炯炯發亮，彷彿閃爍著兩團淚光。直到東方天空發白，月娘披上一襲紅紗巾，一轉臉，隱身到滿河乍起的朝霞中，我才哭夠了，一頭鑽進莎拉大娘的臂彎裡，像個嬰兒般含著眼淚帶著笑容，沉沉入睡。這時希旦才悄然離開，退回到輪船上不知哪個角落。

從這一夜起，希旦就跟定了我。全船的人，包括尤大旺一家子，都把他當成我的狗了。

希旦是原生的、純種的婆羅洲土狗，跟歐洲的大丹狗或美國的哈士奇狼犬相比，個頭矮小，貌不驚人，可一身瘦嶙嶙的骨骼十分硬朗，耐操耐勞，吃得了苦，荒年時節靠著馬路上撿到的一小坨糞便，就可以過活。但最吸引我的，卻是他的兩道奇異的眼神。那是一雙烏黑深邃，清澄得像婆羅洲叢林夜空的眼睛，瞅望著妳時總是定定的，半天都不眨一下，彷彿在審視妳，掂量妳，目光中帶著一股深沉的哀傷，和一種難以形容的什麼東西——噢，是了，我想起李老師講故事時最愛用的兩個字——悲憫。就是這樣的一對充滿哀傷和悲憫的眼瞳，讓我初次面對面、接觸到它時，便感受到一種莫名的熟悉和震撼。宛如一股電流般，它倏地觸動我心中的某一根弦，勾起我腦海裡的某個記憶。我苦苦思索好幾天，心頭靈光乍現，想到了在台北時，我聽李老師講過的一則南洋童年往事。

這個故事名叫〈第一顆石頭〉，主角是沙勞越一戶栽種胡椒的李姓人家養的狗。他一生忠心耿耿，守護主人的家園，陪伴他的七個小主人長大。後來這只狗老了，病了，孤伶伶奄奄一息躺在竹林裡過日子。故事結束時，他死在一群爭相從路邊撿起石頭、狠狠朝向他身上扔過去的孩子手下。他往生後，遺下的小小一堆白骨，至今，還留存在婆羅洲島上，沙勞越邦古晉城外馬當路十哩，胡椒園門口馬路旁的竹林中。

我永遠記住故事結尾的場景：早晨時分，麗日下，當一顆接一顆鵝卵石紛紛降落在他身上時，這只病得快死的老狗，就靜靜趴在地上，睜著一雙炯亮的眼睛，望著李家這七個從小由他帶大，比家人還親，而今卻不知為了什麼緣故，突然集體發狂，對他痛下殺手的兄弟姐妹。他那兩道眼神充滿哀傷和不解，滿竹林陽光照射下，流露出一股冷森森、令人背脊發涼的悲憫。

〈第一顆石頭〉是我生平聽到的最恐怖、最悽慘、最能讓我半夜做惡夢的故事！為了讓他們心愛的狗結束病痛，早日往生，這群從四歲到十三歲大的孩子，做出了人世間最最殘忍的事……

李家的這只狗，名字叫「小烏」，因為他有一身烏黑的毛。巧的是，「希旦」這個名字在馬來文中的意思也是「黑」呢。

這天我和希旦隔著一米距離，並排坐在「摩多祥順號」船舷欄干下，眺望卡布雅斯河上風光。

「小烏！」心中一動，我衝著他叫一聲。

希旦猛一回頭，瞪著我，眼瞳中滿是狐疑和警戒。我放柔嗓子又叫喚兩聲：「小烏小烏！」

他豎起耳朵仔細琢磨，彷彿聽到一個挺熟悉、挺美好，可很久很久沒再聽見過的聲音。

「小烏過來吧！」我伸出一只手，邊招邊柔聲呼喚：「我是翠堤的朋友呀！你還記得她嗎？李家的小女兒，跟你最要好的李翠堤。你往生後，她非常傷心，覺得自己犯了罪，整個人癡癡迷迷就得了失心瘋。小妹子翠堤，原本是一個天真可愛的女孩。她的校長龐神父總愛打趣說，李翠堤之前是在天上侍奉聖母的小丫鬟，做錯事怕被罰，偷偷下凡遊玩。她投生在李家，成為你的好朋友和親密的夥伴。小烏，你肯定記得這個為你發瘋的女孩吧？李、翠、堤。」

小烏（希旦）高高豎起兩只耳朵，專心傾聽我嘴裡吐出的「李翠堤」三字，彷彿聽到一個失落很久的、刻骨銘心的名字。霎時間，他的眼眶中——我發誓我沒看錯——亮晶晶迸出了兩團淚光來。這只狗真的哭了。

「小烏，我告訴你一個祕密。」我壓低嗓門說：「李翠堤的二哥，我在台北認識的南洋浪子李永平老師，親口告訴我：我這個台灣女生朱鴒，相貌生得有七分像他的小妹子。性情也滿像。同樣的冰雪聰明，伶牙俐齒。同樣的天生好奇，愛流浪，一天到晚睜著兩只又黑又圓又亮的眼瞳子，甩著一頭亂草般的短髮絲，趿趿著腳上一雙破鞋，穿著一身髒衣服，遊蕩在鬧市街頭，四處尋尋覓覓東張西望，好像永遠在探索什麼新奇事似的。我們兩人那麼的像。所以——」話鋒一轉，我抬高嗓子面對面質問他：「小烏，我在三江口碼頭一登上『摩多祥順號』輪船，你就注意到我，跟著我溜上船，此後便一路盯住我，對不對呀？」

聽完我這番陳訴，小烏終於扯開嗓門，哀哀呼叫三聲，搖著尾巴蹭了過來，在我跟前立定，伸出臉頰不住摩挲我的小腿肚子。

就這樣，我遇到了我的婆羅洲之旅的一位新「貴人」。他是一只狗——幽靈狗。

* * *

我這趟為期一年的漫長旅程，即將進入最後、最要緊的階段了。在這節骨眼上，好似及時雨般，忽然出現一個可以信賴的夥伴和嚮導，我心裡踏實多啦。霎時間勇氣倍增，精神大振。我決定在大河上游一座名叫「普勞．普勞」的村莊下船。就如同累倒在路途上，經過一番休養、已經完全恢復元氣的旅人，在那兒我將再度拎起行囊，生氣勃勃地重新啟程上路。

告別慈愛的莎拉大娘。告別尤大旺一家子。噯，告別那群在輪船上和我相處一段時日，已經變成我的死黨，臨別時兩眼淚漣漣，爭相牽住我的手，央求我留下的孩子們。告別自由婆羅洲聖戰士，納爾遜．大祿士．畢嗨的英靈。（借這個機會向大家報告：畢嗨決定跟隨尤家人走了。他將繼續乘船溯河而上，不再像孤魂野鬼般飄泊逡巡在大河流域，因為他已經從我口中得知，他的少年朋友「交灣永」，已經履行當初對他做出的承諾，將那年夏天大河朝山之旅，一路上發生的種種光怪陸離的事情，寫成一本名叫《大河盡頭》的書，在台灣出版。如今心願已實現，畢嗨的靈魂可以返回大河源頭聖山下的老家，了無遺憾和牽掛。在這兒我特別恭喜和祝福他。旅途上耐心教導我，讓我進一步認識婆羅洲歷史的師友，畢嗨先生，請安息吧！偉大的慈悲的母親，聖馬利亞會保佑你這位勇敢的、真正的婆羅洲之子。）最後，我必須向聚集在輪船舷梯口，慇慇為我送行的全體乘客，深深地一鞠躬，以最虔敬的態度和感恩的心情，告別這群萍水相逢，待我如同自家小女兒，重新賦予我元氣，給我新的能量，讓我可以繼續走下去的達雅克鄉親們。

重新踏上征途的我，為了給自己打打氣，一壯行色，特地回復了在三江口碼頭登上「摩多祥順號」時的裝束：身穿黃卡其上衣和黑布裙（台北小學女生秋季制服），右腰插一柄馬來克利斯短劍，左腰掛一只薩烏達麗．珍瑠手鼓，肩披一蓬黃髮絲（船上這段日子，我的頭髮被赤道太陽曬得更加焦黃了，髮梢又抽長好幾吋），足蹬一雙沾滿泥巴，鞋頭開了個口，露出兩顆母趾頭的肯尼士球鞋。

以這樣的一副打扮下了船，我挺起腰桿，拎著緹花旅行袋佇立在普勞．普勞村碼頭棧橋上，目送這艘八百噸級、客貨兩用、終年穿行於卡布雅斯河流域的鐵殼船，船頭船尾影影簇簇，載著一船歸鄉客，靜悄悄朝向河源頭航行，進入婆羅洲心臟最深、最原始神祕的黑森林中。轉眼，整艘船倏忽不見，只剩下長長一條黑煙，兀自飄嫋在滿江白花花陽光中。麗日下，乍一看，它還真像大河兩岸百姓口耳傳說中的那艘大名鼎鼎，大白晝無聲無息，漂流在河上的「卡布雅斯幽靈船」呢。

「小烏，咱倆上路吧！」

猛一掉頭，我把緹花旅行袋掛上肩膀，甩甩髮梢，邁步走下空蕩蕩的棧橋，帶著我的新夥伴和嚮導，再度進入叢林，在龍木家兩姐妹的英靈護佑下，抱著必死的信念，尋找「峇爸」澳西先生的行蹤，準備和他決一死戰！

第六卷　婆羅洲新傳說的誕生

第三十一話　再見二本松

依依不捨，揮別了摩多祥順號上的達雅克鄉親們，一轉身，我拔腳跑出碼頭，帶著我的狗，邊舉手拭淚邊邁步走進村子。

普勞．普勞驛站，大河源頭聖山祕境的入口，只是個百來戶人家的聚落，窩在河畔一個山坳裡。向晚時分全村寂無人聲。四下零落的雞啼，和偶爾綻響的一兩波鬼吹螺似的狗吠聲中，只見村中人家棕櫚葉屋頂上，悄悄升起十幾條炊煙，魅影般藍幽幽一圈圈，盤繞在芒果樹梢頭。

我遵照畢嗨的建議，準備投宿村中僅有的一間客棧，洗個好澡（輪船上的這段日子，我沒洗過一回身子哩），吃頓正常的晚餐，在久違的彈簧床上睡個舒坦的覺，明天早晨起床後，再探詢前往帝坂山區的路線和交通工具，順便向店主人打聽：可曾看見一個身高六呎五，腰圍八十吋，滿月臉、大肚腩，長相好似中國笑面佛的白人老頭子「峇爸澳西」，率領七十二名花樣年華，身穿各色印花紗籠，額頭中央血滴般綴著一顆紅痣的婆羅洲姑娘，浩浩蕩蕩一縱隊，從普勞．普勞村中經過，一路朝向大河上游那傳說中的「登由．拉鹿小兒國」前進呢？

我今晚住的旅館，坐落在河灣石崖頂。在小烏帶頭下，我踩著村口一道青苔斑斑的石梯，小心翼翼拾級而上。

「主人在嗎？」我站在店門口，朝向大白晝靜沉沉的店堂內大聲呼叫：「有人住店哪！」

扯起嗓門連喚十幾聲，不見有人出來迎接，我只好推門而入。冷不防，一頭栽進了個盤絲洞中。我蹬蹬倒退三步，舉手亂揮一陣，撥開那黏答答滿頭滿臉纏繞的蛛絲，就著門口灑進的天光，凝眼一看，只見店堂中四處張掛著直徑三、四呎的巨型蜘蛛網。一只只肥大的婆羅洲花面蜘蛛，齜著兩排白尖牙，睜著兩粒火紅眼珠，從網中央探出一張張猙獰華麗的臉孔來，注視我這個闖入者。旅館櫃檯內，空無一人。堂上掛著一個五呎乘二呎的匾。那是一整塊婆羅洲原木，上面刻著兩個古雅的朱紅色篆書大字。我仔細琢磨，認出那是「松園」二字。旁邊有一行挺秀氣、用黑色楷體字書寫的落款：南海遺客梅縣秀士武家驊題。

「松園——松園——」我抬頭望著匾，嘴裡不停喃喃念著這兩個聽起來像魔咒的字。豁地，一道電光掠過我心頭。我想起來了：在台北，李老師向我講述大河故事時，曾經提過這家客店。那年暑假，少年永和克莉絲汀娜．房龍小姐結伴搭乘伊班長舟，沿著卡布雅斯河溯流而上，準備攀登大河盡頭的聖山。途中停泊在普勞．普勞村。他們住進一間名叫「松園」的日式旅館。八月八日斷腸日，姑姪倆在這座風雨淒迷、鬼影幢幢、成群無頭日軍四處飄蕩出沒的莊園中，度過了神祕、靈異的一天。在記錄這趟大河航程的書裡，李老師將這段情節命名為「少年永迷亂的一天」。在我這個小女生看來，這一篇長長的三萬多字的描寫，是《大河盡頭》整部小說中最恐怖、可也最精采好看的一章，讓人邊閱讀邊冒冷汗，還邊發抖，一波接一波，渾身禁不住泛起雞皮疙瘩來。妳們想想吧：一營無頭士兵脫掉軍褲，鬼魅般無聲無息列隊前進，手中握著胯下的小棒子，輪番上陣，撲向那光著身子張開雙腿，呈大字形，朝天躺在榻榻米上的房龍小姐……

據李老師所言，松園旅館原本是二戰日本軍官俱樂部。有個充滿東洋風味的名字叫「二本松別莊」。當年，皇軍占領整個南洋時，它可是婆羅洲內陸一個豔名遠播、極風流旖旎的場所。終戰時，別莊的產權不知怎麼，就落入本地富豪武家驊手中。這位出身廣東梅縣望族，被荷蘭政府封為「甲必丹」，以華人頭領身分，統帶卡江上游十萬客家墾戶的老秀才，眼見別莊閒置可惜，便將它改為旅館，取名「松園」，委託原皇軍俱樂部的媽媽桑經營。這個來歷神祕，名叫節子的扶桑女子可是皇軍時期的「渤泥第一美人」（渤泥是婆羅洲的日文名稱）。戰後，年紀已過四十，膚色猶如女嬰般白嫩、滿頭青絲依然烏黑的節子，不知由哪門子姻緣促成，竟成為高齡八十，終日纏綿鴉片煙榻，卻仍威震大河流域的「甲必丹．武」的情婦兼帳房。在「女將」節子悉心經營下，松園成為婆羅洲內陸最高檔次、唯一的星級旅館，在戰後那段重建時期中，著實享受了好幾年的風光。

在台北聽李老師講述這段歷史時，我沒想過，有一天，我朱鴒會親自登門，投宿這間婆羅洲赫赫有名的客棧，更不曾料到，松園旅館如今變成了一個龐大的蜘蛛窩。

「媽媽桑在嗎？」我又拉長嗓子呼喚幾聲：「女將在嗎？有人住店喔！」

客棧寂寂，依然沒有人回應。我感到背脊骨一陣陣發涼，正要回身走出店門，猛聽得嗚呦呦一聲狗吹螺，扭頭看去，只見那亦步亦趨跟隨在我身後，伸出鼻尖，四下窸窣吸嗅的小烏，這當口彷彿發現了什麼，昂起脖子發出一陣嗥叫，倏地一個箭步躥出店堂，直往後屋闖進去。我制止不住他，只好硬著頭皮追奔上前，跟著這只突然中了降頭、著了魔的狗，穿過長長深深的一條日式木造迴廊，一路跑進內院。

眼前一亮。好一座東洋庭園！

院中果然有兩棵松樹。

那松，如同李老師描述的，模樣說不出的古怪。驀一看好似一對雙胞胎歐吉桑，穿著和式禮服，分頭佇立庭院兩側，佝僂著瘦小的身子，彬彬有禮相對鞠躬。仔細端詳，妳才瞧出來，這種看似天然的對稱與和諧，原來是日本園藝師花畢生心血，努力經營出來的，就像培植一個巨型的、極精緻的盆栽。這份功力和執拗，讓當年在大河之旅中初見二本松的少年永，驚訝得闔不攏嘴。但最令我讚嘆的，卻是這兩株三米高的松樹頂端一篷蓊鬱的枝葉，儘管多年沒修剪，兀自亭亭地、團團地覆蓋整座庭院，宛如兩支青羅傘，遮擋住赤道毒日頭，和夏季中午風雷大起、閃電交迸時，那場嘩喇嘩喇驟然從天而降的熱帶暴雨。幾十年來，這東瀛老哥倆盡忠職守，文風不動，站立庭院中，拱衛這座隱藏在婆羅洲內陸最深處，幽靜、青翠、典雅，好像一張京都明信片的小小日本庭園。

「二本松別莊」的名字可不是隨便取的。

我帶著我的狗小烏，站在廊上，觀賞這座二戰期間曾經高張豔幟，接待過一批又一批出征前夕，高唱戰歌〈君為代〉和〈支那之夜〉，喝酒狂歡痛哭流涕的皇軍將士，如今卻已曲終人散，落得一片空寂的美麗庭園。眺望了半天，心中不覺感傷起來。我大姐朱鸝的日本乾爹，曾在中國和南洋打過仗的老兵，木持秀雄（大家記得嗎？就是那位我管他叫「奇摸雞桑」，身材乾乾瘦瘦，殭屍樣，穿著一套時新法國式雙排釦羊毛呢西裝，逢人就打躬、遞上名片的廣島市「久松衛材株式會社」取締役社長），當年奉命挺進澳洲時，想來，也曾在二本松別莊的一個榻榻米房間，抱著兩個被俘虜、成為慰安婦的英國妞，度過風流快活的一夜吧？

一時之間，我想得癡啦。

黃昏的客店靜沉沉。晚風從山下河畔的普勞．普勞村颳起，劈啪劈啪，送來陣陣柴火聲，伴隨著滿甘榜熱騰騰的蕉葉米飯香。落日溶溶，映照庭院四周十多間覆蓋著黑瓦、長滿青苔的日式房舍。天頂一道霞光照射下來，穿透松蔭，直直地潑灑在院子中央矗立的石像上，迸發出一簇金色光芒。眼一花，我揉揉眼皮定睛望去。原來是一尊子寶觀音，白衣飄飄，站在四盞東洋石燈籠中間。日本人膜拜的子寶觀音菩薩，身高足足一米七，用整塊漢白玉雕成，當年搭乘軍艦從日本前來，萬里迢迢飄洋過海，不知是什麼因緣，落腳於渤泥島皇軍俱樂部，以慰將士們思母之苦。

這是何等的因緣和功德呀！

我，朱鴒，從小跟隨母親拜觀音的台北女孩，心中不禁感動萬分。

日本雕刻師刀下的這位送子觀音娘娘，臉頰豐滿，笑容可掬，模樣挺像一位溫柔慈藹的中年奧加桑。妳們看嘛，她懷裡抱著的一個圓頭大耳、身材胖嘟嘟的男娃娃，光著屁股，只在腰下繫一條細細的兜襠布，乍看可不就是一名雛量級相撲選手呢？

我站在廊上望她。小烏蹲坐在我腿旁，炯炯地睜著兩只烏黑眼眸，好奇地觀看她。她不聲不響，一逕低垂著眼皮，目光朝下，瞅住腳跟前那口飄滿落葉、野草叢生的鯉魚池，嘴角微微挑起，臉龐上掛著一抹謎樣的、曖昧的笑容，好像在想自己的心事似的……

赤道的落日掛在叢林梢頭，紅通通的一輪，越沉越紅。白衣子寶觀音和懷裡的娃娃，霎時間，一古腦兒沉浸入二本松別莊一灘血似猩紅的霞光中。

不知怎的，我想起和娣娣分手前夕，在投宿的哥打．桑塔馬利亞鎮玫瑰園小教堂中，我們倆肩並肩，跪在祭壇前，垂著頭合起雙掌一起向聖母膜拜。那時她──萬福的馬利亞──就穿著一襲白長袍，披著一方白紗巾，抱著剛出世、渾身兀自帶著血跡的聖嬰，深更半夜，獨自站在壇上一環血紅月光中，一逕低著頭，瞅著壇下兩個萍水相逢，在大河上結伴漂流一個月，結下一段奇特情誼，如今緣分已盡即將分離的少女。聖母豎起兩只耳朵，彷彿專心地聆聽這對異國姐妹的祈禱和許願哩。

想起已經往生的娣娣．龍木，我心中一酸，兩顆眼淚奪眶而出，沿著臉頰熱辣辣地滾落下來。淚光中，只見兩尊聖像──各自抱著嬰兒，佇立在落日下和月光裡，渾身血紅紅，散發出燦爛皎潔光芒的觀音菩薩和聖母馬利亞──漸漸重疊起來，最後結合成一體，在我朱鴒眼前，幻變成一位全世界最慈愛、最博大、普天下的孩子們共同擁有的母親。一個真正美麗的女人。

好久、好久，我帶著我的狗站在廊上，就這麼癡癡地，望著旅舍後院一座荒廢的日本庭園中，獨自個迎著車輪般大的一丸子紅太陽，朝向河口的大海，靜靜佇立的「子寶觀音」。小烏挨著我的腳踝，挺起背梁蹲坐著，把脖子直直伸出廊外，睜著眼睛一時也看呆啦。從他臉上那副敬慕的、充滿渴念的、帶著一股哀傷和困惑的表情，我看得出來，眼前這個身材高挑、穿著白衣抱著娃娃的女人，觸動了他心中的某根弦，剎那間，勾起他埋藏在內心深處的一樁悽慘的記憶。莫非（我猜測）他又想起了多年前發生在沙勞越古晉城外，馬當路十哩胡椒園門口，豔陽下竹林中的那樁事件：由他從小帶大、親如家人的七個孩子，突然集體發狂，一個個咬著牙瞪著眼，紛紛撿起路上的鵝卵石，爭相朝向病得快死、奄奄一息躺在地上的他——老狗小烏——狠狠地砸過來。那當口，孩子們的母親，他最敬愛最仰慕的女主人，就抱著一個剛出生的嬰兒，靜靜站立在一旁觀看……

嗚呦呦——小烏扯起嗓門，望著院子裡的雕像發出一聲嗥叫。我回頭看去。我發誓，那一瞬間我真真切切地看見，小烏的兩個眼眶裡，晶瑩瑩，映著霞光閃爍著豆大的一對淚珠。

我打個寒噤，從沉思中醒來了。

空中最後一群歸鴉，聒噪著從我們頭頂上飛過去。天快黑了。今晚的住宿還沒著落呢。我，一個異鄉女孩，帶著旅途中撿到的一只老狗，舉目無親，孤單單，置身於婆羅洲內陸一個鳥不生蛋的地點，被困在一座名叫「普勞·普勞」的荒村中，一間廢棄的日式旅館裡，站在空寂寂的迴廊上，四顧茫然，不知何去何從。

*　　*　　*

嗒、嗒、嗒……

我從廊上伸出耳朵凝聽。是滴水聲！莫不是有人居住在這間旅館裡？一臉狐疑，小烏歪起脖子聳起耳尖，傾聽半晌，好像發現什麼不尋常的事物，倏地蹿起身，頭也不回，便一溜風跑下階梯闖進庭院中。我趕緊拎起行囊，提起裙腳追上去查看。喔！原來是一個「樋」。

聽我報告婆羅洲之旅的台北仕女們，各位經常進出日本，肯定知道這個在日語中叫做「忒歐咿」、被認為代表大和庭園藝術的東西，是什麼玩意。它是一根長長的水管（我姐朱鸝，在四國島愛媛城一座戰國時代庭園看見的樋，長達三千米，創下金氏紀錄呢），用一節節竹筒連結而成，跨過層層假山，穿過叢叢花木，迤邐來到園中一口鯉魚池上，風雨無阻晝夜不停滴落水珠：嗒、嗒、嗒……這個裝置乍看不起眼，可正如李老師所言，全世界只有日本人那種纖細的腦筋，加上大和民族獨有的奇巧心思，才設想得出來。這個樋一經裝設，便會按時滴水，數十年如一日。我姐朱鸝在四國參拜的樋，滴了三百多年的水，可依舊精準如同精工錶，釐秒不差！我們松園旅館的樋，雖沒那麼壯觀和古老，但也滴了好幾十個年頭的水。如今旅館早已歇業，滿屋結起蜘蛛網，但「樋」在庭院中兩棵孿生松樹拱衛下，兀自照常運作不停，嗒、嗒、嗒，繼續向子寶觀音像前的鯉魚池，提供源源不絕的活水。那股韌勁兒，就像我最敬仰的日本女人，阿信。再過二十年，整幢別莊倒塌了，整座莊園被圍牆外的婆羅洲原始叢林淹沒了，消失得無蹤無影，可我敢和妳們打賭，樋還是會盡忠職守，只管朝向那口早已荒廢、塞滿枯葉的池塘，滴下一顆又一顆依舊晶瑩剔透的水珠，嗒、嗒、嗒、嗒……

轉眼間，太陽沉落到院子西面那排青苔斑斑的屋瓦背後了，濺血般，潑灑出滿天濃豔的彩霞。山下村莊升起幾十條炊煙，乘著晚風，送來陣陣米飯香和蝦醬香。轂轆轆轂轆轆，我肚裡的腸子爭相噪鬧起來。我使勁嚥下三泡口水，叱喝一聲，招呼我那只中了降頭似地只顧繞著池塘，邊奔跑，邊朝向那只張嘴吐水的怪物，汪汪汪不斷吠叫的狗：「小烏別理牠，趕快走吧！咱們去找廚房，看看有沒有東西可以充當晚餐。」

充耳不聞，小烏繞到池畔假山背後，拱起背脊伸出鼻尖，在荒蕪的日本庭園中，滿院子一簇簇怒放的熱帶花卉間，不停鑽進鑽出，四處吸嗅，尋找「樋」的另一頭通往的地方。

這座園子的活水源，究竟從何處引來？我的好奇心也被勾起了。

小烏穿梭在花叢中尋尋索索。瞧他那股專注勁兒，彷彿若不找到答案，破解不了這個惱人的謎團，便不罷休似的。我只好硬起頭皮，提著行囊追跟上去。一個女孩和一隻黑狗玩起捉迷藏來，互相追逐著，奔跑在松園旅館迷宮樣的一條條迴廊上。越往前跑，庭院越幽深，頭頂上那片天空顯得越發陰暗。心中一凜，我硬生生煞住了步伐，跂著腳扭轉脖子回頭眺望。看哪！白衣觀音娘娘和聖母馬利亞，兩尊並肩而立的聖像，浴血也似渾身鮮紅，各自抱著嬰兒，佇立在甬道的另一頭，頂著一穹爐燦爛的婆羅洲彩雲，直瞅著我，滿臉笑盈盈。一片寂靜中我豎起耳朵。聽到了！那召魂鈴般的滴水聲，清脆，嘹喨，精準如同精工錶，兀自不斷地從我們身後傳來：嗒、嗒、嗒……

*　*　*

西那喏喲嚕，西那喏喲嚕
那港口的燈光，紫色的夜晚
那夢中的船兒，搖呀搖盪
啊，忘不了那胡琴的絃音
支那之夜，支那之夜

西那喏喲嚕，西那喏喲嚕
那窗前的柳條，搖呀搖曳
那紅色的燈籠，支那的姑娘
啊，忘不了那可愛的容顏
支那之夜，支那之夜

西那喏喲嚕，西那喏喲嚕
那等待情郎的夜晚，那欄干外的細雨
花謝了，落紅飄散，
啊，永別了那忘不了的
支那之夜，支那之夜

＊　　＊　　＊

一路追蹤著那如泣如訴、飄飄嫋嫋不知打哪傳出、分不清是男嗓還是女嗓的歌聲，小烏帶頭，引領著我，蹦蹬蹦蹬不停奔跑在迷宮中。倏地他煞住前腳，在甬道盡頭花木深處一間廳堂前，站定了。那是一扇敞開著的和式紙拉門。以日本男人的身高而言，這門還挺高大堂皇呢。我追上前去站在小鳥身旁，邊舉手猛拍心口，喘著大氣，邊伸出脖子朝門洞內張望。非常氣派、十分寬敞的一間三十蓆大廳卻空無一物，連一張茶几都沒有，只在背後擺放著長長一排古色古香的屏風，上面鑲著二十八幅大和繪，色彩絢爛氣勢磅礴。我一瞧便認出，屏風上畫的是日本歷史上那場頂有名、頂悲壯、決定源平兩家命運的「壇之浦海戰」。（向各位在座仕女報告：我對這場戰役耳熟能詳，是因為我大姐朱鸝的兩位日本乾爹，花井芳雄和木持秀雄，是壇之浦迷。在台北，這老哥倆每回逮住我，便嘰哩咕嚕操著古典日語，比手畫腳講演一番。從小到大，我聽過不下三十遍。順帶一提：木持伯伯是平家支持者，他生平最愛讀《平家物語》這本古書，而老花井的立場則比較傾向源氏家族。）這會兒，在婆羅洲內陸叢林中，乍然看到波濤壯闊的「源平合戰」全景畫，老實說，感覺還是滿震撼！

我舉頭望去，看見屏風上屋梁下掛著一個巨型玻璃框，裡面鑲著一幅書法。那是用特大毛筆，蘸著飽飽的一團濃墨，一氣呵成寫出的五個漢字。飛揚跋扈的筆鋒帶著颯颯風雷聲，透出一股令人不寒而慄的殺氣。我慌忙轉移視線，將眼光投到落款處：山下奉文。挺娟秀的四個楷體字。喔！題字的人原來是綽號「馬來亞之虎」，當年率領三萬五千日軍，南下馬來半島，不到一個月工夫，便讓駐守新加坡堡壘的十三萬英軍，高高豎起白旗，活像一群娘泡，屁顛屁顛地開城出降的日本名將。在座的《大河盡頭》的讀者們，悄悄告訴妳們一個祕密：這位山下大將，可是這本書的作者李永平一生中唯一敬仰、服氣的日本男人。

我呆呆望著屋梁掛的匾額，嘴裡喃喃地念著那五個斗大的、張牙舞爪殺氣騰騰的日本漢字：

「二本松芳苑。」

挺雅致、溫柔的名稱呀。

這幢別莊原本是二戰皇軍軍官俱樂部。這間廳堂，妳們只須看那片寬闊、空曠的地板，和上面嵌著的那一方方長年上蠟、光可照人的上等櫸木，便可以看出來它是一座劍道場。在別莊度假的年輕軍官們，平日就在這兒練劍，比武拆招。倘若妳們嗅覺夠靈敏，只要伸出鼻子嗅一嗅，保準可以聞到，凝集在廳堂內的一股濃冽辛辣，人去樓空多年後，陰魂不散般，依舊縈繞不去的汗酸和年輕男子特有的體味呢。

這間大廳坐落在荒蕪的莊園正中央，自從戰爭結束，便一直閒置，但是不知怎麼卻保養得極乾淨，一塵不染，好像還有一群軍官定期使用似的。我帶著我的狗，拎著行囊站在敞開的大門下，探頭朝內張望，一時間中了蠱般呆住啦。

斜陽透過門洞照射進來，灑在空蕩蕩的地板上。暮色裡，整座劍道場寂無人聲，寂靜得——妳們聽！屏風上那群身穿五彩鎧甲，頭戴牛角盔，手握長短二刀的源平兩家武士，在波濤滾滾的「壇之浦」海域中，幾百艘顛簸搖晃的戰船上，捉對兒廝殺，發出驚天動地的吶喊。

過了一會，喊殺聲平息。我踮著腳豎起兩只耳朵細聽。源平合戰結束了，廝殺聲宛如海浪般消退了，偌大的血紅色海面只剩下海風呼嘯，成千亡魂嗚咽飲泣。再過一晌，風聲和哭聲也停歇了。取而代之的，是劍道場上一群身穿黑袍、手持竹劍對打的皇軍軍官，扯起嗓門發出的一聲聲吆喝：「哈馬多！他馬希！」還有那橐橐橐不斷移動的腳步聲。

落日霞光中，只見滿廳堂黑色人影飄忽旋轉，簇簇白劍光閃爍。

一股陰風悄沒聲從後堂捲出來，挾帶著一團濃濃的脂粉香，直撲我的臉門。蹬蹬蹬，我往後退出三步。驀地裡想起李老師告訴我的一件怪事：二戰結束後，大量日軍亡魂滯留婆羅洲，成群結夥，飄蕩叢林，遊走島上的六大河流域，探訪每一個伊班部落，潛入長屋的大堂，鑽進屋頂橫梁上掛著的一堆堆骷髏頭中，尋找他們殉國時被獵頭族戰士斬下、當成戰利品的頭顱。每隔十天半月，在外漂泊得累了，他們便會回到叢林深處，在隱密、舒適的二本松別莊歇息一番，補充能量。戰友相逢，聚集在皇軍俱樂部大廳周圍一間間和室內，飲酒敘舊，互相打探家鄉消息和親人下落。喝醉了，這群年輕的無頭軍人，就會舉起拳頭捶打心肝，扯起嗓門大放悲聲合唱皇軍進行曲：

海行兮，為水漂浮屍
山行兮，為草埋荒骨
死在大君側，無懼無悔……

想到這裡，我禁不住縮起肩膀，機伶伶打個寒噤，可又忍不住伸出鼻尖，嗅嗅從後堂飄出的清酒味，和那一縷一縷誘人的資生堂臙脂香。

轉頭看看門廊外的天色。約莫晌晚六點鐘。天快黑了。我必須馬上離開這個陰氣森森、鬼影幢幢的所在，下山去，到客家人的村莊中，尋找願意讓我打尖留宿的人家。就在這當口，彷彿發現不尋常的事物，雙眼猛一睜，小烏從我腿旁竄出來，箭也似，颼地穿過那扇敞開的日本紙拉門，直直朝向劍道場上奔跑。

「這是一間鬼屋哦！小烏回來，不要打擾人家！我們道個歉就趕快離開吧。」

我站在門口，扯破喉嚨也喝止不住這只中了邪的狗，只好硬起頭皮，提著行囊拔腿追跟上去。廳中，那群身穿黑道服手握長竹劍，柝、柝、柝、柝，捉對兒比試過招的魅影，乍然看見一條黑狗冒出來，紛紛停下步伐，收劍往兩旁退開一步。潑剌潑剌，小烏只管放開四蹄，從兩排持劍肅立的無頭東洋武士中間，奔馳過去，直來到山下奉文大將手書的「二本松芳苑」匾額下，才倏地立定。

「小烏你怎麼了啦？發現什麼東西呀？」我喘著氣在他身後站住。

頭也不回，他只顧翹起尾巴，朝向廳堂後面那排大和繪屏風前，烏黝黝，擺放著的一個黑漆楠木刀架，聳出鼻尖窸窣窸窣不停吸嗅。這只狗跟隨我這段日子，表現一直非常穩重，挺老成的模樣，今天卻突然變得躁動不安起來，如同發情的年輕公狗，四處逡巡尋找配偶似的。妳們瞧！就在大白日劍道場中眾目睽睽之下，他公然露出他的臊根子來啦。

我漲紅著臉皮，一個箭步衝上前，伸手揪住小烏的尾巴，使勁往後一扯，自己跑上前去看。這一瞧我整個人可就呆住了。原來吸引小烏的目光、撩起他慾念的，是木架上擱著的一把日本刀。那刀連柄長約三呎。刀身上套著一支修長的、打磨得十分晶瑩潔白的鯊魚皮鞘。烏黑油亮的刀柄上，星光閃爍，嵌著三朵用純銀打造的梅花。我猜這是一位大佐的佩刀，曾經殺人無數。躡手躡腳，我往前邁出兩步，弓下身子把鼻尖湊到刀身上細細一聞，果然嗅到一縷甜甜的幽幽的、好像少女經血的腥味。

（我的兩個姐姐朱鸝和朱鸞，才過十歲就來潮了，所以記憶中，我們三姐妹同住的房間，長年瀰漫一股濃稠的、驅除不去的月經味。我這個么妹朱鴒已經十二歲了，不，應該是十三歲——我先前向各位報告過，在卡布雅斯河中游撐舟流浪那段日子，我度過了十三歲生日——但是在初經這件事上，卻始終毫無動靜。連個性大剌剌的我，也開始著急呢。在台北家中時，我媽就常嘀咕，對親友們說她的三女兒是個怪胎，搞不好還是個石女呢。我們朱家的女孩有早熟的基因。我媽她自己，台南姑娘陳月鸞，九歲就來經，過了幾年就嫁給我父親——大她十多歲的江蘇漢子朱方，十六歲生下第一個女兒朱鸝……唉，這下又扯遠了，我們趕快回到「二本松別莊劍道場」吧。）小鳥蹲在我身旁，兀自硬梆梆挺著他胯下那根紅通通、濕答答的寶，邊聳起鼻子吸嗅，邊昂起脖子拉長嗓門，朝向屋梁上懸掛的「馬來亞之虎」山下奉文的法書，鬼吹螺似地哀哀號叫：「嗚呦——嗚呦呦咿——」

我放下行囊，又跨前一步，小心翼翼伸手從架上捧起長刀。挺沉！至少有五台斤呢。蹬蹬蹬一連退出五六步，我索性在廳堂中央席地坐下來，拉起裙襬，盤起雙足，將整把刀擱在我裸露的兩條大腿上，打算好好鑑賞一番。木持伯伯曾說，三尺長刀乃是日本男人的命根子，猶如他身上生長出的另一支陽具。人在劍在劍失人亡。二本松芳苑這把刀的主人，皇軍的一名大佐，當年終戰時，莫不是就在這座道場上切腹自殺？不知怎的，我感覺得出來，他的靈魂這會兒就附在刀身上，不聲不響監視著我的一舉一動呢。我趕忙整肅起儀容，拂拂滿頭亂髮，撣撣身上那套沾滿風塵的台北小學女生制服，挺起腰桿子，端坐劍道場地板上，舉手合十，向殉國大佐的佩刀拜三回，然後才鄭重地拔刀出鞘。

刀光冷颼颼一燦。

眼一花，我慌忙闔上眼皮，過了整整一分鐘才敢睜開來。沒錯，這是一把日本刀。我看過真正的武士刀。那是木持伯伯特地從廣島老家捎來台北，讓台灣小姑娘「鴒子桑」一開眼界、品鑑和體驗日本文化之美的古刀。（我心裡一直納悶：這個詭計多端、神通廣大的東洋小老頭，究竟使出什麼手段，打通我們桃園中正國際機場的海關呢？）木持說，他這把刀名叫「橫雲」，乃是後伏見天皇在位時期，正安年間，京都名鑄劍師綾小路定家親手打造的。它的特徵，是刀身上有一道很深的血溝，順著刀身的弧度，極優美、極流暢地，從刀尖一路延伸到護手。拔刀的一剎那，它會發出呼颼颼一股風聲，乍聽就好像對手的頸項被砍斷時，瞬間，從喉嚨中發出的一陣低吼，令人毛骨悚然。

木持秀雄，日本劍道名門「田宮流」嫡系傳人，親自為鴒子姑娘示範祕傳的（三百年來，僅只一次，在麥克阿瑟元帥威逼下，曾經顯露在外國人眼前）、威震日本劍道界的「居合斬」必殺絕技。

地點就選在我台北家的客廳。

朱家三個女兒，朱鸝、朱鳶和我朱鴒，那天很難得全都到齊了。挺不尋常的一個場合。

首先，在女主人引導下，劍道家木持先生整肅儀容，立正，朝那兩尊我媽從台南娘家帶來，並排供奉在龕中的神像——白衣觀音和黑面媽祖——行最敬禮：叭叭叭連拍三掌，垂首合十鞠躬。隨即他轉過身子，向那大剌剌腆著肚膛坐在沙發主位上，拈著酒盅，自顧自啜飲虎骨高粱酒的男主人，我爸朱方，深深一哈腰，然後板起臉孔，脫下他身上那件法式雙排釦羊毛呢西裝外套。接著他拿起寶刀「橫雲」，插在腰間，以日本武士的標準姿勢，挺起腰桿跪坐在客廳中央地板上。好久，在我們一家五口人環視下，木持只顧打坐沉思，如同老僧入定般文風不動。足足過了半炷香工夫，才聽見他猛然扯起蒼老的嗓門，沙啞地叱喝一聲：「八嘎！」黃昏時分窗口一丸子紅日照射下，只見他手一揮，影一晃，我們還沒看清楚拔刀的動作呢，便發現距離木持四呎的茶几上，一只雪白瓷瓶中，紅豔豔俏生生，插著的十枝我爸心愛的牡丹花，瞬間，早已被齊頭斬成兩段。花瓣散布滿地板，好像一灘滴落的鮮血。我們一家全看呆了。想不到「田宮流居合斬」坐地拔刀殺人術，威力恁驚人。拔刀、揮刀、斬殺——三個動作連成一氣流暢之極！而殺人的當口，劍士依舊端坐地板上，文風不動。孔夫子說人不可以貌相。看不出「奇摸雞桑」木持秀雄這個年近八旬、乾乾瘦瘦小小、行將就木的日本歐吉桑，竟有這等利索的身手和雷霆萬鈞的功力。（難怪他常向我爸自誇，當年在中國和南洋戰場，他用「橫雲刀」斬下的支那兵和英軍頭顱，不下五百顆呢！）就連我爸，昂藏六呎許的蘇北大漢，目睹木持老頭使出這一招數，也登時勃然變色，彷彿乍然見到死而復活的鬼魅，眼神中滿是驚愕與恐懼。從此，他看待朱鸝的這位乾爹，又是另一種臉色了。

木持出刀的一剎那，我真真切切聽見，刀身上響起一股低吼聲，咕嚕咕嚕嗚嗚嗚，聽起來還真像對手遭受突襲，在猝不及防的情況下，喉嚨被一刀斬斷，臨死前發出的一陣悲鳴。聲音中充滿憤怒和不甘心哪！

表演完畢，木持從容收刀入鞘，依舊保持原本姿勢，挺著腰桿子跪坐在我家客廳地板上，朝向兀自握著虎骨酒盅、呆呆癱坐在沙發上的我爸，畢恭畢敬哈個腰，板著臉孔一本正經說道：「此刀，日本人稱之為『妖刀』，乃大和神器，劍中極品，日本人一千年鑄劍藝術的巔峰之作。」

我的媽！妖刀橫雲——日本安州劍道世家木持家的傳世之寶。

如今我在婆羅洲叢林二本松別莊得到的刀，是否也是一把「妖刀」呢？心中一動，我捧著那把已經出鞘，裸露著皎白的身子，好似一個絕世尤物般，横臥在我雙膝上的長刀，就著劍道場門口投射進的一片霞光，湊上眼睛細細端詳。刀身兩面，果然各有一道溝槽，順著刀刃的弧度從刀柄延伸到刀尖。我高高舉起刀，瞇著眼從側面看去，發現這把刀的血溝忒深，達兩毫米，比我在台灣看過的一般武士刀的血溝，深一倍有餘。順手將刀朝空中一揮，隱隱聽見呼颼颼、嗚咽咽一陣聲響，好像群鬼在風中哭泣。我猛然打個寒噤，將刀放回膝上，凝起眼睛瞅著刀身那道線條優美、晶瑩如玉的血溝，只顧發起怔來。整條兩呎長的溝渠，不見一絲血跡。想來，它的主人每回用它殺人後，必會無比珍惜地、萬般溫柔地擦拭一番吧？

我又舉刀，往空中揮舞幾下。又有一陣冷風從血溝中捲起，發出割喉般咕嚕咕嚕的低吼聲。風中挾帶一股血味。我忍不住伸出鼻尖深深一嗅。這把武士刀，當年跟隨那赫赫有名、殺人如麻的皇軍谷壽夫師團，從扶桑三島、朝鮮、支那、馬來半島一直殺到渤泥（婆羅洲），一路上不知砍斷多少顆頭顱，戰功彪炳。一團陳年的甜甜黏黏稠稠的血腥氣，從它身上散發出來，隨著刀風，嗚呦嗚呦群鬼夜哭般直撲向我的鼻端。兩呎刀刃上，依附著上千個男女老幼的亡魂：愛奴人、高麗人、支那人、馬來人伊班人達雅克人、菲律賓人英國人荷蘭人……雙手猛一顫，我渾身又打起哆嗦來，慌忙丟下刀，一手捏住鼻子一手拍打心口，嘴裡喃喃喃只管喘氣。

待得心神安定下來，我才伸出脖子傾身向前，看看刀身上刻的四字銘文：

妖刀村正

果然是一把有名號的寶刀！木持口中的大和神器、劍中極品。一個獨自旅行的台灣女生，鬼使神差，來到婆羅洲內陸深山中，一座廢棄的日本莊園裡，無意間得到如此的名刀——這椿奇遇，究竟是怎樣的一種因緣？對我的婆羅洲之旅和它的結局，將會產生什麼影響？我邊思索這個問題，邊拉起裙襬盤起雙足，趺坐在「二本松芳苑」牌匾下，凝著眼，瞅著橫臥在膝上的刀，一時間陷入沉思中。

偌大的廳堂靜悄悄。連屏風上那源、平兩家對陣驚天動地的喊殺聲，也突然平息下來。長長的一排二十八幅大和繪畫卷中，那群乘著戰船，迎著海上風濤，手舞長短二刀捉對兒廝殺，正殺得性起的日本中古武士，這時突然停止戰鬥。整座劍道場，霎時陷入一片死寂。那柝、柝、柝的擊劍聲，不知什麼時候就停歇了。夕照中影影綽綽，四下站著身穿黑道服，手舉長竹劍，兩兩相對而立的青年劍士。泥人般，他們只管杵著不動，齊齊扭轉脖子望向場子中央的刀架。成百只眼瞳，洞亮洞亮，一簇閃爍的鬼火似的環繞在我身旁，靜靜凝視我。廳堂四周，一間間拉上格紙門、人影幢幢的榻榻米廂房中，那些長年漂泊在大河流域叢林，進出伊班長屋，孜孜不倦，尋找失落頭顱的皇軍將士，在這個團聚的日子（今天是八月六日吧？）相會在二本松別莊，互相打聽中國戰場消息和家鄉情況。三瓶清酒下肚，一時悲從中來，就扯起嗓門唱起了當年進入南京城時，大夥踢正步引吭高唱的支那小曲：

西那喏喲嚕，西那喏喲嚕
那港口的燈光，紫色的夜晚

那夢中的船兒，搖呀搖盪
啊，忘不了那胡琴的絃音
支那之夜，支那之夜……

台北仕女們，聽哪！一群皇軍捏著喉嚨，拔尖嗓子，模仿李香蘭那叫床似的嬌媚歌聲，把一首吳儂軟語、柔腸百轉的〈支那之夜〉唱得如泣如訴，鬼哭神號，聽得人渾身寒毛根根倒豎。在台北，花井芳雄和木持秀雄這一對日本老兵，哥倆結伴，每次到我家拜訪，在餐桌上豪邁地喝了兩瓶紹興女兒紅，肯定要唱這首歌的。但我做夢也不曾料想，有一天會在婆羅洲叢林中聽到它，感覺還挺熟悉、親切呢，如同在異國乍然聽到鄉音。

「嗚——嗚呦——」小烏張開喉嚨嗥叫兩聲，將我從遐想中叫醒。他一直蹲坐在我身旁，挺起背梁守衛著我。

我沒理睬他，只顧低著頭垂著眼皮，屏氣凝神，邊聆聽隔壁房間傳來的歌聲，邊觀賞我的膝上那裸體美人般，橫躺著的這一把晶瑩如雪，出世以來殺人無數，但對我這個已過十三歲生日、初潮竟還沒來臨的女生，卻具有一種神祕、強大吸引力的日本古刀——妖刀村正。

鬼附體般，身不由主，我豎起右手的食指頭，小心翼翼伸到刀身上來，輕輕碰觸它的血溝。觸電也似地渾身簌落落猛一顫抖。一股陰氣，颼的從刀鋒上發出來，透過我的食指尖，輸入我體內，經由我的手臂貫穿我全身。我慌忙收手。半晌忍不住又伸出手來。這次我學乖了，刻意避開那道喝過無數人的鮮血、鬼氣森森的溝槽，張開手掌，用我的五根手指，順著日本刀獨有的、好似晴天夜晚叢林梢頭升起的一枚月牙兒般，無比皎潔優美的弧度，輕輕地、來來回回地，不停滑行觸摸撫弄。

「唉——」身後忽然響起長長一聲嘆息。

我趕緊停手，回頭望。

一個扶桑女子穿著一套藍地紅花和服，直條條地，聳著一株皎白頸子，頂著一顆烏黑包頭髻，躡手躡腳無聲無息，走過二本松芳苑劍道場門口。我使勁揉揉眼睛，仔細一看。只見她懷裡抱著一把三絃琴，邊走邊彈邊陷入沉思。脖子頂端那張敷著厚厚一層白粉、形同滿月的圓臉上，嘴角挑起，掛著一鉤血紅的微笑。驀地裡她張開喉嚨，拔尖嗓子唱歌：

人間五十年
看世事
如夢幻流水——
吁！任人生一度
幻滅當前

夢囈似的深沉、淒涼、跟她的小圓臉蛋並不相稱的渾厚歌聲，伴隨著錚錚咚咚、古老單調的琴音，飄蕩在長廊上。我豎起兩只耳朵，回頭望著劍道場門口，一時聽得癡了。小烏也歪起頭來，側耳凝聽。大廳上那群靜靜佇立，圍攏成一圈，炯炯環視我的影子劍士們，這當口，也紛紛垂下手中高舉的竹劍，將劍尖指地，一個個彎下腰身，以最虔敬的禮儀和最帥氣的姿態，目送這位容貌美麗、儀態高雅的和服女子，嫋嫋娜娜走過他們眼前。在大夥注目下，她抱著三味線日本古琴，沿著一條長長的幽深的迴廊行走，身影忽地一晃，剎那，整個人隱沒在莊園迷茫暮色中。

一道電光劃過我心頭：這個幽魂般白淨、美豔的中年婦人，莫非就是大名鼎鼎的節子——當年主持二本松俱樂部，豔冠南洋，令無數南征皇軍將士傾倒，終戰後，變成華人老甲必丹的情婦，後來不知下落，傳聞中已經往生的「節子媽媽桑」？這會兒我看見的，難道是一縷在距離故鄉萬里的異國漂泊、有家歸不得，或是不知為何緣故，不肯回家的芳魂？

我望著節子的背影，倏地打個寒噤，使勁把頭一甩，扭轉過脖子，又自顧自低頭鑑賞起膝上擱著的寶刀來。

媽媽桑離開後，東洋劍士們又紛紛擎起竹劍，無聲無息，挪步上前，重新包圍那個裝束古怪，來歷可疑，帶著一條兇惡的黑狗，跪坐在道場中央獨自玩刀的十三歲支那少女。

著了魔般，我只顧低頭賞玩我的武士刀。這次我鼓足勇氣，舉起右手的食指，直直伸到刀身上，碰觸那條恐怖美麗、好像《奧德賽》故事中的海上女妖「賽蓮」般誘人的血溝。一股寒氣，倏地從我的食指尖竄上來，電流也似霎時貫穿我全身。感覺挺好。我索性闔起雙眼，邊咬緊牙根，忍受那股冷澈心脾的寒意，邊豎起食指頭，從那彎彎翹起的刀尖開始，一路滑行下去，順著刀身那妖月般優美的弧度，沿著幽深陰冷的溝渠，直來到刀柄護手前，停駐在「妖刀村正」四個蛇形漢字上。在神祕的古銘文上逗留一會，撫摸一番後，我的食指頭循著原路，沿著血溝，往回走，又來到那兀自翹尖尖地昂挺著的刀頭上。

就這樣，我完成了一個小女生的日本刀處女之旅。這是一趟詭密美妙的旅程。好久好久，我的食指頭停留在刀尖上，戀戀不捨。我一逕閉著眼睛，恣意享受那不斷從手指尖傳來，沿著我身上的經脈，流通全身的一波波奇異的、蝕骨的快感。

劍士們齊齊邁出腳來，跨前兩步，團團圍住我。倏地，小烏飛竄起身子猛撲上前，齜起白森森兩排門牙，低吼一聲。蹬蹬蹬，劍士們拖著黑袍襬子紛紛抽腿倒退三步，回到各自原來的崗位上，兀自高舉竹劍，作勢欲劈。

不理不睬，我跪坐在那三十蓆大、悄沒聲影影簇簇、群鬼環立窺探的劍道場中央地板上，坐正身子，朝向橫梁，面對山下奉文大將手書的「二本松芳苑」牌匾。畢恭畢敬一哈腰。我拉起我身上那件黃衣黑裙台北小學女生制服，將裙襬捋到膝蓋上，赤裸裸露出我那雙處女的、白皙細嫩的腿來。隨即我反手舉起村正妖刀，將它那根十八公分長、黑黝黝地用蝮蛇皮纏繞包裹的刀柄，直直插入我胯下，夾在兩腿之間。接著我便伸出雙手攥住刀身，闔起眼來，開始放縱地、忘我地狎暱這一把因緣湊巧遺失在婆羅洲，落入我朱鴒手中的日本名刀。我抱著它，操起我的五只手指，逗弄它那豁然出鞘的白皎皎、尖挺挺的身子，順著它新月式的弧度，沿著它的血腥溝渠，只顧不停來回逡巡、挑撥、撫摸。不知不覺間我整個人就陷入迷幻狀態中，如同靈魂出殼，晃晃悠悠，駕著彩雲遨遊於大河盡頭聖山巔頂，又好像在盛夏中午，獨自操著竹篙撐著舢舨，飛行一般，順流而下，航行在滿天白燦燦的赤道陽光中，嘩喇嘩喇，波浪滔滔的一條叢林大河上，飄飄何所似……

*　*　*

「呦呦嗚——」小鳥忽然昂起脖子，拉長嗓門放悲聲號叫起來。

這一聲狗吠悠悠揚揚淒淒涼涼，彷彿從極遙遠、極荒古的地方傳來，綿綿不絕地、堅定地，穿透過層層叢林和重重暮色，直鑽入我的耳洞，敲打我的耳鼓，好像在召喚我那走失的靈魂：「回來！朱鴒回來喲！嗚呦嗚呦——」

心頭猛一震，我登時從迷夢中蘇醒，霍地坐直起身子，睜開眼睛，用力揉兩下眼皮，扭轉脖子回頭朝向劍道場門口望去。

五十米長的一條長廊上，不知何時，靜悄悄聚集起一大群無頭軍人。夕陽斜照下只見幾百株蒼白、光禿的頸脖，筆直地，從米黃色軍服領口中伸出來，窸窣窸窣不住聳動，占滿整個廊間。我豎起耳朵朝隔壁廂房傾聽。那首鬼哭神號纏綿悱惻的〈支那之夜〉早就停歇了。一隊隊終年遊蕩叢林，進出伊班長屋，尋找失落頭顱的皇軍將士，今天，八月六日廣島原爆紀念日，相聚在二本松別莊，喝清酒，敘舊，唱蘇州小曲，悼念家鄉三十萬男女老幼的亡魂。（三十萬！這個魔咒般的數字，正是木持秀雄伯伯告訴我，他們谷壽夫師團進入南京城時，所屠殺的支那人的數目。南京——廣島。一命還一命。歷史詭譎恐怖的報應，讓我這個台灣小女生不寒而慄！）如今唱了一整個下午〈支那之夜〉，稍稍紓解了心中的積鬱，這群皇軍在媽媽桑的琴聲召喚下，紛紛整理衣裝檢肅儀容，從大廳四周一間間楊楊米廂房中，醉醺醺走出來，集合長廊上。幾百名軍人昂起無頭脖子，挺起掛滿勳章的胸膛，影影綽綽，列隊佇立在劍道場大門兩旁，那一長排捲起竹簾、面向廊上敞開著的窗口下。幾百雙無形的、燐火般飄忽的血絲眼眸，夕照中閃閃爍爍，只管朝向大廳內窺望。

我的眼睛和他們的眼睛，隔著一個三十蓆大、四下裡只見劍士們舉刀呆呆站立的場子，霎時間眼瞪眼地對上了。

我收回視線，縮起脖子機伶伶打個寒噤。手一鬆。寂靜中只聽得鐺鎯一聲響。我手中那把武士刀，砰然掉落到劍道場那廢棄多年，卻一塵不染，光可照人的櫸木地板上。

「唉——」大廳外頭長廊中，那聳著一株春筍似的雪白長頸子，抱著古老的三絃琴，拖著無聲的腳步，一整個黃昏不停來回踱步的節子媽媽桑，這時又嘆出一口氣來。一只白手，五指尖尖，塗著血似鮮紅的蔻丹，直直從門口伸入，朝向那剛從一場怪誕的春夢中驚醒過來、裙胯濕答答、兀自跪坐在劍道場上發怔的我，急促地招了十多下：「鴒子桑，快跑呀！」

我趕緊從地板上跳起身，繫好裙帶，伸出腳來，一腳踢開橫擋在我跟前的村正妖刀，隨即一手提起行囊，一手伸向腰間，拔出吉姆王爺贈我的辟邪神器——馬來克利斯短劍——然後帶著黑狗小烏，從劍道場門口一路殺出去。無頭軍團登時掀起一陣騷亂。剎那間，雜雜沓沓橐蹚橐蹚，長廊上綻響起幾百雙軍靴奔走聲。我縮起鼻尖，屏著氣，忍著那一股股撲面而來的血腥味，舞著神劍，從那一堆光溜溜圓禿禿、依舊殘留著斑斑血跡的頸脖中間，直直穿出去，殺出了重圍。

廊中央，朱鴒和節子相遇了。

兩下裡打個照面。我倏地煞住腳步，她翩然一側身。老少兩個萍水相逢的異國女子，站在婆羅洲一座日本莊園的走廊上，相對一哈腰，深深地互相凝視兩眼，隨即擦身而過。

「噯，鴿子。」節子媽媽桑回頭瞅住我，又沉沉嘆息一聲，點點頭，便邁出穿著白襪的雙腳，搖曳起腰肢，款擺起腰後那兩顆玲瓏小巧、緊繃繃包裹在一襲紅花和服內的臀子，踩著小碎步，自管沿著長廊繼續走下去了。三味線的琴音，錚錚錚，迴盪在黃昏滿天落霞中，和天空陣陣歸鴉發出的聒噪聲，交響成一片。驀地，節子張開喉嚨放悲聲唱起歌來。一句句蒼涼高亢的歌詞，好像一條游絲，連綿不斷地，繚繞在迴廊兩旁那一個個緊閉著紙門，掛著東洋紙燈籠，聚集著一群軍人，正在舉行同袍會的廂房之間，嫋嫋不息：

人間五十年
水月鏡花
轉眼春去——
吁！任人生一度
幻滅當前

我杵在二本松芳苑大廳門口，跂著雙腳伸長頸脖，望著這位東瀛美婦漸行漸遠，幽魂般，只一晃，便消失在長廊盡頭的背影，好半天，癡癡豎起耳朵傾聽她的歌。劍道場四周一排長窗下，中了降頭似地呆呆佇立著一縱隊皇軍。這時他們又開始挪動步伐，邁出腳上那雙黏滿叢林泥巴的皮靴，橐躂橐躂。我回頭一瞧。看哪！身後的長廊上密密匝匝，早已豎立起成百株粗短、光禿、屍體樣蒼白的頸脖，形成一個大包圍，團團環繞住我。我嚇得當場跳起腳來，在小烏帶領下拔腿就逃，邊跑邊揮舞克利斯劍，驅趕那群陰魂不散、步步進逼的無頭追兵。跑到長廊盡頭，一伏身，鑽入一條幽深陰暗的甬道，沿著來時路，只顧拚命地跑呀跑呀。眼前豁然一亮。我們倆終於回到松園旅館的庭院。

又聽見「樋」的滴水聲！

嗒、嗒、嗒……

這可是我，台北女生朱鴒，展開婆羅洲之旅以來，在整趟旅程中聽到的最親切、最嘹喨，這時傳入我耳裡，簡直有如仙樂一般美妙的聲音哩。

那挺不起眼的、用幾十節竹筒連結成的管子，自顧自一逕滴著水，幾十年如一日，果然像精工錶的指針那樣精準淡定，盡忠職守。聽，樋口一顆顆晶瑩剔透的水珠，在黃昏寂無人聲的庭園裡，一滴一聲，不斷綻響在早已荒廢的鯉魚池上。池畔俏生生地，依舊佇立著「子寶觀音」的石像。夕陽暈染下，她換上了一身豔麗的紅裝，滿臉笑，低眉垂目，一邊瞅著懷裡那個肥頭大耳，胯間繫著條兜襠布，模樣像個小相撲選手的男娃兒，一邊還在想她那私密的、天荒地老的心事。血餅似的一輪猩紅的大太陽，低低懸吊在庭園中一對孿生東洋松的樹梢頭，待沉不沉。

逃出生天後，我在廊下階梯上一屁股坐下，拉起裙襬，鬆開衣襟的鈕釦，解開我身上那件土黃卡其長袖上衣的領口，迎著那一陣陣涼沁沁，從莊園紅磚水泥圍牆外、婆羅洲大河上吹起的晚風，邊拍著心窩，不住喘氣，邊抬頭眺望這家日式旅館，那青苔斑斑的黑瓦屋頂上，向晚時分，悄沒聲，幽幽冒出的一條獨自飄舞的炊煙。我心中暗自慶幸：剛才在二本松芳苑皇軍軍官俱樂部，把玩日本刀，差點走火入魔，可就在這最危險的關頭，我的狗扯起嗓門，召魂般，嗚呦呦嗚呦呦不住嚎叫，硬生生將我從春夢中喚醒。否則我——打小在西門町街頭闖蕩廝混，想方設法，好不容易才保住清白之身的台北女生——這次肯定逃不過劫數。下場會很悲慘喲！搞不好，我的身子會被那幫幽靈劍士，使出各種手段，輪番蹧蹋，而我辛辛苦苦保持到十三歲的童貞，會斷送在那一縱隊影影簇簇，守候在道場窗外，虎視眈眈的無頭皇軍手中。

這麼一想，我禁不住打個哆嗦，南洋盛夏大熱天，冷颼颼冒出好一身大汗來。腦子一下子徹底清醒了，心中登時變得一片澄明。

我回頭看看我的恩人——支著兩只前腿，挺起背脊梁，挺威嚴地蹲坐在我身旁，一臉寧靜，陪同我觀賞黃昏日本庭園景色的小烏。瞧他那副專注的神態，彷彿這只有靈性的婆羅洲土狗，這會兒正陷入他自個的心事中，一時間神馳物外呢。「夥伴，謝謝你嘍！」我伸出手來，拿起小烏的一只前腳，像朋友那樣誠懇地和他握一握手。

西那喏喲嚕，西那喏喲嚕
那窗前的柳條，搖呀搖曳
那紅色的燈籠，支那的姑娘

啊，忘不了那可愛的容顏……

陰魂不散的〈支那之夜〉，兀自從別莊中花木深處傳出來，一句歌詞帶著三聲哭泣，只管追纏我，直聽得我渾身寒毛根根倒豎，差點將今天在「摩多祥順號」船上吃的午餐，一古腦嘔吐出來。我只好舉起雙手，緊緊摀住兩只耳朵。直到太陽即將沉落，月亮準備升起，屋頂上那一縷炊煙消散在空中，歌聲才停歇，可餘音嫋嫋，好似千百條徘徊不去的鬼魂，好久好久好久，只管繚繞著婆羅洲內陸深山中，這幢武陵洞天式的「二本松芳苑」。

*　　*　　*

順便向各位報告：我朱鴒的初潮就是在這一天來臨的。

它究竟如何發生的呢？我又是怎麼知道的？說來有點荒唐。那時，在一群無頭皇軍追逐下，從二本松鬼屋逃回松園旅館後，我坐在廊間，邊喘息，邊觀覽黃昏庭院風光，忽然覺得胯間暖烘烘濕答答一片。想起這一整個下午都還沒解過手呢。莫不是剛才逃命時，慌慌急急，一個不留神就尿失禁了？這麼一想，我那張臉皮登時就火辣辣臊紅上來，也顧不得小烏那兩道狐疑的、正朝向我射過來的眼光，蹦的，就跳起身，拎起行囊一溜風跑回到旅館廊上，闖進一間敞開著格紙拉門的房間，一頭鑽進浴室，脫衣檢查自己的下體。

是大姨媽來了。

顫巍巍，我蹲在那只古舊的日式馬桶上，雙手捧著我的內褲，眼巴巴，瞪住那上面沾著的一蕊鮮血，足足發了三十分鐘呆。

苦苦回想細細推算，我的初潮，應該是在今天傍晚，我誤闖幽靈皇軍俱樂部劍道場，在一群影子劍士環視下，坐在地板上把玩「妖刀村正」之際，不知不覺間悄悄來臨的。那當口，我正伸出一只手，沿著那條神祕幽深恐怖的血溝，來來回回，戀戀不捨，撫弄那一鉤新月般皎潔美麗的刀身，整個人如醉如癡，正陷入恍惚迷離的狀態中，渾不知大姨媽悄然來訪。

老實說，初潮對我來講，稱不上什麼特別了不起的經驗，壓根不值得大書特書。當妳發現它時，內褲上早已是濕漉漉黏糊糊一片，感覺挺煩膩，如此而已。想不到女人一生中最期待、最重要的事件之一，在我朱鴒身上，就這樣無聲無臭地發生，糊裡糊塗地度過了，真讓我感到有點嗒然若失哩。大姐和二姐若是知道了，保準會取笑我一番。記得我向大家提過，我們朱家的女生都擁有早熟的基因。我的兩個姐姐朱鸝和朱鳶，才過十歲就來潮了，而我媽，台南姑娘陳月鸞，九歲就來經，十六歲便給我爸蘇北男兒朱方，生下第一個女兒。我這個么女，是在滿屋子終年瀰漫的月經味中出生、長大的，但我十二歲小學畢業了，卻還沒來潮，害我媽牽腸掛肚，心裡擔憂我可能是個石女呢。今天八月六日（我永遠不會忘記的大日子），經歷過二本松別莊的奇遇，大姨媽終於光臨啦。這幾年壓在我心頭的這塊大石，也可以放下嘍。倘若在聖母馬利亞、媽祖娘娘和觀音菩薩聯合保佑下，我能夠保住性命，順利結束婆羅洲之旅，平安回到台灣，我要做的第一件事，就是跪在母親大人膝前，向她報告：初潮已經降臨您女兒朱鴒身上，您從此可以放心啦。

狠狠一甩頭，我從沉思中醒來，匆匆將自己的身子清理一番，換上乾淨的內褲，從馬桶上站起身，拎起行囊走出浴室，裝出若無其事的樣子，從那帶著一臉的關切，蹲坐在房間門口，伸長脖子守望的黑狗小烏身邊，直直走過去，跨過門檻步下階梯，回到松園旅館庭院中。

＊　＊　＊

月經來臨之後，感到胃口大開，嘴巴忒饞，好想痛痛快快吃一頓晚餐。轂轆轂轆，肚子裡的腸子開始譟鬧起來。就在這當口，晚風送來熱騰騰的食物香。我聳出鼻尖，循著香氣一路尋覓過去，看見庭院中兩棵松樹下，一張石桌上，不知什麼時候鋪上了滿滿一桌食物。我跑上前，伸出食指頭細細點數，總共六樣十碟三碗，都是在台北時，兩位日本伯伯花井芳雄和木持秀雄，帶我上西門町百年老牌「美觀園」料理亭吃過的：一盒手握壽司；四個三角海苔飯糰；滿滿兩盤油滋滋、香噴噴新炸的天婦羅：香菇、茄子、薯蕷、櫛瓜……看來都是自家菜園裡栽種，傍晚現摘現調理的時新蔬果；兩尾煙燻青花魚；小碗味噌海帶芽湯。還有還有哇，木持伯伯最愛誇耀的家鄉名物：烹調得蓬蓬鬆鬆，呈現亮麗的金黃色，令人垂涎三尺的廣島玉子燒！

置身婆羅洲內陸叢林，提著行囊，帶著一只黑土狗，站在一座日本庭園中央，睜大眼睛愣瞪著一桌精緻的和式料理，我縮起肚皮，深深吸入三口氣，咕嚕嚕吞下兩大泡口水。倏地我迴轉過身子，面對松園旅館的前廳，朝向那頂著一顆白髮斑斑的大包頭髻，俏生生，聳著一株雪白細長頸子，穿著一襲藍地紅花和服，跂著花木屐，自管在櫃檯中忙進忙出，不知在張羅什麼的女將媽媽桑——當年二戰期間，豔名傳遍南洋戰區，令無數皇軍將士盡折腰的節子夫人——深深一鞠躬，感謝她的款待。然後我才在石桌旁一張石凳上就坐，拿起早已擺好的一雙筷子，準備大快朵頤。

這是我朱鴒在整趟婆羅洲旅程中，享用過的最豐沛、最美味、最令人滿足、將來一輩子保準會回味無窮的一頓晚餐。

第三十二話　月河，河月

晚飯後，我坐在松園旅館前門口，大河灣斷崖頭一塊大青石上，吹風乘涼，想想心事。一丸子紅太陽，待沉不沉地吊掛在西方地平線上，放射出最後一簇潑血似的霞光，撲通，掉落入大河口，夜幕便降臨到婆羅洲的大地。宏偉的二本松別莊，那迷宮般連綿一片，迴廊環繞，層層疊疊的幾十棟青瓦黑牆日式樓閣，霎時間陷入叢林夜色裡，連黃昏時分，屋頂上升起的一條孤單單、幽魂似的飄嫋在叢林上空的炊煙，也隱沒不見。黑夜中依舊聽得見嗒、嗒、嗒的滴水聲。庭園裡那根引水的竹管子，樋，招魂般兀自綻響不停，召喚來一群又一群穿著皇軍裝的無頭鬼魂。雜雜沓沓影影綽綽，滿山滿路，披星戴月絡繹不絕，大夥紛紛趕往別莊參加一年一度的聚會。

大門口屋簷下，點亮了兩盞月白油紙圓燈籠，朝向大河，迎著河風搖呀搖盪。燈籠上描金寫著四個娟巧、充滿秀才氣的黑色楷體字：松園旅館。

自從店主人「甲必丹」武家驊逝世，這間戰後曾經熱鬧一時、名聞全婆羅洲的客棧，便開始沒落了。現如今只剩下一個女將媽媽桑，穿著一身舊和服，守著這一座群鬼出沒、被層層叢林包圍的荒廢莊園。這位蒼白美豔、日夜抱著三味線，獨自遊走迴廊間的節子夫人，也不知究竟是人還是鬼呢。

我，十三歲，初潮剛來臨的台北女生朱鴒，帶著一只在旅途中撿到、名字叫「小烏」的黑色婆羅洲土狗，這當口，初更時分，坐在達雅克人心目中的母親河——卡布雅斯河畔，仰起臉龐，雙手托住腮幫，就著天頂殘餘的一片霞光，望著那矗立石崖上，由山下奉文大將親筆題名「芳苑」的皇軍俱樂部。邊眺望，邊遙想當年別莊中夜夜歡宴，劍道場上青年軍官們捉對比武，一群和服美人兒團團圍觀、嬌聲嚦嚦吶喊加油「甘八嗲！甘八嗲！」的盛況。想著想著不禁悠然神往。直望到最後一抹晚霞從屋頂上消失，天空倏地入黑，燐火般滿山莊閃爍的點點燈光，一下子全被夜色吞噬了，我才幽幽嘆出一口氣來，心中發出感慨：這座精心打造巧奪天工的東瀛庭園，終究要被叢林淹沒，應驗婆羅洲聖戰士納爾遜．畢嗨的鬼魂的預言。

記得嗎？那晚，在一枚水紅的弦月照耀下，我們的輪船「摩多祥順號」寄泊在卡布雅斯河中游，燈火輝煌的新唐港中。這位達雅克族青年，昂揚著他那顆尖翹油亮的飛機頭，站在我身旁，不聲不響，憑欄眺望對面河岸那一條綿延十公里、新築的水泥堤壩。堤上，如同變魔術般，矗立著一座用成百輛「科馬子」小松巨無霸堆土機，硬生生鏟平七座山丘，在婆羅洲心臟中憑空打造出的摩登城市。畢嗨一臉陰鬱，邊瞭望邊沉思。忽然他開腔了，乍聽之下好像半夜寡婦哭墳，當場嚇得我蹦的跳起腳來：「千百年來一隊接一隊外來的過路客，阿拉伯人、中國人、歐洲人、日本人和爪哇人，輪流出現在我們的家園，熙熙攘攘來來往往，如同一群比手畫腳、虛張聲勢的幻影，走動在永恆靜默的婆羅洲土地上……總有一天，強大的叢林必會將他們擊敗，就像它淹沒了吳哥王朝，埋葬了滿者伯夷帝國，摧毀了爪哇島上雄偉絢麗的婆羅浮屠佛塔，最後在十八世紀，消滅了中國『客家王』羅芳伯在坤甸城建立的蘭芳共和國……」

直到今天，回到台北了，我還清清楚楚記得，那晚畢嗨站在船舷旁，對著高樓林立午夜燈火高燒的新唐市，發表這篇即席演說時，那聲調幽幽沉沉，好像有個人躺在妳旁邊睡覺，安安靜靜睡著睡著，突然張嘴，在妳耳畔講起夢話來，聽得妳渾身冷颼颼，連連打哆嗦。

逃出二本松鬼屋後，我坐在大河畔石崖頂，俯瞰腳下這一片橫跨赤道、黑魆魆無邊無際的原始森林，心中思念我在「摩多祥順號」上結交的這位英年早逝，將生命和鮮血奉獻給祖國，好樣的達雅克男兒納爾遜·西菲利斯·大祿士·畢嗨。他那傳奇般精采的經歷，被他當年在大河上結識的中國少年——他口中的「交灣永」——寫成書，正式出版了，在世界上留下一份用古老神聖的、圖騰式的方塊字書寫、直到世界末日都不會磨滅的見證。如今心願已了，他不必繼續在大河上逡巡等待了。他的英靈，可以跟隨尤大旺一家的魂魄，搭船一路溯流而上，回到位於母親河源頭的故鄉，峇都帝坂，達雅克民族天賜的永久的棲息地。抵達那兒後，這位殉難的自由婆羅洲聖戰士，將會把自己安頓在聖山下一個名叫「巴望達哈」（血水之湖）的所在，永遠不再漂泊了。這個風光優美、魚蝦豐富的地方，是布龍神專門為往生的烈士們提供的住所。

經過一段漫長的航程，「摩多祥順號」上的一船歸鄉客，在尤大旺家族的女族長莎拉·安孃率領之下，快要抵達目的地了吧？

莎拉大娘！

這位在別人眼中挺平凡、不起眼的南島原住民婦女，是我整趟婆羅洲之行中，有幸遇見的最善良美麗、最可敬和可愛的人物之一。旅程結束，在慈悲的萬能的布龍神保佑下，平安返回台灣後，朱鴒會永遠記得她。我會想念她的笑容，還有，她望著河上的天空，講述尤家在古晉紅毛園的悲慘經歷時，使用的那種平靜、娓娓道來、好像在講別人家事的聲調。我會想念她那張銅棕色，團團圓圓，腮幫上烙印著兩朵班葛．拉雅花紋，腦勺後紮著一根麻花粗油大辮子的臉龐。我會永遠記住，那時她從船舷上探出臉來，太陽下咧開一口好白牙，笑嘻嘻招呼我上船的模樣。那是我的朋友娣娣．龍木失蹤後，我獨自漂流在大河中游，正感到彷徨無依之際，所看到的一張最美麗最親切的臉。我會特別、特別想念，我在摩多祥順號上的最後一晚。三更半夜，我從那場夢見龍木家兩姐妹、充滿不祥徵兆的怪夢中驚醒，悲從中來，獨個兒蜷縮著四肢，像個被拋棄的孩子般，躲藏在甲板上角落裡哀哀啜泣。那當口，莎拉大娘聽見了，悄悄從她躺著的地方挪過身子來，伸出兩條粗壯的手臂，攬住我細小的肩膀，將我整個人摟進她那寬大、厚實、瀰漫濃濃橄欖油香和一股汗酸味的胸懷中，邊騰出一只手，不住拍打我的身子，邊嘟起嘴唇湊到我耳旁喃喃地哄著：「阿娣阿娣，伊布阿達第西尼！妹妹莫哭哦，媽媽在這兒陪著妳呢！」

伊布．莎拉——莎拉母親呀！您在旅途上認的台灣女兒，阿娣鴒，將來不管她人在哪裡，都會時時思念您，惦記著您，日夜向諸神之王辛格朗．布龍禱告，請求祂保佑您和尤大旺家族全家已經返鄉的靈魂。

就這樣，在大河上游聖山祕境入口處的小鎮，那一整個傍晚，我帶著我的新旅伴小鳥，並肩坐在松園旅館門口，河灣斷崖頭一塊大青石上，望著腳底下的峽谷裡，一條大蟒蛇也似，遊走穿梭在婆羅洲內陸森林中的河流——達雅克人所稱的「伊布．卡布雅斯」，母親卡布雅斯河——心裡只管悠悠思念我在摩多祥順號上結識的人：畢嗨、莎拉大娘一家、千里迢迢搭船返鄉的成群往生客，還有那百來個裸著棕色身子，不分男女，只穿著條小紅短褲，腆著圓鼓鼓小肚腩，仰起滿布風霜的小臉蛋，睜起一雙雙漆黑大眼睛，好奇地打量我這個台灣女生的達雅克兒童。

邊思念，邊迎著河風，觀賞那展現在低垂的夜幕下，顯得更加壯闊的婆羅洲山河。

直眺望到將近二更時分，天空完全入黑，月亮從二本松別莊屋頂上升起，我才垂下眼皮，幽幽嘆出一口氣來，回頭看看一逕蹲坐在我身畔，凝視大河，彷彿也陷入沉思中的小烏，伸手拍拍他的額頭：「夥伴，醒來！你在想什麼心事呢？月亮已經出來囉。你瞧今晚的月亮多麼皎潔，形狀多優美，就像我媽朱陳月鸞心愛的那把木梳子。」

喔！又是半圓月。

自從來到婆羅洲後，我已經看過幾個半圓月了？屈指一數：上旬月加下旬月，總共二十五個。哦不對，我在婆羅洲還不滿一年哩。我那只瑞士白金伯爵小女錶（記得嗎？我七歲生日時，花井芳雄伯伯在台北餽贈我的名貴禮物），在大河航程中不知哪一站遺失後，我就停止追蹤時間了。真正是山中無甲子。在漫漫長路上每次獨處，心裡感到特別寂寞淒涼時，舉頭猛一望，就會看到半屏月亮白皎皎，掛在我頭頂上，那片漆黑的赤道夜空中，好像一個遮住半邊臉孔的美麗女人，垂下頭來，笑吟吟俯視我。這時我就會想起人在台北的母親。驀地眼眶紅了，心一酸，我便會把滿肩野草般四下怒張的髮絲，狠狠甩幾下。（在台北時，我留著一頭西瓜皮似的、齊耳的短髮，標準的小學女生髮式。來到婆羅洲後，由於母親不在身邊，不能定時幫我修剪，我那原本桀驁不馴的頭髮，便乘機作亂，一口氣抽長四五吋，如今髮梢已經碰到肩膀了！）然後，我就張開喉嚨扯起嗓門，開始唱那首我媽總愛在半夜裡，坐在客廳窗口，邊眺望城頭月，邊像訴說心事般唱起的台南家鄉歌謠：

舉頭看見天頂星
月娘猶是半屏圓
遙想故鄉幾千里
離開父母十多年
啊——啊啊——
天星閃爍
月屏圓

月亮母親——我們台灣人歌頌的「月娘」。她是世界上每一個孤單的遊子和寂寞的旅人，在路途上客店中，夜夜舉頭盼望，癡癡等待她露臉，以便向她訴說心事的共同母親。

我，台北女生，在婆羅洲大河上漂流的那段日子，每天大早離開住宿的地點，頂著赤道線上那顆車輪般大、亮炯炯好似上帝眼睛的太陽，重新踏上旅途。一整天，不管是撐舟航行在河中，或是背著行囊，趑趑趄趄尋尋覓覓，穿梭行走在甘榜碼頭上，我心裡都盼著太陽趕快下山，當天的旅程早點結束。每次趕在天黑前抵達下一個驛站，我都迫不及待，剝掉身上臭烘烘、被汗水浸透的衣服，趕緊沖個好澡，然後坐到屋外露天下，就著天頂最後一簇霞光，癡癡地翹首等待月娘露臉。

而每次她都沒讓我失望，總是按時現身。

傍晚準七點，當那沿著大河一路亦步亦趨、緊緊盯梢我的太陽，在婆羅洲天空巡行一周後，變成一顆大火球，墜入河口時，她——月娘——便會悄悄出現，露出她那潔白清柔的臉龐來。有時只是一枚月牙兒，細細彎彎似有若無，幽靈般飄浮在天剛入黑、群星初現的叢林上空。每逢陰曆初八或初九，她就會搖身一變，變成一個漆成銀白色的搖籃，掛在河畔甘榜椰林梢頭，盪呀盪，只管搖著籃中那調皮地眨著眼睛，開心地躺著的一顆星星。過了初十日，月亮就長大成一個姑娘，每天黃昏時分，從大河上游天際，那一座落紅斑斑的石頭山巔，探出她那張日漸豐滿、出落得越發明豔照人的臉龐來，笑盈盈地望著卡布雅斯河上，那些落單的、天黑後兀自在外趕路的旅人……

月娘無恙。我大大鬆了一口氣。

今晚在婆羅洲內陸中心，海拔一千米的高原，普勞．普勞村河畔的斷崖上，她又如約（感覺上，彷彿我們倆之間訂過約似的）準時出現在我的眼前。就如同一年前，我剛抵達婆羅洲那晚，和初識的伊班女孩伊曼，結伴投宿在一座木瓜園中，透過高腳屋窗口，看見一枚月亮低低懸掛在樹梢頭。模樣就像今晚的月亮，好似一把古典的、半圓形的台灣木梳子。

月光光，靜靜蕩漾在卡布雅斯河上。就在我眼中，母親月亮和母親河——兩個世界上最偉大、最慈愛的形象，霎時間結合成一體了。

「月河，河月！」我坐在崖頂大青石上，兜著懸空的雙腿，舉起一只手遮到額頭上，放眼瞭望腳下這條銀光閃閃波浪滔滔，嘩喇嘩喇西流不息的千里大河，忍不住張開喉嚨，高聲讚嘆起來。

黑狗小烏彷彿被眼前的美景震懾住了，也跟著昂起頭扯起嗓門，望著河中的月亮嗚——嗚——不停呼叫。我回頭瞅著他，伸手輕輕拍打他那挺得直直的頸子，一邊安撫他，一邊像母親講故事哄孩子那樣，娓娓地向他講述「月河」的來歷：

「地球中央有一條線叫『赤道』。赤道上，東經一百十五度的所在，南中國海之南和爪哇海之北，有個島叫『婆羅洲』。這島形狀煞是可愛，胖嘟嘟，活像一只懷著一窩娃兒蹲在地上的狗媽媽，可它是世界排名第三的大陸島，南海的第一大雨林。它究竟有多大？南北長一千三百公里，東西寬一千公里，百分之八十的面積覆蓋著原始森林，杳無人煙，終年曝曬在赤道太陽下。島中央高原上有一座石頭山叫『峇都帝坂』，傳說那是伊班大神辛格朗．布龍創造世界完工後，遺留下的一塊巨石。它是婆羅洲第一大族——達雅克人的聖山，祖靈的永久棲息地。它也是飄散各地的族人，往生後，跋山涉水千辛萬苦，也要讓靈魂回歸的原鄉。峇都帝坂山麓，便是卡布雅斯河的源頭。這條長一千一百公里，好似黃色巨蟒，穿梭在婆羅洲心臟叢林中，一路西流，注入爪哇海的印度尼西亞第一大河，是達雅克人心目中的『伊布．卡布雅斯』（伊布就是母親）。自從當初布龍神用一把板斧開天闢地以來，不知歷經幾紀幾劫，每天，日落後，月亮照例從東方天際大河源頭，峇都帝坂山巔升起，沿著卡布雅斯河，在婆羅洲那一穹窿墨藍色夜空，巡行一周，直到日出時分才完成任務，悄悄沉落入西方海平線上的大河口。千百年來，在河上漏夜趕路的旅人，還有還有啊，那一家子一家子扶老攜幼，帶著全部家當，搭乘幽靈船，千里迢迢溯流而上的往生歸鄉客，在路途中每每一抬頭，就會看到一枚月亮，白皎皎地掛在漆黑的河畔叢林梢頭。她呀就像一位慈愛的娘親，低著頭，垂下兩只眼皮，帶著滿眼睛的關切和一臉鼓勵的笑容，從天空中俯視他們。月亮和河流，夜夜給這些疲憊的旅人，帶來多大的期盼和安慰！我，來自大海對岸、在一樁奇妙因緣安排下到婆羅洲一遊的台灣女生，朱鴒，和旅途中萍水相逢、結成姐妹的本地女生，娣娣．龍木，曾經駕駛達雅克人的舢舨，共同泛舟卡布雅斯河上，好像一對比翼飛翔的燕子。在那段快活逍遙的日子裡，我倆夜夜肩並肩，坐在借住一宵的高腳屋窗口，或躺在露宿的曠野中，舉頭眺望大河上的月亮，一整夜只顧互相訴說心事。娣娣，美麗聰慧的婆羅洲馬當族少女，將這條流經她家門前、她從小看到大的河，親暱地稱為『宋琢．布蘭』，意思就是月亮的河流。月河月河——多溫柔多母性、多麼悅耳動聽的名字呢！」

我一口氣講到這裡，才停頓下來，歇會兒，回頭看看那支著兩條前腿，蹲坐在我身旁，豎起一只耳朵，彷彿專心聆聽我訴說「月河」來歷的黑狗小烏，忍不住噗哧一笑，伸手拍拍他的頸脖。心中驀地一動，靈光乍現，我指著我們腳底下滿峽谷銀色月光中，那條波光粼粼，挾著滾滾黃泥，嘩喇嘩喇自管西流不息的大河，對我的新旅伴說：「以後咱們就把這條河——婆羅洲十二族共同敬奉的母親河——稱為『月河』。你說好不好？」

小烏昂起脖子望著月亮，呦呦應答兩聲，似乎贊同我的主張。

兜呀兜，我擺盪著懸空的雙腳，坐在崖頭俯瞰大河。我伸出雙手，一手攬住小烏的脖子，一手敲著自己的膝蓋，叭叭打著節拍，不知不覺間，便張開喉嚨望月引吭高歌起來。我唱的是我爸朱方在台北——他老人家所稱的「流放之地」——想念留在大陸的兩個姐姐，每次想到心酸時，就會扯起破鑼大嗓門，淒涼地唱起的故鄉童謠：

月光光
夜光光
河裡挑水洗衣裳
一姐洗
二姐漿
打發弟弟進學堂

我邊唱，邊在心中思念我那兩位身陷「匪區」，斷了音訊，至今生死不明的大姑和二姑。短短一首兒歌，二十六個字，我翻來覆去不知唱了幾遍。直唱到我的眼圈紅了，兩行熱淚陡地奪眶而出，沿著腮幫撲簌簌滾落下來。直唱到河中的月亮，變成白濛濛的一團。直唱到我的嗓子喑啞。直唱到二更時分，婆羅洲大地陷入一片漆黑裡，我頭頂上的天空，群星驀地湧現。

看見天河！

瞧，那呈現一個大弧形，從赤道東北方朝向東南方，橫跨婆羅洲天空，由一千多億顆恆星和三十個星座組成的銀河系，在這盛夏夜晚，嘩喇嘩喇，宛如一條萬里奔騰的河流，運載無數光著身子潑水嬉戲的頑童，浩浩蕩蕩熱熱鬧鬧，流淌過我們頭頂上。

這便是在台北，李老師每回向我講述南洋童年故事時，津津樂道，悠然神往的婆羅洲天河。

我昂著頭，睜著眼，凝視天空中這幅驟然出現、壯闊無比的宇宙景觀，一時間心情澎湃不已。霍地，我跳起身來，扠腰迎風佇立卡布雅斯河灣石崖頂端，朝向天河，張開喉嚨，高聲念出李老師教我讀的唐詩〈旅夜書懷〉中的兩句：

星垂叢林廣

月照大河心

（對不起囉！杜甫老先生。希望您不會責怪我這個狂妄無知的台灣小丫頭，擅自更改您的千古名對「星垂平野闊，月湧大江流」。這一改動雖然失禮，但朱鴒以為，卻也更加貼合月夜婆羅洲的景觀和氛圍。得罪得罪！）

搖頭晃腦得意洋洋，吟詠一回，我伸出一只手臂，指著天河下聖山麓，卡布雅斯河源頭，莽莽蒼蒼原始森林中，祕境般，若現若隱的一個月色皎皎波光閃閃的湖泊，回頭對小烏說：「夥伴你看，那個所在就是『登由．拉鹿』，達雅克古老傳說中的小兒國。這個美麗神祕的礁湖，便是我的婆羅洲之旅的終極目的地！我一個異鄉女孩，跋山涉水風餐露宿，獨自個千里迢迢，沿著卡布雅斯河一路溯流而上，為的是履行諾言，前往登由．拉鹿，會見我的朋友伊曼。那是我們兩人當初在魯馬加央長屋火場分手時，對著月河發誓，約定將來相會的地點。這是一份生死契約，不見不散。千山萬水出生入死，我都必須把這個心地善良，眼睛半瞎，頂著毒日頭，打赤腳獨自在大河畔行走，趕路去小兒國的伊班女孩，給找到！」格格一咬牙，我拔出腰間掛著的馬來克利斯劍，將劍尖直直指著河中的月亮，重新發誓：「我，朱鴒，一定要親手殺死欺騙伊曼、奪去她的童貞的『峇爸』，為她報仇雪恥！否則我寧可慘死在婆羅洲叢林中，也決不回台灣！小烏，你明白嗎？」

我板著臉孔，嚴肅地向我的新旅伴說明今後的行程，同時向他解釋，我為何不惜一切代價，冒險前往大河源頭一闖祕境的緣由。這只婆羅洲土狗，一逕蹲坐在我腿旁，舉頭望著我。他那烏晶晶的一雙眼瞳映著月光，閃爍著沉靜的光彩。看小烏這副豎起耳朵，目不轉睛專心傾聽的神態，似乎理解我的話語。

「夥計，你聽說過『聖山五大湖』嗎？沒有吧？我現在講給你聽。這則古老的婆羅洲傳說，在台北我聽李老師講過不知幾遍，以致現在我能倒背如流。小烏你且好好聽著！」

我使勁咳嗽兩下，清了清喉嚨，挺直身子佇立在河畔斷崖頭大青石上，頂著滿天眨眼的星斗，雙手一扠腰，朝向月河上游，婆羅洲心臟最深處的原始森林，一字一字朗朗地背誦出這則神祕、奇異、千百年來流傳在婆羅洲十二大族之間，至今人們依舊堅信不移的傳說：

「大河盡頭矗立著聖山『峇都帝坂』。山麓有五個大湖，專供往生者的靈魂居住：善終者，死後前往聖境中央的『阿波拉甘湖』定居，過著和生前同樣衣食不缺、無災無病的生活；為部族征戰壯烈犧牲者，英靈乘風飄向西邊的『巴望達哈』，血水之湖，那兒有眾多來自婆羅洲各地、死於難產的年輕婦女，任他挑選為妻，結伴共度安樂的日子；溺水死亡者，靈魂來到南方『巴里瑪迭伊』，進入冥河下的一座地底湖，終日守望在河中，一旦發現有長舟觸礁沉沒或長屋被洪水沖毀，便成群出動，撿拾依法歸屬他們的一切值錢物品；夭折的長屋兒童，自成一個聚落，在大神辛格朗．布龍之妻歐珂．裴本紺庇護之下居住在『登由．拉鹿』湖畔──那是聖山東邊最幽深、最原始、從未被成年男子的腳踐踏過的處女林──過著無憂無慮、樂園般的日子，因為這群死於母親子宮，或出生後還來不及長大便死亡的娃兒，壓根就不識人生的愁滋味；最後一種往生者，就是死於自殺的人。他們被視為懦夫，最為人所不齒，所以，死後靈魂被永世拘禁在聖山極北、氣候陰冷的『巴望．瑪迭伊木翁』，自戕者之國，每天只能以野果、生河龜肉和粗糙的西谷米充飢。這五大湖之外，還有幾十座零星小湖，宛如一簇叢林明珠，散落在峇都帝坂山麓。這些風景優美的湖泊，收容死於其他緣由的往生者。如此一來，世間人人死後各有所歸。這是創世祖布龍神的旨意、婆羅洲十二族世代奉行的律法。」

滔滔不絕，在課堂上背書似的，我一口氣講述完五大湖的來歷。停歇了一會，我轉身面對那只蹲坐在大青石上，從頭到尾豎起耳朵專心聆聽的黑狗，鄭重地宣布：「我，台北女生朱鴒，準備前往婆羅洲祕境五大湖中最幽深、最神祕的『登由．拉鹿湖』，赴一場生死之約。你，小烏，我半路上萍水相逢的旅伴，願意陪伴我走一趟嗎？」

小烏呦呦叫出兩聲，望著我使勁點點頭。

「聽說有個陰險狡猾、法力強大無比的白魔法師『峇爸澳西』，帶著一個外號『鬼見愁阿里』

的爪哇僕人，鎮守在小兒國入口處。你怕不怕？」

小烏昂起脖子，望著大河上游，光禿禿石頭山下黑魆魆一座大叢林，拉長嗓門，發出鬼吹螺似的一聲悠長的嗥叫：「嗚呦嗚——」

我彎下腰，伸出右手捉住他的左前腿，像和朋友握手那樣緊緊握兩下：「謝謝你，夥計。」隨即從大青石上走下來，在他身旁落坐。肩並肩，一個女孩和一只黑狗互相依傍著，身子挨著身子，坐在大河灣斷崖頭，松園旅館門口那兩盞早已熄滅，卻兀自飄飄盪盪，幽靈般不住搖曳在午夜河風中的日本燈籠下。接下來的一段時間裡，我們不再說話了，只管靜靜地、一眨不眨地，凝視從我們腳底下悠悠流過的「月河」，內心感到一片安寧。

*　　*　　*

就在這當口，一幅奇異的景象出現在我們眼前。那是我在整趟婆羅洲旅程中，迄今看見過的最神祕、最浪漫、最唯美動人的畫面：

天空一條燦爛的銀河下，滿峽谷月光中，卡布雅斯河大河灣上，忽然盪出一只船來。那是一艘婆羅洲獨木舟——長十二米寬一米二，兩端尖翹，用一整株圓木刨空鑿成，船身線條十分流暢優美，外號「叢林飛魚」的伊班長舟。掌舵的艄公是個身材瘦小、白頭蒼蒼的老伊班人。他光著兩只刺青膀子，弓著背脊抱著膝頭，蹲在船尾那具已經熄火的二十匹馬力強生牌引擎旁，悠悠然，吸著馬來羅各煙草。船頭坐著一名女客。她穿一襲天藍地小黃花連身洋裙，修長白皙的頸子上一蓬野火似的，頂著一頭赤紅鬈髮絲。只見她高高地聳起乳房，將兩只手掌安放在膝頭，挺直腰桿端坐在舟中橫板上，凝起兩只湛藍眼眸，瞅住坐在她對面、相隔一米距離的男客。他是一個瘦高少年，穿著一套寬鬆老氣、好像剛從衣箱底層挖出的漂白夏季西裝，戴著一頂巴拿馬草帽，臉色黃中帶黑，模樣看起來像個土生土長、屬於第二代的南洋華僑。兩個人面對面，互看著，靜靜坐在一艘無篷獨木舟中，頂著頭上一穹窿密密麻麻、不住眨眼閃爍的星星，停泊在河中央。

我把目光鎖定在這雙男客和女客身上，仔細觀察。一個三十多歲的紅髮白膚女子，和一個十五、六歲的黑髮黃膚少年，結成伴侶，共同旅行，半夜出現在婆羅洲內陸原始森林中。看在旁人眼裡，這兩人的關係著實費人猜疑，說不出的古怪，處處透露出一股曖昧、詭祕的味道，乍看之下似乎像一雙異國母子或姑姪，但細看卻更像一對——情人。

可畫面美極了。

星空、大河、長舟。

天頂一把梳子似的半圓月照耀下，船上坐著三個不同膚色、年齡、身分和來歷的人：伊班老舟子、中國少年、荷蘭女人。經由某種奇妙因緣的安排，他們在旅途中相遇，湊合在一起，這會兒共同搭乘一艘伊班長舟，正漂盪在婆羅洲的母親河上，航向那座神祕的達雅克聖山。

整個場景如詩如畫，好像一張電影海報。

一時間，我懷疑自己陷身在一場怪誕的夢境中。我舉起手腕，送到自己嘴上猛咬兩口，痛！我伸手擰擰小烏的耳朵，他嚇一大跳，齜起牙來嚎叫一聲。我這才敢確定：眼前看到的影像是真實的。

我悄悄走到河畔懸崖邊緣，探出脖子凝起眼睛，仔細查看河上舟中的乘客。驀地，一道電光劃過我心頭。我想起來了！這對男女我認識呀。他們就是李老師在台北，花三年時間，向我回憶和講述的婆羅洲叢林冒險故事《大河盡頭》的男女主角：少年永和克莉絲汀娜．房龍小姐。在那趟大河航程中，這一對異國姑姪曾經發生一段奇特、淒美的情緣。他們倆在蠻荒曠野中，出生入死、相依相守的過程，讓我這個當時還在讀小學、對愛情充滿憧憬的台北小女生，每每聽得癡了。

但我做夢也沒料到，這一對書中人物，今晚會活生生地、有血有肉地現身在我眼前。

房龍小姐——李老師口中的「洋姑媽克絲婷」——我久聞其名，卻是初次見到她本人，心中又是驚訝又是興奮又是好奇，忍不住睜大雙眼，盯著她直看。

她很美。難怪少年永會戀上這位身世離奇，個性飛揚放蕩，身高一米七，比他高出半個頭，年齡足可當他母親的荷蘭女人。說實話，倘若我朱鴒是個男生，保準也會受她致命的吸引。這會兒身在旅途中，她穿著一襲藍色洋裝，雙手握住膝蓋，挺著腰桿，昂聳著一頭迎著河風不住撩舞的紅髮鬃，坐在伊班長舟前端，眺望婆羅洲天空的銀河。數以億計的星星，一古腦嘩喇嘩喇傾瀉下來，好似滿天飛落的銀色花雨，一蕊蕊一瓣瓣，潑灑在房龍小姐那張映著月光、皎白如雪的臉龐上。她那只尖翹的鼻梁兩旁，俏皮地散布著的幾十顆茶褐色小雀斑，霎時間變得燦亮起來。

這樣的一張美麗、高傲的臉孔，直讓我看得張開了嘴巴。

舟中，房龍小姐轉過頭來了。她仰起臉，睜起兩只碧藍眼瞳子，就著河上的月光，望了望那個頂著一頭亂髮絲，穿著一身黃卡其上衣和黑布裙，帶著一條黑狗，佇立河岸大青石上，只管睜著眼睛呆呆看她的女孩——我，朱鴒。

剎那間，我們倆的目光碰觸到了。

兩個初次見面，但是不知怎的，卻又覺得相識多年的女子，一個坐在河中船上，一個站在河畔崖頭，眼睛對著眼睛，隔著約莫四十米的距離，互相凝視了整整三分鐘之久。

這就是在我的婆羅洲之旅中，第一次，也是僅有的一次，和我見面的克莉絲汀娜·馬利亞·房龍——李老師在南洋的成長過程中，頂頂重要的女人。

當年，她帶領初中剛畢業，十五歲，還不知曉男女之事的華僑少年「永」，從河口坤甸城出發，沿著卡布雅斯河一路溯流而上，歷經重重考驗，登上大河盡頭的聖山，讓永在短短一個暑假中，從男孩變成男人，留下一份刻骨銘心的記憶和一本四十萬字的書。如今許多年後，輪到那已經邁入壯年、在台灣當上大學教授和小說家的永（我口中的「李老師」），安排他在台北街頭結識、名字叫朱鴒的小女生，進入婆羅洲原始叢林，從事同樣的一趟大河溯流朝山探險之旅。

房龍小姐→永→朱鴒。

這是一個神祕的輪迴嗎？這便是李老師平時愛講的「香火傳承」嗎？這樣的一條線，究竟代表什麼意義呢？房龍小姐，為何在我的婆羅洲之旅中，這個極關鍵的節骨眼上，突然現身在我眼前？

這一連串問題太過深奧和抽象，遠遠超出了我的年齡和知識（莫忘了我剛過十三歲生日，初潮今天才來臨呢）。所以，我站在河畔石崖上，望著中天的明月，只思考了三分鐘便甩甩頭，把這些問題拋諸腦後，重新將目光投回到石崖下的河灣。

舟中，房龍小姐一逕抬頭望著我，忽然咧嘴一笑，綻露出挺潔白挺整齊的兩排門牙。隨即，她從我身上收回視線，轉過臉去，甩了甩一頭紅髮，朝向坐在她對面只管呆呆看著她的少年永，努努嘴唇，叫他抬頭往石崖上瞧。永終於扭轉過脖子來了。他看見佇立崖邊的我，先是一怔，臉上顯露疑惑的表情，接著彷彿想起了什麼似的，眼睛一燦亮，他高高舉起一只手臂，朝向我連連招了五六下。那滿臉的驚訝和欣喜，就好像在異鄉乍見親人。然後，他看到了我身旁的黑狗，霎時間，臉色變得紙樣蒼白，彷彿突然撞見一個鬼魂似的。

*　　*　　*

我回頭看看小烏，只見他支著兩條前腿，挺著背梁坐在大青石上，睜著一雙漆黑眼眸子，一眨不眨，望著河中的小船。他那兩道清澄寧靜的目光，如同我在「摩多祥順號」輪船上初次遇見他時，充滿深沉的哀傷，可現在他的眼神中，卻多了一股冷颼颼、讓人看到了，禁不住從背脊上冒出一片涼汗的幽怨和——恨。

一個少年和一只狗，皎皎月光下，相隔著一條悠悠流淌的河水，對望著。

「唉——」我嘆口氣，在小烏身旁蹲下來，伸出食指頭拂了拂他的眼皮，把嘴唇湊到他耳朵上，柔聲對他說：「這個男生是你以前的主人『永』。你的名字『小烏』就是他取的。你心裡還恨他？莫非你還記得那年的一個早晨，在沙勞越古晉城外，馬當路十哩胡椒園門口的竹林中，在永帶領下李家七兄弟姐妹聚集一起，爭相撿拾路邊的石頭，朝向那時病得快死、奄奄一息躺在地上的你——

他們家養的老狗——扔了過去，把你活活砸死掉。當時帶頭扔出第一顆石頭的孩子，就是現在和房龍小姐坐在河中小船上、抬頭望著你的這個少年。你往生後，這些年來，靈魂一直飄蕩在大河上，心裡總是放不開這件事。可你知道，為什麼這七個和你相依為命、親如一家人的孩子，會突然集體發狂，變成一群小魔鬼嗎？在台北給我講這則童年故事時，李老師——長大後，從沙勞越流浪到台灣的永——並沒有說出真正的原因，但我心裡曉得，那當口他和兄弟姐妹們把心一橫，對你做出這種殘忍的事，是為了讓你結束痛苦，早日往生。那時你病得無藥可醫了，整個肚腹都爛掉，流出一窩腸子來。殺了他們家的忠狗，李家七兄弟姐妹一直受良心折磨，長大後有的發瘋，有的生怪病，有的亡命天涯。他們可都是你一手帶大的孩子呀！過了那麼多年，你還要恨他們嗎？」

小烏蹲在崖上，兀自一眨不眨望著舟中的少年，但他那兩道森冷的、充滿悲憤和不解的眼神，變得柔和了，溫潤了。月光下我看見他那雙眼瞳子晶瑩瑩一亮，迸出兩顆淚珠來。

「向永打個招呼吧。」我伸手拍拍小烏的頸脖，鼓勵他。「永坐在船上一直抬頭望著你，臉上充滿關切和期盼呢。」

往生後，獨自在大河流域漂泊多年、無家可歸的老狗，終於流下眼淚，向他的舊主人和童年玩伴，伸出脖子張開嘴巴，拉長嗓門嘹嘵地呼叫出兩聲來：「嗚呦——嗚——」

天將破曉，天際出現魚肚白，天空的顏色一下子從漆黑轉為靛青。月娘她呀，在大河上巡行一周後，如同往常沉落入河口，悄悄隱退，把世界交還給已經睡醒，一臉通紅，從石頭山背後現身，發射出萬丈金光的太陽公公。銀河系的億萬顆星星，滿天裡眨啊眨好似一群小娃娃，在這五更時分，依舊光著屁股打著赤腳，聚集在卡布雅斯河上游，叢林頂端，峇都帝坂山巔的天河中，互相潑水嬉鬧，正在興頭上哩。

一艘伊班長舟，在白髮蒼蒼的老艄公操持下，載著兩位乘客，一個荷蘭女郎和一個中國少年，在大河灣停泊一宵後，重新啟航。欸乃一聲，小船駛入白茫茫滿江乍起的晨霧中。就在這一剎那，我看見永從船上回過頭來，朝石崖上眺望最後一眼。晨曦中，只見他的兩只眼瞳子，映著河上一輪紅日，亮晶晶閃爍著兩團淚光。我知道他心中那個「魔」被驅除了，壓在他心上多年的一顆大石頭，終於落地。現在，永可以安心地、坦蕩蕩地跟隨房龍小姐走了。姑姪兩個相依相守，航行在婆羅洲心臟一條黃色巨蟒般的河流上，朝向叢林中央一個神祕、幽深、風光旖旎的地點進發……

我目送他們離開，心中禁不住嘆息一聲：「唉，南洋浪子李永平老師多麼想家呀！這些年來，他的人逗留在台灣，但他的靈卻一直飄蕩在婆羅洲的土地上。」

第三十三話　魔鬼嬰兒

謹將這一章獻給全世界的媽媽。

——朱鴒

上：臨盆

黑狗小烏和我，台北女生朱鴒，旅伴兩個在婆羅洲卡布雅斯河上游地區，神山祕境入口處，普勞．普勞甘榜河灣斷崖上，在天空一枚半圓月照耀下，目睹了河中央出現的一幕浪漫唯美、宛如電影海報的場景，度過了一個靈異、奇幻、詭譎，可現在回想起來，感覺無比美妙和溫馨，肯定會讓我回味一生的夜晚。

珍重！少年永。幸會！美麗的克莉絲汀娜．房龍小姐。

五更天，甘榜四處響起嘹喨的公雞啼聲，驅散夜霧。松園旅館圍牆內，最後一盞飄忽的燐火條地消失了。這時，我們才感到濃濃的一股睡意，驀然襲上身來。不約而同，我和小烏伸個大懶腰，一齊張開嘴巴打個哈欠，隨即就在崖頭大青石底下，露水萋萋的野草窩裡躺下來，背靠背，蜷縮起身子將就睡個覺。直睡到天色大白，太陽高掛大河上空，村中街上人聲鼎沸，狗吠聲四起，熱熱絡絡展開新一天的營生，我們才爬起身來。張開眼睛揉揉眼皮，朝松園旅館望去，只見屋簷下那扇半掩的門中，一個身材玲瓏，頂著一顆碩大的包頭髻，穿著藍地大紅花和服的中年女子，抱著三味線，夢遊般搖曳著臀子踩著小碎步，在前廳櫃檯旁來來回回走動。旅館女將，美麗的節子媽媽桑，早就起床，把自己打扮得好似一朵嬌豔的鮮花，正在等待客人上門哩。我站在崖頭，整整衣裳拂拂滿頭亂髮，立正，朝向門內的這條身影，深深一鞠躬，感謝節子夫人昨天的款待與照顧。然後，我開始整理身上的裝備——首先，將克利斯短劍插在右腰，接著把我最珍愛的薩烏達麗．珍瑠姐妹鼓，牢牢地繫在左腰，最後將緹花旅行袋掛上肩膀——裝束停當，這才告別普勞．普勞村和那大白晝兀自陰氣森森、鬼影四下飄蕩的二本松別莊，啟程上路。

在小烏嚮導下，趁著早晨九點鐘日出未久，天氣還涼爽，我加快步伐，朝向我的婆羅洲之旅的終極目的地——坐落在大河源頭聖山腳下五大湖區的登由．拉鹿小兒國，意氣洋洋地前進。

風和日麗，好個遠足天！

普勞．普勞甘榜後面這段河道，位於峽谷中，夏日流水潺潺，是卡布雅斯河流域一處風景挺清幽，花木忒蔥蘢，黃鸝處處啼叫，成雙成對追逐出沒的所在。喔！叢林之珠黃鸝。那是我生平看過的相貌最標致、嗓子最清亮的鳥。她那一身純黃色的羽毛，和那一枚尖細鮮紅的嘴喙，連婆羅洲最豔麗的天堂鳥，也自慚不如。

（順帶一提：我大姐名字就叫「朱鸝」。親友公認她是朱家三姐妹中，生得最漂亮、最有氣質、最會讀書的一個。她是我父親朱方的掌上明珠。就讀師大時，一連四年當選國文系的系花。偷偷告訴妳們：連南洋浪子李老師，心裡也愛慕我姐朱鸝！但不知為什麼，同住一條巷子裡，三天兩頭總要碰面一回，可兩人之間竟然從沒交談過半句，連一聲禮貌性的招呼也不曾打過！我冷眼旁觀，心中著急，想出面撮合這一雙連我爸都覺得挺登對的「璧人」，但我還沒來得及插手，朱鸝就被花井芳雄和木持秀雄這兩個老鬼……對不起，我講故事時，離題的老毛病又犯啦，一扯開就沒完沒了。我們趕緊回到正題上吧。）

那天早晨風和日麗，我邁著輕快的步伐，邊走，邊兜著拎在手裡的行囊，以踏青郊遊的心情，帶著一只狗，徜徉在卡布雅斯河畔一條長滿青草、杳無人跡的小徑上。眼睛覽望河景，耳朵聆聽林中黃鸝成雙成對嘁喳追逐，不知不覺間，我就張開喉嚨長嘯一聲，舉頭望著藍天白雲，朗朗地，念誦起李老師挺愛的那首辛棄疾詞：

黃鸝何處故飛來，
點破野雲白，
一點暗紅猶在——

吟了幾遍，想起李老師對我姐的那份無言的情意，想起他每次念到「一點暗紅猶在」這句時，便停頓下來，眼眶驀地一濕，狠狠把頭甩了開去，想起這段特無奈、特淒美的戀情，我整個人登時就發起癡來，只管呆呆杵在路上，好久才又邁出腳步繼續行走。

就這樣一整個早晨，我們倆，一個台灣女孩和一只婆羅洲土狗，結伴郊遊遠足，迎著陣陣撲面的薰風，漫步在大河畔小徑上，盡情欣賞大自然的原始風光。

夏季的婆羅洲，滿山遍野朱槿花開放，紅紅火火，豔陽下放眼望去，煞似森林發生大火災，劈劈啪啪四處同時竄冒出萬千朵火苗一般。

我的旅伴小烏今早精神奕奕，興致特高，一路上放開四足，以小跑的步伐，蹦蹬蹦蹬走在我前頭。昨晚他和他的舊主人「永」見了面，彼此解開了心結，往日的恩怨和糾葛一筆勾銷。經過月下這場奇遇，小烏彷彿變了個人似的。（坐在講台下聽我報告婆羅洲之旅的台北仕女，妳們別搖頭！我可沒用錯人稱代名詞。我真的把這只有靈性、重感情講義氣、恩怨分明的婆羅洲狗，當作「人」來看待。）無論是誰，一旦將心中的大石頭搬掉，走起路來腳步自然變得輕快多囉。機緣湊巧，我朱鴒參與了這場奇妙的大和解，而且扮演催生婆的角色，心裡當然感到驕傲和欣慰哩。

跑著跑著，小烏忽然停下步伐，好像發現不尋常的事物似的，駐足小徑中央，睜起眼睛骨睩睩轉動眼珠，環視一周，接著又伸出鼻尖四下吸嗅，隨即就躥起身拔起腳，潑剌剌一溜風奔上山坡，直闖入朱槿花叢中。我喚他不回，只好追跟上去。在半山坡一株特別高大茂密的花樹下，小烏煞住腳，回頭昂起脖子扯起嗓門呦呦召喚一聲，叫我趕快上來看。

日影裡樹蔭中，孤單單，抱著一個用花紗籠布紮成的包袱，靜靜坐著一位姑娘。兩只漆黑眸子，滿布血絲，映著從枝椏間透射進的燦爛陽光，一眨不眨閃閃發亮。我小心翼翼走上前。兩人隔著五步的距離，眼對眼互相打量了整整十秒鐘。

「妳是朱鴒！」姑娘率先開聲。「從台灣獨自前來婆羅洲旅行的女生，妳還記得我嗎？我是妳在翡翠谷結識的朋友呀。翡翠谷，沒忘吧？峇爸的沙林姆宮。」

猛一怔，我又凝起眼睛，將眼前這個風塵僕僕、面容憔悴的婆羅洲原住民女孩，從頭頂到腳底（她沒穿鞋子，光著一雙起水泡、沾滿黃泥巴的腳丫子）細細端詳三遍。心中驀一亮。我拔起腳，一個箭步衝上前，伸出雙臂一古腦兒攬住她的肩膀，口裡直呼叫：「蒲拉蓬！妳是我的翡翠谷姐妹蒲拉蓬！快一年沒見，妳變好多，害我剛才差點不敢相認。妳瘦了可也長高了，模樣出落得更加標致，活生生就是個美麗、尊貴的達雅克族公主。」

「朱鴒也變啦！」蒲拉蓬伸出一條枯瘦的手臂，張開黝黑的手掌，拍拍我的臉頰，接著又拂拂我肩上那一把亂蓬蓬的髮梢，嘆口氣說：「一張圓臉蛋變尖啦，頭髮已經長到肩膀，白皙的皮膚也曬黑了。和我初次在翡翠谷見到妳時，那一副台北女學生的模樣相比，簡直換了個人。朱鴒長大了！來到婆羅洲才一年呢。」

久別重逢的兩姐妹手握手，面對面坐在樹蔭下互相凝視，好一會不知說什麼才好。

「蒲拉蓬，妳手臂上的刺青還在嗎？」心中一動，我問道。

「在。」蒲拉蓬顯得有點詫異，望著我，挑起她那兩蓬幽黑的睫毛，睜大眼睛說：「達雅克族女人的刺青，終生不會消失。」

「可不可以讓我看看妳的刺青？」

「可以呀。」說著，蒲拉蓬就伸出她的左手臂來，高高舉到樹蔭外那一片蔚藍的天空下。

我傾身向前，伸手撥開她肩頭的髮叢，把眼睛湊上去，就著陽光，察看她膀子上烙著的一朵銅錢般大、兩瓣、看來殘缺不全的朱槿花。獨自頂著赤道大日頭，在叢林河畔行走一段日子，蒲拉蓬早就曬黑了。她那條銅棕色的臂膀，暴露在紗籠外，已經轉成茶褐色，但臂上那兩片用印度朱砂刺出的花瓣，依舊那麼鮮豔，好像昨夜才刺上似的，朝陽下閃閃發光，紅得直要滴出血來呢！

「蒲拉蓬，妳記得嗎？」我一手握住她的手腕，一手豎起食指頭，不住摩挲她臂膀上的刺青，嘴裡悠悠地說道：「當初在翡翠谷，我們七姐妹脫掉紗籠，渾身光溜溜，在花溪中一起洗澡時，大夥就為妳臂上的刺青驚豔不已，恨不能自己也刺上一朵呢。那時妳告訴大家：『在婆羅洲，只有達雅克族公主，才可以在左臂上刺一朵班葛．拉雅花。那是尊貴的神花。創世祖辛格朗．布龍的妻子歐珂．裴本紺在峇都帝坂山下，巴望達哈湖畔，生下我們達雅克人的始祖時所流的血，化成夏日裡滿山遍野盛開的大紅花。為了紀念我們共同的母親，感謝她生產的勞苦，達雅克各部落的公主們，必須在身上刺一朵血紅色的班葛．拉雅。從十歲生日開始，每年刺半片花瓣，到十九歲生日那天便完成一朵盛開的五瓣大紅花，成為一個成熟的少婦，可以嫁人生子了。』蒲拉蓬，妳一年前在翡翠谷說的這番話，我至今記得清清楚楚呢。」我用力揉揉眼皮，又把眼睛湊上前仔細檢視：「妳臂上這朵花只有兩片花瓣，如此看來，妳今年準是十三歲囉。」

「朱鴒，我現在十四歲了。前幾天我過生日，依照達雅克習俗必須刺上半片花瓣。」蒲拉蓬低頭看看自己的臂膀，嘆口氣：「可是在荒山中，哪裡去找刺青師傅呢？」

「妳臂上的班葛．拉雅，如今應該有兩片半的花瓣了。那是一朵半開的朱槿花，最美了！」我想起我朱鴒自己，也是在流浪的路途上，孤單單度過十三歲生日，初潮來臨時，身旁連個親人和朋友都沒有。這麼一想，不由得鼻頭一酸眼圈一紅，差點掉淚。我別開臉去，望著天空中太陽下黑魆魆一窩盤旋逡巡的食屍鳥——婆羅洲猛禽，婆羅門鳶——怔怔發了半天的呆，才又開腔詢問蒲拉蓬：「妳為什麼只帶著一個包袱在大河畔流浪呢？怎麼會離開大夥，獨自出現在這個鳥不生蛋、杳無人煙的地方？又怎會不聲不響，坐在花叢裡發呆？」

「這是上帝的旨意。」蒲拉蓬垂下頭來，望著她懷裡抱著的那個脹鼓鼓、髒兮兮，在旅途上飽受日曬雨淋，早已褪色的花紗籠布包袱，娓娓道出她的遭遇：「那天晚上在翡翠谷，一枚半圓月高掛菩提樹梢，峇爸準備冊封妳——來自台灣的十二歲女學生朱鴒——為他的新妃子。儀式正在舉行的當兒，一個穿著黑風衣，戴著黑眼罩，一身裝扮好似墨西哥俠盜蘇洛的白人男子，從黑夜中冒出來，將妳劫走。這件事發生後，峇爸決定遷居，率領大夥離開翡翠谷。偌大的一個後宮，包括八名嬪妃和六十四名宮女，搭乘一艘鐵殼船出發，沿著卡布雅斯河溯流而上，尋找一個隱密安全的地點，建立新迦南。在峇爸——偉大的、法力無邊的白魔法師澳西先生——督導下，大夥齊心協力，重新打造人間的第七天國。」

蒲拉蓬停頓下來，歇口氣，抬頭眺望大河上游叢林盡頭，藍天白雲下，那座白皚皚雪山似的、浮現在燦爛陽光中的石頭山，臉上露出悠然嚮往的表情。

「我們在大河上航行了四十天。有一天傍晚，我們在半路上遇見逃亡的妳。那時妳和一個十三、四歲，穿著紅衣白裙，腦後拖著一根麻花大辮子，模樣像中學女生的原住民少女在一塊。兩人肩並肩，握著竹篙撐著舢舨，結伴漂流在大河上。看見鐵殼船駛來，妳們就停泊在河岸，站立在舟中等大船通過後再走。朱鴒，姐妹們乍見妳出現在大河上，又是詫異又是驚喜。但才一照面，妳們的兩條舢舨和我們這艘輪船，就擦身而過。往後一路上再也沒發生事情。就只出過一樁意外：依思敏娜墜河死亡。她是我們七姐妹中的一個，屬於馬蘭諾族。妳對她印象不深刻，因為這位穆斯林姑娘，個性十分內向沉靜，又有嚴重的潔癖，總是和人保持一個距離。我在船艙中與她相處二十天，總共說不上五句話呢。就在和妳不期而遇之後不久，一天清早，大夥還在睡夢中，忽然聽到撲通一聲，紛紛爬起身來衝出船艙，跑到甲板上憑欄望去，發現河中出現一把烏黑的長髮絲，飄飄蕩蕩。仔細一瞧，原來是一具穿著花紗籠的屍體，順著滔滔西流的河水，一路漂浮而去。旭日照射下，只見她那奶油巧克力般光滑的額頭上，眉心中間，烙著一顆紅豆似的朱砂痣。朱鴒妳也知道，這個紅色標記，代表女孩子初夜流出的一滴血呀。」

蒲拉蓬中斷她的敘述，豎起右手食指頭，使勁地，戳了戳自己額頭上那顆九歲時就烙上，歷經風霜，飽受日曬雨打，如今早已變成瘀血般暗紅色的朱砂痣，叫我湊過臉來瞧一瞧，然後朝向我咧開兩排皎潔的小白牙，燦然一笑，繼續講她的故事：

「依思敏娜跳河自殺，朱鴒妳在外逃亡，我們七個在翡翠谷結交的姐妹，便只剩下五人相依為命：肯雅族的蘭雅（十五歲的她是我們的大姐頭，也是峇爸八嬪妃之一）、馬當族的莎萍、加央族的亞珊、達雅克族的我，蒲拉蓬，和我們那個天真可愛又善良的么妹，十二歲、初潮還沒來臨的普南族小姑娘，阿美霞。依思敏娜往生後的第七晚，我們瞞著後宮其他女孩，聚集在船舷旁，圍成一圈偷偷祭拜她，對著漂浮在河中凝望著我們的伊布・布蘭——月亮母親——起誓：五姐妹今後廝守在一起，互相幫助，決不做背叛姐妹的事情。」

蒲拉蓬講到這兒，咧嘴笑了——笑得好不淒涼哦。

「我們這支由一群花樣年紀、代表婆羅洲十二族的姑娘組成，搽著鮮紅臙脂，穿著各色紗籠，披著烏黑長髮的美麗隊伍，浩浩蕩蕩搭乘輪船航行四十天，終於抵達目的地——卡布雅斯河源頭。峇爸率領大夥登岸。他老人家親自勘查，在聖山腳『巴望達哈湖』和『登由・拉鹿湖』中間遼闊的沃野，挑選一塊上等的美地，安頓他的後宮。峇爸頒賜這個風景清幽、牧草豐美、充滿歐洲田野風味的地方，一個古典浪漫的希臘名字：新阿爾卡迪亞。在這兒，如同聖經中那群出埃及後，在荒野中流浪四十年，終於來到上帝應許之地的以色列人，大夥齊心協力，建設新家園。高齡八十的峇爸，彷彿一下子年輕三十歲，臉色更加紅潤了，那張肥嘟嘟的圓臉，終日笑眯眯，看起來更像坤甸市唐人街寺廟裡供奉的中國笑面佛。那陣子，他老人家興致特高，夜夜召喚宮中的女孩侍寢。沒多久，我就發現自己有了身孕。姐妹們都衷心祝福我。可是我們的大姐蘭雅，卻向峇爸告密，說我肚子裡懷的是孽種。孩子的真正父親，是叢林神魔峇里沙冷的首席巫師『伊姆伊旦』，那半人半鬼，挾著邪術，專門和白魔法師作對的黑魔法師。峇爸一聽大怒，不由分說便把我逐出新阿爾卡迪亞，流放到荒野中。」

蒲拉蓬停下來，轉過身子別開臉去，悄悄舉手抹掉眼角迸出的一顆淚珠。然後，她抬頭眺望大河上，藍天中，那群影影幢幢越聚越多的食屍鳥，幽幽地說：

「我不怪蘭雅。她擔心我生下孩子後，會被峇爸晉升為妃子，取代她在後宮的名分。蘭雅爬到今天這個位子，名列新迦南第七天國八嬪妃，也著實不容易。」

蒲拉蓬回過頭來瞅住我，破涕為笑，朝陽下展露出一張淚痕斑斑的笑靨。

「我不怨。姐妹們都對我好！離別那天，大夥爭相拿出自己最心愛的首飾和紗籠，塞滿我的包袱。七十個婆羅洲各族姑娘，排列成長長一縱隊，一路相送到村口。離開阿爾卡迪亞後，我一個十三歲女孩家挽著個大包袱，挺著八個月的身孕，獨自在大河畔流浪，白天到山坳中的長屋乞食，夜晚就露宿在曠野上。肚子一天天脹大起來。到了第十個月，快要臨盆了，我還不知道要去哪裡生孩子呢，每天依舊在河畔亂走，像個無家可歸的女叫花子。就在這時候我遇見峇爸皮德羅。他是新唐鎮天主堂的神父，西班牙人，很老了，一部雪白濃密的鬍鬚，從下頦直垂落到肚臍上來。我問他在荒野中幹什麼？他說他在尋找一個名叫『馬利亞．安孃．安達嗨』的肯雅族女孩。我問皮神父這個安孃幾歲？他說十二。我又問安孃現在怎麼啦？皮神父告訴我：安孃被撒旦派來的一個惡棍哄騙，失去貞潔，肚子懷上魔鬼的種。她被全村的人唾棄。一天夜裡，她帶著第二十五個禮拜的身孕，抱著她心愛的芭比娃娃——克莉絲汀妮妮公主，獨自走出村口，挺著大肚子進入黑暗的叢林，消失不見。從此，皮德羅神父就離開新唐鎮天主堂，走進婆羅洲內陸叢林，四處遊蕩，打聽安孃的下落。直到鬍子全白了，垂到肚腩上來，直到身上那件終年穿著的深黑色神父袍，被太陽曬成了灰白色，他依舊流浪在外，不肯回新唐鎮。每天，這個白人老頭隨著日出日落，遊走在叢林荒野中，尋找他的馬利亞．安孃．安達嗨，因為他疼惜這個天使般美麗、善良的肯雅族女孩，如同疼惜自己的小孫女呀。」

說到這裡，蒲拉蓬沉沉嘆口氣，抬頭眺望大河畔豔陽下白花花的婆羅洲曠野，彷彿在搜尋這位慈愛、癡心的老神父那孤獨的、白頭蒼蒼的身影。

「皮德羅神父講完他的故事，我也把我的經歷告訴他。老人家思索一會，給我指點一條路：巴望達哈湖西南邊三十哩處，有一座小修道院，是卡布雅斯河中游哥打．桑塔馬利亞大修道院的分院。院長艾莉雅修女，與他相識。我可以到那兒生產，就說是峇爸皮德羅介紹的。朱鴒呀，我一個女孩家挺著大肚子，孤零零流落在曠野上，感到茫然無助的當兒，忽然聽到上帝的聲音。當場，我感動得撲通落跪，緊緊地握住峇爸皮德羅的兩只手，湊上嘴唇一吻再吻。他也激動得老淚縱橫，直搖晃他的白鬍鬚。我向這位和藹可親的西班牙老神父——肯雅族女孩們口中的『峇爸皮』，皮爺爺——虔誠道別後，便挽起包袱上路，依照他指點的方向，前往桑塔馬利亞修道院生產。神的旨意哪！我做夢也不曾想到會在半路上遇見妳，那個在翡翠谷和我們相識一場、便突然消失無蹤的台灣女生朱鴒。」

講完她的經歷，達雅克公主蒲拉蓬停下來，歇會兒。她邊伸手拍打心口，邊睜著兩只漆黑的、宛如山泉般清亮的眼瞳子，瞅著我，臉龐上洋溢著真誠的笑意。

「我也沒想到會在浪遊的路途上碰到妳，蒲拉蓬，我翡翠谷七姐妹中的一位。」我雙手合十，轉身朝向東方，面對矗立在大河盡頭的聖山峇都帝坂，頂禮拜三拜：「布龍大神的安排自有美意，感謝感謝！」隨即回身凝起眼睛，打量那穿著一件單薄的紗籠，抱著個花布包袱，躲藏在河畔山坡一簇盛開的班葛．拉雅大紅花叢中，滿身塵土一臉風霜的十四歲達雅克族姑娘：「蒲拉蓬，恭喜妳要做媽媽了！咱們七姐妹中的第一位母親喔。我可以看妳的肚子嗎？」

「可以啊！妳是孩子的阿姨。」臉皮颼地一紅，蒲拉蓬鬆開她那雙交握在包袱上的手，坐在地上羞答答挺起腰身來。

我小心翼翼拿起她懷中緊緊摟著的包袱，查看她的肚子：「哇，好大！像一顆改良種的台灣大西瓜，足足有三公斤重呢。」

「十個月了，感覺沉甸甸的好重哦。」蒲拉蓬嘆口氣。「這孩子將來長大了，肯定又是個大胖子，像他的父親峇爸澳西先生。」

抖簌簌，我把手伸到她纖細瘦弱的身子上，隔著她腰上繫的那條小小的、沾滿泥巴的紗籠，摸了摸她那圓滾滾、快要撐破紗籠的肚子：「噯呀，我必須立刻送妳去修道院生產。我們現在就上路吧！希望能在天黑前趕到那兒。」

「不行，朱鴒，我現在不能走動。」

「咦？妳剛才不是正在趕路去修道院嗎？」

「來不及了。我的陣痛開始了。就是因為剛才在路上行走，腹部痛得要命，我才會停下來坐在這裡休息呀。」

「這可怎麼辦呢？」我一時失去了主意，站起身來，在婆羅洲深山中這片前不巴村、後不著店的荒野上，搓著雙手來回踱步，只顧唉聲嘆氣乾著急。

「朱鴒莫急！」蒲拉蓬使勁撐起上身，伸出一只手抓住我的裙襬，連連扯了幾下，哀求道：「我的好朋友和好妹妹，拜託妳坐下來冷靜一下，耐心聽我說。」直等我走回到花蔭下她的身畔，肩並肩，挨著她的身子乖乖坐下來了，蒲拉蓬這才嘆口氣，握住我的手，說出她的計畫來。這個主意乍聽令我震驚，簡直不敢相信自己的耳朵，可仔細想想卻也不失為一個辦法，好歹值得一試：「我決定就在這裡生產。朱鴒，妳給我的孩子接生。莫害怕。我在長屋看過女人分娩。生孩子的場面，在婆羅洲內陸長大的女孩，從小看慣了。這件事其實很簡單、很容易。妳只要遵照我的指示一步一步進行，保證妳——萬福的馬利亞，派來幫助我的助產士小天使——必定能把我肚子裡的嬰兒，平平安安迎接到世界上來。這孩子若能蒙天上的父，主耶和華保佑，順利誕生，將來他受洗時，在皮德羅神父見證下，我就讓他認妳這位朱鴒阿姨為教母吧。」

可我一個台北女孩，從不曾參觀女人分娩呀。活到十三歲，都要上初中了，我只在台灣電視台播演的大陸劇中，看過女人生孩子。過程總是十分悽慘、恐怖和血腥，讓人看了頭皮直發麻，背脊冒出波波冷汗。生產時，男女老幼一大家子的人，加上鎮裡一幫閒漢，層層圍聚在產房外，伸長脖子守望，場面之盛大熱鬧簡直可以用「萬頭攢動」來形容哩。產房中燈火搖曳。白色紙窗上黑魆魆顯出一堆人影，好像正在上演一齣皮影戲。燈下一個年輕的女人披頭散髮，臉孔朝天，身子呈大八字，躺在一張長板凳上，拱起屁股叉開兩腿，雙手攥住從屋梁垂吊下來的一條白綾巾。寂靜中只聽得一聲聲呼叫，不斷從產房中傳出來。屋外大夥踮著腳豎起耳朵傾聽。時而是殺豬似的厲聲吶喊：「痛死我了！求求你們行行好，拿根繩子把我勒死了吧。」時而是柔聲細氣苦苦央求：「拜託你們拿菜刀來，剖開我的肚子，讓這個孽障出來吧。」陣痛一波接一波沒完沒了。燈影搖紅，窗紙上只見一顆蒼蒼白頭，晃盪在產房中。兩只乾癟的手爪子伸入產婦的腿胯，窸窸窣窣只管不停掏挖。一個沙啞的聲音諄諄誘導：「少奶奶加把勁，推推！」折騰半天（有時鬧個整整三天三夜呢），窗外圍聚守候的眾人終於聽到「哇」的一聲，石破天驚在產房中綻響起來。「謝天謝地，是個白胖小子！來人！趕快去書房向老爺報喜：喬家有後了。」霎時大宅門內霹靂啪啦，燃放起滿天花雨般紅彤彤的炮竹。普鎮同慶。

這便是我朱鴒生平唯一的接生經驗和知識，從電視劇中獲得的。現如今，臨危受命披掛上陣，我行嗎？

打小，我父親便以朱家祖訓「急人之急」教導我們三姐妹做人的道理。為朋友兩肋插刀，尚且不辭，何況接生這種小事乎？我爸若是知道了肯定會鼓勵我。這麼一想，滿腔熱血登時一湧，我當場就慨然答應蒲拉蓬的要求，充當她的助產士，承擔起接生的任務。

「好！妳就放心交給我吧。」我挺起腰桿子拍拍胸膛：「我這個『教母』，拚死也要把孩子平平安安接到這個世界來。」

「我替孩子感謝朱鴒，我的好姐妹。」蒲拉蓬的眼睛泛起一汪晶瑩的淚光。

產婦的陣痛一波急似一波，毫無預警地又開始了。朝陽照射下，只見她那蒼白的額頭上，迸出十來顆黃豆般大的汗珠。

現在，必須開始做產前的預備工作了。

我頂記得電視劇中常看到，女人分娩前，那匆匆趕到的穩婆（她可忙得很，成天在偌大的鎮上四處趕場接生），總會吩咐先燒一鍋熱水備用。這當口，我站在婆羅洲叢林山坡上扠腰四下環視。山坡下倒是有一條河流——卡布雅斯河，可以取水。山腰上也能撿到一些乾枯的樹枝，用來生火。但是在這荒郊野外，到哪裡去找鍋子和水桶？

「朱鴒，妳先別管燒水吧！」雙手抱住膝頭坐在花叢中、痛得渾身不住顫抖的蒲拉蓬，忍不住開聲央求：「拜託妳先扶我起來，幫助我平躺在樹蔭下草地上。」

這段時間中，一直蹲在旁邊默默觀察的黑狗小烏，這時躥起身，開始忙活起來。他伸出兩只前爪，將散布地上的落花聚攏起來，不一會工夫，就在樹蔭下鋪出一張六呎乘四呎、厚達八吋的花床。這倒是挺舒適、別致、洋溢著詩情畫意的產台呀！我攙扶著蒲拉蓬，讓她在花床上平躺下來，將她的包袱枕在她頭下，臉朝天，面向蔚藍天空下陽光普照的聖山，峇都帝坂。

一切就緒，我朱鴒準備接生囉。

中：接生

首先，我伸出雙手，掰開蒲拉蓬的兩條腿，隨即將她身上裹著的那件小紗籠的襬子，從她膝蓋下方，往上拽，直拉到她那兩只銅棕色、饅頭般大、鼓鼓地脹滿奶水的乳房上來。一個渾圓、足月的肚子好似一顆灌足了氣的皮球，蹦的，登時顯現在我眼前。我在蒲拉蓬張開的雙膝前，跪下來。正午的陽光直直照射下，看見她陰埠上一叢毛，烏溜溜青嫩嫩，綴著十幾粒晶瑩閃亮的水珠兒。胯間濕漉漉的一片，浸透了她的紗籠，如同尿失禁似的。我心裡琢磨：「這便是電視劇中助產士說的『羊水破裂』吧，表示臨盆的時刻到了。」一抬頭看看蒲拉蓬。只見她額頭上那一顆接一顆不斷冒出的汗珠，變得更加滾圓燦亮了。她那張咖啡色的鵝蛋臉，剎那變得紙樣白。我撬開她的雙腿，整個人趴在她肚子上方，傾身向前緊緊握住她的雙手，嘴裡大喊：「推！蒲拉蓬用力推呀！孩子就要出來啦。」蒲拉蓬咧著嘴齜著牙，使出吃奶的力氣往下推，可折騰半天都毫無動靜。我嘆口氣，伸手拍拍她的肚子，拂拂她那滿頭滿臉濕答答的亂髮絲，柔聲道：「休息吧！待會兒再努力。現在還是中午。我們肯定有足夠的時間，在天黑前把孩子生下來，送到桑塔馬利亞修道院。」

於是我們兩個女生，一個穿著襤褸的花紗籠，半裸著身，挺著圓鼓隆咚的大肚子，仰天躺在地上，一個穿著破舊的台北小學女生制服，黃卡其上衣黑布裙，雙手抱住膝頭，坐在她身旁。就這樣姐妹倆待在河畔山坡上，舉頭眺望日中時分，碧空中一朵一朵悠悠飄蹿過的白雲，只管想各自的心事，靜靜等候下一波陣痛來臨。

小烏蹲坐在我們腳跟前，昂起背梁豎起雙耳，目光炯炯，守望著烈日下空寂寂、半天不見一艘伊班長舟駛過的大河。黃鸝成雙成對，喊喊喳喳穿梭林間，追逐對唱。盛夏時節滿山綻放的朱槿花，劈劈啪啪，開得格外燦爛火紅，放眼一看好像達雅克農夫開荒墾地種穀子，先放火燒山一般。

大河對岸叢林深處，不知哪座長屋飄出一條炊煙，送來熱騰騰的米飯香，一陣陣直撲我們的鼻端。轂轆一聲響。我們兩人肚子裡的腸子，不約而同鼓譟起來。我忍不住連吞幾泡口水。

「蒲拉蓬呀，妳現在最想吃什麼東西？」

「特鹵．巴比。」

「那是達雅克食物嗎？」

「是。竹筒生醃酒釀山豬肉。」

「聽來挺像我們台灣阿美族的醃豬肉。」

「朱鴒妳呢？現在最想吃什麼？」

「台北有名的臭豆腐。」

「那是什麼食物？」

「臭死人、老外一聞拔腳就逃的酸豆腐。可它聞起來雖臭，吃在嘴裡卻是挺香、挺美。」

「和我們婆羅洲的特鹵．巴比一樣，又酸又臭又香！朱鴒，等我把孩子生下來了，坐完月子，咱倆結伴去桑高鎮唐人街，我請妳吃道地的特鹵．巴比，妳請我吃臭豆腐。」

「燻死那個肥老外——峇爸澳西先生！」

「好！一言為定。」

「勾手吧。」

我和蒲拉蓬同時伸出右手來，互相勾了勾小指頭，豎起拇指，重重打個金印。一想到峇爸遭受特鹵．巴比和臭豆腐夾擊，被燻得頭昏腦脹的情景，兩人又禁不住抿起嘴巴，吞下兩大泡口水，隨即就甩起頭髮，咯咯咯笑個不停，直笑得差點迸出了眼淚來。

蒲拉蓬今天第三波陣痛，開始了。這次來勢更加密集兇猛。我趕緊跳起身，跑回到原來的位置上，在她兩只高高翹起的膝蓋前，撲通跪下，伸出雙手扒開她的兩條腿，把眼睛湊到張開的陰道口，仔細觀察：「哇！可以看見孩子的頭了。」蒲拉蓬早已痛得滿臉爆出豆大的汗珠，太陽下亮晶晶。她蒼白著一張臉，握緊雙拳，拱起兩只光溜溜的小屁股，邊咬著牙使力推送，邊喘著氣問道：「孩子的頭髮是什麼顏色？」我聽了猛一怔。在這生死關頭，怎麼盡問這種沒要緊的問題呢？但是看到蒲拉蓬眼瞳中那份焦慮、關切的神色，我只好硬著頭皮，伸手撥開她陰埠上一撮黑毛，豎起拇指和食指，將手指頭插入她那潰堤似的濕漉漉一片，早已流出大量羊水的產道口。我瞅準胎兒的腦瓜子，倏地攫住他頭頂上的一綹毛髮，拽出來就著陽光一看：「孩子的頭髮是金黃色！」蒲拉蓬聽到這個訊息，登時鬆了口大氣，幽幽嘆息出一聲來：「這下我安心啦！這個嬰兒確定是峇爸的。看見孩子的髮色和他一樣，確實是他——血統純正的盎格魯．撒克遜人——的種，他會很開心。他不會再聽信我們大姐蘭雅的讒言，認定這嬰兒是我，達雅克小蕩婦蒲拉蓬，背著他，和黑魔法師伊姆伊旦私通所懷的孽種。他老人家接獲喜訊後，必定會派遣莎萍、亞珊和阿美霞三位姐妹，前來接我，將我和孩子迎回到新阿爾卡迪亞，聖山下的第七天國。朱鴒，從台灣來的好朋友，妳不要再帶著一只狗，穿著一身髒衣服，獨自在婆羅洲叢林中流浪吧！妳跟我回去。我向峇爸請求讓妳擔任這孩子的教母。」

潮水般一波接一波陣痛襲擊下，可憐，早已被折磨得臉色煞白、渾身顫抖的十四歲產婦，蒲拉蓬，兀自帶著滿眼的柔情和一臉的嬌態，使勁撐起上身，瞅著那趴跪在她兩腿之間的我，喜孜孜，不停訴說她心中美麗的願景。我聽得頭皮直發麻，手臂上冒出一片片疙瘩來。

奮戰了半個鐘頭，陣痛又停歇了。

我嘆口氣，從產道中抽出我的手來，伸到蒲拉蓬臉上，撥開她額頭上一叢濕湫湫的劉海，拂了拂她的眼皮，闔起她的雙眼，然後把嘴唇湊到她耳畔，柔聲說：「再休息一會吧！養足力氣迎接下一波的陣痛。這次我朱鴒保證把孩子平安、順利地接出來。」看見蒲拉蓬帶著滿足的笑容，陷入美麗的夢鄉中，我悄悄吹兩聲口哨，把一直蹲坐在山腰、監看大河的小烏，召喚到我面前，叫他陪伴我坐在蒲拉蓬身邊，和我一起守護這個苦命的、堅強的達雅克族小母親。

兩人（我和黑狗小烏）並肩坐在河畔山坡，晌午時分，望著卡布雅斯河上，萬里無雲碧空中，白晃晃一顆開始西斜的大日頭，默默地各想各的心事。

經過漫長的一段時間（究竟有多長？長到我都已經停止望著太陽計時了），第四波陣痛才來臨。這回我抓緊機會，一個箭步躥到蒲拉蓬胯下，埋首在她兩腿之間，一把扒開產道口，不假思索就動起手來：掏、挖、揪、拉、扯……從電視劇裡學到的各種接生手段和招數，一古腦全都使上。「勇敢的小媽媽蒲拉蓬加油！再加把勁往下推！一、二、三……孩子的頭就快出來囉。」我扯破喉嚨厲聲吶喊。小烏也上來幫忙。他雙膝下跪，伸出紅涎涎的舌頭，不住舔舐蒲拉蓬那張沾滿汗水的臉龐，嘴裡呦呦叫喚，不斷給她灌輸能量。蒲拉蓬使出最後一股力氣，死命推送，口中不停狂呼，懇求她肚子裡的孩子趕快出來，莫再折磨和作弄媽媽了。我邊掏挖邊數著，不知不覺已經數到三百。瞧！嬰兒聳著它那顆濕漉漉、毛茸茸的金黃色腦瓜子，守在子宮門口只管探頭探腦，像個淘氣的小妖怪，好半天愣是不肯出來！

「唉，這個小魔鬼！」蒲拉蓬幽幽嘆口氣，從地面上使勁撐起上身，伸出脖子睜著眼睛，朝自己胯下瞄一眼：「孩子的胎位好像不正哦，難怪不能順利出生。」

「妳怎麼曉得呢？蒲拉蓬。」

「妳忘了？我住在長屋常看女人生產呀。」

我趴回到蒲拉蓬肚子上，掰開她雙腿，仔細查看胎兒的位置，果然發現它的臉歪到一旁，身子保持側睡的姿勢。靈機一動，我伸出雙手握住孩子的頭顱，猛一扭將它扶正，讓它的臉孔仰起來朝向天空。就在這一瞬間我看見（我朱鴒向布龍神發誓：我講的是實話）胎兒張開眼皮，睜著兩粒碧藍眼珠，狠狠地瞪我一眼。我嚇到了，差點從蒲拉蓬腿胯間，蹦的一下跳起身來，拔腿就往河畔奔逃。

「朱鴒，妳看見什麼了？好像大白日撞見鬼似的，臉都變白啦。」

「這個孩子的頭特大！足足有一顆熟柚子那樣大呢，把產道口撐得都快破裂了。」

「別再掏了！瞧妳累得滿頭大汗，喘吁吁。」蒲拉蓬憐惜地看我一眼，伸出乾瘦的手，拍拍身旁鋪滿大紅花瓣的地面：「躺下來歇歇吧。我們再等待一會。這次無論如何我都要把孩子生出來。」

肩並肩，身子緊挨著身子，兩人朝天躺在河畔山坡一張花床上，眺望天頂那影影簇簇，一整個上午，悄沒聲環繞著我們盤旋的大群婆羅門鳶。蒲拉蓬說那是神鳥，布龍神之妻裴本紺——巴望達哈湖和登由．拉鹿湖的守護女神——派來保護產婦的。但我心裡知道這種赤道猛禽是食屍鳥，性情非常兇猛，連婆羅洲最慓悍的馬當族獵人，都不敢招惹牠們。

等到第五波陣痛開始，蒲拉蓬再也按捺不住了。她決定豁出去。絕望中，她奮力挺起腰身，舉起她那條瘦骨嶙嶙的銅棕色手臂，豎起食指頭，在額上和胸口點四下，虔虔誠誠畫個十字，接著就仰起她那張汗溱溱、披頭散髮的小臉蛋，朝向大河上空，晌午時分，吊掛著的一顆巨眼般炯炯注視人間的太陽，張開喉嚨厲聲祈求：「天上的父，請求您讓我的孩子出生吧！我，婆羅洲達雅克族女子蒲拉蓬・克莉絲汀・安達海，願意把我的生命奉獻神作為報答。」

就在這當口，只聽得青天響起一聲霹靂，驀地，天頂白燦燦一道電光劃過，跟著，我們便聽見「哇」的一聲洪亮的啼叫。

蒲拉蓬的兒子、我朱鴒的教子，誕生了。

「嘖嘖，好個胖小子！叫聲可大哪。」

我雙手握住孩子濕漉漉的肩膀，把他提起來，放在手掌上掂一掂，然後一使勁，將他的身體高高舉到陽光中，讓他的母親觀看。

瞧，重達十磅的一個巨嬰，頭大如斗，眉目五官生得挺像他的生父。活生生就是個小澳西！全身金毛茸茸，一雙眼珠忒藍。整個身子從頭到腳沾滿斑斑血跡，彷彿剛在血池裡浸泡過。

我打眼角裡瞥見，蒲拉蓬一看到她的兒子，肩膀便猛地一顫，渾身機伶伶打出個哆嗦來。隨即她就將目光挪開，舉起手背，悄悄擦掉眼眶中亮晶晶閃爍著的兩團淚光。

「我的好朋友和好姐妹，朱鴒，我請託妳一件事可以嗎？」

「可以！請講。」

「妳幫我把孩子送到桑塔馬利亞修道院，讓修女們收養。妳就說這是峇爸・皮德羅神父，囑咐妳做的。」

「我們一起去呀。我攙扶妳慢慢走。」

「我不行了，走不動了。」蒲拉蓬慘然一笑，伸出冰涼的手，軟弱無力地拍了拍我的臂膀。「朱鴒妳別著急，把耳朵伸過來聽我說。我不能把孩子帶回長屋，因為族人會將這個金髮碧眼的嬰兒當成妖怪，用火活活燒死。新阿爾卡迪亞，我回不去了。蘭雅不會放過我們母子的。這個孩子現在只有一個庇護所：修道院。我告訴妳到那兒怎麼走。翻過這座山坡，有一條泥巴小徑直直穿過叢林，妳只管順著這條路走，約莫走上四公里，就抵達修道院門口了。腳程快些，來回只需要兩個小時。朱鴒妳快去快回！我待在這兒等妳回來。今晚我們倆就在河畔露宿，度過一夜，明天早晨設法弄一艘舢舨渡河，到對岸的達雅克長屋，請屋長派人和船，護送我回到大河中游的部落。他必會答應我的請求。朱鴒莫忘了我是蒲拉蓬·安達海，婆羅洲最大族——達雅克族的一位尊貴的公主。」說著，蒲拉蓬舉起左手來，就著河上晌午燦爛的陽光，驕傲地，秀一秀她臂膀上刺著的那一朵金幣般大、殷紅如血的班葛·拉雅花徽。

「遵命，公主！」我無奈地答應一聲。「現在我們必須把孩子弄乾淨，準備帶他上路囉。」

首先得剪斷臍帶。但荒郊野外哪裡去找剪刀？就在傷腦筋的當兒，小烏挺身而出，用他獨特的方法解決這個問題：二話不說，他一個箭步躥上前，張口便咬：卡嚓！那條血淋淋兩呎長的帶子，就在距離嬰兒的肚臍眼三吋處，應聲斷為兩截。這一咬肯定痛得很。可說也詭異，這孩子受痛非但沒哭，反而睜著一雙玻璃珠似的湛藍眼瞳，睨住我，咯咯笑起來，好一副得其所哉樂不可支的模樣。

（順帶一提：後來我發現，蒲拉蓬的兒子生下來就不哭，只會笑。打出娘胎以來，在我面前他就不曾哭過半聲呢。這會兒，我站在台北中山堂講台上，向諸位女士們報告我的婆羅洲之旅，追憶這段往事，講述一個十四歲、發育未全的達雅克族少女的生產過程。一想到這個胖嘟嘟的藍眼嬰兒，紅噗噗的圓臉龐上，總是帶著一副謎樣的詭祕笑容，我還會感到不寒而慄，渾身冒出疙瘩——我們台灣人所說的「雞母皮」來哩。）

處理完臍帶，我開始清理孩子的身體。在蒲拉蓬堅持下，我把胎盤留下來，讓她自己處置。我打開自己的旅行袋，拿出毛巾，把嬰兒身上的血跡，從頭到腳擦拭乾淨，然後用鄺大哥在桑高鎮給我買的那條高檔的、五彩手染的爪哇印花紗籠，密密實實地，將孩子包紮起來，安放在懷中，帶著小烏準備上路。

「朱鴒，等一等！」蒲拉蓬在背後把我叫住了：「讓我抱抱孩子可以嗎？」

我轉身走回來，把嬰兒遞給他母親。

蒲拉蓬躺在地上伸出雙手，抖簌簌把孩子接過來，一使勁，將他那胖大的身體高舉到空中，就著陽光仔細打量一遍。

「噯，是峇爸澳西先生的種！父子兩個如同一個模子塑造出來的呢。尤其是那雙眼睛，藍得像大海。」蒲拉蓬沉沉嘆出一口氣來，回頭瞅著我說：「咱們就給這孩子取個小名叫『小澳西』吧。小澳西睜大眼睛看著母親。想是肚子餓啦。媽媽現在要給寶寶餵奶囉。巴伊澳西．拉帕爾桑格。伊布．梅尼迭奇．阿迪克。」

蒲拉蓬一邊操著達雅克語，柔聲哄她的兒子，一邊從地上坐起來，撐起上身，解開她腋下裹著的紗籠，把嬰兒摟入懷裡，隨即從胸口捧出一只咖啡色、拳頭般大、花苞樣圓鼓鼓的乳房來。小心翼翼，她伸出右手的拇指和食指，撮住她那顆直直豎立起的小乳頭，一古腦兒塞進孩子血漬漬、豁地咧開的巨大嘴洞裡。這一頓奶，足足餵了半個鐘頭之久。蒲拉蓬目不轉睛，一逕低著頭垂著眼皮，凝視那舒展四肢、愜意地躺在她懷中的小澳西。這小鬼頭，亮晶晶睜著兩粒藍眼珠，光禿禿齜著兩片紅牙齦，大口大口地吸食母親的奶水。晌午陽光照射下，花影婆娑中，只見這個小媽媽兩道烏黑寧靜的眼神裡，幽幽地，閃亮著我這輩子看見過的最深沉、最溫柔、但也最辛酸淒涼的母愛。

我站在一旁看癡啦。我想起跟娣娣．龍木結伴撐舟，在卡布雅斯河中游漂流，四處尋找她失蹤的姐姐的那段日子。有一天晚上，我們投宿哥打．桑塔馬利亞鎮。在借住的玫瑰花園教堂中，血紅祭壇上，皎皎月光下，我們看到一尊十分燦爛、絢麗的聖母抱聖嬰塑像。那時，馬利亞臉上掛的笑容，就像這會兒蒲拉蓬餵奶時的笑容同樣溫柔，詩一般無比動人……

「噯，小澳西吃飽了奶啦。」蒲拉蓬嘆口氣，猛一扯，就把乳頭從嬰兒嘴洞中硬生生拔出來，隨即轉開臉去，將孩子遞回到我手中。「太陽快下山了。朱鴒，妳趕緊帶孩子和狗上路吧。」

我一手抱著娃娃，一手攙扶蒲拉蓬，幫助她重新在草地上花床中躺下來，然後將她那條褪到腰間的紗籠，往上拉，遮蓋住她那兩只被吸光奶水後，霎時間萎縮成一團的乳房。最後，我把手伸到她的臉龐，拂拂她那滿頭滿臉汗蓬蓬的亂髮，將髮梢理一理，整整齊齊攤在她的肩膀上。

「蒲拉蓬，妳必須答應我好好照顧自己，乖乖地躺在這兒，等我回來。」

蒲拉蓬使勁點個頭，伸出右手的小指，跟我的小指頭勾一勾，重重地打個金印：

「生死約。」

「不見，不散。」

蒲拉蓬用力擠出了一個燦爛的笑容來，仰起臉，撐起上身，咧開嘴裡兩排皎潔的小白牙，伸出一株細瘦頸脖，目送我離開。太陽下一雙烏黑眼瞳眨亮眨亮，含著兩朵晶瑩的淚花。

下：送子

我抱著孩子帶著狗，爬到河畔山坡頂端，放眼瞭望，果然看見坡底有一條羊腸小徑，蜿蜒穿過一片灌木叢，直通到四公里外，漫天普照的陽光下，那幢矗立在一座山崗上，紅瓦白牆，宛如童話中西班牙山莊的修道院。

回頭一看，只見蒲拉蓬披著一頭黑髮絲，穿著一條花紗籠，面向大河伸展四肢，朝天躺在半山坡血紅紅盛開的班葛．拉雅花叢中，神態好不安詳恬靜。大河上碧空中盤旋的婆羅門鳶——達雅克人心目中的神鳥、布龍神的使者——越聚越多，黑幽幽的一族，只管環繞在山腰躺著的那位美麗姑娘的頭頂上，炯炯俯視，時不時發出「剮」的一聲嗥叫，打破晌午叢林的死寂。

我戀戀不捨，在山頂趑趄老半天，抬頭看看天色，赫然發現太陽已經西沉，金燦燦的一輪，斜斜掛在河畔大櫟樹梢頭，再過兩個小時，叢林的恐怖黑夜就要降臨。不能不上路囉。狠狠一甩頭，我抱起嬰兒帶著狗，邁開大步走下山坡，頭也不回，投向坡底矮樹叢中那條荒涼的黃泥路。

我一路走一路低頭看懷中的嬰兒。兩人面對面、眼瞪眼互相打量。他仰起臉龐，綻開腮幫上兩只圓圓的酒渦，瞅著我咯咯笑，湛藍的眼光中充滿挑釁的意味。

途中，我們兩人之間展開一段詭譎、無厘頭、聽起來挺滑稽和恐怖的對話：

「哈囉，小澳西。」

「嗨，安娣。」

「你叫我姑媽？謝謝！你知道你的父親澳西先生嗎？」

「咯咯，爹地澳西。」

「澳西先生是白人老頭子。」

「咯咯咯。」

「你的母親蒲拉蓬，是年輕的達雅克姑娘。」

「媽咪媽咪。」

「你，小澳西，是老白人的精子和婆羅洲少女的卵子結合，所形成的怪胎。」

「咯咯咯咯——嗚嗚——爹地媽咪！」

「所以，你這個小貝比才會長得這麼肥壯、大隻，一出生就有十磅重，從子宮爬出來時，差點把你媽媽撐死掉！」

「媽媽咪呀！」

「小澳西是個孽種、小魔頭。」

「咯咯咯，安娣拜拜。」

這個剛誕生、身上兀自沾著斑斑血跡的嬰兒，躺在我朱鴒的懷抱中，邊同我對話，邊揮舞雙拳蹬動兩腳，搖頭晃腦咯咯直笑，一副樂不可支的模樣。果然是個孽障！我恨恨地伸出兩根指頭，掐住他的腮幫用力一擰。不料這小傢伙非但不哭，反而咧開嘴巴笑得更厲害了。兩片光禿禿的牙齦，暴露在陽光下，紅涎涎地閃亮著一嘴乳汁。我感到一陣噁心，連忙摔開臉去，不再理睬小澳西，只顧加快步伐埋頭趕路。現在，我只想盡早完成任務，把嬰兒送達修道院，讓聖潔仁慈的桑塔馬利亞修女們為這個怪胎操心吧。

走著走著，驀地感到一陣反胃，肚子裡翻翻騰騰，差點把今天吃的早餐全都嘔吐出來。在一股莫名的、強大的嫌惡感驅使之下，我咬著牙把心一橫，便將嬰兒放置在路旁一個石墩上，自己轉身就走人。但走不上五十步路，心中便踟躕起來：我親口許諾蒲拉蓬，把她的孩子平安送到修女手中，如今在半路上將他拋棄，我回去如何向他的母親交代呢？朱鴒豈不成了言而無信、卑鄙無恥的小人麼？這正是我平日最瞧不起的那種人。小澳西，縱使是孽種，但小說和戲文中不是常出現一句台詞「稚子何罪」嗎？況且，我答應過我的好姐妹蒲拉蓬，擔任她兒子的教母。這小魔頭可是我朱鴒的「教子」啊。「前世種下的孽緣，今生終須償報。」這是我敬愛的母親朱陳月鸞女士，平日對我們朱家三姐妹的諄諄教誨。這一想，心中的死結登時豁然開解。於是我煞住腳步，回轉身子，朝向小澳西直直走過去，二話不說便一把將他抱進懷中，別開臉，刻意迴避他那雙冰藍藍、充滿揶揄和嘲謔、只管笑盈盈斜睨著我的眼眸，加快步伐，自顧自繼續趕路。

可是卻不知怎的，兩腳不停邁呀邁，心中那份嫌惡感始終驅趕不走，反而越發強烈了。在路上行走了一程，約莫半公里吧，終於到了無法忍受、必須斷然處置的地步。這回，我把牙齒狠狠一咬，下定決心把小澳西留下，放在路旁一個顯目的地點。如此一來，日落時下田回家、路過這裡的達雅克農夫，看到棄嬰，便會將他撿起，送到修道院或帶回長屋去收養。而我呢，大可以安心地、坦蕩蕩地帶著我的狗上路，趕在天黑前回到河畔，照料那剛生產完、這會兒孤單躺在荒郊野外，望眼欲穿，盼望我的身影出現在山坡上的產婦，蒲拉蓬。

這樣的安排，我自認兩全其美，體恤得不能再體恤了，於是乎便心安理得地（不！洋洋得意地）立馬付諸實施。首先，我把孩子從懷中舉起來，整整他身上裹著的紗籠，重新包紮緊實，接著我嘟起嘴巴，忍著滿心的嫌惡，把嘴唇伸到他那濕漉漉披著一綹金髮的額頭中央，啄的一聲，重重地親吻一下，然後將他的身子放落下來，擱在路旁一塊高高隆起的大青石頂端。安頓停當，我才轉身邁出腳步，撮唇發出一聲嘹喨的唿哨，召喚小烏跟我一起走。

邊走，邊甩晃肩上的髮梢，迎著向晚習習吹起的河風，豎起耳朵，傾聽滿林子歸鳥的喊喳聲。一時間我只覺得意氣洋洋，心情大好，舉頭望著彩霞初現的天空，琅琅地，唱起我們台北小學生最愛唱的那首童謠：

妹妹背著洋娃娃
走進花園去看花
娃娃哭著叫媽媽
樹上鳥兒笑哈哈
笑哈哈……

唱完五遍，回頭得意地對小烏說：「我唱得不賴吧？你的舊主人李老師在台灣，最愛聽我唱這首歌了。每次我都一遍又一遍反覆不停唱著，直讓他聽得心酸酸，淚汪汪，想起他那個流落在南洋的小妹子李翠堤。小烏，你肯定還記得這個成天笑瞇瞇，甩著兩根小花辮，徜徉在古晉大巴剎中，好奇地東張西望的唐人小姑娘吧？李老師說，她就像七歲時成天背著書包遊逛在台北街頭的我，朱鴒……咦？小烏你在哪裡？你沒跟上來嗎？我還以為你這只忠心耿耿的狗兒，一直追隨在我身後呢。」

一扭頭，我朝向我剛才離開的地方望過去，整個人登時呆住啦，簡直不敢相信自己的眼睛。我轉過身子，跂起腳站在路中央，使勁揉揉眼皮。看哪！一只黑狗支著兩條前腿，挺直起脊梁骨，昂然蹲坐在路旁大青石上，一動不動，守護身邊躺著的那個剛出生、身子包裹在紗籠裡、滿頭滿臉血跡斑斑的嬰兒。

小烏那兩只眼睛，太陽下一眨不眨，隔著百米距離，在路的另一頭只管靜靜望著我。

「喂，你跟上來呀！」我扯起嗓門邊招手邊厲聲呼叫：「你不走，要待在這兒陪伴小澳西是不是？那我就自己走囉！」小烏依舊睜著眼睛瞅住我，乍看就像一只石雕的、被達雅克人供奉在路旁的狗神。我摔開臉，自管邁出雙腳大步往前走。一路走一路忍不住回頭眺望。直走到五百米外，完全看不見他們哥倆的身影了，小烏還是沒有跟隨上來。看來這只倔強的婆羅洲老土狗，準是吃了秤鉈鐵了心，打算跟我耗到底！僵局總得打破。各位知道嗎？這是我朱鴒生平第一次認輸。我越往前走，腳底越蘑菇，最後索性煞住雙腳，一轉身便朝向來時路，像個龜孫子般乖乖走回去，停在那座石墩下，伸出雙手一把抱起小澳西。萬般無奈，我長長嘆了口氣，邁步朝向那幢矗立在小路盡頭山崗上，彩雲下方，屋頂嫋嫋升起一條炊煙的女子修道院，繼續前進。

小烏跳下石墩，蹦蹬蹦蹬追隨上來。

我們仨，又結成一夥趕路。一路默默無語，各想各的心事。誰知才安生沒多久，身上不知哪根筋不對勁，小澳西又開始作怪了！他躺在我懷中不住扭動兩只小屁股，臉上帶著詭祕的笑容，顯然又在琢磨怎樣使壞。果然，才過三分鐘呢，我便感受到肚皮上熱烘烘濕淋淋一片。我登時呆住啦。愣了半晌，將手掌探進小澳西身上包紮的紗籠裡，一摸，媽呀，摸到了一灘新鮮的尿水。

這孩子生平的第一泡尿，就這樣大剌剌地撒在我這個教母身上！

更可恨的是，撒完了五百西西的一泡尿，志得意滿之餘，小魔頭竟還向我示威。他睨著我，兩粒碧藍眼珠骨睩骨睩不停轉動，嘴裡發出咯、咯、咯的笑聲，臉上露出一種藐視和不屑的表情。這回我按捺不住了。二話不說，我雙手握住小澳西的腰部，將他的身體高高舉起來，砰的一聲就往地上摜去，隨即蹲下來一把扯開他身上的紗籠，準備幫他清理屁股上的尿。小澳西，挺著他那金毛茸茸的身子，仰躺在太陽下，當著我的面，直直翹起他那根鮮紅色小肉棍，不住搖晃著，彷彿在向姑奶奶我獻寶哩。我心中那股無名火，當場又上來啦。這個小傢伙這次死定了！磔磔一咬牙，我伸出兩條胳臂，張開手爪，不聲不響就往嬰兒的脖子掐過去……

猛回頭，我看見小烏挺著背梁蹲坐在路旁，靜靜望著我。兩只黑亮黑亮的眼眸子，刀似的，冷冷地一眨不眨地，鎖定我的每一個動作。他的眼神中，閃爍著一種深沉的悲傷和憐憫，還有一股強烈的、令人不寒而慄的鄙夷。

在婆羅洲內陸一條荒涼的、四處無人蹤的小徑上，我正準備下手，謀害一個生命之際，千鈞一髮之間看到了這樣的眼光。我的兩只手臂當場僵住了，停在半空中。只聽得腦子裡轟然一聲響，彷彿醍醐灌頂般，我登時醒過來，心中變得一片清明。我小心翼翼蹲下身去，把孩子身上的尿清理乾淨，重新將他的紗籠包紮好，然後舉起他那十磅重的胖大身體，抱進懷中，回頭招呼小烏上路，一起趕往桑塔馬利亞山崗。

此去，一路平安無事。

抵達目的地時，黃昏已經降臨了。小小的修道院杳無人聲。一道白色鐵蒺藜水泥高牆，圍繞住一個四方形院落，正面牆上中間設一扇門。一株高大石榴樹，渾身掛滿成熟的果實，火紅火紅一簇簇從牆內直探伸出來。

我上前拉兩下門鈴。無回應。我用力敲門板。不見有人出來應門。我扯起嗓門大聲喊叫。庭院傳來空洞回音。我手腳並用爬上牆頭，伸出脖子朝內張望，只見滿院子花木蔥蘢，聖馬利亞穿得一身雪白，披著一肩黑髮，抱著聖嬰耶穌，靜靜佇立在中央玫瑰花壇上。她正抬起兩只眼皮來，笑吟吟，睨著我這個闖空門的野丫頭哩。後院一排白屋紅瓦上，熱騰騰升起一條淡藍色炊煙。

「修道院有人住！」我從牆頭跳下來，對蹲在門口看護嬰兒的小烏說：「修女們可能有事，臨時出門去了。飯都已經煮到一半呢！過一會兒準回來。太陽快要下山。蒲拉蓬獨個兒待在河畔等我們回去。約定的兩個鐘頭，早就超過了。她心裡肯定很焦急。咱倆先回去吧！把孩子留在修道院門口，修女們回來看到，便會撿起來。」

小烏豎起耳朵聆聽我的說明和建議，這回倒沒反對，只點了點頭。

我蹲下身，掏出手帕，抹掉小澳西臉頰上殘留的血跡，隨手將他身上那件尿濕的紗籠解開，拎在手裡，抖幾下，重新把他的身體包紮好，然後小心翼翼把他放置在修道院門口正中央地面上。安頓停當，我就霍地站起身來，準備招呼小烏走人。猛抬頭一望，看見圍牆上石榴叢中，紅豔豔地吊掛著滿樹的果實，沉甸甸直垂到我頭頂上來。我心中大喜：蒲拉蓬和我兩個人一整日都沒進食，早就餓扁了，這一樹熟透的、肉飽汁多又甜又酸的婆羅洲石榴果，不啻是我們的天糧「嗎哪」。如同聖經中那群流落曠野上的以色列人，我懷著感恩、虔誠的心，接受上帝賜與的食物。我舉起兩只手臂，任意採收頭頂上的果實，裝滿兩個裙袋，再摘下十顆最大最熟的石榴一古腦抱在懷中，轉身準備開跑。

看哪！小澳西睜著一雙藍眼珠，正盯著我直瞧呢。獨個兒他仰天躺在修道院門口，高高舉起兩只手臂，這副姿態，彷彿在等我走過去把他抱進懷中，然後就像先前那樣，母子倆（我朱鴒可是小澳西的「教母」喔！）帶著一只狗上路，繼續快快樂樂地旅行。妳們瞧這會兒，他那白嫩嫩紅噗噗、好似聖誕天使般可愛的圓臉蛋上，天真地顯露出期盼的神色，正等待我張開雙臂抱他呢。我一看，整顆心如同冰山遇到春陽，登時融化啦。這個孩子，壓根就不是什麼小孽障和小魔頭。無論生父是誰，白魔法師澳西也好，黑巫師伊姆伊旦也罷，他只是個剛出生的娃娃，和天下所有嬰兒一樣可憐無助。我，一向以俠義自許的朱鴒，怎麼可以棄他不顧呢？剛才在路上，我三次不認他。第四次不認，就要遭受上帝最嚴厲的懲罰了。

心中這麼一想，我背脊上登時冒出一片冷汗。我拔起雙腳，正要衝上前，把小澳西從地上抱起來，摟進懷中，但是就在這節骨眼上，小烏卻伸出嘴巴咬住我的裙襬，死命將我拖住。我嘆口氣，咬著牙把心腸一橫，猛轉身，跟隨我那只忠心耿耿的狗兒，踩著修道院門口那道青苔斑斑的石梯，蹬蹬蹬蹬，一口氣跑下桑塔馬利亞山崗，頭也不回，直投向樹林中那條小徑上來。

身後響起娃娃的啼哭聲。我舉起雙手摀住兩只耳朵，跟隨在小烏身後，只顧沒命地往前奔跑。

晚風陣陣，照面吹拂。

車輪般大的婆羅洲太陽，一如往常，從日出到日落，從峇都帝坂山到爪哇海，沿著一千公里長的卡布雅斯河巡行了一周，這時變成一顆燃燒的巨球，紅冬冬，吊掛在大河口的海平線上。

挺漫長、辛勞，血淚交融的一天哪！

完成蒲拉蓬交託的任務，將她的兒子平安送到庇護所，我卸下肩上重擔，雙腳變得格外輕盈，在回程的路上走著走著，一時童心大起，就跟小烏玩起賽跑遊戲來。我們倆，一個台灣女孩和一只婆羅洲土狗，迎著大河的風，頂著滿天的彩雲，追逐著一群群撲打著翅膀、從我們頭上聒噪掠過的歸鴉，時而並肩時而一前一後，穿梭林中小徑上，朝向河畔山坡蒲拉蓬躺著的地方，不停奔跑。

回頭一望。夕陽射出的一簇萬丈光芒中，我真真切切看見，聖母馬利亞穿著一襲染血的白袍，懷裡抱著赤裸的嬰兒，佇立在山崗頂端，女子修道院屋頂上，滿臉笑咪咪正瞅著我呢。

明天，將會是我的婆羅洲之旅中，最美好、最值得期待的一天。

待會回到河畔，頭一件事，我得讓產後身體虛弱、迄今還未進食的蒲拉蓬，享用一頓豐足的、別致的石榴大餐。接著我會設法從河中汲上一些水，幫她清理身體，換一條乾淨的紗籠。然後一起就寢。兩個女孩肩並肩，身子挨著身子，仰起臉龐朝天躺在卡布雅斯河——我們的「月河」、母親河——河畔月光普照的山坡上，夜裡開放得一片血紅的朱槿花叢中，邊眺望赤道浩瀚的銀河，邊互相訴說心事。這幅情景就像一年前初抵婆羅洲時，我和伊曼——那個眼睛半瞎，流落荒野，穿著破紗籠抱著芭比娃娃，蹲在大河畔哭泣的伊班少女——在魯馬加央木瓜園中，高腳屋裡，面對窗口一枚形狀像梳子的半圓月，共同度過我的第一個叢林夜晚。噯，就像後來，我在大河上撐舟漂流那段日子，和萍水相逢、結成好友的馬當族女中學生娣娣．龍木，在漫長航程中，一個接一個打尖的驛站和投宿的高腳屋，望著月亮數著星星，共同度過無數個美好、恐怖的叢林夜……

我邊奔跑，邊沉陷入一個又一個刻骨銘心的回憶中，整顆心都癡了。

明天，得一早起來尋找舢舨，渡河到對岸長屋，請屋長派船載送達雅克族小公主蒲拉蓬．安達海，回到大河中游的部落。我和小烏陪伴她回家。等她坐完月子，調養好身體，咱仨再結伴前往大河上游聖山下，新阿爾卡迪亞村，峇爸新建的「第七天國」，探訪留在那兒的翡翠谷姐妹們……

多圓滿的安排呀！感謝萬能的、慈悲的天上之父耶和華／辛格朗．布龍的庇佑。懷著欣喜、感恩的心，我邊在心中編織一幅美麗幸福的願景，邊咬著牙齒，擠出全身最後一股力氣，加快步伐跑到路途終點。氣喘吁吁，我爬上樹林盡頭的那座土堤，佇立堤頂，舉起一只手遮住扎眼的落日，伸出脖子朝向卡布雅斯河岸望去。果然看見蒲拉蓬！

河邊半山坡，朱槿花叢中，一張用上萬片鮮紅花瓣鋪成的產床上，一個十四歲、剛生產完的達雅克族姑娘，穿著襤褸的花紗籠，半裸著身子，張開四肢仰起臉龐朝天躺著。臉色蒼白，面帶笑容，神態顯得十分恬靜安詳。乍看整個人彷彿陷入甜美夢鄉中。落日照射下只見她額頭上，眉心間，滴血般烙著一個紅印記。這顆朱砂痣，在漫長的流浪路途上，飽受風吹日曬雨打，顏色早已變成赤黑，像一粒乾枯的紅豆，但這會兒，在大河畔曠野中，它映照著赤道線上輝煌的夕陽，卻發出一簇燦爛無比的光芒，令人目眩。

「蒲拉蓬果然有信用！乖乖躺著等我回來。」我心中大喜，拔腳直奔下山坡，在距離蒲拉蓬兩米的地方煞住步伐，凝眼一看。這個小媽媽睡得可沉熟呢！妳們看她，闔起兩只眼皮，雙手交叉握著平放在她那生下孩子後、變得乾扁的肚腹上，整個人一動不動，直條條地躺在花床中，好像沒有察覺我回來了。我躡手躡腳走上前，在她身旁蹲下，伸出嘴唇湊到她耳畔悄聲呼喚：「蒲拉蓬，起床囉！朱鴒把孩子平平安安送到修道院，現在如約回來啦。」

沒回應。

「蒲拉蓬，妳太累了！還在睡覺對不對？」

依舊沒有回應。

「妳是在跟我鬧著玩，對不對？」

咦？怎麼還是沒反應呢？

「拜託，我的好朋友和好姐妹，妳別嚇唬我好不好？」我快要哭出聲來了。「蒲拉蓬，妳醒醒！朱鴒心裡害怕呀。」

小烏趴下身子匍匐上前，在蒲拉蓬臉頰旁跪下來，伸出舌頭舔她的腮幫，接著聳起鼻尖，嗅了嗅她的身體，隨即昂起脖子扯起嗓門，鬼吹螺似地嗚呦——嗚呦——朝向天空嚎叫出長長兩聲來。

剎那，雪亮亮一道電光劃過我心頭。我心裡登時明白：蒲拉蓬死了。

雙膝陡然一軟，我就在蒲拉蓬遺體旁坐了下來，整個身子好像癱掉了似的。

我沒哭。我沒流淚。我沒張開喉嚨呼天搶地。我只是抱著滿懷鮮紅的石榴果，盤起雙足，打禪入定般，靜靜地一動不動地坐著——直坐到太陽下山了，河對岸長屋的最後一條炊煙消失——直坐到天上最後一群歸鴉，「刷」的一聲發出最後一陣啼叫，急匆匆掠過河面，隱沒在天際一抹血霞下——直坐到月娘現身，笑盈盈從峇都帝坂山背後探出臉龐來，溫柔的月光，盪漾滿滿一整條婆羅洲大河（啊，月河，母親河）——直坐到那群打從晌午時分，便出現在河畔天空，靜悄悄黑魆魆的一族，只管盤旋在我們頭頂上的婆羅門鳶，這時，紛紛降落到地面，形成一個大包圍圈，圓睜著成百雙赤紅眼珠，環繞住蒲拉蓬的屍身，蓄勢待發（但是我並不害怕，因為蒲拉蓬說牠們是神鳥，布龍大神派來保護產婦的使者）——直坐到連小烏也感到睏倦了，死命撐住身子，蹲坐在我和蒲拉蓬身旁，一下又一下，不住點著頭打起盹來——直坐到月亮升到中天上，夜深了，我自己也累了睏了，再也撐不住了，不知不覺就闔起眼睛垂下頭來。

身子一歪，我抱著十顆沾滿露水的石榴，在蒲拉蓬身旁倒下來，不一會便呼呼睡著啦。

兩個旅途中相遇的女孩，前世的姐妹、今生的好朋友，這一晚並排躺在月河畔，半山坡，一張大紅花床上，在月娘照看下甜甜地一覺睡到大天光。

張眼一瞧，旭日照射下，我看見小烏兀自蹲坐在地上，直挺挺地撐著他的脊梁骨，昂著頭，睜著兩只滿布血絲的眼睛，守護在我們姐兒倆腳跟前。那一窩體型碩大、神態威猛的食屍鳥婆羅門鳶，天亮了，依舊棲停在周遭的樹梢頭，目光炯炯，徹夜為死於難產的達雅克小公主守靈。

醒來後，不梳洗也不進食，我拔出腰上掛著的馬來克利斯短劍，緊抿著嘴唇，默默地就在河畔山坡上向陽的所在，蒲拉蓬往生的地點，開始挖掘墓坑。小烏在旁靜靜觀看一會，悄悄踅過來，伸出兩只前爪幫助我刨土。花了兩個鐘頭的工夫，我們合力挖出一個二米乘零點七米、深一米五的坑洞。接下來就得為往生者梳妝。首先我拿出我的手帕，把蒲拉蓬那張飽歷風霜、沾滿塵土的臉龐，細細擦拭三遍，讓她眉心上那顆朱砂痣，恢復它往日明豔照人的光彩。接著，我從裙袋中掏出我從台北帶來的小紅梳，幫她梳理頭髮，將她後腦勺上那一把兩呎長、在流浪過程中，被河上大太陽曬成焦黃色的黑髮絲，用娣娣·龍木留給我的那瓶橄欖油，悉心調理一番。然後，我脫下她身上裹著的破紗籠，一把扔到花叢中，隨即在小烏協助下，把她那剛生產完、變得如同少女一般纖瘦的身子，連同她左臂那枚半完成、只有兩片花瓣的班葛·拉雅刺青，一古腦搬進墓穴中。我和小烏合力，把產床上鋪著的幾千片大紅花瓣，全都掃入墳裡，蓋滿蒲拉蓬一身子。

最後，填土。

不一會，一座漂亮的墳墓就出現在大河畔。

我和小烏並排站在山坡，端詳新墳。靈機一動，我從花叢中移來七株一呎高的朱槿幼苗，栽植在墓塚上。明年夏天，這簇婆羅洲神花就會開放了。以後每個月夜，它將搖曳著滿樹碩大的血紅色的花，守望著卡布雅斯河——我們翡翠谷七姐妹共同擁有的母親河，月河……

安葬好蒲拉蓬，太陽已經升到大河上空。那黑鴉鴉一群聚集在周遭樹梢、通宵守靈的神鳥，不知什麼時候全都悄悄飛走了。

我，朱鴒，來自台北的女學生，遵照中國古禮，撮土為香，用手指頭從河畔土地上挖出一團黃泥巴，搓成一個丸子，兩手捧著，面對蒲拉蓬的墳塚屈起雙膝跪下來，以土代香，頂禮拜三拜，然後整個人趴伏在地上，誠誠敬敬磕下頭去。就這樣，我用最莊重的禮儀和最哀戚的心情，祭祀我這位花信年華、就已往生的婆羅洲姐妹，同時向她的魂魄辭行，準備踏上征途。

臨別，我拔出克利斯劍，高舉向天空。（記得嗎？吉姆王爺在沙勞越餽贈我的這把蛇形、長一呎、當年汶萊蘇丹所賜，特准它的主人刺殺一百名叛徒的斬妖劍，迄今已經殺了九十九名奸賊。）我弓下腰，對著中天那顆白炯炯、巨人眼睛般的太陽，張開喉嚨大聲祝禱：「願蒲拉蓬聖潔的靈魂依附在這把劍上，助我朱鴒一臂之力，誅滅婆羅洲最後的最大的一名叛徒——冒充聖者孔帝基，惡貫滿盈的白魔法師『峇爸』澳西先生！」

許完願，我還劍入鞘，小心翼翼將它繫回腰間，隨即拿起我的緹花旅行袋，斜掛在肩膀，然後撮住嘴唇發出一聲嘹喨的唿哨，召喚我的狗——不！我最忠誠的朋友，和最值得信賴的旅伴與嚮導——小烏，一起上路。我們倆告別蒲拉蓬，萬般不捨地轉身走下晨早時分陽光普照、一簇簇朱槿花開得燦爛如血的山坡，投向河畔小徑，直直朝上游進發。

第三十四話　重逢

蒲拉蓬死後，我帶著小鳥，繼續在卡布雅斯河上游地區流浪。一身奇特的打扮和怪異的裝備——身穿黃卡其長袖上衣，搭配一條黑布裙，右腰插一柄馬來短劍，左腰掛一只「薩烏達麗．珍瑙」人頭雙面手鼓，脖子上頂著一蓬野草般四下怒張的黃髮絲（自從來到南洋，我的頭髮抽長得挺快！在赤道太陽曝曬下，髮色也變成焦黃了），腳上趿著一雙開口的、沾滿黃泥巴的白球鞋——驀然出現在婆羅洲內陸心臟地帶，所到之處，每每吸引土著們的目光，成為大河流域一幅新奇的風景。

各位尊貴的、排排端坐舞台下、在這炎炎夏日的午後，忍著瞌睡蟲的侵擾，聽我這個小女生演講的台北仕女！請打起精神，睜開妳們那割過雙眼皮、搽著資生堂眼影、戴著雅聞假睫毛的眼睛，仔細看看我，剛從婆羅洲旅遊回來的台灣女孩，這會兒站立在中山堂講壇上，身上所穿的行頭。

記得嗎？這身服裝，就是一年前我出發時，站在這裡向各位告別，當時身上穿的台北小學女生秋季制服：黃卡其長袖襯衫、黑布短裙和白帆布鞋。如今整整一年後，我還是穿著這套衣服，帶著兩件極特別、全世界只有我朱鴒有緣獲得的婆羅洲紀念品——克利斯劍和人頭鼓——平安回來了。一踏上家鄉的土地，我就履行當初的諾言，回到這座莊嚴的舞台，在孫中山先生遺像和遺囑前，向大家報告此行所見所聞。

那段在大河上游四處流浪的日子，我，尋尋覓覓，路過一座又一座隱藏在密林深處，與世隔絕的長屋、甘榜和部落。婆羅洲內陸的居民——不分男女渾身刺青的加央人、慓悍的馬當族獵人和我最害怕遇到的、半開化的食人族優奇人——青天白日下，時不時會撞見一個穿著一身奇異服裝，黃皮膚丹鳳眼，身高一米五，年紀約莫十二三歲的少女，獨自帶著一只目光炯炯、渾身黑毛烏亮烏亮的雄狗，好像森林小女妖般，驚鴻一瞥，驀地裡出現在大河畔的小徑上。這個來歷不明、舉止古怪的唐人姑娘，路上遇到土著，便會一把拉住他，操著蹩腳的馬來語，夾雜著生硬的伊班和達雅克詞彙，詢問前往「新阿爾卡迪亞」的路徑和一縱隊「紅痣女孩」的行蹤。她最關心、最急於打聽的是一個眼睛半瞎、穿著粉紅破紗籠，披著枯焦黑髮絲，打赤腳獨個兒行行復行行，在烈日下曠野中趕路的伊班女孩「伊曼」的下落。這個支那妹脾氣極暴躁，若是得不到她需要的訊息，便會當場發飆，連野蠻的優奇人看見她，都好像遇到小魔頭似的，遠遠躲起來。

不多久在大河流域，我就獲得了一個新綽號：姑寧．妲央——黃魔女。

我非常喜歡這個既響亮又別致的名稱，因為它符合我朱鴒（李老師口中的「野丫頭」！）的個性和形象，並且讓我聯想到我從小崇拜、奉為楷模的女俠，練霓裳。妳們知道嗎？她就是梁羽生大師筆下那個恩怨分明、敢愛敢恨的「白髮魔女」。

說來還真有點荒謬呢。我，一個普普通通，機緣湊巧，前來南洋旅遊的台灣女學生，不經意間，竟成了婆羅洲長遠豐富的神話歷史中，一個最新崛起的傳奇人物。

黃魔女姑寧·妲央的事蹟，經由土著們半根據事實、半憑藉傳聞的編造和彙整，再加上伊班人特有的天馬行空的想像力，逐漸成形，演變成一系列故事，開始在大河上游長屋居民口中，不斷流傳和講述。其中最經典，同時也是我個人覺得最荒誕、最匪夷所思、但卻也最有意思的版本是：

古早古早時代，曾經有一位白人聖者「孔帝基」，打赤腳踏著波浪，渡過三大洋七大海，造訪婆羅洲，停留四十年，做出無數偉大的事業和功德，造福長屋百姓。離開之日，他老人家對扶老攜幼聚集海邊、依依不捨目送他踏浪而去的百姓，鄭重許下諾言：有朝一日，他必會渡海而來，重返這座伊甸園般美麗的赤道島嶼，探視他念念不忘的、善良純真的南海子民。幾十個漫長的世紀啊，在百姓的空等待中過去了。如今，孔帝基終於履約，即將重返婆羅洲。起駕之前，他先派遣他座前的丫鬟姑寧·妲央，前來開道，替他掃除一切擋路的妖魔鬼怪。根據可靠的信息，登陸婆羅洲還不到一年的黃魔女，就在大河中游立下威信，使用孔帝基賜予她的兩件法寶——克利斯斬妖劍和薩烏達麗·珍瑠姐妹人頭鼓——誅殺了叢林神魔峇里沙冷的首席巫師，「黑魔法師」伊姆伊旦。現下，她正乘勝朝向大河上游進發，追殺那位外路的、來自遙遠西土，法力更加詭譎強大的「白魔法師」澳西先生。最近這段日子，時不時，鄉親們會在大河畔小徑上，遇見這位黃皮膚丹鳳眼小魔女。一旦碰面，大家務必對她保持恭謹，誠實回答她的所有問題，因為這位年齡十二三，身穿黃衣黑裙，頂著一頭黃髮絲，帶著一只黑公狗的女孩，是偉大的聖者孔帝基的私人代表，是他老人家派出的開路先鋒……

「白神孔帝基」的傳說，從我抵達婆羅洲那天開始，旅程中一路上便不時聽本地人提起。這個名字如同古老神祕的符咒，不斷迴響在伊曼、龍木家姐妹、阿美霞和翡翠谷七十二名少女的口中。我做夢也不曾料到，我這個來自台灣的女孩，竟會加入這則起源自南美洲，渡過太平洋，傳入婆羅洲，在長屋間流傳千百年，至今十二族仍深信不疑的神話。更神奇的是，在最新的、正在形成和發展的版本中，我朱鴒還擔任第一女主角喔。

新的孔帝基故事，在溯河而上前往新阿爾卡迪亞的路途中，我偶然聽到了一些。身為當事人，雖然覺得有點不好意思，但說實話，心裡卻也不免感到挺得意和光榮。各位在座的女士，將來妳們前往婆羅洲旅遊，說不定會在內陸的長屋中，大堂上，一盞雪白的汽燈下，聆聽長老用說書的方式和念咒的聲調，向來自台灣的貴客們講述「黃魔女事蹟」呢。

婆羅洲的新神話，就這樣誕生囉。

這是後話，擱下不提。

日復一日風餐露宿，我帶著我的狗流浪在大河上游地區，四處打聽峇爸的行蹤，尋找翡翠谷姐妹們的落腳處。越往源頭行走，河流越是荒涼空寂。有時一整天河面上看不到一艘伊班長舟，甚至連一只舢舨也沒見到，更甭提百噸級機動船舶。記憶中就只那麼一次，我看見一艘八百噸鐵殼船，噴吐著蓬蓬黑煙，嗚——嗚——發出長長的劃破寂靜河面的汽笛聲，順流而下，朝向大河口行駛。仔細看原來是「摩多祥順號」。看來，它已經完成運送往生客回鄉的任務，從終點站返航。這下我就可以確定，敬愛的莎拉大娘一家人，和船上其他乘客，包括殉難的自由婆羅洲聖戰士納爾遜・畢嗨的英靈，都已經順利抵達大河源頭，聖山腳五大湖區，平平安安回到了各自的家園。這一刻，我心中的那份欣慰和感激，真是難以形容。

我佇立在河岸，舉起一只手臂，朝向「摩多祥順號」艦橋上駕駛艙中的三條人影——客家船長、馬來大副、山東老鄉舵手——使勁揮舞十多下，祝他們一路順風返回大河口。可說不定什麼時候，也許再過兩個星期吧，我準會再遇到這艘影影綽綽的鐵殼船，悠悠地鳴著汽笛，再度溯河而上，運載另一批客死異地、不願再四處漂泊的伊班人和達雅克人，扶老攜幼，帶著全部家當回歸故鄉。

願伊班大神辛格朗．布龍保佑他們！

又扯遠了，回到我的故事上吧。就在這段流浪的日子，我——土著們口中的「黃魔女」，穿著一身奇異的行頭，帶著一只神祕的黑狗，每天日出啟程，日落投宿，日復一日不停朝向新阿爾卡迪亞行進。路途中鍥而不捨打聽的結果，皇天不負苦心人，終於讓我得知翡翠谷姐妹的下落。

在魯馬．安東小驛站，一位販賣紗籠、朱砂和橄欖油的印度行腳商人庫瑪，神祕兮兮告訴我：在巴望達哈湖北岸，大群白鷺鷥棲息的濕地中，一天夜晚，月亮初升的時刻，他親眼看見兩個原住民少女，不知打哪冒出來，出現在堤岸上，踏著月光並肩漫步徜徉。他還以為自己氣衰，遇見了近日馬當族獵人們口耳相傳的那雙手牽手、肩並肩，每逢月明之夜，現身在大河畔曠野上，只管來回逡巡的無頭姐妹。庫瑪躲藏在堤腳，仰臉窺望。那兩個少女有頭有臉，容貌十分秀麗，好像一對孿生姐妹。兩人都穿著小紗籠，披著一頭及腰的長髮，年紀約莫十二三。其中一個女孩皮膚忒白膩，圓圓的臉蛋上，眉心正中央，挺顯目地綴著一粒殷紅的朱砂痣，月光下閃閃發亮。另一個女孩膚色黝黑，瘦削的瓜子臉十分素淨，沒有任何裝飾，神情顯得非常憔悴。仔細一看，這對少女絕不是傳聞中的薩烏達麗・漢都——月夜出沒叢林中的無頭幽靈姐妹。印度行腳商人這才放下心，正要從堤腳現身，和堤上的姐妹倆搭訕。她們察覺有人，慌忙轉身，手拉手就拔腳躥入堤岸邊蘆葦蕩中，劈劈啪啪，驚動起滿滿一湖白雪雪的鷺鷥。

庫瑪這份情報，對我來說可十分珍貴。

全婆羅洲只有翡翠谷的女子——峇爸後宮中的嬪妃們——才有資格，在額頭上烙一顆鮮明的、紅豆般大的朱砂，代表初夜流的那一滴血，彰顯她們從少女晉升為婦人的身分和地位。

當下，我決定立刻動身趕往巴望達哈。這個名頭響亮的湖泊，我聽聞已久，早已耳熟能詳了。它便是婆羅洲原住民傳說中，坐落在大河源頭，聖山之麓，達雅克原鄉，專門收留客死異地的往生者，讓他們的靈魂永遠安息的五個大湖之一。巴望達哈（達雅克語中，意思是血水之湖）聚居著來自婆羅洲各地，因難產而死，被當成極不祥之人，靈魂被逐出夫家的長屋，孤伶伶飄蕩在外鄉，無所依歸的成千上萬年輕婦女。

在小烏嚮導下，我沿著卡布雅斯河上游的支流，宋玹・峇都河，一路朝東北方向行走。早晨天一亮就出發，不斷趕路，只花十個小時，便在黃昏時分抵達巴望達哈湖北岸。

一輪落日掛在西方地平線上。火焰般燦爛的一簇霞光，穿透過層層熱帶雨林，一路溯流而上，抵達大河源頭，霎時間，將巴望達哈湖那碧波千頃、成群鷺鷥飛翔出沒的湖面，染得紅彤彤。驀一看還真像一座血湖哩。

我登上湖堤。

一抬眼，看見伊曼迎面走過來。

跟一年前在魯馬加央長屋分手時一樣，伊曼——我白天思念、夜裡常常夢見，總是讓我從不祥的夢境中哭醒的伊班少女——如今，依舊裸露著瘦骨嶙嶙的肩膀，穿著一條襤褸的小紅紗籠，飄飄飆飆，拖著一把被毒日頭曬焦的長髮絲，打赤腳，行走在長長的湖堤上。乍然看見我，她煞住步伐。兩人隔著十米的距離，站在滿天火紅的彩雲下面面相覷。伊曼睜著她那兩只半盲的、空空茫茫的眼睛，瞅住我的身子，只管靜靜地打量著，好半天不敢上前相認。「伊曼，我是朱鴒。這一年我在大河兩岸找妳，找得好苦好苦哇！」我邊呼喚邊拔腳衝上前。眼瞳一燦亮，伊曼終於看清楚我的臉龐，認出了我——當初日正當中時分，她抱著芭比娃娃，蹲在大河畔曠野中哀哀哭泣時，萍水相逢，陪伴她、安慰她，和她結成姐妹的那個台灣女生。「朱鴒，我也找得妳好苦！」她彷彿不敢相信自己的眼睛，猛一甩腦瓜子，伸手用力揉揉兩只眼皮，把眼睛湊到我臉上再仔細瞧瞧，終於點了點頭：「真的是妳！從台北來的女生。」說著，她咧開兩片乾枯的嘴唇，露出兩排皎潔的小門牙，衝著我笑起來了。她那張風塵斑斑、飽受日曬雨打的古銅色小瓜子臉，喜孜孜羞答答，綻現出兩朵紅霞，夕陽照射下煞是嬌豔好看。可她那雙半瞎的眼睛，卻泛起兩團淚光。

我和伊曼就這樣重逢了。

就在這當口，阿美霞——我沒看錯！就是那個時不時出現在我夢中，美麗如彩霞、生命如朝露的普南族少女——趿著兩只光腳丫，搖盪著腰間一條濕漉漉的花紗籠，蹦蹦跳跳，朝向我們笑嘻嘻跑了過來。一年不見，這小妮子依舊那麼天真爛漫，活潑好動，一副不識人間愁滋味的模樣。挺白皙嬌美的圓臉蛋，眉心正中央，迎向大河口一輪紅日頭，燦亮著一顆渾圓鮮豔的朱砂痣。

「阿美霞妳平安沒事！感謝聖母馬利亞！感謝觀音菩薩！感謝媽祖娘娘！」我大喜，三步併著兩步奔上前，伸出雙手握住她的兩只手腕，邊搖邊睜大眼睛，上上下下將她全身從頭到腳打量三遍：「妳沒變！只是皮膚曬紅了些。妳知道嗎？自從在翡翠谷和妳分手後，我常常做一個夢，在夢中看見妳……可把我嚇死了！以後有工夫再細細跟妳講這個怪異的夢吧。」

久別重逢的姐妹三個人，聚首卡布雅斯河上游，巴望達哈血湖畔，興沖沖，商量如何慶祝這個奇妙、珍貴、肯定會讓她們銘記一輩子的夜晚。

「我有個建議。」雙手猛一拍，阿美霞說出一個好主意來：「朱鴒瞧，湖堤下面蘆葦叢中有一棟小小的高腳屋。那是一間漁寮，本地人管它叫魯馬．布倫翁丹，意思是『鵜鶘屋』。屋裡原本住著一對用鵜鶘捕魚的老夫妻。後來漁夫病死了，漁婆跳湖自殺，他們飼養的八只鵜鶘都一一絕食而死。上個月，我背叛峇爸和蘭雅，從新阿爾卡迪亞後宮逃出來，在血湖畔遇到伊曼時，鵜鶘屋已經荒廢半年了。我們倆便住進去。屋子收拾得十分整潔。有個小廚房，鍋碗瓢盆都齊備。屋後還有個菜園，栽種著各種日常食用的蔬菜瓜果。白天，我們涉水到湖中，用魚網捕魚，夜晚我們並排躺在高腳屋裡，對著窗口的月亮入睡。兩人的日子過得挺愜意。歡迎朱鴒妳加入！我們倆變成了我們仨，多好哇。現在咱們就趕在太陽下山前回到鵜鶘屋。朱鴒先洗個澡，歇會兒。我和伊曼下廚，把今天抓的魚和菜園現摘的蔬菜，放進一個鐵鍋裡，煮成豐富美味的魚羹，當作今晚的主餐。」說著，好像表演魔術似地，阿美霞將她那只一直隱藏在身後的右手，倏地抽出來，在我眼睛前晃幾下，秀一秀她手上拎的三條肥大、一呎長，用樹枝串在一塊，兀自活蹦亂跳，不停搖甩著腮上兩根長鬚的婆羅洲鯰魚。「飯煮好，妳也休息夠了。我們把晚餐搬到湖堤上，三人圍坐月光下，邊用餐邊賞月邊話舊。朱鴒和伊曼，妳們贊不贊成我提出的這個建議？」

「贊成！」

這晚，我們姐兒仨，在滿湖白鷺鷥飛舞環繞下（阿美霞告訴我，根據肯雅族的傳說，這群白色小精靈，是死掉的產婦們化成的美麗魂魄），終於團圓了。我們三人加上一只狗，聚集在月光普照的「血水之湖」畔，盤足坐在堤頂，圍成一個圓圈，邊享用熱騰騰的鯰魚大餐，邊輪流報告各人這一年來的遭遇。

就在這個美好的月夜，伊曼．彭布海——經過一整年徒步旅行，千里跋涉，終於來到大河源頭，在赤道大太陽日日曝曬下，兩只眼睛幾近全瞎的十二歲伊班少女——向阿美霞和我，朱鴒，她在流浪路途上結識的兩位異族姐妹，娓娓地、平靜地，講述這段日子她在大河流域漂泊的過程。

第三十五話　伊曼的自述

那天晚上，月升時分，在我的老家魯馬加央部落的後山，和我初識的朋友，妳，朱鴒，急急匆匆分手後，為了引開尾隨而來的追兵，好讓妳安全逃離險地，我故意在長屋曬穀場周圍，大剌剌繞上幾圈，吸引那群爪哇兵的注意力。

這一招還真管用呢。

看哪，一個沒聲沒息、不知打哪冒出來的女孩，甩著一頭烏黑的長髮絲，飄曳著身上一條小紅紗籠，打赤腳，飛奔在曬穀場上滿地月光中。乍看之下，阿兵哥以為撞見了傳說中的女吸血鬼，龐蒂亞娜克——那個能夠摘下自己的頭顱，讓它拖著一把長髮，飛在空中追蹤仇人，用髮絲將他活活絞死的怨婦。這下大夥全都嚇著啦，一個個端著卡賓槍杵在場子中央，睜著眼睛愣瞪。月亮升到樹梢頭，剎那大放光明。這時大夥才看清我的臉，發現我是個伊班姑娘，挺尋常的長屋少女，當下非常生氣，齊齊發出一聲吶喊，如同一窩餓狼般紛紛撲上前來。我轉身就逃，鑽入長屋後山那片火紅紅盛開的班葛．拉雅花叢中，和阿兵哥玩起捉迷藏遊戲。直到看見妳，朱鴒，抱著我贈送的芭比娃娃，溜出藏身的地點，然後遵照我的指示，沿著河畔小路朝向上游的蘇來曼渡口直奔而去，這時我才放下心來，停下腳步歇一歇，喘口氣。

朱鴒妳知道，我伊曼是天生的視殘，三十碼以外的景物，便看不清，簡直就是半瞎子。所以才一放鬆戒備，冷不防，我就被躡手躡腳迎面走過來的兩個爪哇兵，倏地撲上前，一把逮個正著啦。

抓住我的兵才十八、九歲，黝黑的臉孔塗著迷彩，白森森地咧開兩排大門牙。兩人都出身爪哇農村，性情憨直，並沒怎麼凌虐我，只叫我跟隨在他們身邊，幫他們燒飯洗衣，服侍他們洗澡就寢。我就這樣當上了隨軍的小女奴。我發現，這支渡海遠征婆羅洲的爪哇部隊，每個阿兵哥都擁有專屬的女奴。她們全是從長屋抓來的姑娘。我的小姑姑瑪麗安娜．瑪雅娜．彭布海，也成為一位上尉軍官的女奴兼情婦，沒多久就有了身孕，挺個大肚子出現在軍營中。我們姑姪倆，和一群來自婆羅洲十二族的女孩，一整個旱季，跟隨部隊在叢林中行軍，不停地，轉戰於大河流域各伊班部落和達雅克長屋間，從事掃蕩任務。

我的兩位主人中的一個，名字叫尤素夫的，戰死了。我成為阿迪．馬里克的專屬女奴，後來兼任他的情婦。這個爪哇小夥子對我可體貼呢，每掃蕩一座長屋，必定搜尋一些首飾當作禮物送我。他是我這一生中對我最好的男人。我原本想死心塌地跟他，強過一個人在荒野中流浪討飯。可是啊，朱鴒，我心中念念不忘我們倆在魯馬加央被迫分手時，對著月亮訂下的約：在大河上游的登由．拉鹿小兒國相見。生死約不見不散。我苦苦等待機會脫逃。在慈悲的萬能的天父安排下，時機終於降臨。經過七天的血戰，爪哇遠征軍動用蘇聯火箭炮，攻破婆羅洲內陸最驍勇善戰的民族——加拉畢人——在三江口建立的城寨。這次掃蕩戰果豐碩，除了金銀財寶和上百名處女，還虜獲滿滿一地窖上等、純度五十八巴仙的伊班阿辣革酒。那晚慶功宴上，全體官兵都喝矇啦。

我的主人阿迪·馬里克上等兵，醉醺醺回到營房，倒頭就呼呼入睡。

「耶和華／辛格朗·布龍，請賜與我伊曼力量和勇氣，幫助我實現前往登由·拉鹿的心願！」我邊在心中呼喚天父的聖名，邊抖簌簌伸出手來，拔出阿迪腰上掛著的刺刀，雙手攥住刀柄，將刀尖對準阿迪的心臟，一咬牙，緊緊閉上眼睛，使出全身的力氣刺下去。只聽得噗哧一聲，刀尖登時陷入他的心窩。阿迪還來不及喊叫，就被我一刀殺死了。營房一盞汽燈白燦燦照射下，只見爪哇小夥子阿迪那張年輕、黝黑、森林精靈般淘氣的臉孔，塗著五色迷彩，笑嘻嘻咧開一口白牙，彷彿正在做一個滑稽的夢，夢中忍不住張嘴笑起來似的。

就這樣，我逃出了爪哇軍營。

（敘述到這兒，伊曼第一次停頓下來歇口氣。她縮起肩膀，悄悄打個哆嗦，伸手攏起身上那件襤褸的小紅紗籠，甩甩肩上那把焦黃髮絲，雙臂環抱住膝頭，坐在巴望達哈湖堤上。好久，她只管仰起她那顆風霜滿布的臉蛋，凝起兩只空洞洞、白茫茫的眼睛，一眨也不眨，靜靜眺望「血水之湖」中那片輝煌的彩霞。一時間整個人陷入沉思中。

我盤足坐在她對面，呆呆瞅著她。

一年不見，伊曼長了一歲，出落得越發像個亭亭玉立的伊班小美人。她那張古銅色的小瓜子臉，映著落日霞光，綻出兩朵嬌豔的酒渦，煞是動人。難怪當年她才九歲，在魯馬加央長屋夜宴上，貴賓峇爸澳西先生就看上她，千方百計將她弄到手，那晚兩個人就在木瓜園中高腳屋裡……我不敢再想下去了，把腦袋瓜狠狠一甩，強迫自己從遐想中醒來。

夕陽下的巴望達哈湖上，只見一群群鷺鷥拍打著沾血的雪白翅膀，悄沒聲，盤旋飛翔在波光粼粼、炊煙瀰漫的蘆葦蕩中。黑狗小烏挺起脊梁，支著兩條前腿，像個保鏢般寸步不離坐在伊曼跟前，睜著一雙憂傷、驚訝、可充滿柔情和寬諒的眼睛，不聲不響凝視這位年紀不過十二三，卻早已歷盡滄桑，當過兩個男人的情婦，殺過人，走過千山萬水的伊班少女。過了長長的十分鐘，伊曼出完了神，沉沉嘆息一聲，繼續講述她的故事。）

我的好朋友和好姐妹，朱鴒和阿美霞，妳們兩個聽好：我伊曼．彭布海殺了人了。

沒想到殺死一個人是那麼容易。對準心臟一刀刺下，噗的一聲響，他就死掉，睜開兩只眼睛一眨不眨兀自望著妳的臉，還不曉得發生什麼事哩。

往後八個月，我抱著一顆罪疚的心，被鬼魂追趕似地在卡布雅斯河畔不停行走。我從中游的蘇來曼渡口出發，溯河而上，一路往東，朝向位於大河盡頭的登由．拉鹿小兒國走去。每天大早起身，從借宿的地點出發，迎著椰樹梢頭一輪初升的旭日走啊走，一直走到黃昏時分，猛回頭，看到一顆紅冬冬的大火球，驀地墜落到西方地平線上。天黑了。這時我才停下腳步來，隨便找個地方歇息，度過恐怖的叢林夜晚。

這次流浪，讓我真正嘗到了孤獨的滋味。九歲時我犯了錯，做出讓部落蒙羞的事情，被長老們驅逐出長屋，流放到曠野中。那天中午在河畔遇到妳之前，我已經在大河流域漂泊整整兩年了。但是那段日子，我並不孤單，因為我身邊有一個芭比娃娃，安娜絲塔西亞公主，忠心相伴。朱鴒，我們在魯馬加央火場分手時，我忍痛將她轉送妳，給妳作伴。現在她怎麼了啦？怎麼沒看見她跟隨在妳身邊呢？妳說她留在翡翠谷，跟她的姐妹在一起？妳說，妳最後一次看到安娜絲塔西亞時，她正跟七、八十個芭比娃娃——包括蘭雅的龐蒂亞娜克、莎萍的莎樂美，還有我們阿美霞的小紅帽——聚集在山谷中央那株菩提樹梢頭，熱熱鬧鬧，迎風搖曳起舞，正在舉行一場盛大的派對？

謝謝妳告訴我安娜絲塔西亞的下落，朱鴒。

可憐的公主，流落在婆羅洲，跟隨我在叢林中流浪兩年，現在終於找到棲息的地方，和她那群同命的姐妹們，長相廝守在伊甸園般的翡翠谷。這下我可以放心啦。祝福她們。

失去了我長久的伴，安娜絲塔西亞，告別了我新交的朋友，朱鴒妳，我伊曼真的變成孤孤單單一個人了。我，一個瘦骨伶仃的女孩，穿著一條破紗籠，拖著兩只生滿水泡的光腳丫，睜著一雙半瞎的眼睛，頂著河上一顆赤裸毒日頭，每天從早到晚，從日出到日落，獨自行走在大河畔小徑上。走呀走。我的眼睛越來越糟了。先前抬頭看中午的太陽，還是白花花的一輪，如今看它，卻變成水紅紅的一團。再過半年看太陽，說不定只剩下模模糊糊的一個黑影子啦。

夜晚，我隨便找個地方投宿：野渡口、荒廢的果園、被爪哇兵放火燒掉的長屋。一闔眼，便看見上等兵阿迪・馬里克，陰魂不散出現在我眼前。他穿著一身沾血的草綠野戰服，睜著兩只滿布血絲的眼睛，仰起他那張塗著五色迷彩的年輕臉孔，頑童般，齜著兩排白牙，只顧笑嘻嘻地睨住我。他的胸口插著一把雪白刺刀。一蓬鮮血噗突——噗突——不斷從他的心窩中噴冒出來。

我累啦。真的很累很累了，心裡實在不想再走下去。好幾次我已經下定決心，脫掉身上的紗籠，跳入卡布雅斯河中，讓母親河的水清洗我污穢的、十二歲的身體，讓倒映在河中的月亮，帶領我順流而下，一直漂盪到河口，陪伴我進入我這一生還不曾看見過的大海。

但是每次，就在我爬上了河邊一塊高聳的大石頭，準備縱身一跳的剎那，我心中忽然靈光乍現。我記起我們倆——伊曼和朱鴒——在魯馬加央分手時，對著天上明月訂下的契約。狠狠一咬牙，我立刻踩煞車，從懸崖邊緣硬生生拉回兩只腳。

隔天早晨一覺醒來，我又睜開半瞎的眼睛，迎著初升的太陽，邁出我那雙紅腫的腳丫，獨個兒沿著河畔清晨杳無人蹤的小徑，朝向那坐落在遙遠天際、大河盡頭的登由．拉鹿小兒國——我們倆約好相見的地點——展開新一天的漫長、單調的旅程。

就在無休無止的流浪中，有一回，接連七個夜晚，我都做一個相同的奇異的夢。妳知道我夢見誰嗎？妳——半年多前，在大河畔中午大太陽下和我相遇，只相聚兩天一夜，就被逼分離的台灣女生朱鴒。夢中我打赤腳，獨個兒行走在河邊小徑上，走著走著，忽然聽到有人扯起嗓門，在背後一聲聲呼叫我的名字。回頭望去，白花花陽光中，我看見妳穿著黃卡其上衣和黑布裙，頂著一頭直直的、刀切般齊耳的短髮，蹬著一雙白球鞋，抱著一個洋娃娃氣喘吁吁地追上來，邊跑邊呼喊：「伊曼等我呀！我找妳找得好苦哇！拜託妳停下腳步來等等我，伊曼，我前世的姐妹和今生的好朋友……」我停下腳步了，回轉身子，面對踩著河邊的爛泥巴，蹦蹬蹦蹬朝向我奔跑過來的妳，朱鴒。我們兩人相距只有五十碼了。可就在這當口，我聽見叢林深處怦、怦、怦——怪物的心跳般響起一陣陣低沉洪亮的人皮鼓聲。這奇異的鼓聲，從天邊不斷傳出來，召魂般只管呼喚我。當下，好像中了降頭，我不由自主地轉過身來，邁出雙腳一步一步朝向鼓聲的來處走去。邊走，我邊回頭，看見妳，我的好朋友和好姐妹朱鴒，抱著我送給妳的芭比娃娃，安娜絲塔西亞公主，站在河畔小徑中央，跂著腳伸出頸脖，望著我那漸行漸遠、終於消失在正午燦爛陽光下的背影，張開喉嚨放聲大哭：「伊曼伊曼，請妳停下腳來等等我嘛！這些日子我找妳，真的找得好苦好苦。難道妳忘了我們倆分手時，對著月河，互相勾著小指頭發的誓嗎？伊曼呀！」

就在這一剎那，我從這場詭譎、充滿神祕徵兆的夢中醒來了。

我舉手摸摸自己的眼睛。濕漉漉的。原來我在睡夢中哭過一場呢！

（故事講到這兒，伊曼再次停頓下來，睜起兩只漂亮的烏黑大眼睛，望著阿美霞、小烏和我三名聽眾，靦腆地笑了笑，隨即舉手，抹掉臉頰上不知什麼時候流下來的兩行淚水。

我聽呆了，只管握住阿美霞的手，和她一起坐在三更時分、只見白雪雪成群鷺鷥兀自盤旋不去的巴望達哈湖堤上，就著月光，端詳伊曼那張風塵斑斑、滿布淚痕的小瓜子臉，好久沒答腔。

我想起我自己做過的那個同樣的夢。夢中我看見伊曼，瘦骨伶仃，穿著一件破爛的紅紗籠，拖著一把枯黃髮絲，搖曳著細條條一枚小腰肢，打赤腳，獨自行走在卡布雅斯河畔，正午一輪斗大的白日頭下。她邊走邊歪起脖子，傾聽那鼕、鼕、鼕，不斷從天邊叢林深處傳出的人皮鼓聲。我拔起腳，喘吁吁地從她身後追上去，邊跑邊大聲呼喊她的名字：「伊曼等我！妳不認識我了嗎？我是妳的好朋友朱鴒。我找得妳好苦！」伊曼停下腳步，扭轉脖子回過頭來，迎著河上燦爛的陽光，睜開一雙空空茫茫的大眼睛，怔怔望著我。眼瞳一亮，她終於認出我來，齜著兩排皎潔的小門牙，衝著我笑啦。她那張風霜滿布、被赤道的太陽烤成焦糖色的小臉龐，迎春花般，羞答答綻開兩朵嬌紅的笑靨。我提起裙腳，朝她奔跑過去。兩人相距只有五十米了。伊曼的眼神忽然沉暗下來。霍地，她轉過身子，邁出兩只紅腫的光腳丫，飄蕩起腰後一把長髮，自管自，沿著大河畔繼續往上游行走。邊走邊豎起耳朵，追尋那怦怦怦一聲急似一聲、不斷從森林中綻響的鼓聲。她不理會我的呼喚。我杵在河濱小路上，跂起雙腳伸出脖子，眼睜睜望著伊曼，中了降頭般一步邁著一步，直直走進正午白花花的陽光中。倏忽間，她那細小孤獨的身影，搖曳著一條小紅紗籠，便消失在遼闊的曠野裡，完全看不見了。

我望著豔陽下空寂寂的大河，禁不住，哇的一聲哭出來。

這個奇異的、每每讓我哭著醒來的夢境，在旅途上，時不時就會出現在我的睡眠中。我仔細計算一下，迄今在整趟大河旅程中，這個夢我總共做過七次。伊曼的夢，情境和人物與我的夢雷同，而且次數完全一樣。難道這便是人們說的「心靈感應」嗎？我與她——來自大海對岸一座名叫「台灣」的島嶼，莫名其妙一頭栽進熱帶雨林的女學生，朱鴒，和一個素不相識，旅途上萍水相逢，只短暫相聚過兩天一夜的婆羅洲原住民少女，伊曼·彭布海——兩人之間究竟存在著什麼關係呢？我們倆的情誼，到底代表怎樣的一種緣分？

想到這裡，我整個人不由得癡了。

我悄悄凝起眼睛，打量這位坐在我和阿美霞對面，只管娓娓地、平靜地，向我們訴說悲慘經歷的伊班少女。只見她，伊曼，也睜著一雙清亮的大眼睛望著我們。月光下，那張兀自殘留著淚痕的蒼白臉龐上，羞赧地展現出笑顏。這份發自內心的喜悅，如同一個走失在外的小女孩，四處尋覓親人，就在最最絕望的時刻，乍然看見自己的姐姐。我想起初抵婆羅洲那天中午，在大河畔看到伊曼。那時她穿著破紗籠，抱著芭比娃娃蹲在大日頭下，望著眼前那片杳無人煙的荒野，不住哀哀哭泣。當下我們兩人就結伴同行，展開大河旅程。那一刻我心裡就認定了，我和這個陌生的伊班女孩，是前世的姐妹，今生又在婆羅洲重逢，否則我們倆怎會一見如故，才剛認識，就毫無保留、誠心誠意地互相訴說起心事來呢。

可我們總共只相聚兩天一夜，共同從事短短的一段旅程而已。偉大的、慈悲的布龍神，做出這樣的安排，究竟是什麼意思？

我甩甩腦瓜子，從沉思中醒來，舉手悄悄擦掉腮幫上不知何時流下的兩行眼淚，開聲問伊曼：「逃離了爪哇兵的營房，從蘇來曼渡口出發後，妳就獨自沿著一千公里長的卡布雅斯河，一路溯流而上，日復一日，徒步行走嗎？以後又發生什麼事情？怎麼會來到巴望達哈血湖？最神奇的是，又怎麼會遇見翡翠谷的阿美霞呢？妳們兩個以前並不認識呀。」

「唉——」伊曼長長嘆息出一聲來，伸出雙手，抱住膝頭蹲坐在湖堤上，舉首眺望天上的明月和月光下那飄雪般、滿湖翱翔飛舞的白鷺鷥，思索了好一會，才繼續講述她的故事。）

我的好朋友朱鴒和阿美霞，我老實跟妳們講，在八個月的漫長流浪中，至少十次，我準備自殺，因為我實在走不動了。兩只腳丫子早已結滿痂子，可還不斷地生出新的水泡，一生出來就磨破，然後結成痂，接著又生出新的更火熱的水泡。妳們看我這雙腳，像不像兩根熟透了的、快要爛掉的茄子呢？模樣看來挺可愛的。我那雙天生弱視的眼睛，從日出到日落，天天暴露在河上的大太陽下，視力越來越差，到後來就連在我正前方、距離我的腳尖才十碼的路面，也看不清楚了。朱鴒和阿美霞，伊曼快要變成瞎子啦！這條溯河的漫漫長路，伊曼實在再也走不下去了。

我想一死了之。

心裡只盼朱鴒能夠諒解，不責怪我違反約定。但每次尋死，不論是在河畔找一棵大樹，用籐條上吊，或是脫掉紗籠，光著身子跳入湍急的卡布雅斯河，隨波逐流而去，可都沒有成功。每次總是到了最後關頭，那怦、怦、怦——好像巨大心跳似的人皮鼓聲，便會在天邊綻響起來，穿透曠野上的層層叢林，直鑽入我的耳洞，滲進我的腦子，千鈞一髮之間阻止我尋短見，就在懸崖邊緣，硬生生地拉回我這條疲累的、卑微的小命。

路上遇到的馬來老人告訴我，那是「薩烏達麗．珍瑙」，傳說中巫師將一對姐妹的頭顱割下，連接一起製成的一只雙面鼓。這個玩具似的玲瓏可愛的手鼓，可是世界上最有力量、最令人畏懼的法器，因為它上面依附著兩個童貞的、新月般皎潔的婆羅洲處女的靈魂。它的召喚，妳萬萬不可違抗，否則，必會遭受一場慘不可言的懲罰。

我不知道「薩烏達麗．珍瑙」是什麼東西。受了那麼多苦了，我也不在意什麼懲罰。我只曉得每次聽到這鼓聲，我便打消自殺的念頭。整個人彷彿中了威力最強大的降頭，癡癡呆呆身不由主，只顧邁出兩只疼痛得要命的腳，拐呀拐，繼續那無休無止、頂著大太陽溯河而上的徒步行程。

走呀走。又經歷了兩個月圓。在薩烏達麗．珍瑙引導下，我終於走到了卡布雅斯河上游，聖山入口處。承蒙一位好心的馬當族獵人相告，這個所在，距離我們倆約定相見的地點，登由．拉鹿小兒國，只剩二十天的腳程。不料偏偏就在這個名叫「普勞．普勞」的村子，我病倒了。

我投宿在河畔崖頭上一家荒廢的日本旅館。本地人說那是一間鬼屋，半夜常常聽見一群二戰皇軍聚會，喝酒、哭泣、踏步打拍子高唱軍歌：西那喏喲嚕，西那喏喲嚕……有些村民大白天看見一個美麗的中年媽媽桑，頂著一顆烏黑包頭髻，穿著一件藍地大紅花和服，抱著一把日本三絃琴，無聲無息地蹬著花木屐，在旅館大門內廳堂櫃檯前，來來回回不停走動。我不怕鬼。我，十二歲的長屋女孩伊曼．彭布海，犯了錯被長老們放逐到曠野上，單獨一人在大河流域流浪三年，什麼樣的屋子沒住宿過？什麼樣的人——比鬼可怕得多的人——沒碰見過呢？

我第一次生病了。只覺得渾身軟癱癱，使不出半點力氣。額頭燙得像曝曬在太陽下的一塊鐵。傍晚，我來到村子，爬上通往崖頂的一道陡峭石階，走進旅館大廳，一頭栽倒在櫃檯旁的地板上，登時就昏睡了過去。也不知睡了多久，我才醒來，睜開眼睛只見月光滿屋，偌大的一座日本莊園四下靜沉沉，聽不到半點聲息。只有嗒、嗒、嗒……滴水聲，在這午夜時分不斷綻響在後院一口池塘上。我抬頭眺望出窗口，看見一枚半圓的月亮，模樣就像——朱鴒記得嗎？——我們倆初遇那晚，一起投宿在魯馬加央長屋果園，肩並肩躺在高腳屋中，透過小窗口，看見的那個形狀好似梳子的半圓月。這會兒，她正從大河中冉冉升上來，白皎皎，掛在庭院裡兩棵小巧玲瓏、盆栽般可愛的日本松樹中間，悄悄俯望我。

就在這當口，我看見那對姐妹。

最初，我的目光被院中一尊九呎高、乳白色的石雕像吸引住。那是觀音菩薩，我們伊班人都認識、尊敬的支那慈悲女神。她佇立在庭園中央，嘴角掛著一彎微笑，只顧垂著眼睛，凝視懷裡抱著的男娃娃。月亮升到了院子上空。銀色的月光灑滿觀音一身子。霎時，我看見她身旁並排站著兩個女孩。一個身高五呎多，年紀約莫十三，穿著桑高鎮女子中學「榮耀紅白」制服，脖子後面，紮著一根烏油油麻花大辮。緊挨在她身旁，站著一個十五、六歲，身上只穿一條素白的紗籠，半裸著兩顆渾圓的小乳房，光著一雙腳踝，模樣像姐姐的美麗姑娘。一把長及腰間的黑髮絲，披散在她肩膀，乍看像一匹黑緞子。兩個女孩都擁有一身光滑的、奶油巧克力似的古銅色皮膚，一看便知道是馬當族人，而且是一對姐妹。

我躺在旅館大廳櫃檯旁地板上，病懨懨，一動不能一動，只得用雙肘撐著地面，仰起上身，睜大眼睛望著庭院中的姐妹倆。

兩下裡，隔著一扇破敗的日本紙拉門和一灘冷月光，靜靜互望。

姐妹倆兩對漆黑的眼瞳中，流露出一股焦慮、關切的光彩。妳們知道嗎？很久很久，不曾有人用那樣的眼光看我了——除了妳，朱鴒，來自遙遠的外鄉、旅途中和我短暫相遇的女孩。

我不認識這對馬當族姐妹。我不知道她們的來歷。以前從沒見過她們。但是，我內心強烈地感覺到，妳和她們之間有一種特別的關係。我猜想，她們是受妳朱鴒的付託，前來保護我、引導我，好讓我順利完成我的旅程，平安抵達目的地，實現我和妳之間的約定：無論生死，都要在我們兩人共同嚮往、一心一意追尋的地方——大河盡頭的登由・拉鹿小兒國——重新相會。

不管怎樣，就在這兩雙關切的眼睛注視下，在整趟孤獨的旅程中，第一次，我徹底放鬆身心，舒展四肢，在大河上游的山村中，一間鬼影幢幢的日本旅館裡，無人的櫃檯旁，布滿灰塵的地板上，安安心心躺下來。剛闔起眼皮便沉沉睡著啦。

這一覺睡得忒安穩，醒來時已經日上三竿。旅館庭院空寂寂，只聽見池塘上那嗒、嗒、嗒的水滴一聲聲綻響不停。兩姐妹護衛我一整夜，完成了任務，這時已經走了。一丸紅日照射下，只見觀音菩薩穿著白衣，抱著娃娃，嘴角依舊掛著一彎微笑，低眉垂目，佇立在庭園中央兩棵玲瓏可愛的日本松樹中間，斜睨著我呢。

昨晚的經歷，簡直就像一場奇異美好的夢。

這時我回頭仔細一想，才猛然察覺，這對馬當族姐妹沒有頭顱，肩膀上只有光禿禿一株頸脖。我的病全都好囉。舉手摸摸額頭和臉頰，完全退燒了。我借用旅館的房間，痛痛快快梳洗一番，然後到後院菜園摘些瓜果，飽吃一頓。用完早餐，我抖擻起精神來，整整身上那件從魯馬加央長屋開始，便一直陪伴我，飽受風吹日曬雨淋，早已破爛不堪的紅紗籠，隨即，邁出兩只跋涉過層層叢林，起泡了就結成痂、結痂了又起泡的腳，跨過旅館大廳門檻，站立在屋簷口，那兩盞隨風搖盪的白色日本油紙燈籠下。好一會，我只顧伸出脖子，望著眼前那條白花花黃滾滾、近午時分波浪大起的卡布雅斯河，深深吸了五六口氣，這才舉起腳來重新踏上旅途。

走下旅館前面那道石階時，我回轉過身子，朝向那位聳著一顆烏黑包頭髻，穿著紅花和服，抱著三絃琴，一整夜和一整個早晨，在迴廊上遊走不停的媽媽桑，深深一鞠躬，感謝她的收留和款待。

終點在望，我加快腳程。自從離開普勞．普勞村的日本鬼屋後，每天河上的太陽才一露臉，我便起身出發，沿著河畔小徑，直走到傍晚時分夕陽沉落河口，月亮從峇都帝坂山巔升起，才結束一天的行程，找個地方投宿。

每次都走得飢腸轆轆，兩腳發軟，心裡好想好想放棄哦。有時不知為了什麼緣故，心中感到特別消沉、絕望，實在不願繼續這種單調的旅程，無休無止，日復一日的行走下去。遇到這種情況，我就會停下步伐，杵在路中央發怔。

但是，每每就在內心感到最孤獨無助的當兒，猛抬頭。瞧！無頭姐妹的身影，豁然出現在我眼前：一個穿著紅上衣白短裙，頸後拖著一根兩呎長的麻花辮子，另一個身材高些，穿著月白紗籠，肩上披著一把烏黑髮絲。兩個女孩手牽手現身在大河畔太陽下，有時並肩佇立在對岸渡口棧橋頭，有時站在河邊山坡上，那野火燒山般紅通通一片盛開的班葛．拉雅花樹中。大多時候，她倆就守在河畔小徑正前方，距離我約五十碼，聳著兩株無頭的頸脖，雙雙舉起手臂，迎著中午滿河燦白的陽光，朝我直招手……狠狠一咬牙，我邁出兩只瘀腫的光腳丫，拐啊拐地又繼續行走下去。

就這樣接連走了十五天，終於抵達巴望達哈，聖山腳下那座風景優美、魚蝦豐富的大湖。傳說中，婆羅洲各地年輕的產婦在分娩過程中，因難產死亡後，她們的魂魄就會飄蕩到這兒，棲息下來，化身為一只一只雪白的鷺鷥。

朱鴒，妳知道嗎？在我們伊班人心目中，鷺鷥是全世界體型最優雅、性情最溫柔浪漫、最喜歡徜徉在月光下蘆葦灘中的鳥。

黃昏落霞滿天，巴望達哈湖面上晚風習習，激盪起一波波血水似的漣漪。

說來挺巧——也許是布龍神和觀音菩薩聯手安排的吧——我剛走到湖堤下，便遇見從「新阿爾卡迪亞」逃出來的阿美霞。那時我還不認識她呢，根本不知道她是峇爸後宮的小妃子。夕陽下我看見一個少女，年紀約莫十二，穿著一條華麗的爪哇印花紗籠，脖子後面飛蕩起一把青嫩的長髮絲，打赤腳，氣喘吁吁，逃命似地不停奔跑在湖堤頂端。落日迎面照射過來。她那顆皎白的鵝蛋臉上，額頭正中央，滴血般綴著一粒朱砂，映著湖上紅通通的彩霞，特別鮮豔奪目。我凝起我那雙半盲的眼睛，就著陽光細細打量，發現這個小姑娘生得皮膚忒白淨，五官忒細緻，一看就知道是普南人，全婆羅洲最漂亮和最善良的民族。

我站在湖堤下，仰起臉龐正看得出神呢，忽見人影一閃。眼睛一花，我揉揉眼皮再往堤上眺望時，看見阿美霞身後約八十碼處，倏地，竄出一枚白色身影，大白日，鬼魅似的無聲無息，大跨步，邁著兩根竹篙樣的長腿，只顧追蹤在前面奔跑的女孩。湖風吹拂，白衫飄飄。我一瞧他那稻草人般枯枯乾乾、又瘦又高的身子，和他身上披著的白亞麻布馬來長袍，我立刻就認出，這個人是峇爸的爪哇僕從，綽號「彈簧腿」的阿里。這個半人半鬼、行蹤飄忽不定的怪物，長屋兒童一聽到他的名字，便會馬上停止哭鬧。他來頭可不小，是叢林神魔峇里沙冷的大徒弟，法術高強腳程極快，日行五十哩夜行一百哩，連峇里沙冷的首席巫師，黑魔法師伊姆伊旦，都得讓他三分呢。

朱鴒妳知道，我被放逐前，住在魯馬加央長屋。三年前的一個晚上——這是我伊曼生命中最重大、最悲慘、最最忘不了的夜晚——我們的屋長，大河中游全體伊班人的首領，天猛公．彭布海，設宴款待來訪的英女皇大律師、印尼政府的司法顧問，威廉．澳西先生閣下。就在這場宴會上，我第一次見到隨侍峇爸的阿里。（朱鴒應該知道吧？「峇爸」是長屋兒童對澳西先生的暱稱，意思是白人爺爺。）那一整晚，阿里躡手躡腳，不停移動他那稻草人樣的身子，在大廳中穿梭進出，並沒發出半點聲音，就像馬來白衣幽靈。

這場當年轟動大河流域的夜宴，成為我——那時才九歲、初潮都還沒來臨的少女伊曼——終生擺脫不了的一個夢魘。宴會後，我被長老們放逐了，在大河兩岸流浪三年，成為所有伊班人扔石頭的對象。我做夢也不曾想到，如今，在距離魯馬加央老家七百公里的大河源頭，聖山腳，血湖畔，我又會遇見這個陰魂不散的「彈簧腿阿里」。

我站在堤下，仰臉呆呆望著堤上的情景。

夕陽下只見兩個人在奔跑。一個追一個逃。一襲白長衫和一條花紗籠，飛蕩在湖上颳起的晚風中。距離漸漸縮小，現在剩下不足十碼。眼見阿里就要追上逃命的女孩。只須一跨步，一伸手，他那骷髏似的兩只枯黑爪子，便能攫住阿美霞細小的肩膀了。

在這危急的關頭，我忽然聽到潑刺刺一聲爆響。堤外的蘆葦蕩中，驀地發生一陣騷動。抬頭看時，只見湖面上白雪雪的一大片，同時竄起了上千鷺鷥，在一只體型忒優美、羽毛忒潔白、一雙腳忒修長的鷺鷥率領下，浩浩蕩蕩飛上湖堤，一齊撲向正朝阿美霞伸出鬼爪，準備將她逮捕，押回新阿爾卡迪亞的阿里。帶頭的鷺鷥，伸出她那枚尖銳的金黃色嘴喙，不聲不響就往阿里的眼睛啄去。阿里發出一聲慘叫，舉起雙手摀住臉龐。趁著這個機會，我霍地拔起腳來，連攀帶爬登上陡峭的堤岸，一把揝住阿美霞的手，拖著她沿著長長的湖堤一路奔跑下去。一口氣跑出五十碼，我才敢回頭看。滿天彩霞下，只見湖堤中央鷺鷥群中，阿里那瘦瘦長長，稻草人樣，上身披著馬來白亞麻布長衫，下身繫著黑棉布紗籠的身子，整個地，被淹沒在一堆白色的、浪濤般洶湧拍打的翅膀中，完全看不見啦。

這便是我和阿美霞相遇的過程。

朱鴒，那時我還不知道，她是妳在翡翠谷結交的朋友呢。

我們這兩個亡命在外、有家歸不得的女孩，伊班族的伊曼和普南族的阿美霞，在鷺鷥湖畔，隱密的蘆葦叢中，幸運地找到這間廢棄的漁寮「鵜鶘屋」，暫時落腳。才住上一個星期，就遇上妳——我和阿美霞共同的好朋友和好姐妹，來自大海對岸的台灣女生，朱鴒。在偉大的慈悲的父耶和華／辛格朗．布龍促成下，我們三姐妹相聚在全婆羅洲最美麗、最淒涼、擁有最多浪漫傳說的「血水之湖」巴望達哈湖畔。這是多奇妙多有意思的安排呀！可是，朱鴒好姐妹，只怕我再也沒有機會和妳肩並肩，躺在高腳屋中一張蘆蓆上，望著窗口的月亮，跟妳講述這些淒美的傳說。因為我快死了。

妳們兩個別著急，好好聽我說。

我，出生於婆羅洲母親河，卡布雅斯河中游，魯馬加央大長屋的伊班少女伊曼．彭布海，今年只有十二歲。但是我早已經活累了，活夠了。九歲時因為犯錯，讓我那個全婆羅洲最古老、擁有光榮歷史的部族蒙羞，被長老們逐出長屋，獨自個打赤腳，穿著在犯罪當晚穿的那件紅紗籠，睜著一雙天生弱視的眼睛，在大河畔曠野中，流浪整整三年。這段漫長寂寞的日子，只有短短的兩天一夜是跟朋友——妳，來自外鄉的朱鴒——共同度過的。這是我短促的、充滿羞辱和惡運的生命中，最美妙、唯一值得記憶的時光。謝謝妳，萍水相逢的好朋友！

現在我就要死了，因為在流浪的路上我走得好累、好累了，真的需要好好歇個腳。我那雙原本半盲的眼睛，這三年來，日日受到赤道太陽曝曬，快要完全瞎掉啦。就在我筋疲力盡的當兒，布龍神派遣兩個神祕少女——那雙無頭幽靈姐妹——擔任我的嚮導，半路現身，將我一路引領到這兒，就是因為神垂憐我，特別安排這個風景清幽、遠離人世的地方，讓我那疲累已極的靈魂好好安歇。

我對妳感到很抱歉，朱鴒，因為我不能信守諾言，沿著大河一路走到我們約定相見的地方。妳知道，我心裡多麼想去傳說中的小兒國呀。我們原本約定：抵達大河盡頭的登由．拉鹿祕境後，就定居下來，和聚集在那裡的一群年幼的往生靈魂——因各種緣由，來不及長大就夭折的長屋孩子們——在婆羅洲內陸最幽深、最原始、最純淨的處女森林中，過著自由自在無憂無慮的日子。這是妳和我共同的願望，一心一意追求的目標。妳說過，那是我們兩人之間定下的、不見不散的「生死約」。可是我實在太累了，無論如何再也走不下去了。所以我不得不食言哪。朱鴒，我這一生唯一的姐妹和朋友，請妳原諒我好嗎？

幸而布龍大神眷顧我們姐妹倆，讓我在距離登由．拉鹿不遠的巴望達哈湖，與妳重逢。親眼看見朱鴒別來無恙，只是個子長高了些，皮膚曬黑了點，我心裡就感到踏實啦，可以安心地走了。

臨死前，我只剩一樁願望，那就是幫妳剪一次頭髮。回想一年前和妳相遇時，妳，十二歲的台北女生，穿著黃卡其上衣和黑布裙，頂著一頭齊耳的、西瓜皮似的短髮，睇著兩只俏麗的丹鳳眼，滿臉好奇地東張西望，蹓躂蹓躂趿著一雙白球鞋，行走在卡布雅斯河畔正午白花花陽光下……如今在婆羅洲旅行了一年，妳的頭髮抽長許多，髮梢已經碰到肩膀，枯黃黃亂蓬蓬一簇，活像個成天穿梭在巴剎中，伸出骯髒的手爪子，哭哭啼啼，向頭家和客人討口飯吃的達雅克小女乞丐。

我多想再看一眼，妳剛抵達婆羅洲時的模樣啊。個性豪爽的朱鴒，妳能幫助伊曼實現她這一生最後的、最真誠的願望嗎？瞧，妳點頭了。妳真答應讓我給妳剪頭髮？謝謝好朋友！這下，我就可以心滿意足地、毫無遺憾地離開這個悲慘的世界啦。

第三十六話　安息在鷺鷥湖

伊曼死了。咱仨——我和阿美霞，加上我那位心地慈悲、對這個苦命的伊班少女有一份挺特別的、父愛般感情的夥伴，黑狗小烏——合力將她安葬在巴望達哈湖畔，遼闊的蘆葦灘正中央，一座百米高，圓錐形，童話景物般玲瓏可愛的山崗上。從這兒，往北可以俯瞰月光下流經叢林、橫貫婆羅洲大地的卡布雅斯河（我們姐妹的月河！）朝東可以眺望日出的聖山，那矗立大河源頭、破曉時分發射出萬丈金光的峇都帝坂山。長久漂泊的伊曼，終於擁有一塊屬於自己、不受壞人侵犯的土地。

臨終前，她真的給我剪一次頭髮。

我永遠都不會忘記這幅美麗、淒涼的畫面，直到回到台灣後，每次回想起來就會覺得心酸：湖堤底下，鵜鶘屋陽台上，兩個少女面對面，膝頭碰膝頭，坐在兩張小板凳上。表情嚴肅的伊班姑娘伊曼，繃著臉，左手握著梳子，右手抓起對面那個女孩朱鴒肩膀上的髮梢，二話不說，便狠狠地一梳一梳地，刮起她脖子上那一叢野草似的四下怒張、亂麻般糾結成一團的髮絲。梳一下，伊曼蹙一蹙眉心，滿臉的無奈。花了足足半個鐘頭工夫，她才把朱鴒的頭髮理順了，隨即就從佇立一旁觀看的阿美霞手裡，接過一把剪刀，開始幫朱鴒剪頭髮。（這把小巧、匕首般銳利的爪哇剪刀，原是這個冰雪聰明、剛滿十二歲的普南族小姑娘阿美霞，早就準備好的武器，隨身攜帶著，伺機刺殺呇爸澳西先生。）晨早時分，初升的旭日爬上峇都帝坂山巔，高掛在巴望達哈湖上空，直直照射下來，潑灑在蘆葦叢中的高腳屋上。專心幹活的伊曼，瞇起她那雙空空茫茫、如今幾近全瞎的眼睛，把臉孔湊到朱鴒鼻子前，握著她的頭髮，就著明亮的陽光，一剪子一剪子，小心翼翼地刈掉分岔的髮梢。卡嚓卡嚓卡嚓。不一會工夫就剪下成堆焦黃、蓬捲的頭髮，把伊曼大腿上的紗籠兜子，裝得滿滿。這時伊曼才放下剪刀，幽幽嘆出兩口氣來，伸出雙手握住朱鴒的肩膀，叫她甩甩她那一頭新剪的、直直的、刀切般齊耳的短髮絲。伊曼仔細看了一會，然後叫朱鴒抬起下巴，將臉朝向太陽。好久，伊曼凝起兩只眼瞳子，左看右看，上上下下將朱鴒整個人打量好幾遍，臉一柔，終於咧開緊抿的嘴唇，笑了，露出挺潔白整齊的兩排小門牙，煞是好看！她那一整個早晨緊鎖的眉心，陡地鬆開，臉上洋溢起又是喜悅又是欣慰的神色，模樣像個小姐姐——不，像個慈愛的小母親。（可妳們知道嗎？她的實際年齡比朱鴒我還要小一歲呢。）幫朱鴒剪好了頭髮，完成了這輩子最後一件工作，伊曼鬆口氣，轉頭對雙手捧著剪刀，笑嘻嘻站在一旁，望著面對面坐在小凳上的姐妹倆，滿臉羨慕的阿美霞說：「你看！這樣打扮的朱鴒，才是一年前我在大河邊，曠野上太陽下，初次遇見的那個剛來到婆羅洲的台北小女生。」

* * *

當天夜裡，伊曼就往生了，走時神態十分安詳平靜，乍看好像陷入沉沉的睡眠也似。

風餐露宿日曬雨淋，千里獨自行腳，經過一整年的跋涉，伊曼早已筋疲力盡。她硬撐著瘦骨如柴的身子，擠出全身最後一股力氣，步行到血水之湖。在古老的婆羅洲傳說中，那是年輕的婦女生下孩子，力量用盡死亡後，她們的靈魂回歸的地方。就在旅程即將結束，距離最終目的地——她和我兩人一年前對著大河上的月亮，手勾手打金印，相約見面的地點登由．拉鹿小兒國——只差四五天腳程的時候，伊曼死了。

隔天早晨，日出時只聽得劈劈啪啪一陣響，巴望達哈湖的天空出現成千上萬白色水鳥。在一只體型極優美、兩腳特修長、神態最高貴的鷺鷥率領下，大夥鼓著翅膀，迎著朝陽，濺潑著滿天血似燦爛的霞光，從湖上各處水草叢中飛來，聚集在鵜鶘屋上空，扯起嗓門哀鳴不已。霎時間，整棟高腳屋被淹沒在紛紛雪雪一片洶湧的白色翅膀中。

在鷺鷥們團團環繞下，我們仨——阿美霞、小烏和我朱鴒——圍聚在湖畔蘆葦蕩中央一座小山崗上，為伊曼舉行一場簡單隆重的葬禮。

我心中沒有哀痛，甚至沒有憤怒，只有慶幸和滿滿的祝福。

滿臉哀戚，小烏蹲在墳頭，朝向伊曼的家鄉，七百公里外、大河中游那座早已毀於戰火的伊班大長屋，昂起脖子張開喉嚨，嗚呦、嗚呦、嗚呦——長長地哀哀地呼叫三聲，給她的親人報信。

伊曼的遺體下葬後，那只帶頭的鷺鷥沒有飛走。她使勁拍打她那雙雪白的翅膀，盤旋在伊曼那小小一座新築成的、鋪滿班葛．拉雅大紅花瓣的墓塚上方，兀自啼叫不休，久久不肯離開。

我知道這只鷺鷥是誰的靈魂化成的。

「蒲拉蓬！」我站在墳前，聳著我那一頭新剪的、台北女學生式的短髮，舉起手臂向她招了招：「自從妳生下峇爸的孩子、因為難產過世後，我心中便一直惦念妳，擔心妳獨自躺在大河畔荒涼的山坡上，會感到孤單寂寞。現在，我親眼看到妳往生的靈魂，化成一只美麗高貴的鷺鷥，落腳於風景優美的巴望達哈湖濱，和苦命的伊曼作伴，姐妹倆永遠廝守在一起。我——親手埋葬妳們兩人的朱鴿，這下可就感到安心了。謝謝妳！達雅克公主蒲拉蓬。」

第七卷　決戰登由・拉鹿

第三十七話　阿美霞的報告

葬禮舉行後，我和阿美霞不忍立刻離開，把伊曼孤伶伶丟下，於是就在她的墓旁紮個小草棚，接連七天七夜，由蒲拉蓬和她率領的一群鷺鷥姐妹相伴，為伊曼守靈。小烏一連七晚沒闔眼，挺著背梁蹲在山崗上瞭望大河，護衛我們這群守靈者。過了頭七，我們遵照中國的習俗，燒了一堆用枯樹葉自製的紙錢，以三根樹枝代香，跪在墳前向伊曼祭告：將來，我們一定會時時回來看望她，要她好好安息，有什麼要緊的事情，就給我們託個夢。祭拜完畢，我和阿美霞才在小烏帶領下，離開我們親手建造的墳墓，依依不捨，暫別我們往生的好朋友，回到借住的漁寮。那天晚餐後，黃昏時分，姐妹倆並肩坐在高腳屋前陽台上，欄干旁的兩張破籐椅裡，邊搖著芭蕉扇乘涼，邊瞇起眼睛，眺望湖面上那白色小幽靈似的、悄沒聲一簇一簇飄蕩在彩霞中的水鳥，好久，只顧想自家的心事。

「朱鴒，妳是不是有什麼事瞞著我呢？」阿美霞忽然打破沉寂，問道。

「沒有呀。」我嚇一跳：「好端端的妳為什麼這樣想？」

「前幾天妳剛到巴望達哈，在湖堤上第一眼看見我，就快步跑上前來握住我的雙手，對我說：『阿美霞妳平安無事！感謝聖母馬利亞！感謝觀音菩薩！妳沒變，只是皮膚曬紅了些。自從在翡翠谷和妳分手後，我常做一個夢，在夢中看見妳……可把我給嚇死了！以後有工夫再跟妳講這個怪異的夢吧。』到底什麼夢，那樣恐怖，能夠把妳這位天不怕地不怕、只怕那個半人半鬼的『彈簧腿阿里』的台北女生朱鴒，嚇成這副德性呢？現在可以告訴我了吧？」

「好！妳想聽我就講出來。所幸這個夢並沒實現。小烏！」我叫喚一聲，轉身朝向那支著兩只前腿蹲坐在陽台欄干前，一臉慈愛，像個老爸爸，靜靜瞅望著我們這兩個小女生的黑狗，伸出手臂招了招：「好夥伴，你也過來聽嘛。」

等小烏走過來了，在阿美霞腳跟前就坐，我這才使勁咳嗽兩下，清清喉嚨，說出那個陰魂不散似地、糾纏我整整一年的惡夢來。

「記得嗎？那晚在翡翠谷，月亮高掛在菩提樹梢的時節，那彌勒佛般笑瞇瞇腆著大肚腩、盤足坐在樹蔭下的『峇爸』，在後宮七十二名婆羅洲各族美女（包括妳，代表普南族的阿美霞）圍聚觀禮下，準備冊封我朱鴒為嬪妃，隨即送入洞房。就在萬分危急的時刻，有個人出現了。宛如墨西哥蒙面俠盜蘇洛，他打黑夜裡冒出來，硬生生將我從澳西先生魔爪底下攫走，把我的身子挾在腋下，逃出翡翠谷。這人來頭可不小。他名叫詹姆士·布魯克，婆羅洲歷史上大名鼎鼎的沙勞越首任白人拉者『吉姆王爺』。他一生精采事蹟，以後再講吧。那晚就在峇爸的僕人阿里追趕下，王爺背著我，一路奔跑，漏夜穿過婆羅洲島中央分水嶺，進入北邊，他的地盤沙勞越邦古晉市。我睏了，趴在王爺背梁上睡著啦。就在這當口，我做個夢，夢見我在翡翠谷新結識的朋友——妳，阿美霞。夢中只見妳肩上背著妳那個名叫『小紅帽』的芭比娃娃，獨個兒，甩著一頭被太陽曬焦的黃髮絲，搖曳著身上一條破爛小花紗籠，光著腳，行走在大河畔小路上。走著走著，妳忽然扭轉過脖子回過頭來，咧開嘴巴對我一笑。我追上前，就著河上白燦燦的陽光，凝起眼睛打量妳。一看，我心痛死了。妳的皮膚已經失去普南族姑娘天生的、特有的白皙，變得黝黑枯乾。妳額頭中央眉心間，滴血般，在妳九歲那年生日的夜晚，被峇爸用朱砂烙下的一顆紅痣，在流浪路途中，早已被毒日頭烤成一粒黑痘子，看起來十分醜怪。眼見妳這個『美麗如露珠』的女孩（記得嗎？初識時妳就告訴我，那是妳的名字『阿美霞』在普南語中的意思）如今變成這副模樣，我朱鴒心如刀割哪！於是我拔腿跑上前，伸出雙手一把抱住妳瘦小的身子，放聲嚎啕大哭：『阿美霞，妳怎會抱著小紅帽，獨自出來流浪呢？妳怎麼曬成了這個樣子？翡翠谷的姐妹們都到哪裡去了呀？』夢才做到這裡，還來不及聽妳的回答呢，我就被黎明時分婆羅洲深山中綻響的嗚噗——嗚噗——陣陣悠長淒涼的母猿啼聲，驚醒了。」

阿美霞坐在我身旁一張籐椅裡，聽我講完這個夢，好半天沒吭聲，只管扭頭望著我，一雙烏亮的大眼睛映著湖上的晚霞，晶瑩瑩水紅紅，閃爍著兩顆淚珠兒。

「朱鴒，妳真的那麼關心我？」阿美霞終於開腔了，嗓門有點顫抖。

臉皮颼的漲紅，我不好意思地吃吃笑起來：「誰叫妳這個普南丫頭，是我朱鴒在翡翠谷結交的最要好、最談得來的朋友呢？記得嗎？初識那天的黃昏，我們便脫光衣服在溪中洗澡，然後並肩坐在溪畔談心，一直談到月亮從菩提樹梢升起，照亮整座翡翠谷——」

阿美霞抿著嘴沒答腔。她那張俏麗的臉皮，也一點一點漲紅上來啦。

於是，兩個女孩靜靜地坐在巴望達哈血湖畔，鵜鶘屋陽台上兩張籐椅裡，好一會沒再開聲。兩人凝起眼睛直視前方，眺望湖上飛翔的成群水鳥，足足五分鐘之久，沒轉過頭來看對方一眼。

「後來——」我鼓起勇氣打破沉默：「我又做過同樣的夢，前後不下十次吧。結束沙勞越的冒險之旅，離開吉姆王爺後，我回到分水嶺南邊，重訪已經荒廢的翡翠谷後宮，尋找失蹤的姐妹們。往後，在卡布雅斯河上闖蕩這段日子，三不五時我便在夢中和妳相會。妳總是背著小紅帽——可憐這個芭比娃娃，臉孔越來越骯髒，身上衣衫也越發破爛了——獨自行走在河邊曠野中，整個人暴露在中午一輪毒日頭下。妳的皮膚變得更加黝黑，臉色越來越憔悴。妳眉心上那顆紅痣，漸漸失去原本燦爛奪目的光彩。每次見面，妳都緊緊抿住嘴唇，從不回答我的問題，只是用一雙凹陷無神的眼睛，靜靜望著我。每次妳都讓我從夢中哭醒……」

阿美霞終於轉過脖子來了。她睜起眼睛，正對我的眼睛，深深地看著我的臉說道：「謝謝朱鴒妳記掛我。不枉我，普南女兒阿美霞，把妳這個路上相識的外地女孩，當成最知心的朋友和最親的姐妹。」說著，她伸出雙手，握住我交疊放在膝蓋上的兩只手掌。

「阿美霞，讓我看看妳的朱砂痣，可不可以？」我囁囁嚅嚅地問道。

「行。」阿美霞爽快地仰起臉抬起下巴。

我挪動椅子湊上前，仔細查看，發現這個十二歲婆羅洲原住民姑娘，眉心間的那一點紅，在赤道太陽日日曝曬下，依舊是那麼的圓潤醒目，只是顏色變得暗沉些，乍看好像一團瘀血。

小心翼翼，我伸出右手食指頭，倏地碰觸一下阿美霞皎白如雪的額頭上，這顆挺突兀的、豆大的紅色標記。「記得妳在翡翠谷告訴我，這顆豔麗的痣，是妳九歲生日那天晚上，峇爸用上等的印度朱砂，親自給妳烙上的，保證一輩子都不會消除掉。」

「那是代表女孩子初夜流出的第一滴血呀。」說著，阿美霞嬌羞地垂下頭來，充滿稚氣的一張俏臉蛋，颼地漲得通紅。

「唉，九歲的女生還是個娃娃！」我無奈地嘆出了一口氣來。

「可蘭經規定：女子九歲就算成年。」

「胡說！神聖的可蘭經哪會有這種荒唐的規定？」我嗤的笑出來。「阿美霞，妳這個婆羅洲普南族女孩，讀過伊斯蘭教的經書嗎？」

「沒讀過。」

「那妳怎麼知道可蘭經中有這句話？」

「峇爸親口告訴我的。」

「又是峇爸！這老傢伙編造的鬼話，妳又相信了？」

「嗯，那時相信，因為他老人家是英女皇大律師，長屋孩子們敬愛的白人爺爺呀。」

「我記得妳跟我講過這件事。」我想起一年前在翡翠谷，那天黃昏我們兩人浴後，並肩坐在溪畔柳樹下一塊大石頭上，互相訴說心事的情景，心中真有點不勝唏噓的感覺呢。「現在妳還相信峇爸的話嗎？」

「早就不相信了。」眼神一暗，阿美霞又垂下頭來，望著自己腰間繫著的那件風塵斑斑、飽受日曬雨淋、開始褪色變白的五彩印花紗籠，眼角泛出了淚光：「我被峇爸騙了。翡翠谷後宮的七十二位精挑細選、來自婆羅洲各地的女孩，都被這個白老頭子，威廉·澳西，施展詭異的魔法給騙了。」

說著，阿美霞舉起手，用食指頭狠狠地摳了摳額頭上的紅印記，想將它挖掉似的。

我忽然想到一件事：當初在翡翠谷，倘若不是吉姆王爺在千鈞一髮之間出手，將我從澳西先生爪子下劫走，那晚我已經成為峇爸的新妃子，眉心間被烙上一個紅印記。婆羅洲之旅結束後，額頭上帶著一顆燦爛的鮮紅的痣，朱鴒回到台北，怎麼見人呢？這麼一想，我忍不住伸手摸摸自己的額頭，縮起肩膀，渾身機伶伶打出兩個哆嗦來。我趕緊改變話題。

「阿美霞，別後一年看見妳平安無事，我心裡挺高興。」我伸出一根指頭，抹掉她腮幫上懸掛的一顆搖搖欲墜的淚珠：「我原本以為——」

「妳以為我已經死掉了，對不對？」阿美霞仰起臉來看著我。淚光中，她咧開嘴唇，露出兩排皎潔美麗的小白牙，噗哧一聲笑出來。

「在翡翠谷，妳跟我講過：妳的名字『阿美霞』在普南語中的意思是『早晨的露珠』，太陽一出來就融化，剎那消失得無影無蹤。所以我心裡一直有個不祥的預兆：哪天我會在大河畔旅途中的某個地點，與妳重逢。妳背著小紅帽，在曠野上已經流浪了一段日子，天天暴露在毒日頭下，整個人變得黑黝黝病奄奄，像一朵被烈火烤焦的水仙花。我抱著妳放聲大哭：『阿美霞，妳怎麼曬成了這個樣子！』妳並沒回答，望著我只是傻笑，然後身子一軟，闔起眼皮就倒在我懷中死掉了。」

阿美霞聽得發起了癡來，瞅著我一直吃吃笑個不停，眼神中流露出一種奇異的、妖媚的光彩。

我別過臉去，避開她的目光。

「這幾天忙著張羅伊曼的喪事，我沒工夫坐下來和妳細談，問一問妳，阿美霞，自從翡翠谷別後，妳和眾姐妹們經歷過哪些事。譬如，大夥如何抵達大河上游『新阿爾卡迪亞』？峇爸如何營造他的新後宮？而妳又是如何逃出來呢？」

聽我這麼一問，阿美霞那露珠般晶瑩明亮的臉蛋，陡地陰暗下來，宛如中午時分萬里無雲的赤道天空，突然湧出一堆烏雲。她從籐椅裡站起身，款擺著腰間繫著的花紗籠，漫步走到高腳屋陽台邊緣，將肩上一把烏黑髮梢，一古腦兒甩到脖子後面。隨即，她舉起雙手托住兩只腮幫，憑著欄干，邊眺望入夜時分成群鷺鷥兀自盤桓不去的大湖，邊娓娓地、好像講夢話似地，道出這段日子她經歷過的一連串驚險、離奇的事蹟。

*　　*　　*

月亮高掛菩提樹梢的那晚，朱鴒，在萬能的慈悲的天父耶和華／辛格朗．布龍安排下，妳被黑夜中蹦出的一個黑衣蒙面人挾持，逃出峇爸的哈林姆後宮，在最後的關頭，保全了妳這個十二歲處女的貞潔。否則，妳的命運和下場肯定跟我——年紀比妳還小一歲的阿美霞——相同，妳的額頭早就給烙上一粒血紅的朱砂，一生一世都消除不掉。

妳走後的一天早晨，峇爸召集翡翠谷全體女孩，宣布一項重大消息：昨天夜裡，在睡夢中他受神的諭示，命令他即日帶領嬪妃們，搭乘鐵殼船，沿卡布雅斯河溯流而上，前往聖山祕境，尋找天父應許的地點，建立他的新哈林姆後宮，打造人間的第七天國。於是，我們這支穿著花紗籠，披著一頭烏黑長髮，由峇爸親自挑選的婆羅洲十二族姑娘所組成的隊伍，排列成長長一縱隊，浩浩蕩蕩搖搖曳曳，從翡翠谷出發啦。在他老人家率領、後宮大總管阿里押送下，大夥搭乘「摩多祥順號」輪船，一路遊山玩水，尋訪上帝應許之地，在大河上航行四十天後，終於抵達終點。

這趟穿越婆羅洲內陸叢林的航程，前些天，我們的姐妹蒲拉蓬遇見朱鴒妳時，想必已經向妳報告，我就不重複了。

但是，有個大祕密一直埋藏在我心頭，壓得我喘不過氣來。這件事，連最親近的翡翠谷姐妹，我都不敢告知。如今和妳重逢，我非得講出來不可了。

這個不可告人的祕密，就是依思敏娜的死亡。

朱鴒，妳記得這位氣質獨特、出身馬蘭諾族的姑娘嗎？她是我們翡翠谷七姐妹之一，排行老五。妳對她的印象有點模糊吧？我只要描述一下她的裝扮，妳就會記起這個女孩：銅棕色的皮膚，漆黑的大眼睛，細高挑的身材，上身穿一件馬來喀巴雅月白長衫，下身繫一條翠綠仿綢紗籠，頭上披一方水藍素紗巾。全套典雅標準的、馬來好人家女兒的行頭。一副高貴矜持的姿態，讓人不敢親近。也難怪朱鴒妳和依思敏娜不熟。

馬蘭諾族人信奉伊斯蘭教，原本是來自馬來半島的移民，幾百年前，定居沙勞越東北海岸，曾經建立強大的蘇丹王國。因此他們算是婆羅洲的貴族。像依思敏娜這種出身的婆羅洲女孩，怎麼會被一個白人糟老頭——威廉·澳西——弄到手呢？一個虔誠的守貞的穆斯林處女（朱鴒妳記起來了吧？她的額頭光潔無疤，在翡翠谷時還沒給烙上朱砂記），為何出現在峇爸的後宮？又為何跟我們這群來自原住民部落，不論大小，從九歲到十五歲，個個眉心間都有一顆紅痣的姑娘，溷在一起呢？

這個大謎團，直到世界末日都解不開啦，因為依思敏娜帶著她的祕密，往生去了。

就在溯河而上的航程中，一天晚上，如同往常，我和姐妹們脫掉紗籠，光著身子排排躺在悶熱的底艙大通鋪中就寢。船上夜深人靜，睡夢中，我忽然被一個詭祕的腳步聲驚醒。睜眼看時，只見我們的大姐頭蘭雅，鬼鬼祟祟走進艙門來。（朱鴒肯定記得這位才十四歲，就出落成一個大美人，被冊封為翡翠谷九貴妃之一，深受峇爸寵信的肯雅族姑娘，因為她美得讓人一見永不忘。）三更半夜，蘭雅畫著一臉濃妝，身上穿著華貴的月白鑲金邊泰絲紗籠，手裡拿著一盞油燈，踮著兩只光裸的、塗著鮮紅蔻丹的腳，帶著陣陣香氣，沿著艙房中央通道走過來，在依思敏娜身旁停住腳步。她凝起眼眸望著熟睡中的穆斯林姑娘，沉思一會，隨即翹起臀子彎腰蹲下身來，伸出兩片紅馥馥的嘴唇，湊到伊思敏娜耳畔，嘰嘰咕咕對她說了幾句話。中了降頭般，依思敏娜張開眼睛，乖乖爬起身來，穿上她那件白長衫和綠紗籠，呆呆邁出腳步，夢遊似地跟隨蘭雅，從滿艙沉睡的小宮女們中間穿梭過去，走出大統艙。我裝睡躺在鋪位上，把整個過程都看在眼裡。一等她們倆走出艙門，我便霍地跳起身來，穿上我的紗籠，躡手躡腳摸黑展開追蹤，一路尋覓到了那坐落在後艙的峇爸寢宮。

月娘倚在舷窗口，笑盈盈探進半邊臉龐來，俯望艙內。

獨個兒，蘭雅守在緊閉的艙門外。她緊緊攏起身上的紗籠，雙手抱住膝頭，靜靜坐在甲板上白皚皚一圈月光裡。額頭中央眉心間，綴著一顆櫻桃般的紅痣，映著月色顯得特別亮麗，光彩照人。

看見我從甬道上走過來，蘭雅舉起右手食指頭，按在嘴唇上，示意我噤聲，隨即伸出手臂招三下，叫我走到她身邊坐下來。

姐兒兩個，半夜深更，坐在卡布雅斯河上一艘嗚——嗚——響著長長的汽笛聲、漏夜行駛的鐵殼船中，後艙一間鐵門深鎖的套房外，肩並肩依偎在一起。

我悄悄伸出脖子，朝向房門口豎起一只耳朵，傾聽艙內發出的聲音。靜夜中，我清清楚楚聽見依思敏娜痛苦的、急促的呻吟聲：「薩唧！薩唧！」夾雜著峇爸澳西先生特有的嘎——嘎——嘎——叢林怪鳥夜啼般洪亮刮耳的笑聲，交響成一片。霎時間，我只覺得自己那顆心撲撲亂跳，臉孔熱烘烘火辣辣漲紅上來。蘭雅舉起一只手掌，緊緊搗住我的耳朵，接著伸出另一條手臂，攬住我的肩膀，將我整個身子一古腦兒拉進她懷中，牢牢抱住。

月亮皎皎，從舷窗口直直照射進來，滿滿灑出一甲板銀光。

我，十二歲的普南族丫頭阿美霞，如同一個依戀母親的娃兒，蜷縮起身子，躺在蘭雅臂彎裡，而十四歲的肯雅族姑娘蘭雅（在翡翠谷眾女孩中，可算是大姐級了），就像小母親那般摟住我，和我一起守望在峇爸房門外。

這是我第一次和蘭雅這樣親近，但我心裡一直仰慕她，因為她是我們七姐妹的大姐頭。

朱鴒，妳必定記得一年前，蘭雅初次亮相時所展現的氣派。那晚，一枚明月掛在山谷中央菩提樹梢頭。翡翠谷的主人威廉·澳西先生，穿著雪白夏季西裝，腆著大肚腩，胖墩墩笑瞇瞇，如同一尊中國笑面佛，盤足坐在樹蔭下，一張鋪滿各種婆羅洲美酒、點心和各色熱帶水果的印度地毯上。他老人家背後，侍立著他那位面目黝黑，稻草人樣瘦瘦高高，身穿白長衫和黑紗籠的爪哇僕人。這個半人半鬼的傢伙，便是威震大河流域、長屋小孩子一聽到他的名號就會立刻停止哭鬧的「鬼見愁阿里」。一群嬪妃，代表婆羅洲各大族的八名美女，身穿紅、橙、黃、綠、藍、靛、紫、白各色紗籠，排列成挺亮麗的一縱隊，煞似雨後叢林上空乍現的一道燦爛彩虹，團團環繞住澳西先生。我們的大姐，代表婆羅洲第三大族肯雅族的蘭雅，穿的是月白色上品泰絲紗籠。身材高挑的她，驕傲地昂聳起胸前一對渾圓、尖翹、宛如兩顆婆羅洲文旦的奶子。我們站在草坪上遠遠觀看蘭雅妃子，只見她腮幫上的兩片臙脂和眉心間的一滴血，閃亮在月光下，極是醒目。在峇爸這群萬中選一的嬪妃中，蘭雅年紀最小，可她的神態最高貴，架式最充足，天生是塊做王后的料。

朱鴒記得嗎？那晚我們這兩個毛丫頭，抱著各自的芭比娃娃（我的小紅帽和妳的安娜絲塔西亞公主），跟翡翠谷的一眾小宮女們，一起站在菩提樹蔭外面，大草坪上，伸出脖子仰起臉龐，望著侍立峇爸身側的蘭雅姐姐，心裡多欽慕呀！

想不到今夜，在大河中一艘輪船上，我——小不點阿美霞，能夠和心目中的偶像並肩坐在一起，身子緊挨著身子，臉頰貼著臉頰，比同胞姐妹還要親暱。

這樁奇遇，究竟代表怎樣一種緣分呢？

我忍不住伸出鼻尖，偷偷地，聞著蘭雅身上發出的氣味。她頭上那把又黑又濃又直的髮絲，編成一個高聳的印度寶塔式髮髻，在這深夜時分，兀自飄送出濃郁的橄欖油香。她的身體，卻散發著嗆鼻的麗仕肥皂味。一股詭祕誘人的阿拉伯香水味兒，幽幽從她身上各私密處滲出來。我貪心地吸著、嗅著，不知不覺間就倒在蘭雅懷裡，伸出雙手抱住她的腰肢，整個人陷入恍惚迷離、半醉半醒的狀態中。我多希望時間停頓下來。我的一生就這樣打住。

蘭雅不吱聲。她伸出雙臂一直摟著我的身子，時不時拍拍我的背，如同慈愛的母姐一般。一整夜，我們倆就這樣坐在艙房門口，守著峇爸的寢宮。

天空發白了。不知什麼時候，月娘悄悄離開了我們頭頂上的舷窗，沉落到西方天際那霧茫茫的大河口去了。卡布雅斯河兩岸，晨光乍現的叢林中，開始響起滿山母猿們急切的啼叫：「嗚噗！嗚噗！」一聲聲呼喚她們走失在外的子兒。摩多祥順號輪船上，前艙大通鋪中，赤裸著身子排排躺著的小宮女們，這時也停止她們嘰嘰咕咕講了一整夜的夢話，紛紛張開嘴巴打哈欠，伸懶腰，穿上各自的紗籠，準備起身迎接新的一天了。峇爸寢宮內，馬蘭諾族姑娘依思敏娜徹夜的喊痛聲：「達拉！薩唧！」這時突然停歇。偌大的頭等艙房內，黎明前的死寂中，有如石破天驚般，綻響起澳西先生那粗重如牛的喘息聲：「嗬、嗬、嗬。」

咿呀一聲，艙門打開了，依思敏娜獨個兒走出來，身上穿一件簇新的、顏色和圖案挺鮮豔的爪哇印花紗籠。看哪！她的額頭正中央，眉心間，用朱砂新烙上一顆紅豆般大的印記，朝陽照射下閃閃發亮，宛如一滴鮮血。

我伸出脖子，好奇地朝艙內探頭瞧一瞧。透過乍開的房門，我看見峇爸澳西先生，脫光衣服，渾身赤條條，聳著個胖菩薩式的大肚腩，仰面朝天，躺在那間鋪著印度地毯、掛著中國紅紗帳、點著一爐波斯檀香、擺著一把日本武士刀的寢宮中。那具龐大的、雪白的身軀，橫陳在一張金漆雕花的楠木大床上。他老人家張開亮晶晶、戴著兩排假牙的大嘴巴，笑嘻嘻流著口水，打雷般驚天動地打著鼾：「齁吼——齁吼——」看來正睡得挺沉熟甜美哩。

我感到猛一陣反胃，趴在蘭雅懷裡，差點將晚餐吃的東西全都嘔吐出來。半聲也沒吭，蘭雅一把將我推開，自己從艙房門口甲板上站起身來，牽起依思敏娜的手，帶領她穿過艙底那條幽祕的甬道，把她送回前艙的大通鋪。

依思敏娜回到自己的鋪位，也沒卸妝，就穿著那件新紗籠躺下來。朱鴒妳知道嗎？從頭到尾，依思敏娜什麼話都沒說，就那樣靜靜地、一動不動地，側著身子面向牆壁躺著，背對艙中的所有姐妹們。隔著中央通道，我睡在她對面的鋪位中，斜眼瞥見，她的兩只烏黑清亮的大眼睛，一直睜著，好久眨也不眨一下，只管瞪著眼前那面白漆艙牆上，一只被人打死的壁虎遺留下的一小灘乾枯、暗紅的血跡。

在澳西先生艙房門外守候了一夜，我也睏乏啦，回到大統艙倒頭就呼呼大睡。但是，朱鴒啊，這晚無意中被我阿美霞撞見的事情，將永遠銘刻在我心頭，就像——唔，就像峇爸和依思敏娜度過了初夜後，他老人家親自動手，在她額頭上烙下的一顆朱砂痣，一生一世都抹不掉。

我們的船，繼續在卡布雅斯河上航行，朝向目的地——峇爸心中憧憬的新迦南、人間第七天國——日復一日風雨無阻穩穩前進。

我的日子又回復常態。但，依思敏娜變了，變得更加愛乾淨。她原本就是有潔癖的女孩。這個在沙勞越海邊長大、從小與水為伴的馬蘭諾族姑娘，即使在輪船上旅途中，每天都堅持沐浴一次，而且準時在傍晚日落時分，晚禱之前，在船尾一個隱密角落獨自進行。破身後，她每天大清早就起床，拿起水桶和盥洗用具，背著大夥溜出大統艙。我憋不住強烈的好奇心，悄悄爬起身，一路跟蹤依思敏娜到船尾，躲在一旁窺視她的舉動。只見她弓著身子，伸手拉起身上那件紗籠的下襬，從腳踝子直往上提到腰間，露出屁股來，然後蹲在甲板上船舷旁，垂下吊桶，從河中打上滿滿一桶水，隨即拿出一塊肥皂，把手掌伸進張開的兩腿中間，咬著牙使勁擦拭起來。好半天濺濺潑潑，不住淘洗。直到嘴唇被自己的牙齒咬破了，滲流出一條條血絲來，依思敏娜才停手，用河水把腿胯徹底沖洗乾淨，放下紗籠襬子，站起身來，拿起水桶和盥洗用具，趕在眾姐妹起床之前匆匆跑回艙房。

這件早晨洗身的工作，接連進行了整整一個禮拜。

到了第八天，依思敏娜突然不洗身子了。她蹲在船舷旁甲板上，弓著腰，垂著頭，望著旭日照射下滔滔西去、注入大海的卡布雅斯河，只是哭泣。

我從躲藏的地方走出來，在她身旁蹲下。

「依思敏娜，早安。」

「妳好，阿美霞。」

「妳今天為什麼不洗身子呢？」

「沒用的。」

「沒用？為什麼？」

「洗不乾淨了。怎麼洗都洗不乾淨了。依思敏娜的身子永遠、永遠都洗不乾淨了。」

說著，依思敏娜陡地轉過身去，背向我，聚攏起身上的紗籠，將下襬緊緊夾在兩條腿中間。然後，她伸出雙手抱住膝頭，把滿布淚痕的臉龐，一古腦深深埋藏進心窩裡，自顧自哀哀啜泣。我蹲在她身子後，一時間不知如何是好，只能望著河水怔怔發起呆來。

這次交談，是我和這位文靜、內向、沒有朋友的馬蘭諾族姑娘之間，一生中最長的、也是最後的一次對話。

隔天早晨，依思敏娜就投河自殺了。

我阿美霞永遠不會忘記，那時，大清早，舷窗外的天空才濛濛亮，大通鋪的眾姐妹正睡得沉熟呢。我正在做一個夢，夢中看到依思敏娜。只見她，細瘦高挑的身子穿著一襲素雅、手染的馬來喀巴雅月白長衫和翠綠紗籠，頭上披一方水藍紗巾，俏生生佇立在河口海濱椰林中，麗日下一座滿圃大紅花盛開的班葛·拉雅花園裡，一棟小巧玲瓏、張燈結彩的高腳屋陽台上，笑盈盈伸出一只手臂，只管向我招著。我跨步向前，正要朝依思敏娜走過去。就在這當口，猛然聽見撲通一聲巨響。我從睡夢中驚醒，心知不祥，趕緊爬起床來三步併作兩步直衝到船尾，趴在船舷上一看。朝霞映照下，紅浪滾滾的卡布雅斯河中，只見一個嬌小的身子，穿著簇新的爪哇五彩印花紗籠，拖著一把烏黑長髮絲，順著西流的江水，在幾百只早起的婆羅門鳶一路盤旋伴隨下，靜靜地，朝向大河口漂蕩而去。我攀上船舷欄干，清清楚楚看見，水中姑娘額頭上新烙的那顆豔麗的、紅豆似的朱砂痣，在河水不斷沖洗下，化成一縷鮮血，沿著她的臉頰汩汩流淌入母親河中……

全船的姐妹聚集在船尾，穿著各色花紗籠，披著一頭亂蓬蓬、大清早起床還來不及梳理的長髮絲，爭妍鬥麗似的，迎著燦爛的朝陽，競相展示各自眉心上的紅痣，一縱隊，排列在船舷欄干旁，雙手合十頂禮，默默為依思敏娜送行。一個姐妹好端端的突然死了，大夥交頭接耳議論了一早晨，然後就閉口不提，只當沒事發生，依舊開開心心搭乘鐵殼船，在峇爸率領之下繼續溯河而上、尋找迦南美地。

全船的人——不，全世界的人——只有我阿美霞知道依思敏娜真正的死因，但我啥都沒說，就連平日最親近的幾位姐妹，莎萍、亞珊、蒲拉蓬和我們的大姐蘭雅，我也沒敢告訴她們。我獨自背著我的祕密，如同耶穌獨自背著祂的十字架。朱鴒，妳能了解一個人守著一個醜惡、恐怖、不可告人的祕密，心中那份孤獨和痛苦嗎？可說也奇怪，我就是覺得妳這個來自外鄉的陌生女孩（至今，咱們只見過兩回面呢），能夠明瞭和體諒我內心的感受，所以這次重逢，一見到妳，我便決定把祕密講出來。如今終於有兩個人分享這個祕密了，這些日子壓在我心頭、讓我喘不過氣來的擔子，登時就減輕一半！謝謝妳，來自台灣的好朋友。

回到我們的輪船上吧。

出翡翠谷，橫越赤道叢林曠野，航行在婆羅洲最大、最長的河流卡布雅斯河上，一路尋尋覓覓逆水行駛，四十天後，我們終於完成一千公里的旅程，抵達終點，登上澳西先生看中的新迦南。

位於峇都帝坂聖山下，巴望達哈湖和登由·拉鹿湖中間的這片青翠原始的平原，果然是一塊美地！雖不如聖經中描述的那樣「流奶與蜜」，但也「有河有泉有源，從山谷中流出來」，而且那兒有肯雅人遵照長屋祕傳配方，將小米和糯米按一定比例和工序，精釀而成的土瓦克酒。這種婆羅洲特產的酒，如同可蘭經中的「第七天國」居民飲用的天上佳釀，喝得再多也不會宿醉頭痛，醉了，也不會迷亂心性。峇爸發現的這個新迦南，雖不出產大麥和小麥，但有達雅克人使用刀耕火種的古法，栽培出的上等香米。這兒雖然沒有葡萄園和無花果樹，但多得是色彩繽紛、甜美多汁、四時享用不盡的各種熱帶水果：紅毛丹、山竹、波羅蜜、番石榴……朱鴒，瞧妳豎起兩只耳朵聆聽我描述，聽著聽著，口水禁不住就流出來囉。

峇爸威廉．澳西先生，帶領他的七十二名嬪妃和宮女，下船登岸後，如何在這片平原落腳，為何將它命名為「新阿爾卡迪亞」，又怎樣建立他的新行宮，這整個過程，我們的姐妹蒲拉蓬遇見朱鴒妳時，想必已經向妳報告過了。

說真的，剛在新阿爾卡迪亞定居時，大夥很快樂。無憂無慮逍遙自在的日子，簡直就是可蘭經描寫的第七天國生活。（平日閒居無事，峇爸常向我們念誦並講解《可蘭經》中的這一章節，大家都耳熟能詳了。）朱鴒，如果當初在翡翠谷選妃時，妳沒被黑衣蒙面客劫走，跟我們一起搭輪船來到這兒，阿美霞相信，妳肯定會喜歡這座南海熱帶花園。

峇爸終於找到了神應許他的迦南，心中多麼欣慰啊！高齡八十的老頭子，剎那間年輕三十歲。他那六英尺五英寸、矗立婆羅洲男人中間，簡直就像巨人歌利亞的魁梧身材，如今，被這兒的水土滋養得更肥壯了，整個人看起來活似一座白色的、油亮的肉山。他那張紅噗噗的滿月臉，成天笑呵呵，越發像中國笑面佛了。每天他老人家無所事事，就光著身子，只披著一件用上等泰絲縫製的金黃浴袍，挺著大肚膛，仰天躺在大理石寢台上——如同可蘭經描寫的那樣——身邊圍繞著一群「不知淫穢為何物，個個擁有兩只烏黑明亮、宛如藏在貝殼中的珍珠般的大眼睛」，無比純真的少女。大夥細心伺候峇爸，給他斟酒，餵他吃水果，並且隨時奉召爬上寢台，脫掉紗籠，輪番和他老人家交歡。根據可蘭經的記載，進入第七天國的男人，每人可以擁有七十二名處女。這是澳西先生告訴翡翠谷女孩的，大家都信以為真呢。現在回想，這肯定是老澳西編造的鬼話，用以誑騙婆羅洲長屋姑娘。早晚，阿拉必會懲罰這個老騙子和淫棍。

不論如何，對大夥來說，新阿爾卡迪亞的日子，最初還算挺快活、愜意。

但不久就發生蒲拉蓬事件。

兩位姐姐鬧內訌，難為我這個小么妹了。我的立場無論偏向誰，都會讓我覺得對不住另一方。但是，我必須公正地說：這件事蘭雅確實做得過分。她倆之間的恩怨和鬥爭——蒲拉蓬如何受寵、如何懷上峇爸的孩子、如何在蘭雅攛掇之下，被峇爸逐出新阿爾卡迪亞，獨自帶著八個月的身孕在大河畔流浪——這整個過程和原委，蒲拉蓬在流亡的路上遇見妳時，已經向妳，我們都喜歡和信任的台灣姐妹朱鴒，報告過了。

唉，說穿了不就是一個「妒」字。蘭雅志向很大，一心往上爬升，成為峇爸後宮九貴妃中排名第一的正宮娘娘，戴上班葛·拉雅花冠，穿上最華貴、宮中人人想望的七彩中國雲錦紗籠。（這件衣裳和它所代表的名份與位階——阿爾卡迪亞皇后——原本是峇爸為他最疼愛、最惦記的女孩，失蹤的伊班小美女伊曼，特地保留的。）誰敢跟蘭雅爭奪這頂后冠，她便除掉誰，連自己的結義姐妹都不放過。我阿美霞看在眼中，寒在心裡。但要一直等到七姐妹中的其他兩位，亞珊和莎萍，也成為蘭雅下手的目標時，我才興起逃跑的念頭。

出身馬當族獵人世家的莎萍，和來自婆羅洲最慓悍、最好戰的加央部落的亞珊，同樣十二歲，同樣在八月一個月圓之夜誕生，皮膚同樣黝黑，五官同樣俏麗。兩人並肩站立，活脫脫就是一對搶眼的雙胞胎，極得峇爸的寵幸，時時召喚姐妹倆共同侍寢。有一天，兩人忽然同時失蹤，在新阿爾卡迪亞引起一陣騷動。大夥竊竊私語，說她倆使用剪刀，圖謀閹割行房後酣睡中的峇爸，被後宮總管阿里撞見，被逼雙雙逃亡，遁入位於聖山腳下密林深處的登由・拉鹿小兒國。但我不相信。我心中認定，莎萍和亞珊已經被大姐蘭雅謀害，沉屍卡布雅斯河中。翡翠谷七姐妹，如今只剩下我和蘭雅兩個了（除開妳，離散在外不知下落的朱鴒）。我開始在心中籌畫逃亡，但一直苦無機會。

直到後宮中鬧鬼。

朱鴒，妳聽說過馬來女幽魂「龐蒂亞娜克」吧？那個挺著大肚子，穿著白紗籠，月光下出現在甘榜椰林小徑上，四下遊走尋尋覓覓的女吸血鬼。父老私下傳說，她那顆長髮飄飄的頭顱，時不時會脫離她的頸脖，飛到半空中不停兜轉，到處追索她的仇人。龐蒂亞娜克——美麗而恐怖的孕婦、讓天下負心漢午夜喪膽的怨靈。

峇爸看到了她。「依思敏娜帶著胎兒回來找我了！」他說。他老人家那張胖嘟嘟笑瞇瞇、平日紅光滿面充滿喜氣的大臉膛，霎時變得蒼白。

我，宮中的小侍女阿美霞，第一次看見我們的主人澳西先生——那名震大河上下、連叢林魔神峇里沙冷手下的首席巫師，黑魔法師伊姆伊旦，都得禮讓他三分的白魔法師——被嚇成這副德性。坦白說，我心裡還真有點可憐這個年高八十、卻和小孩一樣怕鬼的白人老頭兒呢。

依思敏娜出身馬蘭諾貴族，祖上是來自馬來半島的穆斯林，她投河自盡後，化身為馬來女幽魂，並不令人訝異。奇怪的是全後宮的人，都沒見過她變成的大肚子龐蒂亞娜克，只有峇爸、阿里和我們的大姐看到。（蘭雅雖沒講，但從她臉上怪異的神色，我瞧出來她曾遇見依思敏娜的鬼魂，而且不只一次。）此外，看到依思敏娜的人還有我，她的朋友阿美霞。

她樣子沒變。她脫掉了峇爸賜予的爪哇五彩印花紗籠。現在她又恢復了一年前，剛出現在翡翠谷時的裝扮：上身穿一件喀巴雅月白長衫，下身繫一條翠綠素紗籠，頭上披一方水藍紗巾，包裹住濕漉漉的一把黑髮絲。全套標準的、端莊的馬來女穆斯林行頭（但那一頭濕髮卻顯得十分突兀）。整個人看起來依舊那樣高貴矜持，凜然不可侵犯。只是啊——只是她額頭中央新烙的那顆猩紅、渾圓、好似朱砂痣的印記，已經破裂了，潺潺地冒出一縷鮮血來，橫越她的右太陽穴，沿著她的右臉頰一路滴答滴答流淌而下……

依思敏娜懷孕了。她挺著一個滾圓的肚子，佇立在我的臥室窗口，沙沙樹影裡，背對著白皎皎一鉤低掛在樹腰、開始西沉的弦月，仰起蒼白臉龐，睜著兩只漆黑眼眸子，定定瞅住仰天躺在床上、正沉陷在夢鄉中的我——她在新阿爾卡迪亞僅剩的朋友，阿美霞。夢中我倏地驚醒，睜開眼睛望向窗口。朦朧月光下她依舊一眨不眨看著我，從頭到尾都沒吱聲。那滿眼睛的話語，始終沒說出口。兩人隔著窗子就這樣靜靜對望。直到天空發白，大河兩岸叢林中的成千座長屋，舉行接力賽似的，此落彼起，發出一陣陣嘹喨的公雞啼聲，依思敏娜才張開嘴唇，長長地嘆息出一聲來，隨即又凝起眼睛深深看我兩眼，挺著肚子轉身離開窗口。曉風中，只見一襲白紗籠圓鼓鼓，飄飄蕩蕩，霎忽間就隱沒在晨霧裡，消失在那嗚噗、嗚噗——滿山乍響的母猿啼叫聲中……

自從看見依思敏娜的鬼魂後，峇爸內心感到不寧，夜不安枕，腦子裡起了遷地為良的念頭。他決定率領整個後宮，再度上路，離開被龐蒂亞娜克詛咒的新阿爾卡迪亞，沿著卡布雅斯河，繼續溯流東上，進入婆羅洲內陸最深最深、最最隱密的地方，另尋一塊美地，重新建立他的第七天國。

這回，他老人家看中的目標是登由·拉鹿小兒國。

從台灣來的女生，妳也聽說過婆羅洲島正中央，峇都帝坂聖山腳下，環繞著五大湖，湖畔聚居著從各地搭船回鄉的亡魂吧？登由·拉鹿便是其中一個湖，位於巴望達哈血湖東邊大約五十哩，住著一群夭折的嬰靈。在這座有如童話般美麗、伊甸園般純淨的原始礁湖，他們過著無憂無慮、逍遙自在的日子，生活中充滿各種遊戲，因為這些還沒出生或年紀還小，就因各種緣由離開人世的孩子，壓根不識得人生的愁滋味。

我記起來了。妳和伊曼都跟我講過，登由·拉鹿是妳們當初在魯馬加央長屋分手，各自逃命時，約定日後重聚的地點。經過一整年的流浪，在大太陽下徒步行走一千公里，聖山在望，即將抵達終點的當兒，伊曼倒下來了。朱鴒，我知道現在妳心中有個大願望，便是前往登由·拉鹿小兒國，代替伊曼完成她的心願，同時藉著這個機會，實現妳到婆羅洲旅行的一個目標：造訪妳的李老師當年以「少年永」的身分，和他的姑媽結伴，從事一趟暑假大河之旅時，曾經進入的神祕兒童王國。

朱鴒，妳記得那晚在翡翠谷，我們這兩個初相識便一見如故、談得滿投機的異國女孩，沐浴後坐在初升明月照耀下的花溪畔，手握著手聊天嗎？那時我豎起耳朵，聆聽妳敘述「少年永」闖入登由·拉鹿祕境所看見的景象，我整個人好像中蠱似的，登時就聽得入迷啦：

「一群孩童，不，好大一窩子成百上千個孩童，從三四歲到七八歲，大多擁有棕色皮膚，男男女女全都裸著身子，光著小屁股，赤條條，嘯聚在午夜時分一穹窿墨藍色天空下，好似滿湖嬉戲的小水妖，蹦蹦濺濺喊喊喳喳，放聲鼓譟著互相追逐打鬧潑水，以各種天真爛漫的方式和動作，率性地、無拘無束地，戲耍在婆羅洲心臟深山裡，這一座天池似的盪漾著蕊蕊星光的原始大礁湖中。」

這便是伊曼生前一心嚮往的登由·拉鹿湖！肯雅族古老傳說中，布龍大神賜予夭折的孩子們，讓他們往生之後，得以安居，永遠享受快樂生活的樂園。可現在，它卻成為澳西先生看中的、準備率眾攻占的新第七天國。

打定主意，峇爸立刻下令啟行。一個晴朗的月夜，他率領麾下七十二名選自婆羅洲各族的美女（依思敏娜、蒲拉蓬、莎萍和亞珊遺留下的四個缺額，都已經就地取材，補足了），悄悄離開被怨靈所蠱祟的新阿爾卡迪亞。花枝招展的一支綿長隊伍，搖曳著各色紗籠，甩舞著披肩長髮，展示著額頭上的七十二顆血紅朱砂痣，浩浩蕩蕩地，在那個身材高瘦，穿著白長衫黑紗籠，活像行走中的稻草人的後宮總管「鬼見愁阿里」押送下，再度溯河而上，朝向峇都帝坂聖山進發。

目標：小兒國。

身為翡翠谷七姐妹中碩果僅存的一個（除了蘭雅），我阿美霞懷著一顆忐忑的心，跟隨大夥踏上旅途，但我腦子裡只有一個念想：逃亡。一路上我伺機脫離隊伍，但峇爸防備極嚴。在阿里那兩粒黑寶石般，亮晶晶圓滾滾，骨睩骨睩，四下不停轉動的眼珠子全天候盯視下，我根本無從脫逃。在大河畔小徑上行走了七天，就在我陷入絕望、準備認命的當兒，隊伍中流傳起一個訊息：叢林江湖中突然出現一位神祕女孩，逢人就打聽「白魔法師」澳西先生的行蹤，一副準備尋仇幹架的態勢。

大夥描述這個十二三歲、身高約一米五、獨自現身婆羅洲內陸的「姑寧．妲央」（黃魔女）時，說得可繪聲繪影，好像親眼見到似的：身穿一套黃卡其上衣和黑布裙，右腰插一柄克利斯短劍，左腰掛一個薩烏達麗．珍瑺人頭鼓，腳上趿一雙沾滿黃泥巴的白球鞋，身旁帶一只老邁的黑狗，日日夜夜，逡巡遊蕩在叢林中田野間，四下尋找仇人。

我一聽說，這個裝扮奇特、來歷如謎的女孩，有著一身黃皮膚和一對丹鳳眼，嘴裡操著蹩腳的帶有中國口音的馬來語，向人打探我們的下落，我就心知肚明：這位新近崛起於叢林江湖的「黃魔女」，不是別人，正是我在翡翠谷結識、後來突然失蹤的好朋友和好姐妹，朱鴒妳。當下在內心中，我便起了一個念頭：無論多少代價，我都要擺脫阿里的監視，從峇爸那雙魔爪底下逃出來，進入叢林尋找黃魔女。

在慈愛的布龍神安排下，逃亡的機會終於來臨。隊伍一抵達登由．拉鹿湖畔，峇爸就委派阿里擔任先鋒官，帶領一隊爪哇衛兵，進入小兒國，展開掃蕩行動，趕走居住在那裡的孩子們，為澳西先生和眾嬪妃準備行宮。我趁著這個空隙，趕緊在腳底抹上油——開溜囉。

在一對神祕的、總是在最要緊的關頭，手牽手，並肩出現在我眼前的馬當族姐妹，急切的指引下，我沿著卡布雅斯河，朝向下游接連奔跑五天，來到巴望達哈。早在家鄉普南部落時，我就聽長老們說，這座風光優美的血水之湖，是年輕、命苦的產婦往生後，她們無家可歸的靈魂化為一群雪白的鷺鷥，永遠棲息、長相廝守的地方。

傍晚，滿天彩霞倒映在波光粼粼的湖水中，整個湖面紅彤彤，果然像一個血湖。我昂首挺胸，甩著一肩蓬亂的髮絲，搖曳著身上那件在路上奔波多日、沾滿塵土的花紗籠，邁大步行走堤岸上，心中暗自慶幸，這下可逃出了生天，峇爸和蘭雅再也奈何我不得。邊徜徉，邊眺望湖對岸，石頭山巔那水紅紅的一枚初升月，意氣洋洋好不自得哩！不知不覺間，我就朝天張開喉嚨，放聲唱起妳在翡翠谷教我唱的那首妳最愛唱，每次思念母親，眼眶一紅，就扯起嗓門唱起來的台灣歌。（對不起！我只會唱七句。對我這個婆羅洲原住民女孩來說，台語好聽是好聽，可實在太難學。有機會朱鴒妳再教教我吧。我保證把整首歌學會，下回，從頭到尾唱一遍給妳聽，也不枉我們姐妹倆相交一場呀。）朱鴒和小烏，你們兩個心裡準備好了沒？我阿美霞現在要演唱台灣歌〈月亮半屏圓〉囉：

望月表相思
奈何月屏圓
春去秋來又一年
乎阮想著心傷悲
啊——啊啊——
天星閃爍

月半圓

那天傍晚，我就在日落月升時分的巴望達哈湖堤上，邊漫步邊唱歌，邊在心中思念妳——這會兒不知人在哪裡的「黃魔女」朱鴒。這首台灣歌頭七句歌詞，我翻來覆去起碼唱了三十遍。正要閉上嘴巴歇會兒，忽然心中一動，只覺得背脊涼颼颼，猛回頭望去。

夕陽下一條瘦瘦長長的黑影子，拖在湖堤上。我揉揉眼睛仔細一看。我身後，一襲染血的馬來白長衫迎風飛盪，悄沒聲，朝向我直撲過來。兩粒滾圓滾圓、白多黑少的眼珠映著彩霞，血絲斑斑，盯著我的背梁，只管骨睩骨睩轉個不停。陰魂不散！峇爸的頭號僕人，鬼見愁的彈簧腿阿里，邁著他那雙又長又直好似兩根高蹺的腳，大跨步又追上來啦，眼看一伸手便能攫住我的後頸了。

驀地，湖畔水草叢中起了一陣騷動。只聽得潑剌剌一聲響，瞧！湖面上同時冒出幾百只鷺鷥，白簇簇一大片，在一只身形特別優美、羽毛特別潔白、神態好像皇后般高貴的鷺鷥率領下，浩浩蕩蕩飛上堤岸，撲向那齜著牙，張起一雙爪子，正準備對我下手的阿里。帶頭的鷺鷥（後來我才曉得，她便是我們的好姐妹——被逐出峇爸後宮、流亡途中因難產而死的蒲拉蓬，往生後靈魂的化身），伸出她的金黃嘴喙，不聲不響，就對準阿里的右眼珠啄去。阿里狂叫一聲，舉手蒙住臉孔。我趁機從他魔爪底下，脫身而出。就在這當口，獨自在大河畔曠野中行走一年的伊班姑娘，伊曼，現身湖堤上，一把拉住我的手，牽著我，沿著湖堤一路奔跑下去，終於擺脫了彈簧腿阿里的糾纏。我們倆便結伴在湖畔「鵜鶘屋」住下來，直到遇見妳——已經在叢林中闖出名號的黃魔女，朱鴒……

以後的事情，妳都知道了。

*　　*　　*

阿美霞操著她那清嫩、高亢的嗓音，嘰嘰呱呱，用整整兩個鐘頭的時間，敘述完她一年來離奇的經歷，這才停頓下來，舉起手掌拍打著心窩，歇口氣。

我聽傻啦。這個天資聰穎、口才便給的小姑娘說起故事來，活龍活現繪聲繪影，比我朱鴒講的還要精采動聽哩！聽完阿美霞的報告，好一會我沒答腔，只是凝著眼睛瞅住她那張橢圓形的、挺細緻的、婆羅洲普南族姑娘特有的白淨臉蛋。瞧，這個十二歲小妮子，一口氣講了恁多的話，居然口不乾氣不喘，這連我朱鴒也辦不到呢。夕陽下但見她那兩只腮幫汗溱溱，綻出一雙蘋果樣的酒渦，紅噗噗好不嬌美可愛。

小烏彷彿也聽呆囉。這只已經上了年紀的狗，強忍睡意，硬撐著陪伴我們坐了一整個傍晚。聽完阿美霞的故事，他還捨不得就寢，兀自睜著兩顆布滿血絲的眼珠，帶著滿臉又是欽佩、又是關切、又是好奇的神色，打量這位坐在我身旁籐椅裡，穿著一條破紗籠，披著一肩風塵斑斑的長髮，額頭中央，血滴般燦亮著一枚紅色印記的美麗少女。

我們仨，就這樣，靜靜坐在鵜鶘屋陽台上，眺望入夜時分的血湖。太陽墜落進大河口後，湖面一下子沉暗下來。滿天輝煌的彩霞霎時消失，彷彿湖上一場熊熊燃燒的大火，驟然熄滅般。

在湖心飛翔了一黃昏的水鳥們，這時隨著天黑，也紛紛返回各自的窩巢棲息。幾千公頃的巴望達哈湖，這會兒靜蕩蕩，只剩下三兩只落單的鷺鷥，天頂那片殘霞照射下，兀自拍打著沾血的翅膀，滯留在湖上。她們那孤獨、雪白、美麗得好似馬來女幽魂的身影，一枚一枚飄飄嫋嫋，只顧流連在滿湖搖曳嗚咽的蘆葦叢中。

白皎皎一瓢月，斜掛在峇都帝坂山巔。山腳的登由．拉鹿小兒國，陷入一團迷濛的夜色中。月光下只見一堆堆篝火閃亮，影幢幢，群鬼亂舞，好像正在舉行一場神祕淫蕩的儀式。我豎起耳朵傾聽。夜風中，清清楚楚聽見娃娃們的啼哭，夾雜著女孩們的嬌笑，一聲聲清亮地、真切地傳來，穿越過巴望達哈和登由．拉鹿兩座湖中間的一片平野，刀似的直刺入我的耳鼓。

霍地，我從椅子裡站起身來。

「阿美霞和小烏，你們兩個聽著！明天早晨日出後咱三人就出發，結伴上路。」

「請問朱鴒，我們要上哪去？」

「登由．拉鹿。」

「這個時候去小兒國做什麼？」

「誅殺峇爸。」

青天一聲霹靂。阿美霞那張俏麗的小臉蛋，颼地煞白了。兩只烏溜眼瞳子睜得老大，只顧呆呆瞅住我的臉龐。連那一整夜蹲坐在地上，靜靜聆聽兩個女孩說話的黑狗，乍然聽到我的宣布，也倏地坐直身子，昂挺起背脊來望著我，等候下一步指令。

一股血氣，湧上我心頭。

「我爸爸說——」

「峇爸？他老人家又說什麼來啦？」阿美霞的嗓門猛一顫抖：「峇爸準備派一個比阿里更厲害的人來，抓我回去？」

「抱歉又嚇妳一大跳！」我伸手摀住自己的嘴巴，禁不住吃吃笑將起來。「我說的是我的爸爸朱方，不是峇爸澳西先生。阿美霞莫害怕！在台北時，我父親朱方常常訓誨我，做人最要緊的是講義氣。什麼是義氣呢？就是願意為朋友兩肋插刀，即便是上刀山下油鍋，眉頭也不皺一下！我朱鴒雖是個女流之輩（順便告訴妳，這是我父親對女性同胞的稱呼，在他老人家眼裡，我這個丫頭兒還只是個『小女流』哩），但是我不自量力，願意學習中國先賢們的榜樣，做出一件轟轟烈烈的事蹟來。所以我決定立刻前往登由·拉鹿，拚著這條小命，解救我們的翡翠谷姐妹和小兒國的孩子們！」

可憐，阿美霞和小烏都聽傻了。他們倆只管睜大眼睛，張開嘴巴，瞪住那穿著黃衣黑裙台北小學女生制服，聳著一頭剛修剪的、西瓜皮般齊耳的短髮，抬頭挺胸，在鵜鶘屋陽台上，邊來回踱步邊慷慨陳辭的台灣女孩——我，朱鴒。

「嗚呦——」小烏忽然昂起脖子扯起嗓門嚎叫一聲。

我趕緊閉上嘴巴，結束我的發言，卻忍不住噗哧笑出來。

阿美霞可繃住臉孔沒笑。她站起身，拂拂她腰間繫著的小花紗籠，邁出兩只光腳丫，和我並肩走到陽台欄干前，放眼眺望巴望達哈甘榜村口，月光下，那條銀色巨蟒般閃閃發亮、一路穿梭過黑夜叢林的大河，滿臉嚴肅地對我說：「朱鴒看！這便是婆羅洲最大、最長的河流卡布雅斯——妳這個台灣女生所說的『月河』。她是我們原住民心目中的宋垓．伊布——母親河。妳瞧月光下的母親多溫柔多美麗呀。」阿美霞幽幽嘆出一口氣來，猛然回頭，睜著一雙烏黑清靈的大眼睛，盯住我的臉龐，斬釘截鐵地說道：「明天早晨日出後，我和小烏就跟隨妳出發。我們三個沿著卡布雅斯河，一路向東朝河源頭走，前往登由．拉鹿湖，尋找羞辱我們的母親、姦污我們的姐妹、惡貫滿盈的峇爸澳西先生，將這個老不死的白老頭兒擊斃在聖山下！」

中天一枚明月照耀下，普南族小姑娘那張白淨、俏麗、眉心綴著一顆紅痣的小臉蛋，驀地浮現出一股殺氣，陰森森，好似萬里無雲的婆羅洲夏日天空，突然飄過一朵烏雲。

我看在眼裡，咬著牙悄悄打個寒噤，雙手合十朝天拜三拜：「觀音菩薩和聖母馬利亞保佑！決戰的日子終於來臨了。」

第三十八話　出征·誅殺阿里

盛妝打扮，衣香鬢影，在這百無聊賴炎炎夏日的午後，聚集於台北市中山堂，排排坐在這間開放冷氣、冰窖般清涼的演講廳中，抬頭看著舞台上那個小不點兒、踮著腳站在麥克風前的女生，強忍著睡意，以無比的耐心，聆聽她講述婆羅洲之旅的尊貴女士們——現在請好好聽著：妳們枯坐許久，苦苦等待的故事結局，馬上就要來臨囉。

決戰登由·拉鹿湖。

大結局的情節緊湊精采，如同一齣高潮迭起的好戲，我得分五幕，一幕一幕地講述，才能將全部過程完整、忠實、如同紀錄片般歷歷如繪，呈現在聽眾眼前。請大家專心聽哦！別又在裝著養神，闔起妳們那一雙戴著奇士美假睫毛、塗著蘭蔻眼影的眼睛，偷偷打瞌睡啦。朱鴒我在台上看見了，可要發飆，拂袖而去的。咱們把醜話說在前頭，請見諒。

＊　＊　＊

第一幕的「劇情」是誅殺峇爸最得力的助手，阿里，為最終的決鬥清除最大、最危險的障礙。

那晚在鵜鶘屋陽台上，經過一番交心和懇談，坐言起行，我和阿美霞決定立刻行動。隔天清晨，滿山猿啼聲大起，太陽剛從峇都帝坂山背後露出臉龐，在湖上潑灑出一片金光——伊班人稱這個時辰為「英普獠．北奔吉」，長臂猿啼鳴的時刻——我們便動身，攜帶用乾樹葉和枯樹枝自製的紙錢和香枝，在小鳥前導下來到伊曼墳前，向她辭行和祭告：此去，我們誓必誅殺惡魔澳西，為死去的姐妹們報仇，否則絕不活著回來！

「伊曼，妳就好好待在這兒，靜候我們的佳音吧。」婆羅洲少女阿美霞拉起紗籠襬子，併攏雙膝，在墳頭跪下來，學我這個台北女孩的榜樣，將手中已點燃的三枝香高高舉到頭頂，行中國古禮，誠誠敬敬地磕三個頭，嘴裡念念有辭：「我們相處雖然只有七天，但在我這個普南族女孩心目中，妳這位伊班姑娘是我前世的親姐妹、今生的好朋友。這回，我和來自台灣的女孩朱鴒結夥，前去刺殺峇爸，不管結果如何，無論我個人是生是死，我都會回來陪伴妳，伊曼姐妹。」

我，朱鴒，穿著一身黃衣黑裙台北小學女生制服，拈著香枝，跪在阿美霞嬌小的身子旁，聆聽她的祈禱，字字句句聽得真真切切，心中一痛，禁不住撲簌簌流下兩行熱淚來。一抬頭只見金燦燦一輪旭日，升到了峇都帝坂山巔，直直照射著巴望達哈血湖畔，遼闊的蘆葦蕩中央，山崗上伊曼這座新築的小小的墳塚。一周前，墳墓落成時，我們從山坡上挖起十二株半人高、還沒開過花的朱槿，移植到墓旁，沒想到全都存活下來啦。這會兒，一叢花樹迎著明亮的赤道陽光，血潑潑地，開放出幾百朵茶碗大的紅花，每一朵都從花心中伸出一根三吋長、金黃色的雄蕊，晨風中滿樹招搖晃盪，好不威武！班葛．拉雅——伊班人心目中，受大神布龍特別眷顧和珍愛、代表婆羅洲戰士之血的「神花」，如今拱衛著伊班姑娘的墓塚。伊曼地下有知，應該感到安心吧。

小烏屈起一雙前腿，跪在伊曼墳前，舉頭望著湖上那一穹廬碧藍的天空，嗚呦嗚呦——拉長嗓子悲嚎三聲。

「咦？朱鴒妳瞧，小烏的眼神好奇異哦！莫不是他在天空中看到了伊曼往生的靈魂？」阿美霞臉上露出又是驚悸、又是欣喜的神色，低頭看看小烏那雙晶亮的眼睛，再抬頭望望湖上的天空，轉身對我說：「這只婆羅洲黑狗有靈性！昨天一整個黃昏，他靜靜坐在妳身旁，仰起臉豎起兩只耳朵，望著我，聽我講述這一年來的經歷。他那雙烏黑眼珠不住眨啊眨，彷彿聽得入神哩。每次我提到蒲拉蓬、伊曼和依思敏娜，這三個苦命的、含冤而死的女孩時，小烏的眼光便會颼地沉暗下來，臉上流露出哀傷、焦慮和不捨的神色，就好像一位父親乍聽女兒被人欺辱，清白之身受到玷污，卻無法出面阻止，只能心裡乾著急和自責。」眼瞳一亮，阿美霞忽然想到一件事，回頭睜大眼睛瞅住我：「朱鴒，聽妳說，蒲拉蓬挺著大肚子獨個兒流亡在大河畔荒野中，十月臨盆，因難產而死時，小烏守在她屍體旁，昂起脖子望著河上的月亮，足足吹了一夜的狗螺：嗚呦呦嗚呦呦——簡直要喊破喉嚨流出血來。叫聲沿著大河傳開去，引起兩岸成千座長屋的狗，爭相呼應，一村傳一村，霎時間整個叢林響起狗吠聲，直到月亮沉落太陽升起，才漸漸停歇下來……」倏地轉身，阿美霞伸手提起紗籠襬子，向那兀自蹲在伊曼墳前、朝向天空悲嚎的黑狗，弓下腰身行了個屈膝禮：「小烏，你是一只有情有義的狗。我，婆羅洲普南族女孩阿美霞，代表我的姐妹——伊班族的伊曼、馬蘭諾族的依思敏娜和達雅克族的蒲拉蓬——在這兒向你致謝啦。請你別再叫了！」

我撮起嘴唇發出一聲響亮的唿哨，把小烏召回身邊來，轉頭對阿美霞說：「時候不早了，咱們該上路囉！」

踏上征途、朝向登由．拉鹿進發之前，我鄭重地檢查身上的行頭和裝備：一頭新剪的、挺清爽俐落的短髮，搭配一套黃卡其長袖上衣和黑布及膝短裙，裝束齊整，右腰掛上一柄蛇形、長一呎、曾經刺殺九十九名叛徒的馬來神器，克利斯短劍，左腰繫著一只形狀像沙漏、名叫薩烏達麗．珍�的雙面手鼓。這個鼓是我最珍愛的武器，因為它身上依附著兩位婆羅洲處女的靈魂，擁有巨大的、正道的力量，能夠鎮壓人世間的一切魑魅魍魎。

怦、怦、怦——我伸出手來連拍三下那用人皮製成的鼓面。它發出清亮、深厚、宛如兩顆心臟同時跳動的聲音，在這座曙光初現、晨霧繚繞的血水之湖中，激盪起陣陣金紅色的漣漪。

「阿美霞和小烏，走吧！」我拎起我的緹花旅行袋，將它斜掛在肩膀，準備上路，朝向大河源頭出發，進入婆羅洲最幽深原始、最神聖純淨的森林，尋找白魔法師澳西的下落，和他決一死戰。

阿美霞卻依舊杵著不動，站在伊曼墳前，只管乜斜著兩只烏溜眼瞳子，睨住我，從頭頂到腳跟，把我那身怪異的裝扮打量了好幾遍。

「好一個新近崛起於叢林江湖的姑寧．妲央！」她舉手摀住嘴巴吃吃笑起來。

「姑寧．妲央是誰？」我的臉皮颼地漲紅了。

「黃魔女呀。」

「別鬧了！我們趕早啟程吧。」

我們仨——台灣女生朱鴒、普南族姑娘阿美霞和婆羅洲土狗小烏——沿著高聳的湖堤，排列成一縱隊，迎著旭日，朝向巴望達哈湖東北岸的甘榜村莊，迤邐行去。湖面上白雪雪一片。上千只鷺鷥，在蒲拉蓬率領下，拍打著她們那一雙雙飛舞在朝霞中、好像沾滿鮮血的翅膀，浩浩蕩蕩追隨在我們身後，一路依依相送。

隊伍來到甘榜口，卡布雅斯河港灣。我回轉過身來，對帶頭的那只美麗高貴的鷺鷥，深深一鞠躬：「蒲拉蓬，妳受盡人生各種磨難，往生後，靈魂化為白鷺鷥，落腳在風景清幽、世外桃源般的巴望達哈血湖，和同樣命苦的伊曼相聚一起，互相照顧和扶持。身為妳們倆的結義姐妹和好朋友，我朱鴒這下完全放心啦！珍重，再見。」猛一扭頭，我轉身背對那兀自鼓著翅膀盤旋在我身旁，伸出金黃色嘴喙，邊輕輕啄著我的背梁，邊哀哀啁啾的蒲拉蓬，悄悄舉手，擦了擦我那兩只紅腫的眼睛，咬著牙，強忍住即將奪眶而出的淚水。蒲拉蓬依舊逡巡不去，啼叫聲聽起來更加悲切了。一狠心，我邁出雙腳，帶領阿美霞和小烏兩位夥伴，踏上河畔的小路，抱著風蕭蕭壯士一去不復還的悲壯心情，大步朝向登由·拉鹿前進。

* * *

前往小兒國的路途上，我們遇見一群逃命的娃娃。

那當口，我們仨正以徜徉的步伐，仰起臉龐，迎著樹梢間灑下的一簇簇金黃色陽光，行走在卡布雅斯河上游，森林峽谷中，一處風光忒明媚、百花叢裡只見黃鸝成雙成對追逐出沒的所在。婆羅洲上千種飛禽中，黃鸝可是顏色最明豔、個頭最嬌美、歌喉最嘹喨的鳥呢。走著看著聽著，不知不覺間我就拉起阿美霞的手，一字一字，教她念誦她的沙勞越鄉親——南洋浪子李老師最愛的那首辛棄疾詞〈好事近〉：

花月賞心天
抬舉多情詩客
取次錦袍須貰
愛春醅浮雪

黃鸝何處故飛來
點破野雲白
一點暗紅猶在
正不禁風色

姐妹倆手牽手肩並肩，邊行走邊吟哦。冰雪聰明、伶牙俐齒的普南族姑娘阿美霞，在我教導下，很快就學會吟詠這首中國詩，背誦起來還琅琅上口呢。「唉，一點暗紅猶在！」想起那癡情的李老師，我正自感嘆不已，猛一抬頭，便看見一群娃娃光著屁股，打赤腳沿著幽谷中的小徑，蹦蹬蹦蹬朝向我們慌慌張張奔跑過來。

那場面煞是壯觀！朝陽金燦燦照射下，只見上千個婆羅洲原住民兒童，從兩三歲剛學會走路的阿納（嬰兒），到八九歲的阿弟和阿妹，全都身無寸縷，青天白日下，裸著他們那一條條銅棕色的身子，挺著小肚腩，露出肚臍眼，將雙手高舉到空中四下亂舞，鬼趕似地急急忙忙奔逃。邊跑，邊張開喉嚨齜著牙尖聲嘶喊：

「漢都，漢都！鬼，鬼！」

我和阿美霞停止吟詩，倏地煞住腳步，跂起腳踵伸出頸脖，從眾小兒頭頂上眺望出去，果然看見他們身後，幽靈似的無聲無息，亦步亦趨追隨著一個白衫飄飄的男子。他正邁著腰下一雙高蹺般瘦長的腿，大跨步朝向娃兒們奔走過來。

「彈簧腿阿里！」我失聲驚呼。

「半人半鬼、陰魂不散的傢伙又出現了！」阿美霞臉孔陡地煞白，嗓門禁不住顫抖。

「嗚——嗚呦呦——」小烏聳起背脊上的絨毛，朝天張開喉嚨，吹起他那悠長淒涼的狗螺來。

我們仨齊齊停下腳步來，並排站在路中央。

孩兒們邊奔跑，邊扭轉脖子回頭望。一個渾身赤條條的四歲小男娃，哭喪著臉，拖著兩條長長的黃鼻涕，晃啊晃地搖蕩著胯下吊掛的那根小陽具，跑著跑著，忽然絆到路心一塊石頭，猛摔跤，整個人趴在塵土中，嘩喇嘩喇放聲大哭起來。阿美霞猶豫一下，就拔腳跑上前，牽起這孩子的手，拖著他急急跑回我和小烏身旁。

豔陽下鬼魅般飄忽，轉眼間，阿里就追到我們眼前。他邊邁動兩條竹竿腳，不停跨步，邊張開他那雙骨嶙嶙又細又長的胳臂，一抖一抖，震動他肩上掛著的那件雪白色、長及膝蓋、輕飄飄的亞麻布馬來衫，整個人乍看，好似婆羅洲叢林中，突然冒出的一只碩大的白色怪鳥，悄沒聲，如影隨形，只管追蹤一群逃命的裸體娃娃。

越追越近，怪鳥隨時一撲而下！

我再也按捺不住了，猛一個箭步躥上前，張開雙臂居中一站，大剌剌攔在路心。兩人——我，來自台北的女生朱鴒，和阿里，白魔法師澳西先生手下的爪哇僕人——在婆羅洲大河畔聖山腳下，百花谷裡，黃鸝兀自成群翩躚飛翔的一條小徑中央，面面相覷，對壘上了。

阿里收起他那雙白色大翅膀，煞住腳，怔怔瞅住我。黑黧黧一張尖瘦臉膛上，兩粒圓滾滾、白多黑少的眼珠滿布血絲，映著頭頂樹梢間灑下的陽光，亮晶晶轉動不停：「妳就是從大海對岸妖島上來的『姑寧·妲央』朱鴒？」

「是。」我把雙手往腰間猛一插，挺起胸膛抬起下巴，乜斜著兩只眼睛冷冷回睨他：「你，就是專門嚇唬小孩和女人、外號『鬼見愁』的彈簧腿阿里？」

就這樣，這一黑一黃一高一矮的男女兩個怪客，隔著十步距離佇立路心，眼瞪眼對壘了足足三分鐘。嘩喇嘩喇潮水般，逃命的孩子們光著身子打赤腳，頭髮飛颺雙臂亂舞，沿著河濱小徑，一波波從上游的登由·拉鹿國慌急急跑下來，從我和阿里兩旁擦身而過，頭也不敢回一下，只顧朝下游投奔而去。泥巴路上塵頭大起。喊喊喳喳滿峽谷黃鸝歌唱聲中，一時間只聽得四處綻響起娃兒的呼喊、啼哭和喘氣聲。

阿里再度張開雙臂，抖動身上那件白長衫，邁動兩條彈簧腿，朝向孩子們的背影作勢欲撲。

「阿里聽著！」我喝止他，隨即從腰上解下薩烏達麗·珍瑙鼓，高高舉在手中，將血跡斑斑的鼓面伸向這個半人半鬼、一路糾纏我們的怪物，顫抖著嗓門厲聲叱叫：「我，黃魔女朱鴒，代表龍木家兩姐妹前來取你的性命！」

硬生生地，阿里收回雙腳，直條條挺著他那乾乾瘦瘦、高約一米九十的身軀，杵在路中央。好半晌，他只管滴溜溜、滴溜溜不住轉動他的兩粒三白眼，端詳我手上那玩具般玲瓏可愛、用兩顆少女骷髏頭連接而成、具有特殊法力的馬來鼓。颼地他的臉孔煞白了，開始流露出恐懼的神色。

「阿里，你的死期今天到了！」猛一旋身，我伸出另一只手臂，直指向大河畔小徑旁的山坡：「你且看是誰來了？」

滿臉狐疑，阿里扭轉脖子，順著我的手勢朝我指點的方向望去。這一瞧，可不得了。他的臉色登時變青，彷彿大白天撞見冤魂似的。我原本只是虛張聲勢，唬唬他罷了，如今看見這個鬼見愁竟被嚇成這副孬相，猛地一怔，連忙睜起眼睛，隨著阿里的視線看過去。

早晨九點鐘白花花陽光下，只見山坡上朱槿叢中，肩並肩佇立著一雙苗條的身影。

我使勁揉搓眼皮，凝起眼瞳再一細看。

姊姊·龍木，我萍水相逢、在卡布雅斯河上共度一個暑假的好朋友，別來無恙，依舊穿著紅上衣白裙子「榮耀紅白」中學女生制服，細長的脖子背後，兀自拖著一根兩呎長、兒臂粗、烏溜溜水亮亮的麻花粗油大辮子，腳上穿著白球鞋，腰桿挺得筆直，站在一簇血紅紅盛開的班葛．拉雅花樹前。娣娣身畔，小鳥依人般站立著另一位少女。這個十五歲馬當族姑娘，穿著月白素紗籠，趿著一雙桃紅拖鞋。長長的紗籠襬子下，露出兩只渾圓小巧的奶油色腳踝。肩胛上，一匹黑緞似地，披著兩把柔嫩漆黑的髮絲。一對圓滿的、小籠包子般大的巧克力色乳房，翹立在半裸胸脯上。她，就是娣娣經常掛在嘴邊、時時刻刻惦念的姐姐，天生聾啞、心地善良的比達達麗，那個人如其名，美麗好似仙女的婆羅洲原住民女孩。

這會兒，龍木家兩姐妹手挽著手，站在河畔山腰，背向峇都帝坂山巔一輪燦爛的太陽，亮閃閃睜著兩對黑眼眸，不聲不響，一動不動，只管俯視聚集在峽谷中的一堆人。

蹦蹬蹦蹬，好像一群奔跑中的羚羊般、只顧落荒而逃的登由．拉鹿國眾小兒們，這時紛紛煞住腳步，仰起一張張汗溱溱的小臉蛋，氣喘吁吁，瞇起眼睛眺望山坡上，青天白日下，幽靈似地突然出現的兩個馬當族美少女。在婆羅洲深山中，幾時遇見過如此登對、這麼標致的一雙姐妹花呀。大夥全都看呆啦，一個個張開嘴巴，腆著肚腩，挺著光溜溜露出肚臍眼兒的小身子，四下站立在路上，如同一群木雕的玩偶。

鬼見愁阿里一時也愣住啦。這傢伙臉色發白，抖簌簌垂著雙手，緊緊抓住他腰間繫著的那件寬寬鬆鬆、燈籠褲似的黑棉布紗籠，僵立在路心，骨睩骨睩只管翻著白眼，怔怔望向山坡。

「你死到臨頭了，天殺的阿里。」我扯起嗓門叱喝一聲，舉起手中的龍木姐妹鼓，伸出另一只手開始拍擊。

鼕。鼕。鼕。

如夢初醒，阿里回轉過脖子，嘴一咧，黧黑的臉孔綻露出兩排大白牙。磔磔一笑，他瞪起兩粒眼珠，又把兩道陰森慘白的目光投注到我臉龐上，隨即邁出兩條竹竿腿，張開一雙稻草人胳臂，抖著身上白長衫，朝向我和孩子們大跨步走過來。

我把附著兩個處女的靈魂、威力強大的薩烏達麗·珍瑙，高高舉到頭頂上，加快節奏使勁敲打鼓面，邊敲邊厲聲叫罵：「白人老頭的奴才、峇爸後宮的看門狗，彈簧腿阿里聽著！被你幫助害死的全體婆羅洲女孩，她們的靈魂在娣娣和比達達麗·龍木姐妹倆帶領下，找你索命來了。」

鼕、鼕鼕、鼕鼕鼕鼕——鼓聲一陣急似一陣，嘹喨地，清澈地，綻響在大河畔麗日下，朱槿花開得一片鮮紅的峽谷中。

接著，我們就看到了挺離奇、怪誕，卻也完全在我朱鴒預料和掌握之中的一個場景：

薩烏達麗·珍瑙鼓聲中，阿里忽然停下腳步，舉起雙手摀住耳朵。一張尖瘦黝黑的臉孔，冒出十多顆黃豆般的汗珠。臉上的五官全都扭曲成一團。這副頭疼欲裂、痛苦萬狀的模樣，簡直就像《西遊記》中的孫大聖，乍然聽到他的師父唐僧，不顧他的苦苦求饒，對他念誦那要命的『緊箍咒』似的。蹬、蹬、蹬、蹬。阿里邁起兩條竹竿腿，往後跨出三大步，在娃娃們面前十米處站住，睜起兩只滿布血絲的眼瞳子，滿眼哀憐地瞅著我，彷彿央求我看在峇爸份上，立刻停止擊鼓。我差點心軟。但是，看到這位讓全婆羅洲長屋的孩子們一聽到他的名號，便會嚇得馬上停止哭鬧的「鬼見愁」，如今竟然在一群娃娃面前，顯露出一副可憐兮兮的娘泡相，我朱鴒實在看不上眼。所以，我非但沒有停止擊鼓，反而使出全身力氣，敲打得越發急速用力：

篷篷篷——怦怦怦——

一輪大太陽，從峇都帝坂山巔升上天頂，照頭直直潑灑下來。阿里臉上的幾十顆豆大汗珠，化成兩條汗水，涔涔地沿著兩片尖削的腮幫流淌下來。滿臉幽怨，他睨我一眼，又邁步往後退出三米，隨即豎起兩根食指，插入兩個耳洞，咧開嘴巴齜著白森森兩排大板牙，企圖阻擋那如同毒針般、一針一針不停鑽入他的耳洞、刺破他耳膜的鼓聲。忍了三分鐘，他支撐不住了。腳底下猛打一個踉蹌，他那一米九的高瘦身軀終於垮啦，一古腦摔在地上，好似羊癲瘋發作，整個人不住抽搐顫抖，雙手抱住膝頭蜷縮成一團，兩眼翻白，口吐白沫。老實說我還真有點驚嚇到呢，但我那只擊鼓的手並沒停歇。鼕鼕——怦怦——鼓聲越來越像一陣陣巨大、洪亮、發自叢林最深處的心跳聲。阿里掙扎著從地上爬起來，轉身面對山坡，咚的一聲雙膝下跪，兩手合十，以最恭順的爪哇儀節誠誠敬敬頂禮膜拜。娣娣．龍木和比達達麗．龍木兩姐妹手牽手肩並肩，兀自佇立不動，只是睜著兩雙漆黑眼眸，凝起四只晶瑩瞳子，一眨不眨地俯視那匍匐在她們腳底下的阿里。拜了十幾拜，磕了七八個頭，阿里昂起脖子仰天長嘆三聲，站起身來，拍掉黑紗籠上沾著的滾滾塵埃，拂拂肩上披著的白長衫，一挺腰，邁出兩條長腿，頭也不回就直直走向河濱。瞧他那孤獨的背影，還真像稻米收割後、被主人拋棄在田中、神態顯得無比落寞憔悴的稻草人哩。

只聽得撲通一聲，我們就看見阿里縱身跳入卡布雅斯河中，自沉而死。

太陽下，我清清楚楚看見臨死前的阿里，從水中伸出頭顱來，翻起兩顆白眼瞳望向河岸，瞅住我的臉龐，久久地、深深地看了我一眼，目光中充滿怨毒和困惑，讓我禁不住縮起肩膀，咬著牙，渾身機伶伶接連打出五六個寒噤來。

大夥回頭一看。隨著鼓聲的停歇，那一對神祕的馬當族少女，已經走了。整片山坡空蕩蕩，只剩下一簇盛開的班葛·拉雅大紅花。我使勁揉揉兩只眼皮，定睛望去，依稀看見一把披肩的黑髮絲，依依地，伴隨著一根兩呎長、兒臂粗的烏油麻花大辮子，忽隱忽現，飄蕩在早晨十點鐘、那滿河滿谷瀰漫起的白花花豔陽中。

從頭到尾，我都沒看見龍木家兩姐妹的臉孔。

第三十九話　逃亡的小兒們

白魔法師威廉・澳西先生的頭號僕人兼後宮總管，彈簧腿阿里，在百花谷被誅殺後，從大河上游聖山地區逃出來的孩子們，霎時間，全都從躲藏的地方鑽出，現身陽光下。光著腳丫、裸著身子的男娃和女娃，加起來上千個人，紛紛蜂擁上前向我下跪，高高舉手合十頂禮，一齊張開喉嚨扯起嬌嫩的嗓門，滿坑滿谷一片聲吶喊致謝：「特你馬加色，姑寧・妲央！」

經百花谷之戰，我朱鴒才真正成為崛起於婆羅洲大河，聲名開始在長屋、甘榜、客家庄之間傳揚的人物，被原住民尊稱為「姑寧・妲央」，意思就是「黃皮膚丹鳳眼的小魔女」。

將近中午，日頭炎炎，孩子們光著一只只小屁股，席地坐在百花谷中一棵參天的大栗樹下，把我、阿美霞和小烏夥伴三個，團團圍繞在中間，爭相向我們報告各自的出身和經歷，以及登由・拉鹿國的情勢和近況。

一群娃兒同時開腔，七嘴八舌聒聒聒，吵得我暈頭轉向。我命令大家安靜下來，隨即指派一個年紀最大、擁有一張漂亮的滿布風霜的小鵝蛋臉，看起來忒聰慧，口齒聽起來也伶俐的女孩，代表登由・拉鹿小兒國的全體公民，站在場子中央，向我們做簡報。以下便是發言紀錄：

*　　*　　*

我的名字叫琪琪格・伊莉莎白・夏丹，出生於卡布雅斯河中游的魯馬夏丹部落，屬於加里曼丹伊班族。七歲，在施洗牧師保送下，進入桑高鎮聖公會學校就讀。剛升上小六，就趕上那年婆羅洲大流行的猩紅熱，一星期之內，我們學校兩千學生中死了三百人。我們那一班的同學，包括十二歲的我，有七位蒙主寵召。

疾病之神特別眷顧婆羅洲的兒童。定居在登由・拉鹿小兒國的孩子們，大多數是死於叢林中的各種疾病：痢疾、天花、霍亂、猩紅熱……新近又流行起一種怪病叫「西菲利斯」。我們伊班人稱它新豬瘟。這是一種全新的、婆羅洲前所未見的疾病，三年之中奪去了上萬原住民的生命。我們教會的約翰生牧師說：這是天譴之疾，因為《舊約・出埃及記》第二十章第五節有言：「我耶和華——你的上帝是忌邪的上帝，恨我的，我必追討他的罪，自父及子直到三四代。」最可怕的是西菲利斯的病毒會遺傳，通過母體的子宮，由父傳子，由子傳孫，代代相傳一直到世界末日大審判來臨時。居住在大河口、最早和歐洲人接觸的伊班人，最先染上這種疾病，然後像踢皮球般，沿著橫貫婆羅洲島的卡布雅斯河，一路往上游傳遞，依序踢送給陸達雅克人、肯雅人、加央人、馬當人和最善良純樸、世代隱居在內陸深山的普南人。新豬瘟的蔓延，現在還只是開端哩，就已經產生出成千的兒童往生者，如今登由・拉鹿小兒國的居民中，至少有百分之十是因為「西菲利斯」前來的。

可話說回來。往生後前來登由・拉鹿定居的孩子，並非人人都死於疾病。很多是在各種意外事件中死亡。譬如站在我身旁、流著兩條黃鼻涕的這個男生閔都魯。瞧，他正仰起臉笑瞇瞇打量妳——穿著黃上衣黑裙子，帶著一只魔鼓和一支神劍，在危急關頭，突然現身拯救我們的姑寧．妲央。他很佩服妳，把妳當成偶像呢。閔都魯是加拉畢族人。五歲時他跟隨父親進山，設陷阱捕野豬，被一匹發情的大公豬撲倒在地。他的頸項被獠牙刺穿，當場流血不止而死。往生後，他的靈魂飄蕩到聖山下的登由．拉鹿湖，成為小兒國公民。

還有這位個頭挺高、相貌威武、年紀卻只有九歲的大祿士．祖明。他出身婆羅洲戰士族——加央族。妳看他一身皮膚烏晶晶，像根黑炭條，卻生得一口整齊潔白、讓我們女生好生羨慕的牙齒。他的死亡最離奇。往生那年，有一天中午他獨自溜出長屋，到附近櫟樹林，用自製的小吹箭筒射野雉。半路上他遇到七個身材魁梧，黃頭髮紅鬍虬，身穿一整套迷彩服，脖子上掛著一枚羅盤的怪客。帶隊的中年漢子，滿臉笑吟吟，看起來挺和藹可親。他拿出兩條美國史力架牌巧克力，自己吃一條，另一條就遞給路上遇到的這個漂亮土著男孩。大祿士接到手裡，正吃得津津有味，忽然感到腦袋昏昏沉沉，接著身子一歪，他就倒在地上睡著了。醒來時太陽已經沉落大河口。他發現自己赤裸著身子，展開四肢，背梁朝天，翹起臀部趴在一株大櫟樹濃蔭下。那七個迷彩客，早已不知去向。大祿士感到下體疼痛不堪。反手往臀上摸去，只覺得黏糊糊熱烘烘的。一股血腥氣挾著糞便味，撲鼻而來。大祿士嚇得登時昏厥過去。他獨自躺在樹林中，下體流了一整夜的血，直到天空發白、直到腸子都從肛門口掉出來了，血還滴滴答答兀自流個不停哩。

九歲的加央族男孩大祿士．祖明，來不及成為部落戰士，便提早往生。至今走路還一拐一拐。

報告我們的救命恩人、來自大海對岸的正義天使姑寧・妲央・朱鴒：出生於婆羅洲各部落的兒童，男孩和女孩，因著各種不同的緣由和機遇，就這樣來不及長大便夭折了。往生後，他們的靈魂沿著母親河卡布雅斯，在一輪明月導引下，乘著河風溯流而上，一路飄蕩到大河源頭，最後落腳於聖山下那一座由布龍大神之妻、天母裴本紺親自守護的大湖——登由・拉鹿。

這湖，風景可優美。

它是水質最純淨、未受任何污染的原始礁湖，坐落在婆羅洲心臟叢林中央。月光下幾千公頃晶瑩的湖水，好似億萬顆綠寶石集聚在一起，同時發光，爭相閃爍在漆黑的赤道夜空中，那一條全世界最輝煌、最壯闊、最華麗的銀河底下。湖岸上矗立著一排高聳的野生椰樹。椰林中的甘榜，散布著一幢幢玲瓏小巧、色彩繽紛、宛如用樂高積木堆疊而成的高腳屋。往生的兒童，就居住在這些屋子裡，過著不愁衣食無憂無慮的日子。我們這群年齡最小才一兩歲，最大也只不過八、九歲的孩子（有些還是死產的嬰兒呢），根本沒機會長大，哪識得成年人的欲望和煩惱！

每天傍晚，毒熱的太陽才沉入大河口，夜幕垂落，月亮剛從峇都帝坂山巔升起，銀河中的星星們，還在睡覺呢，我們便像一群出來放風的囚犯，紛紛衝出自家的高腳屋，呼朋引伴成群結夥，撲通撲通爭相縱身跳入湖中。

慈母般，天上一枚月亮笑盈盈注視下，上萬個娃娃，男孩子女孩子全都裸著身子，光著小屁股，散布在偌大的湖面上，嘁嘁喳喳蹦蹦濺濺開始玩水。整個登由・拉鹿湖，登時變成一座超大型的夜間水上兒童遊樂場。大夥互相追逐潑水，四下打起水仗。直玩到頭頂上那條明亮的天河，隨著初現的曙光，逐漸黯淡下來——直玩到，月亮在卡布雅斯河上巡行一周後，悄悄沉入西方大海，太陽紅冬冬冒出東方天際——這時大夥才依依不捨，一個個從水中鑽出來，爬到湖岸上，甩著滿頭晶亮的水珠，搖晃著一只只濕漉漉的小屁股，心不甘情不願地，回到各自的高腳屋睡覺。

哦，姑寧．姐央，那是一段沒有大人看管、自由自在無拘無束的日子，小兒國的黃金時代。可是樂園中不知為什麼總會有蛇溜進來，就像《聖經．創世記》描寫的那樣。

一天夜晚，大夥照常相約在湖中打水仗，男生女生對抗正在熱頭上呢。在岸邊淺灘中嬉耍的那群娃娃，忽然彷彿撞見鬼似的，臉色颼地變白了，紛紛停下正在進行中的各種遊戲，一個個腆著肚腩翹著小屁股，杵在水裡，扭轉脖子朝岸上觀望。我們這群年紀較大、在離岸約五十碼的湖中打水仗的孩子，也暫時休戰，擦乾眼睛抬頭望去。午夜時分月色皎皎。婆羅洲夏日天空一條壯闊燦爛的銀河下，只見登由．拉鹿湖堤上長長一排，靜悄悄佇立著百來個人影。一襲襲白長衫和一條條黑紗籠，飄飄颺颺，映著月光只管搖蕩在湖風中。我浮出水面上來，伸長脖子凝眼望去。堤上，居中站立的那個人身材特高瘦，四肢極修長，肩上披著的長衫又寬又大，乍看，挺像中國人喪家靈堂前掛的一幅白幡。兩下裡隔著湖面對望。我的眼睛和他的眼睛，剎那間碰上了。他翻起一雙青光眼，滴溜溜轉動兩顆白瞳子，將目光投向我胸脯上那一對剛發育、好似花苞的小乳房，左看右看掃描十來遍。我嚇得把雙手抱住上身，一蹲，整個人躲進水裡。

男生們四下站立在湖中，一個個只管杵著身子睜大眼睛，望著月下這群午夜光臨的神祕客。大夥都看呆啦，半天才回過神來，正要轉身潛水遁入湖心，卻看見堤岸上，白衫一飄，帶頭的那個半人半鬼的傢伙，早已拎起身上那條黑紗籠的長襬子，舉腳踏入湖中。隨即，他邁出一雙竹篙樣的長腿，踩著水花，迸迸濺濺朝向淺水灘直直走過來，不聲不響，伸出他那三呎長的兩只手臂，張開十根枯瘦的爪子，攫住水中那一個個蒼白著臉孔、光著身子不住簌簌打顫的娃兒，不分男孩女孩，颼，颼，颼，隨手便朝向岸上扔去。整座兒童戲水場，登時亂成一團。堤上站立的一排百來個白衫客見狀，也紛紛拉起紗籠的下襬，掖在腰間，邁腳涉水走進湖中，好像一群凶神惡煞，張開雙臂就闖入娃娃堆裡，四下捕捉，左一個右兩個，將獵物高高拎在手中，頭也不回便往湖岸上丟擲。

一時間，登由·拉鹿湖岸哭聲四起。

沙灘上只見一蓬蓬鮮血飛濺。

我們這群年紀較大、在湖中玩水的男孩和女孩，個個愣在當場，被人下了降頭般，僵立不動，眼睜睜看著這一幕慘劇發生。經過一番強力掃蕩，淺水灘被肅清了，月光下變成空空一片。那長腿怪客撮起嘴唇，發出一聲尖銳的唿哨，率領他手下的徒弟們，一長排搖甩著白衫，嘩喇嘩喇涉水朝向我們邁大步走過來。這時大夥才猛然驚醒，慌忙縱身潛入湖底下，悄悄游到對岸，摸黑爬上岸來拔腿就跑，男男女女渾身赤條條濕漉漉，一頭鑽入湖畔茂密的櫟樹林中躲藏起來。

好不容易熬到天亮，我，十二歲、受過良好教育的伊班女學生琪琪格·伊莉莎白·夏丹，以大姐頭的身分和權威，派遣三個出身馬當族獵人世家、膽子特大的男孩，溜進甘榜打探消息。

傍晚，他們回來了，帶來一項詭異的情報：最近這一年，大河流域突然出現一位來自遙遠的南極洲，澳大利亞國墨爾本城的白魔法師，人稱「達勇·普帖澳西先生」。據說，他的法力超過婆羅洲本土的黑魔法師，伊姆伊旦——叢林之神峇里沙冷的大巫師。這位澳西先生人雖然肥胖，相貌平凡，卻擁有兩只全世界最藍、最深、最漂亮的眼瞳子。它是一種獨門的、比婆羅洲最毒的降頭還厲害十倍的武器。人們說，一旦被這雙眼睛盯住，妳的心魂保準會被勾走，一去永不回來。大河上下幾千座長屋，多少年輕貌美的處女，就這樣在一夜之間失去蹤影。長屋間傳說，這次澳西先生身穿一套雪白夏季西裝，足登一雙尖頭黑皮鞋，踏著浪花渡過海洋，不遠萬里而來，為的是尋找一塊上帝應許之地，在世界第三大雨林中，建立新的人間第七天國。昨晚突然出現在登由·拉鹿湖畔，身材高瘦，穿著白長衫黑紗籠，模樣像巨型稻草人的怪客，便是澳西先生的爪哇僕人，大名鼎鼎的「彈簧腿阿里」。他奉主人之命，率領一支先頭部隊，進入卡布雅斯河源頭峇都帝坂山區，勘查地形觀看風水，挑選一個環境清幽、水源充足物產豐富、最像聖經中描寫的「迦南」的地點，建造新伊甸，安置澳西先生的龐大後宮。阿里昨晚率兵到來，經過一番征剿，清除了所有障礙，驅逐了一切閒雜人等，為白魔法師的法駕光臨登由·拉鹿祕境，鋪好了路。

七天後，我們派出的探子又帶回新的訊息：下一個月圓之日，中國陰曆的鬼月，七月第十五日的黃昏，澳西先生將親自率領九位嬪妃和七十二名宮女，正式進駐小兒國。

那天下午五點，一輪落日掛在卡布雅斯河口，夜幕即將降臨時刻，我們鑽出樹林，溜回甘榜，藏身在村口路旁盛開的班葛·拉雅花叢中，伸出脖子偷偷觀看白魔法師的車駕。

彈簧腿阿里率領一百個徒弟，列隊夾道歡迎。十二名瘦巴巴、打赤膊、只在胯間繫一條紅色丁字帶的達雅克挑夫，六個在前六個在後，弓著背脊，抬著一頂用婆羅洲最上等的木材——生長在深山中、可遇不可求的千年龍腦香古樹——打造的巨型轎椅，沿著河畔小徑，從下游巴望達哈湖，哼嗨哼嗨吶喊著一路走來，進入我們的甘榜。轎椅上笑瞇瞇，高坐一位穿著一身光鮮的白色夏季西裝，頂著一頭梳得油亮的銀髮，滿臉紅光，氣色極佳的白人老紳士。威廉·澳西可真胖！他那小山丘似的一個龐大肚膛，肉顫顫，隨著隊伍的行進，一顛一顛地不住晃盪在椅中。根據我的目測，這個澳洲老頭身高至少六呎五吋，腰圍八十吋，體重絕不少於四百英磅。他可是我琪琪格·夏丹，十二歲的婆羅洲女孩，生平遇見過的最高大、最魁梧的男子，不論是伊班人還是歐洲人。

我們這群被驅逐的登由·拉鹿小兒國居民，躲藏在自家村莊入口處，悄悄伸出脖子偷窺，一時間看呆啦。原來，這便是新近名震大河上下，具有新奇詭譎的法力，就連統治叢林、以擁有世上最毒降頭自傲的神魔峇里沙冷，也必須敬他三分的「達勇·普帖」，白魔法師！他的人看起來就像個普通的、鄰家的白人爺爺嘛。我正感到納悶呢，身旁幾個小女生忽然失聲尖叫起來：

——他是峇爸！我在長屋見過他老人家。

——哦，我也覲見過峇爸澳西！記得那時他彎下腰，在我嘴唇上啄了三下。

——峇爸也親過我。那晚在長屋後山果園中，高腳屋裡，他老人家抱著我，對著月亮發誓，要帶我去澳大利亞國，當個快樂的小公主。可是，峇爸還沒來得及履行諾言，我就染上那年雨季大流行的傷寒，病死了。沒機會向峇爸告別，我的靈魂就飄蕩到登由·拉鹿湖這兒來了。

——峇爸澳西，白人爺爺，他對長屋男孩可好哪！大夥都管他叫「來自南極的聖誕公公」，天天盼他帶著一袋禮物上門。

——每次峇爸光臨長屋，屋長都會在大堂舉行盛大歡迎宴會。峇爸一邊表演獨門的神奇魔術，一邊分發禮物給孩子們。如今回想，那種歡樂熱鬧的氣氛，可真叫人懷念。

——自從往生後，來到登由．拉鹿定居，我們再也沒見過峇爸了。有時想起他那胖墩墩的身子和笑眯眯的圓臉，還是叫人挺惦念的。

——誰想到今天會在這兒看見峇爸！他一點沒變，只是身體更加肥胖，臉色更加紅潤，神態更加慈祥，模樣更像唐人街寺廟裡的大肚子笑面佛了。

——更沒想到，峇爸就是大名鼎鼎的「達勇．普帖」，白魔法師威廉．澳西先生！

女孩們躲藏在路邊花叢裡，舉起雙手，一只手偷偷指著道路上，那腆著大肚腩，高坐轎椅，讓十二名達雅克腳夫扛著，搖搖擺擺進入小兒國的白人老紳士，另一只手摀住自己的嘴巴，嘁嘁喳喳談論著，驚嘆不已。

隊伍來到甘榜口，轎夫們張開喉嚨大呼一聲：「嗳唷——」齊齊煞住腳步，將轎椅從肩上卸落下來，停放在一座彩帶飄飄、用新折的樹枝和現摘的鮮花搭成的牌樓下。

四名爪哇隨從合力抬著一口行李箱，一路跟在峇爸轎後，來到甘榜口。車駕停歇。他們也停下腳步，但依舊將那沉甸甸的鋁皮大箱扛在肩上，文風不動。無論峇爸上哪去、都跟隨著他的這只箱子，裡頭究竟裝著什麼法寶呢？沒人知道。這將成為永遠的、最最費人猜疑的謎。（唉，我還是不賣關子，乾脆把謎底揭曉了吧！免得黃魔女乾著急。峇爸進駐登由．拉鹿甘榜後，一天晚上，我派遣探子潛入行宮觀察動靜。就在一間密室裡，他看見這個脫掉了白西裝、換上一件桃紅色睡袍的白老頭，澳西先生，獨自跪在這口行李箱旁，哀哀啜泣，嘴裡呢呢喃喃用英文不知說些什麼。哭一回，嘟囔一回。然後他就打開箱蓋，伸進他那顆南瓜般碩大、白髮蒼蒼的頭顱。就在這一瞬間，我們的探子瞥見珍藏在箱子裡的寶貝。原來呀，那是一副風乾的完整的骨骸，從頭到腳約四呎長，看來是個十歲的少女，肩上兀自披著一把烏亮柔嫩的長髮絲。探子從屋梁上垂下脖子觀看，只見峇爸伸出雙手，抱住女孩的骷髏頭，正要把自己的嘴唇湊上去。偏偏就在這當口，密室外頭輕飄飄綻響起腳步聲。原來是峇爸的頭號僕人阿里，進來向主人報告事情。探子趕緊開溜。但他卻也打聽出，這個往生的肯雅族姑娘，生前是峇爸最寵愛的妃子。後來她突然死掉，峇爸還破例禁慾七天為她守靈呢！至於這位小美人的死因，我們的人並沒探聽出來。峇爸後宮中人人絕口不談。這倒成了永遠的謎團囉。）好啦，關於鋁皮行李箱的故事講完了，滿足了妳的好奇心，朱鴒姐姐。現在我們可以回到正題上了吧？

峇爸車駕抵達小兒國，停駐在歡迎牌樓下。澳西先生雙手握住膝蓋，猛一使勁，撐起腰上一墩白肥肉，站起身，顫顫巍巍矗立轎椅上，伸手撣撣身上那套雪白光鮮夏季西裝，隨即睜起一雙冰藍瞳子，遊目四顧。約莫三分鐘之久，他只顧昂楊著一顆斗大的銀白頭顱，眺望夕陽下大海般波浪粼粼、金光閃閃的登由·拉鹿湖，臉上顯出得意洋洋的表情，好不拉風！

他身後侍立著一群嬪妃。

那是我琪琪格·夏丹生平看見過的一道最美麗、最明亮的彩虹。

七個代表婆羅洲七大民族的姑娘，在一位身材特高挑，儀態特高貴，頭戴一顆印度寶塔式圓髻，身穿一襲五彩中國雲錦紗籠的肯雅美人帶領下，各穿紅、橙、黃、綠、藍、靛、紫七色泰絲紗籠，宛如孔雀開屏般，團團環繞住咨爸。這群十三四歲的女孩，人人也都是高個子，擁有一身鍍金般亮棕色的皮膚，各個肩上披著一把烏黑長髮。她們那半裸的胸脯上，驕傲地，昂挺著兩只渾圓的小乳房，頂端豎立著兩粒櫻桃般的奶頭，尖凸凸的，直要戳破她們上身裹著的紗籠。夕陽照射下，只見妃子們臉頰上，豬血似的塗著兩片鮮紅的胭脂。最吸引我目光的，卻是她們額頭中央、眉心間綴著的一顆朱砂痣，乍看好像一蕾晶瑩的血滴。它閃爍在霞光中，發射出一股神祕、淫蕩的力量，不住勾引、誘惑我們這群小女生。

正宮娘娘和七名妃子身後，密密麻麻一堆，佇立著七、八十個身穿雜色紗籠，光溜溜露出肚臍眼，年紀約莫八歲到十二歲的宮娥。

滿場子，瀰漫起小處女們身上散發出的肉豆蔻香，羼混著那一波波，隨著湖風，從嬪妃們身上各私密處飄送出的花露水味道，一古腦撲向我的鼻端。

我的兩只眼睛，卻被澳西先生身旁，四名爪哇隨從一直抬在手上的那口巨大、神祕行李箱，吸引住了，只管呆呆盯著它看。

就在這當口，我的目光和澳西先生的目光，碰上了。只見他那張笑面佛似的、紅噗噗綻露出兩只大酒渦的白臉膛上，一雙冰藍的眼瞳子，映著燦爛的晚霞，發射出兩道銳利的光芒，好像兩條同時吐信的蛇，朝向我的眼睛直撲過來。一股寒氣，倏地從我的尾椎骨冒出，沿著我的背脊，直爬上我的後頸脖，停駐在我的腦勺下。彷彿瘧疾發作，我只覺得渾身猛一顫。我咬緊牙根，接連打出五六個哆嗦。一眨不眨，澳西先生兀自盯著我。我慌忙閉上眼睛，過了整整一分鐘，才悄悄撐開眼皮一看，只見那兩道冰藍目光，依舊盤旋在我臉龐上。忽地一眨。澳西先生的眼睛突然變得柔和、親切起來。那兩條簌、簌、簌吐舌的小蛇，退隱回他的眼瞳中。彷彿表演魔術，澳西先生又變回原先的峇爸——那個和藹可親的白人爺爺、長屋孩子們引頸期盼的聖誕公公。

這是我琪琪格．夏丹生平僅有的一次，和白魔法師那雙威懾婆羅洲的藍眼睛對陣。我的魂魄，險些兒被他勾引過去。後來每次回想，我都會冒出一身冷汗。

當下，我縮回脖子收回目光，撮起嘴唇，向身旁的小兄弟和小姐妹們發出一聲唿哨。在我這個大姐頭帶領下，幾百個光著屁股的娃兒，好像一群猴子，被解除了降頭，紛紛跳起身來鑽出花叢，跟隨我一溜煙跑回樹林裡。不知為何，澳西先生並沒派人追捕我們。一路奔跑，我總是覺得後頸涼颼颼，彷彿有個鬼魅一路跟隨我，伸出嘴巴呵呵呵不斷向我吹氣。我知道在我身後，登由．拉鹿村口那座彩帶飄飄的牌樓下，峇爸那雙藍色勾魂眼，兀自望著我的背影，緊盯不放呢。

我們這群逃亡的小兒國公民，在樹林中躲藏了多天，日子過得挺煩悶無聊。第十天晚上，我以領導人的職權，在臨時搭蓋的聚會所召集全體幹部——其實不過就是幾個和我同齡、十二歲的大孩子罷了——舉行會議，討論未來的行止和我們國家的出路。經過五度投票，還是不能作成決議。就在我準備宣布散會的當兒，聚會所門口，打著赤腳走進兩個皮膚黝黑滿面風沙，身穿花紗籠，一頭長髮披肩，模樣十分俏麗的陌生女孩。從她們額頭中央，那血亮亮烙著的一顆紅豆似的朱砂印記，我們便一眼看出，這雙美少女來自峇爸的後宮。她倆身後跟隨著一群小不點，三四歲，蓬頭垢面，裸著身子腆著肚腩流著鼻涕的男女娃兒。紅痣姐妹帶來一個訊息：「白魔法師峇爸澳西先生，率領麾下的爪哇兵占據小兒國後，計畫在登由．拉鹿湖畔風光最優美、魚蝦最豐富之處，興建一座大行宮，打造地球上最美的第七天國樂園。他已經派遣大總管阿里，帶著手下的徒弟們，四處搜尋逃匿在外的小兒國公民。一旦捕獲，女的將被送入後宮，男的立刻去勢充當太監。」大夥聽到這個消息都驚駭萬分，尤其是男生，個個嚇得把手伸到胯下，死命護住小雞雞。紅痣姐妹當機立斷，將她們從占領區救出的娃娃們，交給我們這群大孩子照顧，要大家連夜出發，沿著大河往下游走，逃向巴望達哈血湖，尋找一個身帶手鼓和短劍兩件法寶、綽號「姑寧．妲央」的黃皮膚丹鳳眼唐人女孩，請求她出手相助。姐妹兩人則留下來，找機會行刺澳西先生。大夥無計可施只好從命。就在逃亡路途上，百花谷中，我們遭受彈簧腿阿里追捕，眼看就要落入他的鬼爪子中。情況萬分危急之際，妳，黃魔女──我們的救命恩人朱鴒姐姐──就像墨西哥蒙面俠盜蘇洛，突然現身在我們面前。以後的事情就不必說了。

＊　＊　＊

琪琪格．伊莉莎白．夏丹──十二歲，冰雪聰明，在桑高鎮聖公會小學讀六年級時，忽然染上猩紅熱，病死了，往生後就定居在登由．拉鹿小兒國，成為一名大姐頭的伊班少女──伶牙俐齒，操著她那出谷黃鸝般清脆、嘹喨的嗓音，一口氣，從頭到尾，講述完她的國家最近發生的變故，以及孩子們被迫逃亡的整個過程。

我邊聆聽邊睜著眼睛，怔怔地，看著她那張清秀靈慧的銅棕色瓜子臉。聽完她的故事，竟一時回不過神來，半天呆坐著沒有反應。

跟隨大姐頭漏夜逃出登由·拉鹿家園的眾小兒們，拖著黃鼻涕光著小屁股，紛紛走上前來，團團包圍住我，仰起那一張張充滿驚恐的臉蛋，骨睩骨睩轉動一雙雙烏亮眼瞳子，盯住我的臉龐，嘰嘰呱呱一片聲開口哀求：

「敬愛的姑寧·姐央，救救我們吧！」

「來自大海北岸的黃魔女——」

「只有妳，才能對付——」

「來自南極澳洲的白魔法師。」

「朱鴒姐姐，我們求妳了。」

「拜託妳出手拯救登由·拉鹿國吧！」

在那幾百條幼嫩的小嗓子，一口一聲唱雙簧般不斷哀求下，我終於回過神來。如夢初醒，猛一甩耳脖上那一頭新剪的、西瓜皮似的短髮，我站起身，挺直腰桿站在通往登由·拉鹿的道路中央，面對孩子們那幾百雙眨亮眨亮，只管仰望著我，宛如婆羅洲夜空中的星星似的清澈、無邪的眼睛。霎時間，我那顆無可藥救的俠義心，又被激發起來了。胸腔中一股熱血，驀地衝上腦門。我伸手整整身上穿著的卡其黃上衣、黑布裙、白球鞋台北小學女生制服，挺起胸膛，舉起拳頭往心口上砰砰擂打兩下，慨然答應：

「行！我帶你們去找這個白老頭兒，向他討回你們的國家。」

我朱鴒一向言必行，行必果。當天在百花谷休息一夜，隔天大清早，我就率領這群流亡的小兒國公民，迎著初升的旭日出發。長長的一縱隊，幾百個蓬頭垢面、赤身露體的男孩和女孩，沿著大河畔的小徑，昂首闊步，朝向聖山下的登由·拉鹿湖，浩浩蕩蕩行進。

第四十話 莎萍與亞珊

婆羅洲赤道豔陽下的一隊人馬，由三個少女——朱鴒我、阿美霞和琪琪格——帶頭，在一只名叫小烏的黑狗引導下，後面跟隨著近千名從三歲到十歲不等、打赤腳光屁股的男女兒童，一縱隊迤迤邐邐，在風景清幽、空無人跡的卡布雅斯河上游峽谷，聆聽那滿谷黃鸝的歌聲，行走了一整個上午。日中時分，大夥來到石崖下的一片草坪，準備打尖歇腳。

就在這當口，我們的營地來了一對不速之客。兩人的額頭映著正午的陽光，燦亮著一枚殷紅的朱砂印記。「紅痣姐姐！」孩子們發出一聲歡呼，又驚又喜，高舉雙臂紛紛跑上前迎接。

我一眼就認出她們是誰。翡翠谷七姐妹中，杳無音訊的兩位：莎萍和亞珊。那晚菩提樹下她們與我相別，晃眼整整一個年頭了。現在我們三人面對面，在大河畔一條小徑上不期而遇，好久好久激動得說不出話來。

我強忍住兩團奪眶而出的淚水，凝起眼睛，打量這雙肩並肩、笑盈盈站在我眼前的女孩；出身馬當族獵人世家的莎萍，和來自婆羅洲最慓悍、最野蠻的部族，體內流著戰士之血的加央姑娘亞珊，同樣十三歲，同樣一米六的苗條身材，同樣烏亮的皮膚，同樣在俏麗中帶著一股英氣的五官，兩個人並排站在一起，乍看還真像一對孿生姐妹呢。別來無恙。只是，在赤道太陽下曝曬一年，她倆的皮膚顯得更加黝黑了，臉龐上的風塵，堆集得越發厚重。身上那件從翡翠谷穿出來的五彩印花紗籠，早已褪色，變成一條灰布裙子，裙襬沾滿黃泥巴，遮蓋住兩只紅腫起泡的光腳丫子。心中一痛，我邁出腳來搶上兩步拉住她們的手：「亞珊、莎萍，我是朱鴒呀。」

「台北女生，我們老遠就認出妳來了。」兩個小妮子一齊咧開嘴巴，噗哧一笑，陽光中綻現出兩排我見過的最整齊、最潔白，令我好生嫉妒的門牙。「妳朱鴒還是那身裝扮，土黃卡其長袖上衣配一條黑布短裙，加上一個西瓜皮髮型，模樣超酷。我們倆一聽說，近來叢林中出現一位來歷神祕，行蹤飄忽不定，專愛在路上打抱不平的黃皮膚小魔女，人稱姑寧．姐央，我們就忍不住互相做個鬼臉，發出會心的一笑：『這位女俠客，不就是我們在翡翠谷結識、從台灣來婆羅洲自助旅行，被澳西那老色鬼看上，差點被送入洞房，成為峇爸後宮一名妃子的女學生嗎？』如今一見，果然是朱鴒妳！」

我靦腆地垂下頭來，避開那兩對漆黑、慧黠、帶著揶揄意味的眼眸。這時我才發現，她們懷中各抱著一個嬰兒。

「可愛的貝比！嘖嘖，有一雙漂亮的海藍色眼珠呢。」我伸出食指尖，挑開兩個娃娃的眼皮，湊上自己的眼睛仔細看。「這兩個小傢伙，都是澳洲老頭的孩子嗎？長得挺像一對孿生兄弟。」

「他倆都是峇爸的親生骨肉。哥哥叫威利．澳西，弟弟叫亞倫．澳西。母親是峇爸的妃子。我和亞珊冒險將他們從後宮中救出來。」

「咦？不對。妳們為什麼抱走人家的孩子？」

「以免這小哥兒兩個落入蘭雅手中，被她謀害。」莎萍和亞珊臉色倏地一沉：「朱鴒，妳記得我們翡翠谷七姐妹的大姐，肯雅族美人蘭雅吧？」

腦海裡，一道電光霍地閃過。我想起了蒲拉蓬的悲慘遭遇。我想起她那個剛出生，才吃過一頓母奶，就必須和母親分離，被我送去桑塔馬利亞修道院的「小孽障」。我心裡登時明白了。默默地，我伸出手來，探入莎萍和亞珊懷中，撫摸那兩顆金毛茸茸的、剛鑽出娘胎不久的小頭顱。這兩個肥頭大耳藍眼，模樣古錐（可愛）的白胖娃娃，骨睩骨睩轉動眼珠，望著我這個台灣阿姨，張開光禿禿的嘴巴，只管咯咯咯笑個不停。

「威利和亞倫是一對怪胎。」莎萍說。

「生下來就不哭。」亞珊撮起兩只手指頭，伸到她懷中那個嬰兒的腮幫上，狠狠地擰一把：「成天只會看著人咧嘴笑！直笑得四姨媽我心裡發毛，背上冒出冷汗來。」

我想起蒲拉蓬那個一出娘胎，就張開嘴巴朝天呵呵大笑、一副樂不可支模樣的嬰兒小澳西，背脊颼地一涼，忍不住縮起肩膀又打個寒噤。

不知什麼時候，靜悄悄地，我身旁圍聚起了一群娃兒，個個仰起他們那張髒兮兮、汗湫湫的咖啡色小臉龐，轉動眼珠好奇地打量我。他們那副天真憨傻的神態，乍看好像池塘中幾百尾大頭鰱同時浮上水面，昂起頭顱張開嘴巴，癡癡等待主人餵食似的。我禁不住抿著嘴，噗哧一笑，凝起眼睛仔細端詳這些孩子。他們之中有的是剛出世便夭折，往生後被送到登由．拉鹿小兒國的嬰靈。隊伍中年那些紀比較大的女生（也就不過七八歲罷了）將他們抱在懷裡，跟隨大夥逃亡。人數最多的是三四歲、剛學會走路的娃子。這群小不點，在大河畔道路上一路走來，搖搖晃晃跌跌撞撞，活像一幫喝醉的小酒徒。不論年紀大小，孩子們都光著身子，腆著乾扁扁的小肚腩。晃呀晃，男生只管搖盪他們腰下的小雞雞。羞答答，女生伸出雙手摀住肚腹中央，小花苞般一顆粉紅色的肚臍眼兒。成百雙眼瞳子，烏溜溜亮閃閃，好似婆羅洲夏季夜空中一大窩星星，密密匝匝包圍住我。那一對對清澈無比的眼神中，流露出多麼純潔和好奇的光彩呀。我在路中央蹲下來，環視周遭這幾百隻瘦巴巴赤條條、給太陽曬成深褐色的小身體，整顆心當場就融化啦。

「莎萍和亞珊，這些孩子都是妳們從登由·拉鹿帶出來的，是吧？」

「是呀。他們都是長屋的孩子，出生後還沒來得及長大就死了。往生後，來到登由·拉鹿。才過幾年逍遙快活的日子呢，小兒國就來了一位白魔法師，把這座樂園占據。」

「幸虧妳們救出這群孩子！謝謝妳們。」我從娃兒堆中站起身來，走到莎萍和亞珊跟前，伸出雙手，緊緊攬住姐妹倆的肩膀：「我還以為妳們兩個已經——害我……」

「朱鴒，妳以為我們兩個已經死掉了，結果發現我們還活著呢，害妳白傷心一場是嗎？」姐兒倆睨著我，憋著嘴巴吃吃笑起來。黑黝黝兩張滿布風霜的鵝蛋臉，春花般綻現出兩朵小酒渦，紅噗噗的煞是嬌美好看。「阿美霞這個小妮子，想必告訴妳，翡翠谷七姐妹中的莎萍和亞珊，已經死在峇爸和蘭雅手裡了。妳也不想想我們兩個是什麼人呀？婆羅洲最勇敢、最慓悍的兩支部落——馬當族和加央族——引以為傲的女兒，豈是那麼容易死的？現在告訴妳事情的真相吧！」神祕兮兮地，兩個人同時將嘴唇伸過來，一左一右湊到我耳朵上說：「在新阿爾卡迪亞行宮，有天晚上，我們倆趁著峇爸和三名妃子輪番行房後，身子虛脫，獨自躺在龍榻上熟睡，便悄悄潛入寢宮，準備用剪刀行刺這個好色的老頭。不料，在即將得手的當兒，卻被他的僕人阿里撞見，只好連夜逃走，進入聖山下的小兒國躲藏。在那兒待了一段時日，就碰到峇爸率領全體妃嬪和宮女，從阿爾卡迪亞搬遷到登由·拉鹿美地，建立新迦南。我們等待機會再度行刺他。這回在布龍大神眷顧下，終於得手啦。」

「這個肥老頭死掉了？」阿美霞在旁聽到了，又驚又喜，蹦地跳起腳來猛拍手。

「還沒死，可也丟掉半條命，元氣大傷。」

「好莎萍好亞珊，別拐彎抹角了。」我伸手抓住她們倆的紗籠腰，邊拉扯邊央求：「拜託妳們把行刺峇爸的整個過程，一五一十全都告訴我吧！任何細節，不管有多淫穢或有多難以啟齒，都不許故意遺漏。」

倏地臉飛紅，這對勇悍的婆羅洲少女戰士，竟然害起羞來了。兩人悄悄互瞄一眼，向我和阿美霞努努嘴巴，叫我們跟隨她們到路邊花叢中談話，遠離孩子們。四人走到一旁後，她們伸出手來，「叭」的一下，狠狠拍了懷裡那對骨睩骨睩轉動藍眼珠、咯咯笑不停的胖娃娃一巴掌，喝令小兄弟倆不要鬧，隨即豎起食指頭，塞入他們耳洞。等這兩個小魔頭閉上嘴巴，終於安靜下來了，她們才清清喉嚨，開始講述那晚發生的事。這兩個身穿紗籠的十三歲姑娘，抱著嬰兒並肩佇立，面對我和阿美霞兩個女孩，唱雙簧似地一口一聲，說出一樁連我這個從小在外遊蕩、曾在西門町街頭廝混、啥怪事都看見過的台北女生，朱鴒，聽了都臉紅心跳的祕密：

「那天午夜兩點，全宮的人都睡著了。」

「趁著阿里奉命外出，追捕逃跑的娃兒們，我們姐妹兩人，揣著一支磨得特鋒利的剪刀，悄悄潛入峇爸寢宮。」

「機緣湊巧，正好碰見他老人家在行房。」

「只見峇爸光著身子——」

「胖嘟嘟、雪白白、赤條條——」

「拱著個大肚腩，張開雙臂伸直雙腳，形成一個大十字，朝天躺在新造的龍榻上。」

「整個人，乍看活像一座白色的肉山。」

「峇爸身上坐著一個女人。」

「她是誰呢？朱鴒和阿美霞，妳們猜猜看。」

「妳們都不想猜？那我們就說囉。」

「她就是我們翡翠谷七姐妹中的大姐。」

「蘭雅。」

「十四歲的肯雅族絕世美人，峇爸的寵妃，新阿爾卡迪亞的新正宮娘娘。」

「這時，她脫掉平日穿的那件華貴的、七彩的中國雲錦鳳紋紗籠，將頭頂上紮的那顆油光水亮的、高聳的印度寶塔圓髻，也解開來了——」

「渾身赤裸裸、汗溱溱——」

「高高地，昂聳起她胸前那兩只柚子般大、巧克力色的奶子——」

「叉開她那兩條修長的、芭蕾舞女似的腿，跨坐在呇爸腰身上——」

「一左一右，不停搖擺臀子——」

「使勁甩著滿頭蓬亂飛舞的長髮絲——」

「嘴裡『駕、駕、駕』不斷厲聲呼喊吆喝——」

「模樣煞似策馬奔馳大草原上，英姿勃勃的蒙古女戰士。」

「兩人行房，正進入忘我的狀態呢。」

「我和亞珊趁著這個神賜的、大好的機會，躡手躡腳摸到龍榻旁。」

「這時，呇爸正好達到最高潮，雙眼緊閉準備射精。」

「亞珊舉起剪刀，對準他老人家額頭中央眉心間的罩門，使出全身力氣，準備一刀刺下。」

「恰恰就在這節骨眼上，呇爸忽然睜開眼睛來啦。」

「那一剎那，雙方的目光對上了。」

「呇爸那兩顆玻璃珠似的眼瞳，放射出兩道冰藍藍、陰森森、豺狼般懾人的光芒。」

「亞珊當場嚇一大跳，握著剪刀的手猛一抖，準頭就偏了。」

「這一刀，刺中呇爸的右眼。」

「呇爸張開喉嚨，殺豬也似慘叫一聲。」

「我們倆趕在衛士聞聲衝入前，拔腳開溜。」

「就在這時，兀自騎在呇爸身上扭屁股、喃喃喘著氣的蘭雅，轉過頭來看了看我們——她的兩個翡翠谷好姐妹——加央族的亞珊和馬當族的莎萍。」

「我們永遠記得，那一瞬間，蘭雅的眼神中充滿驚訝、困惑和怨恨，讓人不寒而慄。」

「朱鴒呀，可惜那時妳不在場，否則妳會看到妳的整趟婆羅洲之旅中，最詭異、最怪誕、最令人驚心動魄的一幕！」

「保準會讓妳終生一回想起來就做惡夢！」

莎萍和亞珊姐妹倆，妳一口我一聲，合作講完那晚行刺峇爸澳西先生的過程。她們懷裡的嬰兒，早就睡著了，正打著響亮的鼾。睡夢中，這兩個碧眼娃娃兀自笑著，胖嘟嘟的臉蛋上綻開兩朵大酒渦，模樣煞似一對孿生的小彌勒佛，好不古錐可愛。姐妹倆忍不住伸出嘴唇，啄的一聲，在哥兒倆額頭上親吻一下。阿美霞站在旁邊看得興味盎然，真想跑上前去親親小威利和小亞倫呢。

「這兩個小傢伙呀，簡直就是他們老爸的翻版，活脫脫就是一對小澳西！」阿美霞讚嘆道。

「聽完故事，咱們繼續趕路吧。」我說。

大夥鑽出花叢，走回到太陽下那群光著屁股佇立道路上，只管伸著頸脖，等待我們講完悄悄話的孩子們堆中。可才走幾步，亞珊就停下腳來，一把將我拉住，噘起她那兩片玫瑰花瓣般鮮紅的嘴唇，湊到我耳畔悄聲說：「從台灣來的女生，妳知道嗎?男人射精的那一剎那，全身罩門大開，喪失所有防衛能力。這時只需要一刀就能讓他斃命。可恨，那晚我下手時，突然看到峇爸那蝮蛇似的目光向我射來，我心一慌，那一刀就刺偏了，平白錯失了慈悲的布龍神賜與的大好機會。」

「但妳那刀也刺瞎峇爸一只眼睛呀，讓他的法力喪失掉一半，功勞不小。」我安慰這個好強、自責的加央族少女戰士。

「朱鴒，我向妳保證，下次出手時我會讓這個肥老頭，一刀斃命，否則，我亞珊就不算是婆羅洲最勇敢、最慓悍的戰士家族的女兒！」

「蒼天哪——」我仰起臉，對著大河上那一穹窿碧藍的婆羅洲天空，大聲呼喊：「決戰的時刻終於來臨了。我們翡翠谷現存的四個姐妹——阿美霞、莎萍、亞珊妳和朱鴒我——必須團結，合力誅殺那已經失掉一只藍眼睛、但法力依舊非常強大、不可小覷的白魔法師，威廉·澳西。」

「不殺死呇爸誓不罷休！」

面對面，我和亞珊站在婆羅洲人的「宋垓·伊布」——母親河卡布雅斯河畔，上游峽谷中那條通往登由·拉鹿的小徑上，凝起眼睛，深深地對望一眼，同時伸出小指頭，朝向聖山之巔中午時分那一輪白炯炯的太陽，勾了勾手，用力打個金印，鄭重地完成宣誓。

第四十一話 蘭雅之死

姐妹歷劫重逢，人生中這種極不尋常的機遇，妳們——尊貴的、盛裝的、排排端坐在中山堂舞台下，以無比的耐心，聆聽一個十三歲女生講述婆羅洲之旅的台北仕女們——能夠體會嗎？在此，朱鴒誠實地、毫不誇張地向大家報告：那一刻我的心情真個是恍如隔世，百感交集哪。

我們四個在路上不期而遇、別後重逢的翡翠谷姐妹，心中雖有千言萬語，卻沒有時間細訴。兩支人馬會師後，趁著天色還早，隊伍只歇息半個時辰便又開拔，重新踏上征途。目標：新迦南，峇爸澳西先生新近建立的人間第七天國。

出發前，我以總指揮身分下達一道命令：七歲以下的孩子，由琪琪格・夏丹帶領，全部就地留駐，等待我們的大軍凱旋回來；七歲以上的孩子，無論男生女生都跟隨部隊行動，開赴登由・拉鹿湖畔的小兒國，參加這一場偉大的、慘烈的家園保衛戰。

我們這支挺奇特、好似一群小叫花子的部隊，肯定是頭一遭出現在婆羅洲古老土地上：六百名兒童，男女各半，個個裸著身子光著腳板，頭上頂著一蓬亂髮，手裡握著隨地撿來當武器的木棍和石頭，昂首挺胸踏正步，在三名身穿花紗籠、眉心上烙著一枚朱砂印記、年約十二三的原住民少女率領下，一縱隊，迤邐行走在大河畔小徑上。隊伍的最前端，大踏步走著一個留著妹妹頭，穿著黃卡其上衣和黑布短裙，左腰繫一只馬來手鼓，右腰掛一把克利斯劍的唐人女孩。看來她是帶頭的。她身邊，槖蹚槖蹚邁著蹣跚的步伐，緊緊跟隨著一只滿面風霜、精神依舊十分矍鑠的婆羅洲老狗。

就是這樣的一支大軍，現正開拔到前線，準備和來自西土，法力強大，連統治叢林的黑魔神峇里沙伶，都得敬他三分的白魔法師，威廉·澳西先生，在聖山下決一死戰。

不瞞妳們，身為指揮官的我，對這一仗心中其實毫無把握。

多虧布龍神眷顧！就在大決戰登場之前，正當部隊推進到距離小兒國只有一公里的地點，我們便遇到一位貴人，帶來一份極珍貴的情報，大大地提高我對勝利的信心。這位不速之客是誰，妳們決猜不到。那我就不賣關子，直截了當告訴妳們吧。她便是我們翡翠谷七姐妹的大姐，這些日子，妳們一再聽到她名字的肯雅族姑娘，蘭雅。

蘭雅——在我這份「婆羅洲之旅報告」中一個最美麗、優雅、魔咒般反覆出現的名字。

翡翠谷別後，整整過了一年，我們終於再度見到她本人。八月南洋旱季大熱天，這時已近黃昏，日頭兀自赤炎炎。經過三個小時的強行軍，可憐娃兒們全都累歪了。我下令部隊停止前進，就地歇息三十分鐘。大夥背向西斜的太陽，坐在峽谷中道路旁一排大栗樹蔭下，低頭垂目打盹。

驀地裡聽到蹬、蹬、蹬一陣腳步聲。

猛抬眼，只見一雙赤裸光滑的腳丫子，翹起兩顆母趾頭，迎向陽光，燦亮著趾甲上塗抹的一蕾鮮紅蔻丹，踩踏著小徑上鋪的石板，一步步朝向我們直直走來。腳踝上一襲紗籠搖曳。向晚，空寂寂的深山幽谷中，響起紗籠襬子一路走一路拖拽在地上、摩摩擦擦發出的聲音，綷縩，綷縩。

大夥紛紛睜開眼睛，揉揉眼皮，定睛望去。一個美人赫然出現在我們眼前。細高挑的身子，穿著代表正宮身分的鳳紋紗籠。一匹最華貴、最燦爛的七彩中國雲錦，緊緊包裹住她那一把水蛇腰和胸前一對圓滿、飽實、柚子般大的乳房。紗籠的頂端牢牢繫在腋窩下。光溜溜兩片肩胛中間，伸出一株頸子，撐托起一顆最完美的橢圓形鵝蛋臉。黑緞般的一頭長髮絲，梳成一個印度寶塔式髮髻，高聳莊嚴地矗立在她的頭頂上。她那一身肌膚，可是最美麗、最純淨的巧克力色——那種選用最上等的奶油，高度精煉，十分甜美誘人的瑞士巧克力，想著就會讓我禁不住流下口水來。難怪峇爸這個澳洲老頭，會瘋狂地迷戀上她。

蘭雅，年方十四的婆羅洲美女，新阿爾卡迪亞的王后。

這會兒獨自個，她佇立在路中央。額頭上眉心間，綴著一顆我在翡翠谷眾姐妹中，看見過的最大、最圓、宛如熟透了的櫻桃的紅痣，迎著大河口一輪火紅夕陽，朝向我們，發射出一簇寶石般絢爛的光芒，直要照瞎人的眼睛哪！

一時之間目眩神迷，我竟忘記站起身，迎接離別一年的大姐。還是蘭雅走過來，彎下腰伸出手，將我這個兀自盤足坐在路旁、只顧呆呆仰望她的小妹子，一把拉起來。自從別後就不曾相見的姐妹倆，如今面對面手牽手，站在距離翡翠谷六百公里，大河上游叢林小徑上，重逢了，但倉促間卻不知說什麼才好。

「從台北來的女孩朱鴒，妳好。」蘭雅率先開腔，聲調十分平穩。

「您也好，蘭雅娘娘！」我冷冷回答。

「瞧妳曬黑了！」蘭雅舉手摸摸我的臉頰，隨即退後兩步，凝起她那雙貓樣晶亮的瞳子，眼上眼下，打量我那身邋遢不堪的裝束，搖搖頭，目光一柔，嘴裡幽幽嘆出好幾口氣：「妳瘦了！這一年在大河上漂泊流浪，肯定吃了許多苦吧？朱鴒妹妹，妳是一年前我在趕路前往翡翠谷途中，第一個遇見的女孩。妳還記得嗎？那時我們這兩個陌生人一見投緣，結伴同行，邊走邊談心，熟稔得就像一對久別重逢的親姐妹——」

心頭一股熱血上湧，我差點流下淚來。「謝謝蘭雅姐姐還惦記著我！」我哽噎著說道。

「妹妹過來！咱們姐兒兩個一起坐到那邊樹下去，好好講一講體己話。」蘭雅挽起我的手，把我帶到路對面，距離大夥約五米的一株大栗樹下，肩並肩，身子挨著身子雙雙坐下來。她沉吟了好半晌才開言道：「朱鴒，妳非要和峇爸為敵不可嗎？」

「我對著婆羅洲人的母親河，發過重誓。」我伸出手臂，指著夕陽下那條紅浪滔滔、朝西奔向爪哇海的卡布雅斯河——我的月河——端整起臉容嚴肅地對蘭雅說：「我發誓我朱鴒要為伊曼、依思敏娜、蒲拉蓬三位慘死的姐妹報仇雪恨。」

「白魔法師的力量，妳，一個十三歲的黃種女孩，敵得過嗎？」

「敵不過。」

「噯，那妳為什麼自尋死路呢？」

「為了義氣。」

「義氣——那是什麼東西呀？」

「我們朱家的祖訓。」我板起臉孔回答。「說給妳聽，妳也不會懂的。」

滿臉迷惑，蘭雅回過頭來打量我：「難怪沓爸特別喜歡妳！朱鴒妳知道嗎？在翡翠谷第一次見到妳，沓爸就看上妳這個黑頭髮丹鳳眼黃皮膚，一身裝扮奇特、脾氣古怪的女孩。別後一年，他老人家無時無刻不記掛妳，嘴裡成天念著『鴒』。他說妳是從赤道北邊一個名叫『福爾摩沙』的島嶼，飛越大海，來到婆羅洲的紅色小鳥。」

「蘭姐姐，妳是擔任澳西先生的特使，前來招降我們嗎？」

蘭雅並沒回答。她又扭轉過脖子來，就著霞光，凝起她那雙我生平見過的最黑最圓、寶石般明亮的眼睛，細細端詳我那張滿布風塵、病黃黃的臉龐，目光中滿是不捨和疼惜。忽然，眼一燦，她伸手撥了撥我脖子上，那整片西瓜皮似的，頂著的一把齊耳短髮絲，抿住嘴唇噗哧笑出聲來：「好可愛的髮型！是新剪的吧？誰操的刀？手法看起來不是很熟練。」

「伊曼。」我轉過臉來正視蘭雅的眼睛：「這個苦命的、半盲的伊班女孩，蘭姐姐知道吧？」

「哦！伊曼是沓爸最疼惜的女孩。」

「我這頭髮就是伊曼臨死前幫我剪的。」我挪動身子，坐到蘭雅面前，舉手撩了撩我耳朵上那一蓬參差不齊，可卻修剪得極細心、極燙貼的髮梢，讓蘭雅看個清楚。「那時，伊曼獨自在大河畔曠野中流浪了三年，日日曝曬在大太陽下，兩只眼睛幾乎全瞎掉了。但她堅持要給我理一次頭髮。她手裡拿著剪刀，花了整整一個小時才完成工作。（順便告訴妳吧，親愛的蘭姐姐，這把磨得十分鋒利的爪哇剪刀，是阿美霞隨身攜帶，伺機刺殺峇爸的武器。）可愛的伊曼，她瞇著兩只空空茫茫的眼睛，湊到我頭上，一刀一刀小心翼翼，替我修剪在婆羅洲旅行十二個月、早已變成一窩亂草的頭髮，恢復我初來時的模樣。她是多麼的用心啊！」

「伊曼——」蘭雅睜起眼睛望向暮色茫茫的大河下游，夢囈般幽幽地說：「她埋葬在哪裡？」

「巴望達哈血湖村。」

「誰陪伴她？」

「蒲拉蓬。」我忍不住嗤的一聲冷笑出來。「蘭姐姐，您應該認識這個達雅克女孩吧？她手臂上有一朵還沒完成、只有兩片花瓣的班葛·拉雅花刺青。她今年只有十四歲。在流放途中，她生下峇爸的孩子就死了，靈魂化為一只白鷺鷥，和一群因難產而死、來自婆羅洲各地的年輕婦女相聚，定居在聖山下，母親河河畔的血湖中。」我又回頭深深地看了蘭雅一眼，笑笑說：「蒲拉蓬現在很好，和伊曼作伴一起過著平安的日子。蘭姐姐大可不必掛心！」

蘭雅這下就不吭聲了。好久，她只管抱著雙膝坐在河岸樹下，仰起臉龐凝住眼瞳，眺望向晚時分大河口那顆越往下沉，越顯得巨大、殷紅的火球，怔怔地發起了呆來，整個人彷彿沉陷入一個不可告人的心事中。

夕陽下，驀地裡一條花紗籠閃動。

眼睛一花，我緊緊闔上眼皮。半晌張開眼睛看時，只見阿美霞右手攥著一把剪刀，悄沒聲，從路旁樹蔭下孩子們堆中躥出，穿過三米寬的路面，朝向蘭雅直撲過去，也沒打個招呼，便一刀刺入她的左胸房。噗地，一蓬血從蘭雅心窩噴出，登時染紅了她身上那件華貴的七彩雲錦紗籠。蘭雅伸出雙手，握住剪刀柄，咬著牙忍著疼，仰臉望著那行兇後立即後退五大步、臉煞白、恨恨地瞅住她的翡翠谷小姐妹——溫柔善良的普南族姑娘，阿美霞。姐妹倆一個坐在路旁一個站在路心，只管對看著。眼光一柔，蘭雅咧開兩片猩紅的嘴唇，露出兩排我生平所見最潔白漂亮的門牙，笑了笑，抬高嗓門柔聲說道：「小霞，妳好！謝謝妳替蒲拉蓬和依思敏娜報仇。」

阿美霞沒答腔。十二歲的小姑娘殺了人，嚇得躲藏在我身後，探頭望著那心口插著一把剪刀，雙手抱住膝頭坐在地上，痛得額頭上冒出十來顆汗珠的大姐，只顧呆呆張開嘴巴，瞪著眼睛，像個闖下大禍渾不知所措的小孩。

「朱鴒過來！」蘭雅將目光轉移到我身上，舉手向我招幾下。蹦的縱身一跳，我從地上站起來，撲上前，張開雙臂一把攬住蘭雅的肩膀，哭喊道：「蘭姐姐不要死！」

我回想起一年前剛抵達婆羅洲不久，我這個異鄉女孩，在前往翡翠谷的旅途上，萍水相逢，初次遇見蘭雅的情景。想著，我忍不住悲從中來，雙手抱住垂死的蘭雅，兩行眼淚沿著臉頰潸潸淌下。

那時，我和伊曼匆匆分手，逃離被爪哇兵放一把火燒掉的魯馬加央大長屋，獨自個（不，是在伊曼的芭比娃娃，安娜絲塔西亞公主相伴下），前往翡翠谷。晌午時分在水稻田間一條椰林路上，我哼著小曲，邊徜徉，邊放眼觀覽生平初次看到的熱帶田園風光。晃晃悠悠邊走邊唱，一抬頭，看見一個身穿花紗籠的苗條少女，撅著兩只玲瓏臀子，搖曳著細柳腰肢，踽踽行走在前方道路上。一路行走一路甩著她肩後那把兩呎多長，烏光水亮，好似一匹黑緞子，從她頭頂直直垂掛下來，倏地停駐在她腰後的長髮絲。「伊曼，妳停下腳步等等我呀！」我邊呼喊邊拔腳奔上前。她回過頭來了。笑盈盈一張奶油巧克力色的鵝蛋臉，散布著十來顆小雀斑，好不俏麗。兩排皎潔的小白牙，燦爛在赤道夕陽下。姑娘開腔了：「我的名字叫蘭雅，肯雅族人。妳的名字叫什麼？看妳的衣裝不像是婆羅洲本地人吧？妳是從哪裡來的？」就這樣我結識了那時十三歲，只大我一歲，模樣卻比我成熟許多的婆羅洲姑娘蘭雅——瞧！她那高一米六的身子，胸前掛著兩顆橘子似地，已經長出一對渾圓緊實的乳房來。兩人之間結下一段緣，結伴同行，前往峇爸設在叢林中的哈林姆後宮，第一次會見那長相好似彌勒佛、永遠笑瞇瞇的澳西先生……

蘭姐姐！當初我進入翡翠谷時，路上第一個遇見的女孩便是妳。那時，我就被妳高貴的氣質、美麗的容貌和親切的態度，中了降頭般深深吸引住了。離別一年後，如今好不容易又再相逢，卻必須面臨生離死別，我朱鴒心如刀剮哪。

「朱鴒不哭！」蘭雅板起臉孔厲聲喝止我，隨即伸出雙手一把將我拉進她懷裡。「我蘭雅罪有應得。我出賣依思敏娜。我誣陷蒲拉蓬。我背叛翡翠谷的姐妹們。我蘭雅該死。」

「蘭姐姐妳給我聽好：朱鴒不准妳死！」我哽噎著說。「妳給我撐著。我們立刻送妳到桑塔馬利亞修道院，請修女給妳治刀傷。」

蘭雅笑了笑，沒回答。她伸出兩條胳臂緊緊夾住我的身子，左手摩挲我的頭髮，右手豎起食指頭，輕輕地、慢慢地擦拭我腮上的淚痕，嘴裡柔聲問道：「從台灣來的女孩，妳還記得我們倆第一次相見的情景嗎？」

「記得！永遠都記得！」我趕忙回答。「剛才我還在心裡重新回想一遍，歷歷在目呢。」

「在翡翠谷路上，第一次看到妳這個裝扮怪異、口音奇特、獨自在婆羅洲旅行的小女生，我蘭雅心裡就知道，這是我前生失散的妹妹，今世又回到老家尋找大姐我來啦。」

「咦？我也有相同的感覺！那天晌晚，太陽快下山了，我這個外鄉人兀自在陌生的椰林中趕路，心中正感到孤獨徬徨呢，猛抬頭，就看到一個身穿花紗籠、搖甩著一把黑髮絲的原住民姑娘，打赤腳行走在前方。兩人在路心上碰面了，才談上幾句話，我心裡就認定這位美麗高貴、看來比我大三歲的肯雅族女孩，是我那出生後，不知什麼緣故，流落到南洋一座大島上的姐姐。」

「現在姐姐快要死了！」蘭雅淒涼一笑。「臨死前能不能請鴒妹妹，幫蘭姐姐做一件事？」

「請說。為了姐姐，我朱鴒兩脅插刀在所不辭！」我挺起腰桿，伸出雙手來各拍一下胸腔兩側的肋骨，慨然道。

「沒那麼嚴重！」蘭雅咧開她那兩片花瓣似的明豔照人，而今，卻變得蒼白枯萎的嘴唇，噗哧笑出聲來。兩排門牙，閃爍在黃昏河畔滿天霞光中，依舊那樣皎潔美麗。「朱鴒，我只要妳幫我解開髮髻，將我的頭髮打散，一把披在我的肩膀，恢復我原本的模樣，就像一年前十三歲的我——婆羅洲的女兒蘭雅——在翡翠谷椰林路上初次遇見妳——台灣的女兒朱鴒——時所梳的那種髮型。如此，慈悲的布龍神就會讓我找回失掉的靈魂。往生後，我就不會變成孤魂野鬼，遊蕩在叢林中。」

我含著淚，小心翼翼解開蘭雅頭頂上那顆高聳、華麗、印度浮屠寶塔式的髮髻。宛如一條黑色小瀑布，她的頭髮登時飛落下來，烏溜溜地，停駐在她那兩片光裸、勻稱的銅棕色肩胛上。

新阿爾卡迪亞的王后，肯雅族的公主，蘭雅，換上了這一款她深深懷念的少女時代髮式，重新調整姿勢，挺起腰桿，端坐在大河濱一條通往小兒國的路旁。她胸口血淋淋，插著一把剪刀，身上裹著一件染血的華麗紗籠。但她那顆鵝蛋臉，映著夕陽，紅噗噗兀自綻現出兩朵小梨渦。她那雙直勾勾瞅住我的黑眼眸中，洋溢溫柔的笑意。

膝頭一軟，我在她跟前蹲下來，仰臉望著她，禁不住哇的一聲哭了。蘭雅伸出一條手臂，傾身向前，攬住我的肩膀，將我整個身子一古腦兒拉入她的臂彎中。我索性放聲大哭。就在六百個孩子驚訝的目光靜悄悄注視下，我，十三歲的台灣女生，像撒嬌的小女孩，依偎在蘭雅懷裡，而這位只比我大一歲的婆羅洲姑娘，如同母姐般摟住我，不停拍我哄我。

我豎起鼻尖，恣意地、貪婪地，吸嗅蘭雅身上發出的各種氣味：她每天在河中沐浴和洗頭後，必定搽上的橄欖油；她那渾身散發的、天然的、婆羅洲原住民少女特有的肉豆蔻香氣；還有還有，從她身上各隱私處，幽幽祕祕，不斷滲出的阿拉伯香水和印度精油。霎時間，我整個人墜入了恍惚失神、半睡半醒的狀態中。

一股濃郁的血腥氣，突然撲向我的鼻端。我霍地驚醒。睜眼一看，只見蘭雅披著滿肩散亂的髮絲，張開雙臂摟住我，坐在樹下一動不動。她的身體軟綿綿倚靠在樹幹上，臉孔歪到一旁，白得像一張紙。我伸出食指碰了碰她的鼻尖。沒有半點氣息。低頭看去，只見一汪鮮血從她的傷口冒出，沿著胸窩插著的那把剪刀，汩汩流淌下來，染紅了她身上的七彩雲錦紗籠。我正要扯開嗓門放聲嚎叫，蘭雅忽然睜開眼睛，看了看我，齜起兩排雪白的門牙對我笑兩下，用力地撐起上身來，喘著氣說道：

「朱鴒別慌！蘭姐姐還沒死呢，只是失血過多一時暈了過去。來！妳把耳朵湊到我嘴巴上，趁著我現在還有一口氣，讓蘭姐姐把一個重大的、和峇爸有關的祕密告訴妳。」

我趕緊擦乾眼淚，把左邊的耳朵伸過去。

「我的妹妹，聽好！」蘭雅伸出雙手抱住我的頭，噘起嘴唇直湊到我耳朵上，悄聲說：「峇爸的心臟位於身體的右側，胸腔第七根肋骨正下方。那是白魔法師威廉・澳西的罩門。妳只要對準這個部位，一刀刺下，就能讓他斃命，永遠不能復活，直到大審判日耶穌基督再度降臨人間。」說到這裡，蘭雅激烈地咳嗽起來，掙扎了一會好不容易才喘回了氣。她又把嘴巴湊上來再三叮嚀我：「朱鴒記住，萬萬不能再讓這個老鬼復活。妳那一刀要刺得又狠又準又深！峇爸在他的老家澳洲墨爾本市，已經死過一次，因為太思念婆羅洲和美麗的伊班姑娘，往生後又跑回來。這次絕不能再讓他脫逃了。朱鴒聽著！妳要讓峇爸澳西先生永遠待在地獄中，不能再回到婆羅洲作踐我們的姐妹！」說著，蘭雅伸出一只冰冷的手，摸了摸我的臉頰：「從台北來的女生，朱鴒，我蘭雅前世和今生的妹妹，姐姐把誅殺峇爸的任務交給妳了。」

「是！」我趕緊跪下來，趴伏在地上用力磕兩個響頭：「蘭姐姐，朱鴒記住了。」

「我現在要走啦。」蘭雅慘然一笑，闔上眼皮再也不吱聲了。

婆羅洲肯雅族第一美人蘭雅・阿納克布蘭，逝世於登由・拉鹿路上，享年十四歲。

我跪在屍身旁，怔怔發了一回呆，驀地張開喉嚨仰臉朝天放聲大哭：「蘭姐姐死了！都是澳西那個老頭害的。」哭了半天，我才踉踉蹌蹌爬起身來，站穩腳跟，對著夕陽照射下那條紅浪滾滾、嘩喇嘩喇自管奔流不息的卡布雅斯河，舉起一只拳頭，邊擂打自己的心口，邊咬著牙發重誓：「我朱鴒倘若不能手刃這個老鬼，必定死在婆羅洲，暴屍荒野，成為食屍鳥婆羅門鳶的午餐，靈魂永遠不能回歸家鄉台灣！」我擦乾眼淚，站起身，面對道路上那群中了蠱般，拱起肚腩張開嘴巴，睜著眼珠一眨不眨，只顧瞅著我和蘭雅的孩子們，抬高嗓門大聲宣布：「前進登由・拉鹿！」

「殺咨爸！收復小兒國！」六百名光著屁股、手持木棍、呆呆佇立河畔等待指令的男女兒童，彷彿被解除了降頭，一下子全都醒了過來，紛紛張開喉嚨爭相揮舞拳頭，齊聲吶喊響應。寂靜的深山幽谷，又洋溢起孩子們的喧鬧聲。

在莎萍和亞珊指揮下，大夥重新整隊準備開拔。

心念一動，我從地上撿起三根枯樹枝，當作香枝拈在手上，隨即併攏雙腿弓下腰身，朝向路旁大栗樹下蘭雅的大體，遵照唐人習俗，恭恭敬敬拜三拜，向我們翡翠谷的大姐辭行。祭告完畢，掉頭一轉身，我邁步走到隊伍的前端，率領眾小兒們出發。才走了約莫五十米，我就忍不住回頭望去。只見天空中黑鴉鴉一窩，悄沒聲，早已聚集起了成百只婆羅門鳶。這群體型碩大、神態威嚴的赤道猛禽，圍攏成一個大圓圈，不停盤旋在大栗樹梢，迎著夕陽，睜著一對對火紅的眼珠，虎視眈眈，俯瞰那披頭散髮滿面蒼白，渾身血淋淋地坐在樹蔭中，嘴角掛著一鉤神祕笑容的蘭雅。我想起，達雅克族公主蒲拉蓬死亡時，大河畔天空中，也曾出現一群婆羅門鳶——達雅克人心目中的神鳥。這時又看見他們會集，但我心裡並不害怕。因為，一來就像蒲拉蓬臨死前告訴我的，他們是布龍神的使者，決不會傷害婆羅洲的女兒，二來（這點讓我朱鴒感到特別安慰），阿美霞自願留下來，陪伴死在她剪刀下的大姐。她發誓用自己的生命，守護蘭雅的遺體，等待我們從登由·拉鹿最後決戰中凱旋歸來，再正式舉行一場隆重、美麗、適合肯雅族公主和阿爾卡迪亞王后身分的葬禮。

第四十二話 弒

翡翠谷別後恰恰一年，又逢婆羅洲盛夏時節，澳西先生神清氣爽，滿面紅光，笑瞇瞇頂著一顆斗大的銀白頭顱，穿著一套雪白夏季西裝，赫然出現在傍晚滿天火燒似的彩霞下。他那在翡翠谷時，原本就很高大肥壯、彌勒佛樣腆著個大肚膛的身子，自從移駕大河上游，聖山麓的新迦南福地，進駐新建的第七天國後宮，便受到七十二名挑選自婆羅洲十二族、花樣年華的宮女，日夜悉心的服侍。經過一番調養和滋補，如今他老人家出落得更加魁梧了，整個人胖墩墩、肉顫顫的，乍看簡直就是一座白色小肉山呢。

峇爸別來無恙，親自擺駕出宮迎接我，朱鴒，這個專愛與他作對，時不時破壞他的好事，讓他頭痛之極的台灣小女生。

這時，他乘坐一台神龕般金漆雕花，用婆羅洲頂級木材——千年龍腦香古樹——精工打造成的鄂圖曼式大轎椅，由十二名白髮蒼蒼的達雅克老挑夫，弓著腰，喘吁吁地抬著，停駐在峇都帝坂山下的登由·拉鹿湖畔，小兒國入口處，一座用新鮮樹枝和各色熱帶花卉紮成的大牌樓下。

七貴妃，身穿紅、橙、黃、綠、藍、靛、紫七色泰絲紗籠，侍立在轎椅兩側，宛如雨後婆羅洲天空出現的一道亮麗彩虹，團團環繞住峇爸。這個排場，就如同當初，我第一次進入翡翠谷，闖蕩澳西先生的叢林後宮時，在菩提樹下所看到的那幅景象。

瞧！這群代表婆羅洲七大族的姑娘，個個披著一頭烏光水亮、直垂腰際的長髮，銅棕色的臉蛋上，塗著兩糰臙脂，眉心烙著一枚猩紅的朱砂印記，映著赤道叢林的夕陽，好不燦爛奪目。這七個十四五歲的妃子一字排開，鼓脹著半裸的胸脯，高高昂聳起一對含苞待放的乳房，向那位坐鎮峇都帝坂山巔、俯視大流河域的創世祖，伊班大神辛格朗·布龍，致最高的敬意。可是她們的臉龐卻木無表情，彷彿被集體下了降頭似的，人人抬著頭睜著眼，怔怔眺望天空中的成群歸鳥，自顧自想心事，對我這個不速之客，不瞅不睬。

澳西先生的愛妾們，和一年前那樣，依舊那麼的美麗和驕傲。只是，當時站在峇爸左手邊第二個位置，宛如鶴立雞群般，穿著素淨的月白色紗籠，身材最高挑、容貌最出色、儀態最高貴的蘭雅，如今已不在行列中。豔名遠播的峇爸八貴妃，現在剩下七位。這會兒，蘭雅那具血淋淋的屍體，包裹在她升任正宮娘娘後、被賜穿的七彩雲錦紗籠中，由阿美霞陪伴，冰冷冷地躺臥在距離這兒一公里的大河濱，小路旁，一株綠色巨傘似的栗樹下。樹梢頭黑魆魆靜悄悄，盤繞著一群食屍鳥。

一股悲憤湧上我的心頭。兩團眼淚奪眶而出。我使勁揉揉眼皮子，睜開眼睛。霎時間，我的眼睛和澳西先生的眼睛，隔著三十米的距離直直對上了。

如今的峇爸僅剩下一只眼睛。記得嗎？他的另一只眼睛，在新迦南寢宮龍榻上，正當他和蘭雅行房達到高潮時，被莎萍和亞珊用剪刀刺瞎了。可這只僅存的左眼，變得更加湛藍、銳利，這會兒迎著大河口爪哇海中一枚巨大的聖餅般、血紅紅吊掛在赤道線上的落日，放射出一簇更晶瑩、更妖異懾人的光芒。

心中驀地一亮，我想起在這趟婆羅洲之旅中，我已經和澳西先生眼瞪眼，打過兩次照面，現在可是第三回對上眼睛了。

頭一次是我剛進入翡翠谷時。南洋大熱天，黃昏時刻，澳西先生穿著他那套終年不離身的雪白西裝，以「峇爸」身分，在一群花樣的紗籠姑娘環侍下，盤起雙腿，背向初升的一瓢明月，端坐在山谷中央那羅傘般一株高大的菩提樹下，濃蔭中。那副白胖胖、慈眉善目的模樣，煞似佛經中一位來自西土的尊者。我被帶到峇爸面前。他老人家瞇著眼睛，笑吟吟，打量我這個穿著土黃卡其上衣和黑布裙，頂著一頭西瓜皮短髮，裝扮怪異，誤闖入他後宮花園禁地的外鄉女孩。我揚起臉，睜著眼，回瞪這只我生平見過的最藍、最深邃的眼睛。我的視線彷佛被兩塊神祕的、具有一種詭異力量的磁鐵，強勁地吸引住。兩人面對面，互望好一會兒。峇爸的兩粒眼瞳子映著月光，放射出兩道碧綠色光芒，一吐一吐，蛇舌似的不斷向我捲過來。在這雙聞名全婆羅洲、震懾大河流域長屋孩子的藍眼睛招引之下，我這個十二歲台北少女，彷佛被下了降頭般，身不由主，挪動雙腳，朝向峇爸那雙張開的胳臂，一步步夢遊似地走過去了。

便是在這關口，吉姆王爺一身黑衣飄飄，以俠盜蘇洛的姿態，倏地從黑影地裡冒出來，千鈞一髮之間，伸出胳臂挾住我的身子，硬生生，從澳西先生手爪下將我劫走。逃出翡翠谷時，我從王爺腋下伸出頸脖，回首一望，看見峇爸那雙冰藍眼睛，月光下，灼灼地，兀自一眨不眨死盯著我，讓我的背脊冒出一片涼汗！

這是我第一次見識到，白魔法師威廉・澳西那兩只藍眼睛的魔力。離別一年後，重溫這樁因緣，讓我不禁思念起吉姆王爺來。若不是他當時出手相救，我朱鴒肯定劫數難逃。我早已落入澳西先生手中，就像伊曼、阿美霞、蒲拉蓬、莎萍、亞珊以及大河流域無數處女那樣，把寶貴的童貞奉獻給這個渾身狐臭氣、滿嘴大蒜味的肥老頭，進入哈林姆後宮，成為峇爸的一名新妃子。

第二次面對峇爸那雙勾魂眼，是在我和娣娣・龍木肩並肩，如同一對比翼的雙飛燕，用竹篙撐著各自的舢舨，在卡布雅斯河上結伴浪遊的那段日子。

那時，落霞滿天，整條大河好似火燒一般。我們倆撐了一整天的船，感到又餓又累，正要上岸找個甘榜打尖，忽然看到一艘鐵殼船（後來我們才知道，那是大名鼎鼎的幽靈船「摩多祥順號」），載著峇爸和七十二名紗籠女郎，好像鄂圖曼蘇丹帶領他的哈林姆後宮嬪妃遊河，浩浩蕩蕩嘰嘰喳喳一路溯流而上。我和娣娣把船停靠在岸邊，等候大船駛過後才繼續趕路。那一剎那，隔著五十米寬的江面，我和峇爸又對上了眼睛。他坐在輪船甲板上，冷冷盯住我。我一只手扠腰，站在舢舨上仰起臉望著他。這回我頂住了！在翡翠谷，那雙藍眼睛曾經對我產生一種致命的、降頭似的誘惑，如今在卡布雅斯河上，不知怎麼這股魔力卻消失掉啦。這位白魔法師利用他的眼神，不管耍出多少戲法、使出多少招數，我朱鴒都不為所動，一直握著竹篙，穩穩佇立在我那艘長三米寬一米的無篷小船上。一老一小兩個人，足足對峙五分鐘之久。嗚、嗚——輪船響著汽笛，從我們兩個撐住舢舨的小女生面前，晃晃悠悠駛過去了。無可奈何，澳西先生收回他那兩道冰藍的、好像一對豺狼的目光，甩甩他那顆斗大的頭顱，變魔術般，眼睛一眨，整個人又恢復原來的模樣。峇爸又變回峇爸——長屋孩子們所熟悉的那位腆著肚腩、成天笑瞇瞇、大胖佛似的和藹可親的白人爺爺。

澳西先生的眼睛，原來並不那麼可怕。

第三次對峙，便是現在了。這回我有絕對的自信能贏他，因為他的眼睛瞎了一只，法力喪失了一半，而如今我帶來了全世界最純真、最美麗、力量最強大的武器——用兩顆少女頭顱連接而成、鼓身上面，依附著兩個婆羅洲處女靈魂的雙面馬來手鼓，薩烏達麗·珍瑠。縱是峇爸手下的頭號殺手，那半人半鬼的彈簧腿阿里，聽見這只鼓發出的怦、怦、怦，心跳似的聲音，都會立刻喪失心神，拔腿狂奔投河自盡呢。

這當口，我率領小兒國的眾孩兒們，列隊站在登由·拉鹿甘榜大門口牌樓下，面對峇爸的龍椅，雙手扠腰昂然抬頭。

我第一次正視澳西先生的眼睛。

這位西土魔術師，又睜起兩顆藍瞳子（他忘了！他的右眼已經廢掉啦），開始玩起他那套老掉牙、這些年來，不知蠱惑大河上下多少長屋孩子的小把戲：毒蛇吐信。首先他老人家呵呵呵——仰天長笑三聲，隨即舉起一只蒲扇般大的白手掌，朝向我，以及我身後的那群小娃兒，親切地招了三下。睞呀睞，白胖胖臉膛上孤單單一只獨眼，溫柔地眨巴著，拋送出陣陣秋波。我將身體擋在孩子們面前，杵在路中央，挺著腰桿子文風不動。澳西先生怔了怔，臉色勃然一變，眼神登時變得嚴峻森冷。

好半晌，他定定瞅著我。兩人隔著三十米的距離對看。忽然，眼一眩，我看見一條白色小蛇，從澳西先生左眼眶中鑽出來，簌、簌、簌——不停吞吐著兩根細細尖尖、頂端分岔的藍色舌頭，朝向我的眼睛直撲過來，好像要捲起我的身體，整個的帶到龍轎上，送入峇爸在新迦南建立的人間第七天國，穿上華貴的七彩雲錦紗籠，充當第八號妃子，替補已經往生的蘭雅……

格格格，我咬緊牙關，將雙腳牢牢釘在地上，一逕睜著雙眼，眨也不眨一下。

澳西先生面露詫異之色，狐疑地打量我，眼眶中竄出一撮兇光來。他那彌勒佛樣、慈眉善目笑瞇瞇的一張肥白臉膛，霎時間滿布殺機。

不動聲色，我解下繫在腰間的龍木姐妹鼓，左手拎著，高高舉起來，朝向峇爸背後那座矗立在天際彩霞下、火紅紅的石頭山，峇都帝坂山，然後將右手攥成一顆拳頭，開始擂打那用人皮製造的鼓面：鼕鼕——怦怦——

峇爸呆了呆，舉起雙手摀住耳朵。他那拱坐轎椅上、胖墩墩一座小肉山也似的身軀，剎那間，彷彿瘧疾發作一般，索落落索落落不住顫抖起來。第一次，我真真切切看見，白魔法師的眼睛流露出了退縮、恐懼的神色。澳西先生膽怯囉！我對這個魁梧白種老人的敬畏，登時又減三分。我知道，這場正在婆羅洲心臟叢林中心、慘烈地進行的世紀大決戰，我，黃魔女朱鴒，已經贏得第一回合。

驚慌失措中，峇爸轉過臉去，看了看侍立在他身後的衛士們。

這一百個爪哇男子，全是「彈簧腿」阿里的徒子徒孫，容貌和穿扮就像同一位工匠捏出來的泥偶：同款的白長衫黑紗籠、同樣的稻草人式瘦高身子、同胞兄弟般的黝黑尖長臉孔。就連腰上掛的大馬士革新月刀，也像同一條流水線上生產的。峇爸鑾駕出宮，駐蹕在登由·拉鹿甘榜大門口，迎戰小兒國軍。這群爪哇隨從便排列成長長兩行，擺出了仙鶴展翅陣，站在牌樓兩側文風不動，一群殭屍似的寂靜無聲，面無表情，乍看就像兩堵巨型的、黑白雙色的屏風，高聳地樹立在河濱道路的盡頭，擋住我們的前進之路。

四個僕人抬著一口沉甸甸、亮晶晶的鋁皮大行李箱，站在峇爸轎旁。我一想到琪琪格·夏丹曾經告訴我箱中裝的是啥，我就不寒而慄，大熱天，渾身機伶伶打出一連串哆嗦來。

峇爸舉起雙手，叭的猛一拍。

一百名隨從如聞聖旨，齊齊咧開嘴巴，齜起一排排白森森的大門牙，扯起嗓門，開始念誦十六字真言，對抗我手上發出的薩烏達麗·珍瑠鼓聲：

瑪哈夸薩

峇里沙冷

普帖達勇

布龍布圖

十六個神祕的音節、四句單調的咒語，反覆念誦，從那一百張黧黑的臉孔上，一個個朝天張開的嘴洞中傾吐出來：普帖達勇／峇里沙冷／布龍布圖／瑪哈夸薩……連綿不絕的誦經聲，搭乘黃昏吹起的落山風，洄漩在落日下金光粼粼的登由．拉鹿湖上，震動整個曠野。孩子們紛紛舉起雙手，緊緊摀住耳朵。那群身穿七色泰絲紗籠，宛如一只開屏的婆羅洲大孔雀，團團地侍立在峇爸身後的嬪妃，兀自踮著她們那雙十趾尖尖、塗著鮮紅蔻丹的光腳丫，高高挺起胸脯仰起臉蛋，眺望大河口，自顧自想心事，對周遭的喧譁充耳不聞。落日映照她們眉心的紅痣，反射出一簇簇血亮的光芒。峇里沙冷／布龍布圖／瑪哈夸薩／普帖達勇……誦經聲越來越急速和綿密，翻來覆去嚶嚶嗡嗡，到後來變成一窩紅頭綠眼叢林大蒼蠅，成千上萬只，浩浩蕩蕩鑽入我的耳朵，爭相啃嚙我的耳膜，攪亂我的心神。

薩烏達麗．珍瑫姐妹鼓的怦——怦——拍擊聲，霎時間被淹沒了。

在十六字咒語蠱祟下，我的心智即將崩潰，我的精神瀕臨錯亂的邊緣。就在這危急時刻，我又看見龍木家兩姐妹，手牽手肩並肩，靜悄悄，佇立在河畔一座朱槿花盛開的山崗上。娣娣依舊一身中學女生裝束，紅衣白裙，脖子後紮著一根麻花大辮。大她兩歲的姐姐，那美麗似仙女、純真如天使的聾啞女孩比達達麗，依舊披著一頭烏黑髮絲，穿著一襲素白紗籠，打赤腳，小鳥依人般挨靠在妹妹身旁。娣娣凝起她那雙漆黑眼瞳子，深深看我一眼，然後伸出手，作勢往自己的腰間一拔。我會意。當即轉過身子，面對那一百個兀自骨睩骨睩轉動眼珠，咧開嘴巴齜著滿口大白牙，不住喃喃念經的爪哇男子，倏地一伸手，拔出腰間掛的那把劍，高高舉到空中。

雪白的蛇形劍身，反射著夕陽，紅豔豔綻放出一簇血光。

這是半年前，在婆羅洲北部沙勞越邦古晉市，艾斯坦納王宮，我向拯救我的吉姆王爺道別時，他蹲下身來，無比鄭重地，親手掛在我腰間的護身符。至今，我還牢牢記住當時他邊含淚繫劍，邊叮嚀我的一番話：「鴒，這把馬來短劍克利斯，是汶萊蘇丹奧瑪·阿里·賽福鼎二世於主曆一八四一年九月二十四日，冊封我詹姆士·布魯克為統治沙勞越的『拉者』時，親自賜與我的鎮國神器，特准我用它刺殺一百名叛徒。我，拉者布魯克一世，馬來人口中的『吉姆王爺』，君臨沙勞越邦二十七年期間，以蘇丹名義動用這把克利斯劍，總共手刃了九十九名叛徒。剩下的最後一名叛徒，我就留給勇敢的、講義氣的台灣姑娘朱鴒了。妳好好把它帶在身上，切莫遺失。記住：全東南亞的馬來民族，包括爪哇人，見此劍如見汶萊蘇丹！」

果然，這會兒，澳西先生麾下那群身穿白長衫黑紗籠，稻草人似的排成一列，齊齊張開嘴巴，高唱十六字經咒，正在興頭上的爪哇隨從，忽然看見我舉起克利斯劍，登時嚇得臉色發白，撲通撲通紛紛下跪，轉身朝向婆羅洲東北方汶萊王國所在的位置，高舉雙手合十頂禮，恭頌蘇丹政躬康泰：

「卡希漢蘇丹！赫巴特蘭·阿貢！」

打蛇必須隨棍上，我趕緊伸出另一只手，又敲打掛回腰間的薩烏達麗·珍瑙鼓：怦怦怦……雨打芭蕉葉般一陣緊似一陣。如同《西遊記》中的孫悟空，乍然聽到師父念誦緊箍咒，這一百個匍匐在地上、遙向蘇丹膜拜的爪哇人，個個雙手抱頭，臉上露出痛苦神色，額頭冒出十來顆黃豆大的汗珠。大夥掙扎著爬起身來，列隊站到路旁，舉起右手按在眉心，深深哈個腰，向我行最虔誠的中東式額手禮：「莎蘭姆！姑寧·姐央。」在大師哥一聲吆哨下，大夥隨即轉身抱頭鼠竄，不知逃到哪裡去了。那口神祕、雪白的鋁皮大行李箱，被拋棄在路中央，夕陽下兀自閃爍著雪樣晶瑩的光輝呢！

十二名打赤膊、胯下紮著條紅色纏腰布的達雅克老挑夫，汗溱溱，一逕弓著腰抬著轎站在牌樓下，這時見狀，也不吭聲，砰地就將肩上扛著的那張巨大的、用龍腦香古木打造的神龕式轎椅，放在地上，頭也不回便轉身離開。一轉眼工夫，那白髮蒼蒼的十二條佝僂、瘦小的人影，沒聲沒息地，便消失在大河畔夜色開始降臨的叢林中。

霎時間，登由．拉鹿小兒國大門口，變成空蕩蕩的一片！偌大的場子上，只剩下峇爸一個龐大的身軀，孤零零，肉顫顫地高坐在他的龍椅上。

眾叛親離，這場對陣澳西先生又輸掉第二個回合。

緊接著就展開關鍵的第三回合。決戰前，空氣彷彿凝結了似的。令人屏息的寂靜中，我方陣營裡，不知哪一個人率先發難。只聽得這個女孩陡然扯開喉嚨，用清嫩的嗓音淒厲地發出一聲吶喊：「馬蒂甘——殺呀！」驀地裡，只見夕陽下幾百枚人影四下亂竄，腳步聲雜沓。我轉過身子，伸手撥開路心滾滾飛揚起的一大團塵埃，揉揉眼皮定睛一看：登由．拉鹿國的小兒軍團，在莎萍和亞珊帶領下，發起了攻勢。

這是一幕最壯觀、慘烈，可也極怪異滑稽的決戰，比我在日本動漫電影中看過的最血腥、最盛大的打鬥場面，更加驚心動魄，精采好看呢。

瞧！大河口一輪紅日直直潑照下，六百個娃兒不分男孩女孩，全都裸著身子，腆著肚腩光著腳丫，蓬頭垢面咬牙切齒，手裡拿著各式各樣的武器——鵝卵石、棍棒、男生自製的彈弓和吹箭筒、女生做女紅用的剪刀和繡花針——爭先恐後蜂擁上前，以人海戰術，圍攻那位侵占他們的國土，將他們驅逐出神賜的樂園，害他們幼小的靈魂，流落在叢林中無家可歸的白魔法師，澳西先生。一時間，大河畔曠野中喊殺聲震天：「布奴卡——去死吧！馬蒂甘——殺峇爸！」

峇爸笑吟吟端坐轎椅上，不動聲色。直等到敵兵衝到牌樓下，他老人家才慢吞吞站起來，兩條胳臂一伸，陡地出手，也不知使用什麼招數，說時遲那時快，颼、颼、颼，抓起撲到他身上的娃兒，不管男生或女生，二話不說就往河中扔去。撲通！撲通！偌大的河面霎時間只見水花四濺。幾十顆小頭顱，漂盪在波浪中載浮載沉，好像一粒粒被風颳落河中的椰子。電光石火工夫，峇爸一口氣，輕輕鬆鬆就解決了至少五十名攻擊者，所花的時間還不足三分鐘哩。可是，孩子們早已豁出去了，一個接一個前仆後繼，紅著眼睛，齜著門牙，高舉他們細小的手中握著的各式武器，嘴裡嘶啞地吶喊著：「殺峇爸！殺峇爸！」一夥兒沒頭沒腦就朝向那矗立在龍椅上，擎天神般，高高挺著一具白色的龐大軀體、神威凜凜的澳西先生，直衝過去。

第一波交鋒，雙方整整纏鬥了三十分鐘。倉促成軍的小兒國兵團，總共折損兩百名戰士（全都掉入河裡，這會兒掙扎在水中，兀自叫爹叫娘哩）。暫且收兵。雙方隔著三十米寬的無人地帶，氣喘吁吁，怒目相視，一時間只管僵持在登由·拉鹿甘榜大門口，那座彩帶飛舞鮮花怒放的大牌樓下。

鄰家白人爺爺似的和藹可親、終日面帶笑容的峇爸，剎那變成一個發狂的、憤怒的巨人！宛如一座拔地而起的白肉山，他昂挺著他那高六呎五吋、腰圍八十吋、重四百磅、緊繃繃包裹在一襲白西裝中的魁梧身軀，圓滾滾腆著個皮鼓樣大肚膛，獨自佇立在轎椅上，睜著孤單單一只碧藍眼睛，面對一群個頭矮小，光著咖啡色屁股，摩拳擦掌躍躍欲試，準備再度向他展開「神風式」自殺攻擊的婆羅洲兒童，好久一眨不眨，只顧怒目而視。

雙方的對峙，持續了長長的十五分鐘。

忽地，石破天驚的一聲嬰兒啼叫，打破了戰場上凝結的氣氛。

大夥當場嚇一大跳，齊齊扭頭望去，只見莎萍和亞珊懷中的兩個嬰兒，好像剛睡醒，肚子餓了似的，同時張開喉嚨「哇」的一聲叫出來。妳們記得吧？昨天中午，這兩個翡翠谷姐妹帶領一群孩子逃出登由·拉鹿，在路上遇見我和阿美霞統率的小兒軍時，我們發現，她們手上各抱著一個金髮碧眼娃娃，威利·澳西和亞倫·澳西。大夥一見都很詫異，一問之下才知道這小哥倆來頭不小，是峇爸後宮嬪妃所生的世子，新迦南的繼承人。當時我心裡就猜測，兩姐妹將澳西先生的命根子劫走，目的是把他們當作人質，在緊要關頭，用來要挾他們的父親。

果不其然，這當口，雙方僵持不下之際，莎萍和亞珊抱著哇哇大叫的嬰兒，從隊伍中姍姍走出來，搖曳起花紗籠，款擺起水蛇腰，邁出一雙光腳丫，笑盈盈慢吞吞行走到場子正中央，朝向峇爸一鞠躬。說也詭譎，孩子登時就不鬧啦。兩個小傢伙，同時綻開腮幫上兩朵小酒渦，從阿姨懷中，好奇地伸出他們兩顆特大的、金毛茸茸的頭顱，望著那個怒氣沖沖，掙紅著臉龐，佇立在一頂金碧輝煌大轎上的肥壯老人，咯咯咯笑不停，一副樂不可支的模樣。

澳西先生乍然看見他的兩個兒子出現，又驚又喜，目光一柔，眼瞳中噴出的碧熒熒兩蓬怒火，立刻就熄滅了。他那張布滿殺氣的臉膛，登時又回復彌勒佛式的慈祥。老年得子的澳西先生（根據蒲拉蓬推算，他老人家年高八旬囉），顯出滿臉驕傲和得意的神色。他睜著僅剩的一只冰藍的、但卻充滿柔情的眼睛，一眨也不眨，只顧瞅著這一雙懶洋洋、挺愜意地躺在原住民阿姨懷中的小貝比，好久好久都捨不得挪開視線呢。威利·澳西和亞倫·澳西小哥倆看見老爸爸，也很高興，笑嗨嗨伸出小手向他招了十來下。臉一燦，眼一亮，澳西先生也舉起兩只大手回招。老小父子三人相會在登由·拉鹿甘榜門口牌樓下，隔著一個靜悄悄、兩軍對壘殺氣瀰漫的陣地，開心地扮鬼臉，互相逗弄。人間天倫著實令人感動。我第一次看見沓爸臉龐上流露出真情，好像徹底變了個人似的。

大夥看呆了啦。戰場上六百名小兒兵，包括先前被沓爸扔進河裡，掙扎半天才爬上岸，渾身赤條條、濕漉漉回到本陣中的男孩和女孩，個個伸長脖子張開嘴巴，又是訝異，又是好奇，一時間全都安靜下來了，只管興味盎然地觀看眼前發生的這樁奇事。

呵呵一笑，澳西先生收回視線，邁起腳上那雙白色義大利大皮鞋，整整身上的白西裝，腆起肚膛，準備從龍轎上走下來，步向威利和亞倫。眼看父子三人馬上就可以團聚了。

肩並肩笑盈盈，莎萍和亞珊站在場子中央，文風不動。直等到沓爸跨出了第一步，她們才霍地沉下臉孔來，伸出手臂，將懷裡的嬰兒高高舉到空中，四下揮舞，作勢要往大河中扔過去。霎時間，姐兒倆那雙黝黑俏麗的鵝蛋臉，陰森森凝聚起濃濃一團殺氣。看來好像是認真的。澳西先生一瞧，怔了怔，硬生生煞住已經跨出去的右腳，蹬蹬蹬三步退回龍轎上。夕陽照射下，他那張紅光滿面的大臉膛，登時變成一片死白。

這招果然奏效！法力強大、威震大河流域的西土白魔法師，竟然被兩個婆羅洲少女使出的一記簡單、原始的撒手鐧，鉗制住了啦。

一身華服、滿臉靚妝，排排端坐台北中山堂講台下，聆聽朱鴒報告婆羅洲之旅的尊貴仕女們，聽我講述到這兒，妳們眉頭一皺，人人臉上出現凝重的表情，眼光中流露出責備的神色。我站在講台上，可看得清清楚楚哦。我知道妳們肯定在心中質問我：朱鴒，當時妳在場，為何不出面阻止莎萍和亞珊呢？難道朱鴒妳不以為，她們利用人類的父子天性，要挾澳西先生，手段有點卑鄙嗎？

您們說「卑鄙」是吧？您們真的知道什麼叫卑鄙嗎？好，就請脫下您們那一身巴黎和東京名牌服飾，換上一條平價牛仔褲，跟隨我前往婆羅洲，沿著伊班人的母親河——卡布雅斯河溯流而上，進入婆羅洲最深、最美麗、最黑暗的心臟，一路上經歷我朱鴒親身經歷過的、看見我朱鴒親眼看見的、感受我朱鴒用心感受過的種種事情，然後走出叢林，回到文明的世界。那時，尊貴的台北仕女，您們就和我一樣有資格談論「卑鄙」了。

誠實告訴大家。那當口身在現場，目擊就在我眼皮底下上演的這一齣人倫慘劇，我朱鴒心中的確感到悲痛和不忍，甚至覺得噁心和反胃，差點就當場蹲在地上嘔吐。好幾次我已經邁出步伐，準備出面干預，但每回都硬生生煞住腳，因為就在這節骨眼上，伊曼、蒲拉蓬、依思敏娜、阿美霞和蘭雅……好長好長一縱隊婆羅洲少女，穿著花紗籠，披著黑髮絲，眉心間燦亮著一顆紅豆般的朱砂痣，走馬燈似地，一個接一個晃過我朱鴒的眼前。這些十二、三歲年華正好的姑娘，仰起她們那張銅棕色、滿布風塵的臉蛋，清靈靈，轉動兩只點漆般烏黑的眼眸，只管瞅住我。那一雙雙眼瞳中，裝著滿滿的哀怨和悲憤。

所以，我硬起心腸，把牙齒狠狠咬住，雙手抱胸站到一旁，隔著三十米的距離作壁上觀，眼睜睜，看莎萍和亞珊姐妹倆，如何將兩個嬰兒當作釣餌，戲弄他們的父親澳西先生。

今天從婆羅洲平安回到了台灣，我履行一年前啟程時，在這座講台上，對各位所作的承諾：重回台北市中山堂演講廳，站在國父孫中山先生遺照下，向大家報告此行所見所聞。在「決戰登由・拉鹿」這一部分，講到「澳西父子戰場相見」這一節，我想起戰役結束後，陳屍曠野，成為食屍鳥婆羅門鳶的大餐，屍骨蕩然無存的峇爸澳西先生，和他那兩個天真無辜、父親死後命運不明，行蹤成謎的兒子——威利・澳西和亞倫・澳西兄弟倆——我朱鴒心中還是感到萬分愧疚和不安哪！

噯，這下真的扯遠了，讓我們回到登由・拉鹿大決戰的故事上吧。

就這樣，雙方僵持在小兒國入口處大牌樓下，眼睛瞪眼睛，對看長達五分鐘之久。兩邊人馬，一邊是六百名娃娃軍，帶頭的是兩位皮膚黝黑、個頭嬌小的婆羅洲原住民少女。她們手中各舉著一個剛出生、還未滿周歲的歐亞混血兒，作出投擲的姿勢。另一邊則是孤單單一個白人老頭。但見他挺著肚腩，叉開雙腿佇立龍轎上，舉起兩只飯缽大的拳頭，氣咻咻只管睜著一顆獨眼珠，凝視對方那雙高舉的手臂，眼眶紅腫，好似要噴出一蓬火來。兩方都不敢輕舉妄動。霎時間空氣彷彿凝固了。連我們的狗兒，那一直蹲坐在路旁靜靜觀看兩軍對戰的小烏，這時，也受到場上氣氛的感染，悄悄站起身，拱起背脊，豎起脖子上的絨毛，睜起眼睛一瞬不瞬，注視龍轎上矗立著的那一具龐大的白色身軀，密切留意它的動靜。

兩個藍眼娃娃，成為眾所矚目的焦點。這小哥倆，被兩位穿紗籠的阿姨高高舉到半空中，可樂歪啦，興奮得什麼似的，一逕蹬著雙腳扭著屁股，搖甩起胯下那只小小鳥，張開光禿禿的大嘴巴，咯咯笑個不停。胖嘟嘟兩張白臉蛋上，紅噗噗綻開四朵酒渦，模樣像煞一對孿生的小峇爸。莎萍和亞珊瞧著，又愛又恨又怒，忍不住騰出一只手，伸出兩根指頭掐住他們的小屁股，使勁擰了兩把。小哥倆「哇」的一聲同時嚎哭出來。哭聲石破天驚。（這可是我第一次聽見這兩個小傢伙哭！莎萍和亞珊不是說過嗎？威利和亞倫是一對怪胎，生下來就不哭，只會笑，就像蒲拉蓬生下的那個「孽障」小澳西。）六百名小兒國兵，看到兩個金髮碧眼娃娃居然會哭，樂不可支，男男女女捧腹哄堂大笑。孩子的爸爸澳西先生，再也按捺不住了。心頭蓄積已久的一把怒火，終於噴發出來。老頭兒紅著眼睛，仰天狂嘯出一聲，揮舞著兩顆金毛茸茸的大拳頭，邁出腳上那雙義大利大皮鞋，橐，橐，往前跨出兩大步，就要從高聳的龍轎上走下來，朝向兩姐妹衝過去。

驀地，黑影子一閃。

小烏從孩子堆中躥出來，一道黑色閃電也似，直撲到澳西先生身上，不聲不響伸出一只尖利的前爪，就往他的臉門抓去。呰爸嚇住了，登時愣在當場。等他老人家回過神來時，他臉上那顆獨眼珠，早已被這只幽靈般悄沒聲、不知打哪冒出的婆羅洲惡犬，一爪子攫住，硬生生從眼眶中摳出來。只聽得骨嘟一聲響。那顆血淋淋的寶貝，已經落入小烏的喉嚨，被他一口吞掉了。

變生不測，戰場上眾小兒兵一時間都看傻囉。連呰爸的一對兒子，小威利和小亞倫，都停止哭鬧，乖乖地讓兩位阿姨將他們的身子握住，舉到空中，居高臨下，伸出脖子睜大眼睛觀看。只見他們的父親威廉・澳西，直條條挺著六呎五吋的身軀，拱著八十吋的腰肚，好似童話中受傷的巨人，孤獨地杵立大牌樓下。一行鮮血映著夕陽，從他的左眼眶中湧出來，潺潺地沿著他的左腮幫流淌而下。他的另一只眼睛，右眼，早已被亞珊一剪刀刺瞎，如今眼眶中空無一物，卻兀自瞪著頭頂上，那一穹廬橫跨大河，彩雲滿布，成群飢餓的婆羅門鳶開始聚集盤旋的天空。

峇爸兩眼都瞎掉了！他變成一個全盲的老人，喪失所有的法力。曾經縱橫大河上下的白魔法師——伊班長老們敬畏的「達勇普帖」、長屋孩子們口中暱稱的「峇爸澳西」——如今只剩下光禿禿腦門上灰溜溜一綹銀髮，颯颯地，飛舞在傍晚颳起的河風中。

我回頭望去，早已不見小烏的蹤影。這只來歷神祕、和我在旅途上相逢、結伴同行一段時日的黑狗，完成任務後，靜悄悄不告而別，趁著大夥全都把目光聚焦在峇爸身上，忽然放開四蹄，躂躂躂奔跑出戰場，溜進大河畔的曠野，一轉眼，就隱沒在婆羅洲心臟的茫茫夜色和莽莽叢林中。從此，我再也沒看見他了。

在我們倆相遇相處的過程中，我發現小烏是一只有靈性（比我認識的大多數人，不論在台灣或在婆羅洲，都還要有靈性哩）、講義氣的狗，與我朱鴒惺惺相惜氣味相投，所以我一直把小烏當人看待，在講述婆羅洲之旅時，執意用「他」這個代名詞稱呼這只狗，拒絕使用一般人習慣用的「牠」或「它」。而今他卻不告而別，說走就走了，怎不叫我心中感到幽怨呢，好像被好朋友遺棄似的。

久久，我凝著雙眼，盯住小烏那已經消失在黑夜叢林中的背影，眼眶中濕漉漉地，蓄積起了滿滿兩團淚水，不住滾呀滾。狠狠一咬牙，我伸手抹掉臉頰上熱呼呼的淚漬，霍地轉身，整整身上的衣裳——那從台北穿來，跟隨我在婆羅洲浪遊了一整年，早已變得襤褸不堪，但依舊十分堅實、牢靠的台灣製黃卡其長袖上衣和黑棉布裙——拂拂耳脖子上的一蓬短髮，將龍木姐妹鼓掛回腰間，繫好了，站直身子挺起腰桿。然後我邁步上前，豎起食指頭，指著峇爸那遭受重傷、兀自杵在龍轎上屹立不搖的龐大軀體，厲聲叱喝：「白魔法師威廉．澳西，你的死期到了！」

臉色颼地煞白，峇爸凝起一雙空洞的眼眸，死死盯住我，身上的一堆肥肉猛然一顫，雙腳激烈搖晃兩下，但他立即站穩腳跟，整個人依舊文風不動。

「澳西，你不是人，你是一個鬼！」我朱鴒得理不饒人，邁著雙腳昂起胸膛，朝向這個垂死的老人步步進逼。眾小兒追隨在我身後，高高舉起手中各式各樣的武器，張開喉嚨，扯起六百條清嫩嘹喨的小嗓子，齊聲吶喊：「請黃魔女殺鬼！」

「澳西老頭，你在你老家墨爾本的養老院，曾經死過一次，但你陰魂不散，又回到婆羅洲來作怪。這回我朱鴒發誓要讓你死翹翹，就連萬能的耶和華，也不能夠把你從死亡蔭谷中救出來，讓你再度復活。」我進逼到牌樓下，距離峇爸的龍轎只有兩步了，只須一伸手，就可以碰觸到轎槓子。我身後浩浩蕩蕩，眾小兒用馬來語一齊放聲鼓譟：「布奴卡——馬蒂甘——殺！」

「瞎眼的白魔法師聽著：我朱鴒要動手殺你了。」

「殺死峇爸！」

「殺死峇爸!!」

「殺死峇爸!!!」

轟隆轟隆霎時間山鳴谷應。轎頂上，那群目光炯炯、鼓著幽黑的雙翼不停盤旋俯視的婆羅門鳶，驀地全都張開喉嚨，「剮」的一聲，齊齊發出一陣淒厲的梟叫。

蹬蹬蹬，峇爸抬起腳上那雙大皮鞋，接連向後退出三步，一屁股跌坐回轎椅上，臉色發青，落日照射下如同死人一般。

我抽出腰間的克利斯劍，一個箭步奔上前，將劍尖直指住峇爸的心窩，舉頭望向天空，抬高嗓門大聲祈禱：「蘭雅姐姐，請妳的靈魂依附到我劍身上來，擔任我的守護天使，引導我的劍尖，對準澳西老頭的右胸第七根肋骨下方，他的罩門所在，讓我朱鴒一劍結束他的性命吧！」才禱告完畢，我便聽見噗的一聲響。低頭看時，只見馬來神劍克利斯那一呎長、雪白的蛇形劍刃，直直插入峇爸的心窩。一蓬血噴濺出來，夕陽下綻放出一朵繡球般大的猩紅血花。白肉山崩塌了。峇爸的龐大身軀向後一仰，整個人便癱坐在轎椅中。他老人家那張白臉膛，圓胖胖紅光滿面，依舊帶著慈祥的笑容。一團和氣的模樣，乍看還挺像一位躺臥在座榻上的彌勒佛哩。

我雙手攥住劍柄，跨前兩步，將那淅淅瀝瀝兀自滴著血點子的劍尖，瞄準澳西先生的心臟，使勁捅去，嘴裡厲聲叱喝：「這一刀是替苦命的伊曼殺的！」緊接著補上第三劍：「這一刀是為依思敏娜報仇！」第四劍：「這一劍，是善良可愛的普南族女孩阿美霞請託我刺的！」第五劍：「這血淋淋的一刀，是專為蒲拉蓬和她那個無辜、生下來就失去母親的孩子刺的！」第六劍：「這一劍，代表新迦南『第七天國』後宮的七十二位婆羅洲原住民女孩。敬愛的峇爸，您去死吧！」

電光石火般一劍又一劍，我邊破口大罵，邊接連刺出六劍，直到整個劍身都變成紅色，好像在染缸中浸泡過似的，我才停下來歇口氣。最後我使出吃奶的力氣補上第七劍：「這一刀，代表我朱鴒個人！」

身中七刀、朝天躺在龍轎上的峇爸，在圍觀的六百個男娃和女娃清嫩的、響亮的、打雷般一波接一波綻響的喝采聲中，雙腿只一蹬，渾身肥肉猛一抽搐，就往生去了。他老人家前後死過兩次。這回他真的死了——死翹翹，就連宇宙間力量最大、無所不能的上帝，如今再也不能讓白魔法師威廉·澳西借屍還魂復活。

天空黑鴉鴉一片。婆羅門鳶雲集，上百只猛禽一齊鼓著深褐色的翅膀，睜著火紅的眼珠，悄沒聲，盤旋在卡布雅斯河上，炯炯盯著峇爸的胖大屍體，準備隨時一撲而下，盡情享用婆羅洲有史以來最奇特、最豐盛、最肥美的一頓叢林大餐。

戰鬥結束。太陽沉落入河口，叢林梢頭最後一道霞光消失，夜幕降臨登由·拉鹿小兒國。月娘悄悄露臉，現身在大河源頭聖山峇都帝坂山巔，白皎皎，笑盈盈，俯視她裙下那血跡斑斑的戰場和一片寧靜的曠野，還有六百個光著屁股、腆著肚腩、臉上流著兩條黃鼻涕，張開嘴巴，四下呆呆杵立的男娃和女娃。

後宮主人死了，新第七天國的全體嬪妃和宮女，剎那間被解除了魔咒。宛如大夢初醒，她們紛紛甩起腦袋，揉起眼皮，舉起手掌遮住嘴巴，悄悄打個大哈欠，然後一個接一個搖曳著各色紗籠，從峇爸龍轎後面，她們躲藏身子、探頭觀戰的地方走出來，聚集村口廣場上。看到我，這群從九歲到十四五歲的美麗姑娘，就伸手拂拂披肩的長髮，整整儀容，拉起腳踝上的紗籠襬，齊齊屈膝下跪，將我團團包圍在中央，舉手合十朝向那一臉沾血、滿身染紅、手裡兀自握著血淋淋克利斯劍的我，朱鴒，誠誠敬敬頂禮膜拜：「特你馬加色，姑寧·妲央！感謝黃魔女替我們殺了峇爸。」拜畢，姑娘們互相攙扶著站起身來，三三兩兩結伴，連夜踏上了歸鄉路。思家心切，半分鐘都不想逗留。在天上的月娘殷殷守望下，七十二個婆羅洲少女，迤迤邐邐一縱隊，款擺起一把把細腰肢，飄蕩起一蓬蓬黑髮絲，邁出一雙雙血紅紅、塗著濃濃蔻丹的光腳丫，踩著婆羅洲的紅泥土，沿著卡布雅斯河畔的小路，朝向夜色茫茫的下游走去。從今晚開始，她們將展開一段徒步、漫長、艱苦、充滿各路妖魔和各種鬼怪的旅程，回歸到各自的長屋，走進家門，和分離一年的親人團聚。月光照射下，瞧！她們額頭中央眉心間，血滴般，兀自閃爍著一枚鮮紅的渾圓的標記呢。

尾聲：朱鴒重返台北舞台

尊貴的台北仕女！感謝您們帶著一身盛裝，頂著一頭巍峨、華麗的各式新潮髮型，排排正襟危坐，耐著性子，忍著這座亞熱帶城市夏日午後陣陣襲人的睡意，以驚人的毅力，從頭到尾一字不漏，聽我講完這則冗長，有點囉嗦，偶爾賣弄一下詞藻，時時陷入夢囈般的獨白中，喃喃不休，就連我自己都聽得昏昏欲睡的南洋冒險故事。

追溯起來也挺有意思呢。十二歲時，我在台北古亭小學畢業了，綽號「南洋浪子」的李永平老師，把我送去他的老家婆羅洲，從事一趟叢林冒險之旅。這個作法，就如同他自己十五歲時，在沙勞越古晉市讀完初中，那年的暑假，他父親便將他送去婆羅洲內陸，展開一段大河溯流朝山的航程，讓他在旅途上，原始蠻荒世界中，結識幾位特立獨行的人物，經歷一些驚心動魄的事情，以便真正長大成人。我和少年永，這兩趟旅程和兩樁經驗之間，還真有一些共同點哩。人生的機緣巧合，想想真有意思！這或許便是老一輩的南洋華僑最愛講的「香火傳承」吧。

在此，我要鄭重地、莊嚴地向大家宣告：朱鴒長大了。

如同當年結束大河長舟探險旅程，告別克莉絲汀娜姑媽，以成年男子的身分，返回文明城市的少年永，妳們──台北的仕女們──現在看到的這一個蓬頭垢面、滿身風塵，挺著腰桿站在講壇上，對著麥克風侃侃而談的十三歲女生，朱鴒，也不再是個孩子囉。她有了獨立的人格和自我的生命。從此，她不再是一個傀儡，一個任由小說家李永平隨心所欲、恣意擺布的「朱丫頭」。從今而後，朱鴒脫離了別人的控制，成為自己的主人，可以堂堂正正地存在於天地之間。

咦？怎麼這段話聽在我自己耳中，好像是在發表一篇「獨立宣言」呢？對不起，我又犯老毛病了，講故事常常講著講著就扯遠啦。

故事講完，就該散場。天下沒有不會散或不可散的筵席。

但是一鞠躬走下舞台之前，我要瞞著李老師，偷偷告訴妳們一件事：我決定違抗他的意旨，過幾天就返回婆羅洲，因為在那兒，還有一件必須做的事情、一樁未了的心願和一項重大的使命，等待我朱鴒去完成。

先說必須做的事情。大家記得嗎？我在旅途中結交的好朋友，馬當族女中學生娣娣．龍木，在哥打．桑塔馬利亞鎮失蹤後，我獨自撐著舢舨，流浪在遼闊的卡布雅斯河中游地區，造訪每一座甘榜、長屋和唐人莊，打聽娣娣的下落。最後我抱著一顆絕望的心，來到蒂卡．宋垓三江口大碼頭，準備搭乘輪船溯河而上，前往登由．拉鹿小兒國。當時心中只剩下一個牽掛。那就是我的舢舨。這艘用五塊婆羅洲原木打造，長三米、寬一米的無篷小舟，從翡翠谷開始便一路載我，伴我，航行在印度尼西亞最大的、一千公里長的河流上。日出啟航，日落寄泊。我們倆在河上共同度過六十天，片刻也沒分離過。我朱鴒是重感情、講義氣的人，決不能把這樣一位忠心耿耿，如今老矣，渾身傷痕累累的夥伴，遺棄在一座陌生的碼頭，自己搭上輪船一走了之。所以當時我就決定，暫且把他（注意！我用的代名詞是人字旁的「他」，而不是一般作家慣用的「它」，因為我把這艘小船當成有靈性的人、當成我的朋友看待）寄放在三江口，等我從小兒國回來後，再回去找他。

現在我該實現諾言了。我打算重返蒂卡·宋垓鎮，尋找我的舢舨，把他帶回到大河中游那座童話般美麗、聖潔的城鎮，哥打·桑塔馬利亞，娣娣失蹤的地方，和娣娣遺留在那裡的舢舨會合。然後我會將這兩艘曾經肩並肩，乘風破浪，一起馳騁在卡布雅斯河上的小舟，安頓在我和娣娣分手前夕，兩人共浴的那條小溪畔，大栗樹下蘆葦叢中。這樣他們就能永遠團聚，就像一雙好兄弟——就像婆羅洲女生娣娣·龍木和台灣女生朱鴒，這一對曾經撐著竹篙駕駛這兩艘船，好似雙飛燕般，共同遨遊在大河上的異國姐妹。

妳們瞧，娣娣的靈魂，如今就依附在我腰間掛著的薩烏達麗·珍瑙馬來鼓上呢！她和我從此長相廝守，永不分離了。我特地將這只鼓從婆羅洲帶回台灣。將來無論我上哪去，娣娣都會伴隨我，直到我往生那天。

在哥打·桑塔馬利亞鎮安置兩艘舢舨的任務結束後，我計畫朝北邊走，穿越婆羅洲中央分水嶺，進入沙勞越，造訪南洋浪子李永平的老家——那個位於古晉城外馬當路十哩，夢魘般陰森森，不斷出現在他的童年回憶中的胡椒園。在莊園門口的竹林中，我將駐足，憑弔當年他們家那只得了重病、氣息奄奄的老狗「小烏」，被一群中了降頭、集體發狂的孩子，包括幼年的李老師，用石頭活活砸死的地點。（這樁血案忠實地記錄在李老師的書《雨雪霏霏：婆羅洲童年記事》中，題名〈第一顆石頭〉，各位有興趣可以參考看看。）我一定要找到被遺棄在那兒，多年來曝曬在赤道大日頭下，早已風化的小小一堆白骨，好好將它安葬，代替李老師了結一樁心願，幫助他驅除那糾纏他多年，逼他遠走天涯，四處躲藏的心魔。而我朱鴒本人，則打算以朋友和夥伴的身分，在我親手為他建造、鋪滿鮮紅朱槿花瓣的新墳前，遵照中國古禮，撮土為香，向小鳥的英靈拜三拜，感謝他陪伴我走完婆羅洲之旅最後的、攸關生死的一段路程。我衷心祝他往生極樂，一路好走。

至於重返婆羅洲的第三個原因——完成一項重大使命——指的是登由．拉鹿大決戰結束後，面對倖存的三位翡翠谷姐妹，莎萍、亞珊和阿美霞，我伸出手臂，指著峇都帝坂山巔的月亮和山下的月河，親口作出的承諾：重建小兒國。我必須幫助她們清理和整頓被「峇爸」蹂躪、污染過的聖境，恢復以往在伊班大神辛格朗．布龍之妻裴本紺庇護下，那人間樂園般逍遙自在的日子，讓午夜星河照耀下的登由．拉鹿礁湖，繼續成為大河源頭的一座燈塔，吸引婆羅洲各地，因各種緣故早夭的孩子們，往生後，靈魂前來投奔和定居。

對這項新任務，我心中充滿期待和構想，恨不能今天就飛回婆羅洲，展開新工作呢。

再見了！萍水相逢，在人生急急匆匆的旅途中停駐片刻，在繁華的台北市中華路上，挺巍峨壯觀的中山堂中，和我相聚一場，耐心聆聽我講述一則離奇、荒誕故事的美麗女士們——謝謝！特你馬加色！朱鴒在此祝福妳們身體健康青春永駐，婚姻美滿家庭和樂，年年賺錢事事如意。莎蘭姆！

（冗長的一場演講會終於結束了。報告完畢，朱鴒一轉身，面對舞台上懸掛的巨幅孫中山先生遺照和遺囑。她伸出手來，扒扒蓬亂的頭髮，拂拂身上那套黃衣黑裙、沾滿婆羅洲的紅泥土、早已襤褸不堪的台北小學女生制服，然後她將隨身攜帶的兩件寶物——克利斯劍和薩烏達麗·珍瑠鼓——重新繫好，牢牢地掛在腰間的兩側。整裝停當，她挺起腰桿深深吸入一口氣，併攏雙腿倏地立正，朝向肖像中那位凝起眼睛北望神州、滿臉鄉愁的偉人，三鞠躬。一掉頭，朱鴒背對那滿堂排排端坐台下、兀自發呆的仕女聽眾，風塵僕僕行色匆匆，自顧自走進後台去了。熄燈。幕急落。

往後好長好長一段日子，我們沒再看到朱鴒，也不曾接到有關她的任何消息。後來，約莫是七年後吧，我們聽到東南亞的來客說：距離台北市五千公里、和台灣相隔一個大海的婆羅洲島上，新近出現了一位個頭嬌小，身材細長，黑髮杏眼黃皮膚，只憑藉一把蛇形短劍和一個雙面手鼓，獨自行走在大河兩岸，四處行俠仗義，從各路妖魔鬼怪的爪子底下，千鈞一髮之間，拯救出無數少女的傳奇人物——黃魔女，姑寧·妲央。

一個嶄新的，充滿東方奇幻色彩、以台灣女孩朱鴒為主人公的婆羅洲神話，於焉誕生。）

二〇一〇年十月——二〇一五年元月

台灣台北淡水鎮觀音山下

全書跋／《月河三部曲》誕生了

我以「南洋浪子」的身分，在寓居四十多年的寶島台灣，日日遙望隔著南中國海，坐落在赤道線上，蔥蔥蘢蘢，被譽為世界第三大雨林的另一個島嶼——婆羅洲。為了表達我對生我，養我，如親娘般把我這個華僑子弟，撫育成人的南洋一方水土，心中那份深深的思念和最誠摯的感恩，一九九九年六月，我在台北市鬧區西門町動筆，開始寫作一系列三部小說《雨雪霏霏》、《大河盡頭》與《朱鴒書》。書中追憶我在沙勞越邦古晉市的成長歷程，記錄我，「少年永」，親眼看到的居住在這塊土地上的人們，尤其是那群「美麗如彩霞、命運如朝露」的少女們，所遭受的種種令人切齒的欺騙和污辱。花了十五年工夫，用了一千六百張舊式有格稿紙，報銷不知幾枝原子筆（我拒絕使用冷冰冰、沒有感情的電腦打字），終於在今年（二〇一五）元月，在台北縣淡水鎮觀音山下一間小書房內，完成了這部總共九十萬字的小說。

這套書，該取個什麼名字呢？我一直躊躇不決。

這些年我曾想過不下十個書名：《婆羅洲三部曲》、《李永平大河三部曲》、《大河三帖》、

《大河戀四重奏》等等，但老覺得這些名字要麼太平淡，要麼太霸道，要麼太俗氣或矯情，總之不甚合我的口味，更不能呈現婆羅洲島之美，也無從轉達我這個老遊子在外迢迢四十年期間，時時刻刻，對她的那份如同少男初戀般的思慕。直到去年三月，三部曲的最終部《朱鴒書》寫到了第六卷〈婆羅洲新傳說的誕生〉第三十二話「月河，河月」，驀地裡心中一道電光掠過，靈機乍現。我找到我要的書名了！真正是踏破鐵鞋無覓處，得來全不費工夫哩。

記得嗎？在《朱鴒書》中的這一章，小說的主角朱鴒搭乘幽靈船「摩多祥順號」，一路溯流而上，來到大河源頭聖山祕境入口處的普勞．普勞村，投宿在荒廢的松園旅館。晚飯後，她和在船上邂逅的新旅伴，神祕的黑狗「小烏」，並肩坐在斷崖頭一塊大青石上，邊唱台灣民謠，邊睜眼望著腳底下峽谷裡，一條大黃蛇似的，蜿蜒遊走在莽莽森林中的河流——伊班人所稱的「伊布．卡布雅斯」，意思就是卡布雅斯母親河。朱鴒邊觀覽婆羅洲的落日大河，邊思念身在大海彼端、台灣島上的母親朱陳月鸞。這會兒，她肯定坐在家中客廳窗口，手裡握著梳子，邊梳頭邊唱歌，邊瞇起眼睛眺望黃昏台北城的天空，癡癡等待月娘出現：

舉頭看見天頂星
月娘猶是半屏圓
遙遠故鄉幾千里
離開父母十多年

啊——啊啊——
天星閃爍
月半圓

唱著等著，月亮終於升起了，白皎皎灑下好一片清光，映照那華燈初上、嘩喇嘩喇滿城車水馬龍的台北市。同一時間，月娘也俯瞰著婆羅洲森林中，荒村斷崖下，銀光閃閃的一條大河。朱陳氏和朱鴒，母女倆心連心，隔著大海同時舉首眺望天空中一只銀盤。月娘無恙！腮幫上綻露出一雙酒渦，嘴角依舊掛著一彎溫婉的笑容。

接著，有如魔幻般，在月光照耀下的卡布雅斯河灣裡，朱鴒看到她的整趟婆羅洲之旅中，最美、最浪漫動人、如詩如畫的一個場景：

墨藍色的赤道夜空，布滿夏日的星星。壯闊的銀河下，空曠的內陸叢林中，大河灣上，忽然盪出一艘飛魚般修長美麗的伊班長舟，悄悄停泊在江心。船上坐著三個不同膚色、年齡和身分，經由某種奇妙的因緣安排，湊合在一塊，結伴航行在婆羅洲母親河上的人——伊班舟子、中國少年和荷蘭女人。白髮蒼蒼、面目黧黑的老艄公打赤膊，弓著腰掌著舵，獨自蹲在船尾。舟中兩個乘客相向而坐。女的年紀三十六、七，穿著天藍地小黃花連身洋裙，頭上一把赤紅髮鬃，映著月光，野火般燃燒在肩膀上；男的是個十五歲少年，身子瘦巴巴，穿著一套過度寬大、樣式老氣的漂白夏季西裝，臉色黃中帶點黑，眼神銳利，看來像是南洋土生土長的第二代華僑。兩人面對面，眼對眼，頂著河上那滿天閃爍的星星，只管靜靜坐在長舟中央兩條橫板上，乍看，好像一雙母子，仔細瞧，卻又更像一對神祕曖昧的異國情人。

佇立在河畔石崖上觀看的朱鴒，彷彿遇見親人般，一眼就認出，這一對午夜泛舟的男女，是少年永和他的荷蘭姑媽克莉絲汀娜·房龍。這時，房龍小姐正帶領她的中國姪兒，從事暑假叢林探險之旅，途中經過這個河灣，暫時停舟，歇息在滿天星斗一輪皓月下。

叢林星空月亮，大河中央一艘獨木舟，一個東方少年和一個歐洲少婦相對而坐。

畫面美得像一張法國電影海報。

它原本是《大河盡頭》書中的一個場景，怎麼會在這個節骨眼上，重新出現在另一本書《朱鴒書》中，展露在一個來自台灣的十三歲女孩的眼前呢？朱鴒邊眺望，邊在心中琢磨。忽地一道電光閃過她腦海。冰雪聰明的她一下子就領悟：這是香火傳承。一個荷蘭女子把經驗傳給一個華裔少年，而長大後的少年永，以李老師的身分，又把經驗傳給一個台灣女孩。這便是貫穿三部曲的一把神聖的、美好的香火：房龍小姐──→永──→朱鴒。原本天各一方，八竿子也打不到一處，如今卻因某種前世的糾葛，今生又牽扯在一塊的三個人，就在旅途中這個明月高照、星河燦爛的婆羅洲夜晚，以如此獨特的、近乎魔幻的方式，相見於赤道叢林深處。

多奇妙的一樁超越時空、跨過海洋、凝結於婆羅洲河流上的因緣！而月亮──在這趟旅程中，朱鴒夜夜仰望和歌詠的「月娘」──便是這場邂逅的見證。

從這個夢境般神奇的夜晚開始，在朱鴒心目中，婆羅洲最大的河流，土著所敬仰的母親河「伊布・卡布雅斯」，就變成她個人的「月河」。而月河，少年永和朱鴒叢林冒險的主要場域，不正是伊班大神，慈悲睿智的創世祖辛格朗・布龍，給這一系列以婆羅洲為背景的長篇小說，所設想的一個最好、最適當的總書名嗎？

就這樣，我寫《朱鴒書》寫到臨近結尾的「月河，河月」這一話時，心中靈光乍現，登時解決了一個困擾我很久的問題：給三部曲取個好名字。現在書名定下了，我們就有一套完整圓滿的作品：

《月河三部曲》

第一部：雨雪霏霏

第二部：大河盡頭（上下卷）

第三部：朱鴒書

不孝的我，朋友們口中的「南洋浪子李永平」，謹將這套書奉獻給生我、養育我，而我卻不曾反哺過的婆羅洲。這是浪子在外迢迢遊蕩四十年後，垂暮之年，身在第二故鄉台灣，隔著浩瀚的南中國海，帶著一顆懺悔和感恩的心，送給娘親的一份最後的、最誠摯的、可也是此生唯一的禮物。祝您身體健康，闔家平安！

不孝子李永平

敬獻於台灣淡水鎮

國家圖書館出版品預行編目資料

朱鴒書 / 李永平作.-- 初版. -- 台北市 : 麥田出版 : 家庭傳媒城邦分公司發行, 2015.07
面； 公分. -- (李永平作品集 ; 4)
ISBN 978-986-344-256-1(平裝)

857.7 104012704

李永平作品集 4

朱鴒書

作　　者　李永平
責任編輯　林秀梅
校　　對　李永平　莊文松　吳淑芳

國際版權　吳玲緯
行　　銷　陳麗雯　蘇莞婷
業　　務　李再星　陳玫潾　陳美燕　杻幸君
副總編輯　林秀梅
副總經理　陳瀅如
編輯總監　劉麗真
總 經 理　陳逸瑛
發 行 人　涂玉雲

出　　版　麥田出版
城邦文化事業股份有限公司
104台北市中山區民生東路二段141號5樓
電話：（886）2-2500-7696 傳真：（886）2-2500-1966、2500-1967
E-mail：bwps.service@cite.com.tw
發　　行　英屬蓋曼群島商家庭傳媒股份有限公司城邦分公司
104台北市中山區民生東路二段141號2樓
書虫客服服務專線：(886)2-2500-7718；2500-7719
24小時傳真服務：(886)2-2500-1990；2500-1991
服務時間：週一至週五09:30-12:00；13:30-17:00
郵撥帳號：19863813　戶名：書虫股份有限公司
讀者服務信箱E-mail：service@readingclub.com.tw
歡迎光臨城邦讀書花園　網址：www.cite.com.tw
麥田部落格：http://blog.pixnet.net/ryefield

香港發行所　城邦（香港）出版集團有限公司
香港灣仔駱克道193號東超商業中心1樓
電話：(852)2508-6231　傳真：(852)2578-9337
E-mail：hkcite@biznetvigator.com

馬新發行所　城邦(馬新)出版集團【Cite(M)Sdn. Bhd】
41, Jalan Radin Anum, Bandar Baru Sri Petaling,
57000 Kuala Lumpur, Malaysia.
電話：(603)9057-8822　傳真：(603)9057-6622
E-mail:cite@cite.com.my

設　　計　蔡南昇
封面繪圖　魅　�
印　　刷　前進彩藝有限公司

初版一刷　2015年7月24日

定價／700元
ISBN：978-986-344-256-1

城邦讀書花園
www.cite.com.tw